Andi Bottlinger

Der Spiegelorden

Impressum

Der Spiegelorden
Andi Bottlinger

1. Auflage 2024

Ein Imprint der Kraterleuchten GmbH,
Gartenstraße 3, 54550 Daun
Verlagsleitung: Sven Nieder

Korrektorat: Tim Becker
Titel- und Innenillustration: Björn Pollmeyer
Gestaltung und Satz: Björn Pollmeyer

Gedruckt in der Europäischen Union, Bookpress, PL

ISBN 978-3-98600-015-8
www.calderan.de

Andi Bottlinger

Der Spiegelorden

CALDERAN

Darien

Schreie und das Klirren von Metall blieben hinter Darien zurück, als er in den Innenhof trat. Nur der Widerschein des Feuers an den Wolken spiegelte sich auf dem Wasser, färbte den Teich in der Mitte des Gartens rot.

Wären die großen Dichter Letharns nicht wie alle anderen damit beschäftigt gewesen, um ihr Leben zu rennen, hätte sie dieser Anblick sicher entzückt. Sie hätten die richtigen Worte gefunden. Über die Einheit von Schönheit und Schrecken. Hätten dieser Niederlage vielleicht einen Sinn verliehen.

Darien allerdings hatten längst alle Worte verlassen. Geblieben war nur das Gefühl, dass die Flammen, die seine Heimat verzehrten, auch in seinem Inneren brannten. Er spürte ihre Hitze in seinem Magen, geschürt von dem Wunsch, eine Klinge im Fleisch des Mannes zu versenken, der für all dies verantwortlich war. Die Flammen glühten umso heißer, wenn er daran dachte, dass seine Königin ihm genau das verwehrte. Dass er seine Königin im Stich ließ, um eine andere Aufgabe zu erfüllen.

Kies knirschte unter Dariens Schritten, als er zwischen die Bäume des Gartens trat. Am Ende des Weges erhob sich der Eingang des Klosters. Dort, in dem breiten Doppeltor, standen in weiße Gewänder gehüllte Gestalten und blickten ihm entgegen. Mitglieder des Ordens des ewigen Kreises.

Eine leichte Brise kam auf, kräuselte das Wasser des Teiches und fuhr durch die Blätter der Bäume. Während sich das Wasser schnell wieder beruhigte, wurde das Rascheln der Blätter lauter.

Darien hob den Blick, sein Herz schlug schneller. Die Äste wiegten sich immer stärker, während das Gefühl des Windes auf seiner Haut immer schwächer wurde. Sie schlängelten sich, streckten sich wie vielfingrige Hände in seine Richtung. Zweige griffen nach seinem Haar und seiner Kleidung.

Ordensmagie! Darien fluchte und machte einen schnellen Schritt zurück. Hatte das ständige Brüten über alten Schriftrollen diesen Leuten die Augen so sehr verdorben? Sah er etwa aus wie ein Feind?

»Ich bin Darien, Mitglied der Leibgarde Ihrer Majestät«, rief er über das Rascheln hinweg. Er schlug einen Zweig beiseite, der sich um sein Handgelenk wickeln wollte. »Die Königin schickt mich.«

Abrupt schnellten die Äste in ihre natürliche Position zurück wie ein Hund, den sein Herrchen zurückgepfiffen hatte. Für einen Moment wiegten sie noch heftig hin und her, dann verstummte das Rascheln.

Darien setzte sich wieder in Bewegung. Die Ordensmitglieder bildeten am Tor des Klosters eine Gasse, durch die er eintreten konnte. Keiner von ihnen sprach ein Wort. Nur ein missbilligendes Zungenschnalzen brach die Stille. Darien runzelte die Stirn. Was hatte er falsch gemacht?

Sein Blick fiel auf die nackten Füße der Ordensmitglieder, wanderte weiter zu seinen eigenen Stiefeln. Konnten sie das ernst meinen? Als wäre es nun noch wichtig, ob er die Stiefel auszog. Wenn er keinen Dreck in diese heiligen Hallen trug, würden es die feindlichen Soldaten tun, die nach ihm kamen. Außerdem konnte er das Messer noch brauchen, das in seinem rechten Stiefelschaft steckte. Er beschleunigte seine Schritte.

»Bist du hier, um Nauranda die 156. in Sicherheit zu bringen?« Noch mehr Weiß, selbst das Gesicht dieser Frau war nur ein Schemen hinter einem weißen Schleier. »Die Königin sagte, sie würde jemanden schicken.«

»Das bin ich.« Wann hatte Königin Berinda die Zeit gefunden, im Kloster Bescheid zu geben, dass jemand kommen würde? Wie lange hatte sie schon einen Plan für den Fall, dass Letharn fiel? Und wie lange wusste sie schon, dass sie ihn wegschicken würde, und hatte ihm nichts davon gesagt? Verfluchte Geister der Berge, wenn er es früher gewusst hätte, hätte er sie vielleicht umstimmen können!

»Dann komm schnell.« Die Ordensfrau wandte sich einfach um, wartete nicht ab, ob Darien ihr folgte. Gemeinsam eilten sie schmale, dunkle Gänge entlang. Zwei weitere weißgekleidete Gestalten hielten vor einer Schiebetür Wache. Auf einen Wink der Ordensfrau hin, zogen sie das kunstvoll bemalte Holz beiseite.

Dort saß das Mädchen, die hundertsechsundfünfzigste Wiedergeburt der legendären Nauranda, nominelle Anführerin des Ordens des ewigen Kreises. Und die letzte Hoffnung Geriens, wenn es nach seiner Königin ging.

Darien sah nur ein Kind von höchstens sechs Jahren. Nauri, hatte Berinda sie genannt, viel passender als der offizielle Name. Das Mädchen hockte reglos auf seinen Fersen, hatte die Augen geschlossen und die Hände fest in die Falten seines Gewandes verkrallt. Es saß genau unter einem Oberlicht, als hätten die Ordensleute es dort absichtlich platziert. Darien schnaubte. Vielleicht konnte man damit einen ehrfurchtgebietenden Effekt erzielen, wenn die Sonne in den Raum schien und Nauri in eine Säule aus Licht tauchte. Doch nun war sie in flackernden Feuerschein gehüllt. Er spielte über das schwarze Haar, das wie ein Wasserfall über ihre Schultern bis zum Boden fiel. Und er tanzte über das kleine Gesicht und hob die Angst darin hervor.

Einen Augenblick lang stand Darien auf der Schwelle. Selbst wenn all die Legenden stimmten, selbst wenn dieses Kind die Seele einer großen Magierin in sich trug. Was sollte es tun, um eine ganze Armee wieder aus der Stadt zu vertreiben?

Doch nun war es zu spät, um die Befehle seiner Königin zu hinterfragen.

Als Darien eintrat, öffnete Nauri die Augen und sah ihn an. Im flackernden Flammenschein musterten sie einander. Ihre Augen waren groß und blau, aber immerhin schimmerten keine Tränen darin. Ein kleines Mädchen aus einer von Feinden überrannten Stadt zu bringen war schon schwer genug, wenn es nicht weinte.

Ein Schrei hallte durch die Gänge. Nauri zuckte zusammen. Hoffentlich fing sie nicht doch noch an zu heulen.

Erneut ließ Darien den Blick durch den Raum schweifen. Wahrscheinlich war das Palasttor gefallen, Letharns Niederlage damit endgültig besiegelt. Vielleicht hatten die Feinde den Hof bereits erreicht. Die Zeit zerrann ihm zwischen den Fingern, und je länger er wartete, desto mehr Fluchtwege würden ihm versperrt. Warum gab es in diesem ganzen von allen Geistern verfluchten Kloster keine ordentlichen Fenster, durch die er hinausklettern konnte?

In einer Ecke entdeckte er eine Truhe. Mit schnellen Schritten war er bei dem Möbelstück und zog es unter das Oberlicht. Die Ordensfrau beobachtete ihn durch ihren Schleier. »Was tust du da?«

»Das, was die Königin mir befohlen hat. Ich werde mit dem Mädchen kaum zum Haupteingang hinausspazieren können, nicht wahr?«

Er sprang auf die Truhe und inspizierte die Öffnung in der Decke. Glas in einer Bleifassung. Darien zog ein Messer aus der Scheide hinter seinem Rücken. Er senkte den Kopf und stieß den Griff der Waffe nach oben. Die Bleifassung knirschte. Noch einmal. Dann regneten Splitter über seine behandschuhte Hand und in sein Haar.

Weitere Schreie drangen von draußen herein, während er die scharfkantigen Glasreste aus ihrer Fassung brach. Er atmete tief durch, achtete darauf, seine Bewegungen sicher und zielstrebig zu halten. Ruhe bewahren, nur nicht hektisch werden. Schließlich packte er die Kante der Öffnung. Von der Truhe konnte er sie leicht erreichen.

»Warte!« Die Ordensfrau ergriff Dariens Arm. »Dies hier musst du ebenfalls mitnehmen.«

Er bemühte sich, seine Ungeduld nicht zu zeigen, als er sich umwandte und den Beutel musterte, den sie ihm hinhielt. Er musste mit einem kleinen Kind heimlich aus der Stadt schleichen, und diese Frau wollte ihm Gepäck mitgeben? Wofür hielt sie ihn? Einen Packesel?

Dennoch nahm Darien den Beutel entgegen und wog ihn in der Hand. Nicht schwer, aber zu groß, um ihn an seinen Gürtel zu knoten. Irgendetwas raschelte darin.

Die Ordensfrau schien sein Zögern zu bemerken. »Er enthält die wichtigste Schrift unseres Ordens. Naurandas Geschichte.«

Darien runzelte die Stirn. »Jeder weiß, wie Nauranda und ihre Gefährten die Devra besiegt haben.« Er reichte der Frau den Beutel zurück. Sperrige Schriftrollen, die ihn bei der Flucht womöglich behinderten, konnte er nicht gebrauchen. »Das bleibt hier.«

»Nein, du verstehst nicht! Die Devra sind nur der unwichtigste Bestandteil der Legende. Diese Rollen enthalten die ganze Geschichte. Du musst sie mitnehmen, damit das Wissen nicht verloren geht!«

Darien unterdrückte einen Fluch. Draußen splitterte Holz mit einem lauten Krachen, die Schreie kamen immer näher. Ganz Letharn brannte, und diese Ordensfrau dachte an irgendein nutzloses Schriftstück! Doch streiten würde ihn nur noch mehr Zeit kosten.

»Hängt ihr den Beutel um.« Er deutete auf Nauri, die dicht neben der Truhe stand und mit großen Augen zu ihm aufsah. Sie hatte die Hände auf die Ohren gepresst und zog dennoch bei jedem neuen Schrei den Kopf ein wenig tiefer zwischen die Schultern.

Ohne die Antwort der Ordensfrau abzuwarten, griff Darien nach der Kante des Oberlichts und zog sich durch die Öffnung nach oben. Auf dem flachen Dach des Klosters kniete er sich hin und streckte die Hand nach unten in den Raum. »Reicht sie mir hoch.«

Die Ordensfrau dachte nicht daran, der Aufforderung zu folgen. Stattdessen verneigte sie sich vor Nauri. Das Mädchen stand einfach nur steif da, die Hände inzwischen an ihren Seiten zu kleinen Fäusten geballt, den Beutel auf der Brust.

»Verzeiht die ungebührliche Behandlung. Dies alles dient nur Eurer Sicherheit.«

Darien stieß einen ungeduldigen Laut aus. Was nützte es nun noch, seine wahren Gefühle zu verbergen? So nah, wie die feindlichen Soldaten schon waren, sprach er ohnehin mit einer toten Frau. »Wir haben keine Zeit für unsinnige Förmlichkeit«, zischte er. »Reicht das Mädchen hoch! Sofort!«

Die Ordensfrau schnappte hörbar nach Luft. Sie nahm die Schultern zurück und hob stolz den Kopf. Wollte sie ihm ausgerechnet jetzt eine Strafpredigt halten?

Doch dann wandte sie sich ab und wieder dem Mädchen zu. Vielleicht sah sie ein, dass sie keine Zeit hatte, vielleicht hielt sie es auch einfach nur für unter ihrer Würde, mit einem Leibwächter zu streiten. Jedenfalls fasste sie Nauri um die Hüften und hob sie zum Oberlicht hinauf.

Das Mädchen streckte Darien die Hände entgegen, immer noch, ohne einen Laut von sich zu geben. Sollte es nicht weinen und zappeln und sich weigern, seine gewohnte Umgebung zu verlassen? Doch Darien konnte nicht von sich behaupten, sich gut mit Kindern auszukennen. Vielleicht waren sie alle so, vielleicht stand das Mädchen unter Schock.

Nauri war leicht, und sie klammerte sich mit verzweifelter Kraft an seinen Arm. Nicht lang, dann hockte sie neben ihm auf dem Dach und sah sich mit großen Augen um. All der Rauch. Die Flammen, die irgendwo rechts von ihnen in den Himmel schlugen.

Darien hob sie hoch und huschte geduckt auf das angrenzende Gebäude zu, das ein wenig höher war als das Kloster. Zwischen einem Türmchen und einem Wasserspeier kauerte er sich auf die Ziegel. Hier konnte er sich eine Weile verstecken. Er würde warten, bis der Kampf endgültig vorüber war, bis die feindlichen Soldaten feierten und plünderten. Dann konnte er sich durch eines der Aquädukte aus der Stadt stehlen. Und seine Königin in den Händen der Feinde zurücklassen, wie sie es ihm befohlen hatte.

Der beißende Geruch des Rauchs stieg Darien in die Nase, während er den Blick über die Stadt schweifen ließ, in der er aufgewachsen war. Es war auch ganz sicher nur der Rauch, der ihm die Tränen in die Augen trieb. Es lag nicht daran, dass es aussah, als würde der Krater, in dem Letharn erbaut worden war, wieder Feuer spucken. Dass direkt zu Dariens Füßen fremde Soldaten durch das zerstörte Tor in der Palastmauer strömten, ohne noch auf nennenswerten Widerstand zu stoßen.

Wenn er diesen Auftrag erfüllt hatte, würde es kein Zuhause mehr geben, in das Darien zurückkehren konnte. Die Königin, die zu beschützen er geschworen hatte, war bis dahin vermutlich tot. Und das Gewicht des Mädchens zog an seinen Armen, hielt ihn davon ab, irgendetwas anderes zu tun, als abzuwarten, bis alles vorüber war. Es hatte das Gesicht an seiner Schulter vergraben, als würde all die Zerstörung nicht geschehen, wenn es nicht hinschaute.

Wenn es doch nur so einfach wäre.

Wenn er doch wenigstens glauben könnte, dass dieses Kind mehr war als ein einfaches Mädchen.

Bjoron

Nicht mehr lang bis zu Bjorons erster, richtiger Schlacht. Der Heereszug der Hochlandstämme wälzte sich bereits durch die letzten Ausläufer des Gebirges, ein Band in Fell gewandeter Krieger, die die Kinder, die Alten, die Schwangeren und das Vieh in ihre Mitte genommen hatten. Nicht einmal von dem Hügel, auf dem er stand, konnte Bjoron den Zug ganz überblicken. Ein erhebender Anblick. Ein Anblick, der jeden Feind erzittern lassen musste. Und ein Anblick, der aus Bjorons Magen einen kleinen, kalten Klumpen machte. Nicht mehr lang, bis er sein Schwert zum ersten Mal richtig führen würde, und diesmal durfte er nicht versagen. Diesmal nicht.

Wie von selbst glitt sein Blick zu der breitschultrigen Gestalt seiner Mutter, die aus der Menge ragte. Das Haar bereits von weißen Strähnen durchzogen, um den Hals eine Kette aus den Zähnen erschlagener Berglöwen. Als hätte sie etwas gespürt, sah Jernsa auf und begegnete Bjorons Blick. Doch Ihr Gesicht blieb ausdruckslos. Fast war es, als würde sie einen Fremden ansehen. Dann wandte sie sich ab und wieder Tjark zu, ihrem Erstgeborenen. Sie sagte etwas, schlug Bjorons älterem Bruder auf die Schulter und lachte.

Bjorons Kiefer malten. Er war genauso viel wert wie Tjark, und spätestens nach der Schlacht würde auch seine Mutter das erkennen. Dann würde die Sache mit Neljar vergessen sein, genauso wie die verlorenen Yaks.

Bjorons Finger schlossen sich fester um den Griff seines Schwertes. Nicht mehr lang.

Seine Mutter beschleunigte ihre Schritte, zog auf dem Weg zur Spitze des Zuges an den Reihen der Krieger vorbei. Tjark fiel zurück, blickte nun seinerseits zu Bjoron. Er winkte und grinste, trabte dann den Hügel hinauf. Wie Bjoron hatte er wegen der milden Temperaturen hier unten längst die meisten Felle abgelegt, trug nur noch eine Hose aus grobem Stoff und eine Fellweste.

»Na, genießt du die Aussicht? Das wird eine großartige Schlacht! Wir machen die Belagerer nieder, und dann lassen wir uns in Letharn als Retter feiern.«

Mit einem schwachen Grinsen nickte Bjoron. Genau so würde es laufen, musste es laufen, wollte er nicht das Gespött des ganzen Stammes bleiben. Im nächsten Moment traf ihn ein kräftiger Knuff an der Schulter. »Lass nur diesmal nicht Neljar in der Nacht vorher in dein Zelt.«

Bjoron verzog das Gesicht. Erinnerungen blitzten vor seinem inneren Auge auf. Neljar, der abends in sein Zelt gekrochen kam und seine Felle abstreifte. Wie er am nächsten Morgen von Rufen und Flüchen aufwachte, während Neljar auf dem Kampfplatz den kleinen Trupp in alle Richtungen versprengte, den Bjoron hätte anführen sollen. Der Trupp, der nur halb so stark war, wie geplant, und schlecht vorbereitet, weil es Bjorons Aufgabe gewesen wäre, die Krieger zu wecken und einzuweisen.

»Wobei ich zugeben muss, dass ich auch alles andere vergessen hätte, wenn jemand Hübsches in mein Zelt gekrochen wäre.« Tjark grinste. »Auch wenn ich dabei jemand Weiblicheren vorziehen würde.«

»Dich alles andere vergessen zu lassen, ist nicht schwer, Tjark.« Das war Kerlfts Stimme. Bjoron blickte sich um und entdeckte seinen zweitältesten Bruder auf halber Höhe des Hangs. »In deinen Kopf passt immerhin stets nur ein Gedanke gleichzeitig. Denkst du wirklich, die Schlacht wird einfach? Wenn die Sonne nach diesem Kampf das nächste Mal aufgeht, werden einige von uns tot sein.« Kerlft schniefte, während er neben Bjoron stehen blieb. Er zog den Fellumhang um seine Schultern zurecht, als wäre ihm kalt. »Mutter hätte auf mich hören und das Vieh und die Kinder zu Hause lassen sollen.«

Bjoron schnaubte, auch wenn er insgeheim froh war, etwas gefunden zu haben, dass ihn von seiner Schmach ablenkte. »Und wer hätte dann wen gegen die Berglöwen verteidigt? Die Kinder das Vieh oder das Vieh die Kinder?« Das war wieder eine dieser seltsamen Ideen, die Kerlft aus seiner Zeit in den Tieflanden mitgebracht hatte.

Auf seiner anderen Seite lachte Tjark und schlug ihm auf die Schulter. »Hör dir unseren Bruder an, Kerlft. Er hat keine Tieflandschule besucht, und trotzdem ist er schlauer als du.«

Kerlft zog eine säuerliche Miene. »Wenn die Frauen mit den Kindern und dem Vieh in den Lagern bleiben würden, wie es bei den Tiefländern Brauch ist, müssten wir nicht mit all unserem Hab und Gut in die Schlacht ziehen.«

Nun schnaubte Tjark, deutlich abfälliger als Bjoron zuvor. »Die Tiefländer sind dumm, wenn sie fast die Hälfte ihrer Krieger zurücklassen. Stimmt es außerdem, dass sie außer Männer und Frauen keine Geschlechter kennen? Ziemlich beschränkt, wenn du mich fragst.«

Kerlft überging die Frage, wie er es gerne tat, wenn man eine Schwachstelle in der Kultur der Tiefländer aufzeigte. »Ach, wie lange hast du gebraucht, um auszurechnen, dass es fast die Hälfte wäre? Pass auf, dass dein Kopf nicht überhitzt von so viel Denken.«

Aus dem Augenwinkel sah Bjoron, wie Tjark die gewaltigen Armmuskeln anspannte. »Wenn hier einer auf seinen Kopf aufpassen sollte, dann du.«

Bjoron grinste. Wie oft hatte er diesen Streit schon gehört? Insgeheim musste es seinen Brüdern Spaß machen, sich gegenseitig anzukeifen, ansonsten hätten sie schon längst angefangen, sich aus dem Weg zu gehen.

Wieder ließ er den Blick über den Heereszug schweifen, während Kerlft und Tjark über seinen Kopf hinweg weiter stritten. Dann wandte er seine Aufmerksamkeit ihrem Ziel zu. Vor ihm erstreckten sich die Tieflande bis zu der blauen, dunstverschleierten Linie gewaltiger Berge am Horizont. Eine Hügellandschaft aus Wäldern, Wiesen und Feldern, viel grüner, als die Hochlande es selbst im Frühling waren. Grün bis auf den Rauch, der über den Wipfeln aufstieg.

Bjoron fluchte leise. Die schwarze Säule zerschnitt die Linie der Berge in der Ferne, als hätte jemand mit einer Axt eine Kerbe hineingeschlagen. Sie war gewaltig im Vergleich zu den Bäumen ringsum, ihr oberes Ende vom Wind zerfranst. Was lag dort? Stand der Wald in Flammen oder die Stadt, zu deren Rettung sie gekommen waren? Der Wald, es musste der Wald sein.

Und seine Brüder stritten noch immer.

Bjoron stieß Tjark den Ellenbogen in die Rippen und schlug Kerlft gegen die Schulter. »Seht mal dort.« Seine Stimme klang heiser.

Sofort verstummten seine beiden Brüder und spähten in die Richtung, in die er deutete.

»Viel zu groß für ein Lagerfeuer«, knurrte Tjark. »Sieht aus, als hätten die den ganzen Spaß ohne uns.«

Kerlft schwieg. Er kniff die Augen zusammen und starrte konzentriert in Richtung des dunklen Rauchs. Bjoron beobachtete seinen schmächtigen Bruder aufmerksam. Es war seine Meinung, die zählte. »Könnte dort wirklich Letharn liegen?«

Die Antwort war ein Schulterzucken. »Gut möglich. Das Heer braucht vielleicht noch einen Tag bis dorthin, und von hier aus sieht man weit.«

Mit einem Mal schmeckte Bjoron Asche auf der Zunge. Aber noch war nichts sicher. Und vielleicht lag der Brandherd auch nur ganz in der Nähe Letharns? Alles war möglich, nicht wahr? »Was denkt ihr, brennt da? Die Stadt selbst oder etwas im Umland?«

»Die Stadt«, antwortete Kerlft düster.

»Die Belagerer«, sagte Tjark im selben Moment im selben Tonfall. »Wir haben den Ausfall verpasst. Wer von euch hat die Ahnen so sehr verärgert?«

»Yakschädel«, zischte Kerlft. »Die Belagerer haben nur ein paar Zelte, das ergäbe nicht so viel Rauch. Wir haben den Sieg des Feindes verpasst!«

»Hast du nicht gesagt, Letharn wäre uneinnehmbar?« Unverwandt starrte Bjoron die Rauchsäule an. Es konnte doch nicht sein, dass er schon wieder zu einem Kampf zu spät kam! Diesmal war es zwar nicht seine Schuld, aber das machte es nicht besser.

Kerlft strich sich mit gerunzelter Stirn durch einen Bart, der die Bezeichnung kaum verdiente. »Vielleicht habe ich mich geirrt. Jede Befestigung hat irgendwo eine Schwachstelle.«

Tjark schüttelte den Kopf, als könnte er das nicht glauben. Aber auch seine Miene war nun todernst. »Kommt, wir sagen Mutter Bescheid.«

Bjoron ließ sich zurückfallen, während seine Brüder den Hügel hinuntereilten. Seine Mutter würde ihn ohnehin nicht sehen wollen. Erneut starrte er zu der Rauchsäule hinüber. Dies war seine einzige Chance auf eine echte Schlacht gewesen, und nun war sie womöglich dahin. Wie lange würde ihm die Sache mit Neljar noch nachhängen, wenn er sich nicht beweisen konnte?

Berinda

Königin Berinda hatte nicht damit gerechnet, den Tag zu überleben. Doch nun war er fast vorüber und sie zu ihrer Überraschung noch immer wohlauf. Zumindest wenn man von der Kälte absah, die aus den Steinen ringsum in ihre Glieder kroch. Fröstelnd schlang sie die Arme um ihren Oberkörper auf der Suche nach ein wenig Wärme. Sie hatte nicht gewusst, dass es Teile ihres Palasts gab, die so ungemütlich waren. Es war, als hätte der Winter die Kerker als Schauplatz für sein letztes Aufbäumen gegen den Frühling gewählt. Während über der Erde längst gesät wurde, rechnete sie in diesem Loch bei jedem Ausatmen damit, ein Dampfwölkchen vor ihrem Gesicht zu sehen.

Sie ging auf und ab, um sich warmzuhalten, mehrere Decken um die Schultern geschlungen, die sie auf dem Strohlager in ihrer Zelle gefunden hatte. Eigentlich sollte sie ihre Kräfte schonen, vielleicht ein wenig schlafen. Aber immer wenn sie die Augen schloss, sah sie die Stadt brennen. Ihre Stadt. Letharn.

Und dann waren da die Fragen. Wieso war sie noch am Leben? Wieso hatte der Mann, dessen Heer ihr Land überrannt hatte, sie gefangen genommen, anstatt sie zu töten, wie er es mit ihren Fürsten getan hatte? Was wollte er von ihr? Bisher hatte sie Arandes, den selbsternannten Weltherrscher, nicht einmal gesehen. Seltsamerweise kränkte sie das. Wenn er schon eine Königin gefangen nahm, sollte er sich dann nicht die Mühe machen, seinen Triumph persönlich auszukosten?

Schritte vor der Zellentür ließen sie innehalten. Unwillkürlich wich sie an die hintere Wand zurück. Mit einem Mal war sie sich nicht mehr so sicher, ob sie Arandes überhaupt sehen wollte. Was auch immer er mit ihr vorhatte, es konnte nichts Gutes sein.

Was hatte sie sich nur dabei gedacht, die Eroberer in ihrem Thronsaal zu erwarten, anstatt zu fliehen? Nun kam ihr das wie eine sinnlose Trotzgeste vor, obwohl sie wusste, weswegen sie es getan hatte. Sie konnte nur hoffen, dass ihr Plan aufging. Dass ihre Schwester, die kleine Nauri, in Sicherheit war und niemand nach ihr suchte.

Schatten bewegten sich vor dem vergitterten Fenster in der Tür, verdeckten für einen Moment die Fackeln auf dem Flur, ihre einzige Lichtquelle. Dann knirschte ein Schlüssel im Schloss, und die Tür schwang auf. Zwei Soldaten schleppten eine in weiße Gewänder gehüllte Gestalt herein, die reglos zwischen ihnen hing. Erst als die beiden Männer sie fallen ließen, drang ein leises Stöhnen unter den Resten eines Schleiers hervor. Ohne ein Wort zogen sich die Soldaten zurück, die Gesichter ausdruckslos unter den ledernen Helmen. Sie schienen kaum Notiz davon zu nehmen, wie Berinda zu der Gestalt hinübereilte. Sie kniete sich nieder, berührte eine in Weiß gehüllte Schulter. »Ehrwürdige?«

Sie war es, die Vorsteherin des Ordensklosters von Letharn, nach Nauri die ranghöchste Person im Orden des ewigen Kreises. Rostrote Flecken zierten ihr Gewand.

»Sie wollte nicht reden.«

Als Berinda den Blick hob, sah sie direkt in dunkle Augen. Sie saßen in einem hageren Gesicht, das von schwarzem Haar umrahmt wurde. Den Kopf krönte ein dünner, goldener Reif und verriet den Status seines Trägers. Im Gegensatz zu seinem Titel war Arandes' Krone offensichtlich eher bescheiden.

Der Weltherrscher stand in der Tür, die Hand locker am Knauf seines Schwertes. Er trug dieselbe Rüstung aus überlappenden

Lederplatten wie seine Männer, doch bei ihm zeichneten sich keine dunklen Flecken darauf ab, keine Scharten abgelenkter Hiebe.

Als er einen Schritt in den Raum hinein tat, folgten ihm wie seine Schatten zwei in Roben gehüllte Gestalten. Berinda sah es unter den Kapuzen glitzern. Dort, wo ihre Gesichter hätten sein sollen, blickten ihr nur zwei runde Masken entgegen, in denen sich Teile des Kerkers spiegelten. Wenn man versuchte, in den Mienen dieser beiden zu lesen, würde man nur ein verzerrtes Abbild von sich selbst sehen.

Einige Schritte vor Berinda blieb der Weltherrscher stehen und musterte sie eine Weile schweigend. Sie hielt sich gerade, reckte das Kinn stolz vor.

»Ihr seid also Königin Berinda. Nach der gut organisierten Verteidigung, gegen die meine Truppen angerannt sind, hätte ich Euch für älter gehalten.«

»Nach der blutigen Zerstörung, die Ihr in meinem Land angerichtet habt, hätte ich erwartet, dass ihr mehr Ähnlichkeit mit einem Wesen aus der Unterwelt besitzt.« Ihre Stimme zitterte ein wenig, aber zumindest kamen ihr die Worte flüssig über die Lippen.

Arandes lachte, und das Geräusch hallte verzerrt von den Kerkerwänden wider. »Dann ist Euch also zu Ohren gekommen, was in den Städten geschehen ist, die auf meinem Weg lagen. Ich nehme an, die Köpfe Eurer Herzöge und Barone zieren die Stadttore noch immer. Wolltet Ihr deren Schicksal unbedingt teilen, oder wieso habt Ihr nicht versucht zu fliehen?«

Berinda schluckte. Nur nicht daran denken. Nur nicht an all die Männer und Frauen denken, die mit ihr zusammen Kriegsrat gehalten hatten, als die Nachricht sie erreicht hatte, dass ein Heer das selbstmörderische Unterfangen auf sich genommen hatte, das westliche Gebirge zu überqueren. Sie hatte jeden einzelnen davon mit Namen gekannt. Und Arandes hatte Kriegstrophäen aus ihnen gemacht.

»Ich bin geblieben, weil ich Euch etwas fragen wollte.« Nichts als leere Worte, von denen sie hoffte, dass sie sie unerschrocken wirken ließen. »Wie seid Ihr in die Stadt gelangt? Auf Eure seltsamen Vogelwesen waren wir vorbereitet, doch es kamen keine. Und ich glaube nicht, dass es Euren Männern gelungen ist, die Steilhänge rings um Letharn zu erklettern. Ich weiß außerdem, dass ihr die Tore nicht mit Gewalt durchbrochen habt.«

Der Weltherrscher lächelte. »Verrat.«

Ein langsames Nicken, mehr brachte Berinda nicht zustande. »Das habe ich mir gedacht.« Dennoch schmerzte die Erkenntnis. Ein Verräter in den eigenen Reihen. Wer es wohl gewesen war?

Arandes legte den Kopf ein wenig schief, betrachtete sie neugierig. »Wenn Ihr es Euch gedacht habt, war die Antwort den Preis kaum wert, nicht wahr?«

Gespielt gleichgültig hob Berinda die Schultern. »Es gibt doch ohnehin keinen Ort mehr, an den ich hätte fliehen können. Ihr habt mein Land erobert, und ich bin nicht verrückt genug, die Berge ringsum zu überqueren.«

Wieder lachte der Weltherrscher. »Das kann ich tatsächlich nicht empfehlen. Ich habe ein Drittel meiner Männer bei dem Versuch verloren.«

Ein Drittel? Wie groß musste seine Armee beim Aufbruch gewesen sein? Und was gab es in ihrem Land, das Arandes so dringend wollte, dass er so viel dafür riskierte?

»Wohin habt Ihr das Mädchen bringen lassen?«

Für einen Moment schien es Berinda, als würde diese Frage ihre eigene beantworten. Aber das ergab keinen Sinn. Auf der anderen Seite der Berge kannte man die Legende von Nauranda wahrscheinlich nicht einmal. Es hatte immer nur wenig Kontakt gegeben.

»Welches Mädchen?« Ihr Blick huschte von der weiß gekleideten Ordensfrau am Boden zu den Männern mit den Spiegelmasken. Sie glaubte, die Blicke dieser stummen, gesichtslosen Gestalten zu spüren.

Die Miene des selbsternannten Weltherrschers verdüsterte sich. »Ihr wisst, welches Mädchen ich meine. Das, welches als Wiedergeburt der Magierin Nauranda gilt. Das Mädchen, über dessen Verbleib mir Eure Zellengenossin keine Auskunft geben wollte.«

Berinda schluckte, zwang sich, diesmal nicht zu der Ordensfrau hinüberzusehen. »Nauri ist fort.«

Ungeduldig trommelte Arandes mit den Fingern auf dem Griff seines Schwertes. »Das ist mir aufgefallen. Aber wohin wurde sie gebracht?«

Es fiel ihr erstaunlich leicht, sich ein Lächeln abzuringen. Immerhin war es ein kleiner Triumph, dass er ihre Schwester nicht finden konnte. »Fort eben. Das mag eine fremdartige Vorstellung für Euch sein, Weltherrscher ...« Sie legte so viel Spott in seinen Titel, wie sie nur konnte. »... aber meine Untergebenen sind in der Lage, eigenständige Entscheidungen zu treffen. Ich weiß nicht, in welche Richtung sie sich mit ihr gewandt haben.«

Sie konnte nur hoffen, dass die Lüge überzeugend klang, dass sie sich nicht verplapperte. Sie verbannte alle Erinnerungen an die Befehle, die sie gegeben hatte, in den hintersten Winkel ihres Gedächtnisses.

Arandes machte einen Schritt auf sie zu, musterte sie so eindringlich, dass sie das Gefühl hatte, er versuche ihr direkt in die Seele zu sehen. »Ich glaube, Ihr habt zumindest eine ungefähre Vorstellung.«

»Nicht die geringste.«

Der Blick des Weltherrschers ging wie zufällig zu der liegenden Ordensfrau, und Berinda folgte ihm automatisch. Allzu deutlich hoben sich die Blutflecken vom Weiß des Gewandes ab. Sie schluckte, wandte sich eilig wieder Arandes zu. »Egal, was Ihr mir antut, was ich nicht weiß, kann ich nicht verraten.«

Er schüttele den Kopf. »Ich gedenke nicht, Euch etwas anzutun. Aber Ihr solltet Euch im Klaren darüber sein, dass ich nicht eher ruhen werde, bis ich Nauranda gefunden habe. Und wenn ich dafür jedes mögliche Versteck dem Erdboden gleich machen muss, dann werde ich das mit Vergnügen tun. Dörfer, Städte …« Er machte eine Handbewegung, als wische er eine lästige Fliege beiseite. »Denkt darüber nach.«

Mit diesen Worten wandte er sich um, und die Tür fiel hinter seinen Schatten mit den Spiegelmasken ins Schloss. Einen Moment lang starrte Berinda einfach nur das mit Eisen beschlagene Holz an. Warum ging ihr Plan nicht auf, was wollte dieser Mann von ihrer kleinen Schwester?

»Es beginnt erneut.« Die Stimme war schwach, und Berinda konnte die Worte kaum verstehen. Sie drehte sich zu der Ordensfrau um, die sich langsam regte. Mit wenigen Schritten war sie bei ihr, half ihr, sich aufzusetzen. Dabei rutschte ein Ärmel zurück, ein weißer Ärmel mit einem roten Fleck darauf. Die Haut darunter war unversehrt. War es gar nicht ihr Blut? Doch was hatte Arandes ihr dann angetan? »Was habt Ihr gesagt, Ehrwürdige?«

Die Frau schüttelte den Kopf, als wäre es nicht weiter wichtig gewesen. »Mich würde der wahre Grund interessieren, weshalb Ihr nicht geflohen seid.«

Berinda seufzte. »Ihr sagtet, Nauri sei unsere einzige Hoffnung. Deshalb dachte ich, ich wäre vielleicht in der Lage, Arandes' Aufmerksamkeit von ihr abzulenken. Aber er zeigt mehr Interesse an ihr, als ich erwartet hatte.«

»Ja«, murmelte die Ordensfrau. »Ich fürchte, das tut er. Umso dankbarer bin ich Euch dafür, dass Ihr meine Bitte erhört und jemanden zu ihrem Schutz geschickt habt. Auch wenn ich ehrlich sagen muss, dass ich Eure Wahl nicht gutheißen kann.« Selbst im Kerker gelang es der Ehrwürdigen noch, die kühle Distanz in ihre Stimme zu legen, mit der sie immer über Leute sprach, die ihr nicht gefielen.

Berinda lächelte. »Er ist mein bester Leibwächter und er besitzt zudem einige verborgene Talente. Meine Mutter hat ihn von Kindesbeinen an ausgebildet. Wenn jemand Nauri in Sicherheit bringen kann, dann Darien.«

Die Ordensfrau schüttelte den Kopf. »Ich weiß, wer er ist. Eben das macht mir Sorgen. Der Sohn eines Rebellen bleibt ein Rebell.«

»Ich vertraue ihm.«

»Dann wollen wir hoffen, dass Ihr damit Recht behaltet.«

Bjoron

Im Rot des Sonnenuntergangs wirkte die Rauchsäule wie eine Wunde im Horizont. Das letzte Licht des Tages schien darin zu versickern, während Bjoron und Tjark zum Lager zurückkehrten, das die Stämme inzwischen für die Nacht errichtet hatten. Bjoron trat nach einem Stein in seinem Weg. Vielleicht hatte Kerlft doch recht. Ohne das Vieh und die Kinder hätten sie Letharn noch vor dem Ende des Tages erreicht. Dann stände er jetzt bereits dem Feind gegenüber. Aber was hätte es noch genützt? Die ersten Flüchtlinge waren ihnen bereits am Nachmittag entgegengekommen, hatten vom Fall der Stadt berichtet. Das war der Moment gewesen, an dem Jernsa beschlossen hatte, dass sie nicht die Nacht durchmarschieren würden, nur um dann erschöpft einem ausgeruhten Feind gegenüberzutreten. Nicht, wenn es ohnehin zu spät war.

Immerhin hatte Bjoron seitdem nicht tatenlos herumsitzen müssen. Er und Tjark hatten die nähere Umgebung erkundet. Dennoch, hätte ihre Mutter sie nicht nach Letharn schicken können, um dort die Lage auszukundschaften? Diese Aufgabe war anderen zugefallen.

»Wenn die Späher Bericht erstatten ...«

»... sage ich dir Bescheid«, unterbrach ihn Tjark. »Aber Mutter wird dich eh dabeihaben wollen, wenn wir beraten, was wir als Nächstes tun.«

Bjoron warf seinem Bruder einen skeptischen Blick zu. »Sie hat seit der Sache mit Neljar kein Wort mehr mit mir gewechselt.« Und die Gelegenheit, sich zu beweisen, war womöglich vertan.

Tjark zuckte mit den Schultern. »Deine Niederlage hat sie fünf Yaks gekostet. Natürlich ist sie wütend. Aber das hier ist wichtiger. Sie wird wollen, dass alle ihre Kinder ihre Pläne kennen. Wenn sie fällt, müssen wir den Stamm führen.«

»Sie fällt nicht, sie verliert nie.« Doch vor seinem inneren Auge sah Bjoron die grauen Strähnen im Haar seiner Mutter. Ihm war nicht entgangen, wie Jernsas Bewegungen von Jahr zu Jahr steifer wurden. Irgendwann war die Zeit gekommen, wenn selbst der stärkste Berglöwe seinen ersten Kampf verlor.

Tjarks Lachen durchbrach Bjorons Gedanken. »Ich kann es mir auch nicht vorstellen. Mutter wird irgendwann im hohen Alter einfach in die Steppe hinauswandern und nicht wiederkommen. Wie die alten Helden. Vielleicht stirbt sie beim Ringkampf mit einem Höhlenbären.«

Bei dieser Vorstellung musste auch Bjoron grinsen. »Ich dachte, das wäre dein Plan fürs Alter.«

»Oh nein. Kerlft wird dem Bären zuvorkommen, indem er mich zu Tode quatscht. Mutter will, dass er mein Berater wird.«

»Vielleicht ist es nicht verkehrt, ab und zu auf ihn zu hören.«

Tjark verdrehte die Augen. »Nun will mir sogar schon der Langschläfer unter meinen Brüdern Ratschläge erteilen.«

Nicht schon wieder die Sache mit Neljar. Bjoron stieß seinem Bruder den Ellenbogen in die Rippen, und bereute das gleich darauf, als Tjark sich mit deutlich mehr Kraft revanchierte. Ächzend machte er einige Schritte rückwärts, um weiteren Knüffen zu entgehen.

Gerade wollte er wieder zu seinem Bruder aufschließen, als dieser abrupt stehen blieb. Alle Heiterkeit verschwand aus seiner Miene, seine Haltung wurde angespannt, sprungbereit. Tjark hob die Hand wie ein Jäger, der Beute erspäht hatte. Sofort hielt auch Bjoron inne und sah sich aufmerksam um.

Mittlerweile hatte sich der Himmel von Rot zu einem dunklen Blau verfärbt. Tiefe Schatten lauerten zwischen den Bäumen. Bjoron kniff die Augen zusammen, versuchte die Dunkelheit mit Blicken zu durchdringen. Was hatte Tjark gesehen? Oder war es ein Geräusch gewesen?

Dann entdeckte er es. Rechts von ihnen schimmerte ein schwaches Licht im Dunkel, ein Splitter des roten Scheins unter der Rauchsäule am Horizont. Das flackernde Licht eines Lagerfeuers.

Die beiden Brüder tauschten einen Blick. Das konnte niemand von den Hochlandstämmen sein, das Lager war noch immer ein Stück entfernt. Aber feindliche Späher wären doch sicher nicht so dumm, ein Feuer zu entzünden?

Tjark machte eine schnelle Bewegung mit der Hand. Wieder ein Jägerzeichen. Bjoron nickte, dann trennten sie sich, drangen an unterschiedlichen Stellen in den Wald vor.

Schon nach wenigen Schritten fluchte Bjoron stumm vor sich hin. In den Hochlanden wuchsen vor allem Heidekraut und kleine, zerzauste Bäume, die sich zum Schutz vor dem Wind tief über den felsigen Boden duckten. Dort gab es keine ausladenden Äste, die das Licht von Mond und Sternen blockierten, und es gab nicht so viel Gestrüpp, in dem man sich verfangen konnte. Kein Wunder, dass die Tiefländer schlechte Jäger waren, wenn sie sich mit solchen Bedingungen herumschlagen mussten.

Zweige zerkratzten Bjoron die Arme, und die Blätter daran raschelten in seinen Ohren verräterisch laut. Er setzte seine Schritte doppelt so vorsichtig, wie er es in seiner Heimat getan hätte. Mit den nackten Zehen tastete er sich Stück für Stück über den Untergrund, um nicht versehentlich auf einen Ast zu treten. Den nächsten Zweig packte er, bog ihn beiseite, dirigierte ihn hinter sich langsam wieder in seine Ausgangsposition zurück. So funktionierte es. Aber es war die reinste Geduldsprobe. Kam er überhaupt vorwärts?

Quälend langsam kam der Flammenschein näher. Doch schließlich erkannte er eine Senke, in der das Feuer brannte. Eine

Gestalt zeichnete sich vor den flackernden Flammen ab. Sie stocherte mit einem Stock in der Glut, nicht mehr als ein Schattenriss vor dem Licht. Aber sie war ziemlich klein. Ein Kind etwa?

Während sich Bjoron vorsichtig näher heranschob, stoben Funken auf, beleuchteten das Gesicht der Gestalt. Tatsächlich ein Kind. Sechs Jahre höchstens. Schwarzes Haar umrahmte die ernste Miene, fiel verdreckt und voller Knoten bis zur Hüfte. Das Kind steckte in einem Gewand, das wahrscheinlich einmal weiß gewesen war, doch nun vor Dreck starrte. Es hatte die Schultern hochgezogen, als könnte es sich so vor allem schützen, was aus dem Wald kommen mochte. Aber es war doch sicherlich nicht allein unterwegs? Suchend ließ Bjoron den Blick schweifen. Wo waren seine Eltern und Geschwister?

Auf der anderen Seite der Senke zog eine Bewegung Bjorons Aufmerksamkeit auf sich. Tjark. Dass sein Bruder sich nicht zeigte, konnte nur bedeuten, dass ihm ähnliche Fragen im Kopf herumgingen. Doch sie konnten schlecht auf der Lauer liegen, bis ...

Rascheln hinter ihm. Ein altes Blatt, das unter einem Tritt zerfiel.

Das Geräusch war so leise, dass Bjoron es beinahe nicht gehört hätte. Wie von selbst schloss sich seine Hand um den Griff seines Schwertes. Doch gleichzeitig fühlte er scharfen Stahl an der Kehle. Behandschuhte Finger umklammerten sein Handgelenk.

»Arandes oder Berinda?«, zischte eine Stimme an seinem Ohr.

Bjoron fluchte. Sein Herz pochte schneller. Das Gefühl, das sich jedes Mal vor einem Kampf seiner bemächtigte, dieses Kribbeln drohender Gefahr, rauschte durch seinen Körper. Es verengte seine Wahrnehmung, bis es nur noch den Körper hinter ihm und die Hitze der Wut in seinem Inneren gab. Er war in eine Falle gelaufen, hatte sich wieder einmal überlisten lassen. Er spannte die Muskeln, um den Griff des feigen Bastards hinter ihm zu sprengen. Der Kerl konnte nicht sonderlich stark sein, wenn er es nicht wagte, sich ihm in einem offenen Kampf zu stellen.

Ein scharfer Schmerz brachte ihn zur Besinnung. Blut lief warm seinen Hals hinunter, und Bjoron schluckte. So hatte er sich seinen Tod nicht vorgestellt.

»Beantworte einfach meine Frage! Wem dienst du? Arandes oder Berinda?«

»Die Hochlandstämme verneigen sich vor keinem fremden König.«

Eine Mischung aus Zischen und Seufzen strich an seinem Ohr entlang. Es klang frustriert. »Auf wessen Seite wolltet ihr kämpfen?«

»Berindas.«

»Dann kommt ihr zu spät.« Mit einem Mal war der Druck der Klinge fort und Bjorons Arm wieder frei. Er drehte sich um, zog in derselben Bewegung das Schwert.

Zwischen den Bäumen stand eine schmale Gestalt, gerade außerhalb seiner Reichweite. Sie hob die Hände in einer beruhigenden Geste. Von dem Messer, mit dem der Kerl ihn bedroht hatte, war nichts mehr zu sehen. »Ganz ruhig, wir sind auf derselben Seite. Ich musste nur sichergehen.«

Rechts von ihm hörte er Zweige brechen, doch Bjoron sah sich nicht nach der Quelle des Geräuschs um. Das konnte nur Tjark sein, der endlich bemerkt hatte, dass etwas nicht stimmte.

Bjoron hob das Schwert, tat einen Schritt auf seinen Angreifer zu. Der schmächtige Kerl wich zurück, bis er mit dem Rücken gegen einen Baumstamm stieß. Im schwachen Licht des Feuers wirkte er jung, jünger als Bjoron, aber vielleicht lag das auch nur an dem glattrasierten Gesicht und dem kurzen Haar.

»Sichergehen? Es besteht eine Freundschaft zwischen der Königin und den Stämmen. Hältst du uns etwa für Verräter?« Bjoron wischte sich mit der freien Hand über den Hals. Der Schnitt brannte, allerdings nicht so sehr wie seine Scham darüber, dass er sich hatte überrumpeln lassen. Doch am heißesten brodelte der Zorn gegen diesen Tiefländer, der es gewagt hatte, ihn erst aus dem Hinterhalt anzugreifen und dann auch noch des Verrats zu beschuldigen.

Der Feigling schüttelte mit düsterer Miene den Kopf. »Nein, aber Arandes hat die Tore Letharns nicht mit Gewalt durchbrochen. Ich bin lieber übervorsichtig als tot.«

»Und wer bist du?« Das war Tjarks Stimme. Sein Bruder trat neben Bjoron, die Hand lag locker auf dem Griff des Schwertes, ohne die Waffe jedoch zu ziehen.

Der Blick des Tiefländers huschte von einem zum anderen, als versuche er sie einzuschätzen. »Ich bin Darien. Mitglied der Leibgarde der Königin.« Kurz huschte sein Blick zu dem Kind am Feuer. Aber das konnte doch unmöglich die Königin sein. Die Tiefländer mochten einige seltsame Vorstellungen haben, doch Bjoron hatte noch nie gehört, dass sie sich von Kindern regieren ließen. Der Feigling log. Aber weshalb? Und wer war dieses Kind?

Tjark stieß ein bellendes Lachen aus. »Du bist niemals ein Leibwächter!«

»Ach ja?« Dariens Lippen verzogen sich zu einem humorlosen Grinsen. »Frag mal deinen Begleiter. Ich hätte ihn vorhin töten können, wenn ich gewollt hätte.«

Mit hochgezogener Augenbraue sah sein älterer Bruder zu Bjoron herüber. »Hätte er?«

Bjorons Hand schloss sich fester um den Griff seines Schwertes. Nicht zu fassen, dass sich dieser Feigling nun auch noch mit seiner Tat brüstete! »Er hat aus dem Hinterhalt angegriffen! Der ist eher ein Attentäter als ein Leibwächter. Wir sollten ihn einfach erschlagen und das Kind ins …«

»Ich kann beweisen, dass ich aus dem Palast komme«, unterbrach Darien ihn schnell. »Nauri, komm her.« Bei den letzten Worten sah er zu dem Kind hinüber. Ein kurzer Blick über die Schulter zeigte Bjoron, dass es die ganze Zeit über am Feuer gesessen und in die Flammen gestarrt hatte, als gäbe es nichts Spannenderes auf der Welt. Doch die noch immer weit hochgezogenen Schultern verrieten Angst, und es hatte aufgehört, im Feuer zu stochern. Nun stand es auf und kam mit zögernden Schritten auf sie zu. Aus großen Augen musterte es Bjoron und Tjark. Langsam schob es sich zwischen ihnen hindurch, wobei es darauf bedacht war, zu beiden so viel Abstand wie möglich zu halten.

Bei Darien angekommen, griff es haltsuchend nach einem Zipfel seines Hemdes. Der Tiefländer verzog das Gesicht. Zögernd streckte er die Hand aus, die in einem ledernen Handschuh steckte, und tätschelte den dunklen Schopf, wie man es bei einem Hund getan hätte. »Brav.«

Bjoron schnaubte. Wer auch immer diesem Darien sein Kind anvertraut hatte, er musste ziemlich verzweifelt gewesen sein.

Der Tiefländer ging in die Hocke und nahm dem Mädchen einen Beutel ab, den dieses um den Hals getragen hatte. Den hielt er Tjark hin. »Hier, in das Leder ist das Siegel des Ordens des ewigen Kreises eingeprägt. Das größte Kloster des Ordens steht innerhalb der Palastmauern in Letharn. Mir wurden die Schriftstücke anvertraut, die sich in diesem Beutel befinden.«

Warum trug dann das Kind diese Schriftstücke? Auch Tjark betrachtete das Kind eindringlich, während er den Beutel entgegennahm.

»Es heißt Nauri?«, fragte er. »Wie Nauranda, die Magierin, die dem Helden Djorn geholfen hat, die Devra auszurotten?«

Darien hob die Schultern. »Die Version der Geschichte, die ich kenne, besagt, dass es genau andersrum war und er ihr geholfen hat.«

Mit einem erneuten Schnauben schüttelte Bjoron den Kopf. Was für eine lächerliche Vorstellung. Der große Held Djorn, der einer Magierin in den Kampf folgte.

Aber Moment ... der Tiefländer lenkte vom Thema ab.

»Hier ist was, das aussieht wie ein Siegel. Was meinst du?« Tjark warf seinem Bruder den Beutel zu, und der fing ihn mit einer Hand. Es raschelte darin wie das Papier von Kerlfts Büchern. Bjoron hielt das Leder so, dass das Licht des Feuers darauf fiel. Tatsächlich bildete dort eine Vertiefung einen Kreis. Einige Zeichen ruhten darin, die ihm nichts sagten. »Kerlft kennt es vielleicht.«

»Dann nehmen wir die beiden mit ins Lager.«

»Wir sollten ihm vorher seine Waffen abnehmen. Er hat irgendwo ein Messer.« Mit düsterem Blick musterte Bjoron den Tiefländer. Noch immer konnte er nirgendwo eine Waffe entdecken, aber der Schnitt an seinem Hals bewies, dass dieser Eindruck täuschte. Und er wollte diesen hinterhältigen, feigen Bastard ganz sicher nicht mit einer Klinge durch ihr Lager laufen lassen. Wer wusste schon, was der Kerl wirklich plante.

Darien seufzte. Er griff langsam hinter seinen Rücken und zog ebenso langsam ein Messer aus einer Scheide, die dort verborgen an seinem Gürtel hängen musste. Die Klinge war etwas länger als eine Hand. Mit dem Griff voran hielt er Tjark die Waffe hin, der sie entgegennahm und an Bjoron weiterreichte. »Hier, achte auf seine Sachen und darauf, dass er nichts anstellt. Wenn er sich als Lügner oder Spion erweist, tu ihm weh, aber lass ihn am Leben. Mutter wird ihm dann ein paar Fragen stellen wollen.«

Bjoron nickte seinem Bruder dankbar zu. Tjark würde ihn später sicher damit aufziehen, dass er sich hatte überrumpeln lassen, aber immerhin gab er ihm auch die Chance, sich für den hinterhältigen Angriff zu revanchieren.

Als er sich abwandte, begegnete sein Blick dem des Kindes. Es klammerte sich noch immer an Dariens Hemd, aber nun musterte es Bjoron offen. Was hatte es mit ihm auf sich? Warum machte der Tiefländer ein solches Geheimnis darum?

Redal

Redal kauerte in der Dunkelheit. Dumpfer Schmerz pochte in seinen Knien vom langen Hocken. Er hielt den Atem an und lauschte. Die Schreie draußen waren verstummt, ebenso wie das Klirren von

Waffen und die schweren Schritte der Soldaten. Nur in der Ferne erklangen noch Rufe, irgendwo weinte ein Kind, hell und durchdringend. Und da war das dumpfe Brausen und Knacken im Hintergrund, das Geräusch von Flammen, die sich durch Holz fraßen.

Longret an seiner Seite regte sich. »Sind sie fort?«

Redal drückte ihre von jahrelanger Arbeit raue Hand, klammerte sich kurz an diese eine vertraute Sache in all dem Chaos. »Ich gehe nachsehen. Warte hier.«

Ächzend stemmte er sich in die Höhe, fluchte leise, als ein stechender Schmerz durch seinen Rücken schoss, als seine Knie knackten. Er rieb sich den Schmerz aus den Knochen, streckte die Beine.

»Redal?« Longret klang besorgt.

Er winkte ab, obwohl sie es in der Dunkelheit nicht sehen konnte. »Ich bin einfach zu alt, um stundenlang in einem kalten Keller zu sitzen.«

»Stoß dich nicht auf dem Weg zur Tür.«

»Keine Sorge, Gret, keine Sorge.« Die Worte kamen wie von selbst über seine Lippen, während er das Schwert fester packte. Die Lederumwicklung des Griffs war noch immer geschmeidig unter seinen Fingern, trotz der fünf Jahre, die es über dem Kamin gehangen hatte. Einmal Gardist, immer Gardist.

Allerdings … ein Gardist versteckte sich nicht im Keller, wenn der Feind angriff.

Redal presste die Lippen aufeinander, schüttelte den Kopf. Was hätte er tun sollen? Longret allein lassen? Die Königin hatte genug jüngere Männer, die für sie kämpften.

Vorsichtig suchte Redal sich einen Weg durch die Dunkelheit, wobei die Steifheit langsam aus seinen Gliedern wich. Seine tastenden Finger stießen gegen etwas Raues. Holz. Da war er also, bei den Feuerholzvorräten für kalte Tage. Langsam schlurfte er weiter, vorbei an den letzten Äpfeln, die vom Wintervorrat übrig geblieben waren, bis sein Fuß eine Stufe berührte.

Eine, zwei, drei, dann stieß sich Redal den Kopf an der schrägen Kellerluke. »Bei allen Geistern der Berge!«

»Leise doch«, flüsterte Longret. »Was, wenn dich jemand hört?«

Redal rieb sich die Stirn. »Sie sind sicher alle fort. Wir haben gesiegt, und bald wird die Armee der Königin diese Fremdländer wieder über die Berge treiben.«

So musste es sein. Natürlich hatten sie die Berichte gehört. Andarn gefallen. Sinthan gefallen. Aber Letharn, das hielt diesen Bastarden ganz sicher stand, selbst wenn sie es zugegebenermaßen durch die Tore geschafft hatten. Spätestens an seinen ehemaligen Kameraden von der Palastgarde bissen sie sich ohne Zweifel die Zähne aus. Und vielleicht waren die Barbaren ja doch noch gekommen, hatten den Feind in die Zange genommen.

Dennoch hob Redal das Schwert, bevor er den Riegel zurückschob und die Kellerluke öffnete.

Ein Toter lag auf der Schwelle des Hauses gegenüber. Unter Schmutz und Blut leuchteten die Farben der Königin hervor. Den rechten Arm hatte der Mann ein Stück die Straße hinunter verloren, er lag noch dort, in einer Pfütze aus Blut. Irgendwie hatte sich der Mann danach noch in den Hauseingang geschleppt, nur um dort zu verbluten.

Und das Kind weinte noch immer, weinte, ohne dass sich jemand darum kümmerte.

Aber sie hatten doch gewonnen, oder nicht? Vorsichtig trat Redal aus der schrägen Luke am Fundament seines Hauses. Mehr Leichen rechts und links die Straße hinunter. Warum trugen sie alle die Farben der Königin? Nein, am Fuß einiger Stufen entdeckte der die dunkle Lederrüstung des Feindes. Aber daneben, war das nicht?

»Oh heilige Nauranda, das ist Ilindas Junge!«

Als Redal sich umdrehte, stand Longret neben ihm. Sie war blass, eine Hand hatte sie vor den Mund geschlagen, die andere griff nach seinem Arm. Das ergraute Haar hing ihr in wirren Strähnen in die Stirn, ein Zustand, den sie unter normalen Umständen nie geduldet hätte.

»Geh wieder rein, Gret, bitte geh rein.«

Sie presste die Lippen aufeinander und schüttelte den Kopf. »Ich muss nach Ilinda sehen.«

Er seufzte, aber jedes weitere Wort war sinnlos, das hatten ihn die letzten dreißig Jahre gelehrt. »Bleib hinter mir.«

Zusammen schoben sie sich durch die enge Straße. Ilinda und Heron lebten nur ein paar Häuser weiter, genau dort, wo ihr Sohn gefallen war, wohl in dem Versuch, den Feind von der Schwelle seines Heims zu vertreiben.

Es hatte nichts genützt, hatte womöglich alles nur schlimmer gemacht. Die Tür hing gesplittert in den Angeln. Dahinter in der Diele Heron, ein klaffendes Loch im Bauch, die Augen blicklos zur Decke gerichtet. Das Schwert hielten seine kalten Finger noch umklammert.

Redal schluckte. Und er hatte im Keller gesessen, hatte so getan, als würde er die Schreie nicht hören. »Es tut mir leid, alter Kamerad, es tut mir so leid.« Aber das machte es nicht besser, ganz und gar nicht.

»Ilinda!« Ehe er reagieren konnte, rannte Longret an ihm vorbei. Sie raffte ihre Röcke, als sie über Herons Leiche hinwegstieg. »Ilinda!«

Redal fluchte und eilte ihr hinterher, so schnell die noch immer etwas steifen Beine ihn trugen.

Sie fanden sie in der Essstube. Ilinda war über dem Tisch zusammengebrochen, ein großer Blutfleck prangte auf dem Rücken ihres Kleides. Ringsum lagen zerbrochene Becher und Teller auf dem Boden. Eine Tür der Anrichte war herausgerissen, die goldenen Medaillen, die Heron für seinen langen Dienst und für seine Tapferkeit erhalten hatte, fort. Von allen Geistern verfluchte, fremdländische Bastarde!

Longret rüttelte an der Schulter ihrer Freundin, rief immer wieder deren Namen. Tränen liefen ihr über die Wangen, und ein Klumpen bildete sich in Redals Kehle.

Sanft zog er seine Frau in seine Arme, redete ihr zu, bis sie sich aus dem Haus führen ließ.

Der Geruch nach Rauch hing inzwischen wie eine erstickende Decke über der Straße. Nicht schwer zu erraten, wo es brannte. Unten im Armenviertel, wo die Häuser aus Holz und Stroh bestanden und leicht Feuer fingen. Vielleicht sollten sie gehen und löschen helfen. Alles war besser, als hierzubleiben, zwischen toten Nachbarn und toten Soldaten.

»Redal!«

Er sah auf. Gilad eilte die Straße herunter auf sie zu. »Der heiligen Nauranda sei Dank, ihr lebt!«

Dicht hinter dem hageren Schankwirt folgte Sanden, der seinen rechten Arm vor zwanzig Jahren in der Schlacht um Andarn eingebüßt hatte. »Dann fehlt aus der alten Truppe nur noch Heron. Wo ist der faule …?«

Sanden verstummte, als sein Blick auf die zerborstene Tür fiel, dann weiterwanderte über die Leichen auf den Pflastersteinen, bis er an der einzigen Gestalt hängen blieb, die weder Rüstung noch Uniform trug. »Oh ihr Geister, ist das Herons Junge?«

Redal nickte stumm, drückte Longret an sich, die schon wieder von Schluchzern geschüttelt wurde. »Heron und Ilinda sind auch tot.« Seine Stimme klang selbst in seinen eigenen Ohren heiser und rau.

Sanden zog sich den Schlapphut vom Kopf, Gilad seine Kappe, unter der nur noch spärlich Haar spross. Einen Augenblick lang standen die beiden mit gesenktem Kopf da. Dann räusperte sich Gilad. »Ihr müsst mitkommen. Alle anderen sind schon bei mir. Wir verstecken unsere Waffen in dem leeren Fass in meinem Keller. Wir …«

Die Worte drangen nur langsam zu Redal durch. Er hob eine Hand. »Warte. Warte … Ihr versteckt die Waffen?«

Sanden nickte. »Damit der Feind sie nicht findet. Glaub mir … ist das Erste, was man macht, wenn man eine Stadt erobert … also nach dem Morden und Plündern und so. Alle Waffen einsammeln …«

»Erobert?« Ein Reif aus Eisen schien sich um Redals Brust zu legen, sich immer weiter zuzuziehen. »Aber … Haben wir … Haben wir nicht …?«

»Gardist!« Gilads Kasernenton ließ Redal zusammenzucken. Automatisch nahm er Haltung an, verzog nur leicht das Gesicht, als sein Rücken mit einem dumpfen Schmerz protestierte. »Wir haben keine Zeit zu verlieren! Marsch, marsch zum Fröhlichen Igel!«

Wie von selbst setzten sich Redals Beine in Bewegung. Während sie zu viert die Straße hinaufgingen, hielt er Longrets Hand umklammert. Ob er damit sie oder sich selbst beruhigen wollte, wusste er längst nicht mehr.

Schließlich traten sie auf die nächste, breitere Straße. Wie von einer unsichtbaren Kraft gezogen, wandte sich Redals Kopf nach rechts. Er blickte den Hang hinauf, dorthin, wo am Rand der Stadt, am Rand des Kraters, in dem Letharn erbaut worden war, der Palast thronte.

Der Anblick ließ ihn schlucken. Flammen leckten dort in den Himmel, wo normalerweise die Banner der Königin wehten. Irgendwer hatte jedes einzelne davon in Brand gesetzt, ganz ohne Zweifel, um ein Zeichen zu setzen: Diese Stadt gehört nicht mehr ihr.

Sie hatten nicht gesiegt. Letharn war gefallen.

»Was habt ihr vor?«, krächzte Redal.

Sanden zuckte mit den Schultern. »Warten und hoffen.«

»Worauf?«

Gilad blickte über die Schulter zu ihm zurück. »Darauf, dass der Orden Nauranda in Sicherheit bringt. Dass sie schnell erwachsen wird. Sie wird Gerien nicht im Stich lassen. Und wenn sie kommt, um das Land zu befreien, müssen wir bereit sein, an ihrer Seite zu stehen.«

Redal nickte. Das Band um seine Brust lockerte sich ein wenig. Er mochte sich im Keller versteckt haben, aber wenn Nauranda zu den Waffen rief, dann würde er antworten, egal wie sehr Knie und Rücken schmerzten. Vielleicht konnte er so zumindest ein bisschen was wiedergutmachen.

Sie eilten weiter die Straße hinauf. Plötzlich hielt Gilad inne, hob eine Hand. Als Redal lauschte, hörte er es auch. Schritte. Die schweren Schritte der fremden Soldaten.

Kurz darauf gesellte sich eine Stimme zu ihnen. Sie klang seltsam, als schwänge das Klirren von Glas darin mit. »Diese Stadt ist nun Teil des Weltreiches des großen Herrschers Arandes. Alle Bewohner sind angehalten, in ihren Häusern zu bleiben. Diese Stadt ist nun ...«

»Schnell!« Gilad winkte sie weiter.

Sie rannten, schnaufend und keuchend, aber sie waren alle Soldaten genug, um sich von alten Knochen nicht aufhalten zu lassen. Redal zog mit einer Hand Longret hinter sich her, während er mit der anderen das Schwert umklammert hielt. Jeden Moment mussten die Männer in den dunklen Rüstungen um die Ecke kommen. Doch dort vorne schwankte bereits das Schild mit dem Igel darauf, der selig lächelnd einen großen Bierkrug umarmte. Gilad erreichte die Tür, riss sie auf, scheuchte sie hindurch.

Dann waren sie in der Schankstube, in Sicherheit. Soweit man in einer besetzten Stadt eben in Sicherheit sein konnte.

Schwer atmend beugte Redal sich vor, stützte die Hände auf die Knie. Er ließ den Blick schweifen, entdeckte an den Tischen all seine alten Kameraden, ihre Frauen und Kinder. Graues oder angegrautes Haar, teilweise knotige Gelenke und ängstliche Gesichter.

Wenn Nauranda kam, um Gerien zu befreien, waren sie hoffentlich nicht die Einzigen, die ihrem Ruf folgten.

Berinda

Berinda hatte der Ordensfrau das Strohlager und die Decken überlassen. Den Protest, den Verweis darauf, wer von ihnen beiden Königin war, hatte sie beiseite gewischt. Sie herrschte nicht mehr und sie war nicht diejenige von ihnen, die sich kaum auf den Beinen halten konnte.

Schließlich hatte die Ehrwürdige nachgegeben und genickt. »Dann nennt mich bitte auch nicht mehr bei meinem Titel. Mein Name ist Marlena.« Mit diesen Worten hatte sie sich den zerrissenen Schleier vom Gesicht gezogen. Darunter kam im spärlichen Licht eine strenge Miene zum Vorschein, in der sich erste Falten zeigten.

Nun saß sie in die Decken gewickelt auf dem Lager und zitterte so heftig, dass das Klappern ihrer Zähne von den Wänden widerhallte. Immer wieder stöhnte sie, hielt sich den Kopf, als hätte sie große Schmerzen. Berinda beobachtete sie, kaute dabei nachdenklich auf ihrer Unterlippe. Auch sie zitterte, aber nicht so heftig. Und das, obwohl sie das Gefühl hatte, als wäre die Kälte des Kerkers längst bis in ihr tiefstes Innerstes gekrochen. Wenn sie doch nur wüsste, was mit Marlena nicht stimmte. Noch immer konnte sie keinerlei Verletzungen erkennen, doch diese Tatsache beruhigte sie längst nicht mehr.

Schließlich ging Berinda vor der Ordensfrau in die Hocke und packte sie bei den Schultern. »Was hat er Euch nur angetan, Marlena? Das Blut an Eurer Kleidung stammt nicht von Euch, oder? Aber wie hat er dann versucht, Euch zum Sprechen zu bringen? Sagt es mir, damit ich mich dagegen wappnen kann, falls er es auch bei mir versucht.«

Marlena holte tief und zitternd Luft. »Wollt ihr es wirklich wissen?«

»Was auch immer es ist, es kann nicht schlimmer sein als die Ungewissheit.«

Diese Aussage entlockte der Ordensfrau ein schwaches Nicken. »Ihr habt recht.« Sie zog die Decken noch ein wenig enger um sich. »Das Blut stammt nicht von mir, sondern von meinen Brüdern und Schwestern. Wir haben sie aufgehalten, solange wir konnten. Doch all unsere Magie war nutzlos. Wir haben die Tempelbäume für uns kämpfen lassen, aber alles, was diese Gestalten mit den spiegelnden Masken berühren, verdorrt. Was wir ihnen entgegenwarfen, prallte an ihnen ab. Und hinter ihnen kamen die Soldaten …« Sie stockte, starrte einen Moment ins Nichts. Schließlich fuhr sie so leise fort, dass Berinda sich vorbeugen musste, um sie zu verstehen. »Doch das Schlimmste sind die Masken selbst. Man sieht sich darin, klein und verloren. Wertlos und …« Sie schüttelte den Kopf. »Seit ich mich in diesem Spiegel gesehen habe … Ich hätte beinahe jede von Arandes' Fragen beantwortet, nur um diese Leere zu füllen. Sie ist immer noch da, und ohne die Lehren Naurandas wäre ich inzwischen sicherlich verloren.«

Wieder krümmte sie sich, umklammerte ihren Kopf, als wollte sie ihn daran hindern zu bersten. Berinda schüttelte sich. Nun verstand sie, wie Arandes jemanden hatte finden können, der ihm die Tore Letharns öffnete.

Eine Sache allerdings verstand sie noch immer nicht. »Aber wieso ist er so versessen darauf, Nauri zu finden? Er hat gedroht, ganze Dörfer und Städte zu vernichten, nur damit sie sich nicht mehr darin verstecken kann.« Berinda schlang die Arme um ihren Körper. Allein der Gedanke, Arandes könnte seine Drohung wahr machen, bereitete ihr Übelkeit. Aber wie konnte sie ihn aufhalten, ohne Nauri zu verraten?

»Er will sie aus demselben Grund finden, aus dem Ihr bereit seid, Euer Leben zu geben, um das von Nauranda der 156. zu schützen. Ihr tut dies doch nicht nur, weil sie Eure Schwester ist.«

Berinda biss sich erneut auf die Unterlippe, schüttelte dann den Kopf. »Nein. Ich tue es, weil ich die Legende von Nauranda kenne und an sie glaube. Ich bin davon überzeugt, dass es nicht mehr lange dauern wird, bis Nauri sich an ihre früheren Leben erinnert. Bis sie weiß, dass sie als Nauranda die Erste geschworen hat, ganz Gerien zu beschützen. Bis sie ihre alte Macht zurückerlangt. So habt Ihr es mir versprochen, und ich habe keinen Grund, daran zu zweifeln. Aber Arandes kommt von jenseits des westlichen Gebirges. Wir wissen kaum etwas über die Länder, die dort liegen. Er ist sicher nicht mit der Legende von Nauranda aufgewachsen. Wieso sollte er an sie glauben?«

Die Ordensfrau senkte den Blick. Sie zupfte an ihren Decken, tat so, als sei sie vollständig damit beschäftigt, sich fester darin einzuwickeln. Wie ein kleines Kind, das den Honig gestohlen hatte und sich nicht traute, es zuzugeben, obwohl es längst überführt war. Berinda verengte die Augen zu Schlitzen. »Was wisst Ihr, das Ihr mir nicht verratet?«

»Verzeiht, Majestät, aber …«

Marlena unterbrach sich, als Berinda sie wieder an den Schultern packte, diesmal fester. Die Ordensfrau hatte ihr tatsächlich etwas verschwiegen? Warum? Wie konnte sie nur? Das Schicksal des gesamten Landes hing von ihren Entscheidungen ab. Es war wichtig, dass sie alles wusste, was es zu wissen gab!

Berindas Blick bohrte sich in den der Ordensfrau. »Keine Ausflüchte! Ich habe Euch vertraut. Ich habe alles getan, worum Ihr mich gebeten habt, und habe mein Leben aufgrund dessen riskiert, was Ihr mir erzählt habt. Doch nun stelle ich fest, dass ich nicht alles wusste, dass ich vielleicht eine falsche Entscheidung getroffen habe. Ich will die Wahrheit. Jetzt!«

»Verzeiht …« Nun war die Stimme der Ordensfrau nur noch ein Flüstern. »Ich konnte nicht ahnen, dass Ihr Euch entscheidet, hierzubleiben. Hätte ich es gewusst, hätte ich Euch davon abgeraten. Andererseits war ich mir nicht ganz sicher, bis ich in die Maske geblickt habe.«

»Womit wart Ihr Euch nicht sicher?« Berindas Stimme klang heiser. War es nicht schon schlimm genug, dass ihr Land erobert, seine Hauptstadt niedergebrannt war? Was für schlechte Neuigkeiten würde sie nun noch erfahren?

»Ihr müsst verstehen, dass es ein Ordensgeheimnis ist, um das es hier geht.« Marlena machte sich aus Berindas Griff los und nahm die Schultern zurück. »Die große Nauranda persönlich hat vor Jahrhunderten verfügt, dass niemand außerhalb des Ordens diese Geschichte erfahren soll. Sie ändert auch nichts an dem, was ich Euch versprochen habe. Nauranda die 156. wird sich an ihre früheren Leben erinnern und sie wird ihre alte Macht wiedererlangen. Die einzige Fehlannahme, zu der mein Schweigen Euch verleitet hat, ist die: Arandes kann durchaus mit der Legende von Nauranda aufgewachsen sein. Wenn auch vielleicht mit einer etwas anderen Version davon.«

Langsam lehnte sich Berinda zurück, versuchte ihrer Stimme einen ruhigen Klang zu geben. Sie würde sich nicht aufregen. Nicht über Dinge, die sich nicht mehr ändern ließen. »Was genau bedeutet das?«

Noch einmal zögerte Marlena. Dann jedoch gab sie sich einen Ruck. »Gut, ich will es Euch verraten, war es doch mein Schweigen, das Euch in diese Situation gebracht hat. Ihr müsst wissen, dass die Legende nicht so einfach ist, wie es den Anschein hat. Die Geschichte, wie Nauranda die Devra besiegt, ist nur ein Bruchteil dessen, was damals wirklich geschehen ist.«

Darien

Darien fühlte die düsteren Blicke des kleineren der beiden Barbaren, Bjoron oder so ähnlich, im Nacken, als sie ihn und Nauri in ihr Lager führten. Es sah ganz so aus, als hätte er sich einen Feind gemacht. Die Finger seiner Rechten krochen zum linken Ärmel, wo ein Wurfmesser steckte. Dann jedoch ballte er sie zur Faust und ließ sie an seine Seite fallen. Niemals nach verborgenen Waffen tasten, solange man sie nicht brauchte. So lange war er doch noch nicht Leibwächter, um die ganzen alten Regeln zu vergessen.

Doch da waren all die unbeantworteten Fragen, die unablässig in seinem Kopf kreisten. Wieso lagerte das Barbarenheer einen Tagesmarsch von Letharn entfernt, während die Stadt in Flammen stand? Konnten sie wirklich einfach zu spät gekommen sein? Natürlich war das möglich. Außerdem logen die wenigsten Leute, wenn man ihnen eine Klinge an die Kehle hielt und sie nicht einmal wussten, welche Antwort man von ihnen erwartete. Dennoch ... lieber übervorsichtig als tot. Das hatte die Königinmutter immer gesagt, und sie war über viele Jahre eine gute Lehrerin gewesen.

Das Barbarenlager erstreckte sich als wirre Ansammlung von Zelten vor ihm. Viele davon bestanden aus Fell, und bei einigen staken unter den Rauchabzugsklappen keine Holzstangen, sondern die Knochen großer Tiere hervor. Zwischen den Zelten hing eine Vielzahl von Gerüchen. Rauch, Schweiß und nasses Fell. Letzterer stammte wahrscheinlich von den zotteligen Kühen, die überall herumliefen. Ein kleiner Junge trieb einige davon mit einem Stock in Richtung eines Pferchs. Überhaupt, was machten all die Kinder in diesem Lager? An einem der Feuer gab sogar eine Frau einem Säugling die Brust. Dies konnte doch unmöglich ein Heereslager sein! Aber erzählte man sich nicht, dass die Hochlandbarbaren selbst ihre Kinder mit in die Schlacht nahmen? Er hatte das stets für ein Märchen gehalten.

Neben ihm stolperte Nauri. Aus Reflex griff Darien zu, bekam die Kleine am Arm zu fassen. Große Augen schauten aus einem dreckverschmierten Gesicht zu ihm auf. Sie blickten müde. Und die Haut unter der Schicht aus Ruß und Schlamm wirkte blasser als noch am Morgen. Mit einem Seufzer hob Darien das Kind hoch, während seine beiden Bewacher ungeduldig warteten.

»Tieflandkinder sind wohl keine weiten Strecken gewohnt.« Die Worte klangen abfällig, und natürlich kamen sie von diesem

Bjoron. Darien begegnete seinem Blick, machte sich dabei nicht die Mühe, den Frust des gesamten Tages zu verbergen. Wie viel lieber wäre er nun bei Berinda gewesen. Berinda, die zu beschützen er am Sterbebett ihrer Mutter geschworen hatte. Die ihn gezwungen hatte, diesen Schwur zu brechen, damit er stattdessen das Kindermädchen für ihre kleine Schwester spielte. Inzwischen war sie sicher tot, und um all dem die Krone aufzusetzen, machte ein Barbar ihm gegenüber dumme Bemerkungen.

»Sie ist seit heute Morgen zu Fuß unterwegs, ohne etwas zu essen.« Das war er auch, aber er bemühte sich, das Ziehen in seinem Magen zu ignorieren. Er wollte nicht um irgendetwas bitten, solange sie ihn für einen Spion hielten.

Der Barbar sah Nauri an, und nach einem Moment wurden seine Züge weicher. Er blickte sich suchend um, entdeckte an einem der Feuer einen alten Mann und winkte ihn zu sich. »Hey, Korlt, nimm dieses Kind hier und kümmere dich darum, dass ...«

»Nein.« Zu gern hätte Darien seine Bürde abgegeben, hätte Nauri bei den Barbaren gelassen, um nach Letharn zurückzukehren. Vielleicht lebte Berinda ja doch noch. Aber abgesehen davon, dass er noch nicht ganz sicher war, auf welcher Seite diese Leute standen ... Er allein trug die Verantwortung für das Mädchen, bis er es an seinem Bestimmungsort abgegeben hatte. »Ich lasse sie nicht aus den Augen.«

Bjorons Miene verfinsterte sich wieder, doch sein großer Begleiter – Tjark? – grinste. »Wenn er ein Spion ist, macht er sich das Leben selbst unnötig schwer.«

Der Kleinere hob die Schultern, als wollte er sagen, dass das noch lange nichts bewies. Seine Hand wanderte zu der rot verkrusteten Linie an seinem Hals, die Spur der Messerklinge. Ja, Darien hatte sich eindeutig einen Feind geschaffen. Zum Glück wollte er ohnehin nicht lang bleiben.

Tjark wechselte einige Worte mit dem alten Mann, und der verschwand, um kurz darauf mit einem handtellergroßen Brotfladen zurückzukehren. Er hielt ihn Nauri hin, doch die zögerte, sah Darien fragend an. Wie auch immer sie das Mädchen im Ordenskloster erzogen hatten, es hatte erstaunlich gut funktioniert. Erst als er nickte, streckte sie die Hand nach dem Brot aus.

Der größere Barbar beobachtete dies alles mit demselben Grinsen, das er die meiste Zeit zur Schau trug. »Macht nicht viel Ärger das Kind, was?«

Darien nickte erneut. Er drehte den Kopf zur Seite, als Nauri in seinen Armen große Bissen aus dem Brotfladen riss. Dennoch stieg ihm der Geruch von warmem Gebäck und fremden Gewürzen in die Nase. Sein Magen krampfte sich zusammen, bis es sich anfühlte, als säße an seiner Stelle ein Loch. Er biss die Zähne zusammen, sucht nach etwas, das er sagen konnte, um sich abzulenken. »Es ist ein bisschen, als hätte man einen sehr gut erzogenen Hund dabei.«

Begleitet von Tjarks Lachen, setzten sie sich wieder in Bewegung.

Darien gab sich solche Mühe, Nauri nicht beim Essen zuzusehen, dass er erst nach einer Weile einen ausgefransten Schemen am Rand seines Blickfeldes bemerkte. Er schaute hinab und sah das Kind schüchtern lächeln, zwischen den Fingern ein zerrupftes Stück Brot, das es ihm hinhielt.

Er blinzelte. Das Mädchen hatte seit ihrer Flucht aus Letharn nur getan, was er ihm sagte, hatte ansonsten reglos ins Leere gestarrt. Wie ein Gepäckstück, das hin und wieder selbst lief. Eine Last, die er an ihren Bestimmungsort bringen musste, bevor er sich wieder wichtigen Dingen widmen konnte. Seiner Königin zum Beispiel.

Sein Gepäck hatte soeben ein Eigenleben entwickelt, wie es schien. Einen Augenblick lang starrte er Nauri einfach an. Dabei kam er aus dem Tritt, wäre beinahe gestolpert und brauchte ein paar Schritte, um sich wieder zu fangen.

Das Lächeln schwand, als er keine Anstalten machte, nach dem Brot zu greifen. Die Geister der Berge sollten dieses Kind holen!

Musste es so traurig schauen, nur weil er nichts von dem Brot nehmen wollte? Das kleine Stückchen würde seinen Hunger nur umso mehr anfachen.

Dennoch verlagerte er Nauris Gewicht auf seine Hüfte, um eine Hand freizubekommen, und nahm ihr das Brot ab. Er kaute bedächtig, während ihr Lächeln breiter wurde. Kaum hatte er geschluckt, verlangte sein Magen knurrend nach mehr.

Er begegnete dem Blick des großen Barbaren, der ihn noch immer grinsend beobachtete. »Keine Sorge, wir lassen unsere Gäste nicht verhungern. Wir müssen nur erst rausfinden, ob du einer bist.«

»Was, wenn ihr zu dem Schluss kommt, dass ich keiner bin?«

Das Grinsen wurde breiter. »Dann ist Hunger dein kleinstes Problem.«

Darien saß im Schneidersitz auf dem mit Fellen ausgelegten Boden, neben ihm machte sich Nauri so klein wie möglich. Über ihm wölbte sich die Decke eines Zeltes, ringsum blickte er in die Gesichter mehrerer Stammesführer – ernste Männer und Frauen, von denen viele Narben zur Schau trugen. Hinter diesem ersten Kreis folgte ein unregelmäßiger zweiter, in dem meist jüngere Barbaren saßen. Darien nahm an, dass es sich um die Kinder und Nachfolger der Älteren handelte.

Seine beiden Bewacher, von denen er sich inzwischen sicher war, dass sie tatsächlich Bjoron und Tjark hießen, hockten zusammen mit einem dritten, in dicke Felle gewickelten Barbaren hinter der Stammesfürstin, die Darien direkt gegenüber saß. Die Frau war beinahe so groß wie Tjark und ähnlich breit. Darien hatte schon einiges über die ungestümen Barbarenfrauen gehört, aber dass sie so groß werden konnten, hatte ihm niemand erzählt. Weiße Strähnen zierten das Haar der Anführerin, und allzu ungestüm wirkte sie nicht. Wie sie dort saß, erinnerte sie eher an einen Fels, den nichts so leicht erschüttern konnte. Die anderen Stammesfürsten sahen immer wieder zu ihr herüber, als erwarteten sie, dass sie im nächsten Moment etwas Wichtiges sagen würde. Ihr Blick jedoch war unverwandt auf Darien gerichtet, während dieser erzählte, was in Letharn geschehen war.

»Wir hatten der Belagerung schon eine Weile standgehalten und hofften darauf, einen Ausfall wagen zu können, sobald ihr ankommt. Doch dann, in den frühen Morgenstunden, strömten die feindlichen Soldaten plötzlich in die Stadt. Niemand wusste, wie sie hereingekommen sind. Ich glaube, irgendwer hat ihnen die Tore geöffnet.«

Dariens Hände ballten sich zu Fäusten. Wenn er diesen Verräter erwischte …

»Königin Berinda gab den Befehl, den Vormarsch so lange wie möglich aufzuhalten, um allen, die fliehen wollten, die nötige Zeit dafür zu verschaffen. Sie selbst blieb im Thronsaal zurück.« Er stockte, bemühte sich den Kloß in seiner Kehle herunterzuschlucken. Er hätte nicht gehorchen sollen. Je weiter er sich von Berinda entfernte, desto sicherer war er, die falsche Entscheidung getroffen zu haben.

Der Blick der Stammesfürstin richtete sich auf Nauri. »Und du hast deine Königin verlassen, um mit diesem Kind aus der Stadt zu fliehen? Wer ist es?«

»Sie ist meine Schwester.« Die Lüge kam glatt über Dariens Lippen. Die Barbaren mussten nur wissen, dass er aus dem Palast kam. Aber von Nauris Identität erfuhr am besten niemand etwas. »Sie wird im Tempel ausgebildet. Eigentlich hatte ich nur den Auftrag, die alten Schriften des Ordens in Sicherheit zu bringen, aber ich konnte sie schlecht zurücklassen.«

Die Anführerin der Barbaren verengte die Augen zu Schlitzen, und hinter ihr schnaubte Bjoron abfällig. »Ich mag es nicht, wenn man mich anlügt.«

Verfluchte Geister der Berge, war seine Lüge so leicht zu durchschauen? Aber vielleicht konnte er die Zweifel noch zerstreuen.

»Was?« Darien legte so viel Entrüstung wie möglich in seine Stimme. »Ich …«

Die Stammesfürstin hob die Hand, und Darien verstummte. »Dieses Kind ist nicht deine Schwester. So wie du mit ihm umgehst, hattest du nie zuvor mit einem Kind zu tun. Ihr Tiefländer mögt es mit der Wahrheit nicht so genau nehmen, aber wir schätzen sie sehr. Also halte dich daran, wenn du als Gast in unserem Lager Aufnahme finden willst.«

Darien schwieg, musterte die Barbarin, versuchte sie neu einzuschätzen. Er brauchte dringend Verpflegung und eine Unterkunft für die Nacht. Vielleicht war es besser, wenn er alle Karten offen auf den Tisch legte. Aber dafür musste er erst ganz sicher sein, woran er bei dieser Frau war.

»Dann wüsste ich vorher gern, warum ihr hier in aller Ruhe lagert, während Letharn brennt.« Darien hielt den Atem an. Dies konnte ihn allzu leicht in noch größere Schwierigkeiten bringen. Gemurmel erhob sich ringsum, die anderen Barbaren warfen ihm düstere Blicke zu.

Doch ihre Anführerin schüttelte nur betrübt den Kopf. »Es gibt keine Entschuldigung dafür, zu einer Schlacht zu spät zu kommen. Deshalb werde ich keine vorbringen.« Bildete Darien es sich ein, oder versteifte sich Bjoron bei diesen Worten? »Ich sage dir nur, wie es geschehen ist. Wir haben die Stadt brennen sehen, als wir noch einen Tagesmarsch entfernt waren. Wenig später kamen uns die ersten Flüchtlinge entgegen und berichteten vom Fall Letharns. Nun warten wir auf die Berichte unserer Späher. Es hat keinen Zweck, durch die Nacht einer Stadt zu Hilfe zu eilen, die der Feind längst erobert hat. Beantwortet das deine Frage?«

Darien nickte. Es war also einfach nur Pech gewesen. Ein Tag mehr, und sie hätten Arandes vielleicht besiegt. Darien grub die Finger in den sandigen Boden. Was hatte Berinda getan, um das Schicksal so gegen sich aufzubringen?

»Dann sag uns nun, wer das Kind ist.«

Dariens Magen verkrampfte sich. Verräter gab es überall, selbst unter ach so ehrenhaften Barbaren. Doch was für eine Wahl hatte er? Wenn sie ihn gefangen nahmen oder gar töteten, nützte das weder Nauri noch Berinda. Er räusperte sich. »Nauri ist die Schwester der Königin. Berinda hat mir befohlen, sie in Sicherheit zu bringen, und ist selbst zurückgeblieben in der Hoffnung, Arandes' Aufmerksamkeit von ihr abzulenken.«

»Dann verstehe ich, wieso du nicht verraten wolltest, wer es ist. Aber das Geheimnis ist bei uns sicher.« Die Anführerin der Barbaren lehnte sich vor, musterte Nauri mit neuem Interesse. »Dieses Kind ist dasjenige, das als die Wiedergeburt der Magierin Nauranda gilt, nicht wahr?«

Es nützte wohl nichts, das nun zu leugnen. Also nickte Darien. Und wenn er schon dabei war, konnte er den Rest auch erzählen. »Königin Berinda hofft, dass Nauri bald die Erinnerung an ihre vergangenen Leben zurückerhält und das Land befreien kann. Deshalb hat sie mich damit beauftragt, das Mädchen an einen sicheren Ort zu bringen, bis es so weit ist.«

Gemurmel erhob sich ringsum. Darien sah einige skeptische Mienen. Er konnte es ihnen nicht verdenken. Mochte Nauranda noch so oft geschworen haben, Gerien zu beschützen, der Tod kümmerte sich nicht um derlei Dinge. Ein Schwur verlieh einem nicht Unsterblichkeit.

Schließlich verebbte das Gemurmel, und er fuhr fort. Es war Zeit, seine Bitte vorzubringen, und vielleicht würde die Wahrheit über Nauris Identität ihr sogar mehr Gewicht verleihen. »Wir mussten schnell aus Letharn aufbrechen, und ich habe weder Proviant noch Geld dabei. Aber als ich euer Lager sah, fiel mir ein, dass die Königinmutter mir einmal von einer Barbarenfürstin erzählt hat, die ihr noch etwas schuldig ist. Deshalb bin ich hergekommen, obwohl ich erst etwas ... misstrauisch war.« Nicht umsonst hatte er etwas abseits ein Feuer entzündet, in der Hoffnung, damit jemanden anzulocken, den er befragen konnte, bevor er womöglich ahnungslos in das Lager eines Feindes spazierte.

»Ich verstehe.« Nun richtete sich der Blick der Stammesfürstin wieder auf ihn. Die Andeutung eines Lächelns erschien auf ihrem Gesicht. Hoffentlich ein gutes Zeichen. »Aber wie kommt es, dass die alte Königin dir von einer Schuld erzählt, die wahrscheinlich bis vor deine Geburt zurückreicht?«

Noch mehr Fragen. Sie schienen kein Ende zu nehmen. Leichter Schwindel erfasste Darien, inzwischen war ihm übel vor Hunger. Konnten die Barbaren sich nicht endlich entscheiden, ob sie ihm ihre Gastfreundschaft anbieten oder ihn an den Marterpfahl binden wollten, falls es das war, was sie mit gefangenen Feinden taten. Er unterdrückte einen Seufzer. »Ich war schon einmal in ihrem Auftrag nahe der Grenze zu den Hochlanden unterwegs. Sie sagte, wenn ich in Schwierigkeiten geraten sollte, müsste ich auf die Hochlandebenen fliehen und nach der Stammesfürstin Jernsa fragen. Damals war das nicht nötig, aber der Name ist mir im Gedächtnis geblieben.«

Die Augen seines Gegenübers leuchteten auf, und auf dem Gesicht der Barbarin breitete sich ein Grinsen aus, das an das von Tjark erinnerte. »Und du hast gut daran getan. Ich bin Jernsa, und dass du von der Schuld weißt, die ich nie beglichen habe, beweist mir mehr als alles andere, dass du der bist, für den du dich ausgibst.« Sie klatschte in die Hände. »Wir haben heute Nacht zwei Gäste. Tjark, besorg ihnen etwas Ordentliches zu essen. Bjoron, gib ihm zurück, was ihm gehört.«

Erleichtert atmete Darien auf. Endlich. Um ihn herum entstand Aktivität, doch er achtete nicht sonderlich darauf, während ein Teil der Anspannung des Tages von ihm abfiel.

Das Gefühl hielt allerdings nur so lange, bis Bjoron vor ihn trat. Der kleinere von Jernsas Söhnen sah aus, als wäre es ihm herzlich egal, dass seine Mutter Darien gerade zum Gast erklärt hatte. Er warf ihm das Messer und Nauris Beutel vor die Füße.

»Ich hoffe, du weißt Mutters Vertrauen zu würdigen.«

»Aber natürlich.« Darien lächelte, bis Bjoron sich abwandte und davonging. Es schadete nie freundlich zu sein, wenn man es sich leisten konnte.

Einen Augenblick lang wog er den Beutel in der Hand. Vielleicht sollte er mal einen Blick hineinwerfen. Nur um zu sehen, was es mit dieser wahren Geschichte von Nauranda auf sich hatte. Erst mal jedoch hängte er Nauri den Beutel wieder um. Das Mädchen saß noch immer reglos neben ihm, die Arme um die Knie geschlungen. Doch seine Augen waren lebendig, huschten hierhin und dorthin. Er konnte kaum noch Angst darin lesen. Vielleicht hatte Nauri seit dem Angriff auf Letharn unter Schock gestanden und erwachte nun langsam daraus. Doch vielleicht war sie auch einfach nur ein seltsames Kind.

Darien wandte sich seiner Waffe zu. Mehrere neugierige Blicke trafen ihn, als er das Messer in die Scheide zurückschob, die hinter seinem Rücken am Gürtel hing. Vielleicht fragten sich die Barbaren, was er mit einer so kleinen Waffe wollte, denn sie trugen allesamt lange, schwere Schwerter an ihrer Seite. Seltsam für ein Volk nomadischer Kuhhirten. Wo bekamen sie all das Eisen her? In allen Geschichten, die er über sie gehört hatte, hatte das nie eine Rolle gespielt.

Wenig später saß Darien neben Jernsa. Als er die ledernen Handschuhe abstreifte, fing er einen neugierigen Blick der Barbarin auf. Darunter kamen seine vernarbten Knöchel zum Vorschein, das Zeugnis all der Übungsstunden im Kampf mit dem Messer. Doch Jernsa fragte nicht und Dariens Gedanken waren ganz bei der fettigen Keule vor ihm, die wahrscheinlich einmal zu einem der zottigen Tiere gehört hatte, die im Lager herumliefen. Er hob sie auf und biss ein großes Stück heraus. Das Fleisch war kaum gewürzt und zäh. Doch für ihn war es das Schmackhafteste, was er seit langem gegessen hatte. Erst nachdem er seinen ersten Hunger gestillt hatte, erinnerte er sich an Nauri. Verfluchte Geister der

Berge! Er war wirklich nicht dafür geschaffen, sich um ein Kind zu kümmern. Mit dem Messer schnitt er Stücke von der Keule für sie ab. Die Kleine kaute auf dem Fleisch herum, scheinbar ohne wirklich wahrzunehmen, was sie tat. Sie starrte schon wieder ins Nichts, so viel also zu seiner Theorie, dass sie einen Schock überwand. Was wohl in ihrem Kopf vorging?

Ein kräftiger Schlag auf seine Schulter unterbrach Dariens Gedanken. Die Stammesfürstin beugte sich zu ihm herüber. »Ich kann mir ungefähr denken, wohin du sie bringen willst«, sagte sie leise. »Es gibt ein Kloster von diesem Kreis-Orden nah an der nördlichen Grenze der Hochlande. Ziemlich abgelegen, ziemlich schwer zu erreichen. Ein besseres Versteck würdest du nur finden, wenn es dir gelänge, die Berge zu überqueren. Wie gut kennst du dich in der Gegend aus?«

Darien hob die Schultern. »Nicht sehr gut, aber es wird schon gehen.«

Die alte Frau schüttelte den Kopf. »Nein, die Hochlande sind gefährlich, auch an ihren Grenzen. Entweder man kennt sie oder sie bringen einen um. Aber ich schulde der alten Königin viel. Ich werde dir einen meiner Söhne mitgeben, damit er dich führt.«

»Mutter!« Ein zweistimmiger Protestruf erklang hinter ihnen. Kurz fing Darien Bjorons düsteren Blick auf. Sollte die Stammesfürstin ausgerechnet diesen Sohn als seinen Begleiter auswählen, würde die Reise sicher kein Spaß werden. Nur der dritte Sohn Jernsas, dessen Namen Darien noch nicht kannte, schwieg und zog seine Felle enger um sich.

»Ich bin sicher, ich komme auch so zurecht. Ein Stück des Weges kann ich doch ohnehin noch mit euch gehen, wenn ihr in die Hochlande zurückkehrt, oder nicht?«

»Was bringt dich auf die Idee, dass wir in die Hochlande zurückkehren?«

Darien stutzte. »Ich dachte … Was solltet ihr sonst tun? Ihr könnt Arandes kaum allein besiegen. Er hat Letharn, und die Stadt ist uneinnehmbar. Ihr würdet euch einfach an den Mauern aufreiben.«

»Siehst du, Mutter«, meldete sich der Dürre zu Wort. »Ich habe es doch gesagt.«

Jernsa drehte sich zu ihrem Sohn um und hob drohend einen halb abgenagten Knochen. »Ich habe dich nicht in die Tieflandstädte geschickt, damit du jede Kleinigkeit mit ›Ich habe es doch gesagt‹ kommentieren kannst, Kerlft. Streng lieber deinen Kopf an, und denk dir etwas aus, wie wir an diesen Arandes herankommen. Denn eins sage ich dir: Die Hochlandstämme werden nicht einfach unverrichteter Dinge nach Hause zurückkehren, wenn Verbündete in Gefahr sind.«

Die Worte klangen nett. Doch würde Berinda noch lange genug leben, damit sie ihr etwas nützten? Mit einem Mal schmeckte das Fleisch fad. Darien legte die Keule an den Rand des Holzbretts, das er anstelle eines Tellers bekommen hatte. Nach einer Weile beugte sich Tjark zu ihm vor. »Isst du das noch?«

Bjoron

Das Ratszelt leerte sich. Bjoron beobachtete, wie der alte Korlt den Tiefländer und das Mädchen nach draußen führte. Und dort strebte Neljar hinter seiner Mutter dem Ausgang zu. Er zwinkerte Bjoron zu, als sie seinen Blick auffing. Bjoron beantwortete die Geste mit einem düsteren Gesichtsausdruck, doch Neljar lachte nur. Wie immer hatte sein Lachen etwas Ansteckendes, doch wie immer in der letzten Zeit, ging es auf seine Kosten. Wie Tjark konnte auch er es nicht lassen, ihn an seine Niederlage zu erinnern. Um seinen Hals schwang sogar noch der Glücksbringer an einem Lederband. Bjorons Glücksbringer, Neljars Trophäe. Eine handtellergroße Scheibe aus Eisen, die beim Schmieden seines Schwertes übrig geblieben war. Wie hatte er nur so dumm sein können, sie Neljar zu schenken, in dieser einen Nacht in seinem Zelt?

»Irgendwie musst du ihn in dieser einen Nacht beeindruckt haben.« Tjark legte ihm den Arm um die Schultern. »Man könnte fast meinen, er will was von dir.«

»Dann hat er eine seltsame Art, es zu zeigen.«

Sein Bruder lachte. »Ach, du weißt doch, wie Neljar ist. Er würde nie verlieren und nutzt jede Schwäche rücksichtslos aus. Aber normalerweise schaut er seine Gegner danach nicht mal mehr mit dem Arsch an. Du solltest aufhören, ihn so düster anzustarren, und …«

»Es gibt wichtigere Dinge, über die sich dein Bruder Gedanken machen sollte.« In der Stimme seiner Mutter schwang schon wieder ein Tadel mit. Als wären sie noch immer kleine Jungen, die schon wieder etwas ausgefressen hatten. »Du wirst Darien zu dem Ordenskloster begleiten, das am nördlichen Rand der Hochlande steht, Bjoron.«

Jernsa redete also wieder mit ihm, allerdings gefiel Bjoron nicht, was sie sagte. Er hatte etwas in der Art befürchtet, seit seine Mutter dem Tiefländer weitere Unterstützung angeboten hatte. Dennoch hätte es nicht ausgerechnet ihn treffen müssen! Er wandte sich um. »Du willst mich fortschicken, wenn eine Schlacht bevorsteht? Du willst mir nicht einmal die Gelegenheit geben, meinen Fehler wiedergutzumachen? Ich werde für immer das Gespött des ganzen Stammes sein!«

»Du solltest ihn wirklich kämpfen lassen«, mischte sich Tjark ein. Bjoron warf ihm einen dankbaren Blick zu. Sein Bruder blinzelte ihm zu. »Wenn er sich nicht gerade ablenken lässt, ist er ziemlich gut mit dem Schwert.«

»Ich kann den Tiefländer führen.« Kerlft grinste schief, als Bjoron ihn überrascht ansah. »Es ist zu lange her, seit ich eine intelligente Unterhaltung geführt habe, und dieser Darien scheint mir recht gebildet zu sein. Außerdem bin ich in einer Schlacht ohnehin nicht von großem Nutzen.«

Bjoron wurde warm ums Herz. Trotz ihrer Sticheleien hätte man sich treuere Brüder kaum wünschen können.

Doch Jernsa schüttelte den Kopf. »Ich brauche dich an meiner Seite, Kerlft. Du musst einen Weg in diese Stadt finden. Und ihr versteht mich falsch. Ich will Bjoron die Gelegenheit geben, sich zu beweisen.«

Bjoron runzelte die Stirn. »Indem ich den Aufpasser für einen Tiefländer und ein Kind spiele?«

Seine Mutter warf ihm einen düsteren Blick zu. »Ihr habt alle gehört, wie viel Hoffnung Königin Berinda in dieses Kind setzt. Ich weiß nicht, ob es klug von ihr ist, an diese alte Legende zu glauben, aber was ihr wichtig ist, ist auch mir wichtig, denn meine Schuld ihrer Mutter gegenüber ist groß. Ich würde selbst gehen, wenn ich könnte.«

Das Schweigen, das auf diese Worte folgte, summte Bjoron in den Ohren. Er öffnete den Mund, klappte ihn dann aber wieder zu, versuchte es schließlich noch einmal. »Erst redest du tagelang nicht mit mir, und jetzt gibst du mir eine Aufgabe, die dir so wichtig ist?«

Ein Klaps mit der flachen Hand traf ihn am Hinterkopf. Bjoron rieb sich die Stelle, begegnete dem Blick seiner Mutter stumm.

»Bist du ein Krieger der Hochlandstämme oder nicht? So, wie du hier stehst und redest, könnte man dich für einen Tiefländer halten. Wirst du diese Aufgabe übernehmen? Wirst du dieses Kind mit deinem Leben beschützen?«

Es mochte ihm nicht gefallen, aber wer war er, seiner Stammesfürstin zu widersprechen? Bjoron nickte. »Ja, Mutter.«

Jernsa neigte zufrieden den Kopf. Dann wurde ihr Miene weicher. »Ein Teil dieser alten Schuld gilt auch dir, weißt du? Vielleicht sollte ich euch davon erzählen, damit ihr versteht.« Sie nickte, als wollte sie ihrer eigenen Idee zustimmen. Dann deutete sie auf ihre Plätze, von denen sie sich eben erst erhoben hatten. »Setzt euch wieder, das kann eine Weile dauern.«

Während sie der Aufforderung nachkamen, warf Bjoron seinen beiden Brüdern fragende Blicke zu. Kerlft hob die Schultern, doch Tjark setzte eine geheimnisvolle Miene auf, als wüsste er etwas.

Jernsa ließ sich im Schneidersitz nieder und legte die Hände auf die Knie. Er räusperte sich umständlich, und wenn Bjoron seine Mutter nicht besser gekannt hätte, hätte er schwören können, dass sie für einen Moment unsicher wirkte.

»Ich habe dir nie von deiner Geburt erzählt«, begann sie schließlich, »da es auch bedeutet, vom Tod deiner Geburtsmutter, meiner geliebten Gesa, zu sprechen. Wäre die alte Königin nicht gewesen, hättest wahrscheinlich auch du nicht überlebt.«

Bjoron hielt die Frage zurück, die ihm auf der Zunge lag. Er war kein Kind mehr, das dazwischenrufen musste, wenn es eine Geschichte erzählt bekam. Doch er wusste, dass ihm unter seinen Brüdern eine besondere Stellung zukam. Wenn zwei Frauen sich liebten, nahmen sie sich hin und wieder Liebhaber, um gemeinsame Kinder zu zeugen. Tjark und Kerlft waren von Jernsa geboren worden. Nur seine Geburtsmutter war Gesa gewesen.

Seine Mutter fuhr fort. »Ich glaube, du weißt, dass du während einer Schlacht geboren wurdest.«

Er nickte. Natürlich wusste er das, auch wenn er nicht mehr sagen konnte, woher. Vielleicht hatte Tjark es ihm einmal erzählt, vielleicht irgendjemand anderes. Doch er erinnerte sich deutlich daran, wie er als kleiner Junge damit angegeben hatte. Große Krieger wurden während Schlachten geboren.

»Es war die letzte große Schlacht vor der, der wir uns nun gegenübersehen, und wir kämpften gegen das Heer der alten Königin.« Ein versonnenes Lächeln erhellte Jernsas Gesicht. »Sie war eine bemerkenswerte Frau. Als sie den Thron bestieg, herrschte sie nur über Letharn und ein Stück Land ringsum, und ihr dürft nicht vergessen, dass Land für die Tiefländer viel wichtiger ist als für uns. Sie kämpfen nicht um Vieh, sondern um Boden, um darauf ihre Felder anlegen zu können.« Mit einer kurzen Handbewegung wischte ihre

Mutter die Abschweifung beiseite und fuhr fort. »Der Rest Geriens bestand aus untereinander zerstrittenen Fürstentümern, bis die Königin ein Heer aushob und daranging, sie eines nach dem anderen zu erobern. Wie gesagt, sie war eine bemerkenswerte Frau.«

»Und sie hat versucht, auch die Hochlande einzunehmen.« Bjoron wünschte sich, seine Mutter würde endlich zum Punkt kommen. Es war doch sonst nicht ihre Art, so um die Dinge herumzureden.

Jernsa nickte. »Das war das erste Mal, dass ich die Stämme zusammenrief und ihnen sagte, sie sollten ihre Streitereien untereinander für eine Weile beiseiteschieben. ›Wollt ihr euch vor einem fremden Herrscher verbeugen?‹, fragte ich sie und das genügte, um sie zu überzeugen.«

Diese Geschichte wiederum kannte Bjoron zur Genüge. Er sah, wie Kerlft die Augen verdrehte. Sie alle wussten, wie gern ihre Mutter von ihren Erfolgen erzählte.

»Es war diese Schlacht zwischen den Stämmen und dem Heer Geriens, während der bei eurer Mutter Gesa die Wehen einsetzten. Tjark erinnert sich wahrscheinlich noch daran.«

Bjorons großer Bruder nickte, nun war seine Miene ernst. Dass Gesa bei seiner Geburt gestorben war, wusste Bjoron ebenfalls schon. Aber was hatte das alles mit der Königin der Tieflande zu tun?

»Ich wusste nicht, dass sie hinter unseren Reihen ihre ganz eigene Schlacht schlug, denn unsere verlief nicht gut. Wir brachten unseren Feinden schwere Verluste bei, doch sie taten dasselbe. Stundenlang ging es hin und her. Mal sah es aus, als würden wir unterliegen, mal brachen wir mit neuem Mut durch ihre Reihen. Zuletzt hielt uns nur noch die Gewissheit auf den Beinen, dass wir entweder siegen oder sterben würden, denn die Hochlandstämme werden sich niemals irgendwem unterwerfen.«

Diesen Teil der Geschichte hatte Bjoron noch nie in solchem Detail gehört. Er wusste nur, am Ende hatten sie gewonnen. Natürlich hatten sie das, denn die Stämme waren immer noch frei.

»Irgendwann zog die Königin ihr Heer zurück und schickte einen Boten. Ich erinnere mich noch, dass er sagte, wir hätten sie beeindruckt und sie wolle mit mir reden. Also trafen wir uns mitten auf dem Schlachtfeld, zwischen den Gefallenen. Sie hatte nicht gekämpft, weil die Tieflandfrauen das nie tun, doch sie zeigte keinen Schrecken angesichts des blutigen Bodens und der reglosen Leiber ringsum. Sie schüttelte nur traurig den Kopf und sagte: ›Es sind zu viele gefallen, und ich sehe nun, dass ihr niemals aufgeben werdet. Wenn wir weiterkämpfen, vernichten wir uns gegenseitig. Lasst uns diese Schlacht beenden, bevor es so weit kommt. Ich habe gehört, dass es bei euch Brauch ist, Freundschaft mit einem Feind zu schließen, der tapfer gekämpft hat. Ich möchte eure Freundin werden.‹ Sie sagte noch einiges mehr, denn sie war gut mit Worten, doch das war das Wichtigste. Ich zögerte, denn ich wusste, dass Tiefländer weniger Ehre haben als wir, und man ihnen nicht immer trauen kann. Doch dann sagte sie etwas, von dem ich bis heute nicht weiß, wie sie es erfahren hat. Sie sagte: ›Um zu beweisen, dass es mir mit diesem Angebot ernst ist, möchte ich einige meiner besten Heilkundigen senden, damit sie deiner Frau beistehen. Ich weiß, dass sie seit dem Morgen in den Wehen liegt und eure Medizinleute sich Sorgen machen, dass sie und das Kind nicht überleben.‹ Das war mehr, als ich wusste!«

Bjoron dachte an Darien, und daran, wie leise er sich durchs Unterholz bewegt hatte. Er konnte sich vorstellen, wie die Königin von den Nöten seiner Mutter erfahren hatte. Ihn schauderte. Was wäre geschehen, wenn sie beschlossen hätte, auf diese Art nicht nur Informationen zu sammeln, sondern auch den Tod zu schicken?

»Ich eilte an die Seite eurer Mutter, um mich von den Worten der Königin zu überzeugen. Und sie hatte recht. Ich kenne mich mit solchen Dingen nicht aus, aber die Medizinleute sagten, sie und das Kind würden wahrscheinlich sterben. Also beschloss ich, das Angebot der Königin auf die Probe zu stellen. Sie schickte

Tieflandheiler, und auch wenn niemand sie mochte und sie einige seltsame Ideen hatten, leisteten sie gute Arbeit. Sie konnten dich retten, Bjoron. Aber eure Mutter starb am nächsten Tag an der Erschöpfung. Dennoch habe ich der Königin das Leben meines dritten Sohns zu verdanken. Es ist also nur recht, wenn dieser Sohn nun alles tut, um ihre jüngste Tochter in Sicherheit zu bringen.«

Bjoron nickte langsam. Nun konnte er auf keinen Fall mehr widersprechen. Noch immer wollte er viel lieber in der bevorstehenden Schlacht kämpfen, doch er erkannte nun, warum seine Mutter ihn stattdessen mit Darien fortschickte. Wenn doch nur nicht ausgerechnet dieser hinterhältige Feigling sein Begleiter sein sollte! Aber da fiel ihm die Legende ein, die Tjark im Wald erwähnt hatte. Was hatte Djorn gesagt, als er sah, dass die Magier Nauranda und Jorimas sowie der Dieb Veren als Einzige bereit waren, mit ihm gegen die Devra zu kämpfen?

Man kann sich seine Kampfgefährten nicht immer aussuchen, man kann nur das Beste aus dem machen, was man hat.

Darien

Berinda saß auf ihrem Thron, das Haupt stolz erhoben, doch in ihre Miene hatten Erschöpfung und Verzweiflung tiefe Linien gegraben. »Ich bitte dich«, sagte sie. »Geh und bring meine Schwester in Sicherheit. Ich würde es dir und mir nie verzeihen, solltest du ihr deinen Schutz verweigern, nur um mein Leben zu retten.«

Das war der Moment, in dem Darien wusste, dass er nur zwischen zwei Übeln wählen konnte. Gehorchen und sie dem Feind überlassen. Oder nicht gehorchen und sie dazu zwingen, mit dem Wissen zu leben, dass ihre kleine Schwester wegen ihr nicht gerettet worden war. Er konnte nicht gleichzeitig seine widerspenstige Königin und ein kleines Mädchen in Sicherheit bringen.

Ganz langsam trat Darien vom Thron zurück, senkte den Kopf in einer Verbeugung. Seine Kehle war wie zugeschnürt. Dabei gab es etwas, das er ihr unbedingt sagen musste. Sie musste wissen, dass es ihm stets mehr als eine Pflicht gewesen war, sie zu beschützen.

Er holte tief Luft, hob den Blick.

Und sah sich der Königinmutter gegenüber. Ihre Wangen waren eingefallen, tiefe Ringe hingen unter ihren Augen. »Ich weiß, wie du für sie fühlst«, sagte sie. »Du tust gut daran, diese Gefühle zu verbergen, denn es kann niemals etwas daraus erwachsen. Doch sie sind einer von zwei Gründen, weshalb ich dir diese Aufgabe übertrage. Der andere Grund sind deine Fähigkeiten. Soldaten mögen gute Leibwächter sein, wenn es darum geht, einen offenen Angriff abzuwehren. Doch um einen Attentäter in einer Menge auszumachen oder einen Verräter in den eigenen Reihen, braucht es …« Sie lächelte, und für einen Moment schien die Ähnlichkeit mit ihrer Tochter durch die ausgemergelten Züge. »… braucht es jemanden, der sich mit diesen Dingen auskennt. Schwöre, dass du meine Tochter vor den Gefahren schützt, gegen die die Schwerter ihrer Leibgarde nichts ausrichten können.«

Darien neigte den Kopf. »Ich schwöre es.«

»Und doch wirst du versagen.«

Er wagte es nicht, noch einmal aufzusehen. Ja, er hatte versagt und seinen Schwur gebrochen.

Darien erwachte mit einem bitteren Geschmack auf der Zunge. Er blinzelte, konnte das Gefühl nicht abschütteln, dass der vorwurfsvolle Blick der Königinmutter noch immer auf ihm ruhte. Für eine Weile lag er einfach nur da, lauschte auf Nauris gleichmäßige Atemzüge und versuchte ganz in die Wirklichkeit zurückzufinden.

Durch die Zeltwände drang das Zwitschern der ersten Vögel herein. Normalerweise waren die Vögel das, was er am meisten hasste, wenn er im Freien schlafen musste. Jedes Mal raubten sie ihm kurz vor Sonnenaufgang den Schlaf. Diesmal allerdings war er froh, dass sie ihn daran hinderten, wieder in seinen Traum zurückzugleiten.

Er setzte sich auf. Im Halbdunkel war Nauri kaum mehr als eine sanfte Erhebung unter all den Fellen, die den Barbaren als Decke dienten. Nur ihre Nasenspitze und ihr zerzauster Haarschopf ragten darunter hervor. Es war schwer zu glauben, dass alle Hoffnung Geriens auf diesem Kind ruhte.

Was hatte Berinda sich nur dabei gedacht? Warum nur hatte sie ihr Leben für eine alte Legende riskiert? Je länger Darien darüber nachdachte, desto absurder kam es ihm vor. Wäre es nicht sehr viel sinnvoller gewesen, wenn sie geflohen wäre, um einen Aufstand zu organisieren und Letharn zurückzuerobern? Berinda mochte nicht lange regiert haben, aber ihre Entscheidungen waren immer weise gewesen, wie konnte sie sich nun so in etwas verrennen? Außer ... Außer sie wusste etwas, das er nicht wusste. Der Beutel mit den Schriftrollen kam Darien in den Sinn. Naurandas wahre Geschichte.

Im Dunkel des kleinen Zelts tastete er nach seiner Kleidung. Das Erste, was er fand, war sein Messer, direkt neben dem, was ein Barbar als Kopfkissen bezeichnen mochte. Sein Nacken schmerzte ein wenig von dem Liegen auf diesem Stück Fell, das kaum eine polsternde Wirkung hatte.

Möglichst leise zog Darien Hose, Hemd, Schuhe und Handschuhe an und schob alle Waffen an ihre Plätze zurück. Als Letztes nahm er den Beutel mit den Schriftrollen an sich, dann kroch er aus dem Zelt.

Der Himmel war von einem dreckigen Violett, durchsetzt mit einigen vereinzelten Sternen. Das Lager schlief noch, nur in der Ferne hörte Darien Stimmen, eine Wachablösung vielleicht. Er ging zu einer der Feuerstellen hinüber, stocherte in der Asche, bis er ein wenig Glut fand. Vorsichtig pustete er darauf, schob einige kleinere Äste hinein, die bereitlagen. Knisternd erwachten die Flammen zum Leben. Zu viel Rauch stieg auf, doch solange er ein wenig Licht hatte, war es ihm gleich. Im flackernden Feuerschein setzte er sich auf den taufeuchten Boden. Dann öffnete er den Beutel.

Zwei Schriftrollen lagen darin, schlicht und mit dem Siegel des Ordens des heiligen Kreises verschlossen. Darien nahm die erste heraus, zerbrach kurzentschlossen das Siegel. Die weiß verschleierte Ordensfrau hätte wahrscheinlich der Schlag getroffen. Aber sie war höchstwahrscheinlich tot und würde es nie erfahren.

Im Feuerschein begann er zu lesen, auch wenn er sich dafür tief über das Papier beugen musste. Die Schrift war klein und verschnörkelt, und irgendjemand hatte einige Stellen durchgestrichen, um etwas anderes darüber zu schreiben.

Zur Regierungszeit des Königs Holdren begab es sich, dass die Devra das Land zwischen den Bergen heimsuchten. Und das Klagen und Jammern war groß, denn nichts konnte man gegen die grausigen Bestien ausrichten. Nachts flogen sie auf ledrigen Schwingen heran und rissen das Vieh und jeden, der sich aus dem Haus wagte. Tagsüber versteckten sie sich in Höhlen, die unerreichbar an steilen Felshängen lagen. So war es in der Regierungszeit von Holdren, und der König wusste nicht, was er tun sollte.

Doch eines Tages kam Nauranda zu seiner Majestät, die Schülerin der großen Magierin von der silbernen Quelle die große Magierin, deren Kunst heute noch im Orden des ewigen Kreises fortlebt. Bei ihr waren Jorimas der Tapfere der Dunkle, den sie liebte, Djorn der Starke, der aus den Hochlanden kam, und Veren der Stille, der jedes Schloss öffnen und jede Wand erklimmen konnte.

Und Nauranda sagte zum König: »Fürchte dich nicht, denn wir werden nicht eher ruhen, bis der letzte Devra vernichtet ist.«

Und so war es. Sie zogen durch das ganze Land und erschlugen jeden Devra, den sie fanden, mit Feuer und Schwert. Der Jubel war groß und die Geschenke des Königs ebenso reichlich wie sein Dank. Doch eines Tages sagte Nauranda: »Die Devra werden nicht vergehen, bis wir nicht ihren König erschlagen haben, der groß ist und listig und seine Höhle nie verlässt.«

Also zogen sie wieder los. Veren kletterte die Felswand hinauf zur Höhle des Devrakönigs, und er warf für seine Gefährten ein Seil hinunter und sagte: »Klettert hinauf.«

Und sie kletterten hinauf, und dann erschlugen sie den König der Devra und das Land war gerettet.

Berinda

»Das ist der Teil der Geschichte, den Ihr sicherlich schon kanntet.« Marlenas Körper bebte in Berindas Armen. Doch das Zittern war nicht mehr so stark wie am Anfang, als sie beschlossen hatten, dass sie sich gegenseitig wärmen mussten. Aus Berindas eigenen Gliedern war das klamme, steife Gefühl sogar ganz verschwunden. Zum ersten Mal seit einer Weile fror sie nicht.

Dass sie sich dicht aneinander drängten, änderte allerdings nichts an Berindas dumpfem Groll auf die Ordensfrau. Im Gegenteil, ihr ganzer Körper kribbelte von dem Verlangen, Marlena zu packen und zu schütteln. Sie hätte es wahrscheinlich getan, hätte das nicht den Kokon aus Wärme gesprengt, den sie mithilfe von Decken und Stroh errichtet hatten. »Warum haltet Ihr Euch damit auf, mir Dinge zu erzählen, die ich schon weiß?«, fragte sie ungehalten. »Ihr sagt, der Kampf gegen die Devra sei nur ein Bruchteil der Geschichte. Doch was hat das alles mit Arandes zu tun? Das ist es, was ich wissen will.«

»Vergebt einer alten Frau ihre Weitschweifigkeit. Ich werde gleich dazu kommen. Es war nämlich so, dass der Devrakönig vor seinem Tod …«

Das Geräusch von Schritten vor ihrer Tür brachte die Ehrwürdige zum Verstummen. Ein Schlüssel klickte im Schloss, dann zeichnete sich eine Silhouette im Rahmen ab, von hinten beleuchtet vom Licht der Fackeln. Seine Haltung verriet Arandes. Wie beim letzten Mal hatte er die Hand auf den Knauf seines Schwertes gelegt. Hinter ihm brach sich der Feuerschein aus dem Gang in den Masken seiner Begleiter.

Berinda erhob sich. Sie streifte die Decken ab, die sie mit Marlena geteilt hatte, strich das Stroh von ihrem Rock und nahm die Schultern zurück.

»Habt Ihr es Euch überlegt?« Arandes trat einen Schritt in den Raum hinein. »Wollt Ihr mir nun sagen, wohin Ihr das Mädchen habt bringen lassen?«

Berindas Magen krampfte sich zusammen. Hätte er mit dieser Frage nicht noch etwas warten können? Sie besaß immer noch zu wenige Informationen, um eine Entscheidung zu treffen.

»Wieso wollt Ihr sie so dringend finden? Sie ist nur ein kleines Mädchen.«

»Verschwendet Eure Zeit nicht mit Fragen. Während wir uns unterhalten, ziehen meine Leute durch Euer Land und schleifen jedes Kloster, das sie finden können, bis auf die Grundmauern. Sagt mir, was ich wissen will, und ich setze dieser Zerstörung ein Ende.«

»Glaubt ihm kein Wort!« In Marlenas Stimme lag unerwartet viel Kraft. Auch sie erhob sich von dem Strohlager, die Decken fielen von ihr ab. »Wieso sollte er seine Leute zurückrufen, sobald er Nauranda hat? Das ist nichts als ein leeres Versprechen. Jeder im Orden ist außerdem gern bereit, für sie zu sterben. Macht Euch um uns keine Sorgen.«

»Dann sollte sie sich stattdessen womöglich Sorgen um die Barbaren machen, die meine Späher entdeckt haben. Ich weiß nicht, ob sie dem Mädchen Schutz bieten, aber ich kann sie natürlich nicht ignorieren.«

Berinda hielt den Atem an, um nicht nach Luft zu schnappen, nicht zu lächeln. Die Barbaren, auf die sie während der Belagerung so verzweifelt gewartet hatten, waren also doch gekommen. Wenn auch ein wenig spät. Es gab noch Hoffnung. »An den Hochlandstämmen werdet Ihr Euch die Zähne ausbeißen.«

Arandes lächelte. »So wie an den Mauern Eurer Stadt?«

Berinda presste die Lippen aufeinander und schwieg. Hoffentlich hatte sie recht, hoffentlich konnten die Barbaren Arandes' Armee eine Weile beschäftigen, sie davon abhalten, weitere Zerstörung anzurichten. Das würde ihr genügend Zeit verschaffen, herauszufinden, was sie noch nicht wusste. Dann konnte sie eine Entscheidung treffen. Auch wenn sie nicht wusste, wie sie sich anders entscheiden sollte, als dagegen, Nauri zu verraten. Sie war die einzige Hoffnung, die es für Gerien noch gab. Wenn Berinda ihre Schwester dem Weltherrscher auslieferte, dann mit ihr das ganze Land.

Arandes sah sie noch eine Weile abwartend an, musterte sie, als könnte er so erfahren, was sie wusste. Berinda hielt seinem Blick stumm stand.

»Ist das Euer letztes Wort?«

Sie nickte.

»Gut. Dann sehen wir uns wieder, wenn ich die Barbaren vernichtet habe. Früher oder später werde ich erfahren, was ich wissen will. Ich habe es nicht eilig.«

Darien

Auf die Geschichte mit den Devra folgte eine Reihe von Tintenklecksen. Darien richtete sich auf und rieb sich die angestrengten Augen. Diesen Teil kannte er schon. Aber was er soeben gelesen hatte, machte offensichtlich nur einen Bruchteil von dem aus, was es über die große Magierin zu erzählen gab, denn die Schriftrolle war noch lange nicht zu Ende. Woraus bestand der Rest? Und wieso war alles andere in Vergessenheit geraten? Das Einzige, was man ansonsten noch über Nauranda hörte, war, dass sie nach dem Sieg über die Devra geschworen hatte, über das Land zu wachen. Deshalb wurde sie angeblich immer wiedergeboren. Doch um das zu erzählen, brauchte man sicher nicht so viel Papier, wie noch übrig war, geschweige denn eine zweite Schriftrolle.

Nun erst bemerkte Darien, dass das Lager um ihn herum langsam erwachte. An einigen der anderen Feuer machten sich Barbaren zu schaffen, wohl um das Frühstück vorzubereiten. In der Ferne blökte das zottelige Vieh. Trübes Morgenlicht erhellte die Szene, versprach einen trostlosen Tag.

Durch all dies stapfte eine Gestalt direkt auf Darien zu. Im noch etwas verschlafenen Hin und Her des Lagers war sie die Einzige, die sich zügig und zielstrebig bewegte. Und es dauerte nicht lange, bis Darien erkannte, wer es war. Bjoron. Hatte Jernsa also tatsächlich beschlossen, ihren jüngsten Sohn mit ihm fortzuschicken? Das konnte eine interessante Reise werden ...

Der Barbar trug nicht nur ein langes Schwert an der Seite, sondern auch ein etwas kürzeres in der Hand. Es steckte in einer Scheide, und er hielt es locker. Nicht so, als wollte er es gleich ziehen. Dennoch rollte Darien die Schriftrolle wieder zusammen und schob sie zurück in den Beutel. Unwahrscheinlich, dass er nun noch dazu kam, weiterzulesen, aber eine weitere Gelegenheit würde sich ergeben.

Auf der anderen Seite des Feuers blieb der Barbar stehen und musterte ihn durch den aufsteigenden Rauch. Dann streckte er die Hand mit dem Schwert aus, direkt über die Flammen, die ohnehin nur noch kläglich züngelten. »Wenn ich dich schon begleiten muss, will ich zumindest wissen, mit wem genau ich es zu tun habe.«

Das klang nach einem vernünftigen Ansinnen, aber was hatte die Waffe damit zu tun? Darien beäugte das Schwert, hob dann den Blick zu Bjorons ernster Miene. Er hatte einiges über die Barbaren gehört, manches davon ganz sicher Gerüchte, anderes wahr. Aber nichts von alldem half ihm dabei zu verstehen, was Jernsas Sohn nun von ihm erwartete. Es schien allerdings eine Art Versöhnungsgeste zu sein, der Darien gerne entgegenkommen wollte. »Frag, was auch immer du über mich wissen willst.«

»Ich will nicht reden, ich will kämpfen. Wie jemand kämpft, sagt mehr über ihn aus als tausend Worte.« Noch immer hielt ihm der Barbar das Schwert hin, Rauchfäden schlängelten sich um seine Hand. Wieder musterte Darien die Waffe, dann Bjoron selbst. Der Barbar meinte es ernst.

Darien seufzte. Er kannte nur eine Art zu kämpfen, und die würde Bjoron ganz sicher nicht für ihn einnehmen. Besser, er kürzte die Sache ab. Freunde wären sie wohl ohnehin nie geworden. »Du hast gesehen, was ich kann.«

Bjoron schnaubte. »Ich habe bisher nur gesehen, wie du jemanden aus dem Hinterhalt überfällst. Kämpfen ist etwas anderes.«

»Ach, ist es das?« Darien stand auf, griff aber nicht nach dem Schwert. »Das Ziel eines Kampfes ist es, den Gegner zu töten und selbst zu überleben, oder nicht?«

»Das Ziel eines Kampfes ist es, ehrenvoll zu siegen!«

Natürlich, was sonst konnte man von einem Barbaren erwarten? Nun war es Darien, der schnaubte. »Niemand hat mit Ehre jemals etwas gewonnen.«

Sofort verdüsterte sich Bjorons Miene. Doch in diesem Moment hallte sein Name durch das Lager. Er wandte sich um.

Auch Darien sah suchend umher und entdeckte Tjark, der zwischen den Zelten hindurchsprintete. An einem Strick zog der große Barbar eines der zotteligen Rinder hinter sich her. Gras stob unter den Hufen in die Höhe, heißer Atem quoll als Dunstwolken aus den Nüstern des Tiers. Unwillkürlich machte Darien einen Schritt zurück. Das Biest sah nicht so aus, als wollte es anhalten.

Als Tjark sie beinahe erreicht hatte, stemmte er die Fersen in den Boden und zog einmal kräftig an dem Strick. Einen Moment lang sah es so aus, als wollte das Rind einfach über das Feuer trampeln und das Zelt dahinter einreißen. Doch dann bäumte es sich auf. Hufe fuhren durch die Luft, Grasbüschel flogen. Schließlich stand das Tier. Auf seinem Rücken wippten einige Säcke noch einmal hin und her, kamen dann zur Ruhe.

»Gerade ist der letzte Späher zurückgekommen.« Der große Barbar wirkte kaum außer Atem, doch er grinste nicht und in seiner Stimme lang deutliche Dringlichkeit. »Ist fast die ganze Strecke gerannt. Arandes weiß, dass wir kommen, oder er sucht das Mädchen. Was auch immer, er schickt uns ein Heer entgegen. Ist nicht mehr weit weg. Ihr müsst sofort aufbrechen.« Tjark hielt inne und musterte Bjoron nachdenklich. Schließlich nickte er, als wäre er zu einem Entschluss gekommen. »Mutter meint, ich soll's dir nicht sagen, aber ich finde, du hast die Wahrheit verdient. Die Soldaten treiben einfache Tiefländer, Bauern und so, vor sich her. Keine Ahnung, was sie planen, aber Mutter redet nicht mehr vom Sieg. Sie sagt, wir halten sie auf, solange wir können, damit ihr Zeit habt, um abzuhauen. Ich weiß nicht, ob sie an diese Legende glaubt oder ob es darum geht, dass wir eh entweder siegen oder sterben. Du weißt ja ...«

Bjoron nickte langsam und ernst. »Die Hochlandstämme verneigen sich nicht vor einem fremden Herrscher.« Seine Stimme klang tonlos, erinnerte Darien daran, wie Berinda ihre Befehle gegeben hatte, während Letharn fiel. Unbehaglich wandte er den Blick von den beiden Brüdern ab, ließ ihn über das Zelt schweifen, in dem Nauri noch immer schlief. Dieses Gespräch war nicht für seine Ohren bestimmt. Er wollte gerade einen weiteren Schritt zurück machen, als Bjoron ihm erneut das Schwert hinhielt, ohne ihn auch nur anzusehen. Diesmal griff er zu. Es war nicht der Moment für Streit.

Die nun freie Hand des Barbaren schloss sich um den Griff seiner eigenen Waffe. »Dann kann ich nicht gehen.«

»Oh doch, kleiner Bruder. Du hast eine Schuld abzutragen. Und wer weiß ...« Mit einem Mal hellte sich Tjarks Miene auf. »... vielleicht ist an dieser Legende ja was dran. Also pass gut auf das Kind auf.«

»Tjark, ich kann euch nicht ...«

Der große Barbar seufzte. »Vielleicht hatte Mutter doch recht ...« Unvermittelt holte er aus. Dariens Hand wanderte automatisch zum

Griff seines Messers, doch er zog es nicht, wartete ab. Tjarks Faust traf seinen Bruder am Kinn, und Bjoron sackte in sich zusammen. Der größere Barbar fing den kleineren auf und wuchtete ihn auf den Rücken des Yaks, zwischen die Säcke und Beutel. Dann wandte er sich Darien zu. Dieser behielt die Hand noch einen Moment am Griff des Messers. Doch Tjark wirkte vollkommen ruhig. Hier herrschten eindeutig raue Sitten, aber der große Barbar hatte recht, es blieb keine Zeit zum Streiten. »Ich nehme an, es ist sinnlos, zu sagen, dass ihr euch besser zurückziehen solltet«, sagte er dennoch.

Der Barbar nickte mit einem Grinsen, das allerdings schnell wieder verblasste. »Selbst wenn wir wollten, mit dem Vieh und den Kindern und Alten sind wir langsamer als sie. Die würden uns in den Rücken fallen, noch bevor wir die Grenze zu den Hochlanden erreichen. Dieser Arandes hat sicher noch weniger Ehre als ihr Tiefländer.« Wieder blitzte ein Grinsen auf, dann gestikulierte er in Richtung des zotteligen Tiers und seiner Last. »Setz das Kleine zu ihm aufs Yak, und dann verschwinde, so schnell du kannst.«

Mit diesen Worten wandte sich Tjark zum Gehen. Doch nach einem Schritt sah er noch einmal über die Schulter zurück. »Und komm Bjoron nicht zu nah, wenn er aufwacht. Er wird ziemlich schlechte Laune haben.«

Redal

Schon von Weitem sah Redal die weißen Papiergirlanden im Wind flattern, die den Schrein umkränzten. Einige waren eingerissen, anderen schmutzig. Aber der Schrein stand noch. Die fremdländischen Bastarde hatten es nicht gewagt, sich daran zu vergreifen.

Einige Menschen gingen in dieselbe Richtung wie er und Longret, erklommen die Treppen, die zu dem nach drei Seiten offenen

Pavillon hinaufführten. Sie alle hatten die Schultern hochgezogen, eilten mit gesenktem Blick voran, als fürchteten sie, irgendwer könnte sie aufhalten.

An einer der Säulen, die das Dach stützten, stand eine Frau und verteilte schmale Kerzen aus einer Kiste zu ihren Füßen. Redal runzelte die Stirn. Sie trug nicht das übliche weiße Gewand des Ordens, sondern ein einfaches, grünes Kleid.

»Das ist nicht Schwester Aline«, raunte Longret ihm zu. »Ich hoffe, ihr ist nichts zugestoßen.«

Redal schluckte die Antwort herunter, die ihm auf der Zunge lag. Leuten, die man seit der Eroberung nicht mehr gesehen hatte, war meistens etwas zugestoßen. Und von den Ordensmitgliedern hatte er bisher kein einziges gesehen.

Die Frau lächelte ihnen entgegen, und Longret lehnte sich zu Redal hinüber. »Ah, ich kenne sie. Sie ist oft hier. Ihr Name ist Hendra, glaube ich.«

Redal nickte. Es gab wohl kaum jemanden in Letharn, den seine Frau nicht zumindest vom Sehen kannte. Womöglich würde sich das in der kommenden schweren Zeit noch als hilfreich erweisen.

Hendra nahm zwei Kerzen aus der Kiste und reichte sie ihnen. »Ich kümmere mich um den Schrein, während der Orden Wichtigeres zu tun hat.«

»Wichtigeres?« Redal blickte sich schnell um, dann beugte er sich vor. »Hast du irgendetwas gehört?«

Die Miene der Frau wurde ernst. Sie schüttelte den Kopf. »Aber ich bin überzeugt, dass sie Naurandas 156. Wiedergeburt in Sicherheit gebracht haben. Das ist der Grund, warum man keinen von ihnen mehr in der Stadt sieht. Sie werden warten, bis ihre Kräfte erwachen, und dann werden sie diesen grauenhaften Arandes und seine Armee zurück über die Berge treiben.«

Redal nickte, während er seine Kerze entgegennahm. »Ich hoffe, du hast recht. Ich hoffe, du hast recht …«

Wie zur Bekräftigung schlug Longret neben ihm das Zeichen des Kreises.

Sie traten unter das Dach des Schreines, und das Murmeln der Gebete der anderen Besucher hüllte Redal ein. An der einzigen Wand des Gebäudes erhob sich die Statue von Nauranda, eine aus hellem Holz geschnitzte Frau im Schneidersitz. Das lange Haar und das Gewand flossen ineinander, bildeten sanfte Wellen auf dem Podest der Statue. Blumen lagen um sie herum, allerdings welkten sie bereits, waren nicht so frisch wie sonst.

Longret hielt zielstrebig auf die mit Sand gefüllten Schalen zu, die vor dem Podest standen. Redal folgte ihr eilig, suchte sich einen freien Platz zwischen all den anderen Betenden und kniete nieder. Er bemühte sich, ein Ächzen zu unterdrücken, als seine Knie bei der Begegnung mit dem Steinboden protestierten, doch ganz gelang es ihm nicht.

Kerzen steckten im Sand, vergossen Tränen aus Wachs, während sie herunterbrannten. Redal entzündete den Docht seiner eigenen Kerze an der Flamme einer anderen, steckte sie dann an einen freien Platz. Schließlich blickte er zu der Statue auf, noch nicht sicher, worum er eigentlich bitten wollte.

»Ich hoffe, es geht Euch gut, heilige Nauranda«, flüsterte er schließlich. Die Statue erwiderte seinen Blick mit kühler Ruhe. Für einen Moment hatte er das Gefühl, dass sie bis in sein Innerstes sah, dass sie sah, wie er in der Dunkelheit des Kellers gekauert hatte, während seine Nachbarn starben. Redal schluckte. Wenn es doch nur irgendetwas gäbe, das er jetzt schon tun konnte. Doch er war nur ein alter Gardist mit schmerzenden Knien und schmerzendem Rücken. Er konnte nicht einfach ein Schwert in die Hand nehmen und im Alleingang sein Land retten. Er musste warten und sich bereithalten.

Das Stampfen schwerer Schritte riss ihn aus seinen Gedanken. Den Schmerz beim Aufstehen nahm er nur wie von fern wahr. Zu sehr klebte sein Blick an den drei Gestalten, die die Treppe heraufkamen.

Die vorderste trug eine dunkle Kutte, deren Kapuze sie tief ins Gesicht gezogen hatte. Nur dass darunter gar kein Gesicht lag. Stattdessen blitzte dort eine glatte Fläche, in der sich die Stufen der Treppe spiegelten.

Redal hielt den Atem an. Waren das die Leute mit den Spiegelmasken, von denen die Flüchtlinge aus anderen Städten erzählt hatten? Manchmal sollten sie auf riesigen schwarzen Vögeln reiten. Es hieß, es steckten keine Menschen unter den Kutten. Womöglich war der Spiegel sogar keine Maske, sondern ihr echtes Gesicht. Eines, das die Gesichter derjenigen stahl, die hineinblickten.

Redal spürte Longrets Wärme an seiner Seite, schob sich instinktiv ein Stück vor sie, obwohl er keine Waffe hatte, mit der er sie verteidigen konnte.

Die Begleiter des Spiegelwesens trugen gelangweilte Mienen unter ihren ledernen Helmen zur Schau. Einfache Soldaten, mit einem Auftrag, der vor allem darin bestand, herumzustehen und bedrohlich auszusehen. Redal kannte diese Art von Arbeit. Die Hände der Männer lagen auf den Griffen ihrer Schwerter, aber sie wirkten nicht, als wollten sie die Waffen gleich ziehen.

Die Gestalt in der Kutte zog sich die Kapuze noch tiefer ins Gesicht. So tief, dass man von dem Spiegel kaum mehr etwas sah. Dann blieb sie auf der obersten Stufe stehen, direkt vor Hendra. Diese wich einen Schritt zurück, so weit, bis sie an die Säule in ihrem Rücken stieß.

»In welcher Beziehung stehst du zum Orden des ewigen Kreises?« Wie schon einmal schwang ein gläsernes Klingen in der Stimme mit. Kam es von der Maske – falls es eine Maske war? Aber darunter verbarg sich noch etwas anderes. Die harte Aussprache einiger Laute, als müsste der Maskenträger seine Zunge zwingen, sie zu formen. Ein Akzent. Natürlich, diese Leute kamen schließlich von jenseits der Berge. Ein Wunder, dass sie die Sprache Geriens überhaupt beherrschten.

»Ich …« Hendra rang sichtlich nach Worten. »Irgendjemand muss sich um den Schrein kümmern. Ich habe nur Kerzen verteilt.« Sie deutete auf die Kiste zu ihren Füßen.

»Du bist eine treue Anhängerin Naurandas? Du hoffst, dass sie kommt und euch rettet? Du weißt vielleicht sogar, wo sie sich versteckt?«

Die letzte Frage durchzuckte Redal wie ein Blitzschlag. Der Feind suchte nach Nauranda? Das konnte nur bedeuten, dass sie tatsächlich entkommen war. Neue Hoffnung ließ sein Herz schneller schlagen.

Hendra presste die Lippen aufeinander und schüttelte den Kopf. »Ich verstecke niemanden.«

Redals Füße machten wie von selbst einen Schritt nach vorn. Er musste irgendetwas tun, konnte nicht schon wieder untätig bleiben! Doch Longret umklammerte seinen Arm, zog ihn zurück. »Nicht, Redal«, flüsterte sie. »Bitte nicht. Denk daran, was ihr geplant habt.«

Auch Gilads Worte klangen ihm wieder in den Ohren. Wir halten uns bedeckt, bis wir etwas von Nauranda hören. Geratet bis dahin auf keinen Fall in Schwierigkeiten.

Sie hatten recht. Beide. Und das doppelt, nun da er wusste, dass Nauranda tatsächlich entkommen war. Redals ganzer Körper bebte vor Anspannung, doch er blieb, wo er war.

»Wir alle hoffen darauf, dass Nauranda kommt und euch in den Hintern tritt! Und jeder hier würde sie vor euch verstecken, wenn sie an seiner Tür klopft.« Die Stimme hallte laut durch die Stille im Schrein, erklang von irgendwo aus der Menge. Bewegung kam in die versammelten Gläubigen, und ein junger Mann trat vor. Auf einer Seite seines Kopfes bestand das Haar nur noch aus versengten Stoppeln, ein rotes Brandmal prangte auf seiner Wange. Redal konnte sich vorstellen, wie das Haus des Mannes aussah. Armer Kerl.

Der Maskenträger wandte sich dem jungen Mann zu. Für eine Weile schien er ihn zu mustern.

»Wer auf Nauranda hofft, ist verlassen. Sie bringt nichts als Verderben.« Der Kuttenträger hob eine in einem langen Ärmel verborgene Hand, deutete erst auf den jungen Mann, dann auf die Frau, die die Kerzen verteilt hatte. »Ihr beide kommt mit.«

»Ach ja?« Der Mann spuckte aus. »Und wenn ich nicht mitkommen will?«

Der Mut desjenigen, der nichts mehr zu verlieren hatte.

Der Kuttenträger antwortete nicht, schob nur seine Kapuze zurück. Für einen Moment spiegelte sich der gesamte Schrein in der Maske. Die Säulen, das gewölbte Dach, die Statue. Dann trat die dunkle Gestalt auf den jungen Mann zu, und dessen Gesicht füllte den gesamten gewölbten Spiegel. Ein blasses, angesengtes Gesicht, dessen Augen immer größer wurden, dessen Mund sich öffnete, ohne dass ein Laut herauskam. Schließlich sank der junge Mann mit einem Ächzen auf die Knie. »Nein …«

Redal schauderte. Nur dieses eine Wort. Doch es drückte all die Verzweiflung eines Mannes aus, der feststellte, dass er doch noch etwas zu verlieren gehabt hatte.

»Doch.« Damit wandte sich der Kuttenträger ab und zog seine Kapuze wieder nach unten. Auf einen Wink von ihm hin packten die beiden Soldaten Hendra. Widerstandslos ließ sie sich die Treppe hinunterführen, die Miene bleich, die Lippen ein dünner Strich.

Wieder machte Redal einen Schritt nach vorn, wieder hielt Longret ihn fest. Sie schlang die Arme um ihn, während seine Hände sich um den Griff eines Schwertes ballten, das er nicht dabei hatte, bewahrte ihn davor, Hendras Schicksal zu teilen. Oder das des jungen Mannes, der noch immer am Boden kniete, die Hände vor das Gesicht geschlagen.

»Hast du ihn gehört, Redal?«, flüsterte Longret ihm zu. »Nauranda ist noch frei. Sie wird Kämpfer brauchen, sobald sie zurückkehrte. Sie wird dich brauchen.«

Schließlich beruhigte sich sein Atem. Mit einiger Willensanstrengung riss sich Redal vom Anblick der drei Gestalten mit ihrer

Gefangenen los, auch wenn es sich anfühlte, als würde er sie damit noch einmal im Stich lassen. Er löste sich aus Longrets Umarmung, ging zu dem jungen Mann hinüber, um den alle anderen einen Bogen machten. Sanft legte er ihm die Hand auf die Schulter. »Sie sind fort.«

Langsam nahm der Mann die Hände herunter, enthüllte von Tränen benetzte Wangen. Kurz begegnete sein Blick dem Redals, dann huschte er nach rechts und nach links, als befürchtete er, jeden Moment angegriffen zu werden. »Ja, sie sind fort«, flüsterte er. »Aber sie haben einen Teil von mir mitgenommen.«

Unvermittelt stieß der Mann einen Schrei aus, sprang auf und rannte dem kleinen Trupp hinterher. »Wartet! Lasst mich nicht zurück! Lasst mich nicht so zurück!«

Redal blickte ihm nach, und erneut drang Kälte in seine Glieder. Wie sollte man einen Feind bekämpfen, der den eigenen Geist gegen einen richten konnte?

Mit einem Ächzen erhob er sich, ging zu der nun verwaisten Kiste mit den Kerzen und nahm eine weitere heraus. Während er ihren Docht entzündete und sie in den Sand in einer der Schalen steckte, blickte er zu der Statue von Nauranda hinauf.

»Wo auch immer Ihr seid, bitte beeilt Euch, zu uns zurückzukehren. Bitte beeilt Euch.«

Bjoron

Der Geruch von warmem Fell stieg Bjoron in die Nase, begleitet von metallischem Blutgeschmack. Sein Kiefer pochte, umso mehr, da er offensichtlich mit dem Kopf nach unten über dem Rücken eines Yaks hing. Er stöhnte und tastete vorsichtig mit der Zunge über die Reihen seiner Zähne. Auf der Seite, an der Tjark ihn getroffen hatte, saßen zwei locker, schienen sich aber nicht vollständig lösen zu wollen.

Dieser verräterische Schlammmolch von einem Bruder! Redete erst schöne Worte daher und verwehrte ihm dann, in Zeiten der Not Seite an Seite mit seiner Familie zu kämpfen.

Aber vielleicht war es noch nicht zu spät. Bjoron richtete sich auf. Sofort geriet er ins Rutschen. Er landete ungeschickt. Steinchen bohrten sich in seine Knie. Als er fluchte, wurde das Pochen in seinem Kiefer zu einem schmerzhaften Hämmern. Erneut schmeckte er Metall auf der Zunge, spuckte Blut.

»An deiner Stelle würde ich das Reden für eine Weile lassen.« Der Tiefländer drehte sich zu ihm um und zog gleichzeitig am Zügel des Yaks. Langsam kam das Tier zum Stehen. Es senkte sofort den Kopf, um an einem Grasbüschel zu schnuppern.

»Wie gut, dass du nicht an meiner Stelle bist«, knurrte Bjoron zwischen zusammengebissenen Zähnen. Er rappelte sich auf und sah sich um. Vor und hinter ihnen schlängelte sich ein steiniger Weg einen Hang entlang. Rechterhand fiel eine baumbestandene Böschung steil nach unten ab, linkerhand klammerte sich Buschwerk an eine Felswand. »Wie weit sind wir vom Lager entfernt?«

»Zu weit, um umzukehren. Außerdem gibt es kein Lager mehr. Sie haben es abgebrochen und sind ein Stück südwärts gezogen. Ab und zu kann man sie zwischen den Bäumen sehen.«

Unwillkürlich reckte Bjoron den Hals, doch an dieser Stelle erstreckten sich Stämme und Blätter so weit das Auge reichte. Aber er würde ohnehin zurückgehen, gleichgültig was der Tiefländer sagte. Er konnte seine Familie, seine Freunde, ja sogar Neljar nicht im Stich lassen, während sie auf verlorenem Posten kämpften. Entschlossen tastete er nach dem Griff seines Schwertes – und fand nur eine leere Scheide.

Sein Kopf ruckte hoch. Mit geballten Fäusten trat er einen Schritt auf Darien zu. Doch der diebische Feigling erwiderte seinen Blick ruhig. »Dein Bruder hat gesagt, ich soll mich vor dir in Acht nehmen, wenn du aufwachst. Dein Schwert liegt beim Gepäck.«

»Diese verfluchte Baumratte ist nicht mein Bruder!«

»Wieso hast du es dann so eilig, zu ihm zurückzukommen?«

»Das würdest du ohnehin nicht verstehen, Tiefländer.« Da entdeckte Bjoron seine Klinge. In ein Tuch gewickelt war sie zwischen den Beuteln festgezurrt, gleich bei dem Schwert, das er Darien mitgebracht hatte und das der Tiefländer nicht hatte haben wollen. Eine Bewegung zog Bjorons Blick weiter. Im nächsten Moment sah er direkt in die Augen des Mädchens.

Es hatte die Finger im Fell des Yaks vergraben und schaute Bjoron direkt an. Sein Kopf lag ein wenig auf der Seite und es musterte ihn, als versuchte es irgendeine tiefgreifende Frage zu ergründen. Als er näher trat, streckte es die Hand nach ihm aus, ganz langsam. Er hielt inne, als kleine Finger eine verfilzte Haarsträhne anhoben, die ihm ins Gesicht gefallen war. Nauri beugte sich vor, betrachtete ihn, als sehe sie ihn nun erst richtig.

Bjorons Zorn verrauchte schlagartig.

Er hatte eine Aufgabe übertragen bekommen, eine, die seiner Mutter so wichtig war, dass sie sie selbst erledigt hätte, müsste sie nicht ein Heer führen. Eine Aufgabe, von der womöglich das Überleben dieses Kindes abhing.

Nauris Augen ließen ihn nicht los. Sie waren blau, seltsam unpassend zum schwarzen Haar.

»Bist du schon einmal einem Berglöwen begegnet?« Die Frage war nicht an das Kind gerichtet, auch wenn er den Blick nicht von ihm abwandte.

»Nein«, antwortete Darien.

»Könntest du seine Spuren rechtzeitig erkennen, um seine Höhle zu umgehen?«

Der Tiefländer stieß ein trockenes Lachen aus. »Ich bin in einer Stadt aufgewachsen, was glaubst du? Aber ich denke, ich würde es eher bemerken als du, wenn ein solches Tier versucht, sich an mich heranzuschleichen. Ich komme schon zurecht. Wenn du gehen willst, dann geh. Beschreib mir nur vorher den Weg.«

Oh, dieser arrogante Tiefländer! Bjoron fuhr herum, funkelte Darien an. »Was soll das heißen, du würdest einen Berglöwen eher bemerken als ich?«

Der Feigling grinste. »Du kannst sicher gut mit diesem beeindruckenden Zweihänder dort umgehen.« Er nickte in Richtung des Schwerts. »Aber wenn man dich überrascht, bist du nutzlos. Und dich zu überraschen ist nicht schwer.«

Das Pochen in Bjorons Kiefer wurde wieder stärker, als er mit den Zähnen knirschte. Er streckte eine Hand aus und löste ohne hinzusehen die Riemen, die sein Schwert hielten. Im selben Moment kroch Dariens Rechte hinter seinen Rücken, wo der Tiefländer die Messerscheide trug. Ein Messer! Doch als Bjoron die Waffe vom Rücken des Yaks hob, fiel sein Blick wieder auf Nauri. Er atmete tief durch, achtete darauf, das Mädchen mit der Klinge nicht zu verletzen. Dann schob er das Schwert mit einer geübten Bewegung in seine Scheide zurück.

Zwei Schritte, und er war bei dem Tiefländer, stieß ihn beiseite und ergriff die Zügel des Yaks. Ein leichter Zug genügte, damit sich das Tier in Bewegung setzte. »Wollen wir doch erst mal sehen, wer von uns beiden hier oben nutzloser ist.«

Eine Weile trotteten sie schweigend dahin. Der Pfad wand sich in steilen Kehren den Hang hinauf, immer höher ins Gebirge. Zurück in die Heimat, nur dass der wichtigste Teil seiner Heimat nicht die Hochlandebenen waren. Bjoron war überall dort zu Hause, wo sie abends gemeinsam ums Feuer saßen. Sein Vater, Kerlft, sogar Tjark der Verräter, der ja recht hatte. Pflicht war Pflicht, auch wenn sie einem nicht passte.

Dann machte der Pfad eine weitere Kehre und wurde breiter. Die Bäume wichen zurück, die höchsten Wipfel lagen mit einem Mal ein Stück unter ihnen, als sie auf einen Felsvorsprung traten. Gerien erstreckte sich zu ihren Füßen, ein Land voller sanfter Hügel. Die Berge, die das Tal auf der anderen Seite begrenzten, waren nur ein blauer Streifen am Horizont.

Die Rauchsäule war fort, doch Bjoron glaubte dort, wo sie sich erhoben hatte, dunkle Gebilde im Grün von Wäldern und Feldern zu erkennen. Vielleicht war das Letharn. Es war schwer zu sagen, wie eine Stadt aus der Ferne aussah, wenn man noch nie eine aus der Nähe gesehen hatte.

Dann erspähte er das Heer der Hochlandstämme.

Bjoron erkannte die Weisheit seines Vaters auf den ersten Blick. Wie Darien gesagt hatte, waren die Stämme ein Stück nach Süden gezogen. Dort teilte ein felsiger Kamm die sanften Hügel des Tieflands. Auf einer Seite fiel er scharf ab, und ein ausgetrocknetes Flussbett schlängelte sich an seinem Fuß dahin. Nur von der anderen Seite konnte man den Kamm erklimmen und die fast dreihundert Krieger der Hochlandstämme erreichen, die dort Stellung bezogen hatten. Ihre Reihen zogen sich die Anhöhe entlang, reichten bis zu einem Wäldchen, ein gutes Versteck für die Kinder und die Alten. Zu ihren Füßen fiel der felsige Hang ab, und dahinter erstreckten sich Viehweiden. Offenes, leicht überschaubares Land.

Am Rand der Weiden traten in diesem Moment die ersten Feinde aus dem Schatten der Bäume.

»Du solltest dir das nicht ansehen.«

Widerwillig wandte Bjoron den Kopf, um dem Blick des Tiefländers zu begegnen. »Ich will mich nicht die nächsten Wochen fragen müssen, ob sie gewonnen oder verloren haben.«

Darien seufzte, doch er widersprach nicht. Während der Tiefländer Nauri vom Yak hob, wandte Bjoron sich wieder dem Geschehen unter ihnen zu.

Immer mehr Feinde strömten zwischen den Bäumen hervor, doch sie erinnerten Bjoron eher an wuselnde Ameisen als an ein Heer. Es gab keine Ordnung, sie schoben und stießen, niemand schien sonderlich erpicht darauf zu sein, in vorderster Reihe zu stehen. Ein Grinsen teilte Bjorons Lippen, obwohl es schmerzte. Diesen Feind würden seine Leute ohne Zweifel besiegen.

»Ich vermute, das sind die Bauern, von denen dein Bruder gesprochen hat.« Dariens Worte holten Bjoron in die Wirklichkeit zurück. Dunkel erinnerte er sich an das, was Tjark über die Beobachtungen der Späher gesagt hatte. Die Soldaten trieben einfache Tiefländer vor sich her. Aber wozu?

Schließlich blitzte Metall am Waldrand auf. Dort kam das eigentliche Heer, geordnete Reihen von Soldaten, Schwerter oder Speere in den Händen, mit denen sie die orientierungslosen Menschen immer weiter scheuchten. Wollte dieser Arandes die Bauern als Schild für seine Soldaten verwenden? Aber die Hochlandstämme würden ohnehin nicht als Erste angreifen. Sie verharrten auf ihrer Stellung und ließen den Feind näher kommen. Sollte er nur versuchen, den Hang hinauf gegen sie anzurennen.

Bjoron war zu weit entfernt, um mehr als ein undeutliches Murmeln zu hören, viele Geräusche, die zu einem verschmolzen. Immer schneller trieben die Soldaten die Zivilisten auf den felsigen Kamm zu. Sie rannten, vielleicht in Panik. Bjoron glaubte, einige stolpern zu sehen, doch niemand half ihnen auf, sie verschwanden unter den Füßen der Nachrückenden.

Dann erreichten die Ersten den Hang. Die Reihen der Stämme teilten sich, ließen die verängstigten Menschen ein. Bestimmt würde man sie in Richtung des Wäldchens dirigieren, wo sie in Sicherheit waren. Was auch immer dieser Arandes für eine List im Sinn gehabt hatte, sie würde nicht gelingen.

Neben Bjoron stieß sein tiefländischer Begleiter einen langen Fluch aus. »Hat deine Mutter mir nicht zugehört? Letharn ist durch Verrat gefallen.«

Dariens Worte vertrieben alle Zufriedenheit mit dem Verlauf der Schlacht so gründlich, wie ein Berglöwe eine Herde Yaks zerstreute. Bjoron schluckte. Dann schüttelte er den Kopf, versuchte das ungute Gefühl loszuwerden, das sich immer tiefer in ihm festsetzte, je mehr Menschen zwischen die Reihen seines Volkes strömten.

»Mutter weiß, was sie tut.« Doch seine Stimme klang heiser. »Und was soll sie auch sonst machen? Sie alle abschlachten?«

»Das wäre zumindest sicher.«

»Du bist wirklich das Bild eines feigen, ehrlosen …«

Das nächste Wort blieb ihm im Hals stecken. Metall blitzte in der Hand eines der Bauern. Eine schnelle Bewegung, ein Stammeskrieger sackte in die Knie. Seine Kameraden reagierten sofort, streckten den Angreifer nieder. Doch da war es bereits zu spät. Überall spielte sich dasselbe ab. Die Tiefländer wandten sich gegen diejenigen, die ihnen Schutz hatten bieten wollen. Die Reihen der Stämme wankten und brachen.

Bjorons Innerstes erstarrte zu Eis. Er öffnete den Mund, brachte nur ein Krächzen heraus, räusperte sich und versuchte es noch einmal. »Warum …?«

»Vielleicht hat Arandes ein paar seiner Männer zwischen den Leuten versteckt.« Dariens Stimme klang angespannt, aber beherrscht. »Oder er hat sie bestochen, bedroht ihre Familien, was weiß ich …«

Dann regnete es Pfeile.

Es war eine dunkle Wolke, die sich vom Waldrand erhob und auf Stammeskrieger und Bauern gleichermaßen herabprasselte. Die Stämme hatten für einen solchen Fall große Schilde aus Leder und Holz aufgestellt, hinter denen sie Deckung suchen konnten. Doch nun herrschte Chaos in ihren Reihen. Unzählige gingen getroffen zu Boden. Und noch immer hatten Arandes' Soldaten den Hang nicht einmal erreicht.

»Na ja … ich schätze, es waren keine von Arandes' eigenen Männern unter den Bauern.«

Bjoron hörte Dariens Worte, ohne sie richtig zu verstehen. Er schmeckte Galle auf der Zunge, hatte das Gefühl, sich gleich übergeben zu müssen.

Nun endlich stürmten die Soldaten vor. Das Murmeln, das zu ihnen heraufdrang, wurde lauter, schwoll zu einem fernen Tosen an. Aber die Stammeskrieger sammelten sich bereits wieder! Bjoron hielt den Atem an. Die Ahnen standen ihnen bei, noch war nicht alles verloren. Seine Leute bildeten Inseln des Widerstands, an denen sich die Flut von Arandes' Heer brach. Einige, die weiter oben standen, schleuderten Wurfspeere in die Menge der Angreifer. Doch eines nach dem anderen wurden die Widerstandsnester davongespült. Nur dicht vor dem Wäldchen hielten die Reihen der Stämme. Dort mussten sie mit dem Mut der Verzweiflung kämpfen, jenseits von Schmerz und Erschöpfung. Dort ging es mehr als alles andere darum, die Kinder zu verteidigen.

Eine Gestalt trat zwischen den Bäumen des Wäldchens hervor, kurz darauf eine weitere. Sie bewegten sich mühsam, aber sie hielten Waffen in den Händen. Die Alten! Sie reihten sich zwischen den Kriegern ein, kämpften und fielen schnell. Aber sie kämpften.

Im Gegensatz zu Bjoron. Wie hatte er sich nur wegschicken lassen können? Wieso war er nicht umgekehrt? Er sollte dort unten sein. Natürlich hätte das nichts geändert, doch zumindest hätte er die anderen dann nicht so schmählich im Stich gelassen. Er machte einen Schritt vor, die Hand am Schwert.

Jemand packte ihn an der Schulter und riss ihn zurück. Erst da hörte er das Klackern, mit dem einige kleine Steine in die Tiefe stürzten. Er senkte den Blick und sah seine Zehen über den Rand des Weges ragen. Ein weiterer Stein löste sich unter seinen Füßen, fiel und verschwand zwischen den Wipfeln der Bäume unter ihm. Schnell trat er einen Schritt zurück.

»Bist du wahnsinnig?«, zischte Darien ihm zu. »Du hilfst niemandem, wenn du dort hinunterfällst.«

Wütend schüttelte Bjoron die Hände des Tiefländers ab, starrte wieder zum Kampf hinüber. Das zumindest war er ihnen schuldig. Ihnen allen. Selbst Neljar, selbst Tjark. Sie würden nicht sterben, ohne dass jemand davon berichten konnte. Sie würden nicht in Vergessenheit geraten, solange er lebte.

Immer fester schloss sich seine Hand um den Griff seines Schwertes, während er beobachtete, wie die letzten Stammeskrieger fielen. Während er zusah, wie die Soldaten in das Wäldchen eindrangen. Er glaubte die Schreie von Kindern zu hören, stellte sich vor, wie die älteren versuchten, die jüngeren zu verteidigen. Wie sie fielen, wie ihre Eltern gefallen waren. Als Arandes' Soldaten wieder zwischen den Bäumen hervortraten, sah Bjoron sie nur noch verschwommen. Sie trieben die Yaks der Stämme vor sich her, wie sie es zuvor mit den Tiefländern getan hatten. Er sah ihnen nach, wie sie verschwanden. Dorthin, wo sie hergekommen waren.

Dann wurde es still.

Noch lange danach stand Bjoron reglos da, unfähig, einen klaren Gedanken zu fassen. In seinem Inneren brodelten die Gefühle. Sie bildeten einen glühenden Ball in seinem Magen, schienen ihn zu versengen, ihn auszuhöhlen, bis nichts mehr blieb als Schmerz. Und schließlich nicht einmal mehr das.

Irgendwann fühlte er eine kleine Hand auf seiner. Er senkte den Blick und schaute in große, blaue Augen, in denen Tränen standen. Wie hatte er das vergessen können? Er war nicht der Einzige, der alles verloren hatte. Wahrscheinlich hatte Nauri ihre Stadt brennen sehen, noch immer hing der Ruß in ihrem Kleid. Mit der freien Hand zupfte sie am Saum seiner Weste. Er runzelte die Stirn, doch sie zupfte hartnäckig weiter. Zögernd ging Bjoron in die Hocke. Ganz langsam streckte sie eine Hand aus, als wäre er ein wildes Tier, das sie nicht verschrecken wollte. Schließlich legte sie die Finger auf seine Wange. Und trotz der Tränen, trotz allem, was sie durchgemacht haben musste, lächelte sie ihn an.

Bjoron ertappte sich dabei, wie er die Geste erwiderte, auch wenn sie bei ihm wahrscheinlich grimmiger ausfiel als bei ihr. Es tat gut. Die Wärme ihrer Berührung füllte die Leere in seinem Inneren mit einem neuen Gefühl. Entschlossenheit. Seine Mutter, seine Brüder und all die anderen hatten gekämpft, um ihnen Zeit zu verschaffen. Sie würden nicht umsonst gestorben sein. Er würde tun, worum seine Mutter ihn gebeten hatte. Und danach ...

»Wenn wir Nauri in Sicherheit gebracht haben, werde ich Arandes töten.«

»Damit sind wir schon zwei.«

Überrascht sah Bjoron auf. Das hatte er dem Feigling nicht zugetraut.

Darien

Warum nur neigte jeder in seiner Umgebung zu sinnlosen Gesten? Erst Berinda, nun die Barbaren. Wieder und wieder sah Darien sie fallen, begleitet von dem Geschmack von Asche auf der Zunge. Asche und ein Massaker, diese beiden Dinge schienen seit dem Fall Letharns zusammenzugehören.

Warum nur hatten diese dummen Barbaren die Bauern nicht getötet, anstatt zu versuchen, sie zu retten? Tot waren sie nun so oder so.

Seufzend richtete Darien den Blick nach vorn. Von unten hatte es ausgesehen, als müssten sie nur diesen einen Hang erklimmen, um die Hochlande zu erreichen. Doch Gebirge täuschten einen offensichtlich gern. Zwar stieg der Boden inzwischen nur noch sanft an und der Weg musste keine scharfen Kehren mehr machen. Doch in der Ferne erhob sich bereits die nächste Herausforderung aus dem blauen Dunst. Eine Felswand, die so steil war, dass nur noch die stursten Sträucher daran Halt fanden.

Darien blieb stehen und nahm den Anblick in sich auf. Wie sollten sie dort nur hinaufkommen? »Sicher, dass wir hier richtig sind?«

»Stellst du meine Ortskenntnis in Frage?«

Darien drehte sich um und sah dem Barbaren entgegen, der mit dem Yak im Schlepptau zu ihm aufschloss. »Wenn du uns auf eine senkrechte Felswand zuführst, dann ja.«

Er spannte sich, machte sich auf eine heftige Erwiderung gefasst. Doch ein Streit war immer noch besser, als bis zur Felswand vorzulaufen, bevor Bjoron zugab, dass es dort nicht weiterging.

Seltsamerweise stieß der Barbar nur ein kurzes Lachen aus.

»Du bist doch angeblich der Aufmerksame von uns beiden.« Ohne auch nur langsamer zu werden, marschierte er an Darien vorbei. »Ich sehe den Weg von hier.«

Mit gerunzelter Stirn starrte Darien wieder zu der Steilwand hinüber. Ein Weg? An einer senkrechten Wand? Es dauerte eine Weile, bis er eine schmale Linie entdeckte. Sie zog sich schräg über den Fels, von den Wipfeln der Bäume an seinem Fuß bis hin zu seiner Kante. Das sollte ein Weg sein?

Mit schnellen Schritten holte er zu Bjoron auf. »Seid ihr dortheruntergekommen?« Er konnte sich nicht vorstellen, wie ein ganzes Heer im Gänsemarsch diesen Pfad hinabkam.

»Nein, es gibt einen einfacheren Abstieg ein Stück weiter nördlich. Aber dieser hier ist schneller.«

Schweigend gingen sie weiter. Kurze Zeit begleiteten sie ein paar Vögel in V-Formation hoch über ihren Köpfen. Inzwischen hatte die Sonne den Zenit ihrer Wanderung erreicht, doch je höher sie kamen, desto kühler wurde es. Ein kalter Wind fuhr durch Dariens Hemd, und er schlang fröstelnd die Arme um den Körper. Wieso Bjoron in seiner seltsamen Weste nicht fror, war ihm ein Rätsel.

Die Bäume standen hier nicht mehr so dicht und machten immer öfter niedrigen Ansammlungen von Büschen Platz. Schließlich wurden sie von Wiesen abgelöst. Als Darien endgültig aus dem Wald heraustrat, die Felswand nun eine riesenhafte, scheinbar unüberwindbare Barriere vor ihm, entdeckte er die Zelte an ihrem Fuß. Ganz in der Nähe von der Stelle, an der die dünne Linie des Pfads begann.

Sie hatten ganz offensichtlich kein Glück.

Im Gegensatz zu den Zelten der Barbaren waren diese bunt, offensichtlich aus allen möglichen Stoffteilen zusammengestückelt. Gestalten bewegten sich zwischen ihnen. Darien hielt aufmerksam nach dem metallischen Blitzen einer Waffe Ausschau. Doch Arandes' Heerscharen konnte sie kaum überholt haben. Nicht so schnell.

»Sie sehen nicht aus wie Soldaten.« Auch der Barbar starrte zu den Zelten hinüber und schien dabei gar nicht zu bemerken, dass das Yak an seiner Weste knabberte. »Eher wie die Händler, die ab und zu in unsere Lager kommen ...« Er stockte, seine Kiefermuskeln spannten sich. »Gekommen sind.«

Darien presste die Lippen aufeinander. Sollte er irgendein Wort des Trostes aussprechen? Doch was konnte man zu so einem Verlust schon sagen? Es herrschte Krieg, Menschen starben, manche traf es härter als andere. Man musste einfach weitermachen, versuchen zu retten, was noch zu retten war, bis es einen selbst traf.

Er räusperte sich. »Wenn es Händler sind, haben sie sich einen seltsamen Zeitpunkt zum Reisen ausgesucht. Aber du hast recht, wie Arandes' Soldaten sehen sie ganz sicher nicht aus.« Nun entdeckte er sogar einige Tiere, die in der Nähe grasten. Ziegen, eine Kuh, das eine oder andere Schaf.

»Dann lass uns gehen. Wir sollten sie fragen, ob wir bei ihnen lagern dürfen. Die Steilwand erklimmt man nicht an einem halben Tag, und dort oben gibt es keinen Platz, um die Nacht zu verbringen.« Bjoron setzte sich wieder in Bewegung, doch Darien hielt ihn am Arm fest. Gab es überhaupt eine Grenze für barbarische Dummheit?

»Du verstehst es immer noch nicht, oder?«, fuhr er ihn an. »Wir dürfen niemandem vertrauen. Je weniger Leute wissen, wo Nauri ist, desto besser.«

Der Barbar wandte sich mit gerunzelter Stirn dem kleinen Mädchen auf dem Yak zu. Nauri hatte den Kopf in den Nacken gelegt und starrte mit großen Augen an der Felswand hinauf.

»Wir werden durch das Lager müssen, wenn wir diesen Weg nehmen wollen.«

Musste der Barbar zum schlechtmöglichsten Zeitpunkt ausnahmsweise mal recht haben? Darien biss sich auf die Lippe.

»Wir müssen ja niemandem sagen, wer sie ist«, sagte Bjoron.

Darien schüttelte den Kopf. »Es gibt unzählige Bilder von ihr. Die Leute behalten sie als Glücksbringer. Die meisten sind nicht besonders gut, aber sie zeigen ein kleines Mädchen mit langem, schwarzem Haar in einem weißen Kleid.«

Allerdings, gegen diese Ähnlichkeit ließ sich etwas tun. Während Darien sprach, durchstöberte er das Gepäck, zwischen dem die Schwester der Königin saß. Das Mädchen löste den Blick von dem Wunder der Natur und beobachtete ihn aus neugierig funkelnden Augen unter zusammengezogenen Brauen.

Schließlich zog er ein zotteliges, staubiges Stück Fell aus einem Bündel. Das sollte gehen. Er legte es Nauri um die Schultern, und es verdeckte den Großteil ihres ehemals weißen Gewandes. Sofort zog das Mädchen ihr neues Kleidungsstück enger um sich. Wie dumm von ihm! Er hätte daran denken müssen, dass das Kind ebenso fror wie er! Warum hatte es sich nicht irgendwie bemerkbar gemacht?

Darien trat einen Schritt zurück und begutachtete die improvisierte Verkleidung. Sein Blick fiel auf Nauris langes, schwarzes Haar. Als er sie im Kloster in Letharn zum ersten Mal gesehen hatte, war es ihr wie ein glänzender Strom über die Schultern gefallen. Nun ähnelte es mehr Bjorons verfilzter Mähne. Dreck und kleine Zweige hingen darin, ebenso wie unzählige Knoten. Dennoch verriet es sie.

Kurzentschlossen zog Darien sein Messer. Mit der freien Hand griff er nach oben und fasste Nauris Haar zu einem Zopf zusammen. Noch ehe sie reagieren konnte, säbelte er dicht über seiner geschlossenen Faust durch die dunklen Strähnen.

Die Augen des Mädchens wurden groß, sein Mund formte ein

O. Es hob die Hand und tastete über seinen Hinterkopf. Kleine Finger erfühlten die unregelmäßigen Reste von dem, was bis eben noch fast bis zum Boden gereicht hatte.

»Wenn sie gleich anfängt zu heulen, bist du derjenige, der sie beruhigen muss.« Der Barbar stand mit verschränkten Armen in der Nähe und beobachtete Dariens Bemühungen mit düsterem Blick, als sähe er drohendes Unheil in der nahen Zukunft.

Darien hielt den Atem an. Erst als sich Nauris Lippen zu einem Grinsen teilten, stieß er die Luft wieder aus. Sie zerstrubbelte ihre neue Frisur, schüttelte den Kopf, als müsste sie testen, wie sich das ohne all das Gewicht anfühlte. Dann grinste sie noch breiter. Immerhin war einer von ihnen glücklich.

Darien betrachtete die langen Haare in seiner Hand. Einfach wegwerfen? Doch er hatte von den Magiern gehört, die sich angeblich in Arandes' Gefolge befanden. Da ließ man besser nichts zurück, das einst zum eigenen Körper gehört hatte. Schnell wickelte er das Haar zu einem Ball und stopfte ihn in einen der Säcke.

»Nun können wir gehen. Und wenn dich jemand fragt, ist Nauri deine kleine Schwester.«

Bjoron

Vor einem Tag noch hätte Bjoron über das Misstrauen den Kopf geschüttelt, das sein schmächtiger Begleiter seinen eigenen Leuten entgegenbrachte. Doch nun stieg vor seinem inneren Auge das Bild auf, wie sich die flüchtenden Bauern gegen die Hochlandstämme gewandt hatten. Die Erinnerung setzte sich als Kloß in seiner Kehle fest, und er schluckte.

Vielleicht war es tatsächlich sinnvoll, so wenige Menschen wie möglich wissen zu lassen, um wen es sich bei dem Kind handelte, das sich vom Rücken seines zottigen Reittieres aus neugierig umsah.

Die Tiefländer besaßen ganz offensichtlich noch weniger Ehre, als er bisher angenommen hatte.

Als sie näher kamen, drangen Stimmen von dem bunten Lager zu ihnen herüber. Irgendwer hatte sie entdeckt und rief nun die anderen zusammen. Immer mehr Gestalten traten aus den Zelten, größtenteils Frauen und Kinder, aber auch ein paar halbwüchsige Jungen. Waren die Männer im Tal geblieben, um zu kämpfen? Es musste hart sein, vor einer Schlacht von seiner Familie Abschied zu nehmen.

Eine Frau trat schließlich vor und ihnen entgegen. Sie trug eines dieser unpraktischen Tiefland-Kleidungsstücke, ein weites Stück Stoff, das ihr bis zu den Knöcheln reichte und ihr zu viel Beinfreiheit raubte. Das Haar hatte sie unter einem Kopftuch versteckt, nur ein paar Strähnen ragten darunter hervor. Auf ihrem Gesicht zeigten sich schon erste Falten, doch ihr Blick war wach und aufmerksam. Er ruhte lange auf Bjoron, wanderte dann zu Darien weiter.

»Willkommen in unserem kleinen Lager«, sagte sie. »Ich bin Firenda, die Frau des Bürgermeisters von Aret.«

Wie seltsam, dass sich die Tieflandfrauen über das definierten, was ihre Männer taten. Bjoron hielt das Yak an. Er öffnete den Mund, um etwas zu erwidern, doch Darien kam ihm zuvor. Vielleicht besser so.

»Ich bin Darien, das ist mein Begleiter Bjoron und auf dem … Reittier sitzt seine Schwester Naula.«

Bjoron musste sich beherrschen, um nicht das Gesicht zu verziehen. Naula war kein Name, den die Hochlandstämme verwendeten. Aber das wussten die Tiefländer wahrscheinlich nicht.

»Es gibt ein Dorf namens Aret ganz in der Nähe von Letharn …« Für einen Moment ließ Darien den begonnenen Satz in der Luft hängen. Er war keine Frage und verlangte doch nach einer Erklärung. Für Bjorons Geschmack eine viel zu komplizierte Art, Erkundigungen einzuholen. Warum nicht einfach direkt fragen?

Firenda nickte. »Wir sind aus unserer Heimat in die Berge geflohen, als wir hörten, dass das Heer näher kommt. Nur unsere Männer sind nach Letharn gegangen, um bei der Verteidigung zu helfen.« Sie musterte Darien eindringlich. »Habt ihr irgendwelche Neuigkeiten?«

Nun war Bjoron froh, nicht derjenige zu sein, der die Fragen beantwortete. Er senkte den Blick auf seine nackten Zehen. Der Mann dieser Frau war höchstwahrscheinlich verloren. Wieder wanderten Bjorons Gedanken zurück zu der Schlacht am Morgen. Wie Ungeziefer hatten sich die Bilder in sein Bewusstsein gesetzt, weigerten sich, zu verschwinden.

Nur wie von fern bekam er mit, was Darien von Letharns Fall berichtete. Irgendjemand begann zu weinen. Mehrere der Frauen und Kinder rückten enger zusammen, um einander Trost zu spenden. Auch über Firendas Wangen liefen Tränen, doch sie wischte sie eilig mit dem Ärmel ihres Kleides fort. Ihre Miene wirkte gefasst, als hätte sie längst mit einer solchen Nachricht gerechnet.

»Ich kann mir vorstellen, wie es geschehen konnte, dass Letharn verraten wurde.«

»Ich auch.« Ein düsterer Unterton schwang in Dariens Stimme mit. »Irgendjemand brauchte dringend Geld.«

Firenda schüttelte den Kopf. Mit einer hastigen Geste wischte sie sich noch einmal über das Gesicht. »Nein. Kommt mit. Ich zeige euch, was ich meine. Wenn ihr noch nicht davon gehört habt, werdet ihr nicht weit kommen, bevor sie euch erwischen.«

Bjoron runzelte die Stirn. »Sie? Meinst du Arandes' Schergen? Mit denen werden wir fertig.« Er legte die Hand auf den Griff des Schwertes. Sollten sie ruhig kommen. Dann erhielt er zumindest die Gelegenheit, Rache zu üben.

Die Tieflandfrau warf ihm einen skeptischen Blick zu. »Ich meine nicht die normalen Soldaten. Kommt einfach mit, ihr werdet schon sehen.«

Als Firenda sich umwandte, zerstreuten sich die Versammelten bereits. Alle Neugier war aus den Gesichtern gewichen, die Köpfe hielten sie gesenkt, die Schultern hingen herab.

Bjoron zog am Zügel des Yaks, doch das Tier schnaubte nur unwillig. Wahrscheinlich hatte es sowohl Hunger als auch Durst. Er fluchte leise. »Nur noch ein kleines Stück.«

Die Tiefländerin sah noch einmal über die Schulter zurück und musterte das zottelige Tier, als sähe sie es zum ersten Mal. Schließlich deutete sie nach rechts. »In dieser Richtung steht eine Tränke für unsere Tiere. Bringt eure ... Kuh erst mal dorthin. Dann kommt in mein Zelt. Es ist das mit dem großen, blauen Flicken über dem Eingang.«

Bjoron nickte seinen Dank. Dann stemmte er die Fersen in den Boden und zerrte das störrische Tier in die angegebene Richtung.

»Kuh ...«, murmelte er, während er eines der bunten Zelte umrundete. Kerlft hatte von Kühen erzählt, dumme träge Geschöpfe, die nicht viel mehr konnten, als Gras fressen und Milch geben. Kein Vergleich zu den Yaks der Hochlandstämme.

»Ist es denn keine besonders zottelige Kuh?«

Die Stimme neben ihm ließ Bjoron zusammenzucken. Sofort schloss sich seine Hand um den Schwertgriff an seiner Seite.

Darien kommentierte die Bewegung mit einem Grinsen. »Wie ich sagte ... leicht zu überraschen. Du solltest deiner Umgebung mehr Aufmerksamkeit schenken.«

Ein Knurren bildete sich tief in Bjorons Kehle. Hätte der Tiefländer nicht sofort mit Firenda gehen können? Sicher wollte er nicht dabei helfen, das Yak zu versorgen. Doch Nauri saß noch auf dem Rücken des Tiers, und Darien wich ihr natürlich nicht von der Seite. Wie ein gut ausgebildeter Wachhund. »Du solltest den Mund nicht zu voll nehmen. Du schuldest mir noch einen Kampf.«

»Ich schulde dir gar nichts.«

»Ah, ich sehe schon. Wahrscheinlich kannst du überhaupt nicht mit einem Schwert umgehen. Die einzige Art, wie du tötest, ist hinterrücks mit einem Messer, ja? Und du willst ein Leibwächter sein?«

Bildete er es sich ein oder blitzte tatsächlich Wut in den Augen des Tiefländers? Doch das Funkeln erlosch schnell wieder.

Darien seufzte. »Gut. Sobald wir uns angesehen haben, was Firenda uns zeigen will, kämpfe ich gegen dich.«

»Mit dem Schwert?«

Ein ernstes Nicken war die Antwort. »Mit dem Schwert.«

Bjoron grinste. Bald würde sich also zeigen, aus welchem Holz sein Begleiter tatsächlich geschnitzt war. »Ich freue mich schon darauf.«

Darien

Darien behielt Nauri genau im Auge, während sie mit flatterndem Fellumhang neben ihm und Bjoron her rannte, auf der Suche nach einem Zelt mit einem blauen Flicken über dem Eingang. Sie streckte einen Arm aus und strahlte, offensichtlich froh, sich nach der Zeit auf dem Yak die Beine vertreten zu können. Doch plötzlich hielt sie inne und schielte zu Darien hoch. Als wäre sie sich irgendeiner Schuld bewusst, zog sie den Kopf zwischen die Schultern. Dann richtete sie sich gerader auf und schritt langsamer aus, beinahe würdevoll.

Darien runzelte die Stirn. Hatte man ihr im Ordenskloster eingeschärft, sich auf diese Art zu bewegen? Es sah den Leuten dort ähnlich, einem kleinen Mädchen nichts als unnützes Zeug beizubringen.

Er machte eine unwillige Bewegung mit der Hand. »Solange du in der Nähe bleibst, kannst du rennen, soviel du willst.«

Nauri kam aus dem Tritt und wäre beinahe über den Saum ihres Kleides gestolpert. Sie wandte den Kopf und starrte Darien aus zu Schlitzen zusammengekniffenen Augen an. Offensichtlich glaubte sie ihm nicht.

»Ich meine es ernst.«

Erst zögernd, dann immer schneller breitete sich das Strahlen wieder auf dem Gesicht des Mädchens aus. Im nächsten Moment sauste es davon. Eine Ziege, die in der Nähe gegrast hatte, brachte sich mit staksigen Schritten in Sicherheit.

Neben Darien stieß Bjoron ein kurzes Lachen aus. »Pass auf, dass du dich nicht zu sehr bei ihr einschmeichelst. Sonst wird sie dich nicht mehr gehen lassen, wenn du sie an ihrem Bestimmungsort abgibst.«

»Das sagst ausgerechnet du ... Wen von uns beiden hat sie denn auf dem Weg hierher umarmt?«

Das Grinsen verschwand aus den Zügen des Barbaren, und er schnaubte. »Sich um Kinder zu kümmern, ist bei uns Aufgabe der Alten und Schwangeren. Du als Tiefländer hast sicher mehr Ahnung von solchen Dingen. Immerhin sitzt ihr in euren sicheren Städten und habt Zeit, alle möglichen unnötigen Dinge zu lernen.«

So dachten die Barbaren also über das Leben in Städten. Für einen Moment konnte sich Darien nicht entscheiden, ob er verärgert oder belustigt sein sollte. Doch er durfte sich nicht von seiner Aufgabe ablenken lassen. Schnell wandte er seine Aufmerksamkeit wieder Nauri zu.

Ein Stück vor ihnen machte die Schwester der Königin schlitternd kehrt und rannte zurück. Die Enden des Stücks Fell hielt sie dabei fest umklammert.

»Ob du es glaubst oder nicht, ich hatte nie Zeit für unnötige Dinge. Und ich kann es kaum erwarten, ohne das Mädchen nach Letharn zurückzukehren.«

Wie schwer konnte es werden, Arandes zu töten, sobald er von seiner Last befreit war? Darien kannte sich im Palast aus. Wo auch immer der angebliche Weltherrscher schlief, es gab einen Weg hinein. Und dann brauchte es nur noch einen gut gezielten Messerstich.

Grashalme stoben auf. Dicht vor ihnen legte sich Nauri in eine enge Kurve. Sie warf Darien einen kurzen Blick zu, als wollte sie sich davon überzeugen, dass immer noch alles in Ordnung war. Dann eilte sie wieder davon, direkt auf ein Zelt zu, dessen Flickenmuster verriet, dass einige seiner Teile einst Kleidungsstücke gewesen waren. Außerdem prangte ein großes, blaues Stück Stoff über dem Eingang.

»Dort ist es.« Darien deutete nach vorn.

Im selben Moment trat ein Mann hinter dem Zelt hervor. Er schien so gar nicht in dieses Lager voller Frauen und Kindern zu passen. Seine Kleidung wirkte mitgenommen, war an einigen Stellen gerissen. Ein dunkler Bartschatten lag auf seinen Wangen. Und sein Blick ...

Unwillkürlich spannte sich Darien. Irgendetwas stimmte mit dem Mann nicht. Seine Augen huschten hierhin und dorthin, wie die eines Tiers, das sich in der Falle wusste. Er machte einen weiteren, unsicheren Schritt nach vorn. Genau in Nauris Pfad ...

Dem Mädchen blieb keine Zeit mehr zu reagieren. Mit einem überraschten Laut prallte es gegen den Fremden. Es stolperte nach hinten, landete unsanft auf dem Boden. Das Yakfell rutschte ihm von den Schultern.

Darien rannte, noch bevor er sich bewusst dazu entschieden hatte. Wie von selbst schob sich seine Rechte in den linken Ärmel. Seine Finger schlossen sich um den Griff des Wurfmessers.

Der Fremde beugte sich zu Nauri vor, einen fiebrigen Glanz in den Augen. Nervös leckte er sich über die Lippen. »Was haben wir denn da? Ein kleines Barbarenmädchen? Nein, Barbaren tragen keine weißen Kleider. Keine Kleider aus so einem feinen Stoff. Es ist doch ein feiner Stoff, nicht wahr? Wenn auch etwas dreckig.« Zitternde Finger streckten sich nach dem Saum des Kleides, und die Schwester der Königin kroch ein Stück rückwärts, um der Berührung zu entgehen.

Im nächsten Moment senkte sich Dariens Schuhsohle auf die Hand des Mannes. »Rühr sie nicht an.«

Die Miene des Fremden verzog sich zu einer Grimasse. »Aua! Du tust mir weh! Du tust mir weh!«

»Wenn ich mir diesen Kerl so ansehe, scheinst du für einen Tiefländer doch noch ziemlich tapfer zu sein, Darien.« Mit leisen Schritten trat Bjoron neben ihn. Was die Einschätzung seines Gegenübers anging, musste Darien dem Barbaren ausnahmsweise recht geben. Es lastete kaum Gewicht auf den Fingern des Mannes. Es konnte nicht wehtun, zumindest nicht genug, um ein solches Geschrei zu rechtfertigen.

Er hob den Fuß. Sofort zog der Mann die Hand darunter hervor und presste sie schützend an seine Brust. Unsicher richtete er sich auf. Seine Augen irrlichterten zwischen Darien und Bjoron hin und her. Dann reckte er sich und versuchte an ihnen vorbeizuschauen.

»Lasst sie mich noch mal sehen! Lasst mich das Mädchen noch mal sehen!«

»Nein.« Darien warf einen schnellen Blick über die Schulter. Auch Nauri kam langsam wieder auf die Füße und sah mit großen Augen zu ihm hoch.

»Leg das Fell wieder um!«

Sofort tastete ihre kleine Hand nach dem zotteligen Umhang. Keinen Moment zu früh, denn inzwischen kamen aus mehreren Richtungen Leute herbei, angelockt vom Gejammer des Fremden.

Eine Bewegung. Darien sah sie nur aus dem Augenwinkel. Automatisch duckte er sich und wirbelte herum. Gleichzeitig streckte Bjoron einfach einen Arm aus.

Der Fremde lief direkt in das Hindernis und taumelte. Der Barbar packte sein Handgelenk, drehte es ihm ohne Anstrengung auf den Rücken.

Verschiedene Emotionen flackerten über das Gesicht des Mannes. Schmerz, Wut, Verzweiflung. Er zog die Lippen zurück, enthüllte lückenhafte Zahnreihen. Dann fiel sein Blick auf etwas neben Darien. Nauri! Das Mädchen lugte hinter seinem Rücken hervor, das Fell nun wieder fest um die Schultern geschlungen.

Ruckartig warf sich der Fremde nach vorn, stemmte sich gegen Bjorons Griff. Seine Wehleidigkeit schien wie weggeblasen. »Sie ist es! Sie ist schuld!«

Der Barbar schüttelte seinen Gefangenen, als hoffte er auf diese Weise den verwirrten Geist wieder auf die richtige Spur zu bringen. »Schaff du das Mädchen hier weg, Darien. Ich sorge dafür, dass er sich wieder beruhigt.«

Wie Bjoron das anstellen wollte, war Darien zwar ein Rätsel, aber darüber würde er in diesem Moment ganz sicher nicht diskutieren. Stattdessen wandte er sich zu Nauri um und hob sie hoch.

Die Schaulustigen machten ihm bereitwillig Platz. Eine junge Frau schenkte ihm ein kurzes Lächeln, nestelte dabei mit einer Hand an einem Anhänger um ihren Hals. Dariens Herz machte einen nervösen Satz, als er die kleine Figur erkannte. Ein sitzendes Mädchen mit langem Haar und wallenden Gewändern.

»Ich wusste, dass irgendwas mit ihm nicht stimmt. Gut, dass ihr gekommen seid. Wer weiß, wie wir ohne euch mit ihm fertig geworden wären.«

Darien zwang sich, das Lächeln im Vorbeigehen zu erwidern, obwohl ihm überhaupt nicht danach war. Der Mann hatte auf Nauri reagiert, auf niemanden sonst. Was auch immer das zu bedeuten hatte, es war nichts Gutes.

»Sie ist es!«, brüllte der Fremde hinter ihm. »All das Leid, und jetzt ist sie hier!«

»Was ist denn hier los?«

Diese Stimme kannte er. Im nächsten Augenblick schob sich Firenda zwischen einem Zelt und einer Gruppe neugieriger Kinder hindurch. Sie trug einen großen Krug in den Händen, und einige feuchte Flecken zeichneten sich auf ihrem Kleid ab.

Ihr Blick fiel auf den Mann, den Bjoron festhielt. »Oh nein! Ich habe ihn doch nur kurz allein gelassen, um für uns Wasser zu holen. Er ist sonst immer recht friedlich …«

»Wer ist dieser Mann?« Darien verlagerte Nauris Gewicht in seinen Armen, und das Mädchen vergrub das Gesicht an seiner Schulter. Er wünschte, es würde aufhören, das zu tun.

»Das ist derjenige, den ich euch zeigen wollte. Er kam heute Morgen den Pfad heruntergetaumelt und hat unzusammenhängende Dinge über einen Angriff auf sein Dorf erzählt. Er war schon die ganze Zeit seltsam, aber bisher hat er sich immer ruhig verhalten. Und wir konnten ihn ohnehin schlecht fortschicken. Wir Flüchtlinge müssen zusammenhalten.«

Die letzten Sätze nahm Darien nur noch am Rande wahr. Der Mann war den Pfad heruntergekommen. Den Pfad an der Steilwand.

Arandes' Armee war hinter ihnen und konnte sie nicht überholt haben. Jemand, der tiefer in den Bergen lebte, durfte noch nicht einmal von dem Angriff auf Letharn gehört haben, geschweige denn selbst in Gefahr sein. Außer natürlich ... Bei der Belagerung anderer Städte hatte Arandes angeblich große Vögel mit Reitern darauf eingesetzt, die die Mauern einfach überflogen. Doch in Letharn hatten sie nichts von ihnen gesehen, obwohl sie extra Bogenschützen auf den Mauern postiert hatten, die den Himmel im Auge behalten sollten. Vielleicht hatten sich die Überlebenden aus den anderen Städten geirrt, Dinge gesehen, die nicht da waren. Vielleicht aber auch nicht ...

Aufmerksam musterte Darien den seltsamen Fremden. Inzwischen hatte er aufgehört zu schreien und hing schlaff in Bjorons Griff. Nur seine Augen waren noch immer unablässig in Bewegung.

Firenda wandte sich dem Barbaren zu. »Bring ihn am besten in das Zelt. Ich schaue nur kurz nach ihm, dann erzähle ich euch, was ich von ihm weiß.«

Wenig später saßen sie vor dem Zelt um die schwache Glut einer Feuerstelle, jeder von ihnen eine Schüssel Eintopf in der Hand. Dass Darien seine Handschuhe nicht einmal zum Essen auszog, brachte ihm einen seltsamen Blick von Firenda ein. Doch hätte sie die Narben darunter gesehen, hätte er nur Fragen beantworten müssen, die er nicht beantworten wollte.

»Sein Name ist Orin«, begann Firenda leise. »Wir wissen nicht genau, woher er kommt. Aber er sagt, sein Dorf sei angegriffen worden. Er redet immer wieder von Männern ohne Gesicht. Unter ihren Kapuzen sieht man angeblich nur sein eigenes Spiegelbild. Er sagt, er hat einen Teil von sich in dem Spiegel verloren. So zumindest habe ich ihn verstanden. Seitdem versucht er verzweifelt, diesen Verlust irgendwie auszugleichen. Er hat alle unsere Biervorräte getrunken, bevor wir ihn erwischt haben. Aber es hat nichts genützt.« Schaudernd schlang die Frau die Arme um ihren Körper. »Ich glaube, er spricht die Wahrheit. Wir alle haben Geschichten von irgendwelchen Magiern gehört, die Arandes' Heer angeblich begleiten, nicht wahr?«

Darien nickte. »Aber du hast gesagt, das hat irgendetwas mit dem Verrat zu tun, durch den Letharn gefallen ist?«

Etwas unsicher zupfte Firenda ihr Kopftuch zurecht. »Na ja ... Ich verstehe nicht so viel von der großen Politik. Aber wenn sie einem Mann etwas nehmen können, das er verzweifelt vermisst, dann müssen sie nur versprechen, es ihm zurückzugeben, nicht wahr?« Sie starrte zum Eingang des Zelts hinüber. »Ihr habt gesehen, wie verzweifelt er ist.«

Dariens Löffel verharrte auf halbem Weg zum Mund. Langsam ließ er ihn zurück in die Schüssel sinken. Wieder stand ihm das Bild vor Augen, wie verängstigte Bauern zwischen die Reihen der Barbaren strömten, wie plötzlich Metall in ihren Händen aufblitzte. Er hatte geahnt, dass sie erpresst worden waren. Aber vielleicht hatte er sich geirrt, was das Druckmittel anging.

»Du hast recht ...«

Dariens Blick wanderte zu Bjoron. Die Kiefer des Barbaren mahlten, er starrte ins Leere. Vielleicht gingen seine Gedanken in eine ähnliche Richtung. Im nächsten Moment erhob er sich ruckartig.

»Ich werde mit diesem Orin reden. Wir müssen wissen, wo sein Dorf liegt.«

Das war der sinnvollste Gedanke, den Bjoron während der ganzen bisherigen Reise geäußert hatte. Auch Darien hätte nur zu gern mit dem seltsamen Fremden gesprochen. Doch wenn er Nauri mit in das Zelt nahm, würde das Geschrei nur von vorn losgehen. Und in der Obhut eines unaufmerksamen Barbaren wollte er sie ganz sicher nicht lassen. Missmutig starrte er in Richtung des Mädchens. Dessen Gesicht verschwand halb hinter der Schüssel, während es hungrig Eintopf löffelte, ganz ohne zu wissen, was für einen Klotz am Bein es für ihn darstellte.

Hoffentlich lag Orins Dorf nicht in der Richtung des Klosters. Auf keinen Fall durften Arandes' Leute das Kloster am Rand der Hochlande entdeckt haben. Er musste Nauri dort abgeben! Was sollte er tun, wenn dieses ach so sichere Versteck gar nicht mehr existierte? Wütend schüttelte Darien den Kopf. Er würde nicht anfangen, sich über etwas den Kopf zu zerbrechen, das er nicht sicher wusste.

Und doch ... Falls Berinda die Eroberung der Stadt überlebt hatte, wie viel Zeit blieb ihr dann wohl noch? Wie lange konnte er sich damit aufhalten, eine sichere Bleibe für Nauri zu suchen?

Berinda

Die Gestalt mit der spiegelnden Maske saß reglos wie eine Statue auf dem Boden der Zelle. Von weiten Ärmeln verdeckte Hände lagen auf Knien, die sich undeutlich unter der Kutte abzeichneten. Falls das Wesen atmete, verbarg der dunkle Stoff auch das. In Bewegung waren nur die Bilder, die über das gläserne Rund des Gesichtes flackerten.

Berinda starrte die Maske unverwandt an. Sie zeigte nicht ihr Spiegelbild, sondern das säulengeschmückte Gebäude eines Klosters. Bäume erhoben sich ringsum, ein Teich glitzerte im Sonnenlicht. Ein Kiesweg schlängelte sich durch das Grün über eine geschwungene Brücke auf den Eingang zu. In weiße Gewänder gehüllte Gestalten standen vor dem breiten Doppeltor.

Mit einem Mal kam Bewegung in die Wipfel der Bäume. Rauschen und Rascheln drang wie aus weiter Ferne an Berindas Ohren. Die Bewegungen der Äste wurden immer stärker. Sie reckten sich ihr entgegen, als wollten sie aus der spiegelnden Oberfläche brechen und nach Berinda greifen.

Gestalten in Kutten traten von beiden Seiten ins Bild. In aller Ruhe schritten sie den Kiesweg entlang, genau zwischen die wartenden hölzernen Klauen.

Zweige peitschten ihnen entgegen, aber sie zuckten nicht einmal zusammen. Die Stränge aus Holz und Laub wickelten sich blitzschnell um Arme und Leiber. Im nächsten Moment schnellten die Bäume zu beiden Seiten des Weges in ihre Ausgangsposition zurück. Ruckartig verloren die dunklen Gestalten den Boden unter den Füßen, baumelten hilflos wie Lumpenpuppen zwischen straff gespannten Ästen in der Luft. Berinda hielt den Atem an. Dies mochte nach einem Sieg für den Orden des ewigen Kreises aussehen, aber sie hatte nicht vergessen, was Marlena ihr erzählt hatte.

»Sie machen denselben Fehler wie wir.« Die Worte waren nicht mehr als ein Hauch, und Berinda fühlte, wie die Ordensfrau neben ihr erschauderte. »Überall machen sie denselben Fehler, und wir können sie nicht mehr warnen.«

Als wäre dies ihr Stichwort, schoben sich erstaunlich menschliche Finger aus den Tiefen der dunklen Ärmel. Beinahe sanft strichen sie über die Äste, die sie zu zerreißen drohten.

Das war das Todesurteil.

Mit atemberaubender Geschwindigkeit verfärbten sich die Blätter erst gelb, dann braun. Sie kräuselten sich wie unter starker Hitze, bis nichts als kleine, verdorrte Klumpen übrig blieben. Berinda presste die Lippen aufeinander. Sie wollte nicht hinsehen, aber sie konnte sich dem Geschehen in dem Spiegel nicht entziehen. Gebannt schaute sie zu, wie ein Regen toten Laubs zu Boden segelte.

Die Äste selbst ächzten. Rindenstücke rieselten hinab. Ein trockenes Knacken hallte wie aus weiter Ferne zu ihnen herüber. Mit flatternder Kutte fiel eine der dunklen Gestalten zu Boden, kam federnd auf dem Kiesweg auf. Staub umwehte sie, die Reste dessen, was sie bis gerade noch gefangen gehalten hatte.

Keinen Augenblick später folgte die zweite.

Als wäre nichts geschehen, setzten die beiden ihren Weg fort. Wieder peitschten ihnen Äste entgegen, doch diesmal mit größerer Wucht. Es ging nicht mehr darum, Gefangene zu machen.

Ein schneller Schritt zur Seite, und der Schlag ging ins Leere. Erneut streiften Fingerspitzen raue Borke. Ein weiterer Baum erzitterte, seine Äste wanden sich wie unter Schmerzen. Schließlich krümmten sie sich, rollten sich zusammen, als könnten sie sich so vor der zerstörerischen Magie schützen. Wie ein verwundetes Tier.

Ihre Blätter fielen dennoch, ihre Rinde bröselte. Vor Berindas Augen zerfiel ein ganzer Baum zu Staub. Einfach so. Nur wegen einer kurzen Berührung.

Und hinter den Gestalten mit den Spiegelmasken rückten Arandes' Soldaten vor.

Berindas Hände krampften sich in den Stoff ihres Kleides. Als das erste Blut auf dunkle Lederrüstungen spritzte, wandte sie den Blick ab. Sie schlug die Hände über die Ohren, um die Schreie der Sterbenden nicht zu hören.

Doch schon im nächsten Moment nahm sie die Hände wieder herunter. Sie zwang ihre Aufmerksamkeit zurück zu den Bildern auf der gekrümmten Oberfläche der Maske. Es war ihre Schuld, dass ein weiteres Kloster vernichtet wurde. Sie hatte entschieden, Nauri nicht zu verraten, und zum Preis dafür musste sie all die Vernichtung mit ansehen, die der selbsternannte Weltherrscher über ihr Land brachte.

Aber es war zu viel. Zu viel Blut, zu viel Schrecken. Mit jedem neuen Toten schien sich die Kälte des Kerkers tiefer in ihrem Inneren festzusetzen. Und es waren schon so viele. Sie hatte die Barbaren fallen sehen. Die Kinder …

Berinda schüttelte den Kopf, doch die Bilder hatten sich festgefressen wie hungrige Parasiten. Und mit jedem weiteren Toten wuchsen ihre Zweifel. Hatte sie das Recht, über das Schicksal all dieser Menschen zu bestimmen? Durfte sie das Leben ihrer Schwester über das all derjenigen stellen, die unter den Klingen der fremden Soldaten gefallen waren und noch fallen würden? Gab es überhaupt noch Hoffnung? Sie wusste nicht, welche Klöster noch standen. Wohin sollte sich Darien mit Nauri wenden, wenn auch das letzte zerstört war?

Irgendwann vergrub sie doch das Gesicht in den Händen. Die Kälte in ihrem Inneren betäubte jedes andere Gefühl. Berinda lauschte auf die Schreie, bis sie schließlich erstarben.

Begleitet vom leisen Rascheln von Stoff stand die Gestalt in der dunklen Kutte auf. Berinda hob den Kopf und sah dem verhüllten Wesen nach. Wie viele Menschen mochte dieses hier schon getötet haben? Machte es ihm Spaß, ihr all das Sterben zu zeigen? »Was seid ihr nur für Ungeheuer?«

Zu ihrer Überraschung blieb die Gestalt stehen. Das spiegelnde Gesicht wandte sich ihr zu, und sie senkte den Blick, um ihr eigenes Abbild nicht darin zu sehen. Für einen langen Augenblick rührte sich niemand.

»Wir sind …« Ein gläsernes Klirren begleitete die Stimme, doch mitten im Satz brach das Wesen ab. Ruckartig wandte es sich um und trat aus der Zelle in den Gang. Mit einem Knall fiel die Tür hinter ihm ins Schloss.

Berinda starrte das eisenbeschlagene Holz noch eine Weile an. Sie zog die Knie dicht an den Körper und schlang die Arme darum. Es hatte gesprochen! Und nicht nur das, es beherrschte sogar ihre Sprache. Aber was nützte ihr diese Erkenntnis?

»Arandes war heute gar nicht da, um zu fragen, ob ich mich anders entschieden habe.«

Stroh raschelte, als Marlena sich bewegte. Berinda sah nicht auf, wollte ihre eigenen Gefühle nicht im Gesicht der Ordensfrau gespiegelt sehen. »Wahrscheinlich will er Euch die Gelegenheit geben, ernsthaft zu verzweifeln.«

Ein trockenes Lachen kam über Berindas Lippen. »Dafür brauche ich keine Zeit. Ernsthaft verzweifelt bin ich bereits.«

»Sagt so etwas nicht.« Eine kühle Hand legte sich auf ihre Schulter. »Wir sterben gerne für Nauranda. Dass sie sich in Sicherheit befindet, ist alles, was zählt.«

Nun hob Berinda doch den Blick, schaute in ernste Züge, in die sich mit jeder Minute neue Falten gruben. Es war nicht nur das Sterben ihrer Ordensbrüder und -schwestern. Marlena kämpfte noch immer gegen den Einfluss der Spiegelmaske. Mit seltsam unbeteiligter Neugier fragte sich Berinda, ob die Ordensfrau diese Schlacht jemals gewinnen konnte. Und was geschah, wenn sie es nicht tat.

»Ihr mögt euer Leben für Nauri geben wollen, aber was ist, wenn Arandes tatsächlich beginnt, Dörfer dem Erdboden gleichzumachen? Ich traue ihm inzwischen alles zu.«

»Ihr müsst stark bleiben. Die wiedergeborene Nauranda ist die einzige Hoffnung, die dieses Land noch hat.«

Wie konnte man denn angesichts all dieser Schrecken stark bleiben? Berinda schüttelte den Kopf. »Ich bin nicht stark! Ich bin nicht wie meine Mutter.« Sie seufzte, fuhr sich mit der Hand über das Gesicht. »Als ich die Krone genommen habe, dachte ich noch, ich könnte in ihre Fußstapfen treten. Aber jetzt weiß ich nicht einmal mehr, ob ich das überhaupt will. Sie hat unzählige Menschen in den Tod geschickt, um ganz Gerien zu erobern, und noch einmal so viele heimlich beseitigen lassen, um ihre Herrschaft zu erhalten. Je näher ich der Entscheidung über Leben und Tod so vieler Menschen komme … Wie konnte sie das tun? Was gibt uns denn das

Recht, zu bestimmen, wer lebt und wer stirbt? Ich glaube nicht, dass ich an ihrer Stelle dasselbe getan hätte.«

Missbilligend schnalzte die Ordensfrau mit der Zunge. »Natürlich hättet Ihr das. Es war nötig. Eure Mutter hat all die kleinen Kriege beendet, die zwischen den Städten herrschten. Sie hat wenige geopfert, um vielen ein besseres Leben zu ermöglichen. Als Königin muss man das große Ganze sehen und darf sich nicht zu sehr um Einzelne grämen.«

Warum klang das so falsch? »Auch wenn ich das große Ganze betrachte, bin ich mir nicht sicher, ob ich gerade das Richtige tue.« Berinda holte tief Luft. Hatte sich ihre Mutter je so orientierungslos gefühlt, so wenig gewusst, was sie tun sollte? »Unter meiner Mutter ist das Land gediehen, trotz all des Blutes. Wer sagt, dass es nicht auch trotz Arandes' Blutvergießen gedeihen kann? Warum soll er Gerien nicht haben? Vielleicht regiert er es auch nicht schlechter als sie. Vielleicht kann ich ihn davon überzeugen, dass ich es ihm offiziell übertrage, wenn er nur Nauris Leben verschont. Wir könnten weit fortgehen und nie wieder zurückkehren, und das Land müsste nicht weiter leiden, sondern die Leute könnten erneut ein gutes Leben führen.«

Sie hatte die Worte kaum gesprochen, da wusste sie schon, wie dumm sie klangen. Die Worte eines naiven Mädchens, das wirklich nicht fürs Regieren geschaffen war. Worte, die ihrer nicht würdig waren, egal wie sehr sie an ihren eigenen Fähigkeiten zweifeln mochte.

»Es gibt keinerlei Ähnlichkeiten zwischen Arandes und Eurer Mutter.« Marlenas Tonfall hätte einem Gletscher Konkurrenz machen können. Gleich darauf glättete jedoch ein Lächeln ihre strenge Miene. »Aber ihr wisst auch noch nicht alles. Lasst mich meine Geschichte fortführen, damit ihr versteht, worum es hier wirklich geht.«

Ja, vielleicht half es, endlich alle Informationen zu erhalten. Das immerhin barg noch ein wenig Hoffnung. Berinda warf einen kurzen Blick zu der vergitterten Öffnung in der Tür. Auf dem Gang war alles ruhig. »Gut, fahrt fort.«

Marlena räusperte sich und zog ihre Decken enger um sich. »Was ich euch bisher erzählt habe und was jeder im Land weiß, entspricht der Wahrheit. Allerdings fehlt ein wichtiges Detail. All die Geschichten zum Sieg über die Devra verschweigen das, was der Devrakönig kurz vor seinem Tod tat. Er sprach einen Fluch aus.«

Berinda runzelte die Stirn. »Was für einen Fluch?«

»Er verfluchte Nauranda, schnell zu altern und bald zu sterben. Manchmal erhaschte er Blicke auf die Zukunft, und er wusste, dass diese Tat Unglück über Gerien bringen würde. Und so war es auch. Der zweite Magier der Gruppe, Jorimas, verzweifelte …«

»… denn Nauranda war die Liebe seines Lebens.«

Marlena nickte. »Er konnte nicht ohne sie sein und wollte nicht zusehen, wie sie alterte und starb. Allein der Gedanke, dass sie dem Tode geweiht war, brachte ihn schier um den Verstand. Er beschwor Nauranda, eine Möglichkeit zu suchen, wie sie ihr Leben retten konnte. Und natürlich tat sie das auch. Sie kannte verschiedene Möglichkeiten, einen Fluch zu brechen.«

Trotz all des Leids, das sie in den letzten Tagen gesehen und erlebt hatte, fühlte Berinda sich in den Bann der Geschichte gezogen. Diesen Teil hatte sie tatsächlich noch nie gehört, er wurde noch nicht einmal angedeutet in den Versionen, die sie kannte. »Aber alle diese Möglichkeiten funktionierten nicht?«, riet sie.

Wieder neigte die Ordensfrau den Kopf zur Bestätigung. »Es war der Fluch eines Sterbenden, weshalb er sich nicht leicht brechen ließ. Aber Jorimas wollte nicht aufgeben. Seine Magie war im Vergleich zu Naurandas schon immer zerstörerischer gewesen. Er balancierte am Rand eines Abgrunds, in den kein Magier je hinabsteigen sollte. Nun allerdings glaubte er, dort unten die Rettung für seine Liebste zu sehen …«

Schritte im Gang ließen Marlena verstummen. Berinda wandte sich um, als der Schlüssel im Schloss kratzte. Sie schlug die Decken zurück, erhob sich. Arandes kam also doch. Und sie hatte noch immer keine Antwort für ihn.

Die Tür flog auf. Aber im Rahmen hob sich nicht Arandes' inzwischen vertraute Silhouette ab. Stattdessen stand eine kleine Gruppe von Soldaten im Eingang. Fackelschein spielte über lederne Rüstungsteile und, weiter hinten, über die gekrümmten Spiegel unter zwei Kapuzen.

Einer der Bewaffneten deutete mit gezogenem Schwert auf Berinda. Er sagte irgendetwas in einer Sprache, die sie nicht verstand, und deutete Richtung Gang. Die Botschaft war klar. Sie schluckte. War Arandes zu dem Schluss gekommen, dass er zu anderen Mitteln greifen musste?

Bjoron

Der Mann saß zusammengekauert in einer Ecke des Zeltes. Mit beiden Händen umklammerte er einen Becher, murmelte irgendetwas hinein.

Als Bjoron näher trat, ruckte Orins Kopf in die Höhe, die Miene schuldbewusst, als wäre er soeben bei etwas Verbotenem ertappt worden. Misstrauisch spähte Bjoron in den Becher, sah aber nichts als ein wenig klares Wasser. Natürlich nicht. Er schüttelte schnaubend den Kopf. Dariens übertriebene Vorsicht ließ ihn langsam überall Feinde sehen. Natürlich plante dieser verwirrte Mann nichts Bedrohliches mit einem hölzernen Trinkgefäß.

»Es gibt kein Entkommen.« Die Worte kamen unvermittelt, Orins Stimme war tonlos. »Sie werden ganz Gerien erobern. Und mit allen, die sich wehren … Mit denen werden sie dasselbe machen wie mit mir. Schau mich an! Bis vor ein paar Tagen war ich ein stolzer Mann, glaub es mir ruhig. Aber jetzt …« Er verstummte, starrte ins Leere. »Als die Männer mit den spiegelnden Masken auf ihren großen Vögeln kamen … Es waren so wenige. Wir haben gelacht, gelacht haben wir von allen Geistern verfluchte Dummköpfe! Und uns auf einen einfachen Sieg gefreut … Wir hätten uns gleich ergeben sollen …«

Spiegelnde Masken und Männer, die auf Vögeln ritten? Aber wer wusste schon, welche Wunder es jenseits der Berge gab? Bjoron ging vor dem Mann in die Hocke, versuchte den unsteten Blick einzufangen. »Aus welchem Dorf kommst du?«

»Auch du … Du solltest ihnen besser nicht in die Quere kommen.« Ein fiebriger Glanz trat in Orins Augen. Hatte der Mann die Frage überhaupt gehört oder war er zu sehr in seiner eigenen Welt gefangen? Bjoron packte ihn bei den Schultern, schüttelte ihn leicht. »Hörst du mich?« Er wollte nur eine einfache Antwort, war das so schwer?

»Ihr Barbaren seid gute Leute. Habe oft mit euch gehandelt. Ich mag euch. Und weil ich euch mag, verrate ich dir jetzt was.« Der Tiefländer beugte sich vor, senkte verschwörerisch die Stimme. »Sie suchen das Mädchen. Ich habe es erkannt. Halte dich von ihr fern … Wenn du klug bist …«

Arandes' Magier suchten Nauri. Das war keine neue Information. Dennoch gruben sich Bjorons Finger tiefer in die Schultern seines Gegenübers. Seine ganze Familie war für dieses Kind gestorben. Niemand würde ihm etwas antun, solange er es beschützen konnte. »Wenn du klug bist, erwähnst du sie nicht noch einmal. Niemandem gegenüber.«

Orin zuckte zusammen und hob beschwichtigend die Hand. »Keine Sorge, keine Sorge. Meine Lippen sind versiegelt. Verraten … Wie sollte ich sie verraten? Ich sitze in diesem Zelt. Hier sitze ich ganz ruhig und friedlich. Bewege mich nicht vom Fleck.« Er lächelte schief. »Aber sie werden sie finden. Und wenn du dann noch bei ihr bist … Es wird dir gehen wie mir. Sie reißen dir ein Loch in die Seele.«

»Sie sollen es ruhig versuchen.« Bjoron blickte auf diesen armseligen Rest von einem Menschen hinunter. So würde er niemals werden. Arandes' Männer hatten ihm bereits einen Teil seiner selbst genommen. Seine Familie, seine Heimat. Trotzdem saß er nicht herum, jammerte und brabbelte unverständliches Zeug. »Sagst du mir jetzt, aus welchem Dorf du kommst?«

Der Blick des Tiefländers ging in die Ferne, trübte sich. »Das Dorf … Zuerst sind sie nur darüber hinweggeflogen. Doch dann kamen sie wieder. Blut an ihren Kutten. Als die Schreie aufhörten … da war es mehr Blut. Dann habe ich mich selbst gesehen, klein und unbedeutend und … unvollständig.«

Der Holzbecher landete mit einem dumpfen Aufschlag auf dem Boden, Wasser sickerte zwischen zertretene Grashalme. Orin schlug beide Hände vors Gesicht und seine Schultern wurden von Schluchzern geschüttelt.

Mit einem Knurren schüttelte Bjoron den Mann erneut, diesmal heftiger. »Reiß dich zusammen, du armseliger Steppenwurm! Wem nützt es etwas, dass du hier sitzt und flennst? Hast du denn keinen Stolz?«

Doch Orins Schluchzen wurde nur heftiger. Er deutete ein Kopfschütteln an, aber das war die einzige Antwort, die Bjoron erhielt. Das brachte ihn nicht weiter.

Bjoron zwang sich, den Mann loszulassen. Er atmete tief durch, dann erhob er sich ohne ein weiteres Wort. Genau genommen hatte er bereits alle Antworten, die er brauchte. Arandes' Leute waren offensichtlich nicht nur in einem Dorf gewesen. Vielleicht waren sie sogar immer noch dabei, ihr Zerstörungswerk an der Grenze zu den Hochlanden zu vollenden.

Ob das Kloster noch stand? Mit einem Mal erschien es ihm wahrscheinlich, dass sie nur noch niedergebrannte Ruinen vorfinden würden, wenn sie dort ankamen.

Bjoron schlug das Stück Stoff am Zelteingang so heftig zurück, dass es knallte. Vielleicht hatte Orin sogar recht, und es gab kein Entkommen. Vielleicht waren Arandes' Leute bereits überall. Vielleicht gab es keinen sicheren Ort mehr für Nauri.

Dieser Gedanke legte sich um Bjorons Brust und drohte ihm, die Luft abzuschnüren. Und seine Mutter, Tjark und Kerlft und all die anderen sollten umsonst gestorben sein? Er schloss die Finger fest um den Griff seines Schwertes. Niemals!

Er musste sich darauf vorbereiten, zu kämpfen. Und da er keine große Auswahl bei seinen Kampfgefährten hatte, musste er sich darauf vorbereiten, an Dariens Seite zu kämpfen. Aber wie sollte er Seite an Seite mit jemandem stehen, den er kaum kannte? Es wurde endgültig Zeit, herauszufinden, aus welchem Holz der Tiefländer geschnitzt war.

Mit ausladenden Schritten stürmte Bjoron durchs Lager. Das Yak graste friedlich zwischen einigen Kühen, das Gepäck noch immer auf dem Rücken. Es hob nicht einmal den Kopf, als Bjoron das Schwert zwischen den Bündeln hervorzog.

Er fand Darien an einem der Feuer, Nauri eine kleine Fellkugel an seiner Seite. Der angebliche Leibwächter war schon wieder in diese seltsamen Schriftrollen vertieft, in denen er ständig zu lesen schien. Selbst Kerlft war nicht so besessen von Geschriebenem gewesen. Bjoron warf dem Tiefländer das Schwert vor die Füße. »Kämpf!«

Darien rollte das Pergament zusammen und sah mit gerunzelter Stirn zu Bjoron auf. »Jetzt? Willst du mir nicht erst mal erzählen, was Orin gesagt hat?«

»Später. Das hier ist wichtiger. Du hast mir einen Kampf versprochen, jetzt halte dich daran.« Hoffentlich fiel der Tiefländer nicht nach einem Schlag um. Hoffentlich taugte er tatsächlich etwas als Leibwächter. Falls es keinen sicheren Ort mehr für Nauri gab, mussten sie eben selbst einen schaffen. Das war er seiner Mutter schuldig.

»Ich schätze, das heißt, es gibt schlechte Neuigkeiten.« Darien schob die Rolle zurück in ihren Beutel. Er berührte Nauri an der Schulter, die verschlafen blinzelnd aufsah. Noch bevor sie die Gelegenheit hatte, richtig wach zu werden, streifte er ihr die Schnüre, an denen der Beutel hing, über den Kopf.

Der Tiefländer nickte in Richtung des Kindes. »Sie wird zusehen. Ich lasse sie nicht allein irgendwo im Lager.«

»Glaub nicht, dass ich deswegen Rücksicht auf dich nehme.«

»Das hatte ich nicht erwartet.« Darien hob das Schwert auf, wog es kurz in der Hand und verzog das Gesicht. Offensichtlich bevorzugte er eine andere Art von Waffe. »Bringen wir's hinter uns.«

Berinda

Die Soldaten führten Berinda Treppe um Treppe hinauf. Hinaus aus der Dunkelheit in die warmen Hallen, die sie kannte, seit sie ein Kind gewesen war. Sonnenlicht wärmte ihr das Gesicht, als sie den Gang zum Thronsaal entlangschritt. Aber die Kerkerkälte krallte sich mit eisigen Klauen in ihr Herz und ließ sich nicht vertreiben. Würde sie sie nun immer mit sich herumtragen, egal, wie lange sie noch lebte?

Sie kam an zerrissenen Wandbehängen und herausgebrochenen Verzierungen vorbei. Arandes schien nicht viel Wert darauf zu legen, den Palast in einem Stück zu erhalten. Ein Klumpen bildete sich in ihrer Kehle. Nach all dem Tod, den sie in den vergangenen Tagen gesehen hatte, hätte sie ein bisschen Zerstörung eigentlich nicht mehr berühren dürfen. Aber dies war ihr Heim. Der Ort, an dem sie aufgewachsen war und in dem sie sich immer sicher gefühlt hatte.

Verbissen richtete Berinda den Blick nach vorn und versuchte nicht zu sehen, was das plündernde Heer angerichtet hatte.

Die Doppeltüren zum großen Saal standen offen. Goldenes Licht strömte durch die hohen Fenster an der linken Seite, spielte über den Thron auf seinem Podest und über die Säulen an der rechten Wand. Warum wirkte der Raum immer noch so freundlich, wo er doch zum Zentrum der Macht eines Mörders geworden war?

Berinda blinzelte gegen den ungewohnten Glanz, versuchte mehr als Schemen zu erkennen.

Natürlich saß Arandes auf dem Thron, den Kopf in eine Hand gestützt, als sei ihm langweilig. Zu seiner Rechten ragte eine verhüllte Gestalt auf, deren Robe am Saum mit Spiegelscherben besetzt war. Ihr Spiegelgesicht war im Licht nichts als eine gleißende Fläche. Doch die beiden waren nicht allein in dem Raum.

An den Säulen standen Menschen, den Rücken gegen den Stein gepresst, die Arme zurückgebogen und mit Seilen gefesselt. Neben jeder Säule hatte ein Soldat Aufstellung genommen, jeweils ein Schwert in der Hand. Es war, als würde sich eine Wolke vor die Sonne schieben. Mit einem Mal kamen Berinda die Schatten im Thronsaal tiefer vor. Nun wirkte der Raum überhaupt nicht mehr freundlich.

Flankiert von den Soldaten und den stummen Gestalten der Spiegelleute, trat sie tiefer in den Saal. Irgendwer schnappte nach Luft.

»Es ist die Königin! Sie lebt!«

Einer der Soldaten hob die Faust, und der Mann an der Säule neben ihm zog den Kopf zwischen die Schultern. Doch Arandes winkte ab, sagte etwas in der fremden Sprache, die seine Männer sprachen.

Dann wandte sich der Weltherrscher Berinda zu. Er lächelte, wie er es immer tat, aber diesmal wirkte es besonders falsch. »Was haltet Ihr davon, was ich aus Eurem Thronsaal gemacht habe? Ich habe etwas Leben hineingebracht.«

»Wenn das Eure Vorstellung von Dekoration ist, seid Ihr dem Wahnsinn näher, als ich dachte.« Sie nahm sich ein Beispiel an Marlena, legte so viel Kälte und Distanz in ihre Stimme, wie sie konnte.

Arandes wandte sich halb zu der verhüllten Gestalt neben ihm um. »Hast du das gehört, alter Freund? Es gefällt ihr nicht. Dann werden wir es wohl wieder forträumen müssen.«

Oh nein. Berindas Magen krampfte sich zusammen. Im selben Moment gab der Weltherrscher einem der Soldaten einen Wink. Der Mann hob sein Schwert.

»Nein!« Ohne nachzudenken, warf sich Berinda nach vorn. Sofort packten starke Hände ihre Arme, rissen sie zurück. Hilflos musste sie mitansehen, wie die Klinge einen schimmernden Bogen beschrieb.

Ein dumpfer Schlag, ein seltsam hohles Pochen. Ein Kopf rollte über den Boden davon, und frische Spritzer färbten die Säule rot.

Der Albtraum hatte sie endgültig eingeholt. Diesmal stand Berinda mitten in einer der Szenen, die sie immer und immer wieder im Glas der Spiegelmasken gesehen hatte. Die Kerkerkälte hüllte sie ein, betäubte sie. Ringsum erhoben sich Entsetzensschreie, jemand murmelte ein Gebet. Irgendwo im Raum begann ein Kind zu weinen.

Bei allen Geistern, der Wahnsinnige hatte auch Kinder an diesen Ort bringen lassen! »Hört auf!«

Arandes erhob sich und stieg die zwei Stufen vom Thron herab. »Gern. Sobald ich erfahren habe, was ich wissen will.«

»Ich habe nicht die geringste Ahnung, wo Nauri ist!« Tränen verschleierten Berindas Blick. Sie wusste, dass sie sowohl Haltung als auch Fassung verlor, doch sie kämpfte vergeblich darum, zumindest eines davon zurückzugewinnen. Als Arandes seinen Männern einen weiteren kaum merklichen Wink gab, warf sie sich erneut gegen den Griff ihrer Bewacher.

Wieder ein Schlag, wieder ein dumpfes Pochen. Mehrere der Menschen an den Säulen schluchzten.

»Ich weiß es wirklich nicht. Der Plan war, sie in eines der Ordenskloster zu bringen. Aber die hast du Monster doch inzwischen alle zerstört.«

Wieder lächelte Arandes, wirkte sehr zufrieden mit sich selbst. »Seht Ihr, nun sind wir schon einen Schritt weiter. Welches Kloster?«

»Spielt das noch eine Rolle? Inzwischen werden sich die Pläne geändert haben. Ich habe dir alles gesagt, was ich weiß. Wenn du nun noch jemanden töten musst, dann mich.« Kaum hatte sie diese Worte ausgesprochen, versiegten Berindas Tränen. Sie blinzelte die Reste davon fort, nahm die Schultern zurück. Da war er, ihr Ausweg. Wenn sie tot war, konnte Arandes keine Menschen mehr leiden lassen, um Informationen aus ihr herauszupressen. Hatte sie nicht ohnehin damit gerechnet, zu sterben?

»Ihr werdet sterben, Königin Berinda.« Arandes' Tonfall war ohne jede Emotion. Er stellte lediglich eine Tatsache fest. »Aber nicht, bevor Ihr Euren Zweck erfüllt habt. Beantwortet meine Frage.«

»Beantwortet meine Frage«, immer und immer wieder. Konnte er nichts anderes sagen? Berinda war es leid, diese Worte zu hören. Es wurde Zeit, diesem Trauerspiel ein Ende zu bereiten. Sie konzentrierte sich auf die Männer, die ihre Arme hielten. Der Griff war nicht mehr besonders fest. Aus den Augenwinkeln sah sie, dass die Soldaten zu den Menschen an den Säulen hinüberstarrten. Sie wussten, dass bald wieder ein Kopf rollen würde.

Berinda atmete noch einmal tief durch. Dann trat sie dem rechten ihrer Bewacher mit aller Kraft gegen das Knie.

Sie traf die Kante harten Leders, doch was eine Klinge abhielt, bewahrte den Mann nicht vor der Wucht des Tritts. Knochen knirschten, als sich das Gelenk in eine Richtung bog, für die es nicht vorgesehen war. Der Soldat schrie auf. Sein Bein knickte unter ihm weg, er fiel und umklammerte das verletzte Knie.

Es funktionierte! Der Triumph gab Berinda zusätzliche Kraft. Mit einem Ruck riss sie den Arm aus dem Griff des zweiten Soldaten, hechtete nach der Klinge des Gefallenen. Sie wusste zwar nicht, wie man damit umging, aber das spielte keine Rolle. Es gab kein Entkommen, nicht lebend. Alles, worauf sie hoffen konnte, war ein schneller Tod.

Das Schwert lag überraschend schwer in ihrer Hand, sie musste die zweite dazunehmen, um es zu heben. Ungelenk hackte sie nach den Soldaten ringsum. Die Männer wichen zurück.

Warum griffen sie nicht an? Wie sollte sie sich umbringen lassen, wenn ihre Gegner noch nicht einmal die Waffen zogen?

Ihr Blick fiel auf die Klinge in ihren Händen. In den alten Geschichten stürzten sich immer wieder Männer in ihr eigenes Schwert. Aber wie sollte das funktionieren? Dieses hier wirkte nicht besonders scharf, schien eher dazu gedacht, beim Zuschlagen Knochen zu brechen, als zu schneiden. Und es war länger als ihr Arm. Sie konnte die Spitze nicht an ihr Herz setzen und gleichzeitig den Griff halten.

Der Triumph verebbte, machte einem bitteren Geschmack in ihrem Mund Platz. Konnte sie denn überhaupt nichts richtig machen? Nicht einmal das Sterben gelang ihr.

»Hierher Majestät! Ich kann kämpfen. Schneidet meine Fesseln durch, und ich stehe Euch bei!«

Sie sah auf und begegnete dem Blick eines Mannes, in dem verzweifelte Hoffnung brannte. Sofort sprang der Funke auf sie über. Vielleicht gab es doch noch mehr als den Tod. Vielleicht gelang es ihr, ein paar der Leute zu befreien. Vielleicht konnten sie Arandes als Geisel nehmen, bevor seine Wachen sie niedermachten. Sie musste die anderen Gefangenen nur erreichen.

Sie sprintete auf die Säulen zu, verfluchte ihr Kleid, das immer wieder drohte, sich um ihre Beine zu wickeln. Aber sie hatte keine Hand frei, um es zu raffen, musste sie doch das Schwert festhalten.

»Vorsicht! Von links!«

Blind schwang sie die Waffe in einem weiten Bogen. Ein helles Klingen hallte durch den Saal, und der Aufprall sandte Schockwellen durch ihre Arme. Dann raschelte Stoff, eine verhüllte Gestalt brach vor ihren Füßen zusammen. Hatte sie einen der Spiegelleute getötet? Rasch wandte sie den Blick ab, um nicht ihr Abbild in der Maske zu sehen. Dennoch erkannte sie flüchtig einen Riss in dem gläsernen Oval.

Aber der kleine Sieg hatte sie Zeit gekostet. Von allen Seiten näherten sich Soldaten, kreisten sie ein. Konnte sie durchbrechen? Die Säule mit dem Mann, der ihr Hilfe angeboten hatte, war nur noch wenige Schritte entfernt. Es musste gelingen!

»Seid vernünftig, Berinda, und legt die Waffe nieder.« Arandes' Stimme hallte in dem großen Saal. »Ihr könnt niemanden retten.«

Zu Berindas Füßen regte sich die Gestalt in der Kutte, setzte sich unsicher auf. Also doch nicht tot.

»Das wollen wir doch erst einmal sehen.« Sie ließ sich hinter dem Wesen mit der Spiegelmaske auf die Knie fallen, setzte ihm das Schwert an die Kehle, ehe es wusste, wie ihm geschah. Dabei griff sie mit einer Hand in die Klinge, um sie sicher halten zu können. Die stumpfe Schneide drückte in ihre Handfläche, doch selbst wenn sie sich geschnitten hätte, wen kümmerte es noch?

»Lasst diese Menschen frei, Arandes, oder Euer Magier stirbt.« Zum Glück klang ihre Stimme sicherer, als sie sich fühlte.

Arandes' Mundwinkel zuckten, langsam breitete sich ein Grinsen auf seinem Gesicht aus. »Was lässt Euch denken, dass mir etwas an seinem Leben liegt? Wo er herkommt, gibt es noch viele von seiner Sorte.«

Irrte sie sich oder ging ein Zittern durch die verhüllte Gestalt?

Im nächsten Moment wurde diese Frage nebensächlich. Der selbsternannte Weltherrscher bellte einen kurzen Befehl, und wieder zischte ein Schwert durch die Luft. Der Mann, den sie beinahe befreit hätte, stieß einen Schrei aus, als eine Handbreit Stahl in seinen Bauch drang. Sein schmerzvernebelter Blick heftete sich auf Berinda. Dann drehte der Soldaten neben ihm die Klinge in seinem Fleisch, und er sackte in seinen Fesseln zusammen.

»Legt die Waffe nieder.« Arandes' Stimme klang scharf.

Berindas Finger verkrampften sich nur umso fester um das Schwert. Sie durfte die Antworten nicht geben, die diese Menschen retten würden. Darien mochte nicht mehr auf dem Weg zu dem Kloster am Rand der Hochlande sein, aber sein ehemaliges Ziel zu verraten, würde bedeuten, zu verraten, in welche Richtung er gegangen war. »Warum? Warum wollt Ihr Nauri unbedingt haben? Wenn Ihr so viele eigene Magier habt, wieso fürchtet Ihr sie dann so sehr?«

Der Weltherrscher lachte. »Ich fürchte sie nicht.«

»Dann lasst meine Schwester in Frieden! Das Land gehört Euch. Was wollt ihr denn mehr?«

»Es ging nie um das Land.«

Berinda blinzelte. Hatte sie gerade richtig gehört? Sie öffnete den Mund, um etwas zu sagen, und schloss ihn wieder, ohne dass ein Ton herauskam. War es das, was Marlena ihr sagen wollte? Ging es bei diesem Krieg etwa nur um Nauri? Das war aberwitzig! Selbst Arandes konnte nicht so wahnsinnig sein, dass er Tausende in den Tod schickte, nur um ein Mädchen in die Finger zu bekommen. Und wenn er sie hatte, was wollte er dann mit ihr?

»Wir brauchen ihre Antworten nicht mehr.« Die gläsern anmutende Stimme trug nur gerade so durch den Saal, dennoch wandten sich alle Köpfe der verhüllten Gestalt neben dem Thron zu. Die Scherben blitzten bei jeder Bewegung am Saum der Robe. Sie mussten Zeichen eines höheren Rangs sein.

Das Wesen verneigte sich nicht, begegnete seinem Herrn aufrecht wie ein Gleichberechtigter. »Ich habe gerade Nachricht erhalten. Wir wissen, wo sie sind.«

»Sehr gut.« Arandes vollführte eine schnelle Geste, die alle Säulen einschloss, und gab einen weiteren Befehl. Dutzende Schwerter fuhren herab, dutzende Köpfe rollten. Übelkeit stieg in Berinda auf. Mit einem Mal wurde ihr klar, dass diese Menschen den Raum niemals lebend verlassen hätten, egal, was sie gesagt hätte. Wie dumm von ihr, etwas anderes zu glauben.

Arandes' Gesicht verschwamm vor ihren Augen, als er sich ihr wieder zuwandte. »Es ist vorbei. Ergebt Ihr Euch oder muss ich meinen Männern befehlen, Euch zu verletzen?«

In einer steifen Bewegung senkte Berinda das Schwert. Klappernd fiel es zu Boden, als sie sich erhob. Sie nahm die Schultern zurück, starrte stur geradeaus, darauf gefasst, dass sie ebenfalls sterben würde, nun da Arandes sie nicht mehr brauchte. Er hatte Nauri auch ohne ihre Hilfe gefunden, all die Leute waren umsonst gestorben. Sie konnte nur hoffen, dass Darien seinen Häschern noch einmal entwischte.

Darien

»Kannst du mir noch mal erklären, warum das hier wichtiger ist, als mir zu erzählen, was Orin gesagt hat?« Das Barbarenschwert lag ungewohnt in Dariens Hand. Er stand im niedrigen Gras einer Lichtung, die Bjoron ausfindig gemacht hatte. Die Zelte waren nur noch bunte Flecken zwischen den spärlichen Bäumen, die Geräusche des Lagers drangen als entferntes Murmeln zu ihnen herüber.

Bjoron presste den Mund zu einem Strich zusammen, eine steile Falte stand zwischen seinen Brauen. Es dauerte eine Weile, bis der Barbar sich zu einer Antwort herabließ. »Ich kann nicht Seite an Seite mit jemandem kämpfen, den ich nicht kenne.«

Darien seufzte und richtete den Blick kurz gen Himmel. Doch eine Diskussion würde ihm die Informationen, die er haben wollte, wahrscheinlich auch nicht schneller einbringen.

Noch einmal sah er zu Nauri hinüber. Sie hockte etwas abseits im Schatten der Bäume, hatte einige lange Halme gepflückt und drehte daraus eine Art groben Kranz. Wäre Dariens anderer Reisebegleiter doch nur ebenso unkompliziert.

»Also dann … Es führt wohl kein Weg daran vorbei.« Er hob sein Schwert. Auf der anderen Seite der Lichtung tat sein Gegner es ihm gleich.

Und nun? Sollten sie ein paar spöttische Bemerkungen austauschen, wie die Höflinge in Letharn es immer vor Duellen taten? Getan hatten. Darien packte den Schwertgriff fester.

Der Barbar stürmte ohne ein Wort heran. Darien duckte sich zur Seite weg, versuchte gar nicht erst, den wuchtigen Hieb zu parieren. Ihr Schwung trug sie aneinander vorbei.

Instinktiv zuckte Dariens Schwert vor. Verfluchte Geister der Berge, nein! Im letzten Moment brach er den Stoß nach den Knöcheln seines Gegners ab. Fair kämpfen. Keine Stolperfallen, keine Tritte unter der Gürtellinie. Wenn er Bjoron mit einem Trick besiegte, würde ihn das nur wütend machen.

Mit unerwarteter Schnelligkeit wirbelte der Barbar herum. Darien machte einen hastigen Satz nach hinten, stieß seinerseits zu. Metall klirrte, als Bjoron die Klinge beiseite schlug.

Abwehr und Angriff gingen fließend ineinander über. Diesmal blieb Darien keine Zeit zum Ausweichen.

Schmerz schoss durch seine Handgelenke, als er den Hieb des Barbaren parierte. Ächzend wich er einige Schritte zurück. »He, hast du vergessen, dass das hier ein Übungskampf ist? Mit dem Schlag hättest du mir den Schädel spalten können!«

Bjoron fletschte die Zähne in einem Grinsen. »Keine Sorge. Wenn, dann treffe ich mit der flachen Seite der Klinge.«

»Nicht beruhigend.« Dariens Finger suchten nach festerem Halt um den Schwertgriff, das Leder seiner Handschuhe knirschte leise. Im linken Ärmel drückte das Wurfmesser gegen seine Haut, in seinem Rücken lockte die Deckung der Baumstämme. Aber keines von beidem durfte er nutzen, wenn er seinen Reisegefährten bei Laune halten wollte. Welcher Idiot war eigentlich erstmals auf die Idee gekommen, dass man Kämpfe Auge in Auge ausfechten sollte? Und nur mit sichtbaren Waffen? Als würde es das Töten freundlicher machen, wenn man ihm Regeln gab.

Darien sprang vor, seine Klinge beschrieb einen verschwommenen Bogen in der Luft, änderte im letzten Moment die Richtung.

Eine kurze Drehung von Bjorons Handgelenk, und wieder klirrte Metall. Wenn man ihn nicht überraschte, war der Barbar richtig gut.

Eine Reihe von Schlägen trieb Darien zurück. Bjoron knurrte frustriert, als sein Schwert jedes Mal durch leere Luft zischte. Dann riss Stoff, eine glühende Linie zog sich über Dariens Hüfte. Den nächsten Hieb sah er nur aus dem Augenwinkel, riss sein Schwert erneut schützend hoch.

Diesmal schoss der Schmerz bis in seine Schultern. Er biss die Zähne zusammen, packte fester zu. Metall schabte über Metall. Bjoron verlagerte sein Gewicht nach vorn, drehte die Klinge …

Dariens Waffe flog davon, und im nächsten Moment spürte er kalten Stahl an der Kehle. Am Schwert entlang sah er Bjorons Augen funkeln. Noch immer stand eine steile Falte zwischen den Brauen des Barbaren. »Du kämpfst wie Kerlft, wenn er eigentlich lieber über irgendwelchen Zahlen sitzen würde. Was für eine Art von Leibwächter willst du sein? Oder ist Leibwächter bei euch ein anderes Wort für Meuchelmörder? Das scheint mir das Einzige zu sein, was du kannst.«

Dariens Hände ballten sich zu Fäusten. Wieso versuchte er überhaupt, mit diesem überheblichen Barbaren auszukommen? Es funktionierte doch ohnehin nicht.

»Ich war tatsächlich mal ein Meuchelmörder.« Er bemühte sich um einen beiläufigen Tonfall. »Die Königinmutter hat mich als Säugling von der Straße aufgelesen, mir ein Heim gegeben und Lehrer angestellt, die mir beigebracht haben, wie man Leute umbringt. Ich habe mit vierzehn Gift in die Getränke adeliger Ränkeschmiede gemischt und mit fünfzehn im Auftrag der Königinmutter Männern und Frauen im Schlaf die Kehlen durchgeschnitten.« Er lächelte, nicht weil ihm danach war, sondern weil er wusste, dass es Bjoron irritieren würde. »Ich wurde zu Berindas Leibwächter ernannt, weil ich weiß, wie Attentäter denken, nicht weil ich besonders gut faire Duelle ausfechten kann. Wenn du wissen willst, wie ich wirklich kämpfe, dann nimm das Schwert von meiner Kehle und greif mich noch mal an.«

Wenn dieser Kampf vorüber war, würden sie den Rest des Weges bis zum Kloster wahrscheinlich in eisigem Schweigen zurücklegen, aber wen kümmerte das schon? Er hatte den Auftrag, Nauri in Sicherheit zu bringen, nicht den, mit Barbaren Freundschaft zu schließen.

Bjoron senkte tatsächlich seine Waffe, einen schwer deutbaren Ausdruck auf dem Gesicht. Immerhin, die Falte zwischen seinen Brauen war fort. Auffordernd nickte er in Richtung des zu Boden gefallenen Schwertes. Darien schüttelte den Kopf, schob nur unmerklich die Rechte in seinen linken Ärmel. Der Barbar hob die Schultern und griff an.

Das Wurfmesser zischte als blitzender Schemen dicht an Bjorons Gesicht vorbei, hinterließ eine rote Spur auf seiner Wange. Instinktiv zuckte der Barbar zurück, machte einen hastigen Schritt zur Seite, wie um weiteren Geschossen zu entgehen. Genau die Reaktion, mit der Darien gerechnet hatte. Genau der kurze Moment der Ablenkung, den er brauchte.

Er tauchte unter Bjorons Klinge hindurch, packte dessen Schwertarm. Seine freie Hand lag bereits am Griff des Messers in seinem Rücken. Lautlos glitt es aus seiner Scheide, und im nächsten Moment drückte er dem Barbaren die Spitze zwischen die Rippen.

Bjoron erstarrte, einen überraschten Ausdruck auf dem Gesicht. Er senkte den Blick auf das Messer, hob dann die Linke an die Wange und betrachtete das Blut an seinen Fingerspitzen. »Du hattest also die ganze Zeit über mehr als ein Messer.«

Darien trat zurück, ließ den Schwertarm des Barbaren los. »Besser übervorsichtig als tot.«

Mit einer bedächtigen Bewegung schob Bjoron das breite Schwert in die Scheide zurück. Erstaunlicherweise wirkte er gar nicht mehr wütend. Stattdessen musterte er Darien nachdenklich. »Was machst du, wenn dir die verborgenen Waffen ausgehen?«

»Alles ist eine Waffe. Anstelle des Messers hätte ich auch ein wenig Erde werfen können. Ich dachte mir nur, ein Kratzer würde dich weniger wütend machen als Dreck in den Augen.« Darien spähte suchend in das Gestrüpp hinter dem Barbaren. Hoffentlich war sein Wurfmesser nicht verloren.

Bjoron stieß einen bellenden Laut aus. Ein Lachen? Verwirrt löste Darien den Blick von den Bäumen. Hätte der Barbar ihn nicht einen unehrenhaften Feigling schimpfen müssen?

»Ich weiß es zu schätzen, dass du zumindest versucht hast, fair zu kämpfen. Und dass du ehrlich zu mir warst.« Bjoron hielt kurz inne. Die nächsten Worte kamen zuerst zögernd. »Ich könnte dir beibringen, besser mit dem Schwert umzugehen. Es gibt Möglichkeiten, einen starken Schlag zu parieren, ohne dass man dessen ganze Wucht abfangen muss.«

Aus zusammengekniffenen Augen musterte Darien den Barbaren. War das Angebot ernst gemeint? Zwischen dem spärlichen, zerzausten Bart und dem zotteligen Haar wirkte Bjorons Miene aufrichtig. »Wieso solltest du das tun?«

»Weil wir nun einmal gemeinsam in dieser Sache drinstecken. Und es kann sein, dass wir tiefer in den Bergen auf Arandes' Männer stoßen. Orins Dorf ist nicht das Einzige, das angegriffen wurde.«

Verfluchte Geister der Berge! Das Schicksal hatte sich eindeutig gegen sie verschworen. Was, wenn auch das Kloster nicht mehr stand?

»Was hat Orin noch gesagt?« Dariens Stimme klang rau.

»Er hat Nauri erkannt. Er sagt, Arandes' Leute suchen nach ihr.«

Das war sogar schlimmer als seine schlimmsten Befürchtungen. Warum suchte der Weltherrscher gezielt nach Nauri? Was wollte er mit Berindas kleiner Schwester, wenn er doch die Königin persönlich hatte? »Ich nehme an, du hast nicht daran gedacht, Orin zu töten, damit er uns nicht verrät?«

Da war sie wieder, die Falte zwischen den Brauen. Bjoron schnaubte. »Er ist ein harmloser, armseliger Rest von einem Mann, und er wird kaum nach Letharn reisen, um Arandes' zu berichten, wo wir sind. Außerdem weiß er nicht, wo wir hin wollen. Vielleicht macht es dir Spaß, sinnlos hilflose Menschen umzubringen. Mir nicht.«

Dieser Barbar! Dass sein Volk so lange überlebt hatte, stellte beinahe ein Wunder dar, so leichtfertig, wie sie alle mögliche Gefahren abtaten. »Es macht mir keinen Spaß, aber es steht zu viel auf dem Spiel, um ...«

Eine kleine Hand zupfte an seinem Hemd. Darien senkte den Blick. Er hatte sich schon wieder ablenken lassen, hatte nicht auf Nauri geachtet. Nun blickte er in ihr ernstes Gesicht. In ihrer Hand blitzte ein Stück Metall. Sein Wurfmesser. Etwas von Bjorons Blut klebte noch an der Klinge, stand im scharfen Kontrast zu den unschuldigen Kinderaugen.

Zum Glück konnte Berinda ihre Schwester in diesem Moment nicht sehen. Wenn es darum ging, auf ein Kind aufzupassen, versagte Darien wirklich gründlich. Wahrscheinlich bestand die größte Gefahr für das Mädchen gar nicht in Arandes' Männern. Stattdessen würde es irgendwann in Bjorons Schwert fallen oder verhungern, weil sie vergaßen, ihm etwas zu essen zu besorgen.

Hastig nahm er Nauri die Waffe ab und wischte sie an seinem Hemd sauber, das ohnehin schon dreckig und zerrissen war. Dann schob er sie wieder in seinen Ärmel.

»Lass uns ins Lager zurückkehren.« Er bückte sich nach dem Schwert, das Bjoron ihm gegeben hatte.

Der Barbar brummte irgendetwas, das eine Zustimmung hätte sein können, und stapfte durch das Unterholz voran in Richtung Lager. Darien folgte mit Nauri an seiner Seite.

Keiner von ihnen erwähnte Orin noch einmal, doch Dariens Gedanken kreisten um den Mann. Vielleicht hatte Bjoron recht. Vielleicht reichte es, wenn sie früh am nächsten Morgen aufbrachen und Orin hinter sich zurückließen. Bis Arandes' Leute ihn aufgriffen und er die Gelegenheit erhielt, sie zu verraten, waren sie schon längst über alle Berge ... im wörtlichen Sinne.

Ein verlockender Gedanke. Es gab schon genug Gesichter, die Darien in seinen Albträumen heimsuchten. Er wollte ihnen kein weiteres hinzufügen. Dennoch ... Der geringste Hinweis, in welche Richtung sie gegangen waren, konnte ihren Untergang bedeuten. Besser Orin starb heute Nacht.

Mit dieser Entscheidung trat Darien hinter Bjoron zwischen den Bäumen hervor. Zügigen Schrittes gingen sie an grasenden Schafen und Ziegen vorbei auf die bunten Zelte zu. Sie hatten das Lager fast erreicht, als ein Schatten über sie fiel.

Langsam blickte Darien auf und fluchte.

Redal

Redal fuhr zusammen, als die Tür des Fröhlichen Igels aufgestoßen wurde. Für einen Moment klopfte sein Herz schneller, das Blut rauschte ihm in den Ohren. War der Feind ihnen auf die Spur gekommen? Wusste der Bastard Arandes, was sie planten?

Dann sah er die Silhouette eines Mädchens auf der Schwelle und atmete erleichtert auf. Keine Soldaten.

Die junge Frau trat in den Raum. Solenah, Gilads Tochter. Sie trug die Uniform der Dienstmädchen im Palast, ein schlichtes, dunkles Kleid mit einer weißen Schürze darüber. Doch die sorgfältig hochgesteckte Frisur hatte sich aufgelöst, und Tränen rannen ihr über die Wangen. Redals Magen verkrampfte sich. Sie hätten das Mädchen doch nicht an seinen alten Arbeitsplatz zurückkehren lassen sollen.

Redal schob seinen Stuhl zurück und erhob sich, genau wie alle anderen am Tisch. Sie hatten zu sechst zusammengesessen, hatten versucht, sich einen Überblick über die Lage in der Stadt zu verschaffen. Hendra, die die Kerzen an Naurandas Schrein verteilt hatte, war nicht die Einzige, die niemand mehr gesehen hatte, seit Soldaten sie abgeholt hatten.

»Liebes!« Ungard, Gilads Frau, eilte hinter der Theke hervor und schloss ihre Tochter in die Arme. »Was ist geschehen, Liebes?«

Solenah schluchzte, versuchte zu sprechen, brachte aber nur unzusammenhängende Töne heraus. Ungard strich ihr tröstend über den Rücken, führte sie zum Tisch herüber. Sofort trat Redal von seinem Stuhl zurück, damit das Mädchen sich setzen konnte. Armes Kind. Was mochte Solenah nur so erschüttert haben?

»Ich hole etwas, das ihre Nerven beruhigt.« Mit diesen Worten eilte der einarmige Sanden hinter die Theke. Redal konnte sich vorstellen, wonach er suchte.

Gilad wandte sich derweil den anderen Gästen zu. »Wir schließen.«

Es waren nicht viele Leute da, nur die eine oder andere einsame Gestalt, die düster in ihren Bierkrug starrte. Die meisten erhoben sich stumm, manch einer klopfte Gilad aufmunternd auf die Schulter, bevor er ging. Schließlich blieb nur noch eine alte Frau übrig, kaum mehr als ein dürres Lumpenbündel, die an ihrem Tisch eingeschlafen war. Redal half dem Schankwirt, die Frau in die Küche zu tragen, ignorierte dabei seinen protestierenden Rücken. Sie legten sie vor dem Herd ab, wo sie nicht zufällig mithören konnte, es aber dennoch warm hatte.

Als sie in den Schankraum zurückkehrten, hielt Solenah mit beiden Händen einen hölzernen Becher umklammert. Gilad fluchte, als er die Flasche sah, die Sanden in seiner verblieben Hand hielt. »Da passt man einmal nicht auf, und schon gibt Sanden meiner Tochter den stärksten Schnaps, den ich im Haus habe.«

Ungard löste den Blick von Solenah und sah den einhändigen Veteranen aus zusammengekniffenen Augen an. Sie schien die Flasche jetzt erst zu bemerken. »Du hast ihr von dem Apfelschnaps gegeben?« Kurzerhand nahm sie Solenah den Becher wieder ab. »Dann ist ein Schluck mehr als genug, Liebes.«

Der Situation zum Trotz musste Redal schmunzeln, als Sanden verlegen mit den Schultern zuckte und dann selbst einen großen Schluck aus der Flasche nahm. Gilad brummte irgendetwas von einem Schmarotzer, der eine Notlage zu seinem Vorteil nutzte, doch der Beschwerde fehlte es an Überzeugungskraft.

Ungard und einige andere von Redals alten Kameraden hatten sich um das Mädchen geschart. Gilads Frau strich ihrer Tochter immer wieder über den Kopf und den Rücken. Entweder das oder der Schnaps halfen offensichtlich, denn inzwischen hatte Solenah aufgehört zu schluchzen. Mit dem Ärmel ihres Kleides wischte sie sich die Tränen aus dem Gesicht. »Ich gehe nie wieder dorthin zurück!«

Gilad drängt sich zwischen die anderen. »Das musst du nicht. Aber du musst uns erzählen, was geschehen ist. Sucht man dich?«

Solenah schüttelte den Kopf. »Da ...« Sie stockte, holte tief Luft. »Da waren Schreie im Thronsaal.«

Redal tauschte mit Gilad einen besorgten Blick, sah dann in die ernsten Mienen der anderen. Das klang nicht gut. »Von vorne, Solenah. Berichte uns von vorne, was du beobachtet hast.«

»Ich ... ich habe den Boden gewischt. Es ... es ist immer noch ziemlich viel Blut auf dem Boden von der Eroberung und ... und wir haben den Befehl, es aufzuwischen.«

Redal fühlte, wie seine Kiefermuskeln arbeiteten. Das war also von den tapferen Gardisten geblieben, die den Palast mit ihrem Leben verteidigt hatten. Blutflecken, die die Dienstmädchen aufwischen mussten ...

»Da habe ich die ...« Solenah schniefte, und ihre Mutter reichte ihr ein Stück Stoff, in das sie sich schnäuzen konnte. »Ich habe die Königin gesehen.«

»Die Königin?«, rief Redal. »Sie lebt?« Genau wie vom Orden des ewigen Kreises hatte man von der Königin nichts mehr gehört seit der Eroberung. Sie alle hatten sie für tot gehalten. Dass sie noch lebte, konnte nur ein gutes Zeichen sein, musste ein gutes Zeichen sein. Auch unter den anderen erhob sich aufgeregtes Gemurmel. Schließlich hieb Gilad mit der Faust auf den Tisch. »Ruhe!«

In der entstehenden Stille bedeutete er Solenah fortzufahren. Diese holte noch einmal tief Luft. »Man hat sie in den Thronsaal geführt. Und ich dachte … ich dachte, ihr wollt sicher wissen, was mit ihr geschieht, also bin ich hinterher geschlichen.«

Ungard presste sich in nachträglicher Sorge um ihre Tochter die Hand auf den Mund, sagte aber nichts.

»Ich bin nicht so richtig nah rangekommen. Es stehen Wachen vor der Tür. Ich bin so nah ran, wie ich es gewagt habe, und dann habe ich so getan, als würde ich putzen. Für eine Weile habe ich nichts gehört. Aber dann … dann haben die Schreie angefangen … viele Schreie vieler Leute …«

Erneut schluchzte Solenah auf und schlug die Hände vor das Gesicht. Während beide Eltern versuchten, ihre Tochter zu beruhigen, öffnete und schloss Redal die Fäuste. Ringsum blickte er in bleiche Mienen. Sanden nahm abwesend einen weiteren großen Schluck aus der Schnapsflasche. Mit einem Mal kam Redal die klare Flüssigkeit unglaublich verlockend vor. Er streckte die Hand nach der Flasche aus, und Sanden reichte sie ihm stumm. Der Schnaps brannte heiß in seiner Kehle und seinem Magen, aber nicht so heiß wie der Zorn auf den Fremdländer, der es wagte, die Räume des Palastes, den Redal so lange bewacht hatte, mit solchen Schrecken zu füllen.

Schließlich schnäuzte sich Solenah noch einmal und fuhr fort. »Es war grauenhaft. Ich … ich konnte das einfach nicht mit anhören. Also bin ich geflüchtet. Habe wieder da den Boden gewischt, wo ich ihn wischen sollte, wisst ihr?«

Gilad nickte und legte seiner Tochter die Hand auf die Schulter. »Das war gut so. Du hast nichts falsch gemacht.«

Solenah schüttelte den Kopf. »Ich habe sie im Stich gelassen. Ich habe nicht mal hören wollen, wie sie schreien, und bin einfach weggelaufen.«

»Du hast nichts tun können, Mädchen«, hörte Redal sich selbst sagen. »Du hast ihnen nicht helfen können.« Und doch wusste er genau, wie sie sich fühlte. Wieder sah er Hendra vor sich, die abgeführt wurde, weil sie in Naurandas Schrein Kerzen verteilt hatte. Er schluckte trocken.

Noch einmal schniefte Solenah. »Das ist noch nicht alles ...«

Ihr Tonfall schickte eisige Kälte durch Redals Glieder. Was kam nun noch?

»Irgendwann haben sie die Königin wieder an mir vorbeigeführt. Sie sah schrecklich aus. So mutlos ... Und dann ist die neue Hauswirtschafterin gekommen, diese grauenhafte Frau. Hat gesagt, alle sollen in den Thronsaal kommen, sollen möglichst viele Eimer mit Wasser mitbringen, und ...« Solenahs Stimme brach. Sie räusperte sich. »Als ich mit meinen Wassereimern dort angekommen bin ... Da war überall Blut, an jeder Säule, frische rote Spritzer.« Wieder flossen Tränen über die Wangen der jungen Frau, doch sie sprach durch die Schluchzer weiter. Als würden die Worte nun aus ihr herausdrängen, als könnte sie sie nicht mehr zurückhalten. »Und mittendrin hat dieser Arandas gestanden und hat mit einem dieser Kuttenleute geredet und hat sehr mit sich zufrieden ausgesehen. Mir ist schlecht geworden, und die Hauswirtschafterin ist böse mit mir geworden. Sie hat mich geschlagen und mich fortgeschickt, und ich habe mich aus dem Palast geschlichen, sobald ich konnte.«

Ungard drückte ihre Tochter an sich. »Das war gut. Das hast du gut gemacht. Dank der heiligen Nauranda, dass ich dich wohlbehalten wiederhabe.«

Für eine Weile herrschte Schweigen im Schankraum, abgesehen von Solenahs gedämpften Schluchzern. Schließlich fand Redal seine Stimme wieder. »Wir müssen etwas tun.«

Gilad sah auf. Sein Gesicht hatte jegliche Farbe verloren. »Was? Was können wir tun ohne Nauranda?«

Frustriert warf Redal die Arme in die Luft. »Ich weiß es nicht.« Da war nur dieses brennende Drängen, das es ihm unmöglich machte, weiterhin untätig herumzusitzen. »Die Königin lebt. Vielleicht können wir sie befreien.«

»Wir und welche Armee?« Sanden machte mit der Schnapsflasche eine Geste, die alle im Raum einschloss. Ihn, Gilad, den untersetzten Zender, Fargat, der nur noch auf eine Armeslänge Entfernung gut sah, Kelad, der auf einem Ohr taub war, und natürlich Redal, mit seinem schmerzenden Rücken und seinen knackenden Knien. Und ihre Söhne waren entweder bei der Eroberung gefallen, oder sie waren Metzger und Schuster und Kesselflicker, keine Soldaten.

Dennoch wollte Redal sich nicht so schnell geschlagen geben. »Wir kennen den Palast so gut wie kaum ein anderer. Wenn wir heimlich ...«

Gilad schüttelte den Kopf. »Eben weil du den Palast so gut kennst, solltest du wissen, dass der Kerker bestens gesichert ist, Redal. Wir kämen dort niemals hinein, ohne zu kämpfen.«

»Wir könnten uns einige dieser Rüstungen besorgen ...«

»Und du sprichst neuerdings die Sprache des Feindes? Wir würden auffliegen, sobald wir ein Wort sagen müssten.«

Nun schlug Redal mit der Faust auf den Tisch. »Es muss doch irgendetwas geben, das wir tun können!«

Gilads Miene wurde weich. »Wir können uns möglichst gut auf Naurandas Ankunft vorbereiten. Vielleicht finden wir heraus, wo genau die Königin gefangen gehalten wird. Vielleicht können wir ihr eine Nachricht zukommen lassen, sie fragen, ob sie irgendwelche Befehle für uns hat. Wäre das für dich in Ordnung?«

Redal zögerte, doch dann nickte er. Es war immerhin besser als nichts. Und wenn sie tatsächlich Befehle von der Königin bekommen konnten ... Sie wusste ganz sicher eine Möglichkeit, wie sie die

Waffen einsetzen konnten, die in dem leeren, mannshohen Weinfass im Keller lagen.

Bjoron

Schwingen verdunkelten die Sonne. Bjoron legte den Kopf in den Nacken, und mit einem Schlag war all der Ärger über Darien verflogen.

Einen solchen Vogel hatte er noch nie gesehen. Seine Flügel waren länger als ein Mann hoch, das Gefieder von einem staubigen Schwarz. Er besaß einen winzigen Kopf, der fast nur aus einem langen, gebogenen Schnabel bestand. Behäbig ging er über dem Zeltlager tiefer. Rufe und Schreie hallten von dort herüber.

Hinter Bjoron fluchte der Tiefländer. »Arandes hat angeblich einige Städte mithilfe großer Vögel erobert. Es sollen Reiter auf ihren Rücken sitzen.«

Diese Made von einem Heerführer hatte ihnen also irgendein Hexenwerk nachgeschickt. Bjoron sah sich nicht um, behielt das riesige Tier im Auge. Seine Hand glitt zum Griff seines Schwertes. Gut, dann konnte er zumindest schon mal damit anfangen, seine Familie zu rächen.

Ein zweiter Schatten glitt über sie hinweg, dann ein dritter. Bjorons Herz schlug einen schnelleren Rhythmus an.

Stoff raschelte. Ein kurzer Blick zeigte ihm, dass Darien Nauri auf seinen Rücken hob. »Wir können nicht im Freien gegen sie kämpfen. Aber wenn wir den Schutz der Bäume erreichen, können sie nicht von oben auf uns herabstoßen. Renn nur, wenn es nötig wird. Es kann sein, dass sie uns noch gar nicht bemerkt …«

»Dort sind sie! Dort vorne!« Der Ruf zerriss die letzten Worte von Dariens Satz. Ein paar Zelte weiter sprang eine abgerissene Gestalt auf und ab und deutete in ihre Richtung. Orin.

Diese miese, verräterische Baumratte! Warum musste Darien immer Recht behalten? Mit einem Ruck zog Bjoron sein Schwert. »Ich bringe ihn um.«

»Ach, jetzt ist das in Ordnung? Dumm, dass es inzwischen zu spät ist.«

Wie um die Worte des Tiefländers zu unterstreichen, rauschte ganz in der Nähe Luft zwischen mächtigen Schwingen. Wind fuhr Bjoron ins Haar, als einer der großen Vögel vor ihnen niederging. Auf dem Rücken hockte eine dunkle Gestalt.

Bjoron fuhr herum, gerade als hinter ihnen zwei weitere der Tiere landeten.

Darien ließ Nauri wieder von seinem Rücken gleiten, und Bjoron postierte sich so, dass das Kind zwischen ihnen stand, in relativer Sicherheit. Wie er es getan hätte, wenn es Teil der Hochlandstämme gewesen wäre.

Mit einem Mal sackten die Vögel in sich zusammen. Es sah aus, als würde jemand die Flüssigkeit aus einem Wasserschlauch lassen. Die Hälse rollten sich ein wie verdorrende Blätter. Die Haut fiel nach innen, schrumpfte. Die mächtigen Schwingen schlugen noch einmal, bevor sie einfach zerstoben. Eine Handvoll Federn rieselte zu Boden, drehte sich in einer leichten Brise. Die Gestalten der Vögel verschrumpelten, bis sie keine Ähnlichkeit mehr mit lebenden Tieren hatte. Bis die Reiter nur noch ein loses Federkleid in der Hand hielten.

Mächtige Zauberei. Mit grimmiger Miene suchte Bjoron nach sicherem Stand, packte sein Schwert fester. Vielleicht würde er seine Familie früher wiedersehen, als er gedacht hatte. Allerdings hatte er in der Welt der Lebenden noch zu tun. Er durfte seinen Vater nicht schon wieder enttäuschen.

Einer der drei Männer ließ die Reste seines Reittiers irgendwo in den Falten seiner Kutte verschwinden. Die anderen beiden sahen eher wie normale Soldaten aus. Sie trugen Rüstungen aus sich überlappenden Lederplatten und hängten die Bündel schwarzer

Federn an ihre Schwertgürtel. Gleichzeitig rauschten in der Ferne erneut Schwingen. Ihre Feinde waren noch nicht komplett.

»Ergebt euch, und es wird niemand sterben.« Die Stimme klirrte wie Glas, kam von der Gestalt in der Kutte, unter deren Kapuze das Sonnenlicht auf einer spiegelnden Fläche blitzte. Wahrscheinlich glaubte dieses Ding nicht einmal selbst, was es sagte. Vor seinem inneren Auge sah Bjoron wieder die Hochlandstämme fallen. Arandes' Leute hatten keine Ehre, sie würden ihre Versprechen nicht halten.

»Niemals!«

Bjorons Ruf überdeckte das Sirren von Dariens Wurfmesser. Er hörte nur den dumpfen Aufprall, sah, wie der Mann mit der Spiegelmaske mit verhüllten Händen nach seiner Kehle krallte. Im nächsten Moment sank er in die Knie und fiel nach vorn auf sein Spiegelgesicht.

»Gut zu wissen, dass man sie mit normalen Waffen töten kann«, stellte Darien trocken fest.

Doch Bjoron hörte ihn nur noch halb. Er stürmte den beiden Soldaten entgegen, schwang sein Schwert. Der erste Mann war zu langsam. Er umklammerte im Fallen seine Kehle, Blut strömte über seine Finger.

Sofort wirbelte Bjoron herum, riss die Klinge hoch, fühlte den Aufprall des Schlages noch bevor er ihn richtig sah. Der zweite Soldat setzte sofort nach. Diesmal schlug Bjoron die vorzuckende Waffe beiseite. Er stieß seinerseits zu, grub eine tiefe Furche in die überlappenden Lederplatten, die den Oberkörper des Mannes schützten. Yakdung! Er musste tiefer oder höher zielen.

Sofort holte er wieder aus. Schneller! Wo dieser Gegner herkam, warteten noch weitere. Mächtiger Flügelschlag klang bereits wieder in seinen Ohren, und Wind zerrte an seiner Kleidung. Wie viele kreisten noch über ihnen? Wie viele Magier waren gekommen, um Nauri zu holen? Hoffentlich war der, den Darien getötet hatte, der einzige. Dann bestand zumindest die Möglichkeit, dass sie dies überlebten.

Ein weiterer, schneller Angriff. Bjoron wich einen Schritt zurück. Dort, eine Öffnung! Er sprang vor. Sein Schwert drang tief in den Unterleib seines Gegners. Der Mann sackte schreiend zusammen, glitt mit einem schmatzenden Geräusch von der Klinge. Doch als Bjoron aufsah, erhob sich vor ihm schwarzes, staubiges Gefieder.

Er fühlte die Bewegung über ihm mehr, als er sie sah. Sofort warf er sich zur Seite. Dort, wo er zuvor noch gestanden hatte, fuhr ein messerscharfer Schnabel in die Erde.

Bjoron rollte ab. Noch während er wieder auf die Füße kam, schwang er erneut das Schwert. Es durchdrang die schwarzen Federn mühelos.

Doch der riesige Vogel zuckte nicht einmal. Er gab keinen Laut von sich, schien die Klinge in seiner Seite gar nicht wahrzunehmen. Mit einem Ruck zog Bjoron sie wieder heraus. Ein wenig Sand rieselte zu Boden. Mehr nicht.

Faulige Zauberei!

Eilig wich Bjoron zurück, als der Schnabel ein zweites Mal herabstieß. Hinter sich hörte er Darien schmerzerfüllt keuchen.

Nauri! Ihre Sicherheit hing im Moment vom Listenreichtum des Tiefländers ab.

Trotz der Gefahr direkt vor ihm warf sich Bjoron herum. Nicht weit entfernt rang Darien mit einer verhüllten Gestalt. Menschliche Finger ragten aus dem weiten Ärmel der Kutte, hielten das Handgelenk des Tiefländers umklammert, zwangen ihn langsam in die Knie. Die Spiegelmaske hing so dicht vor Dariens Gesicht, dass er die Augen schließen musste, um nicht hineinzusehen. Zum Glück hatte Firenda sie gewarnt.

So viel aber zu den Leibwächtern der Königin ...

Keine zwei Schritte entfernt kauerte das Mädchen, hatte die Arme um den Kopf geschlungen, wollte offensichtlich nichts hören und nichts sehen. Genau das, was man während eines Kampfes nicht tun sollte. Lernten Tieflandkinder überhaupt irgendetwas Nützliches?

Aber Bjorons vorrangigstes Ziel war der Magier.

Ein Satz, er schwang sein Schwert in einem weiten Bogen. Glas klirrte, Blut sickerte in die dunkle Kutte. Die Gestalt fiel, während Darien sich wieder aufrichtete. Mit leisen Flüchen auf den Lippen wechselte der Tiefländer das Messer von der rechten in die linke Hand. Auf dem Gelenk der rechten zeichneten sich über dem Saum des Handschuhs Fingerabdrücke ab, umrissen in entzündetem und teilweise verdorrtem Fleisch. Bjoron schüttelte sich.

»Danke …« Dann weiteten sich Dariens Augen. »Vorsicht!«

Sie stoben in verschiedene Richtungen auseinander. Bjoron fühlte den Luftzug, als der Schnabel des Vogels dicht neben ihm vorbeizischte. Stattdessen erwischte ihn der Flügel.

Der Aufprall trieb ihm den Atem aus den Lungen, sandte ihn ein Stück weit über die Wiese. Hart schlug er auf dem Boden auf, doch sein Körper handelte ohne ihn, rollte ungeschickt ab. Wie durch ein Wunder hielt er das Schwert noch in der Hand, als sich auf die Knie hochstemmte. Er hob es zur Abwehr. Aber kein Schlag kam.

»Ergebt euch!«

Bjoron blinzelte gegen die Schlieren in seinem Blickfeld. Hatten sie nicht klar genug gemacht, dass sie sich nicht ergeben würden? Gut, er hatte sich schon besser gefühlt, aber noch war er nicht geschlagen.

Dann erst klärte sich sein Blick vollständig.

Der Soldat hielt Nauri im Arm und das Schwert an ihre Kehle. Das Yakfell war ihr wieder von den Schultern gerutscht, und das weiße Kleid leuchtete im Sonnenlicht. Die Augen des Kindes waren groß vor Angst, wie erstarrt hing es im Griff des Mannes. Nun versteckten sich diese Feiglinge schon hinter einem Kind! Mit einem Satz kam Bjoron auf die Beine. Wenn er diesen Schlammmolch in die Finger bekam …

Ein durchdringender Schrei ließ ihn innehalten. Er kam aus dem Lager. Dort stieß ein weiterer der schwarzen Vögel aus dem

Himmel herab. Unter seinen Flügelschlägen fielen Zelte in sich zusammen. Als er wieder aufstieg, hielt er eine zappelnde Gestalt in den Krallen.

Bjoron schluckte, als ein Schatten auf ihn fiel. Auch über seinem Kopf zog noch eines der Biester seine Kreise. Drei weitere Vögel waren in der Nähe gelandet, und diesmal machten ihre Angreifer nicht den Fehler, sie in handliche Federdecken zu verwandeln. Drohend hoben die Monster ihre scharfen Schnäbel.

»Ergebt euch!« Diesmal klang der Soldat nicht mehr ganz so selbstsicher. Er hatte einen harten Akzent, der nun noch stärker zum Vorschein trat. Mit Nauri im Arm machte er einen Schritt zurück.

»Wozu?«, rief Bjoron. »Ihr wollt uns doch eh töten. Dafür seid ihr hier, nicht wahr?«

»Ergebt euch!« Der Soldat presste die Klinge fester an Nauris Hals.

»Ich glaube, das ist alles, was er in unserer Sprache kann.« Darien kam auf der anderen Seite des schwarzen Biests, das sie beinahe mit seinem Schnabel erwischt hatte, gerade erst auf die Füße. Er schwankte ein wenig, blutete aus einer Platzwunde an der Schläfe. Doch seine linke Hand krampfte sich fest um sein Messer.

»Wunderbar. Denkst du, er wird das Kind tatsächlich töten, wenn wir angreifen?« Bjoron beäugte den Mann aus zusammengekniffenen Augen, versuchte ihn einzuschätzen. Er wirkte nervös. Vielleicht hatte er das Schicksal des ersten Spiegelmannes beobachtet und fürchtete, Darien könnte ein weiteres Wurfmesser im Ärmel haben.

Doch dann hätte der Tiefländer es längst verwendet. Yakdung, da hätte Darien einmal etwas Nützliches tun können ...

»Es spielt keine Rolle. Hast du auch bemerkt, dass diese Vögel nur Sand bluten? Wir können nicht gewinnen.«

»Ergebt euch!«, rief der Soldat erneut. Seine Stimme überschlug sich. Offensichtlich verlor er langsam die Geduld. Die schwarzen Vögel regten sich, zogen die scharfen Krallen durch die Erde.

»Bjoron, leg deine Waffe nieder.« Unvermittelt ging Darien in die Knie und legte langsam sein Messer auf den Boden. »Wir ergeben uns.«

»Was?« Bjoron schüttelte den Kopf. »Von allen Ahnen verfluchter, feiger Tiefländer! Sie werden uns so oder so töten. Ich sterbe nicht ohne Waffe in der Hand!«

»Sie werden uns nicht töten, du dämlicher Barbar. Wenn sie das wollten, hätten sie längst Nauri die Kehle durchgeschnitten und ihre Vögel auf uns gehetzt. Leg deine Waffe nieder und warte auf die richtige Gelegenheit, um weiterzukämpfen.«

Bjorons Finger verkrampften sich um den Griff seiner Waffe, wollten nicht loslassen. Doch da waren die großen, ängstlichen Augen des Kindes, ihr Blick grub sich in seinen. Sie konnten diesen Kampf nicht gewinnen. Und vielleicht hatte Darien recht.

Aber was würde seine Mutter sagen?

Seine Mutter war tot, weil sie nicht mit der List ihrer Feinde gerechnet hatte. Mit einem Mal hatte Bjoron einen bitteren Geschmack auf der Zunge. Er kannte sich nicht aus in dieser Welt voller Hinterlist und verborgener Absichten. Vielleicht war es klug, sich an jemanden zu halten, der es tat.

Er holte tief Luft. Mit einem Schrei, in dem all seine Wut und all seine Frustration lagen, stieß er sein Schwert in die Erde, und trat einen Schritt davon zurück.

Sie ergaben sich.

Darien

Schmerz schoss Dariens Arm hinauf, als der Strick sein wundes Handgelenk berührte. Er biss die Zähne zusammen. Wenn er irgendeinen Laut von sich gab, würde er Nauri nur noch mehr Angst machen, und der Barbar würde es ihm als Zeichen der Schwäche auslegen.

Es war wirklich leichter, ohne Gefährten zu reisen.

Während der Soldat ihm die Arme auf den Rücken fesselte, bewegte Darien prüfend die Finger. Immerhin gehorchten sie ihm alle noch. Dafür knirschte der Handschuh, als hätte er ihn jahrelang vernachlässigt. Darien spürte Risse im Leder, Stücke bröckelten heraus. Es hatte einen Teil der Magie des Spiegelmannes abgefangen. Nur das Gelenk war ungeschützt gewesen, und Darien wurde übel, wenn er an die Mischung aus verdorrtem und entzündetem Gewebe dachte, die die Berührung hinterlassen hatte.

Ein Stück entfernt wurde Bjoron von zwei Männern niedergehalten, während ein dritter ihn ebenfalls fesselte. Er wehrte sich nicht, aber seine Kiefermuskeln arbeiteten, und er warf den Soldaten so düstere Blicke zu, dass sie offensichtlich kein Risiko eingehen wollten. Sobald der Barbar damit fertig war, eine düstere Miene zu ziehen, würde die Vorsicht, mit der sie ihn behandelten, womöglich seinem Ego schmeicheln. Ein Wunder, dass er nicht trotz allem weitergekämpft hatte.

Dariens Blick wanderte weiter zu Nauri, die bereits vor einem der Soldaten auf einem schwarzen Vogel saß, die Arme ebenfalls auf dem Rücken zusammengebunden. Sie hatte den Kopf zwischen die Schultern gezogen, versuchte wahrscheinlich die Rufe und das Weinen der Kinder auszublenden, die aus dem Lager herüberwehten.

Neuer Schmerz trieb Darien die Tränen in die Augen, als sein Bewacher ihn auf die Füße zog. Dann spürte er die tastenden Finger des Mannes an den Armen. Der Soldat suchte nach Waffen! Mussten Arandes' Leute denn wirklich an alles denken?

Als er in den Ärmeln nichts fand, tastete der Mann Dariens Hüfte und seine Hosenbeine ab. Gründlich war er also auch noch. Hoffentlich fand er das Messer im Stiefel nicht ...

Die tastenden Finger erreichten den Stiefelschaft und glitten über die Verzierungen, die den Griff des Messers tarnten. Darien hielt den Atem an.

»Darien! Bjoron!«

Der Ruf kam aus der Richtung des Lagers, Unruhe entstand zwischen den Zelten. Sofort richtete sich der Soldat auf und spähte in diese Richtung. Endlich meinte das Schicksal es einmal gut mit ihm! Darien ließ den angehaltenen Atem entweichen und tat es dem Soldaten gleich.

Mithilfe der unheimlichen Vögel trieben dort einige Männer die Flüchtlinge zusammen. Es waren weniger, als er zuvor im Lager gesehen hatte. Darien presste die Lippen aufeinander. Hätte er doch nur mit Orin gesprochen, anstatt das Bjoron zu überlassen. Wenn er den Mann danach gleich getötet hätte, wäre es vielleicht noch nicht zu spät gewesen.

Eine Bewegung in den Reihen der Gefangenen erregte Dariens Aufmerksamkeit. Eine Frau scherte aus der Gruppe aus. Sie rannte mit wehenden Röcken in seine Richtung. Firenda! »Ist es wirklich Nauranda?«, rief sie über die Entfernung hinweg. »Ist das Mädchen Nauranda, wie Orin behauptet?«

Was für einen Sinn hatte es, das nun noch zu verheimlichen? Und die Soldaten verstanden ihre Sprache ohnehin nicht. »Ja, sie ist es.«

Abrupt wurde es still unter den Flüchtlingen. Die Soldaten und die bedrohlichen Vögel waren vergessen. Alle starrten mit großen Augen in Nauris Richtung. Nur Firenda verdoppelte ihre Anstrengungen, sie zu erreichen. Einer der Soldaten hatte bereits die Verfolgung aufgenommen. »Dann müsst ihr entkommen! Haltet euch an die Dörfer, ihr habt Freunde überall. Ihr müsst …«

Ein schwarzer Schemen stieß herab.

Hoffentlich sah Nauri nicht hin. Dariens Blick dagegen klebte wie gebannt an dem Geschehen. Wäre Firenda doch nur geblieben, wo sie war. Was versprach sie sich davon, einfach loszurennen? Warum warf sie ihr Leben so leichtfertig weg?

Inmitten eines Wirbels aus Federn ging Firenda zu Boden, verschwand hinter schwarzen Flügeln. Dann erhaschte Darien einen

Blick auf ihre liegende Gestalt, niedergehalten von den Klauen des Vogels. Blut sickerte ins Gras. Von allen Geistern der Berge verfluchtes selbstmörderisches Weib! Aber noch regte sie sich, Metall blitzte in ihrer Hand. Eine Klinge? Wieder und wieder hieb sie damit auf das Bein des Vogels ein, ohne etwas zu erreichen. Was hatte sie mit der Waffe vorgehabt? Hatte sie tatsächlich geglaubt, Nauri im Alleingang befreien zu können? Hatte sie denn nicht gesehen, wie er und Bjoron im Kampf gegen die schwarzen Vögel gescheitert waren?

Bjoron brüllte auf. Natürlich, wenn sich in seiner Nähe jemand dumm verhielt, musste der Barbar mitmachen. Die Soldaten fluchten in ihrer eigenen Sprache, während sie darum kämpften, ihn zu halten. Schließlich hob einer von ihnen sein Schwert, schlug den Griff gegen Bjorons Schläfe. Das Gebrüll verstummte, bewusstlos sackte der Barbar zusammen. Darien atmete auf. Immerhin hatten sie ihn nicht getötet.

Firenda würde weniger Glück haben. Vor allem da sie noch immer um sich schlug, die Klinge wieder und wieder in das Bein des Vogels stieß, obwohl sie doch längst gemerkt haben musste, dass das Tier nur Sand blutete. »Versprecht mir, dass ihr Nauranda in Sicherheit bringt!«, rief sie. »Versprecht es mir!«

Als ob das nicht genau das wäre, was er vorhatte. »Ich habe es bereits der Königin versprochen. Ich werde alles tun, um mein Wort zu halten. Und jetzt halte still, bei allen Geistern, oder willst du unbedingt sterben?«

»Sie werden uns ohnehin alle ...«

Wie um ihre Worte zu bestätigen, stieß der Schnabel des Vogels herab, schnitt den Satz für immer ab. Noch einmal verkrampfte sich Firendas Hand um ihre Waffe. Dann fiel die kurze Klinge ins Gras.

»Ich hoffe, mein Versprechen schenkt dir Frieden.« Die Worte kamen nur als tonloses Flüstern über Dariens Lippen. Berinda, die Barbaren und jetzt diese Frau, die er kaum kannte. Musste denn wirklich jeder sterben, der versuchte, Nauri zu beschützen?

Vielleicht war es aber auch einfach jeder in ihrer Nähe, denn rings um die Flüchtlinge zogen nun Soldaten ihre Schwerter und riefen ihren Reittieren Befehle zu. Schreie erhoben sich, als die Ersten unter den Klingen und Schnäbeln fielen. Warum? Hatten die Soldaten nicht, was sie wollten?

Seine Machtlosigkeit schnürte Darien die Kehle zu, doch er hielt sich stocksteif, gab sich nicht die Blöße, sinnlos an seinen Fesseln zu zerren. Erst nach einer Weile erkannte er einzelne Worte in dem Geschrei. Riefen die Flüchtlinge etwa Naurandas Namen?

Sein Blick flog zu Nauri. Sie hatte sich von dem Massaker abgewandt, schüttelte immer wieder den Kopf, während Tränen Spuren in den Dreck auf ihren Wangen gruben.

Oh, diese Narren! Wütend presste Darien die Lippen aufeinander. Er konzentrierte sich auf diese Wut, schottete sich von allem Mitleid ab, wie er es so oft getan hatte, in dunklen Schlafzimmern, eine Klinge in der Hand. Was erwarteten diese Menschen von einem kleinen Mädchen? Konnten sie nicht einfach schweigend sterben, anstatt die Last all ihrer vergeblichen Hoffnungen auf diesen schmalen Schultern abzuladen?

Schließlich war es eine Erleichterung, als der letzte Schrei verstummte.

Als sich Stille über das Flüchtlingslager senkte, stieß Dariens Bewacher ihn in Richtung eines der schwarzen Vögel. Er nahm die abgebrochene Durchsuchung nicht wieder auf, und Darien würgte einen Augenblick lang an einem bitteren Lachen, schluckte es schließlich hinunter. All das Blut hatte ihm doch tatsächlich eine winzige Chance erkauft. Eine Chance, sein Versprechen tatsächlich zu halten.

Sie hatten den Vogel beinahe erreicht, als ihnen Orin in den Weg trat.

Darien blieb abrupt stehen, suchte automatisch nach einem sicheren Stand. Es gab mehrere Möglichkeiten, einen Menschen auch mit auf dem Rücken gefesselten Händen umzubringen. Er hatte sie gelernt und geübt, aber nie die Gelegenheit erhalten, sie einzusetzen. Vielleicht wurde es Zeit. Vielleicht war es das Risiko sogar wert. Doch Orins Blick huschte noch immer gehetzt in alle Richtungen. Er rieb beständig die Hände an seiner Hose, als versuchte er, das Blut abzuwischen, das daran klebte. Wahrscheinlich war es eine viel größere Strafe, ihn leben zu lassen.

Orin näherte sich dem Soldaten, der Darien festhielt, bis der Mann ein paar harsche Worte ausstieß, die auch dann nach einer Drohung klangen, wenn man sie nicht verstand.

Unruhig verlagerte der Verräter sein Gewicht von einem Fuß auf den anderen. »Ich habe euch durch das Spiegelbild gerufen, wie sie es mir gezeigt haben. Ich habe euch die wiedergeborene Nauranda gebracht. Sie haben gesagt, dann bekomme ich zurück, was sie mir genommen haben. Wo ist sie jetzt … meine Belohnung?«

So war es also geschehen. Darien sah sich um. Keine der Gestalten mit den Spiegelmasken stand noch. Die zwei, die die Gruppe begleitet hatten, lagen tot am Boden. Hoffentlich bedeutete das, dass Orin seine Belohnung nicht bekam.

Der Soldat neben Darien rief den Männern, die gerade von dem Massaker herüberkamen, etwas zu. Einige davon zuckten mit den Schultern. Doch einer beschleunigte seine Schritte und steuerte direkt auf eine der Leichen zu, die noch immer im Gras lagen. Von ihrem Gürtel löste er das schwarze Federkleid und hielt es Orin hin, deutete nach Westen, in Richtung Letharn.

Der Verräter runzelte die Stirn. »Was soll ich damit? Ich will meine Seele zurück, das will ich.«

Dariens Lippen zuckten in einem schadenfrohen Grinsen. »Ich glaube die, die dir deine Seele hätten zurückgeben können, haben wir umgebracht.« Er nickte in Richtung der zusammengesunkenen verhüllten Gestalten.

Orin wirbelte zu ihm herum, das Gesicht zu einer hässlichen Grimasse verzogen. »Halt den Mund! Du findest das lustig, was? Aber es ist alles eure Schuld! Sie haben das Mädchen gesucht, immer nur das Mädchen. Sie ist nicht Geriens Schutz ... sie ist Geriens Fluch. Ihretwegen passiert das alles! Und der Barbar hat nicht auf mich gehört. Ich habe ihm gesagt, man darf nicht gegen sie kämpfen ... Schreckliche Dinge geschehen sonst. Und, das habt ihr jetzt davon!« Mit einer ausladenden Geste deutete er in Richtung Lager, wo sich das Grün der Wiese immer tiefer rot färbte.

»Glaubst du wirklich, wenn wir ihnen Nauri kampflos überlassen hätten, hätten sie niemanden umgebracht?« Darien schnaubte abfällig. »Wenn sie nur jeden töten, der kämpft, warum liegen dort dann die Leichen von Kindern, während ich immer noch verflucht lebendig bin?«

Das war an sich eine gute Frage. Die Soldaten wollten Nauri, aber warum nahmen sie Bjoron und ihn ebenfalls mit, anstatt den Leichen im Lager zwei weitere hinzuzufügen? Und wieso hatten sie das Kind überhaupt so dringend gesucht? Fürchtete ein mächtiger Feldherr wie Arandes tatsächlich eine alte Legende?

Der Verräter würdigte Darien keiner Antwort, sondern drehte sich wieder zu dem Soldaten um und schnappte sich das schwarze Federkleid. Staub stob daraus auf.

Kaum berührten Orins Finger die Federn, stieß er einen überraschten Laut aus. Seine Miene hellte sich auf. Mit leuchtenden Augen betastete er das zerzauste Ding. Die Soldaten machten einige Schritte zurück, und auch Dariens Bewacher zog ihn ein Stück nach hinten.

Im nächsten Moment verstand er, wieso. Orin schüttelte das Federkleid aus, und es schien sich in der Bewegung zu strecken. Es breitete Flügel aus und reckte seinen winzigen Kopf in die Höhe. Krallen gruben sich in den Boden, und Grasbüschel flogen, als das Monster im Boden scharrte.

Alle Unruhe, die der Verräter die ganze Zeit über ausgestrahlt hatte, schien in den Vogel zu fließen. Orin atmete tief durch, ein Lächeln auf dem Gesicht. Er schwang sich auf das seltsame Reittier, und noch einmal begegnete sein Blick dem Dariens. »Es tut mir leid, was hier geschehen ist. Aber ihr konntet diesen Krieg nie gewinnen. Nun ist er zumindest vorbei.«

Dann machte der Vogel einen Satz und erhob sich in die Lüfte. Er ließ Darien verwirrt zurück. Und mit dem Gefühl, dass das Schlimmste gerade erst begonnen hatte.

Als die Soldaten ihn zu einem der Reittiere führten, erhaschte er noch einen Blick auf Nauri. Das Mädchen saß in sich zusammengesunken da, den Kopf gesenkt. Er konnte nicht sagen, ob es weinte.

Berinda

Zum zweiten Mal innerhalb kürzester Zeit fragte sich Berinda, warum sie noch lebte. Arandes brauchte sie nicht mehr, wieso hatte er sie nicht auf der Stelle geköpft wie die anderen auch? Hätte er es doch nur getan. Im Thronsaal, mit dem Schwert in der Hand, hatte sie sich frei gefühlt. Nun schnürte ihr der Gedanke, wieder in die zugige Zelle zurückzukehren, den Brustkorb zu und nahm ihr die Luft zum Atmen. Dunkelheit und Kälte schlossen sie in eine Umarmung, die sie zu erdrücken drohte.

Vor ihr ging die Gestalt mit der gesprungenen Maske, zu beiden Seiten hielten Soldaten ihre Arme, als fürchteten sie, sie könnte jederzeit wieder einem von ihnen die Waffe entreißen.

Aber Berinda hatte nicht mehr die Kraft dazu. Jedes bisschen Kampfgeist war mit dem Blut der Gefangenen zwischen den Bodenplatten des Thronsaals versickert. All das Leid, all die Toten waren umsonst gewesen. Arandes hatte Nauri dennoch gefunden, und Berindas einziger Trost bestand darin, dass sie sich nun nicht mehr zwischen ihrer Schwester und ihrem Volk entscheiden musste. Nun lag es allein in Dariens Händen, ob Gerien noch eine Zukunft hatte.

Sie selbst konnte bloß noch auf ihren Tod warten. Oder?

Berindas Blick richtete sich auf den verhüllten Rücken der Gestalt mit der Spiegelmaske. Da war ein Funken in ihr, der sich nicht durch Blut, Dunkelheit und Kälte ersticken ließ. »Du verstehst mich, nicht wahr?«

Schweigen antwortete ihr. Unbeirrt setzte der Mann, oder was immer er war, seinen Weg fort, einen weiß getünchten Gang entlang und dann eine weitere Treppe hinunter, diesmal steil und schmal.

»Arandes hätte zugelassen, dass ich dich umbringe. Er hat gesagt, dein Leben sei ihm nichts wert. Du hast ihn gehört und verstanden, oder nicht?«

Nun gingen sie durch den von Fackeln erhellten Gang. Die Schritte der Soldaten hallten laut von den Wänden wider. Hier unten kam ihr das Sonnenlicht im Thronsaal wie ein Traum vor. Nicht mehr weit bis zur Tür ihrer Zelle.

»Wieso dienst du ihm noch?«

Vor der schweren Holztür mit dem vergitterten Fenster darin blieben sie stehen. Einer der Männer zog einen Schlüssel von seinem Gürtel und schob ihn ins Schloss. Kurz darauf fand sich Berinda auf dem Boden der Zelle wieder, vom Schwung eines Stoßes dorthin getragen.

Als sie aufsah, stand die verhüllte Gestalt noch immer in der Tür. Das Licht der Fackeln tanzte auf der gesprungenen Maske.

»Wir haben keine andere Wahl.« Ein gläsernes Echo begleitete die Stimme.

»Was?« Erst nach einem Augenblick erinnerte sie sich an ihre Frage. »Warum?«

Eine verhüllte Hand hob sich und berührte den gebogenen Spiegel. Dann wandte sich die Gestalt ab. Die Tür fiel hinter ihr ins Schloss.

»Warte!« Berinda sprang auf. Mit einem Mal schien die Kälte in der Zelle nicht mehr ganz bis in ihre Knochen zu dringen, aus dem Funken wurde eine kleine Flamme. Sie hatte gerade etwas Wichtiges herausgefunden. Etwas, das sie gegen Arandes verwenden konnte, wenn sie es richtig anstellte. Sie musste mehr wissen! Doch die Schritte auf dem Gang entfernten sich bereits. Als sie das Gesicht an die Stäbe des kleinen Gitterfensters presste, sah sie nur noch den Saum einer Kutte aus ihrem Blickfeld verschwinden.

Mit einem Seufzer sank sie zurück, wandte sich um und lehnte sich mit dem Rücken gegen die Tür.

Dabei fiel ihr Blick auf Marlena. Die Ordensfrau saß auf etwas Stroh, das ehemals weiße Gewand um sie ausgebreitet. Ihre Augen waren geschlossen, die Miene drückte tiefste Konzentration aus. Meditierte sie? Aber darum konnte sich Berinda im Moment nicht kümmern. Sie ging vor Marlena in die Hocke und rüttelte sie an der Schulter.

Keine Reaktion.

»Sie haben meine Schwester gefunden. Und Arandes sagt, es sei immer nur um Nauri gegangen, nicht um das Land. Wusstet Ihr das? Wisst Ihr, was er mit ihr vorhat? Dann müsst Ihr es mir sagen!« Wieder rüttelte sie die Schulter der Ordensfrau, kräftiger diesmal. »Marlena!«

Unendlich langsam öffneten sich die Augen in dem ausgezehrten Gesicht. Doch ihr Blick ging durch Berinda hindurch, richtete sich auf irgendetwas, das nur Marlena sehen konnte. »Es wird schlimmer.« Die Stimme war kaum mehr als ein Flüstern. »Gebt mir noch etwas Zeit, dann beantworte ich Eure Fragen.«

Mit einem weiteren Seufzen ließ sich Berinda ins Stroh fallen. Dann würde sie eben warten. Es war ja nicht so, als hätte sie in der nächsten Zeit sonst irgendetwas vor.

Bjoron

Eisiger Wind strich Bjoron um die Nase und lockte ihn langsam aus der Bewusstlosigkeit. Im ersten Moment rechnete er fest damit, Tjarks Schnarchen zu hören und die kalte Asche eines heruntergebrannten Lagerfeuers zu riechen, wie immer, wenn sie auf der Jagd im Freien übernachteten. Doch nur der Geruch von Staub drang ihm in die Nase. Er spürte Federn an seiner Wange, und ganz in der Nähe erklang das rhythmische Schlagen großer Flügel.

Mit Wucht kehrten die Bilder zurück. Die großen Vögel. Die Flüchtlinge in ihrem eigenen Blut zwischen den bunten Zelten. Die Leichen der Hochlandstämme verstreut über eine langgezogene Anhöhe.

Er stöhnte und öffnete die Augen, um irgendetwas anderes zu sehen als das, was seine Erinnerung ihm zeigte. Unscharf erkannte er schwarze Federn dicht vor seinem Gesicht. Nicht sehr hilfreich.

Als er versuchte, sich aufzusetzen, kam der Schmerz. Sein Schädel pochte. Wieder einmal. Doch auch ansonsten gab es keinen Knochen in seinem Körper, der nicht wehtat. Nun, da der Kampfesrausch abgeklungen war, spürte er jede einzelne Schramme und jeden blauen Fleck. Seine Fesseln scheuerten über wunde Handgelenke und erinnerten ihn daran, wie er gegen die Stricke angekämpft hatte.

Eine Hand packte Bjoron im Nacken und drückte ihn wieder nach unten. Über sein eigenes wütendes Knurren hinweg hörte er einen knappen Befehl in einer Sprache, die er nicht verstand. Einer der Soldaten musste hinter ihm sitzen. Konnte er ihn hinunterwerfen, ohne selbst zu fallen? Vielleicht war es einen Versuch wert. Andererseits wusste er nicht, wie man den Geistervogel lenkte.

Beim zweiten Versuch hob Bjoron nur den Kopf ein kleines Stück und spähte am langen Hals des Vogels vorbei. Unwillkürlich schnappte er nach Luft. Unter ihm zog das Vorgebirge vorüber, erschien ihm winziger, als es selbst von der Kante der Hochlande aus wirkte. Inzwischen hingen tiefe Schatten in den Tälern, die Spitzen der Bäume waren in leuchtendes Orange getaucht. Irgendwo hinter ihnen musste gerade die Sonne zwischen den Bergen versinken.

Obwohl er ihn noch nie aus der Höhe gesehen hatte, glaubte Bjoron den Pfad zu erkennen, den er und Darien am Morgen genommen hatten. Mehr als einen halben Tag hatten sie für den Weg gebraucht, und nun waren sie in vielleicht einer Stunde beinahe wieder an ihrem Ausgangspunkt. Nutzloser hätten sie ihre Zeit kaum vergeuden können.

Im nächsten Moment verkrampfte sich sein Magen, als er rechts vor ihnen eine allzu bekannte Anhöhe zu erkennen glaubte. Dort lagen die Leichen seiner Familie und seiner Freunde. Doch dann schob sich ein weiterer Geistervogel in sein Blickfeld und verdeckte einen Großteil der Aussicht. Auf seinem Rücken saß eine kleine, weißgekleidete Gestalt samt Bewacher.

Der Soldat hinter ihm rief etwas. Es klang verärgert.

Der Mann auf dem Vogel vor ihnen drehte sich um und brüllte eine wütende Antwort. Er gestikulierte heftig in Richtung seines Geistervogels, der stetig tiefer sank. Sah ganz so aus, als gäbe es Probleme. Bjoron grinste schadenfroh.

Schon glitt der Vogel mit Nauri darauf ein ganzes Stück unter dem dahin, auf dem er saß. Dann sank auch sein Reittier ab, und am Rand seines beschränkten Blickfeldes entdeckte Bjoron einen dritten Geistervogel ebenfalls im Sinkflug. Hatten sie etwa vor, zu landen? Sein Herzschlag beschleunigte sich. Auf dem Rücken dieses Biests mochte er hilflos sein, aber sobald er wieder festen Boden unter den Füßen hatte, würde sich das ändern.

Nicht lange, und die Wipfel der Bäume berührten beinahe die Bäuche ihrer Reittiere. Nauris Bewacher schrie auf, als sein Vogel plötzlich taumelte. Geistesgegenwärtig schlang er einen Arm um das Kind und klammerte sich mit der freien Hand im Gefieder fest. Äste knackten, als mächtige Flügel sie streiften, dann flatterte das

Monster heftig und fing sich wieder. Wenn dieser Schlammmolch zusammen mit Nauri abstürzte, konnte er was erleben.

Irgendetwas stimmte auf jeden Fall nicht mit dem Tier. Dem Bogen des Halses fehlte die Spannung, die Ränder seiner Flügel wirkten ausgefranster als noch Augenblicke zuvor. Der Soldat auf seinem Rücken rief den anderen etwas zu, dann lenkte er sein Reittier noch tiefer, in Richtung eines Feldes, das direkt an den Wald grenzte.

Wind drückte die ersten grünen Halme nieder, die aus der umgegrabenen Erde lugten. Der Geistervogel schlug rückwärts mit den Flügeln, um seinen Schwung zu bremsen. Nicht einmal mehr ein Meter trennte ihn vom Boden, als es geschah.

Der Hals krümmte sich, rollte sich ein, wie eine verdorrende Pflanze, bis vom Kopf nichts mehr zu sehen war. Die Flügel verloren plötzlich alle Spannung, flatterten wie lose Zeltplanen. Sie schrumpften, zogen sich zusammen. Der Geistervogel verwandelte sich im Flug in eine leblose Federdecke zurück!

Die beiden Menschen auf seinem Rücken purzelten zu Boden. Erde stob auf, wo Nauri auf dem Feld landete. Sie überschlug sich mehrmals, rollte von ihrem eigenen Schwung getragen weiter. Es schien eine Ewigkeit zu dauern, bis sie schließlich liegen blieb.

Angespannt starrte Bjoron in ihre Richtung, wartete auf irgendeine Regung, auf ein Zeichen, dass es ihr gut ging. Der Gedanke, dass sie tot sein könnte, schnürte ihm die Kehle zu. Er hatte seiner Mutter versprochen, auf Nauri aufzupassen. Und er erinnerte sich an ihr Lächeln, das ihm neue Entschlossenheit geschenkt hatte.

Doch nun lag sie womöglich mit gebrochenem Hals auf einem von allen Ahnen verlassenen Feld, nur weil Arandes' Männer nicht in der Lage waren, ihre Gefangenen sicher zu ihrem Herrn zu bringen. Und weil Bjoron sie nicht davor bewahrt hatte, überhaupt erst gefangen genommen zu werden. Tjark wäre das sicher nicht passiert.

Oder vielleicht doch. Immerhin hatte sein Bruder nur so lange jeden seiner Kämpfe gewonnen, bis Arandes' Leute ihn am Morgen abgeschlachtet hatten. Eilig schob Bjoron den Gedanken beiseite.

Mit einem Ruck setzte sein eigener Vogel auf dem Boden auf. Noch ehe der Soldat hinter ihm irgendetwas tun konnte, warf sich Bjoron zur Seite. Er rutschte an staubigen Federn hinunter und landete unsanft auf der weichen Erde. Sofort mühte er sich wieder auf die Füße, fluchte über seine gefesselten Hände, und rannte los.

Hinter ihm ertönte etwas, das verdächtig nach einem Fluch klang. Doch irgendwo links von ihm rief jemand mit beruhigender Stimme eine Antwort. Vielleicht hatte einer der Soldaten erkannt, dass er nur zu Nauri wollte. Ohne das Kind würde er ganz sicher nicht versuchen, zu entkommen.

Neben der kleinen Gestalt ging er in die Knie. Die Reste des schwarzen Haars fielen über ihr Gesicht, die gefesselten Hände hatte sie zu Fäusten geballt. Alles schien noch an seinem Platz zu sein, nirgendwo stand etwas im falschen Winkel ab. Doch das hatte noch nichts zu bedeuten.

»Alles in Ordnung, kleine Schwester?« Instinktiv wollte er die Hand nach ihr ausstrecken und sie auf den Rücken drehen. Doch der Impuls sorgte nur dafür, dass sich die Stricke tiefer in seine Handgelenke gruben. »Nauri?«

Unendliche Erleichterung durchflutete ihn, als sie sich regte. Noch etwas unsicher setzte sie sich auf und schüttelte den Kopf, um die Haare aus den Augen zu bekommen. Ihre Lippe blutete, Zahnabdrücke zeichneten sich darauf ab. Doch ansonsten schien sie unverletzt.

»Noch alles dran?«

Ihr Blick richtete sich nach innen und sie schien ernsthaft über die Frage nachzudenken. Dann nickte sie, schenkte ihm ein kurzes Lächeln. Im nächsten Moment rutschte sie näher und kauerte sich neben ihn, als könnte er ihr irgendeine Art von Schutz bieten.

Bjoron spürte das Zittern, das durch ihren Körper ging, und suchte vergeblich nach tröstenden Worten. »Keine Sorge«, murmelte er schließlich. »Sobald ich mein Schwert wiederhabe, sind sie alle tot.«

Die Frage war nur, wie bekam er sein Schwert zurück.

Darien

Dariens Finger glitten über raue Fasern. Es war ihm gelungen, seine Handschuhe abzustreifen, und nun betastete er das Seil, mit dem die Soldaten ihn, Nauri und Bjoron an einen Baum am Rand des Feldes gebunden hatten. Es war nur ein Strick, der einmal rund um den Stamm ging, mit denen verknüpft, die ihnen die Handgelenke auf den Rücken fesselten. Sie saßen gerade weit genug voneinander entfernt, um einander nicht die Knoten lösen zu können, das Mädchen links von Darien und der Barbar rechts von ihm.

Nauri starrte schon wieder ins Leere, sah nur auf, wenn man sie direkt ansprach. Immerhin war sie nicht verletzt. Hätte sie sich etwas gebrochen, hätten sie womöglich jeden Gedanken an Flucht begraben müssen.

Im schwindenden Licht des Tages behielt Darien die Soldaten im Auge. Einer von ihnen stand in der Nähe Wache, doch er spähte zu seinen Kollegen hinüber, die sich alle um das lose Federkleid auf dem Feld gescharrt hatten. Aufgeregte Stimmen drangen von dort herüber. Einer hob den staubigen schwarzen Fetzen schließlich auf und schüttelte ihn, wie Orin es getan hatte. Doch nichts geschah. Irgendetwas hatte die Magie aus diesem Vogel vertrieben, wie es schien.

Die anderen unheimlichen Reittiere standen reglos herum. Warum die Soldaten sie nicht für die Rast schrumpften und an ihre Gürtel hängten, war Darien ein Rätsel. Wenn er nicht gesehen hätte, wie Orin eines dieser Biester zum Leben erweckt hatte, hätte er vermutet, dass nur die Gestalten mit den Spiegelmasken dazu in der Lage waren.

»Ich denke, Nauri hat den Vogel zum Absturz gebracht.« Darien machte sich bewusst nicht die Mühe, leise zu sprechen. Der Wächter drehte sich zu ihm um, und für einen Moment rechnete er damit, angeschnauzt zu werden. Doch nach einem prüfenden Blick unter dem Nasenschutz des ledernen Helms hindurch konzentrierte sich der Mann wieder auf die Unterhaltung der anderen Soldaten. Sie durften also reden.

»Wir haben im Moment andere Probleme«, brummte Bjoron ungehalten.

Darien verdrehte die Augen. Barbaren … mehr als ein Gedanke gleichzeitig passte offensichtlich nicht in ihren Kopf. »Vertrau mir, genau die versuche ich zu lösen. Also tu mir den Gefallen und unterhalte dich mit mir, während ich daran arbeite.«

»Was bringt dir das?«

»Es überdeckt verdächtige Geräusche.« Darien warf dem Soldaten einen weiteren Blick zu. Keine Regung. Damit war endgültig bewiesen, dass er ihre Sprache nicht verstand.

Neben ihm stieß Bjoron einen Laut aus, der zwischen Schnauben und Lachen lag. »Gut. Wieso denkst du, dass Nauri den Geistervogel hat abstürzen lassen? Wie soll sie das gemacht haben?«

Während der Barbar sprach, stemmte Darien die Ferse des linken Stiefels gegen die Spitze des rechten. Stück für Stück rutschte sein Fuß heraus. »Sie ist das Oberhaupt eines Magierordens. Irgendetwas muss sie dort ja gelernt haben. Außerdem ist nur ihr Vogel abgestürzt, sonst keiner.«

Der Stiefel kam frei, und er schob ihn vorsichtig mit dem Fuß an seinem Bein hinauf in Richtung seiner Hände.

»Wenn sie Geistervögel bannen könnte, hätten wir den Kampf gewinnen müssen und säßen nun nicht an diesem verfluchten Baum fest.«

»Viele Leute, die zum ersten Mal in einen Kampf geraten, sind vor Angst wie gelähmt. Und Nauri ist gerade mal sechs Jahre alt. Starrt sie schon wieder vor sich hin?« Gerne hätte Darien kurz in die Richtung des Mädchens geschaut, aber er wagte es nicht, den Blick vom Rücken des Wächters zu nehmen. Schmerz schoss durch sein Handgelenk, als er nach dem obersten Rand des Stiefels angelte und ihn zu fassen bekam. Er biss die Zähne zusammen und wartete einen Moment, bis das Brennen nachließ.

»Ja, sie sieht aus, als wäre ihr Geist anderswo.« Ein kurzer Zug am Seil und ein leiser Fluch zeigten an, dass Bjoron vergeblich versuchte, eine gemütlichere Position einzunehmen. »Glaubst du wirklich, dass sie etwas mit dem Absturz des Geistervogels zu tun hat, oder redest du einfach nur Dinge daher?«

»Ich weiß es nicht. Ich weiß nur, dass unsere Wärter nicht die geringste Ahnung haben, was hier vor sich geht. So ratlos wie die aussehen, ist ihnen so etwas noch nie passiert.« Dariens Finger glitten über die Verzierungen am Stiefelschaft, auf der Suche nach dem Griff des Messers.

»Ich denke, es war nur Zufall. Vielleicht funktioniert die Magie nicht mehr richtig, weil wir die beiden Spiegelmänner getötet haben.«

»Dann hätten alle Vögel abstürzen müssen.« Da! Seine Finger ertasteten die richtige Form. Doch gerade diesen Augenblick wählte der Barbar, um zu schweigen. »Red weiter«, drängte Darien. »Irgendwas.«

Halb rechnete er damit, dass Bjoron fragen würde, was geschehen war, nachdem die Soldaten ihn niedergeschlagen hatten. Doch er tat es nicht. Vielleicht konnte er es sich denken. »Was ist in dem Stiefel versteckt?«

»Ein Messer.« Darien brauchte einen Moment, um sicheren Halt am Griff zu finden. Inzwischen konnte er die Soldaten auf dem Feld nur noch als undeutliche Schemen in der Dunkelheit erkennen. Gerade in diesem Moment flackerte zwischen ihnen ein Lichtpunkt auf, eine Lampe. Eilig wandte Darien den Blick ab und konzentrierte sich wieder auf ihren Bewacher. Der Mann starrte immer noch in Richtung seiner Kollegen und ruinierte seine Nachtsicht damit hoffentlich gründlich.

»Deine einzige Waffe?«

Beinahe lautlos glitt die Klinge aus ihrem Versteck. »Ansonsten habe ich nur noch eine Kordel in der Tasche.« Mit geübten Fingern drehte Darien das Messer und begann an dem Strick zu sägen, der sie alle an den Baum fesselte.

Bjoron schnaubte. »Was für eine Waffe ist eine Kordel?«

»Eignet sich gut zum Würgen.«

»Oh.«

»Ich bin beeindruckt. Das war für deine Verhältnisse eine richtig diplomatische Reaktion. Sollten wir etwa damit durch sein, dass du mich einen feigen Mörder nennst?« Lautlos riss die letzte Faser. Bjoron machte Anstalten, sich auf die Füße zu kämpfen, doch Darien zog an dem Strick. Er hatte ihn zwar zerschnitten, so dass er nicht mehr um den Stamm lag, doch das Seil verband sie immer noch wie eine Rettungsleine. »Nicht aufstehen! Bleib, wo du bist.«

Vielleicht war es der Unterton in seiner Stimme oder irgendein Geräusch, das Bjoron verursacht hatte. In diesem Augenblick drehte sich ihr Wächter um. Der lederne Helm warf tiefe Schatten über sein Gesicht und machte den Ausdruck darauf schwer deutbar. Mit der Hand auf dem Griff des Schwertes kam er näher.

Darien zwang sich zu einem beiläufigen Tonfall. »Rühr dich nicht von der Stelle, Bjoron. Es ist dunkel genug, dass er vielleicht nichts bemerkt.«

Tatsächlich blieb der Soldat in einem Schritt Abstand vor ihnen stehen und starrte sie einfach an. Wahrscheinlich wartete er darauf, dass sich seine Augen wieder an die Dunkelheit gewöhnten, nachdem er zu lange in die Lampe geschaut hatte. Wenn er den losen Stiefel an Dariens Seite entdeckte, war es aus. Mit auf den Rücken gefesselten Händen konnten sie vielleicht den einen Mann überwältigen, aber niemals den anderen davonrennen.

Blätter raschelten, nur ganz leise. Sofort huschte Dariens Blick zu einer Bewegung im Gebüsch. War dort jemand? Aber wer? Wer trieb sich zu dieser Zeit im Wald herum?

Es zischte, als eine Klinge die Luft zerschnitt. Im nächsten Augenblick landete ein warmer Spritzer auf seiner Wange. Gurgelnd kippte der Soldat nach hinten. Eine schlanke Gestalt schälte sich aus den Schatten eines Gebüschs. Sie bückte sich nach Nauri und hob sie hoch. »Keine Zeit, euch loszubinden. Kommt erst mal mit.«

Darien handelte, ohne nachzudenken. Er war vor Bjoron auf den Füßen, den Stiefel in der einen, das Messer in der anderen Hand. Keinen Augenblick später erklangen Warnschreie aus der Richtung des Feldes. Darien wusste nicht, wer der so plötzlich aufgetauchte Fremde war und was er wollte, doch ihre Chancen standen bei ihm wahrscheinlich besser als bei Arandes' Männern.

Ihr Retter setzte sich an die Spitze, und noch immer durch den Strick verbunden, tauchten sie ins Unterholz ein.

Bjoron

Im Schatten der Bäume herrschte absolute Finsternis. Blindlings stolperte Bjoron voran, spürte nur den Zug an dem Strick um seine Handgelenke und folgte ihm. Äste schlugen ihm ins Gesicht, immer wieder stieß er sich die nackten Zehen an Wurzeln und Steinen. Doch alles war besser, als weiterhin untätig herumzusitzen.

Sie konnten noch nicht weit gekommen sein, als die Gestalt vor ihm plötzlich stehen blieb. Er erahnte eine Bewegung in der Dunkelheit. Setzte sie Nauri ab? Dann berührte ihn eine Hand am Arm, schwielig und seltsam vertraut.

»Ich hatte nicht gedacht, dich noch einmal zu sehen, Bjoron. Halt still, ich schneide dir die Fesseln durch.«

Diese Stimme! Gleichzeitig stieg ihm ein leichter Geruch nach Yak in die Nase, der ihn schmerzlich an seine verlorene Heimat erinnerte.

»Neljar?«

Das leise Lachen wurde beinahe von den rasch näher kommenden Rufen der Soldaten übertönt. Ein schlanker Körper schob sich hinter ihn, Finger glitten über seine Fesseln, und dann spürte er kaltes Metall an der Haut.

»Du müsstest tot sein!« Vielleicht war Neljar das auch. Die Überlegung sorgte dafür, dass sich seine Nackenhaare aufrichteten. Aber wenn von all den Gefallenen jemand kam, um ihnen beizustehen, warum dann ausgerechnet Neljar? Um ihn ein letztes Mal zu verspotten?

Wenn er dagegen kein Geist war, gab es dann vielleicht auch noch andere Überlebende? Hoffnung flammte in Bjoron auf, doch er vergrub den trügerischen Funken eilig in den Tiefen seines Bewusstseins. Seine Familie war tot, es würde den Schmerz nur schüren, wenn er sich dazu verleiten ließ, etwas anderes zu glauben.

»Ich hatte Pech.« Jede Spur von Fröhlichkeit wich aus Neljars Stimme. Gleichzeitig rissen Bjorons Fesseln. Erleichtert nahm er die Hände nach vorn, bewegte die Finger, um wieder Leben in sie hineinzubekommen.

Neljar schob sich weiter zu Darien, um auch seine Fesseln zu zerschneiden. »Ein Schlag gegen die Schläfe, dann ist meine Mutter auf mich gefallen. Sie müssen ihr Blut auch für meines gehalten haben.«

»Du hast eine seltsame Definition von Pech.« Dariens Worte endeten in einem schmerzerfüllten Zischen, und Bjoron fiel der entzündete Abdruck wieder ein, den die Gestalt mit der Spiegelmaske auf dem Handgelenk des Tiefländers hinterlassen hatte. Immerhin jammerte er deswegen nicht, beugte sich stattdessen herunter, vielleicht um in den Stiefel zu schlüpfen, den er offensichtlich mitgenommen hatte.

Für den Moment hatten sie auch dringendere Probleme. Lampenschein irrlichterte zwischen den Ästen, Arandes' Männer würden sie bald finden. Bjorons Hand wanderte automatisch zu der leeren Schwertscheide an seiner Seite. »Es ist zu dunkel, um weiter davonzurennen.«

»Du hast recht. Gib auf Nauri acht, Bjoron.«

Mit diesen Worten verschwand Darien, verschmolzen mit den Schatten, ohne mehr als ein leises Rascheln, das ihm durchs Unterholz folgte.

»Was hat er vor?« Neljar senkte die Stimme zu einem Flüstern.

»Auf möglichst ehrlose Weise Leute umbringen, fürchte ich. Gib mir dein Messer.«

Neljars Hand tastete nach seiner, und die Berührung weckte Erinnerungen an die Nacht, die sie gemeinsam verbracht hatten. Seine Hände mochten vom Umgang mit dem Schwert schwielig sein, aber an anderen Stellen hatte sich Neljars Haut weich und geschmeidig angefühlt …

Dann schlossen sich seine Finger um den Griff des Messers, und er drängte jeden Gedanken beiseite, der nicht mit der Gegenwart zu tun hatte. Ganz in der Nähe verlosch eine der Lampen. Darien war schnell, das musste man ihm lassen.

Nauri hockte noch immer am Boden. Da sie nicht kämpfen konnte, hatte Neljar sie wohl zuletzt losschneiden wollen. Vorsichtig durchtrennte Bjoron die Fesseln des Mädchens, während ein leises Schaben neben ihm verriet, dass Neljar sein Schwert zog und Wache stand.

»Du gehorchst den Befehlen dieses Darien, obwohl er keine Ehre besitzt?«

»Ich gehorche ihm nicht.« Kaum hatte Nauri die Hände frei, klammerte sie sich an ihn. Unnützer Tiefländer! Die ganze Zeit war er nicht von der Seite seines Schützlings gewichen, aber ausgerechnet, wenn die Möglichkeit bestand, sich vor Neljar zu blamieren, musste er das Kind Bjoron überlassen.

»Dann kümmerst du dich nicht gerade um die Kleine, wie er es gesagt hat?« Da war er auch schon, der gewohnte Spott.

Ein frustrierter Laut fand seinen Weg aus Bjorons Kehle. »Irgendwer muss es ja tun.« Etwas unbeholfen strich er Nauri übers Haar. Was nun? Sie musste in seiner Nähe bleiben. »Hör zu, kleine Schwester. Ich werde dich nicht allein lassen, aber so behinderst du mich. Kannst du auf meinen Rücken klettern und dich dort festhalten, egal was passiert?«

Er glaubte, ein Nicken zu spüren. Sie tastete sich an ihm entlang und schlang von hinten die Arme um seinen Hals. Er half ihr hinauf, und als sie die Beine vor seinem Bauch verhakte, richtete er sich auf. Wenn er nun noch eine ordentliche Waffe hätte, anstelle dieses lächerlichen Messers ...

»Ich habe einen Speer hier irgendwo.« Neljar schien seine Gedanken gelesen zu haben. »War gerade beim Jagen, als ich die Rufe vom Feld gehört ...«

»Atta!« Der Schrei in der fremden Sprache erscholl ganz in der Nähe. Bjoron fuhr herum und blinzelte sofort gegen das Licht einer Lampe. Ein Luftzug verriet ihm, dass Neljar an ihm vorbeistürmte. Für einen Augenblick zeichnete sich die Silhouette des anderen vor dem flackernden Schein ab. Dann fuhr sein Schwert herab, und das Licht erlosch.

Bunte Nachbilder tanzten vor Bjorons Augen, und er blinzelte, versuchte irgendetwas zu erkennen. Mehr Lampenschein und schnelle Schritte näherten sich.

Einen Moment lang riss ein verirrter Lichtstrahl eine längliche Form aus der Dunkelheit. Der Speer! Sofort sprang Bjoron darauf zu. Seine Hände schlossen sich um glattes Holz. In einer Bewegung zog er die Waffe aus dem Boden und warf sich den neuen Gegnern entgegen.

Er kämpfte beinahe blind, mal geblendet, mal in absoluter Dunkelheit. Wenn er etwas traf, spürte er es mehr, als er es sah. Nauri verkrampfte sich auf seinem Rücken, vergrub das Gesicht in seinem Haar. Doch solange sie sich festhielt, war ihm alles recht.

Er stieß zu, wurde mit einem Schrei belohnt, wich zurück, hob den Speer zur Abwehr gegen einen Schemen. Es knirschte, als sich eine Klinge in das Holz des Schafts grub. Ein weiterer Stoß endete in einem verzweifelten Gurgeln.

Ringsum ebbten die Rufe und Schreie zum leisen Stöhnen Verwundeter ab. Schwer atmend stützte sich Bjoron auf den Speer, während sich Nauri auf seinem Rücken entspannte. Nirgendwo schimmerte noch Lichtschein zwischen den Ästen. Und keine Spur von den Geistervögeln, die wahrscheinlich zu groß waren, um in diesen beengten Verhältnissen von Nutzen zu sein.

»Jetzt, da ich dich im Kampf erlebt habe, denke ich, ich hätte dich vielleicht wecken sollen an dem einen Morgen. Das wäre sicher interessant geworden.«

Schwang wieder Spott in Neljars Stimme mit? Er konnte es nicht sagen. Doch nun, da keine Lampen mehr brannten, schälten sich langsam wieder Schatten aus der Dunkelheit. Bjoron wandte den Kopf in Neljars Richtung, versuchte aus dem undeutlichen Schemen, der er war, irgendetwas herauszulesen. »Wieso hast du überhaupt zu so einer List gegriffen?«

Sofort veränderte sich Neljars Haltung, und nun erkannte Bjoron deutlich seine Wut. »Denkst du etwa, ich hätte das Lager nur mit dir geteilt, um zu gewinnen? Ich habe in der Nacht genauso wenig geschlafen wie du, trotzdem war ich rechtzeitig wach. Es ist nicht meine Schuld, wenn du nicht mitbekommst, dass die Sonne längst am Himmel steht.«

Damit hatte er sogar recht. Diese Baumratte! Nicht einmal richtig ärgern konnte man sich über ihn.

»Ich störe nur ungern.« Dariens Stimme ganz in der Nähe ließ Bjoron herumwirbeln. »Aber vielleicht könnt ihr diese Unterhaltung auf später verschieben? Wir müssen unsere Spuren verwischen, wenn Arandes nicht erfahren soll, wo wir entkommen sind.«

Bjoron hielt nach der Quelle der Stimme Ausschau. Nun erst fiel ihm auf, dass auch das Stöhnen der Verwundeten verstummt war. Eine Gestalt beugte sich über einen der Gefallenen, im nächsten Moment flammte ein Funke auf. Einen Augenblick lang sah er vernarbte Hände im flackernden Schein der Lampe, dann erhob sich der Tiefländer, und der gelbe Schein beleuchtete ein kleines, von Gestrüpp eingerahmtes Schlachtfeld.

Wie lange hörte er schon zu? Es wunderte Bjoron, dass der Tiefländer keine spöttische Bemerkung machte. Doch ihm sollte es recht sein, ihm war nicht nach Streit. Stattdessen drehte Neljars Enthüllung noch immer Kreise in seinem Kopf. Er war also ohne Hintergedanken mit in Bjorons Zelt gekommen. Ausgerechnet in sein Zelt, obwohl der Großteil aller Krieger, die Männern zugeneigt waren, ihn an diesem Abend sicher nicht aus ihren Lagern gestoßen hätte.

Nur mit einiger Willensanstrengung zwang Bjoron seine Gedanken auf andere Pfade. »Wir können die Toten tiefer in den Wald tragen. Gibt es irgendwelche Überlebenden?«

Die Miene des Tiefländers verhärtete sich, als er den Blick auf die Leiche zu seinen Füßen senkte. »Nein. Ich glaube, wir haben alle erwischt.«

Bjoron sah ebenfalls auf den toten Soldaten hinab. Eine tiefe Speerwunde klaffte im Oberschenkel des Mannes, und ringsum färbte Blut das Laub vom letzten Jahr rot. So schnell starb man an einer solchen Verletzung eigentlich nicht. Eine verschmierte Schleifspur zeigte an, dass er sogar noch versucht hatte, wegzukriechen.

Bjoron runzelte die Stirn. Erst nach einem Moment entdeckte er das unscheinbare Einstichloch direkt neben dem Ohr, das ohne Zweifel von einem Messer stammte. Offensichtlich hatte Darien entschieden, dass dieser Mann nicht am Leben bleiben durfte. Mit einem Mal hatte Bjoron einen bitteren Geschmack im Mund.

Gleichzeitig nagte das Wissen an ihm, dass der Tiefländer gute Gründe für sein Handeln hatte. Wie hätte er das noch leugnen können, nach dem, was mit Orin passiert war? Wenn Arandes erfuhr, wo sie entkommen waren, konnte er mehr Soldaten auf ihre Spur setzen.

Aber konnte es richtig sein, einen Wehrlosen kaltblütig zu ermorden, nur weil er zu viel wusste? Alles in Bjoron sträubte sich gegen den Gedanken. Sollte man nicht selbst seine Feinde mit Respekt behandeln, ihnen zumindest die Möglichkeit geben, aufrecht und mit der Waffe in der Hand zu sterben?

Neben ihm regte sich Neljar. Wie von selbst ging Bjorons Blick in seine Richtung. Er hatte die Arme vor der Brust verschränkt, musterte Darien mit einem schwer deutbaren Gesichtsausdruck. Im Licht der Lampe zeichnete sich ein dunkler Bluterguss auf Neljars linker Schläfe ab. Er leuchtete nicht in frischem Violett, sondern wurde an den Rändern bereits blau und grün. Ein Andenken an die Schlacht.

Sofort waren die Erinnerungen wieder da, Arandes' Soldaten, die eine Bresche in die Reihen der Hochlandstämme schlugen. Ferne Gestalten, die in einem Pfeilhagel fielen. Die Bilder füllten Bjorons Herz aus und verdrängten alles Mitleid mit dem toten Soldaten.

»Bevor wir die Leichen wegschaffen, müssen wir uns um die Vögel kümmern.«

Mit gerunzelter Stirn wandte sich Bjoron Darien zu. »Die Biester bluten nicht mal. Was willst du gegen sie unternehmen?«

Sofort richtete sich der Blick des Tiefländers auf Bjorons rechte Schulter. Dorthin, wo Nauris Kopf ruhte. Arme kleine Schwester, die Ahnen gönnten ihr keine Ruhe.

Darien

Darien ging vor Nauri in die Hocke. Die gusseiserne Laterne stellte er auf dem Boden zwischen ihnen ab. Bjoron lehnte an einem Baumstamm, die Arme vor der Brust verschränkt. Und der blonde schmalere Barbar war mit zwei Hasen beschäftigt, die an einer Schlinge über einem Ast hingen. Er war wohl gerade auf der Jagd gewesen und musste seine Beute an dieser Stelle zurückgelassen haben, als etwas auf dem Feld seine Aufmerksamkeit erregt hatte.

Dariens Blick verweilte einen Moment auf ihm. Die beiden hatten über eine Affäre geredet, die sie miteinander gehabt hatten. Im Palast geschah so etwas zwischen Männern hin und wieder schamhaft im Verborgenen. Doch von Scham sah Darien bei diesem Barbaren keine Spur. Stattdessen musterte er Darien seinerseits interessiert, leicht keck.

»Darien …« In Bjorons Stimme schwang ein drohender Unterton mit. Vielleicht war es keine gute Idee, einen Menschen anzustarren, mit dem der Barbar allem Anschein nach irgendetwas hatte. Darien senkte den Blick und rieb sich mit der Hand übers Gesicht, in dem Versuch, die Spinnweben zu vertreiben, die seine Gedanken einhüllten. Dieser Tag verlangte langsam seinen Tribut.

Als er seine Aufmerksamkeit wieder Nauri zuwandte, ruhte deren Blick auf seinen Händen. Sie streckte die ihren aus, und er zwang sich, stillzuhalten, als ihre Finger über die blassen Narben fuhren, die sich über seine Knöchel und den Handrücken zogen. Wenn sie schon Interesse an ihrer Umgebung zeigte, anstatt sich wieder in sich selbst zurückzuziehen, wollte er sie nicht entmutigen. Immerhin brauchten sie ihre Hilfe.

»Nauri, darf ich dich etwas fragen?«

Sie ignorierte ihn. Stattdessen packte sie fester zu und zog seine Rechte dicht vor ihr Gesicht. Dann legte sie die Hand über den rot geränderten Abdruck an seinem Gelenk.

Darien spannte sich in der Erwartung von Schmerz. Doch nach einem Moment ließ er den angehaltenen Atem wieder entweichen. Federleicht schwebten Nauris Finger über der Verletzung, und nach einer Weile zog sie die Hand wieder zurück. Bildete er es sich ein oder verebbte das heiße Pochen in den entzündeten Stellen ein wenig? Hatte sie im Orden irgendeine Art von Heilmagie gelernt?

»Was hast du gerade getan, Nauri?«

Ein Schulterzucken war die Antwort, begleitet von einem schüchternen Lächeln.

»Hast du Magie angewendet? Hast du vielleicht auch den großen, schwarzen Vogel mithilfe von Magie abstürzen lassen?«

Wieder hob sie die Schultern. Konnte dieses Kind denn keine klare Antwort geben?

»Wie kannst du das nicht wissen?«

Sie hielt eine Hand in die Höhe und wackelte mit den Fingern, nur um dann erneut die Schultern zu zucken. Was sollte das nun wieder heißen? Konnte sie nicht einfach mit ihm sprechen? Sie war nicht stumm, davon hätte er gehört.

»Ich glaube, Nauri sagt, dass sie nicht genau weiß, was ihre Hände tun«, erklang Bjorons Stimme hinter ihm.

Darien warf einen Blick über die Schulter. »Wann bist du denn zum Experten für ihre Zeichensprache geworden?«

»Ist nur eine Vermutung. Glaub's oder denk dir selbst was aus.«

Nachdenklich musterte Darien das Mädchen. Vielleicht hatte Bjoron recht. Aber wenn Nauri Dinge tat, ohne genau zu wissen, wie, dann griff sie nicht auf Fähigkeiten zurück, die sie im Orden erlernt hatte. Dann handelte sie instinktiv, wie jemand, der sich nur halb an etwas erinnert …

Vielleicht war an der Geschichte mit der Wiedergeburt doch etwas dran. Konnte es sein, dass sie begann, sich an ihre früheren Leben zu erinnern? Aber vielleicht hatte sie auch einfach Talente, die langsam erwachten. Darien hatte keine Ahnung davon, wie Magie funktionierte. Der Orden behielt alles darüber für sich.

»Denkst du, du könntest so etwas wie mit dem Vogel noch mal machen?«

Wieder ein Schulterzucken, wie hätte es auch anders sein können? Darien atmete tief durch und zwang sich zur Geduld.

»Willst du es versuchen?«

Diese Frage brachte ihm immerhin ein zögerliches Nicken ein. Das war alles, was er brauchte. Darien nahm die Lampe wieder auf und erhob sich. »Dann komm.«

Aus den Augenwinkeln sah er, wie sich Bjoron von seinem Baum abstieß. Auch der zweite Barbar schloss sich ihnen an, die Hasen über der Schulter. »Bjoron, könnt ihr die Biester ablenken, während ich mich mit Nauri von hinten an sie anschleiche?«

Missfallen furchte Bjorons Stirn. »Das ist kein guter Plan. Du bringst damit das Kind in Gefahr.«

»Hast du eine bessere Idee?« Mussten sie ihre Zeit nun auch noch mit Diskutieren verschwenden? »Irgendetwas müssen wir tun, um diese Vögel loszuwerden. Sie können nicht einfach weiter auf dem Feld herumsitzen. Dann müssten wir uns erst gar nicht die Mühe machen, die Leichen zu verstecken, sondern sollten stattdessen gleich ein Signalfeuer entzünden.«

Der Barbar legte all seine Unzufriedenheit in ein langgezogenes Schnaufen, doch er sagte nichts mehr, bis sich vor ihnen das Feld im Mondlicht erstreckte. Wie Statuen erhoben sich dort die dunklen Gestalten der Vögel. Normale Tiere hätten ab und zu im Boden gescharrt, sich etwas zu Fressen gesucht oder zumindest hin und wieder die Flügel ausgebreitet. Doch bei diesen magischen Monstern hoben sich nicht einmal die Flanken in regelmäßigen Atemzügen. Nun, wenn man mit Sand gefüllt war, musste man wohl nicht atmen.

Darien reichte Bjoron die Lampe. Obwohl der Lichtschein zwischen den Stämmen gut zu sehen sein musste, regten sich die Vögel nicht.

»Sehen sie uns nicht als Bedrohung? Oder denken sie, ihre Reiter sind zurückgekehrt?« Neljar spähte zwischen zwei Ästen hindurch zu den Biestern hinüber.

Nachdenklich biss sich Darien auf die Unterlippe. »Vielleicht machen sie überhaupt nichts, wenn ihnen niemand Befehle erteilt.«

»Das können wir leicht rausfinden.« Bjoron hob den Speer, auf dem er schon wieder lehnte, und trat zwischen den Bäumen hervor. Zügig marschierte er über das Feld, eine deutliche Silhouette vor dem Licht der Lampe.

Darien seufzte. »Das ist nicht ganz die Art von Ablenkung, an die ich gedacht hatte, aber sie sollte es auch tun. Habt ihr Barbaren eigentlich alle einen Todeswunsch?«

Neben ihm lachte Neljar, doch der bittere Unterton darin war unüberhörbar. »Es sieht so aus, nicht wahr?«

Erst sein Tonfall machte Darien bewusst, wie taktlos seine Frage angesichts der vielen toten Barbaren in den letzten Tagen gewesen war. Wieder rieb er sich mit der Hand übers Gesicht. Er würde froh sein, wenn dieser Tag vorüber war.

Rufe wehten vom Feld zu ihnen herüber. Bjoron wedelte vor einem der Vögel mit Speer und Lampe und überschüttete das Tier dabei mit wüsten Beschimpfungen. Doch genauso gut hätte er versuchen können, einen Baum zu beleidigen. Die Reaktion war dieselbe. Inmitten der Gruppe regloser Vogelgestalten, umgeben von tanzenden Schatten, drehte er sich schließlich zum Waldrand um. »Was ist? Wollt ihr ewig zwischen den Bäumen kauern wie ängstliches Wild?«

Neljar trat als Erster aus dem Schutz der Bäume, berührte dabei eine Scheibe aus Metall, die an seinem Hals hing. Darien vergewisserte sich, dass Nauri dicht neben ihm war, dann folgte er ihm.

Das Licht der Lampe warf flackernde Schatten auf dunkles Gefieder, blitzte in winzigen Augen und spielte über scharfe Schnäbel. Immer wieder glaubte Darien am Rand seines Gesichtsfeldes Bewegungen auszumachen. Doch es war nur der Flammenschein, der seinen Augen Streiche spielte. Dennoch hielt er einen Moment inne, um das Messer aus der Scheide in seinem Stiefel zu ziehen.

Eine kleine Hand klammerte sich mit aller Kraft an den Saum von Dariens Hemd. Abwesend strich er dem Mädchen über den Kopf, ohne die unheimlichen Vögel auch nur einen Moment aus den Augen zu lassen. Schließlich ging er auf einen davon zu, blieb dicht vor ihm stehen. Noch immer regte sich das Tier nicht, starrte ins Leere, ohne auch nur zu blinzeln.

Instinktiv verlagerte er sein Gewicht, bereit, Nauri jederzeit aufzuheben und davonzulaufen so schnell er konnte. Dann erst streckte er die Hand aus und grub sie in das staubige Gefieder.

Mehrere Herzschläge lang hielt er den Atem an. Nichts geschah.

Ohne den Arm zu senken, wandte er sich zu dem Mädchen um. »Siehst du, er tut dir nichts.«

Das inzwischen vertraute schüchterne Lächeln huschte über Nauris Züge. Schließlich trat sie vor und streckte ebenfalls die Hand aus. Sie schloss die Augen und senkte den Kopf, sodass ihr kurzes Haar nach vorn fiel. In dieser Haltung verharrte sie für eine Zeit, die Darien wie Ewigkeiten vorkam. Hoffentlich funktionierte es, hoffentlich gelang es ihr, die Magie aus den Vögeln zu vertreiben.

Als sie sich wieder rührte, stand das schwarz gefiederte Biest noch immer. Darien atmete zischend aus und ließ die Schultern hängen. So viel also zu seiner Hoffnung. Vielleicht hatte er mit seiner Vermutung falschgelegen, vielleicht hatten Nauris Zeichen etwas vollständig anders bedeuten sollen.

Mit einem Ruck löste sich das Mädchen von dem Vogel und ging zielstrebig auf den nächsten zu. Darien sah ihr mit gerunzelter Stirn hinterher. Was hatte sie vor? Es funktionierte doch offensichtlich nicht. Oder etwa doch?

Er trat zurück und betrachtete das Monster vor sich eingehend. Es stand noch immer reglos da, den Blick starr in die Nacht gerichtet. Kein Hinweis darauf, dass Nauris Berührung irgendetwas bewirkt hatte.

»So viel zu deinem Plan.«

Darien drehte sich nicht zu Bjoron um. »Du hattest keinen besseren.«

»Inzwischen schon. Ich hab nachgedacht.«

Eine spöttische Bemerkung lag Darien auf der Zunge, und er schluckte sie nur mit Mühe herunter. Stumm wandte er sich um und begegnete dem Blick des Barbaren, machte eine auffordernde Handbewegung.

»Wir sind uns einig, dass dieses Kloster, zu dem du Nauri bringen wolltest, wahrscheinlich nicht mehr steht, oder?«

Darien nickte müde. Mit den Vögeln waren Arandes' Männer schneller gewesen als sie. Und wenn sie mehrere Dörfer an der

Grenze zu den Hochlanden ausgelöscht hatten, dann hatten sie das Kloster sicher nicht einfach links liegen lassen.

»Und du kennst nicht zufällig noch ein anderes sicheres Versteck für sie?«

Diesmal schüttelte er den Kopf. »Wir könnten höchstens versuchen, sie aus Gerien herauszubringen.«

»Wohin? In die Hochlande? Dort lebt niemand mehr.« Wieder einmal schnitt Bjoron eine düstere Miene. »Und niemand, der noch ganz bei Trost ist, überquert die vier Gebirge.«

»Da hast du leider recht.« Arandes mochte es gelungen sein, sein Heer über die westlichen Berge zu führen, aber das bestätigte nur, wie wahnsinnig dieser Mann war. Nur die Geister wussten, wie viele Männer er in den ewig verschneiten Höhen verloren hatte. Ohne Ausrüstung und Proviant konnten sie das große Tal Geriens unter keinen Umständen verlassen und hoffen, bei dem Versuch nicht umzukommen.

»Dann gibt es nichts mehr, wohin wir noch gehen könnten«, stellte Bjoron fest. »Und ich bin es ohnehin leid, wegzulaufen. Ich sage dir, was wir tun sollten. Wir lassen diese Biester, wo sie sind, und suchen uns jetzt ein Lager für die Nacht. Morgen ziehen wir dann Richtung Letharn. Wenn wir Glück haben, bekommen wir zumindest unsere Rache.«

»Wenn ihr Arandes einen Kopf kürzer machen wollt, denkt gar nicht erst daran, das ohne mich zu machen.« Neljar trat zu ihnen, eine Hand am Griff des Schwertes, den Blick unverwandt auf den schwarzen Vogel neben ihnen gerichtet. »Allerdings gibt es noch einen Ort, der …« Er unterbrach sich, machte mit einem Fluch auf den Lippen einen Satz nach hinten. Mit ausgestrecktem Arm deutete er nach oben.

Sofort wirbelte Darien herum. Der Anblick, der sich ihm bot, ließ sein Herz höher schlagen. Er spürte, wie sich seine Lippen zu einem grimmigen Lächeln verzogen. Das war, was er hatte sehen wollen. Der Hals des Vogels rollte sich zusammen wie ein Blatt über einer Flamme.

Das bedeutete, dass Berinda recht behalten hatte. In Nauri schlummerten Kräfte, von denen sie selbst nichts ahnte.

Dennoch legte sich der Gedanke an seine Königin schwer auf Dariens Schultern. Ob sie noch lebte? Wäre alles nach Plan verlaufen, wäre er bald frei gewesen, das herauszufinden. Doch nun? Wenn Nauri Kräfte entwickelte, egal ob sie von früheren Leben herrührten oder aus einem anderen Grund in ihr schlummerten, musste er sie so lange beschützen, bis sie den Kampf gegen Arandes aufnehmen konnte. Wenn es auch nur den Hauch einer Möglichkeit gab, dass Berindas Opfer nicht umsonst war, musste er dafür sorgen, dass ihr Plan aufging. Was blieb ihm sonst auch übrig?

Bjoron

Der Soldat, der sie bewacht hatte, lag immer noch dort, wo er hingefallen war, mitten in einer Pfütze seines eigenen Blutes. Die Geister all seiner wehrlosen Opfer würden das rote Nass trinken und damit hoffentlich in dem Wissen ihren Frieden finden, dass sie gerächt worden waren.

Der Mann war die letzte Leiche, die sie noch tiefer in den Wald tragen mussten. Zum Glück. Bjoron stolperte inzwischen selbst auf ebener Erde immer öfter, und sein Schädel pochte wieder stärker. Doch sogar Nauri hielt sich noch auf den Beinen, und hinter einem Kind wollte er nicht zurückstehen. Dass er an diesem Tag bereits zwei Schläge auf den Kopf eingesteckt hatte, zählte dabei nicht.

»Wartet kurz.« Darien stellte die Lampe ab, stieß Bjorons Speer in den Boden und ging zu dem Baum hinüber, an dessen Fuß noch immer seine Handschuhe lagen. Nun zog er das dünne Leder wieder über die Finger. Bjoron runzelte die Stirn.

»Warum versteckst du die?« Er deutete auf die Hände des Tiefländers. »Die Narben, meine ich.«

Darien hob die Schultern. »Gewohnheit. Bei Hofe erntet man für so etwas entsetzte Blicke.«

Tiefländer eben. Kein Wunder, dass Kerlft bei ihnen so seltsam geworden war. »Du bist hier nicht in Letharn. Bei uns sind Narben ein Zeichen für geschlagene Schlachten.«

»Diese Narben sind nur ein Zeichen dafür, dass mein Lehrer nicht viel davon gehalten hat, mit stumpfen Waffen zu üben. Beim Messerkampf zieht man sich leicht Schnitte an den Händen zu.« Darien hob die Lampe wieder auf und zog den Speer aus dem Boden. Ein Zucken um seine Mundwinkel verriet Schmerz, doch er gab keinen Laut von sich. Stillschweigend hatten Bjoron und Neljar alle schweren Lasten getragen, damit Darien sein Handgelenk schonen konnte. Selbst einen Mann mit eher zweifelhaftem Ruf beschämte man nicht, indem man Dinge von ihm verlangte, die er wegen einer Verletzung nur unter Schmerzen tun konnte.

»Ich hätte da übrigens auch eine persönliche Frage. Die Sache, über die ihr vorhin gestritten habt …«

»Wir sollten zusehen, dass wir hier fertig werden«, unterbrach Bjoron ihn barsch. Das war also der Dank, wenn man versuchte, freundlich zu sein. Er setzte sich in Bewegung, trug gemeinsam mit Neljar die Leiche ins Unterholz. Darien folgte ihnen, Nauri an seiner Seite, und im Licht der Laterne war sein Grinsen nicht zu übersehen. Hinterhältige Baumratte. Wenn er persönliche Fragen nicht mochte, hätte er nicht antworten müssen. Doch die einfachste Lösung war für den Tiefländer offensichtlich nur dann gut genug, wenn er dabei wehrlose Menschen töten konnte.

Sie rollten den toten Soldaten unter ein Gebüsch, Bjoron behielt nur das Schwert. Es lag nicht so gut in der Hand wie sein eigenes, das Korlt speziell für ihn geschmiedet hatte, aus Eisen gesammelt an den Hängen der östlichen Berge. Aber es war besser als der Speer, mit dem man nur zustechen und nicht gut parieren konnte, ohne Gefahr zu laufen, dass der Schaft brach. Die Klinge saß nicht sicher in der Scheide an seinem Gürtel, aber sie hielt.

»Das Lager ist nicht weit von hier«, sagte Neljar, als sie sich den Proviant aufluden, den sie bei den Geistervögeln und den Soldaten gefunden hatten.

»Lager?« Diesmal war Bjoron machtlos gegen die Hoffnung, die diese Worte in sein Herz pflanzten. »Wie viele haben überlebt?« Auch wenn er wahrscheinlich gleich enttäuscht werden würde, musste er fragen.

Neljar schüttelte den Kopf. »Nicht viele, und die meisten sind verletzt. Nur Kerlft hat weniger abbekommen als ich. Er hat die Nachfolge eures Vaters angetreten, aber …«

Neljar ließ das Ende des Satzes in der Luft hängen, doch Bjoron wusste, was er sagen wollte. Kerlft war kein Anführer, und wenn er unverletzt aus der Schlacht hervorgegangen war, herrschten sicher Zweifel an seinem Mut.

»Er ist mein Bruder. Wenn Mutter und Tjark tot sind …« Kurz drohte seine Stimme zu brechen. »Wenn Mutter und Tjark tot sind, hat er ein Recht darauf, sich zum Stammesführer auszurufen. Sollte irgendwer daran zweifeln, muss er auch mir antworten.«

Beschwichtigend hob Neljar die Hände. »Ein paar zweifeln, aber es ist ihm gelungen, einige Kinder zu retten, und das spricht für ihn. Außerdem ist Tjark nicht tot. Noch nicht. Du musst es selbst sehen. Kommt.«

Er streckte die Hand nach der Laterne aus, und Darien reichte sie ihm. Dann wandte Neljar sich um und marschierte in den Wald hinein.

Bjoron murmelte einen Dank an die Ahnen, als er ihr folgte. Seine beiden Brüder lebten. Er fühlte sich, als sei ein Teil eines schweren Gewichts von ihm genommen. So wie Neljar sich ausgedrückt hatte, schwebte Tjark zwar zwischen Leben und Tod, doch sein großer Bruder würde diesen Kampf nicht verlieren. Er durfte nicht.

Sie liefen schweigend, jeder in seine eigenen Gedanken versunken oder damit beschäftigt, nicht in Löcher zu treten und über

Wurzeln zu stolpern. Aber je weiter sie kamen, desto schwerer fiel Bjoron jeder Schritt. Es war fast, als liefe er durch einen Sumpf und nicht über trockenen Waldboden. Seinen Brüdern wieder unter die Augen zu treten, würde nicht angenehm werden. Er würde zugeben müssen, dass er bei der Aufgabe versagt hatte, mit der ihre Mutter ihn vor ihrem Tod betraut hatte. Das Kind schwebte zwar für den Moment nicht in Gefahr, aber echte Sicherheit sah anders aus.

Rascheln und ein dumpfer Aufprall. Als Bjoron sich umwandte, hockte Nauri auf dem Boden. Sie musste gestolpert sein. Darien hob sie auf, die Lippen zu einem dünnen Strich zusammengepresst. Mehrmals verlagerte er ihr Gewicht in seinen Armen, aber einhändig konnte man auch ein so kleines Kind nicht lange tragen. Vor allem da Nauris Kopf bald gegen Dariens Schulter sackte und ihre Atemzüge tiefer wurden. Sein verletztes Handgelenk musste unter der Belastung stark schmerzen.

Für eine Weile ließ Bjoron ihn leiden, dann legte er dem Tiefländer eine Hand auf die Schulter und deutete stumm auf das Kind.

Darien zögerte, nickte schließlich aber und reichte Nauri an ihn weiter. Sie regte sich nur leicht, murmelte irgendetwas im Halbschlaf. Die ersten Worte, die er von ihr hörte. Vorsichtig bettete er sie gegen seine Schulter, ignorierte den Tiefländer, der ihn mit nachdenklichem Gesichtsausdruck musterte.

Irgendwann blieb Neljar stehen. Er legte die Hände vor den Mund und stieß einen Ruf aus, der an den einer Schneeeule erinnerte. Nicht lange, und er erhielt eine Antwort.

»Jetzt sind wir gleich da.« Diese Aussicht ließ Bjoron seine Schritte beschleunigen. Ein felsiger Ausläufer des Gebirges kam jenseits von Dunkelheit und Astwerk in Sicht, und Bjoron glaubte darin dunkle Vertiefungen zu erkennen. Höhlen. Das Licht der Lampe fiel auf eine Gestalt in einem der Eingänge, hochgewachsen und mager und trotz der lauen Nacht in zu viele Felle gewickelt.

»Bjoron!«

Kerlft lief ihnen entgegen. Tiefe Ringe zeichneten sich unter seinen Augen ab, doch ansonsten schien es ihm tatsächlich gutzugehen. Vorsichtig legte Bjoron Nauri auf dem Boden ab, dann schloss er seinen Bruder in die Arme.

»Ich hatte nicht erwartet, dich noch einmal lebend wiederzusehen, Kerlft.«

»Ich dich ebenso wenig. Aber du kommst genau zur rechten Zeit. Tjark ist aufgewacht und verlangt nach seinem Schwert, um Mutter zu rächen. Und wie immer hört er nicht auf mich. Vielleicht bekommst du ein wenig Vernunft in seinen Dickschädel.«

»Ich kann's gern versuchen.« Er war wieder zu Hause. Erleichterung machte seine Stimme heiser. »Habe eh noch eine Rechnung mit ihm offen.«

Redal

»Halte dein Schwert höher, Vilad.« Redal bemühte sich, die Stimme nicht zu weit zu erheben, dennoch hallte sie von den Wänden des Innenhofes hinter dem Fröhlichen Igel wider. Alte Gewohnheiten ließen sich schwer ablegen – wie zum Beispiel der Kasernenton bei Schwertübungen. »So wie du deine Deckung vernachlässigst, könnte dir Fered jederzeit den Kopf abschlagen.«

Vilad, Zenders Junge, bis vor Kurzem noch Schneider, zog schuldbewusst besagten Kopf zwischen die Schultern und hob den Stock ein Stück höher, der ihm als Übungsschwert diente.

Redal grunzte zufrieden und ließ den Blick weiter über die Übenden schweifen. Sie hatten immer noch kein Wort von der Königin, kamen nicht zu ihr durch, wussten nicht einmal, ob sie noch am Leben war. Wäre nicht Vilad an ihn herangetreten, mit der Bitte, ihn und die anderen Söhne seiner alten Gardistenfreunde zu unterrichten, wäre er vor lauter Untätigkeit womöglich genauso wahnsinnig geworden wie die Leute, die in die Masken der Spiegelmänner blickten.

So konnte Redal zumindest dafür sorgen, dass Naurandas Armee so groß wie möglich war, wenn sie endlich zurückkehrte.

Die Küchentür in seinem Rücken klapperte. Er wandte sich um und entdeckte Longret, die mit einem Krug in der Hand auf den Hof trat. Sie lächelte, und viele kleine Fältchen kräuselten ihr Gesicht, die Spuren eines fröhlichen Lebens – zumindest bis zur Eroberung Letharns. Nun erschien Redal selbst dieses einfache Lächeln wie ein seltener Schatz.

»Ich dachte, ihr könntet etwas zu trinken gebrauchen.« Sie hielt ihm den Krug hin, und er nahm einen Schluck daraus. Dann wandte er sich seinen Schülern zu.

»Pause!«

Mit Seufzern der Erleichterung ließen die Metzger, Schuster und Schneider ihre Stöcke sinken. Redal verzog das Gesicht. Es würde noch lange dauern, bis aus ihnen richtige Soldaten wurden. Er reichte den Wasserkrug an Vilad weiter.

Die jungen Männer scherzten und lachten, während das Wasser zwischen ihnen die Runde machte. Neben Redal seufzte Longret. »Viele ihrer Brüder sind bei der Eroberung gefallen. Und jetzt bereitest du sie darauf vor, ebenfalls in den Tod zu gehen.«

Er wandte sich zu ihr um, blickte in die nun wieder so ernste Miene. »Ich hoffe eher, dass ich sie darauf vorbereite, zu überleben, was noch kommen wird.«

Longret nickte, sagte aber nichts. Stattdessen warf sie einen sorgenvollen Blick auf die Söhne ihrer Freunde. Vielleicht sah sie gerade die Leichen ihrer Nachbarn vor sich. Redal wünschte, sie hätte sie nie gesehen, wäre an diesem Morgen, der schon so lange her schien, im Keller geblieben. Dann würden diese Bilder zumindest nur ihn verfolgen.

Er legte ihr die Hände auf die Schultern. »Sie können es genauso wenig ertragen, untätig herumzusitzen, wie ich. Sie sehen, was wir planen, und sie wollen helfen. Das verstehst du doch, nicht wahr?«

Wieder der Hauch eines Lächelns. »Natürlich verstehe ich das. Ich mache mir nur Sorgen. Ich mache mir so viele Sorgen in letzter Zeit.«

Redal zog seine Frau an sich und schloss sie in die Arme. »Ich auch, Gret, ich auch. Aber Nauranda wird uns nicht im Stich lassen.«

Sie nickte an seiner Brust. »Da hast du recht. Das wird sie nicht.«

Schnelle Schritte ließen Redal aufsehen. Sanden rannte schnaufend durch die schmale Gasse neben dem Wirtshaus und winkte mit seiner einen Hand. »Soldaten«, keuchte er. »Auf dem Weg hierher!«

Sofort waren alle anderen Sorgen fortgewischt. Redal löste sich von Longret. »Die Pause ist vorbei! Ihr wisst, was ihr zu tun habt!«

Das zumindest hatten die Jungen gut gelernt. Ohne Zögern setzten sie sich in Bewegung. Ihre Stöcke schichteten sie an der Wand auf, nichts als ein harmloser Stapel Feuerholz. Dann widmeten sie sich den Fässern, die extra zu diesem Zweck auf dem Hof standen. Vidal öffnete die Kellerluke, während die anderen die Fässer kippten und in seine Richtung rollten. Sie würden mit ihrer Last so lange die Treppen hinauf und hinunter laufen, bis die Soldaten wieder fort waren. Niemand würde Fragen stellen, was so viele junge Männer im Hinterhof der Schenke taten.

Auf der Vorderseite des Wirtshauses erklangen Stimmen. Sie lachten, riefen etwas in der fremden Sprache der Soldaten. Dann klapperte die Vordertür, und es wurde wieder etwas stiller. Redal tauschte einen Blick mit Sanden. Falls diese Männer den Keller durchsuchen wollten, hatte Gilad ein Problem. Besser, sie gaben ihm Rückendeckung.

Redal trat in die Küche, Sanden dicht hinter ihm. »Seid vorsichtig«, hörte er Longret Stimme noch hinter sich, dann durchquerte er den langen Raum, nickte Ungard zu, die am anderen

Ende mit einem großen Messer Gemüse schnitt. Kurz wanderte sein Blick zu dem Messerblock neben ihr. Es wäre schön, nicht vollkommen unbewaffnet in den Schankraum zu gehen. Doch er hatte keine Möglichkeit, eine solche Klinge zu verbergen.

»Bier!« Der Ruf begrüßte Redal, als er die Tür zum Schankraum öffnete. Die Soldaten saßen an dem größten Tisch im Raum, die Helme neben ihnen abgelegt. Einer von ihnen gestikulierte in Gilads Richtung. »Bier«, forderte er wieder mit einem kehligen Akzent.

Sanden lehnt sich zu Redal vor. »Das wichtigste Wort haben sie schon gelernt, wie es scheint.«

Redal nickte. Aber warum war er nicht erleichtert? Diese Soldaten wollten ganz offensichtlich überhaupt nichts durchsuchen. Dennoch öffnete und schloss sich seine Faust in dem Wunsch, sie alle zu packen und vor die Tür zu setzen. Wie konnten sie es wagen, seine Nachbarn zu ermorden, die Stadt in Brand zu stecken, den Thronsaal in ein Schlachthaus zu verwandeln, und dann ausgerechnet hierherzukommen und Bier zu verlangen? Wie konnten sie es wagen, einen Ort mit ihrer Anwesenheit zu besudeln, mit dem er so viele glückliche Erinnerungen verband, so viele fröhliche Abende mit Freunden?

Erst als Sanden an ihm vorbeidrängte, bemerkte Redal, dass er an der Küchentür stehen geblieben war. Eilig folgte er dem einhändigen Veteranen zur Theke, wo Gilad damit beschäftigt war, Bier zu zapfen. Solenah begrüßte sie beide mit einem angespannten Lächeln. Seit sie nicht mehr im Palast arbeitete, half sie in der Schenke aus.

Redal beugte sich über die Theke zu ihr vor. »Du solltest zu deiner Mutter in die Küche gehen oder zu Longret in den Hof.«

Gilad nickte, während er die letzten Krüge auf einem Tablett anordnete. »Er hat recht. Du bist jung und hübsch, und diese Kerle sind Soldaten, demnächst betrunkene Soldaten. Zapf noch ein Bier für Redal und Sanden, dann verschwindest du.«

Solenah presste die Lippen aufeinander und machte sich stumm an die Arbeit. Als sie Redal sein Bier hinstellte, beugte sie sich ihrerseits zu ihm vor. »Ich will bei deinen Übungsstunden mitmachen.«

Redal hielt mitten in der Bewegung inne, die Finger Zentimeter vom Bierkrug entfernt. »Solenah, dein Vater bringt mich um, wenn ich …«

Sie verdrehte die Augen. »Vater lässt mich überhaupt nichts machen. Ich habe in den Palast zurückkehren wollen. Ich habe euch helfen wollen, Kontakt zur Königin aufzunehmen. Aber er lässt mich nicht. Als könnte ich mich aus dieser Sache heraushalten und so tun, als wäre alles noch normal. Ich höre diese Schreie jede Nacht …« Sie brach ab, einen gequälten Ausdruck auf dem Gesicht.

Wie gut Redal sie verstand. Dennoch schüttelte er den Kopf. »Ich kann dir nicht das Kämpfen beibringen, nicht ohne Gilads Einverständnis.«

Sie kniff die Augen zusammen. »Und was, wenn ich mal allein auf eine Gruppe von denen da treffe?« Sie nickte in Richtung der Soldaten, die das Bier, das Gilad ihnen brachte, johlend in Empfang nahmen. »Dann bin ich jung und hübsch und wehrlos?«

Redal schluckte, packte seinen Bierkrug mit beiden Händen, um an etwas Halt zu finden. Mit einem Mal war er sehr froh, keine Tochter zu haben. Er räusperte sich. »Ich denke, Gilad wird nichts dagegen haben, wenn ich dir beibringe, dich zu verteidigen.«

Sie schenkte ihm ein Lächeln. Ein triumphierendes Lächeln, das ihn an das kleine Mädchen erinnerte, das früher immer zum Palast gekommen war, um seinen Vater, den Hauptmann der Garde, zu besuchen. Dieses Lächeln war unter viel zu großen Helmen in der Wachstube hervorgeblitzt oder über die Kante des Tisches, auf dem sie Karten gespielt hatten. Er wünschte, er könnte ihr diese unbeschwerten Tage zurückgeben.

Vom Tisch der Soldaten erklang Klimpern, dann stellte einer der Soldaten eine Frage in seiner eigenen Sprache. Redal wandte sich um, während Solenah in der Küche verschwand.

Gilad stand wie erstarrt an dem Tisch, das leere Tablett so fest umklammert, dass seine Knöchel weiß hervortraten.

Der Soldat wiederholte seine Frage, fügte noch etwas hinzu. Seine Kameraden lachten.

Das schien den Schankwirt aus seiner Starre zu reißen. Er brachte ein abgehacktes Nicken zustande und sammelte auf, was auch immer auf dem Tisch lag. Dann wandte er sich um und kam mit steifen Schritten zu ihnen herüber. Redal musterte seinen alten Freund besorgt. »Was ist los?«

Anstelle einer Antwort hob Gilad die Faust, in der er umklammert hielt, was die Soldaten ihm gegeben hatten. Als er sie öffnete, fielen mehrere golden glänzende Gegenstände auf die Theke.

Redal hörte Sanden fluchen, hörte ein leises Platschen, als sein alter Kamerad Bier verschüttete. Doch er konnte den Blick nicht von dem nehmen, was dort zwischen ihren Bierkrügen glitzerte. Es waren Knöpfe. Die goldenen Knöpfe von der Paradeuniform eines Hauptmanns der Palastgarde.

»Sie haben die Leichen gefleddert«, sagte Gilad tonlos. »Sie haben die Leichen gefleddert, und jetzt kommen sie hierher und bezahlen mit ihrer Beute.«

Redals Finger verkrampften sich um seinen Krug. Neben ihm nahm Sanden gut hörbar einen tiefen Schluck Bier und knallte dann den Krug auf die Theke. »Wir sollten ihnen einfach die Kehlen durchschneiden, wenn sie betrunken genug sind.«

»Wirst du wohl deine Zunge im Zaum halten!«, zischte Gilad. »Du weißt nicht, wie viel sie verstehen.«

»Sie verstehen überhaupt nichts.«

Als es Redal endlich gelang, von seinem Bier aufzusehen, drehte sich sein einhändiger Kamerad gerade zu den Soldaten um. In einer freundlichen Geste hob er seinen Krug, auf dem Gesicht ein breites Lächeln. »Ich werde euch alle umbringen!«, rief er fröhlich.

Die Soldaten lachten und hoben ebenfalls ihre Krüge.

Sanden drehte sich wieder zu Gilad um. »Siehst du.«

Die Miene des Schankwirts war eine verkniffene Maske. Langsam löste Redal die verkrampften Finger von seinem Krug. Wenn sie blieben, würde das früher oder später in einem Blutbad enden. Für einen Augenblick fragte er sich, ob das so schlecht wäre, doch dann schüttelte er den Kopf, um ihn wieder klar zu bekommen. Sie mussten an den Plan denken.

Redal erhob sich, spürte den Schmerz in seinen Knien diesmal kaum, packte Sanden an dem Arm ohne Hand. »Komm, wir gehen.«

Gilad nickte ihm dankbar zu. Während er den protestierenden Sanden behutsam aus der Schenke lotste, sah Redal noch einmal zu den Soldaten zurück. Er prägte sich jedes ihrer Gesichter sorgfältig ein. Wer wusste schon, wann er ihnen noch einmal begegnen würde. Vielleicht hielt er dann ja ein Schwert in der Hand.

Berinda

Geräusche drangen an Berindas Ohren und holten ihr Bewusstsein langsam aus den Tiefen des Schlafes. Dann ein Knall, die Kerkertür fiel ins Schloss. Ruckartig fuhr Berinda in die Höhe, mit einem Schlag wach, als das Klopfen ihres Herzens alle Müdigkeit vertrieb. Eilig huschte ihr Blick über das Strohlager, die Decken und die kahlen Wände. Wer hatte den Raum gerade verlassen? Wie erschöpft musste sie gewesen sein, um nicht sofort beim ersten Klirren des Schlüssels aufzuwachen?

Doch es war alles genauso wie in den letzten Tagen. Marlena saß noch immer an derselben Stelle wie zuvor, die Hände auf den Knien, die Augen geschlossen. Hatte sie sich überhaupt bewegt?

Im schwachen Licht entdeckte Berinda außerdem ein Tablett auf dem Boden, ein Krug mit Wasser und zwei Schüsseln darauf. Ein würziger Geruch wehte durch den Raum, sorgte dafür, dass sich ihr Magen mit heftigem Knurren zu Wort meldete. Die Qualität des Essens schien nicht gesunken zu sein, seit sie in dieser Zelle saß. Arandes behandelte sie immer noch wie eine besondere Gefangene. Warum?

Obwohl alles in ihr danach drängte, sich auf die Mahlzeit zu stürzen, ließ sie sich Zeit, so viel war sie ihrem Stolz schuldig. Halbherzig fuhr sie sich mit den Fingern durchs Haar, um ein paar Strohhalme daraus zu entfernen. Warum lebte sie noch, warum bekam sie noch Essen? Arandes hatte doch nun, was er wollte. Wozu brauchte er sie?

Schließlich gab Berinda es auf, sinnlos Fragen hin und her zu wälzen. Sie stemmte sich in die Höhe und ging zu dem Tablett hinüber. Mit einer der Schüsseln in der Hand kniete sie sich vor Marlena, musterte die angespannten Züge der Ordensfrau.

»Ehrwürdige?« Der förmliche Titel hatte etwas beruhigend Vertrautes. Doch genauso gut hätte sie mit einer Statue sprechen können. Sie seufzte, ließ sich wieder auf das Lager sinken und schloss die Hände fest um die warme Schüssel. Dünne Nudeln lagen darin, ein paar Stücke Fleisch, ein wenig Gemüse. Wieder knurrte ihr Magen, und sie wischte die Finger an ihrem Rock möglichst sauber, um nach den ersten Stücken zu greifen. Sie schmeckten genauso gut wie sie rochen.

»Jorimas suchte in den Abgründen seiner dunklen Magie nach einer Heilung für Nauranda.«

Berinda zuckte zusammen. Sie sah von ihrem Essen auf und blickte direkt in Marlenas Augen. Sie schienen größer geworden zu sein, brannten in dem sonst so blassen Gesicht.

»Und er fand sie.« Die Stimme der Ordensfrau klang heiser. Doch als Berinda ihre Schüssel abstellte und nach dem Wasserkrug griff, winkte Marlena ab, eine sparsame Bewegung, für die sie nur zwei Finger benötigte. Erneut sank Berinda auf ihren Platz. Würde sie nun endlich Antworten erhalten? Und wenn ja, was würde sie damit noch anfangen können?

»Jorimas entdeckte zwar keine Möglichkeit, den Fluch zu brechen, aber sehr wohl eine, ihn zu umgehen. Er entdeckte eine Möglichkeit, Unsterblichkeit zu erlangen.«

»Unsterblichkeit? Das ist ...« Berinda unterbrach sich, als sich eine steile Falte zwischen Marlenas Brauen bildete. »Entschuldigt, ich wollte Euch nicht unterbrechen.«

Andeutungsweise neigte die Ordensfrau den Kopf. »Lasst mich einfach reden. Ich habe nicht viel Zeit, bevor ich mich erneut in Meditation versenken muss.«

Auch Berinda nickte und nahm ihre Schüssel wieder auf. Während sie lauschte, kaute sie abwesend auf einem Stück Fleisch herum.

»Jorimas entdeckte eine Möglichkeit, Unsterblichkeit zu erlangen. Doch der Preis war hoch, wie das immer der Fall ist bei der dunklen Magie. Man musste ihn mit dem Blut von Menschen bezahlen, die man liebte.«

Marlena schloss die Augen, atmete tief durch. »Da Jorimas nicht wusste, ob das Ritual tatsächlich funktionieren würde, versuchte er es erst selbst. So verzweifelt war er angesichts des nahenden Todes von Nauranda, dass er seine Schwestern, drei Stück an der Zahl, in eine tödliche Falle lockte. Er vergoss ihr Blut, während ihm Tränen über die Wangen rannen. Er musste wissen, ob diese dunkle Magie irgendwelche Risiken barg, bevor er seinen Plan Nauranda eröffnete.«

Viel zu laut für Berindas Ohren traf die Schüssel auf den steinernen Boden, als sie sie wieder beiseitestellte. Ihr Hunger war wie weggeblasen.

»Es funktionierte. Jorimas' Tränen trockneten, als die letzte seiner Schwestern tot zu Boden sank. Zweifel und Reue waren mit den drei Frauen gestorben. Wie in einer verkehrten Wiedergeburt erstand er aus den Trümmern seines alten Lebens neu, bestärkt in seinem Entschluss, Nauranda zu retten, koste es, was es wolle.« Marlenas Stimme wurde immer schwächer, sank zu einem Flüstern, nur um dann noch einmal neue Kraft zu gewinnen.

»Doch seine Geliebte weigerte sich. Sie wollte eher sterben als zu tun, was er getan hatte, und als sie das sagte, erlosch der letzte Funken Menschlichkeit in ihm. Er griff nach Kräften, an denen zu rühren er bisher nicht gewagt hatte. Und er drohte, wenn Nauranda seine Unsterblichkeit nicht mit ihm teilte, würde er Gerien, das Land, das sie so sehr liebte, vernichten.«

Das klang erschreckend vertraut. Berinda hielt den Atem an.

»Sie weigerte sich noch immer. Gemeinsam mit ihren Gefährten, dem Barbaren Djorn und dem Dieb Veren, kämpfte Nauranda gegen ihren ehemaligen Geliebten. Sie konnten ihn nicht endgültig besiegen, aber er floh über die Berge und ward nicht wieder gesehen.«

Ein unsterblicher Magier, der über die Berge floh. Tausende von Fragen erblühten gleichzeitig in Berindas Geist, aber nur eine fand den Weg über ihre Lippen. »Über welche Berge?«

Doch Marlena beachtete sie nicht. Sie sprach schneller weiter, ihre Stimme nahm einen gehetzten Tonfall an. »Djorn und Veren verfolgten ihn, um ihn endgültig zu besiegen. Sie kehrten nicht zurück, also musste Nauranda annehmen, dass sie gescheitert waren. Da gründete sie den Orden des ewigen Kreises zum Schutz Geriens vor Jorimas, und sie legten den Schwur ab, das Land so lange zu beschützen, wie ihr Geliebter lebt. Seitdem wird sie immer wiedergeboren.«

Es fiel Berinda immer schwerer, stillzusitzen. Sie lehnte sich vor, packte Marlena bei den Schultern. »Welche Berge? Arandes hat gesagt, es ginge nur um Nauri. Ist es möglich, dass Jorimas hinter all dem steckt? Könnte er zurückgekehrt sein?«

Der Gedanke, der hinter diesen Fragen steckte, war so ungeheuerlich, dass er ihr nicht über die Lippen kam. Aber Arandes war kein Magier, er war ein Feldherr. Sie hatte keinem Schrecken aus alten Legenden gegenübergestanden. Sobald sie das glaubte, würde sie in seiner Gegenwart kein Wort mehr herausbekommen. Auch so zitterten ihre Hände, und sie krallte sie in ihren Rock, um sie ruhig zu halten.

Von einem Moment auf den anderen kam Bewegung in Marlena. Sie sprang auf, ihr Gesicht verzog sich zu einer Grimasse. »Es ist zu spät. Du dummes Kind sitzt hier und stellst mir Fragen, als würde es noch irgendetwas ändern. Dabei hat er längst gewonnen. Du hast recht, du reichst nicht an deine Mutter heran und wirst es nie tun. Sie hätte diesen Kampf vielleicht gewinnen können, aber du hattest ihn schon verloren, bevor er überhaupt richtig begann. Ich halte es hier nicht länger aus.«

Mit diesen Worten stürmte die Ordensfrau an Berinda vorbei, trat dabei die halb geleerte Schüssel um. Suppe und Nudeln ergossen sich über den dreckigen Boden. Mit aller Kraft umklammerte Marlena die Eisenstäbe des schmalen Fensters in der Tür, rüttelte daran. »Lasst mich hier raus! Ich tue, was auch immer ihr wollt, nur lasst mich nicht länger mit dieser Versagerin in einer Zelle sitzen!«

Wie betäubt starrte Berinda ihr hinterher. Sie öffnete den Mund, um etwas zu sagen, fand aber keine Worte. Ihr Magen schmerzte, als hätte Marlena sie nicht nur mit Worten, sondern auch mit Fäusten attackiert. Was ging hier vor?

Mit einem Mal wich alle Kraft aus der Ordensfrau. Sie sackte an der Tür zusammen und ihre Schultern bebten. »Es tut mir leid! Ich habe genauso versagt, es frisst mich von innen auf. Wieso habe ich je geglaubt, es besiegen zu können?«

Langsam sickerte eine Erkenntnis in Berindas schockstarren Geist. »Die Spiegelmaske ...« Sie musste sich räuspern, versuchte es noch einmal. »Es ist nur die Wirkung der Spiegelmaske, Marlena. Kommt wieder zu Euch, kämpft weiter dagegen an.«

Die ältere Frau schüttelte nur den Kopf. »Es hat keinen Zweck mehr.«

In diesem Moment öffnete sich die Zellentür. Zwei Gestalten in dunklen Kutten beugten sich zu Marlena herab. Beinahe fürsorglich halfen sie ihr auf die Beine und führten sie fort.

Berinda blieb allein zurück, und als die Tür ihrer Zelle wieder ins Schloss fiel, war ihr, als kröchen Dunkelheit und Kälte noch näher heran.

Darien

Darien ließ die Schriftrolle sinken und rieb sich die brennenden Augen. Das also war der Grund für Berindas Handeln. Ein unsterblicher Magier floh über die Berge, und Jahrhunderte später legte ein skrupelloser Feldherr den beschwerlichen Weg in die andere Richtung zurück und suchte wie besessen nach der wiedergeborenen Nauranda. Das konnte kein Zufall sein. Und wenn dieser Teil der Legende stimmte, dann stimmte vielleicht auch der ganze Rest.

Nur warum hatte der Orden das alles geheim gehalten? Warum hatte Berinda es ihm nicht erzählt? Seine Finger packten fester zu, knitterten das alte Papier. Von der überheblichen Ordensfrau mit ihrem weißen Schleier hatte er nichts anderes erwartet. Sie hatte nur allzu deutlich gemacht, dass sie ihn für nichts weiter als einen niederen Lakaien hielt. Aber seine Königin, sie hätte auf die Idee kommen müssen, dass es wichtig für ihn war zu wissen, wie hartnäckig er verfolgt werden würde. Sie hätte nicht einfach befehlen und darauf vertrauen dürfen, dass er blind gehorchte, wie er es immer tat.

Gut, Berinda hatte vielleicht auch nur einen Teil der Geschichte gekannt. Immerhin war dies ein Ordensgeheimnis. Konnte die Ehrwürdige sie womöglich überredet haben, sich für Nauri zu opfern, ohne dass Berinda wusste, worauf sie sich einließ? Die Frau war eine alte Vertraute der Königinmutter, was sie sagte, wurde nicht angezweifelt.

Darien atmete tief durch, roch den scharfen Geruch des kleinen Feuers, das er entzündet hatte, und die kalte Morgenluft. Vom Höhleneingang sickerte das erste Licht des Tages herein, doch es erreichte den warmen Flammenschein nicht. Der Rauch stieg an die Höhlendecke und verschwand dort in irgendeinem natürlichen Kamin.

Tiefer in der Höhle ruhten die Barbaren. Die meisten waren kaum mehr als dunkle Haufen Felle auf dem steinigen Boden. Hier und dort erklang das Stöhnen eines Verwundeten, irgendwo weit hinten, wo ein Gang noch tiefer in den Fels führte, hallte das Weinen eines Kindes. Darien dachte daran, wie groß das Lager gewesen war, als Bjoron und sein Bruder ihn zu ihrer Mutter gebracht haben. Die hier Versammelten waren nichts als ein trauriger Rest davon.

Mit langsamen Bewegungen rollte Darien das Schriftstück wieder zusammen, fühlte dabei die Unebenheiten im Leinenpapier. Was er in den Händen hielt, war die erste der beiden Rollen, und ihr Ende war auch das der Geschichte um Nauranda. Was mochte auf der zweiten stehen? Er tastete nach dem Beutel, als er leise Schritte hörte.

Sofort drehte er sich um, zog das rechte Bein auf den Felsvorsprung, der ihm als Sitzgelegenheit diente, und schloss die Finger um den Griff des Messers in seinem Stiefel. Angestrengt starrte er in die dunkle Tiefe der Höhle.

Theoretisch konnte niemand, der aus dieser Richtung kam, ein Feind sein. In der Höhle schliefen die weniger schwer verletzten Barbaren, und vor dem Eingang hielt jemand Wache. Aber man wusste nie.

Eine hagere Gestalt suchte sich vorsichtig einen Weg zwischen den Schlafenden hindurch, die Schultern verhältnismäßig schmal trotz des Fells, das sie übergeworfen hatte. Es gab nur einen Barbaren, der nicht den Eindruck erweckte, vollständig unempfindlich gegenüber Kälte zu sein: Kerlft.

Auch ansonsten unterschied sich Bjorons Bruder ein wenig von seinen Landsleuten. Das Haar hing zwar lang über seine Schultern, allerdings nicht so verfilzt wie bei Bjoron. Und für den Moment war er sauberer als Darien, der es irgendwann im Laufe des vergangenen Abends aufgegeben hatte, das getrocknete Blut mehr als notdürftig von seiner Haut zu kratzen. Er würde sich einen Bach zum Waschen suchen, sobald die Sonne aufgegangen war.

Der zeitweilige Anführer der Barbaren nickte Darien zum Gruß zu, dann lehnte er sich ihm gegenüber an die Felswand. »Du bist früh wach.«

»Ich konnte nicht mehr schlafen.« Schon diese Worte genügten, um die Bilder seiner Alpträume wieder ans Licht zu zerren. All die leblosen Leiber mit den Gesichtern seiner Opfer, und zwischen ihnen Berinda, einen Vorwurf in den toten Augen. Er schüttelte sich.

Kerlft nickte nur und schwieg. Derweil fanden Dariens Finger den Beutel, und er zog ihn auf, schob die Schriftrolle wieder hinein.

»Was hast du da gelesen?« Bjorons Bruder deutete auf den ledernen Beutel.

»Nichts Wichtiges.« Die Worte kamen, ohne dass er darüber nachdenken musste. Geheimnisse bewahren war schon längst zu einem Reflex geworden, und noch hatte Darien nicht entschieden, wem er von der Geschichte um Jorimas erzählen wollte.

Kerlft zog eine buschige Augenbraue in die Höhe. »Eine Schriftrolle aus der Bibliothek des Ordens des ewigen Kreises ist nichts Wichtiges?«

Überrascht sah Darien auf. »Für einen Barbaren weißt du ziemlich viel.«

»Ich habe ein paar Jahre in Letharn verbracht. Dort habe ich einiges gelernt. Unter anderem, dass das Wort ›Barbar‹ oft als Beleidigung verwendet wird. Wir nennen uns selbst Hochländer oder Krieger der Hochlandstämme.« Keine Wut schwang in den Worten mit. Sie waren ein Hinweis, nicht mehr, nicht weniger.

»Hochländer ...« Darien musterte sein Gegenüber interessiert. Wer hätte gedacht, dass ein Verwandter von Bjoron so ruhig und höflich sein konnte? »Also der Gegensatz zu Tiefländer, das zumindest aus Bjorons Mund auch oft nach einer Beleidigung klingt.«

Ein Grinsen teilte Kerlfts Lippen, gefolgt von einem leisen Lachen. »Da hast du recht. Bei uns heißt es, Tiefländer haben keine

Ehre, und mein kleiner Bruder legt manchmal etwas zu viel Wert auf solche Dinge.« Bei diesen Worten wurde die Miene des Barbaren wieder ernst und er lehnte sich vor, musterte Darien nun seinerseits. »Du hast seine Vorurteile mehr bestätigt als widerlegt, fürchte ich. Auch wenn er zugeben musste, dass er ohne dich wahrscheinlich nicht mehr am Leben wäre. Er sagt, du hättest ihn davon abgehalten, weiterzukämpfen, als die Lage aussichtslos war.«

»Hat er das gesagt?« Da stritt der Barbar den ganzen Weg hindurch mit ihm und dann berichtete er seiner Familie etwas Positives? Es fiel Darien schwer, das zu glauben. »Ich hätte nicht gedacht, dass er so etwas zugeben würde.«

»Er ist viel zu ehrlich, um etwas anderes als die ganze Wahrheit zu sagen, wenn man ihn um einen Bericht bittet.« Bei diesen Worten fand Kerlfts Blick wieder den Beutel in Dariens Händen, fast als bemängle er, dass nicht jeder so war wie sein Bruder. »Ich kann lesen. Wenn du in diesen Schriften etwas suchst, finden wir es zu zweit vielleicht schneller.«

Darien öffnete den Mund, eine Ausrede schon auf der Zunge. Im nächsten Moment schluckte er sie hinunter. Er brauchte die Barbaren. Es würde nichts nützen, Kerlft wütend zu machen, indem er ihm auswich. Vielleicht war es tatsächlich Zeit, für ein wenig Ehrlichkeit. »Mir wäre es lieber, wenn so wenige Leute wie möglich irgendetwas über Dinge wüssten, die mit dem Orden, mit Nauri oder unseren weiteren Plänen zu tun haben. Bjoron hat dir doch sicher auch von den Spiegelmasken berichtet. Und von Orin.«

Kerlft nickte. »Eure weiteren Pläne … Das klingt, als hättest du welche.«

Mit einer schnellen Geste wischte Darien die Bemerkung beiseite. »Bisher nicht, aber das wird schon noch.«

Wenn diese Worte doch nur halb so wahr wären, wie sie klangen. Vielleicht konnte er sich nachts in Arandes' Gemächer schleichen und ihm die Kehle durchschneiden. Das würde all ihre Probleme lösen. Vorausgesetzt, der selbsternannte Weltherrscher besaß den Anstand, daran auch zu sterben. Seit Darien Naurandas Geschichte gelesen hatte, war er sich da nicht mehr so sicher.

»Ihr könntet hierbleiben.« Kerlft hob eine Hand, als Darien dazu ansetzte, zu widersprechen. »Diese Höhlen sind ein gutes Versteck, ganz bestimmt besser als jedes andere, das du in den Tieflanden finden kannst. Wir befinden uns ganz in der Nähe des Schlachtfeldes, und dort werden Arandes' Leute als Letztes wieder suchen. Sie denken, sie haben in dieser Gegend jeden getötet, der es wagte, sich ihnen entgegenzustellen. Wenn ihr eure Spuren gut verwischt habt, droht Nauri vorerst keine Gefahr.«

Darien verschränkte die Arme vor der Brust und lehnte sich zurück. Er hatte das Gefühl, dass der Barbar noch nicht fertig war. Besser, er ließ ihn ausreden, dann konnte er den Vorschlag einmal ablehnen und hatte danach seine Ruhe.

Tatsächlich fuhr Kerlft fort, nun mit mehr Nachdruck in der Stimme. »Bjoron hat mir erzählt, wie misstrauisch du bist. Aber ich hatte gehofft, im Gegensatz zu meiner Familie seist du vielleicht in der Lage, eine vernünftige Entscheidung zu treffen, ohne dich an irgendwelche festgefahrenen Vorstellungen zu klammern. Denk nach, Tiefländer. Was meinst du, wo das Kind sicherer ist? Hier, wo mehr Augen auf eine nahende Gefahr achten und wo wir euch zur Not noch einmal Zeit für eine Flucht erkaufen können? Oder allein mit dir, ohne dass du jemanden hast, der dir den Rücken freihält? Ich denke nämlich, Bjoron wird hierbleiben wollen.«

Darien seufzte. Dieser Barbar mochte gebildeter sein als die anderen, dennoch verschloss er die Augen vor so vielen möglichen Gefahren. »Das Problem mit den Spiegelmasken ist doch, dass derjenige, der mir den Rücken freihält, im nächsten Moment sein Schwert hineinrammen könnte. Da bin ich lieber allein.«

»So dass dich niemand davon abhalten kann, Nauri zu verraten, solltest du gezwungen werden, in eine Spiegelmaske zu blicken? Oder denkst du etwa, du bist dagegen gefeit?« Kerlft beugte sich vor. »Stell dir vor, du lässt das Kind in einem Versteck, um zu jagen oder zu kundschaften. Aber Arandes' Männer finden und fangen dich. Was tust du dann? Dann bräuchtest du einen Freund, der Nauri an einen anderen Ort bringt, dich befreit oder dich zumindest erlöst, falls du diesen Masken bereits anheimgefallen bist.«

Darien holte Luft, um zu antworten. Es gab ein gutes Argument gegen das, was Kerlft sagte, da war er sicher. Doch die Worte, die ihm gerade noch auf der Zunge gelegen hatten, lösten sich auf wie Nebel in der Sonne. Stattdessen fluchte er leise.

Er hatte alles gemacht wie immer, hatte die Grundsätze befolgt, die so tief in ihm verankert lagen, dass sie ein Teil von ihm geworden waren. Jeder Eingeweihte war ein potentieller Verräter, jeder zusätzliche Mann erhöhte das Risiko entdeckt zu werden. Doch das alles galt nur, wenn man jemanden töten wollte. Ein Attentäter konnte Gift schlucken und das Wissen über seinen Auftrag und den Namen des Auftraggebers mit ins Grab nehmen. Als Leibwächter würde er Nauri mit diesem einfachen Ausweg nicht helfen. Nicht, wenn er allein war.

Er biss sich auf die Unterlippe, musterte Bjorons Bruder nachdenklich. »Was für ein Interesse habt ihr an Nauris Sicherheit?«

Kerlft verdrehte ungeduldig die Augen, die Geste eines Mannes, der es gewohnt war, mehr zu wissen als die Menschen in seiner Umgebung. »Ist das nicht offensichtlich? Es war der letzte Wunsch unserer Mutter, sie zu beschützen. Außerdem ist sie unsere beste Hoffnung, Arandes zu besiegen. Sie zeigt ja tatsächlich Anzeichen der Kräfte, auf die deine Königin hoffte.«

Rache und der letzte Wunsch Jernsas. War das Grund genug, um zu riskieren, dass das Barbarenvolk endgültig ausgelöscht wurde? Bisher hatte Kerlft etwas vernünftiger gewirkt als sein Bruder. »Abgesehen von Verpflichtungen Toten gegenüber und solchen Dingen wie Rache, wieso wollt ihr Arandes besiegen? Ihr habt eure Pflichten als Verbündete mehr als erfüllt. Ihr könntet euch einfach in die Hochlande zurückziehen.«

Kerlft schüttelte den Kopf. »Ohne unsere Herden würden wir den nächsten Winter nicht überstehen.«

Das klang natürlich nach einem sehr zwingenden Grund. »Daran hatte ich nicht gedacht.«

Der Barbar hob die Schultern in einer gleichmütigen Geste. »Was sagst du nun? Willst du mit Nauri hierbleiben?«

Leise Schritte vom Höhleneingang gaben Darien einen Vorwand, nicht sofort zu antworten. Inzwischen war die Sonne draußen aufgegangen, und er erkannte nur eine Silhouette vor einem Stück blauen Himmels. Dann überschritt Bjoron die Grenze zwischen hereinfallendem Sonnenlicht und schwachem Feuerschein. Im Licht der herunterbrennenden Flammen wirkten seine Wangen eingefallen, tiefe Ringe lagen unter seinen Augen. Hatte er in der Nacht überhaupt nicht geschlafen?

Sein älterer Bruder war zusammen mit den schwer Verwundeten in einer zweiten Höhle untergebracht. Bjoron musste die meiste Zeit dort verbracht haben.

Ohne eine Begrüßung wandte er sich an Kerlft. »Tjark will mit dir reden.« Dann glitt sein Blick weiter zu Darien. »Und mit dir. Falls du irgendwem weit genug vertraust, um Nauri für eine Weile hier allein zu lassen …« Suchend sah er sich um, als erwarte er das Mädchen ganz in der Nähe. Doch Nauri lag weiter hinten in der Höhle und schlief zwischen den anderen Kindern.

»Sie ist nicht gestorben, als ich sie gestern Abend in deiner Obhut gelassen habe, oder?« Darien versuchte seiner Stimme einen beiläufigen Tonfall zu geben. Doch als er die Worte aussprach, wurde ihm klar, dass er bereits begonnen hatte, genau das zu tun, wozu Kerlft ihn anhielt. Im Verlauf des vergangenen Tages hatte er darauf gesetzt, dass Bjoron ihm den Rücken freihielt, hatte ihm womöglich sogar sein Leben zu verdanken.

Es blieb also nur die Frage, ob er diesen Pfad weiter beschreiten sollte. Vielleicht für eine Weile. Ganz vertrauen würde er so schnell niemandem, aber das Mädchen brauchte Ruhe. Und er auch. Beim ersten Anzeichen von Gefahr konnte er immer noch verschwinden. Das klang nach einem guten Plan.

Dann war da noch die Geschichte um Nauranda. Er brauchte mehr Informationen, musste wissen, ob es tatsächlich nur eine Frage der Zeit war, bis Nauri es mit Arandes und seinem ganzen Heer aufnehmen konnte. Es war schwer vorstellbar, doch nach dem, was er am vergangenen Abend gesehen hatte, erschien es ihm zumindest nicht mehr vollkommen unmöglich.

Kurz entschlossen wandte sich Darien Kerlft zu, zog schon wieder an den Lederschnüren, die den Beutel mit den Schriftrollen zusammenhielten. »Bevor wir zu deinem Bruder gehen … Vielleicht kannst du mir tatsächlich mit dieser Sache helfen.« Darien angelte nach dem länglichen Schriftstück und ignorierte dabei das Ziehen in seinem Handgelenk. Es war längst nicht mehr so schlimm wie am Abend zuvor. Schließlich reichte er Bjorons Bruder die erste Rolle. »Gib mir die Schriftrolle zurück, sobald du sie gelesen hast, und erzähl niemandem davon außer Bjoron. Ich schwöre, ich töte jeden, der abgesehen von euch beiden davon erfährt.« Auf keinen Fall durfte Arandes herausfinden, wie viel sie wussten. Vor allem dann nicht, wenn sich Dariens Vermutung als wahr erwies und es tatsächlich einen Zusammenhang zwischen dem Weltherrscher und Jorimas gab.

Kerlft lachte, allerdings nur so lange, bis er den düsteren Blick seines Bruders bemerkte. »Er meint das ernst?«

Bjoron nickte. »Auch wenn ich nicht verstehe, was an ein bisschen Papier so wichtig sein kann.«

Mit einem Schnauben schüttelte Kerlft den Kopf. »Wie solltest du auch?« Ohne eine Reaktion abzuwarten, wandte er sich Darien zu. »Gibt es irgendetwas, worauf ich achten sollte?«

»Sag mir später einfach nur, ob ihr Barbaren irgendwelche Geschichten zu der Sache kennt, die in den Tieflanden vielleicht nicht bekannt sind.«

Er wartete auf eine Bestätigung, doch einen Lidschlag lang starrte Bjorons Bruder ihn einfach nur an. »Ihr Hochländer«, verbesserte Darien eilig. Immer diese Barbaren und ihr Stolz.

Kerlft lächelte und nickte.

Bjoron

Die Höhle wurde langsam heller, während die Morgensonne draußen höher stieg. An einigen Stellen hatten Sonnenstrahlen einen Weg durch Schächte im Fels über Bjorons Kopf gefunden und tauchten alles in ein Muster aus Licht und Schatten. Sollte es regnen, würde sich zeigen, wo man noch trocken sitzen konnte, doch für den Moment war Bjoron froh, dass er sah, wohin er trat. Es fiel ihm so schon schwer genug, einen Fuß vor den anderen zu setzen.

Mit schleppenden Schritten ging er die Reihe der Schlafenden entlang. Sie war kurz, und er sah vor allem junge Gesichter – die Handvoll Kinder, die Kerlft in Sicherheit gebracht hatte, als sich abzeichnete, dass die Schlacht verloren war. Die meisten Erwachsenen lagen in der anderen Höhle, schrien und stöhnten vor Schmerz, verstrickt in einen Kampf gegen den Tod, den nicht jeder von ihnen gewinnen würde.

Das war also von den einst so stolzen Hochlandstämmen übrig. Selbst Tjark war nur noch ein Schatten seiner selbst, blass vom Blutverlust und nur hin und wieder ganz bei Bewusstsein.

Bjoron blieb stehen, als er im Halbdunkel einen für die Hochlandstämme untypischen schwarzen Haarschopf zwischen Fellen erspähte. Daneben lag ein zerwühlter Haufen Decken, Dariens Lager wahrscheinlich. Nun ließ sich Bjoron darauf sinken, zu erschöpft, um sich darum zu kümmern, wer dort zuvor geschlafen hatte. Er hatte die ganze Nacht über an Tjarks Lager gesessen, hatte darauf geachtet, dass sein Bruder nicht versuchte aufzustehen, und war nur ab und zu kurz eingenickt.

Er legte den Schwertgurt mit der Klinge ab, die er von dem toten Soldaten genommen hatte, und ließ sich zurückfallen, die Hände hinter dem Kopf verschränkt. Endlich schlafen.

Doch kaum bewegte er sich nicht mehr, fiel alle Müdigkeit von ihm ab. Sein Schädel pochte und seine Augen brannten, doch Unruhe nagte an seinen Eingeweiden. Das Stöhnen der Verwundeten, das er die ganze Nacht über gehört hatte, hallte noch immer in seinen Ohren.

Mit einem frustrierten Laut setzte er sich wieder auf und stützte den Kopf in die Hände.

»Es ist schwer, nicht wahr?«

Als Bjoron zusammenzuckte, wehte ein leises Lachen zu ihm herüber. Doch es klang hohl, nicht so fröhlich wie sonst. Dann trat Neljar in eine der Lichtsäulen. Der Sonnenschein spielte über sein Haar, ließ es golden leuchten, ein Kontrast zu dem matten Metall des Glücksbringers um seinen Hals. Mit einer Knochenspange schloss er das Fell, das er sich um die Schultern gelegt hatte, rückte seinen Gürtel mit dem Schwert daran zurecht. Er musste ein Stück abseits geschlafen haben.

Nun kam er direkt auf Bjoron zu, als hätte er auf ihn gewartet. Ohne eine Einladung abzuwarten, setzte Neljar sich neben Bjoron auf die Felle. Sein Blick blieb kurz an Nauri hängen, wanderte dann über die schlafenden Kinder.

»Es ist schwer, sie anzusehen und zu wissen, dass sie alles sind, was von unserer Heimat noch geblieben ist.«

Bjoron nickte nur. Was sollte er dazu auch sagen? Er versuchte die Wärme von Neljars Körper dicht neben sich zu ignorieren, sah ihn nicht an, sondern starrte wie er über die Reihe der schlafenden Gestalten. Was wollte Neljar? Warum saß er hier bei ihm?

»Wir hätten nicht verlieren dürfen«, sagte Neljar leise. »Es war keine große Streitmacht, und selbst die Leute zwischen unseren Reihen … Es waren Bauern, die meisten wussten kaum, wie man ein Schwert hält. Wenn wir nur ein wenig misstrauischer gewesen wären, hätten sie uns nichts anhaben können. Hätten wir nur besser auf die Warnungen des Tiefländers gehört, wäre das alles vielleicht nicht passiert. Aber wir waren so … arrogant.«

Der Schmerz in seiner Stimme war derselbe, den auch Bjoron fühlte. War Neljar deshalb gekommen? Um seinen Schmerz mit ihm zu teilen? Nun wandte Bjoron sich ihm doch zu. Er starrte ins Leere. Wo war das spöttische Lächeln geblieben, das Bjoron so oft zur Weißglut getrieben hatte?

Bjoron hob eine Hand, langsam, wie man es tat, wenn man versuchte das Vertrauen eines wilden Tieres zu gewinnen. Zu seiner Überraschung krallte der Berglöwe neben ihm nicht nach ihm, als Bjorons Fingerspitzen seine Wange berührten. Im Gegenteil, er schloss die Augen und lehnte sich ihm entgegen.

»Wir haben uns zu sehr darauf verlassen, dass wir schon gewinnen werden, wenn wir nur mit genug Kraft und Ehre kämpfen.« Neljars Stimme sank zu einem kaum hörbaren Flüstern. Als wären die Worte nicht für ihn bestimmt, als müssten sie einfach nur heraus. »Manchmal frage ich mich, ob wir ohne Ehre und mit mehr Verstand nicht besser dran wären.«

Die Worte beschworen das Bild des toten Soldaten herauf. Desjenigen mit dem Einstichloch dicht hinter dem Ohr. Was wären sie ohne Ehre? Bjoron schüttelte den Kopf. »Vielleicht hast du recht, was den Verstand angeht. Aber Ehre ist das, was uns von dem Schlächter Arandes unterscheidet.«

Mit einem bitteren Lachen lehnte sich Neljar aus seiner Reichweite. »Deshalb hat er auch gewonnen und wir nicht.«

»Er hat noch nicht gewonnen!« Die Worte kamen etwas zu laut heraus, und einige der Kinder regten sich unruhig. Eilig senkte

Bjoron die Stimme. »Noch gibt es einige von uns, die kämpfen können. Solange hat er nicht gewonnen.«

Ein schwaches Lächeln huschte über Neljars Lippen. »Aber wie sollen wir kämpfen? Sollen wir zu dritt gegen eine ganze Armee antreten wie die Helden aus alten Zeiten?«

Diese Vorstellung war nicht ohne einen gewissen Reiz. Bjoron grinste. »Das klingt nach einem guten Abgang.«

»Aber nicht nach einem guten Weg zum Sieg. Oder kennst du eine Geschichte, in der jemand so eine Unternehmung überlebt hätte?«

»Nein.« Bjoron rieb sich die schmerzenden Schläfen. »Ich weiß nicht, was das Beste ist. Aber meine beiden Brüder beraten gerade darüber. Und wenn Tjark sich freiwillig anhört, was Kerlft zu sagen hat, dann heißt das, er ist bereit für ein paar Veränderungen.«

»Was, wenn sie beschließen, weniger ehrenhaft zu kämpfen? Was würdest du tun?« Neljar sah ihn von der Seite her an, ein Funkeln in den Augen. Ein Teil seines Schmerzes schien verflogen oder er hatte ihn zumindest wieder gut versteckt. er wirkte entspannt, als seine Finger durch sein Haar fuhren, es ein wenig ordneten.

Bjoron hob die Schultern. »Ich habe mich gestern gefangen nehmen lassen. Es stünde mir nicht an, eine solche Entscheidung infrage zu stellen.«

»Dich zur rechten Zeit zu ergeben, hat dafür gesorgt, dass du nun weiterkämpfen kannst. Das klingt mir nach einer sinnvollen Art zu handeln. Warum sollte so etwas eine Schande sein?«

Bjoron öffnete den Mund, um zu antworten. Dann klappte er ihn wieder zu. Ja, warum? Weil sich zu ergeben bedeutete, sein Schicksal in die Hände eines anderen zu legen. Nur Feiglinge ergaben sich, weil sie den Tod so sehr fürchteten, dass sie lieber in Gefangenschaft lebten, als in Freiheit zu sterben. So hatte er es gelernt. Doch ihm war es nicht um sein eigenes Leben gegangen ...

Für eine Weile saß Neljar stumm neben ihm, den Blick in die Ferne gerichtet. Als er wieder sprach, tat er es sehr bedächtig. »Du hast recht, es wäre falsch, die Ehre ganz aufzugeben. Ich kenne die Geschichte, wie dein Vater mit der alten Königin der Tieflande Freundschaft geschlossen hat. Das hätte nicht funktioniert, hätte einer von beiden so gekämpft wie Arandes.«

»Daran habe ich noch gar nicht gedacht.«

Kurz blitzte ein Hauch des alten spöttischen Lächelns in Neljars Augen auf, doch es verlosch so schnell wieder, wie es gekommen war. »Ich denke, es gibt Dinge, die manchmal eine Schande sind und manchmal nicht. Wir sollten uns nicht stur an das halten, was wir gelernt haben. Keiner unserer Ahnen hat je erlebt, was wir nun erleben. Es gibt keine Weisheiten, die uns genau sagen, wie wir uns nun verhalten sollen. Wir müssen uns selbst etwas überlegen.« Er drehte sich und sein Blick traf den Bjorons. »Ich denke, solange wir nicht vergessen, dass man den Gegner respektiert …«

»… und dem Tod stolz ins Auge sieht.« Automatisch murmelte Bjoron die Worte, die jedes Kind der Hochlandstämme lernte.

Neljar stieß ein belustigtes Schnauben aus. »Genau. Vielleicht ist der ganze Rest nicht so wichtig.«

Zumindest für Bjorons erschöpften Geist klangen diese Worte sinnvoller als das meiste, was er in den letzten Tagen gehört hatte. Er lehnte sich zurück, stützte sich nach hinten ab und sah zu, wie Neljar sich wieder mit den Fingern durchs Haar strich, an einem Knoten zog. Die flinken Bewegungen seiner Finger hatten etwas Beruhigendes. Während Bjoron ihn beobachtete, zog die Müdigkeit an ihm, ließ seine Glieder immer schwerer werden. Die Augen fielen ihm zu, und er blinzelte, zwang sie wieder auf. Es gab so schon genug, weswegen Neljar ihn verspotten konnte, ohne dass er mitten im Gespräch mit ihm einschlief.

»Vielleicht finden wir tatsächlich einen Weg, Arandes zu besiegen, ohne uns vor unseren Ahnen schämen zu müssen.« Neljars Blick glitt wieder zu Nauri hinüber. »Vielleicht spielt sie dabei eine wichtige Rolle.«

Bjoron richtete sich wieder auf und sah ebenfalls zu dem Mädchen hinüber, von dem nur der schwarze Haarschopf unter der Felldecke hervorragte. »Sie ist noch ein Kind. Die Tiefländer mögen ihre Hoffnungen auf sie setzen. Vielleicht liegen sie damit auch nicht ganz falsch. Aber wir können unsere Schlachten selbst schlagen.«

Neljars Finger verharrten an dem Knoten. Er sah Bjoron an, ein Funkeln in den Augen. »Was ist mit den Devra? Damals musste Djorn auch unter den Tiefländern nach Verbündeten suchen.«

Kein guter Vergleich. Bjoron schüttelte den Kopf, versuchte die Müdigkeit noch einmal loszuwerden, um die richtigen Worte zu finden. »Damals bestanden die Hochlandstämme noch zum größten Teil aus Jägern und Yakhirten. Heute folgen wir alle Djorns Beispiel und schmieden uns Schwerter an den östlichen Hängen.«

»Ja, aber heute sind wir nur noch wenige.« Das Funkeln verschwand aus Neljars Blick, kurz bevor er sich abwandte. »Und ist dir schon aufgefallen, dass sich fast dieselbe Gruppe wie damals wieder zusammengefunden hat?«

Bjoron runzelte die Stirn. »Was meinst du damit?«

»Eine Magierin.« Neljar nickte in Nauris Richtung. »Wenn das stimmt, was die Tiefländer glauben, ist es sogar dieselbe wie damals. Dann war da noch Veren. Nun, Darien ist kein Dieb, aber …«

Das brachte Bjoron zum Grinsen. »Ich weiß, was du meinst. Er ist nah genug dran.« Das Grinsen verschwand, als ihm klar wurde, worauf Neljar weiter hinauswollte. »Aber ich bin nicht Djorn.«

Sie schnaubte. »Natürlich nicht. Glaub ja nicht, ich würde versuchen, dich mit dem größten Helden aller Zeiten gleichzusetzen. Du reichst nicht einmal annähernd an ihn heran. Aber du bist ein Krieger der Hochlandstämme, genau wie er. Nah genug dran, wie du es vorhin genannt hast.«

Nun war es an Bjoron, zu schnauben. Nur Neljar schaffte es, jemandem zuzustimmen und ihn gleichzeitig zu beleidigen. »Jorimas fehlt«, brummte er.

Neljar nickte. »Ich sagte ja auch nur fast dieselbe. Aber ich finde, das reicht schon, damit man darüber nachdenken sollte, ob es etwas zu bedeuten hat.«

Nachdenklich starrte Bjoron auf Nauri hinab. Konnte es wirklich sein, dass hinter alldem mehr als Zufall steckte? Wie wahrscheinlich war es, dass ausgerechnet einem ehemaligen Attentäter Nauris Schutz übertragen wurde, einem Mann, der durch die Nacht schleichen konnte wie ein Dieb? Wie wahrscheinlich war es, dass dieser Mann auf der Flucht den Weg in das Heereslager der Hochlandstämme fand, dass ausgerechnet er von einer alten Schuld wusste, die Jernson dazu bewegte, ihm einen seiner Söhne mitzugeben? »Aber was könnte es bedeuten?«

Neljar zuckte mit den Schultern. »Vielleicht dass die Ahnen eine schützende Hand über euch halten, solange ihr zusammensteht. Ich weiß es nicht.« Mit einer geschmeidigen Bewegung erhob er sich, blickte auf Bjoron hinab. »Aber vielleicht ist dies auch nicht der beste Zeitpunkt, um darüber zu sprechen. Du siehst schrecklich aus. Sieh zu, dass du ein bisschen schläfst. Heute Abend musst du beim Jagen mit mir mithalten können.«

Jagen? Doch natürlich jagte es sich zu zweit besser als allein, und so viele Leute, die für all die hungrigen Mäuler Nahrung beschaffen konnten, gab es nicht. »Wir werden ja noch sehen, wer mit wem mithalten muss.« Die Erwiderung kam wie von selbst über seine Lippen.

Neljar grinste. »Herausforderung angenommen. Ich sorge diesmal auch dafür, dass du nicht verschläfst.«

Bjoron lachte nur und ließ sich wieder auf die Felle sinken. Seltsamerweise schmerzte der Spott nicht mehr so sehr, nun da er den verletzlichen Kern hinter Neljars Krallen gesehen hatte. Es störte ihn sogar kaum noch, dass die Metallscheibe seines Glücksbringers an Neljars Hals schwang, während er davonging. Vielleicht war es gut, dass er ihm diesen Talisman damals in der Nacht vor ihrem Kampf geschenkt hatte. Vielleicht hatte das Schmuckstück auf dem Schlachtfeld Neljars Leben gerettet. Und kurz bevor Bjoron in den Schlaf sank, wurde ihm klar, wie sehr es ihn erleichterte, dass Neljar nicht zu Arandes' Opfern gehörte.

Berinda

Der einzige Vorteil an Marlenas Verschwinden war, dass Berinda nun alle Decken für sich hatte. Sie lag darin eingewickelt auf ihrem Lager aus Stroh, die Beine dicht an den Körper gezogen zum Schutz vor der Kälte. Die wachen Stunden mit ihrer nagenden Ungewissheit, ob Darien und Nauri ihren Häschern noch einmal entkommen waren, verschwammen mit unruhigen Träumen, aus denen sie ebenso erschöpft erwachte, wie sie eingeschlafen war. Die Wächter brachten weitere Mahlzeiten, doch Berinda beachtete sie nicht. Nur der Durst trieb sie manchmal aus ihrem Kokon und zum Wasserkrug.

Schritte auf dem Gang rissen sie aus richtungslosem Halbschlaf. Berinda hielt den Atem an und lauschte. Auf leisere Tritte neben den schweren der Soldatenstiefel. Auf eine Stimme, die sie kannte. Immer wenn sie nichts dergleichen hörte, sankt sie zurück, erlaubte sich ein kurzes Aufatmen. Immerhin ein weiterer Tag, an dem man Nauri noch nicht in diesen Kerker gebracht hatte.

Diese Schritte hielten vor ihrer Tür. Schon wieder eine Mahlzeit? Die letzte dampfte noch in ihrer Schale.

Als der Schlüssel im Schloss klickte, mühte sich Berinda in eine sitzende Position. Die Tür schwang auf, und eine inzwischen nur allzu vertraute Silhouette zeichnete sich vor dem Fackelschein des Gangs ab. Was wollte er noch von ihr?

Ihr Stolz trieb sie weiter in die Höhe und auf die Füße. Schwindel erfasste Berinda, Schatten krochen von den Rändern ihres

Sichtfelds heran. Nun rächten sich die ausgelassenen Mahlzeiten. Doch sie würde Arandes stehend gegenübertreten. Sie presste die Lippen aufeinander, versuchte sich mit reiner Willenskraft auf den Beinen zu halten, schwankte, aber fiel nicht. Schließlich klärte sich ihr Blick.

Nur ein Schatten blieb. Eine Gestalt in dunkler Kutte, die hinter Arandes in die Zelle trat. Spiegelsplitter blinkten am Saum des langen Kleidungsstücks, wiesen die Erscheinung als dieselbe aus, die Berinda schon einmal im Thronsaal gesehen hatte.

»Was verschafft mir die Ehre?« Ihre Stimme klang heiser, doch das ließ sich nicht ändern.

Arandes quittierte die Frage nur mit einem Lächeln. Dasselbe Lächeln wie im Thronsaal. Er machte einen Schritt zur Seite, sodass die Gestalt mit der Spiegelmaske an ihm vorbei und auf Berinda zu treten konnte.

Oh nein ...

Unwillkürlich wich sie einen Schritt zurück. Sie hielt den Blick fest auf Arandes gerichtet, um nicht aus Versehen in die Maske zu schauen. So entging ihr nicht, wie sein Lächeln verschwand. Sein Blick klebte förmlich an der Gestalt in der Kutte, als erwarte er, dass sie gleich etwas Außergewöhnliches tat.

Berinda zwang sich, stehenzubleiben. Sobald sie bis zur Wand zurückgewichen war, saß sie ohnehin in der Falle. Wieso also nicht vorher ein bisschen Rückgrat beweisen, sich ein wenig ihrer Würde bewahren? Sie nahm die Schultern zurück, starrte weiter Arandes an.

Der Vorsatz hielt, bis die dunkle Gestalt eine stoffverhüllte Hand hob. Sie schüttelte den Ärmel zurück, sodass menschliche Finger darunter zum Vorschein kamen. Berinda hatte Pflanzen unter solchen Fingern verdorren sehen. Nun streckten sie sich nach ihr aus. Gegen ihren Willen machte sie einen weiteren Schritt rückwärts – und fühlte nun tatsächlich kalten Stein im Rücken. Wie armselig. Vielleicht hatte Marlena recht, vielleicht hätte ihre Mutter ...

Die Spiegelmaske drohte ihr Blickfeld einzunehmen, und sie schloss die Augen, wartete mit klopfendem Herzen auf die Berührung, die vielleicht den Tod bringen würde.

Kühle Finger strichen über ihre Stirn. Berinda zuckte zusammen, rechnete jeden Augenblick mit dem Schmerz. Doch er kam nicht. Stattdessen hörte sie dumpfen Atem unter der Maske. Das spiegelnde Rund schwebte wahrscheinlich dicht vor ihrem Gesicht. Nur nicht die Augen öffnen. Auf keinen Fall die Augen öffnen.

Kurz verharrte die Hand an Berindas Schläfe. Dann zog sie sich zurück.

»Sie eignet sich ohne Zweifel hervorragend.« In der Stimme schwang das Klirren von Glas mit. »Aber wir brauchen mehr.«

»Es hat bereits einmal mit einem funktioniert.« Arandes' Antwort kam aus der Richtung der Tür.

»Nur mit anfänglichen Schwierigkeiten.«

Was hatte schon einmal mit einem funktioniert? Einem was? Und was für Schwierigkeiten? Stoff raschelte, Glas klickte leise auf Glas. Berinda wagte es, die Augen zu öffnen, richtete den Blick jedoch sofort zu Boden.

Der Saum der Robe wischte über den unebenen Stein, als sich die Gestalt mit der Spiegelmaske von ihr abwandte.

»Dann müssen wir uns weiterhin bemühen, die beiden Wächter lebend zu fangen, egal, wie viel Ärger sie uns schon bereitet haben.« Arandes stand noch immer in derselben Haltung bei der Tür. »Dank der Anführerin des Ordens haben wir nun zumindest ein genaues Bild des einen. Das macht es leichter, ihm eine Falle zu stellen.« Sprach er von Marlena? Hatte sie tatsächlich irgendwelche Geheimnisse verraten? Berindas leerer Magen zog sich zu einem festen Klumpen zusammen. Doch von welchen Wächtern war die Rede?

»Einen Köder haben wir auch.« Sah die Gestalt in der Kutte bei diesen Worten etwa in ihre Richtung? Berinda wagte es nicht, direkt hinzuschauen, doch am Rand ihres Blickfelds blitzte die Maske, eindeutig ihr zugewandt.

Sie holte tief Luft, trat einen Schritt vor und begegnete dem Blick des Weltherrschers. Sie musste zumindest versuchen, ein paar Antworten zu bekommen. »Was habt ihr mit mir vor?«

Wieder spielte das Lächeln über Arandes' Züge. »Ihr besitzt keine Informationen mehr, die ich brauche ... Majestät. Daher müsst Ihr auch nicht wissen, was ich plane.«

Sein Blick ging zu der unangetasteten Mahlzeit auf dem Tablett neben dem Strohlager. »Aber ich rate Euch, zu essen. Sonst muss ich jemanden herunterschicken, der mit Gewalt einige Bissen in Euch hineinzwingt. Das wollt Ihr nicht, nicht wahr?«

Ohne eine Antwort abzuwarten, machte er auf dem Absatz kehrt und verließ die Zelle. Sein kuttentragender Schatten folgte ihm, und kurz blitzten die Spiegelscherben blutrot im Licht der Fackeln.

Erschöpft ließ sich Berinda auf ihr Lager sinken. Noch brauchte Arandes sie also lebend. Als Köder. Würde es ihr gelingen, sich vorher zu Tode zu hungern? Sie hob die Schüssel mit dem lauwarmen Essen auf, sah darauf hinab. Der Geruch, der davon ausging, ließ ihren Magen knurren. Oder war es besser, wenn sie darauf achtete, bei Kräften zu bleiben?

Welche zwei Wächter wollte er überhaupt fangen? Berinda wusste nur von einem, den sie fortgeschickt hatte. Darien. War er noch auf freiem Fuß? Hatte er einen Verbündeten gefunden? Dieser Besuch von Arandes hatte mehr Fragen aufgeworfen als beantwortet. Doch eines stand fest. Worum auch immer es ging, sie musste eine Möglichkeit finden, ihm einen Strich durch die Rechnung zu machen.

Bjoron

Es hatte Bjoron den gesamten Abend gekostet, die Leiche seiner Mutter zu finden. Er war gleich nach der Jagd aufgebrochen, unter dem Vorwand, ein besseres Schwert zu brauchen als das, das er Arandes' Soldaten abgenommen hatte. Es stimmte. Diese armseligen Nachahmungen einer richtigen Waffe hatten noch nicht einmal eine ordentliche Spitze.

Jernsa lag zusammen mit einigen anderen Stammesfürsten inmitten eines Rings aus gefallenen Feinden. Ihre Finger umklammerten immer noch den Griff des Schwertes. In ihrer Schulter steckte ein abgebrochener Pfeil, ein weiterer in ihrem Oberschenkel. Doch getötet hatte sie die klaffende Wunde in ihrer Brust. Wenn Bjoron die Augen schloss, konnte er sich vorstellen, dass sie von einem Berglöwen stammte und nicht von der Klinge eines Feiglings.

Wenn er die Augen schloss, glaubte er zwischen dem Krächzen der Raben auch das Flüstern der Geister zu hören. Sie waren ruhelos, ungerächt und unbegraben. Das Begräbnis hatte Kerlft ihnen verwehrt, hätte es ihre Feinde doch nur darauf aufmerksam gemacht, dass einige von ihnen überlebt hatten. Aber Rache würden sie noch bekommen.

Bjoron ging neben seiner Mutter in die Knie und blickte in deren eingefallene Züge. »Mit deiner Erlaubnis nehme ich mir dein Schwert, Mutter. Ich schwöre, dass ich es dazu verwenden werde, das Blut derjenigen zu vergießen, die für deinen Tod verantwortlich sind.«

Sanft wand er die Klinge aus Jernsas Griff. Es schnürte ihm die Kehle zu, als er daran dachte, wie stark diese Hände einst zugepackt hatte. Das Kind in ihm hoffte mit jedem verstreichenden Moment, seine Mutter die Augen aufschlagen zu sehen. Gleich würde sie sich erheben und nach einem Heiler rufen, der sie wieder zusammenflicken sollte. So war es doch immer gewesen. Jernsa konnte nicht einfach sterben. Sie war mehr als eine einfache Frau.

Aber da lag sie, blass und reglos, und die Raben hatten bereits an ihren Innereien gefressen.

Tränen ließen das Gesicht seiner Mutter verschwimmen, und Bjoron wischte sie eilig fort. Er würde nicht vor seiner Mutter weinen, egal ob tot oder lebendig. Abrupt erhob er sich und schob sein neues Schwert in die Scheide.

»Arandes wird für das büßen, was er getan hat.«

Mit diesen Worten wandte er sich ab. Während sich die Nacht über das Schlachtfeld senkte und das Flüstern der Geister immer lauter und wütender wurde, stieg Bjoron vorsichtig über die Leiber der Gefallenen und suchte sich seinen Weg durch den Wald zurück zum Lager.

Im Eingang der Höhle stand eine kleine Gestalt und wartete auf ihn. Als er zwischen den Bäumen hervortrat, lief Nauri ihm entgegen. Mit einem schüchternen Lächeln nahm sie seine Hand, und ihm war, als würde das Flüstern der Geister erst jetzt ganz verstummen, als wäre er gerade erst wieder richtig in der Welt der Lebenden angekommen. Nur das Gewicht des Schwertes an seiner Seite kündete noch von seinem Ausflug unter die Toten und von seinem Racheschwur.

»Hat Darien dich etwa aus den Augen gelassen?«, fragte er Nauri.

»Ich bin hier.« Der Tiefländer trat aus dem Schatten der Höhle, in einer Hand seine heiß geliebte Schriftrolle. »Sie hat auf dich gewartet wie eine liebeskranke Hofdame auf ihren Verehrer. Langsam bekomme ich das Gefühl, sie mag dich lieber als mich.«

Bjoron grinste. »Das kann ich ihr nicht verdenken.« Als er zu Nauri hinabsah, grinste sie ebenfalls, und die Geste ließ ihr Gesicht im Zwielicht strahlen. Die Erinnerung an die eingefallenen Züge der Toten verblasste.

Schließlich wandte sich Bjoron wieder Darien zu. Er nickte in Richtung der Schriftrolle. »Ich dachte, die hättest du Kerlft gegeben.«

»Das hier ist eine andere. Es gibt zwei davon.«

Tiefländer … Selbst auf der Flucht fanden sie noch die Zeit, eine halbe Bibliothek mitzunehmen. Bjoron würde sie nie verstehen. »Wenn mein Bruder davon erfährt, wird er versuchen, sie dir auch noch abzuschwatzen.« Er schob sich an Darien vorbei in die Höhle, Nauri immer noch an der Hand. Seiner Meinung nach hatten sie deutlich wichtigere Dinge zu tun, als alte Texte zu lesen. Schlafen zum Beispiel, um bald wieder ausgeruht in die Schlacht zu ziehen.

Darien

Metall klirrte auf Metall. Mit einem hässlichen Schaben glitt Bjorons Klinge an der Dariens entlang, zischte dicht an seiner Schulter vorbei gen Boden. Der Barbar brach seinen Angriff ab und sprang zurück.

Der Trick funktionierte tatsächlich, auch wenn Darien noch nicht wusste, was er davon halten sollte, dass er gerade von einem Barbaren etwas Nützliches über das Kämpfen gelernt hatte.

»Das ist erstaunlich einfach.« Um die Wucht eines überkopf geführten Hiebes abzulenken, anstatt sie ganz zu fangen, musste man nur das Schwert im richtigen Winkel halten. Dann glitt die Klinge des Gegners daran ab wie Regen am Gefieder einer Ente.

»Offensichtlich nicht einfach genug, damit ihr Tiefländer darauf kommt.« Bjoron grinste, schwang sein Schwert diesmal in einem Bogen. Eilig ließ sich Darien in die Hocke fallen, stützte sich im taufeuchten Gras ab und trat nach den Knöcheln des Barbaren. Doch dieses Manöver hatte er bereits zu oft verwendet. Mühelos wich Bjoron aus.

»Ich wette, normale Soldaten lernen so etwas.« Darien kam sofort wieder auf die Beine. »Meine Ausbildung hat sich einfach zu sehr darauf konzentriert, Leute hinterrücks zu …« Der Rest des Satzes ging in einem Fluch unter, als die Klinge des Barbaren auf ihn zuschoss. Schnell drehte er sich weg, Stoff riss.

»Wunderbar … Das Hemd habe ich gerade erst geflickt.«

»Du hättest Kleidung von uns haben können.«

»Ich dachte, du wärst vielleicht froh, dass ich nichts von euren Toten trage.«

Schlagartig verschwand das Grinsen aus Bjorons Miene. Er ließ das Schwert sinken und trat einen Schritt zurück. Sie hatten keine andere Wahl gehabt, als ein paar Dinge vom Schlachtfeld zu holen. Kleidung, Waffen und Fellumhänge, die gut als Decken dienen konnten. Vielleicht war es keine so gute Idee gewesen, den Barbaren daran zu erinnern. Doch Bjoron schüttelte nur den Kopf und nahm wieder Angriffsposition ein.

»Sag mir lieber endlich, worüber Tjark gestern mit dir sprechen wollte.«

»Das willst du nicht wissen.«

Der nächste Angriff kam in einem Wirbel blitzenden Metalls, trieb Darien mehrere Schritte zurück. Er tauchte unter einem Hieb durch, zog einen blutigen Kratzer über Bjorons Seite, um zu zeigen, dass er ihn in einem echten Kampf hätte töten können. Doch der Barbar schien es nicht einmal zu bemerken. Er setzte seine Schläge entschlossener als zuvor, sein Mund war ein dünner Strich. In Darien machte sich das ungute Gefühl breit, dass sie nicht mehr nur zur Übung kämpften.

Bjorons Klinge prallte von seiner ab. Zu spät bemerkte Darien, dass sie nur einen kleinen Bogen beschrieb. Dann explodierte Schmerz in seinem Handgelenk.

Im nächsten Moment lag sein Schwert zu seinen Füßen und die Spitze von Bjorons Waffe an seiner Kehle. »Jetzt sag mir, worüber Tjark mit dir sprechen wollte. Deine Geheimniskrämerei geht mir gehörig auf die Nerven.«

Darien fluchte zwischen zusammengebissenen Zähnen. Ohne die Klinge zu beachten, die ohnehin nur eine leere Drohung darstellte, senkte er den Blick auf die Stelle, an der sich die Fingerabdrücke des Spiegelmannes auf seiner Haut abzeichneten. Sie heilten erstaunlich schnell. Wenn er das Gelenk normal bewegte, spürte er nur ein Ziehen, manchmal ein dumpfes Pochen. Doch nun zog sich ein frischer Kratzer genau durch eine der noch immer ein wenig entzündeten Stellen. »In Sachen Hinterhältigkeit lernst du ziemlich schnell.«

»Das war nicht hinterhältig. Du bist einfach nicht schnell genug ausgewichen.« Langsam kroch das Grinsen auf Bjorons Züge zurück. Er senkte sein Schwert. »Sagst du mir jetzt, was Tjark von dir wollte?«

»Warum fragst du ihn nicht selbst?«

»Er hat geschlafen, als ich vorhin bei ihm war.«

»Und warum willst du es so dringend wissen, dass du mich sogar bedrohst?«

Der Barbar schob das Schwert zurück in die Scheide und hob die Hände, als wollte er sagen, dass von einer Drohung nicht die Rede sein konnte. »Weil du ein solches Geheimnis darum machst. Das heißt, es ist was Unerfreuliches.«

Auch Darien ließ seine Waffe in eine Scheide gleiten, die inzwischen an seiner Seite hing. Er seufzte. »Gut ... Ich sage es dir. Aber mach mir keine Vorwürfe, wenn du rausfindest, dass du es tatsächlich nicht wissen wolltest. Es ging darum, was mit den Verwundeten geschehen soll, falls Arandes' Leute dieses Versteck finden.«

»Jeder, der nicht laufen kann, muss sterben. Das weiß ich.«

»Auch dein Bruder kann im Moment nicht laufen.« Dariens behandschuhte Rechte blieb sicherheitshalber auf dem Schwertknauf liegen. Je besser er ihn kennenlernte, desto schwerer fiel es ihm, den Barbaren einzuschätzen, der so schnell von einem Wutanfall zu erstaunlicher Ruhe und zurück wechseln konnte. »Er hat mich gebeten, darauf zu achten, dass du und Kerlft nicht versucht, ihn mitzunehmen.«

Bjoron nickte nur, langsam und mit verkniffener Miene. Er öffnete den Mund, um etwas zu sagen.

Mit einem Mal gellte ein Chor spitzer Kinderschreie vom Höhleneingang herüber.

Das Gefühl, mit dem sein Herz einen Satz machte und dann schneller weiterschlug, war in den vergangenen Tagen zu etwas Vertrauten geworden. Dariens Kopf ruckte in die Richtung der Schreie, die Richtung, in der er auch Nauri wusste. Dieselben kleinen, in Felle gekleideten Gestalten, bei denen er sie zurückgelassen hatte, wichen nun vor irgendetwas zurück, riefen dabei aufgeregt durcheinander. Noch ehe seine Sinne Zeit hatten, sonst irgendetwas zu erfassen, rannte er los. Musste das Mädchen denn wirklich ständig in Schwierigkeiten geraten?

Darien hetzte den flachen Hang hinauf, auf dem nur vereinzelte Bäume standen. Tau stob in Tropfen davon, als er zwischen Farnen und kniehohen Gräsern hindurchbrach. Je näher er dem Höhleneingang kam, desto felsiger und tückischer wurde der Boden, und er musste darauf achten, nicht zu stolpern. Dennoch hielt er im Laufen nach einem schwarzen Haarschopf Ausschau. Wo war Nauri?

Er entdeckte sie unter den Ästen eines Gebüschs, das nicht weit vom Höhleneingang direkt aus dem Fels zu sprießen schien. Sie kauerte dort, das Gesicht zwischen den Knien vergraben. Abgesehen von der dunkleren Haarfarbe unterschied sie sich nicht mehr von den anderen Kindern, trug ebenfalls Hemd und Hose aus brauner Yakwolle und Fell. Doch nun war sie die Einzige, die sich nicht bewegte.

Wind zerrte an den Zweigen über Nauri, und sie machte sich noch kleiner, schlang die Arme um ihre Beine.

Wind? Nein. Die Äste wiegten sich nicht einfach in einer Brise, sondern neigten sich immer weiter hinab. Es war, als beuge sich das ganze Gewächs zu dem Mädchen herunter, um es in seine grünen Arme zu schließen.

Darien wurde langsamer. Er erkannte die Art der Magie, die dort am Werk war, hatte sie beim Ordenskloster von Letharn bereits selbst erlebt. Ein weiterer Beweis dafür, dass sie Berindas Hoffnung erfüllte? Darien hoffte nur, dass er nicht an ihr Grab würde gehen müssen, um ihr zu sagen, dass sie recht behalten hatte.

Bjoron

Der Junge schob trotzig die Unterlippe vor, während er darum kämpfte, Bjorons Blick standzuhalten. Er konnte höchstens zwei Jahre älter sein als Nauri. Sein Name war Vjen, falls Bjoron sich richtig erinnerte. »Sie hat nicht geredet. Ich wollte nur, dass sie was sagt.«

»Klingt nicht nach einem guten Grund, jemanden zu schlagen.« Bjoron bemühte sich um einen strengen Blick, auch wenn er sich dunkel erinnerte, dass ihn das früher nie beeindruckt hatte. Kindererziehung war Aufgabe der Alten, woher sollte er wissen, wie er sich verhalten musste? Mit Nauri kam er zurecht, die gab immerhin keine Widerworte. Dieser Junge dagegen war eine ganz andere Sache.

Vjen ballte die Fäuste an seinen Seiten. »Sie ist eine von den feigen Tiefländern! Sie hätte sich wenigstens bedanken können. Meine Eltern sind gestorben, um sie zu verteidigen!«

Darum ging es also. In gewisser Weise konnte Bjoron den Jungen verstehen. Dennoch versetzte er ihm einen kräftigen Klaps auf den Hinterkopf. »Es sind nicht nur deine Eltern gestorben, und sie haben nicht nur die Tiefländer, sondern auch dich und ihre eigene Freiheit verteidigt. Trauer so viel du willst und sei wütend, auf wen du willst. Aber wenn ich dich noch mal dabei erwische, wie du jemanden angreifst, der schwächer ist als du, zeige ich dir, wie es sich anfühlt, auf der anderen Seite zu stehen.«

Vjen rieb sich die Stelle, an der ihn die flache Hand getroffen hatte, die Miene noch immer düster und voller Trotz. »Dann lasst mich was Sinnvolles tun. Ich will kämpfen, ich will meine Familie rächen!«

Bjoron setzte dazu an, den Kopf zu schütteln. Vjen war viel zu jung, um zu kämpfen. Aber dann hielt er inne. Die Worte, die er auf dem Schlachtfeld gesprochen hatte, kamen ihm wieder in den

Sinn. Konnte er jemanden um seine Rache bringen, egal wie jung? Wusste er nicht ganz genau, welche Gefühle im Inneren dieses Kindes brodelten? Er beugte sich vor. »Dann weiß ich was sehr Sinnvolles für dich. Geh zu Neljar und bitte ihn um einen Übungskampf. Wenn du mit dem Schwert besser wirst als Kerlft, lässt Tjark dich vielleicht mitkämpfen, wenn wir wieder in die Schlacht ziehen.«

Vjens Augen wurden groß, als könnte er nicht so recht an dieses Versprechen glauben. Doch dann presste er entschlossen die Lippen aufeinander und nickte. Ohne ein weiteres Wort flitzte er davon. Als Bjoron sich den anderen Kindern zuwandte, senkten die eilig die Blicke und zerstreuten sich in alle Richtungen.

Hinter ihm erklang ein heiseres Lachen. Der Tiefländer stand neben dem Busch, der Nauri immer noch einschloss wie ein grüner Kokon, und schüttelte den Kopf. »Deinen Optimismus hätte ich gern. Was man mit einem Haufen Kinder und Verwundeten machen kann, würde ich nicht ›in die Schlacht ziehen‹ nennen.«

Konnte der Tiefländer nicht einmal einfach den Mund halten und etwas unkommentiert lassen? Als ob Bjoron nicht selbst wusste, wie es um sie stand. Aber das war noch lange kein Grund, die Hoffnung aufzugeben. Vor allem nach dem, was Neljar am vergangenen Morgen gesagt hatte. Zu gerne wollte Bjoron glauben, dass die Zusammensetzung ihrer Gruppe etwas zu bedeuten hatte. Dass es ihnen irgendetwas nützen würde, wer und was sie waren. Doch momentan versteckte sich ihr wichtigstes Mitglied, die große Magierin Nauranda, in einem Busch.

Er deutete auf das Gewächs, das sich nur noch leicht in einer kühlen Morgenbrise wiegte. Die Äste waren lose miteinander verflochten, als hätte jemand versucht, einen Korb daraus zu machen und wäre kläglich gescheitert. »Was ist mit Nauri? Kommt sie von allein raus oder müssen wir das Grünzeug zerhacken?«

Darien hob die Schultern. »Das mag dich überraschen, aber sie hat mir nicht geantwortet, als ich ihr genau diese Frage gestellt habe. Warum versuchst du es nicht mal? Du bist derjenige, der sie kleine Schwester nennt.«

»Du bist derjenige, der seiner Königin geschworen hat, auf sie aufzupassen.« Dennoch ging Bjoron vor dem Busch in die Hocke. Wenn das so weiterging, wurde er noch ein Experte im Kinderhüten, bevor er sein zwanzigstes Lebensjahr erreichte. Zum Glück war Tjark nicht in der Nähe, um ihn deswegen auszulachen.

Bjoron beugte sich vor und spähte zwischen die Äste. Dort, inmitten von schattigem Grün begegnete er dem Blick blauer Augen. »Die anderen Kinder sind weg. Kannst du dem Busch sagen, er soll dich wieder freilassen?«

Für einen Moment schlossen sich die Augen. Nauri streckte die Hand aus, legte sie gegen das Zweiggeflecht. Doch nichts geschah. Schließlich schüttelte sie den Kopf.

»Dann eben anders.« Bjoron seufzte. Versuchsweise schob er die Finger zwischen die untersten Äste und zog. Der Kokon hob sich.

Mit Dariens Hilfe bog er die Äste so weit in die Höhe, dass Nauri darunter hervorkriechen konnte. Im nächsten Augenblick hing ein Kind an seinem Hals, und Zweige schnellten zu Boden, als er das Gleichgewicht verlor und auf den Hintern fiel. Über Nauris Kopf hinweg sah er den Tiefländer grinsen. Der sollte nur bis zum nächsten Übungskampf warten.

Das Grinsen verblasste sogar noch schneller, wurde von einem nachdenklichen Ausdruck ersetzt. Darien ging in die Hocke. »Nauri?«

Das Mädchen löste sich von Bjoron und wandte sich dem Tiefländer zu, legte fragend den Kopf schief.

»Das, was du mit dem Busch gemacht hast. Hast du das im Orden gelernt?«

Ein Kopfschütteln war die Antwort.

»Wo dann? Erinnerst du dich daran? Erinnerst du dich an irgendwelche früheren Leben?«

Bjoron hielt den Atem an. Wenn stimmen sollte, was Neljar gesagt hatte, dann musste Nauri sich auch erinnern, dann musste ihr mehr gelingen als ab und zu ein Zauber, ohne dass sie wusste, was sie tat.

Wieder schüttelte Nauri den Kopf, entschieden diesmal.

Bjoron ließ den angehaltenen Atem entweichen. Seine Enttäuschung spiegelte sich in Dariens Miene wider. Der Tiefländer seufzte. »Sie weiß nicht, was sie tut, und sie kann es kaum kontrollieren. Das klingt nicht nach dem, was Berinda beschrieben hat. Vielleicht braucht sie noch Zeit, aber es erscheint mir seltsam, dass die Fähigkeiten ganz ohne die Erinnerungen kommen.«

Das Kind schaute zwischen seinen beiden Beschützern hin und her, die Stirn besorgt gerunzelt. Ohne darüber nachzudenken, streckte Bjoron eine Hand aus und fuhr Nauri übers Haar. Es war nicht richtig, alle Hoffnungen auf ein Kind zu setzen. Hatte er das nicht auch Neljar bereits gesagt? Das Schicksal mochte den Hochlandstämmen übel mitgespielt haben, doch sie konnten noch immer auf ihren eigenen Füßen stehen. »Wir können unsere Kämpfe selbst ausfechten. Mach dir keine Sorgen, kleine Schwester. Du hast nichts falsch gemacht.«

Aus Dariens Richtung erklang wieder ein trockenes Lachen. Er erhob sich, Kies knirschte unter seinen Schritten, als er sich in Bewegung setzte. Wie ein gefangener Berglöwe lief er auf und ab, die Miene nachdenklich. »Du hast recht«, sagte er nach einer Weile. Überrascht zog Bjoron eine Augenbraue in die Höhe. Hatte der Tiefländer ihm tatsächlich gerade zugestimmt?

»Womit habe ich recht?«

Darien blieb stehen und nickte in Nauris Richtung. »Vielleicht wird noch wahr, worauf Berinda hofft. Aber sich darauf zu verlassen, wäre dumm. Und darauf zu warten kostet Berinda … kostet uns vielleicht Zeit, die wir nicht haben. Es muss einen anderen Weg geben, Arandes wieder vom Thron zu stürzen und seine Leute aus Gerien zu vertreiben.«

»Es gibt ...« Ein schriller Pfiff schnitt Bjoron das Wort ab. Er klang wie der Ruf eines Vogels, doch er wiederholte sich, schlug einen Rhythmus an, den kein Tier kannte. »Das Signal.«

Mit einem Schaben glitt Dariens Schwert aus der Scheide. Bjoron gab Nauri einen Stups, und das Mädchen rannte, wie sie es geübt hatten, auf den nächstbesten Höhleneingang zu. Den, hinter dem die Verwundeten lagen. Auch die anderen Kinder brachen aus dem Unterholz und verschwanden in den dunklen Löchern im Fels. Die älteren zogen die jüngeren mit sich, die Mienen verkniffen und ängstlich.

Im nächsten Moment war auch Bjoron wieder auf den Beinen, und das Schwert seines Vaters lag beruhigend in seiner Hand. Zusammen mit Darien zog er sich langsam zum Höhleneingang zurück, spähte immer wieder zwischen die Bäume und in den Himmel, der wolkenlos blau zwischen den Blättern aufblitzte. Arandes' Krieger hatten sie also gefunden. Doch wie viele würden kommen? Eine kleine Patrouille oder das halbe Heer? Würden die letzten Krieger der Hochlandstämme sterben oder hatten sie eine Chance, zu überleben?

Brechende Zweige links von ihm ließen ihn herumfahren. Abwehrbereit hob er das Schwert. Doch dann fing sich das Sonnenlicht auf blondem Haar.

»Sie kommen auf Vögeln!«, rief Neljar. »Los, zur Höhle! Schnell!«

Rennen. Er wollte nicht wegrennen und sich verstecken wie die Baumratten in ihren Löchern. Am liebsten hätte er eine Herausforderung in den Himmel gebrüllt. Doch da waren die Kinder und die Verletzten, deren Leben er damit riskiert hätte.

Bjoron wandte sich um und tauchte in den schattigen Höhleneingang. Dort allerdings hielt er inne, suchte einen sicheren Stand und starrte in den Wald hinaus. Wer auch immer den Resten seiner Familie etwas antun wollte, musste erst an ihm vorbei.

Neben ihm kam Neljar zu einem Halt, sein keuchender Atem laut zwischen den Felswänden. Auch Darien blieb stehen, schob das Schwert wieder in die Scheide und kauerte sich so dicht an den Eingang, wie es eben noch ging, ohne dass die Gefahr bestand, aus der Luft entdeckt zu werden.

Bjoron wandte sich Neljar zu. »Wie viele?«

Er schüttelte den Kopf. »Nicht viele, nur eine Patrouille. Ich glaube nicht, dass sie uns schon entdeckt haben.«

Bjorons Hand verkrampfte sich um den Griff seines Schwertes. Beinahe wünschte er sich, Arandes' Männer würden sie bemerken und landen. Mit einer Patrouille würden sie fertig, und das wären fünf oder sechs Soldaten mehr, die für den Tod seines Vaters gebüßt hätten. Wenn es sein musste, würde er sich seine Rache auf diese Art Stück für Stück holen und den Toten nach und nach das Blut ihrer Mörder zu trinken geben.

Die Bäume standen in der Nähe der Felswand nur spärlich. Zwischen ihren Ästen hindurch entdeckte Bjoron bald die ersten dunklen Formen. Die schwarzen Schwingen schlugen gleichmäßig, die langen Hälse waren gerade vorgestreckt wie bei monströsen Gänsen.

Mit dem Anblick kam die Stimme. Erst war sie kaum mehr als ein fernes Säuseln. Doch je weiter die Vögel auf ihr Versteck zu glitten, desto deutlicher hallte sie über die Baumwipfel. Sie hatte einen klirrenden, gläsernen Beiklang, wirkte kaum mehr wie die Stimme eines Menschen. Aber inmitten von alldem und dem Rauschen der mächtigen Schwingen konnte Bjoron Worte ausmachen.

»... in drei Tagen sterben. Dies ist eine Nachricht an Nauranda die 156. Wo auch immer sie sich verstecken mag, sie soll wissen, dass der große Weltherrscher Arandes ihre Schwester, die ehemalige Königin Berinda, gefangen hält und plant, sie öffentlich in langsamer und schmerzhafter Weise hinrichten zu lassen. Er ist bereit, Gnade walten zu lassen, wenn Nauranda sich im Gegenzug stellt. Sollte sie das jedoch nicht tun, so wird Berinda in drei Tagen sterben. Dies ist eine Nachricht an Nauranda die 156. Wo auch immer sie sich verstecken mag, sie soll wissen, dass der große Weltherrscher Arandes ihre Schwester ...«

»Sie sagen diese Nachricht wieder und wieder auf.« Neljars Flüstern ging beinahe in den dröhnenden Worten unter. »Ich glaube, sie fliegen in einem großen Umkreis die Umgebung ab, in der sie euch verloren haben.«

Bjoron nickte, doch er fühlte die Geste kaum. Er hörte seine eigenen Zähne knirschen, spürte die Finger der rechten Hand nicht mehr, so fest umklammerte er den Schwertgriff. Dies war wie bei der letzten Schlacht der Hochlandstämme. Nur schlimmer. Wieder versteckte sich der Feigling Arandes hinter den Wehrlosen, setzte darauf, dass seine Feinde nicht so skrupellos waren wie er.

»… ist bereit, Gnade walten zu lassen, wenn Nauranda sich im Gegenzug stellt …« Erneut hallten die Worte über den Wald, auch wenn sie bereits leiser wurden.

Natürlich konnten sie niemals auf die genannten Bedingungen eingehen. Doch wenn sie die junge Königin einfach ihrem Schicksal überließen, würden keiner von ihnen seinen Ahnen noch mit Stolz gegenübertreten können.

Andererseits machte das für gewisse Leute vielleicht keinen Unterschied mehr …

Bjorons Blick ging zu Darien. Der Tiefländer kauerte noch immer in derselben Haltung im Eingang der Höhle. Angespannt schien er jedem Wort der klirrenden Stimme zu lauschen. Es ging um seine Königin, dennoch war sich Bjoron bei ihm am unsichersten, was er tun würde. Hatte er Berinda nicht in Letharn zurückgelassen in dem Wissen, dass sie durch Arandes' Hand sterben würde?

Niemand rührte sich, während die gläsernen Worte in der Ferne verklangen. Doch als wieder Ruhe einkehrte, war Darien der Erste, der sich erhob. Seine Miene war eine ausdruckslose Maske. Nur in seinen Augen flackerten die Gefühle. Zorn und Hass und … Sorge?

»Ich gehe nach Letharn.«

Also scherte sich der Tiefländer doch auch jenseits seiner Befehle um das Wohlergehen anderer Menschen. Bjoron lächelte.

Darien

»Ich komme mit.«

Diese Worte hatte Darien gefürchtet. Musste der Barbar ihm mit so etwas kostbare Zeit stehlen? Mit einer mühsam beherrschten Bewegung drehte Darien sich zu Bjoron um. »Ich habe vor, mich in die Stadt zu schleichen und mich unauffällig durch Letharns Straßen zu bewegen. Wenn du mir sagst, wie mir ein felltragender Barbar dabei eine Hilfe sein kann, darfst du gerne mitkommen.«

Bjorons Miene verdüsterte sich. »Es liegen genug tote Bauern auf dem Schlachtfeld. Irgendeiner davon wird meine Größe haben. Aber denk nicht, dass ich dich allein losziehen lasse. Womöglich bekommen wir nur eine Gelegenheit, nach Letharn hineinzugelangen. Dann will ich zumindest versucht haben, Mutter und all die anderen zu rächen.« Der Barbar trat einen Schritt näher, um seine Lippen spielte ein grimmiger Zug. »Außerdem muss irgendwer verhindern, dass du dich fangen lässt und verrätst, wo unser Lager liegt.«

Darien setzte zu einer wütenden Erwiderung an, schluckte die Worte dann jedoch hinunter. Jeder Augenblick, den er verschwendete, war ein Augenblick weniger für Berinda. Sie lebte! Doch er drohte sie endgültig zu verlieren, und egal, was sie ihm befohlen hatte, das konnte er nicht zulassen. Er hatte der Königinmutter versprochen, auf ihre Tochter Acht zu eben, und diesmal war Nauri nicht in unmittelbarer Gefahr. Sie würde es überleben, wenn er nicht jedem ihrer Schritte wie ein braver Wachhund folgte.

Er zwang sich, tief durchzuatmen. Freundlichkeit, hatte die Königinmutter immer gesagt, öffnet einem viele Türen. »Ich danke dir für dein Angebot und deine Sorge, Bjoron. Aber ich weiß, wann es besser ist, sich nicht lebend fangen zu lassen.« Kurz hielt er inne. Der nächste Satz kam nur schwer über seine Lippen. »Und irgendjemand muss auf Nauri aufpassen.«

»Es sind noch genug Krieger hier.« Das war Neljar. Er lehnte an der Felswand nahe des Eingangs und verfolgte das Gespräch aufmerksam.

Darien öffnete den Mund, ohne genau zu wissen, was er sagen sollte. Es gab doch sicher ein gutes Argument gegen den Vorschlag, irgendetwas, das nicht allzu misstrauisch klang, womit er niemanden beleidigte. Doch er zögerte einen Moment zu lang, denn schließlich lehnte sich Bjoron vor, die Andeutung eines Grinsens auf dem Gesicht. »Sag bloß, du traust mir zu, auf Nauri aufzupassen, aber den anderen nicht. Sollte ich mich geehrt fühlen?«

Begriffsstutzig wie ein Stück Brot, außer es ging um Dinge, die er nicht wissen sollte. Bjoron hatte bewiesen, dass er auf Nauri achten konnte. Von ihm war Darien sich inzwischen sicher, dass er alles tun würde, um das Mädchen zu beschützen. Aber das würde er dem Barbaren ganz bestimmt nicht auf die Nase binden. »Tu, was du willst. Ich gehe auf jeden Fall allein nach Letharn.«

»Das wäre wirklich unklug. Die Nachricht ist ohne Zweifel eine Falle.« Die Stimme drang aus den Schatten im Inneren der Höhle. Dann folgte ihr Kerlft, Nauris kleine Gestalt dicht auf den Fersen und eine Schriftrolle in der Hand. »Arandes wird damit rechnen, dass wir nicht auf seine Bedingungen eingehen und stattdessen die Königin befreien wollen. Umso wichtiger ist es, dass du jemanden hast, der dir den Rücken freihält. Noch besser wäre es allerdings, etwas zu tun, das er nicht erwartet.«

Darien runzelte die Stirn. Er verschränkte die Arme vor der Brust. »Und das wäre?«

Bjorons Bruder lächelte. »Wir haben noch drei Tage Zeit, um einen Plan zu entwickeln, wie wir in die Stadt hineingelangen und Arandes besiegen. Wenn er tot ist, droht deiner Königin keine Gefahr mehr.«

»Außer er bringt sie um, während wir noch versuchen, an ihn heranzukommen. Soweit ich weiß, haltet ihr nicht viel von Heimlichkeit.«

»Wir können lernen. Wir wären ohnehin zu wenige für einen offenen Kampf. Du, Bjoron, Neljar, ich und wer immer es schafft, sich bis morgen von seinem Lager zu erheben.«

Aufmerksam musterte Darien Kerlft. Die Miene des Barbaren wirkte vollkommen ernst. Er war bereit, die Traditionen seines Volkes zu missachten, um einen Sieg zu erringen. Auch Bjoron und Neljar blickten entschlossen. Doch je größer die Gruppe, desto größer die Gefahr, entdeckt zu werden. Außerdem gab es bei Kerlfts Plan noch ein Problem.

»Bevor wir darüber reden, Arandes umzubringen, sollten wir erst mal herausfinden, ob das überhaupt möglich ist.« Darien deutete auf die Schriftrolle, die Kerlft noch immer in der Hand hielt. »Du hast sie inzwischen gelesen, nehme ich an? Du siehst die Verbindung zwischen Arandes und Jorimas? Wie tötet man einen Unsterblichen?«

Der Barbar nickte, und aus irgendeinem Grund erschien dabei ein breites Grinsen auf seinem Gesicht. Plötzlich hatte er eine gewisse Ähnlichkeit mit seinen Brüdern. »Nicht nur das. Ich kann sogar deine Bedenken zerstreuen.« Im nächsten Moment wurde seine Miene wieder ernst. »Aber nicht hier. Kommt rein. Ich werde auch Tjark einweihen. Er muss es erfahren.«

Keine Frage lag in diesen Worten, sondern nur eine Absichtserklärung. Kerlfts Blick war hart, als bereite er sich darauf vor, dass Darien protestieren würde. Doch der seufzte nur. Wenn er Nauri bei den Barbaren lassen wollte, mussten sie die Hintergründe kennen. »Gut.«

»Ich will auch erfahren, wovon ihr redet.« Neljar sah von einem zum anderen, wie um jeden von ihnen herauszufordern, ihm zu widersprechen.

Kerlft nickte, ehe irgendjemand etwas sagen konnte. Dann wandte er sich um und winkte ihnen, ihm zu folgen. Mit zusammengekniffenen Augen sah Darien dem schmächtigen Barbaren nach. Kerlft mochte vielleicht höflicher und ruhiger sein als seine

Brüder, aber offensichtlich ließ er sich ebenso ungern etwas vorschreiben wie sie.

Hinter Bjoron betrat Darien schließlich die Höhle.

Es war ruhiger in dem Gewölbe als zwei Nächte zuvor. Auf einigen der Krankenlager regten sich die Krieger nicht mehr, und irgendwer hatte ihnen die Felldecken bis über das Gesicht gezogen. Aber wer es geschafft hatte, bis jetzt am Leben zu bleiben, schlief den unruhigen Schlaf der Heilung. Vielleicht holte der Wundbrand noch den einen oder anderen, aber die meisten würden wohl durchkommen.

Tjark lag etwas abseits auf einigen Fellen. Seine Züge waren eingefallen, die Haut blass. Doch er öffnete die Augen, als sich Schritte näherten, und stemmte sich mühsam in die Höhe. Bjoron kniete sich neben ihn und half ihm, sich gegen die Felswand zu lehnen.

Darien nahm wie die anderen in der Nähe des Lagers auf dem Boden Platz, doch in seinem Inneren rumorte die Unruhe wie ein hungriges Tier. Er musste sich zwingen, stillzusitzen, während Kerlft seinen Brüdern und Neljar die Hintergründe erklärte und den Inhalt der Schriftrolle für sie zusammenfasste. Ging das nicht schneller? Er würde nicht auf die Barbaren warten, nur um sich dann in Letharn von ihnen behindern zu lassen. Aber er brauchte diese Informationen über Arandes.

Dariens Blick ruhte auf Nauri, während Kerlfts Stimme über ihn hinwegwusch. Verstand sie überhaupt, dass es hier um sie ging? Sie schien nicht einmal der Geschichte zu lauschen. Stattdessen starrte sie zu Tjark hinauf. Stück für Stück schob sie sich näher an sein Lager. Auf dem Gesicht des Mädchens spiegelte sich ein nachdenklicher Ausdruck. So hatte sie Dariens Handgelenk angesehen, kurz bevor ...

Tatsächlich streckte sie die Hand aus. Federleicht berührten ihre Finger den Arm des Barbaren. Tjark wandte den Kopf, sah auf Nauri hinunter. Sie schenkte ihm ihr typisches, schüchternes Lächeln.

Bjorons Bruder zerzauste dem Mädchen das Haar, dann wandte er seine Aufmerksamkeit wieder Kerlft zu.

Dariens Blick dagegen klebte an Nauri. Er wagte es nicht einmal, zu atmen, aus Angst, sie mit einer unbedachten Bewegung aufzuschrecken. Mit den Fingern strich er über sein verletztes Handgelenk, das so erstaunlich schnell heilte.

Erst als Kerlfts Stimme verstummte, hob er den Blick. Ringsum sah er ernste Mienen.

Für eine Weile herrschte Schweigen. Schließlich fuhr sich Bjoron nachdenklich durch die verfilzte Mähne. »Ihr glaubt also, Arandes könnte dieser Jorimas sein?«

Kerlft nickte. »Es passt alles zusammen.«

Bjoron wiegte den Kopf, als wäre er noch nicht ganz überzeugt. »Außer dass Arandes kein Magier ist. Dafür hat er die Leute mit den Spiegelmasken.«

»Nur weil er etwas nicht öffentlich tut, heißt das nicht, dass er es nicht kann«, warf Darien ein. Der Barbar dachte mal wieder zu einfach. Typisch. »Fürs Kämpfen hat er ja auch seine Soldaten, trotzdem wette ich, dass er weiß, wie man mit einem Schwert umgeht.«

Langsam nickte Bjoron, doch zwischen seinen Brauen stand noch immer eine steile Falte. »Aber wenn er so ein mächtiger Magier ist, wofür bringt er dann eine Armee mit?«

»Weil der Orden ihn sonst sofort wieder über die Berge treibt. Nauranda hat ihn nur zu dem Zweck gegründet, Gerien vor Jorimas zu beschützen.« Darien zwang sich, tief durchzuatmen, und lehnte sich scheinbar entspannt wieder gegen die Felswand. Konnten sie nun endlich zu dem kommen, was Kerlft ihm sagen wollte? Woher wollte der Barbar wissen, ob es möglich war, Arandes mit einfachen Waffen zu töten oder nicht?

Aber Bjoron war noch nicht fertig. »Um ihn zu vertreiben, müsste der Orden ihn erst einmal erkennen. Mit so was solltest du dich doch besser auskennen als ich, Darien. Er hätte sich in diese

Stadt hineinschleichen können, genau wie du. Aber er ist aus dem Gebirge gekommen und hat jedes Dorf in seinem Weg zerstört. Er hat ihnen Zeit gegeben, sich vorzubereiten, fast als wollte er ehrenhaft kämpfen.«

»Hat er aber nicht«, brummte Tjark.

Trotz seiner Ungeduld musste Darien grinsen. Manchmal war Bjoron gar nicht so dumm, wie er aussah. »Ich glaube, die Antwort darauf liegt in der zweiten Schriftrolle. Ich habe bisher nur kurz hineingeschaut, aber es scheint, als würde sie Berichte über frühere Versuche von Jorimas enthalten, Nauranda in seine Gewalt zu bringen. Wie es aussieht, sind sie alle fehlgeschlagen. Die Armee ist wohl einfach eine neue Taktik. Wenn man unsterblich ist, kann man alles mal ausprobieren ...«

Nun lehnte sich Kerlft vor, Neugier blitzte in seinen Augen. »Hast du etwas dagegen, wenn ich mir diese zweite Schriftrolle auch ansehe?«

Die Worte »Ja, habe ich« sprangen Darien sofort auf die Zunge. Aber sie waren nichts als ein Reflex, der Instinkt, Geheimnisse zu bewahren, gegen den er bereits so gründlich verstoßen hatte, dass diese eine Sache nun auch keinen Unterschied mehr machte. Mühsam schluckte Darien das Bündel Worte hinunter, das voller Stacheln und Widerhaken zu sein schien. Hoffentlich würde er das nicht irgendwann bereuen. Hoffentlich würde ihm nicht einer der Leute, mit denen er hier saß, später in den Rücken fallen.

»Schau sie dir ruhig an«, brachte er heiser hervor. »Nauri trägt sie um den Hals.«

Das Mädchen schreckte hoch, als sein Name fiel. Es ließ Tjarks Arm los, blickte auf die eigenen Hände hinab, als wüsste es nicht, was es soeben getan hatte. Fragend schaute es zu Darien auf. Er zwang sich zu einem Lächeln, dann wandte er sich wieder Kerlft zu. »Was wolltest du mir erzählen?«

»Ah, ja.« Kerlft räusperte sich und zog den Fellumhang enger um seine Schultern. »Mir ist zu Djorn etwas eingefallen. Ich denke, bei den Hochlandstämmen gibt es mehr Geschichten über ihn als in den Tieflanden. Für uns ist er der Held im Kampf gegen die Devra, er hat die Gruppe angeführt …«

»Wieso hätte er auch einer Magierin folgen sollen, die nie in ihrem Leben eine Waffe in der Hand gehalten hat?« Bjoron schüttelte den Kopf. Dann warf er Nauri einen Blick zu, fast als wollte er sich versichern, dass er sie nicht beleidigt hatte. Doch das Mädchen hatte auf dem Boden einen Käfer entdeckt und schien erneut überhaupt nicht auf das Gespräch zu achten.

»Djorn war einer der größten Helden der Hochlande«, fuhr Jernsas jüngster Sohn fort. »Sein Grabhügel ist …«

»Moment …« Darien hob eine Hand, um die Flut der Informationen einzudämmen. »Sein Grabhügel? Aber es heißt doch in der Schriftrolle, Djorn und Veren seien Jorimas über die Berge gefolgt und nie zurückgekehrt.«

»Oh nein. Das ist, was ich dir erzählen wollte.« Kerlft warf seinem Bruder einen düsteren Blick zu. »Außer Bjoron möchte es übernehmen, da er sowieso ständig dazwischenredet.«

Diese Worte entlockten Bjoron ein Grinsen. »Du meinst die Geschichte von Djorns letzter Reise?«

Kerlft nickte. Mit säuerlicher Miene wedelte er mit der Hand, eine Aufforderung an seinen Bruder, fortzufahren.

Das Grinsen des jüngeren Barbaren wurde breiter. Dann verlagerte er sein Gewicht ein wenig nach vorn, als wollte er seinen Zuhörern gleich ein Geheimnis mitteilen. »Bei uns wird nicht genau erklärt, warum Jorimas geflohen ist, nur dass Djorn und Veren ihm über die Berge gefolgt sind. Sie sind lange nicht zurückgekommen. So lange, dass niemand mehr damit rechnete, sie je wiederzusehen.«

Darien verstand noch nicht, was diese Geschichte mit der Frage zu tun hatte, ob man Arandes töten konnte, aber nun hörte er aufmerksam zu.

»Djorn hatte eine Schwester namens Felja, die eine große Stammesführerin geworden war. Eines Nachts hörte sie vor ihrem

Zelt leise Geräusche. Sie ergriff ihr Schwert und ging hinaus, um nachzusehen, wer um diese Zeit durchs Lager schlich.«

Musste der Barbar jedes Detail beschreiben? Am liebsten hätte Darien um eine Kurzfassung gebeten, doch womöglich begannen die Brüder dann wieder, sich gegenseitig zu unterbrechen und zu streiten.

»Sie musste nicht weit gehen, bevor sie eine Gestalt auf dem Boden liegen sah. Sie beugte sich nieder, doch die Gestalt war eiskalt, wie Fleisch, das man in Schnee hüllt, damit es nicht schlecht wird. Im Licht des vollen Mondes erkannte sie die Züge ihres Bruders. Und sie sah die Wunde in seiner Brust, direkt über seinem Herzen. Sie war alt, das Blut darin schwarz verkrustet. Felja wusste, wie weit Djorn fortgegangen war. Wie hatte er noch im Tod nach Hause zurückkehren können? Sie rief die Wachen herbei, doch jede von ihnen schwor, nichts gesehen zu haben. Niemand war an ihnen vorbeigekommen.«

»Felja wusste, dass Djorn mit Veren aufgebrochen war«, mischte sich Kerlft nun doch ein. »Sie ging davon aus, dass es einen Kampf gegeben hatte. Veren musste überlebt haben, und er hatte die Leiche seines Gefährten zu seiner Familie zurückgebracht. Doch er schämte sich zu sehr, weil er den Tod seines Freundes nicht verhindert hatte, und zeigte sich deshalb nicht. Tatsächlich gab es Fußspuren, die darauf hindeuteten, dass jemand Djorns Leiche ins Lager gebracht hatte. Aber nicht viele, und sie verloren sich bald. Felja hielt das für einen weiteren Beweis, dass es Veren gewesen war, der Djorn heimgebracht hatte. Er konnte ungesehen durch die Nacht schleichen.«

Darien runzelte die Stirn. Diese Geschichte kannte er wirklich noch nicht, doch sie erschien ihm auch ziemlich weit hergeholt. »Veren soll eine Leiche den ganzen Weg über die Berge getragen haben? Und dann hat er sich mit seiner Last unbemerkt in ein bewachtes Lager geschlichen?«

»Er war ein Dieb«, gab Bjoron zu bedenken, als würde das alles erklären.

Darien schüttelte den Kopf. »Auch Diebe können sich nicht unsichtbar machen. Und er hat die Last eines ausgewachsenen Mannes mit sich herumgeschleppt. Es müsste schon mindestens eine der Wachen geschlafen haben, damit das hätte gelingen können.«

»Vielleicht war es ja so.« Kerlft zuckte mit den Schultern. »Dass Veren Djorn über die Berge getragen hat, halte ich aber sehr wohl für möglich. Bei uns heißt es, die beiden seien sehr gute Freunde gewesen. Und es ist wichtig, dass ein Mitglied der Hochlandstämme in den Hochlanden begraben wird. Nur so kann man sich zu den Ahnen gesellen. Wahrscheinlich wusste Veren das.«

Dariens Gedanken wanderten zu den Toten auf dem Schlachtfeld nicht weit von ihnen, von denen die meisten noch immer dort lagen, wo sie gefallen waren. Bjorons und Tjarks düsteren Mienen nach zu urteilen, musst sie an ähnliches denken. Darien räusperte sich. »Gehen wir davon aus, die Geschichte stimmt. Dann sind die beiden Jorimas gefolgt und es kam zum Kampf. Nur Veren hat überlebt, aber man hat nie wieder irgendetwas von ihm gehört.«

Kerlft nickte. »Zu der Zeit war auch Nauranda bereits tot, also hatte er keine Freunde mehr in den Tieflanden oder den Hochlanden. Vielleicht hat er die Berge noch einmal überquert und ist in fremde Länder gegangen. Ich denke, das Wichtige an der Geschichte ...« Kurz warf er seinem Bruder einen Blick zu, als erwarte er, im nächsten Moment wieder unterbrochen zu werden. Doch Bjoron starrte noch immer düster vor sich hin. »Das Wichtige ist, dass Djorn und Veren zumindest einen Teilsieg gegen Jorimas errungen haben müssen. Sie werden nicht gesiegt haben, ansonsten hätte Veren die Geschichte sicher erzählt. Wahrscheinlich haben sie ihn verwundet oder zumindest in die Flucht geschlagen. Sonst hätte Veren nicht die Zeit gehabt, seinen toten Freund mitzunehmen. Und wenn sie Jorimas verwunden konnten oder er so sehr um sein Leben gefürchtet hat, dass er geflohen ist ...«

»… dann können ihm normale Waffen etwas anhaben. Man kann ihn töten, wenn man es richtig anstellt.« Darien sah den Funken seiner eigenen Hoffnung in Bjorons Augen aufglimmen. Das waren wirklich gute Neuigkeiten. Vielleicht ließen sich ihre Probleme doch mit einem scharfen Messer lösen.

Berinda

Die Wände der Zelle rückten immer näher. Mit jedem Mal, da Berinda auf und ab lief, kam es ihr vor, als würde sie eine kürzere Strecke zurücklegen. Mit jedem Mal klirrte die von allen Geistern der Berge verfluchte Kette lauter, bis ihr jeder Schritt in den Ohren dröhnte. Mit jedem Mal scheuerte die Schelle um ihren Knöchel schmerzhafter.

Berinda blieb stehen und ließ sich auf das Strohlager fallen. Die letzte Mahlzeit ruhte noch warm in ihrem Magen, das Ergebnis gründlicher Überlegung. Arandes wollte sie als Köder verwenden, aber das konnte er auch dann noch, wenn sie tot war. Seit dem Massaker im Thronsaal hatte sie niemand mehr gesehen. Wenn es um die Frage ging, ob sie noch lebte, musste man sich außerhalb dieses Kerkers auf das Wort des Weltherrschers verlassen. Und behaupten konnte er viel.

Wenn sie verhindern wollte, dass irgendjemand in eine Falle tappte, von der sie ein Teil war, musste sie entkommen. Genau da lag das Problem …

Ihre Mutter hätte sicher gewusst, was zu tun war. Sie hatte Darien unterrichtet, und der war erstaunlich bewandert in allen möglichen zwielichtigen Dingen. Sicher wäre sie nicht bei dem Versuch gescheitert, den Soldaten zu überwältigen, der ihr das Essen brachte. Aber Berindas Mutter hatte sich vor einem Jahr die Lunge aus dem Leib gehustet, umgeben von einer ganzen Schar

Ärzte, die nichts für sie tun konnten. Und alles, was Berinda erreicht hatte, war, dass man sie an die Wand gekettet hatte, um ihr die letzte Hoffnung auf Flucht zu rauben.

Sie griff nach der Eisenschelle, versuchte sie an eine Stelle zu schieben, die noch nicht wund gescheuert war. Aber sie saß zu eng. Nur die Kette klirrte leise.

Mit einem Seufzen streckte sie die Beine aus. Doch mitten in der Bewegung hielt Berinda inne. Hatte sie da nicht gerade etwas gehört? Irgendetwas jenseits des Klirrens der Kettenglieder? Sie hielt den Atem an, lauschte.

Dort! Ein leises Rascheln wie von Stoff. Das Scharren von Füßen. Drückte sich jemand vor ihrer Zellentür herum?

Berinda erhob sich vorsichtig, versuchte von ihrer Position aus durch das vergitterte Fenster in der Tür zu sehen. Kurz blitzte Fackellicht auf einer spiegelnden Fläche. Dann eine schnelle Bewegung. Eilige Schritte, die sich entfernten.

»Warte!« Berinda stürzte zur Tür, mit einem Ruck spannte sich die Kette. Aber sie lehnte sich vor, drückte das Gesicht gegen die Gitterstäbe. Eine Kutte flatterte am Rand ihres Sichtfelds, ein Schatten im Licht flackernder Flammen. »Bitte warte!«

Die Schritte verhielten. Einige Augenblicke lang hörte sie nur ihre eigenen Atemzüge. Sie konnte den Mann mit der Spiegelmaske nicht sehen, er stand außerhalb des kleinen Bereichs, den sie überblickte. Aber er war noch da. Er musste noch da sein. »Du bist der mit dem Sprung in der Maske, nicht wahr?«

Die Kuttenträger kamen normalerweise nicht zu ihr herunter, außer sie hatten hier etwas zu tun. Bisher hatte keiner von ihnen heimlich in ihre Zelle gespäht. Vielleicht hatte sie beim letzten Mal, als sie mit diesem bestimmten Spiegelmann gesprochen hatten, einen Nerv bei ihm getroffen. Vielleicht konnte sie ihn auf ihre Seite ziehen oder zumindest nützliche Informationen aus ihm herausholen. Sie musste nur behutsam vorgehen. »Wie ist dein Name?«

Mehrere Atemzüge lang herrschte Schweigen auf dem Gang. Dann sprach er mit gläsern klirrender Stimme. »Merinos.«

»Ich bin Berinda.«

»Ich weiß.«

Berinda biss sich auf die Unterlippe. Natürlich wusste er das. Wie dumm. Was sollte sie nun sagen? Was würde ihre Mutter tun? Sie schloss die Augen, aber sie konnte sich ihre Mutter einfach nicht in einer solchen verzweifelten Situation vorstellen.

»Warum bist du hier?«

Wieder herrschte lange Schweigen. Berinda hielt den Atem an, lauschte angespannt. Hoffentlich ging er nicht weg. Er durfte nicht weggehen, bevor sie nicht irgendetwas erreicht hatte!

Leises Rascheln. Dann Schritte. Entfernten sie sich? Nein, sie kamen näher! Erleichtert atmete Berinda auf, als die in dunklen Stoff gehüllte Gestalt wieder in ihr Blickfeld trat. Wer hätte gedacht, dass sie sich jemals darüber freuen würde, einen der Spiegelleute zu sehen.

Sie wich einen Schritt von der Tür zurück. Als er seine spiegelnde Maske ans Gitter hob, senkte sie den Blick. Glas traf mit einem leisen Geräusch auf Metall.

»Warum habt Ihr mich nicht getötet?«

»Was?« Beinahe hätte sie aufgesehen. Sie hielt sich im letzten Augenblick zurück.

»Im Thronsaal.« Wenn Merinos flüsterte, klang seine Stimme beinahe normal. »Ihr hättet mich töten können. Ihr habt es nicht getan.«

»Was hätte es mir gebracht?« Berinda fixierte die Spitzen ihrer ehemals fein bestickten Sandalen. Inzwischen waren sie dreckig und abgewetzt. Warum war es so schwer, nicht aufzuschauen?

»Was bringt es Euch überhaupt, Widerstand zu leisten? Es ist alles sinnlos. Ihr hättet es ihm sagen sollen.«

»Ihm was sagen?« Berinda kniff die Augen zu, erinnerte sich daran, dass sie nur ihr eigenes Gesicht sehen würde, wenn sie aufschaute.

»Wo sich die fünfmal verdammte Nauranda versteckt.«

»Sie ist meine Schwester!« Nun flog ihr Blick doch in die Höhe. Ein Reflex. Das Bedürfnis zu sehen, ob sich der Zorn in seiner Stimme auch in seinem Gesicht widerspiegelte. Ein dummer Fehler.

Eine schnelle Bewegung hinter dem Gitter, ein dunkler Ärmel schob sich vor die Maske. Berindas Puls klopfte laut in ihren Ohren, während sie ihr Gegenüber anstarrte. Ausgerechnet Merinos selbst hatte sie davor bewahrt, sich in seinem Spiegelgesicht zu verlieren. Nun war er derjenige, der den Kopf senkte. Sorgfältig zog er die Kapuze tiefer, bis Berinda von der Maske nur noch gelegentliche Reflexionen sah. Und den haarfeinen Beginn eines Risses, ein Andenken an ihren Treffer mit dem Schwert.

»Nauranda ist niemandes Schwester, niemandes Freundin und niemandes Geliebte.« Seine Stimme war nun lauter, und ein gläserner Ton schwang wieder in ihr mit. »Sie hat den großen Jorimas verraten.«

Berinda spannte sich an, als sie den vertrauten Namen aus dem Mund eines Mannes von jenseits der Berge hörte. Es stimmte also. Jorimas war damals über die Berge geflohen, und nun war er mit einer Armee zurückgekehrt. Wollte er sich an seiner ehemaligen Geliebten rächen? An der kleinen unschuldigen Nauri, die sich doch noch nicht einmal an das erinnerte, was damals vorgefallen war? Bei dem Gedanken wurde Berinda übel.

»Sie hat den großen Jorimas vertrieben«, fuhr Merinos fort. Berinda hielt den Atem an, wagte nicht, ihn zu unterbrechen. Sie musste mehr erfahren. »Von seiner Liebe blieb ihm nur die Sehnsucht, und er goss sie in Glas. Diese große Leere, die wir alle spüren, die wir uns selbst in dem Spiegel erblickt haben.«

Mit einem Mal schien alle Kälte aus der Zelle zu weichen. Berinda machte einen Schritt nach vorn, umklammerte die Gitterstäbe. »Heißt das, du hast ebenfalls in eine Maske geschaut? Du warst ein Opfer der Spiegelleute, und nun bist du selbst einer von ihnen?

Und Jorimas hat deinen Orden gegründet? Jorimas, der sich jetzt Arandes nennt?«

Sie merkte, dass sie einen Fehler gemacht hatte, als Merinos zurückwich. Zu viele Fragen. Zu große Fragen. Aber all die neuen Informationen kreisten in ihrem Kopf, ließen kaum Platz für einen klaren Gedanken. Die Zelle drehte sich um sie.

»Nehmt Euch vor Nauranda in Acht«, flüsterte Merinos. »Sie wird auch Euch verraten. Gebt einfach auf, es hat ohnehin keinen Zweck, sich zu wehren. Widerstand macht alles nur schlimmer.«

Laute Schritte im Gang verschluckten beinahe seine letzten Worten. Er zuckte zusammen, wandte sich eilig um. Berinda glaubte den Mann unter der Maske nach Luft schnappen zu hören. Im nächsten Moment schien er förmlich in sich zusammenzufallen, sank in die Knie.

Die Schritte kamen schnell näher. Berinda ließ das Gitter los, doch sie blieb bei der Tür, spähte weiter hinaus. Vielleicht konnte sie noch mehr erfahren, weitere Puzzleteile zusammenfügen.

Zwei Gestalten in Kutten traten auf Merinos zu. Mehrere Soldaten folgten ihnen, doch sie blieben in einigem Abstand stehen, den Blick stur geradeaus gerichtet.

»Du solltest es besser wissen«, sagte der linke Kuttenträger.

»Du stellst die falschen Fragen«, fügte der rechte hinzu.

»Wir werden dir helfen.« Der Linke gab den Soldaten ein Zeichen. Zwei von ihnen traten neben Merinos und packten ihn bei den Armen. Sein Kopf ruckte hin und her. Er erinnerte Berinda an ein Tier, das man in die Enge getrieben hatte. Sie selbst stand stocksteif da, wagte es nicht, irgendein Geräusch zu machen, das auf ihre Anwesenheit hinweisen könnte.

Der rechte Kuttenträger ging vor Merinos in die Hocke. Er hob die in den Ärmeln verborgenen Hände und legte sie auf die gesprungene Maske seines Gegenübers.

»Nein!« Merinos stemmte sich gegen den Griff der Soldaten, doch er hatte keine Chance. Gerade hatte er ihr noch geraten, aufzugeben, nun kämpfte er selbst. »Nein, bitte! Nehmt sie mir nicht weg! Ich habe einen Fehler gemacht, ich bereue!«

»Wir nehmen sie dir nur für eine Weile«, sagte die linke Gestalt.

»Bis du wirklich bereust.« Die rechte zog Merinos die Spiegelmaske vom Gesicht, während er leise wimmerte. Berinda biss sich auf die Unterlippen. Was auch immer sie mit ihm vorhatten, er musste es sehr fürchten. Und das alles nur, weil sie ihn dazu gebracht hatte, mit ihr zu reden?

Gleichzeitig trieb Neugier sie noch ein Stück dichter an die Tür. Sie hatte noch nie unter die Maske eines der Spiegelleute geblickt. Wie mochten sie darunter aussehen?

Als die Kette an ihrem Fußgelenk leise über den Boden schleifte, erstarrte sie mitten in der Bewegung. Doch niemand sah auch nur in ihre Richtung.

Der rechte Kuttenträger trat zurück, Merinos' Maske in der Hand. Was darunter zum Vorschein kam, wirkte so harmlos, wie das glatte, spiegelnde Rund furchteinflößend gewesen war. Ein erschreckend junges Gesicht, höchstens sechzehn, bartlos und bleich von zu wenig Sonne. Merinos' Lippen bebten, er flüsterte irgendwelche Worte in der Sprache, die auch die Soldaten sprachen. Sein Blick huschte zu der Maske des linken Kuttenträgers, der sich nun vor ihn kniete. Er musste dort sein eigenes Spiegelbild sehen, klein und verloren. Aber das hatte er offensichtlich schon einmal, falls Berinda ihn richtig verstanden hatte. Opfer, die irgendwann selbst zu dem Schrecken wurden, der sie heimgesucht hatte. Ob es Marlena genauso ergehen würde? Verbarg sie sich vielleicht bereits hinter einer Kutte und einer Maske? Berinda schauderte bei dem Gedanken.

Merinos' Gemurmel wurde lauter. Der linke Spiegelmann packte das Kinn des jungen Mannes. »Verwende die heilige Sprache, wenn du mir etwas sagen willst.«

Heilige Sprache? Er meinte doch nicht etwa die Sprache Geriens? Doch genau in die wechselte Merinos nun wieder. »Verzeih. Bitte verzeih. Ich bereue.«

»Wir werden sehen.« Die Gestalt in der Spiegelmaske erhob sich wieder, und auf einen Wink von ihr zogen die beiden Soldaten auch Merinos in die Höhe. Die kleine Gruppe wandte sich ab und ging davon. Nur Merinos sah noch einmal über die Schulter zurück. Sein Blick fand den Berindas, und sie schauderte erneut. Genau diesen gehetzten Ausdruck hatte sie auch in Marlenas Gesicht gesehen.

Von seiner Liebe blieb ihm nur die Sehnsucht, und er goss sie in Glas. Diese große Leere, die wir alle spüren, die wir uns selbst in dem Spiegel erblickt haben.

Was für eine Bedeutung hatten die Masken für die Spiegelleute? Warum litt dieser junge Mann so sehr darunter, dass man ihm seine weggenommen hatte? Eindeutig war auf jeden Fall, dass er und wahrscheinlich auch die anderen Arandes nicht freiwillig dienten. Der Weltherrscher konnte sie dazu zwingen zu tun, was er wollte. Genauso wie er ganz sicher auch denjenigen gezwungen hatte, der ihm die Tore Letharns geöffnet hatte.

Redal

»Dies ist eine Nachricht an Nauranda die 156. Wo auch immer sie sich verstecken mag, sie soll wissen, dass der große Weltherrscher Arandes ihre Schwester, die ehemalige Königin Berinda, gefangen hält und plant, sie öffentlich in langsamer und schmerzhafter Weise hinrichten zu lassen …«

Die gläserne Stimme hallte Redal hinterher, während er eine Treppe zwischen zwei Häusern hinuntereilte, dann abbog, einen schmalen Weg entlang, der sich träge an der Wand des Kraters hinunterschlängelte. Über die Dächer der Häuser bot sich ihm von hier aus ein Blick auf die rußschwarzen Narben, die die Brände in der Stadt hinterlassen hatten. Narben, die Arandes geschlagen hatte.

Und nun will er die Königin töten. Dieser Gedanke hämmerte in Redals Kopf. Wie konnte dieser von allen Geistern der Berge verfluchte Bastard es wagen, Hand an die Königin zu legen? Wie konnte er es wagen, die heilige Nauranda zu erpressen? Und das alles tat er mit einer Selbstverständlichkeit, einer Selbstsicherheit, als wüsste er ganz sicher, dass ihn niemand aufhalten konnte.

Nun, da irrte er sich.

Redal kam ein wenig unterhalb des Fröhlichen Igels heraus. Er presste die Lippen aufeinander, während er das kurze Stück wieder hinaufstieg. Seine Knie knackten, aber er beachtete sie nicht.

Er atmete schwer, als er die Tür der Schenke aufstieß. Einige Augenblicke nahm er sich Zeit, zu verschnaufen, dann trat er in den Raum. Sie saßen schon alle dort. Gilad, Sanden, Zender, ihre Söhne und einige ihrer Töchter. Solenah stand hinter der Theke und polierte einen Krug mit einer Kraft, als hätte das Gefäß sie persönlich beleidigt. Ihre Miene war verkniffen, genau wie die der anderen. Sie hatten es bereits gehört. Gut, dann musste er nicht der Überbringer schlechter Nachrichten sein.

Longret erhob sich von ihrem Stuhl und eilte Redal entgegen. Er schloss seine Frau in die Arme, atmete ihren Geruch nach Seife und Herdfeuer ein. »Die arme Königin«, murmelte sie an seine Schulter. »Oh, die arme Königin.«

Beruhigend strich er ihr über den Rücken. Doch über ihre Schulter hinweg sah er Gilad an. »Was sollen wir tun, Hauptmann?«

Die Miene des Schankwirts wurde noch grimmiger bei der Nennung seines alten Rangs. »Darüber haben wir gerade geredet. Wir glauben, dass Nauranda ihre Schwester nicht im Stich lassen wird.«

Redal nickte. Genau das befürchtete er auch. Nauranda würde die Königin nicht zum Wohle ihrer eigenen Sicherheit opfern. Er löste sich vorsichtig von Longret und trat einen Schritt auf den Tisch zu. »Aber sie darf sich nicht stellen. Dann wäre alle Hoffnung dahin!«

»Ich sage auch nicht, dass sie sich stellen wird …«

»Was unser tapferer Hauptmann eigentlich sagen will …« Sanden machte eine unbestimmte Geste mit der Flasche in seiner Hand, die ohne Zweifel etwas Hochprozentiges enthielt. »… ist, dass die heilige Nauranda kommen wird, um die Königin zu retten.«

Gilad sah den einhändigen Veteranen aus zusammengekniffenen Augen an, nickte dann aber. »Dann müssen wir bereitstehen, um sie zu unterstützen.« Er wandte sich wieder Redal zu. »Wie weit sind unsere Jungen?«

Nicht weit genug. Redal öffnete den Mund, um genau das zu sagen, doch Vilad sprang auf, kam ihm zuvor. »Wir werden kämpfen, wenn ihr kämpft.«

Herausfordernd begegnete der junge Mann Redals Blick. Der seufzte, bemühte sich, nicht in die Richtung von Zender, Vilads Vater zu sehen, bemühte sich das Bild von Herons Jungen zu verdrängen, der tot auf der Schwelle seines Elternhauses lag, gestorben bei dem Versuch, sein Heim gegen das einfallende Heer zu verteidigen. Er würde sowieso niemanden vom Kämpfen abhalten können, der kämpfen wollte. »Ich schätze, was ihnen an Können fehlt, machen sie durch Jugend und Entschlossenheit wett.«

Gilad nickte erneut, offensichtlich zufrieden mit der Antwort.

Sie würden also kämpfen. Endlich würden sie die Schwerter aus dem Fass im Keller holen und hinter Nauranda stehen. Redal runzelte die Stirn. Hätte ihn das nicht freuen müssen? Stattdessen nagte etwas in seinem Inneren, nagte an ihm wie der Rost an einer vernachlässigten Klinge. Ein weiteres Bild drängte sich ihm auf. Beim Erntefest letztes Jahr, da hatte er sie gesehen, die 156. Wiedergeburt von Nauranda, zumindest von Weitem. Eine kleine, zerbrechliche Gestalt in Weiß. Sehr klein und sehr zerbrechlich.

»Was, wenn sie noch nicht alt genug ist?«

Schweigen senkte sich über den Raum wie eine schwere Decke. Redal räusperte sich. »Ich meine, wir warten auf sie, als wäre das nur eine Sache von Tagen. Was aber, wenn es noch ein Jahr dauert oder zwei? So viel Zeit hat die Königin nicht mehr.«

»Sie wird kommen, wenn das Land sie am meisten braucht.« Longret ergriff seine Hand und sah zu ihm auf. In ihrem Blick stand unerschütterliches Vertrauen. »Das hat sie geschworen, das sagen alle Legenden. Egal, wie jung der Körper ist, in dem sie wiedergeboren wurde, ihr Geist ist alt.«

Redal drückte die Hand seiner Frau, versuchte dasselbe Vertrauen heraufzubeschwören, das er in ihren Augen sah, versuchte all die Sorgen zu verscheuchen. »Du hast sicher recht, Gret, du hast sicher recht.«

So sagten es die Legenden, also musste es stimmen, oder nicht?

»Damit ist es beschlossen.« Gilad erhob sich. »Wir haben noch höchstens drei Tage, dann müssen wir bereit sein. Und wir müssen auf Nauranda vertrauen. Ohne sie sind wir nicht stark genug. Ohne sie können wir nichts ausrichten.«

Bjoron

Es war nur ein leises Geräusch, aber Bjoron hatte noch nicht geschlafen. Er hielt die Augen geschlossen, lauschte auf die gleichmäßigen Atemzüge der Kinder ringsum. Stück für Stück kroch seine Hand zum Griff des Schwertes neben ihm.

Dort! Sand knirschte unter einer Schuhsohle. Irgendwo rechts von ihm. Wer auch immer durch die Höhle schlich, er war geübt darin, leise zu sein. Wie ein Jäger. Oder ein Dieb. Oder ein Attentäter.

Bjoron öffnete die Augen. Spärliches Mondlicht sickerte durch die Schächte in der Höhlendecke, gerade genug, um eine Gestalt aus der Dunkelheit zu reißen. Sie war nicht sonderlich groß und nicht sonderlich kräftig. Sie stand am Fuß von Nauris Lager und blickte auf das Mädchen hinab.

Ein Feind? Nein. Wenn Arandes herausgefunden hätte, wo sie lagerten, hätte er sicher Soldaten geschickt und keinen einzelnen Mann, der sich heimlich zu ihnen hereinschlich. Dennoch schlossen sich Bjorons Finger um den Griff seines Schwertes. Dariens schlechte Angewohnheiten färbten viel zu schnell auf ihn ab.

»Willst du dich davonschleichen, Darien?«

Die Gestalt zuckte zusammen, wandte sich ihm zu. »Nein, ich habe nur ein gewisses Bedürfnis. Schlaf weiter.«

Ohne sein Zutun verstärkte sich Bjorons Griff um das Schwert. Wer kurz raus musste, stand nicht am Lager seines Schützlings, als wollte er Abschied nehmen. Und er zuckte erst recht nicht zusammen, als hätte man ihn bei irgendetwas ertappt, wenn man ihn ansprach.

Bjoron biss die Zähne zusammen, um die Worte drin zu halten, die hinausdrängten. Wenn er jetzt etwas sagte, würde er nur laut werden und die Schlafenden wecken. Also schwieg er, während Darien sich umwandte und in den Schatten nahe des Eingangs verschwand.

Dann schlug er die Felle zurück und stand auf. Eilig gürtete er sich das Schwert um, seine Hose trug er bereits, alles andere war unwichtig. Fast blind suchte er sich einen Weg zwischen den Lagern hindurch zum Ausgang. Die Ahnen sollten ihn verfluchen, wenn er zuließ, dass diese lügende, nachtschleichende Baumratte von einem Tiefländer allein fortging.

Vor der Höhle war alles in Mondlicht getaucht, gut erkennbar in fahlem Silber und Schwarz. Und dort lief Darien, immer an der Felswand entlang. Er war vollständig angezogen, in der Scheide an seiner Seite steckte das Schwert, das er vom Schlachtfeld geholt hatte. So rüstete man sich nicht aus, wenn man nur kurz in den Wald wollte, um sich zu erleichtern.

»Darien!«

Der Tiefländer drehte sich um. »Was ist? Brauche ich nun ein Kindermädchen, wenn ich nur kurz hinaus will?«

Ein Knurren grollte tief in Bjorons Kehle, mit wenigen Schritten schloss er zu Darien auf, packte ihn am Kragen seines Hemdes. »Lüg mir nicht so direkt ins Gesicht, du schlammfressender Sohn eines Molches! Du hast deine Waffen bei dir. Du wolltest nach Letharn, gib es zu!«

Der Tiefländer begegnete seinem Blick ruhig, machte nicht einmal den Versuch, Bjorons Griff zu lösen. »Gut, ich gebe es zu. Und ich werde immer noch gehen. Was willst du dagegen tun?«

Kräftiger als nötig stieß Bjoron ihn von sich. Darien stolperte zurück gegen die Felswand und fing sich dort ab. »Nichts. Ich komme mit.«

»Und wer passt dann auf Nauri auf?«

Als ob nur sie beide dazu in der Lage wären. Warum vertraute der Tiefländer ihm, aber nicht seinen Brüdern oder Neljar? Was hatte er getan? Und musste er sich geehrt fühlen, obwohl ihm diese Tatsache gerade so sehr auf die Nerven ging? »Ich würde mein Leben in die Hände von jedem in diesem Lager legen. Wir haben beide geschworen, Nauri an einen sicheren Ort zu bringen. Und im Moment gibt es keinen sichereren Ort als diesen hier.«

Darien holte Luft, um etwas zu sagen, aber Bjoron schnitt ihm mit einer schnellen Geste das Wort ab. Diese verlogene Baumratte würde ihm gefälligst zuhören, bis er fertig war.

»Du hättest warten können, bis Kerlft sich einen Plan ausgedacht hat. Das wolltest du nicht, also brechen wir meinetwegen noch heute Nacht auf. Aber nicht du allein. Denk nicht, dass du mich um meine Rache an Arandes bringen kannst. Wir werden ihn gemeinsam töten. Ich will ihn sterben sehen.«

Mit einem Schnauben schüttelte Darien den Kopf. »Arandes können meinetwegen die Geister der Berge holen. Ich will nur sehen, wo er Berinda gefangen hält. Ob es tatsächlich eine Falle ist. Sie befreien, wenn ich kann.«

Es ging um Berinda? Der Gedanke versetzte Bjorons Wut einen Dämpfer. Wie viel bedeutete sie Darien? Bjoron kam die Sorge wieder in den Sinn, die er am Nachmittag in Dariens Augen gesehen hatte. Er holte tief Luft, streckte die Finger, die den Schwertgriff noch immer umklammert hielte. Als der Tiefländer sich abwandte und weiterging, schloss Bjoron zu ihm auf und hielt sich neben ihm.

»Warum hast du sie überhaupt zurückgelassen, wenn sie dir so wichtig ist?«

Schweigen schlug ihm entgegen. Für eine Weile gingen sie stumm durch die Nacht. Ein leichter Wind strich über Bjorons nackten Oberkörper. Es war tatsächlich etwas frisch, aber spätestens die Sonne am nächsten Morgen würde ihn wieder wärmen.

»Ich hätte Nauri im Stich lassen müssen, um Berinda zu retten.« Dariens Stimme war leise, und sie ließ Bjoron zusammenzucken, weil er schon nicht mehr damit gerechnet hatte, dass der Tiefländer etwas sagte. Für eine Weile dachte er über die Worte nach.

»Du hättest beide aus dem Palast bringen können.«

Darien seufzte. »Nur wenn Berinda freiwillig mitgekommen wäre. Und das wäre sie nicht. Sie wollte mit ihrem Königreich untergehen und sie wollte Arandes' Aufmerksamkeit von Nauri ablenken.«

»Sehr ehrenhaft.« Von einem solchen Vorhaben durfte man tatsächlich niemanden abbringen, egal, wie viel er einem bedeutete.

Darien wirbelte so plötzlich zu ihm herum, dass Bjoron einen Satz nach hinten machte, die Hand am Schwert. »Bleib mir bloß mit deiner Ehre vom Leib!«, zischte der Tiefländer. »Was hat es ihr denn genutzt? Nun ist sie der Köder am Haken einer Angel, mit der Arandes Nauri fangen will.«

Oh, dieser verfluchte, arrogante Tiefländer. Glaubte immer alles besser zu wissen, genau wie Kerlft. Aber Berindas Plan hätte funktioniert, wäre Arandes nicht allein wegen Nauri nach Gerien gekommen. Dariens Königin hatte wahrscheinlich nicht gewusst, was in den Schriftrollen stand. Das war alles.

Bjoron machte einen Schritt auf Darien zu, stieß den Zeigefinger in dessen Richtung. »Wenn du so wenig von Ehre hältst, warum gehst du dann nicht einfach und schließt dich Arandes an? Warum bist du so lange nicht von Nauris Seite gewichen, bis du dir sicher sein konntest, dass sie in guten Händen ist?« Yakdung, hatte der Tiefländer ihn tatsächlich dazu gebracht, etwas Positives über ihn zu sagen? Aber nun war er schon einmal dabei, dann konnte er wohl auch weitermachen. »Du bist vielleicht ein hinterhältiger Mörder, aber du rennst auch gerade in dein Verderben, um deine Königin zu retten. Warum gestehst du ihr nicht zu, dass sie dasselbe für ihre kleine Schwester tun darf?«

Bjoron holte tief Luft, während sich Schweigen zwischen sie senkte. Darien rührte sich nicht. Doch nach einer Weile wich die Anspannung aus seiner Haltung. »Hast du mich gerade gleichzeitig als hinterhältig und als ehrenhaft bezeichnet?«

Bjoron hob die Schultern und spürte, wie ein schiefes Grinsen auf seine Lippen kroch. »Ich kann nichts dafür, wenn du dir selbst widersprichst.«

Ein Lachen wehte durch die Nacht, aber es erstarb schnell wieder. »Gut, wenn wir jetzt beide Männer von Ehre sind, möchte ich eine Bitte an dich richten. Lass mich allein gehen. Ich weiß, wie man sich unauffällig in einem Palast voller Feinde bewegt. Ich will dich nicht beleidigen, aber ich habe allein bessere Chancen, Berinda zu finden.«

Bjoron presste die Lippen aufeinander. Typisch. Alles, was man sagte, verwendete der Tiefländer gegen einen. Gut, wahrscheinlich hatte er in diesem Fall sogar recht, dennoch schüttelte Bjoron den Kopf. »Dies ist vielleicht meine einzige Gelegenheit, nach Letharn hineinzukommen. Ich würde gerne einfach vor die Tore der Stadt marschieren und Arandes zu einem Zweikampf herausfordern. Aber er ist feige. Er versteckt sich hinter seinen Soldaten, und ich habe kein Heer, um mir den Weg zu ihm zu erkämpfen. Also muss ich lernen zu tun, was du tust, um zu ihm zu gelangen. Zeig mir, wie es geht, und zeig mir den Weg in die Stadt. Ich lerne schnell. Ich weiß, wie man jagt.«

»Das ist kein Vergleich, du …«

»Darien …« Warum glaubte dieser Tiefländer eigentlich, nur er könnte irgendetwas Nützliches? Falls er entdeckt werden und in einen offenen Kampf geraten sollte, war er ohne Zweifel verloren. Aber daran dachte er wahrscheinlich nicht einmal. »Du hast nur zwei Möglichkeiten. Entweder ich begleite dich oder ich folge dir.«

Für eine Weile starrten sie einander an. Dariens Mund war ein dünner Strich, und Bjoron rechnete halb damit, dass er herumwirbeln und davonrennen würde, um ihn abzuschütteln. Doch schließlich seufzte er. »Gut. Aber wenn du dich verrätst und erwischt wirst, erwarte nicht, dass ich dir zur Hilfe komme.«

Bjoron grinste. »Hätte ich nie.«

»Ach, da verlässt du dich also auf meine hinterhältige Seite?«

»Ich habe nie behauptet, dass du sonderlich viel Ehre …« Bjoron hielt inne. Hatte er da nicht gerade etwas gehört? Ein Rascheln? Er hob die Hand zur Warnung, aber Dariens Finger lagen längst am Griff seines Schwertes. Langsam drehte sich Bjoron um, starrte in die Schatten zwischen den Bäumen. Bewegte sich dort nicht etwas?

Ja, ein Schemen. Dann das Oval eines Gesichtes zwischen den Blättern, weiß im Mondlicht. Schließlich schoss eine kleine Gestalt aus dem Unterholz. Bjoron hatte das Schwert schon halb gezogen, als er Nauri erkannte. Eilig schob er die Waffe zurück, da prallte das Mädchen auch schon gegen ihn, klammerte sich an sein Bein.

Darien fluchte. »Sie muss mitbekommen haben, dass wir uns hinausgeschlichen haben.«

Nauri ließ Bjoron los, trat zu Darien und zupfte an seinem Hemd, als könnte sie ihn so an Ort und Stelle halten. Bjoron musste grinsen, doch das Grinsen verging ihm, als er im Halbdunkel den Gesichtsausdruck des Tiefländers erahnte. Darien war aufgebrochen, um seine Königin zu retten, und nun wurde er wieder und wieder aufgehalten.

»Nauri.« Beim Klang ihres Namens drehte sich das Mädchen zu ihm um. »Wir müssen nach Letharn, aber wir kommen wieder.«

Sie zog die Augenbrauen zusammen, als würde sie ihm nicht glauben. Bjoron ging in die Hocke und legte ihr die Hände auf die Schultern. »Ich verspreche es.«

Die Falte zwischen ihren Brauen wich nicht.

»Deine Schwester ist in Gefahr, verstehst du das?«, mischte sich Darien ein. Seine Stimme klang scharf. Er hatte die Hand immer noch am Schwertgriff, und seine Haltung drückte Anspannung aus.

Nauri nickte so heftig, dass ihr das unregelmäßig geschnittene Haar ins Gesicht fiel. Dann schloss sie die Finger um Bjorons Handgelenk, wandte sich gleichzeitig zu Darien um und stemmte eine Hand in die Hüfte. Bjoron lachte leise. »Sie will mit.«

Darien stieß einen frustrierten Laut aus. »Und als Nächstes kommt Tjark herbeigehumpelt und will auch noch mit, ja? Nur um wirkliche jede Chance zunichtezumachen, unauffällig nach Letharn hineinzukommen?«

Angesichts seines Tonfalls zog Nauri den Kopf zwischen die Schultern. Bjoron strich dem Mädchen übers Haar. »Du kannst uns nicht begleiten. Geh zurück. Halte dich an Kerlft und Neljar, solange wir weg sind.«

Große Augen blickten ihn an. Es musste dieser Blick sein, der dafür sorgte, dass ihm plötzlich kalt wurde bei dem Gedanken, sie im Lager zurückzulassen. Er versuchte das Gefühl abzuschütteln. Bei seiner Familie war sie sicher. Wahrscheinlich plagte ihn nur das schlechte Gewissen, weil er sie allein ließ. »Ich schwöre, dass wir zurückkommen. Bei meinen Ahnen und bei allen Gefallenen auf dem Schlachtfeld.«

Das glättete Nauris Stirn. Sie legte den Kopf schief und schien einen Moment über diese Worte nachzudenken. Dann nickte sie und sah wieder Darien an.

»Soll ich jetzt auch schwören? Der letzte Schwur, den ich geleistet habe, war der, die Königin zu beschützen.« Als Nauri ihn einfach nur weiter anstarrte, seufzte der Tiefländer. »Ich habe nicht vor zu sterben oder mich gefangen nehmen zu lassen, in Ordnung?«

Wieder nickte das Mädchen, viel zu ernst für sein Alter. Zudem schien Nauri genau zu wissen, was sie von ihnen beiden erwarten konnte. Von ihm, Bjoron, einen Schwur, von Darien nur eine Absichtserklärung. Irgendeine alte Seele musste wirklich in ihr wohnen, ob sie es nun wusste oder nicht.

Bjoron sah auf und Darien an. »Wir bringen sie gemeinsam zurück ins Lager. Ich behalte dich im Auge, sonst verschwindest du nur, während ich nicht aufpasse.«

Der Tiefländer warf ihm einen düsteren Blick zu. »Wo bleibt dein Vertrauen in meine Ehre?«

»Einem so kleinen, schwachen Ding sollte man nicht zu viel Last aufbürden.«

Darien

Sie machten keinen Umweg über das Schlachtfeld, um für Bjoron eine Verkleidung zu besorgen. Die Leichen dort stanken inzwischen trotz des stetigen Windes bestialisch, und der Geruch haftete sicher hartnäckig in jedem Stück Stoff. Stattdessen hielten sie in einem Dorf nahe Letharn kurz. Die Häuser standen leer, die Menschen mussten geflohen sein. Aber sie hatten nicht alle Kleidung mitgenommen. Nun trug Bjoron ein blaues Hemd. Er zupfte immer wieder an den etwas zu kurzen Ärmeln und murrte darüber, dass es spannte und ihm die Bewegungsfreiheit raubte. Darien hatte versucht, den Barbaren dazu zu überreden, sich zudem das Haar zu schneiden, aber vergeblich.

Ihre Schwerter waren in einem Bündel Feuerholz verborgen, das Bjoron gut verschnürt unter dem Arm trug. Es war eine weitere

Last, aber eine notwendige. Er folgte Darien, als dieser vom Weg abwich und schließlich unter einem der Aquädukte stehen blieb, die Wasser in die Stadt brachten. Hier wuchs ein Baum direkt an einer der Säulen. Auf diesem Weg war er hinausgekommen.

»Ich hoffe, du kannst klettern.«

»Natürlich kann ich klettern! Ich bin in den Bergen aufgewachsen.«

Darien schnaubte und machte sich nicht die Mühe, Rücksicht auf seinen Begleiter zu nehmen. Entweder Bjoron schaffte es oder er musste endlich einsehen, dass es doch besser war, Darien allein gehen zu lassen. Doch als Darian oben angekommen war, hörte er den Barbaren hinter sich schnaufen. Hartnäckig.

Bjoron reichte ihm das Bündel mit den Schwertern, zog sich dann in den überdachten Gang hoch, durch den klares Bergwasser strömte.

»Warum konnten wir nicht einfach durchs Tor gehen? Sehen wir nicht aus wie harmlose Tieflandbauern?«

Darien verdrehte die Augen. »Die Wachen hätten uns womöglich durchsucht. Was denkst du, was passiert wäre, wenn sie die Schwerter gefunden hätten?«

Auf der Kante balancierend zog Darien die Schuhe aus. Eile war kein Grund, das geschmeidige Leder zu ruinieren.

Dann setzten sie ihren Weg fort.

Leise platschend wateten sie durch das knöchelhohe Wasser. Es war eiskalt, kam direkt von schneebedeckten Gipfeln. Es dauerte nicht lange, bis Darien seine Zehen nicht mehr spürte. Aber er biss die Zähne zusammen, ging weiter.

Je näher sie der Stadt kamen, desto besser war das Aquädukt befestigt. Schließlich bewegten sie sich durch einen Tunnel, nur durch schmale Fensterschlitze drang noch Mondlicht herein. Die Geräusche ringsum veränderten sich, wurden zu denen einer erwachenden Stadt.

Darien atmete auf. Zu Hause.

Vor ihnen schälte sich ein Gitter aus dem Zwielicht des niedrigen Gangs, das den Weg in seiner ganzen Breite versperrte. Bjoron seufzte. »Das war's dann wohl.«

Da wollte man gerade glauben, der Barbar sei vielleicht doch nicht ganz so dumm, dann bewies er wieder das Gegenteil. Darien schnalzte mit der Zunge. »Falls du dich erinnerst, ich bin diesen Weg mit Nauri schon in die andere Richtung gegangen.« Er hob die Stimme kaum über ein Flüstern. Inzwischen mussten sie innerhalb der Stadtmauern sein, und wer wusste schon, wer sich im Schatten der Aquäduktbögen herumtrieb.

Bei dem Gitter packte Darien eine der Stangen. Es knirschte, als er sie nach rechts drehte, dann ein Stück nach links. Etwas klickte, er wackelte an der Stange, und schließlich löste sie sich aus ihrer Verankerung. Gelobt sei die Voraussicht der Königinmutter, die viel Zeit darauf verwendet hatte, über mögliche Fluchtwege nachzudenken.

Darien trat ein Stück zur Seite und winkte Bjoron durch die entstandene Lücke. Geschickt schob sich der Barbar zwischen den verbliebenen Stangen hindurch. Zum Glück war er nicht so breit gebaut wie Tjark, ansonsten hätte er womöglich Probleme bekommen.

Als Bjoron hindurch war, folgte Darien ihm und schob die lockere Stange wieder an ihren Platz.

In einem Wasserfall strömte das eiskalte Nass in das Sammelbecken. Darien spürte den Sog an seinen Knöcheln, während er dicht an der Kante hockte, in der das Aquädukt endete. Hin und wieder wackelte er mit den Zehen, um sich zu vergewissern, dass sie überhaupt noch da waren.

Ansonsten blieb er reglos, blickte in den Wasserspeicher hinab. Es war ein rundes Gebäude. Ein Wartungsgang führte am Rand entlang, in der Mitte erhob sich das Sammelbecken, in das sich aus unterschiedlicher Höhe der Inhalt der Aquädukte ergoss. Darien musste sich ein wenig strecken, um über das Becken hinweg den

Eingang zu sehen, wo sich noch immer zwei Gestalten vor dem schnell heller werdenden Himmel abzeichneten.

Hinter ihm verhielt sich Bjoron erfreulich still. Darien hatte erwartet, dass der Barbar ungeduldig werden würde, aber offensichtlich war dessen Jagderfahrung tatsächlich etwas wert.

Jetzt! Die Gittertür schwang auf. Einer der Soldaten in seiner Rüstung aus einander überlappenden Lederstücken trat ein. Die beiden machten also doch ab und zu Rundgänge.

Langsam ging der Mann den Gang entlang. Dariens Blick heftete sich auf die Lücke zwischen Helm und Brustpanzer. Er zog das Messer aus der Scheide in seinem Stiefelschaft und hielt die Stiefel Bjoron hin. »Halt mal.« Das Rauschen des Wassers überdeckte die Worte ebenso wie das wenig begeisterte Schnauben des Barbaren, als er der Bitte nachkam.

Der Soldat blieb stehen, noch nicht nah genug. Aus irgendeinem Grund wirkte er nicht ganz sicher auf den Beinen, schwankte leicht hin und her. Als er seinen Helm ein Stück zurückschob, enthüllt er ein gerötetes Gesicht.

»Der Kerl ist besoffen«, flüsterte Bjoron. »Er ist so gut wie wehrlos. Und du willst ihn umbringen?«

Darien presste die Lippen aufeinander, schloss die Finger fester um den Griff des Messers. Die klirrenden Worte über Berindas Schicksal hallten in seinem Inneren wider. Dazu die Bilder aus Firendas Lager. Männer in ebensolchen Rüstungen, die gemeinsam mit den schwarzen Vögeln Frauen und Kinder und alte Leute niederstreckten. Arandes' Soldaten waren unberechenbar. Besser, man brachte sie um, wenn man die Chance dazu hatte.

»Lass mich das mal versuchen.« Bjoron schob sich an Darien vorbei und drückte ihm seine Stiefel wieder in die Hand, zusammen mit dem Bündel Holz mit ihren Schwertern. Ein erstaunlich leiser Satz brachte ihn auf den gemauerten Rand des Sammelbeckens. Geister der Berge, was hatte der Barbar vor? Nun war es zu spät, ihn aufzuhalten.

Der Betrunkene taumelte langsam weiter, bemerkte Bjoron nicht, der über ihm kauerte wie ein lauerndes Raubtier. Darien hielt den Atem an. Das konnte nur schiefgehen. Wäre er doch nur allein aufgebrochen.

Er zwang sich ruhig zu atmen, lehnte das Bündel Holz gegen die Wand des Aquädukts. Wenn Bjoron alles vermasselte, wollte er eingreifen können.

Der Soldat wankte unter dem Barbaren vorbei. Jetzt noch zwei Schritte, dann hinter ihm zu Boden springen, den Mund zuhalten ...

Darien fluchte leise, als Bjoron sofort sprang.

Die Füße des Barbaren trafen den Betrunkenen im Rücken. Der Mann ächzte, ruderte mit den Armen und kippte nach vorn. Dumpf kam er auf dem Boden auf. Der Helm verrutschte endgültig. Bjoron grub die Finger in das Haar des Soldaten, riss seinen Kopf nach oben und stieß ihn fest auf den Boden. Als Darien lautlos auf dem Rand des Beckens landete, rührte sich der Mann schon nicht mehr.

Grinsend blickte der Barbar zu ihm auf. »Jetzt können wir ihn ein andermal ehrenhaft töten.«

Barbaren ... »Wenn es zu einem offenen Kampf kommen sollte, wird es dir nicht an Soldaten mangeln, die du töten kannst, ganz egal wie. Das Problem ist eher, dass es zu viele von seiner Sorte gibt.« Darien deutete auf den reglosen Mann hinab. In seinem Geist hallten immer noch die Worte des Spiegelmannes, der über das Lager hinweggeflogen war. Ihr Klirren hatte sich in ihm festgesetzt, als würde in seinem Inneren selbst Glas vibrieren, scharfkantig und hart.

Bjoron verschränkte die Arme vor der Brust. »Wenn es dich glücklich macht, kannst du ihm immer noch die Kehle durchschneiden. Ich rette das Leben dieser Baumratte nicht. Aber die Geister der Toten können das Blut dieses Mannes nur trinken und ihre Rache bekommen, wenn er weiß, wieso er stirbt.«

Die Barbaren machten sich das Leben wirklich gerne selbst schwer. Ein weiterer Satz, und Darien kauerte neben dem Soldaten auf dem Boden. Eine Wolke aus Alkoholdunst schlug ihm entgegen, nahm ihm schier den Atem.

Und sie klärte seinen Geist. Das Klirren der Worte des Spiegelmanns trat ein wenig in den Hintergrund, ließ Raum für andere Gedanken. Der erste war, dass diesem Mann niemand glauben würde, wenn er behauptete, von Eindringlingen niedergeschlagen worden zu sein. Wenn man ihn so fand, würde man annehmen, er sei im Dienst eingeschlafen. Eine Leiche dagegen würde im schlechtesten Fall zu einer stadtweiten Suche nach dem Mörder führen.

Daran hätte er denken müssen. Aber sein Kopf war voll mit Berinda. Mit dem, was Berinda zustoßen könnte, was Arandes ihr antun würde. Wenn er so weitermachte, würde er irgendwann einen richtigen Fehler begehen. Vielleicht konnte er Bjoron bei dieser Unternehmung doch gebrauchen. Was für eine Ironie, dass der Barbar momentan der Besonnenere von ihnen beiden war.

Darien atmete tief durch. Er schob das Messer zurück in die Scheide im Stiefelschaft und schlüpfte in die Stiefel hinein. Dann richtete er sich auf und begegnete Bjorons herausforderndem Blick.

»Gut, lassen wir ihn am Leben. Aber das nächste Mal, wenn du jemanden von hinten angreifst, spring ihm nicht in den Rücken. Da ist die Gefahr zu groß, dass du selbst das Gleichgewicht verlierst. Du brauchst hinter ihm festen Stand. Dann kannst du ihn packen.«

Der Barbar verzog das Gesicht. »Jetzt machst du mich doch zum Attentäter.«

»Keine Sorge. Davon bist du noch weit entfernt. Willst du nach dem zweiten Wächter sehen oder soll ich?«

Nur dieses eine Hindernis stand noch zwischen ihnen und der Stadt. Danach war es nicht mehr weit bis zum Palast.

Bjoron

Das war also Letharn. Das Erste, was Bjoron auffiel, war der Geruch nach kalter Asche. Er saß im Mauerwerk der Häuser, die so viel größer waren als jedes Zelt, genau wie Kerlft sie beschrieben hatte. Er hing an den Menschen, die mit gesenkten Köpfen an ihnen vorbeieilten. Er wirkte wie eine Verkörperung der Angst, die die Bewegungen der Bewohner hastig machte, ihre Schultern niederdrückte und ihre Stimmen dämpfte. So viel Angst. War das alles, was die Tiefländer empfanden, wenn sie die Soldaten in den Lederrüstungen sahen? Bjoron dachte an den Zorn, der im Lager der Hochlandstämme in jedem Gesicht stand. Selbst in dem der Kinder.

»Halte den Blick gesenkt«, zischte Darien ihm zu, als sie an einer weiteren Gruppe Soldaten vorbeikamen. Bjoron biss die Zähne zusammen und tat wie geheißen. Sie durften nicht auffallen. Noch nicht. Doch das Bündel Holz mit ihren Schwertern darin wog immer schwerer in seinen Armen. Seine Hände juckten, wollten sich um den Griff seiner Waffe schließen.

Stattdessen fühlte er die Hand des Tiefländers an seinem Arm, der ihn eine schmale Treppe hinunter zog. Im nächsten Moment traten sie auf einen Platz hinaus, der gerade breit genug war, um nicht mehr als Straße durchzugehen. Nur eine niedrige Mauer erhob sich auf der anderen Seite der freien Fläche, bot freie Sicht über die Stadt. Es war, als hätten die Tiefländer es an dieser Stelle einfach aufgegeben, Häuser zu bauen. Doch dann erkannte Bjoron die Dächer hinter der Mauer, auf selber Höhe wie der Boden, über den er gerade lief. Man hätte leicht über die Mauer steigen und auf den dunklen Ziegeln umhergehen können. Über die Köpfe der Menschen hinweg, die dort wohnten.

Darien stützte die Hände auf die Mauerkrone, und Bjoron trat neben ihn. Das Kopfsteinpflaster fühlte sich ungewohnt unter den nackten Füßen an. Aber zumindest hatte er sie nicht in Stiefel zwängen müssen. Einige der Leute in der Stadt trugen keine Schuhe. Meistens die in der zerschlissensten Kleidung.

Dann sah Bjoron auf. Und zum ersten Mal, seit sie angekommen waren, konnte er sich einen Überblick über die Stadt verschaffen.

Vor und unter ihm tat sich im klaren Morgenlicht ein Krater auf, die Wände voller Dächer und Mauern. Rings um Letharn erhoben sich die zerklüfteten Felswände, die es Feinden so schwer machten, die Stadt einzunehmen, gekrönt von durch Menschenhand errichteten Wällen. Im Inneren führten Gassen, Treppen und Aquädukte in unordentlichen Spiralen abwärts, strebten dem tiefsten Punkt in ihrer Mitte zu. Eine seltsame Stadt. Ein wenig wie ein riesiges Erdloch, in das jemand Häuser gebaut hatte. Ganz anderes als die Dörfer, durch die sie auf dem Weg hierher gekommen waren.

»Normalerweise sieht man von hier nur ein Meer aus Dächern. Aber jetzt …« Dariens leise Stimme schreckte Bjoron aus seinen Gedanken. Er verstand, was der Tiefländer meinte. Geschwärzte Lücken klafften immer wieder in den Reihen der Gebäude. Halb verkohlte Balken und die Reste von Mauern wirkten wie die Skelette großer Tiere.

Bjoron streckte die Hand aus, deutete in die Mitte des Kraters, wo kaum noch etwas stand. »Was war dort?«

»Das Armenviertel. Einfache Hütten aus Holz. Brennen besonders gut.«

»Und dort?« Auch am nördlichen Stadtrand erstreckte sich ein großer, schwarzer Fleck.

»Die Papiermühlen.«

Bjoron runzelte die Stirn. »Warum sollte man Papier mahlen?« Die Tiefländer taten so viele Dinge, die auf den ersten Blick unsinnig erschienen.

»Man mahlt nicht das Papier. Man zerstampft in den Mühlen Lumpen zu Faserbrei. Daraus stellt man Papier her.« Ungeduldig schnalzte Darien mit der Zunge. »Hast du jetzt genug von den Dingen gesehen, die nicht mehr da sind? Schau dir lieber an, wo wir hin müssen.«

Als Bjoron dem Fingerzeig mit dem Blick folgte, entdeckte er einen Wald aus schlanken Türmen und Figuren aus Stein umgeben von einer Mauer. Er runzelte die Stirn. Den Zweck der Häuser konnte er erkennen. Sie waren wie Zelte aus Mauerwerk. Wände und ein Dach. Doch wozu dienten all die Türme, die aus dem Dach des Gebäudes ragten, das der Palast sein musste? Was hatten die Figuren zu bedeuten?

Ehe er eine entsprechende Frage stellen konnte, erklang hinter ihnen eine Stimme. »Früher war die Aussicht besser.«

Darien wirbelte herum, vielleicht ein bisschen zu schnell für einen einfachen Tieflandbauern. Bjoron drehte sich langsamer um und sah eine gebeugte Gestalt auf sie zu humpeln.

»Habt euch 'nen schlechten Zeitpunkt ausgesucht, herzukommen, Jungen. Seid doch neu hier, oder? Schaut auf jeden Fall so.« Jeder Schritt des Mannes wurde von einem Tocken begleitet, wenn sein krummer Krückstock auf die Pflastersteine traf. Ein Bein zog er nach. Der Stoff der Hose war an dieser Seite zerrissen und legte teilweise einen dreckigen Verband frei. Auch der Rest der Kleidung hatte schon bessere Zeiten gesehen, und die Bartstoppeln auf den Wangen des Fremden waren ungefähr so lang wie die Dariens. Hatten alle Tiefländer mit dem Fall Letharns das Rasieren aufgegeben?

Mit einem letzten, unsicheren Schritt erreichte der Mann die Mauer und stützte sich daran ab. »Wo kommter her?« Er musterte Bjoron aus rotgeränderten Augen und atmete ihm einen Schwall alkoholgeschwängerter Luft entgegen. Der verzog das Gesicht, antwortete aber nicht. Das Reden würde Darien übernehmen, das konnte er besser.

»Wir kommen aus Detern.« Darien klang mit einem Mal anderes als sonst. Er dehnte die E's und sprach ein bisschen langsamer. Klang so jemand aus Detern, wo auch immer das liegen mochte?

Doch wenn diese Maskerade den Mann weniger misstrauisch machen sollte, schlug sie fehl. Der Alte verengte die Augen zu Schlitzen. »Bis dahin is' das von allen Geistern verfluchte Heer doch noch gar nich gekomm'n, oder?«

Es gab also noch Orte, die Arandes nicht erobert hatte? Gut zu wissen. Darien ließ sich von der neuen Information nicht aus der Ruhe bringen. »Nee, aber ein paar Dörfer rundrum hat's erwischt. Und diese seltsamen Gestalten auf ihren schwarzen Vögeln fliegen rum, als gehöre ihnen das Tal schon. Wir haben gehört, dass Letharn noch steht, und dachten uns, bevor sie unser Haus anzünden, während wir drinsitzen, kommen wir her, wo sie mit dem Zündeln schon fertig sind. Schauen, wie das Leben so ist unter diesem ...«

»Arschrandes«, verkündete der Mann düster. Bjoron grinste. »Ich kann dir sag'n wie das Leben is'. Mir haben se das Haus unterm Hintern angezündet, war nich' lustig, hat mich Frau und Kinder gekostet. Seitdem strolch' ich hier rum, muss aufpassen, dass sie mich nach der Ausgangssperre nich' erwischen. Aber wo soll ich schon hin? Auf'm Land sieht's schlimmer aus. Ab und zu radierter ganze Dörfer aus der Landschaft. Keiner weiß, wieso. Vielleicht willer 'n hübsches Muster auf der Landkarte zeichnen.«

»Warum kämpft ihr nicht?« Bjoron ignorierte Dariens düsteren Blick, sah unverwandt den Alten an. Arandes hatte diesem Mann alles genommen. Warum ließ er sich das gefallen? Warum liefen all die Menschen in dieser Stadt mit gesenkten Köpfen herum, zu ängstlich, um sich zu wehren? Ja, die Tiefländer waren keine Kämpfer und sie waren feige, aber es gab doch sicher Grenzen. Es gab doch sicher einen Punkt, an dem selbst ein Tieflandbauer eine Waffe ergreifen und sich wehren würde. Wie viel musste dafür noch geschehen?

Die Augen des Mannes wurden groß. Ängstlich sah er sich um, ob Soldaten in der Nähe waren. »Biste wahnsinnig? Die hab'n Augen und Ohren überall. Und dann komm'n die Leute mit den Spiegelmasken und brennen dir 'n Loch in die Seele.« Begleitet vom Tocken seiner Krücke wich der Stadtbewohner zurück. »Ich sag dir was, Junge. Pass auf, was du sagst.«

Mit diesen Worte wandte er sich ab und humpelte so schnell davon, wie er konnte.

»Ganz toll gemacht«, stellte Darien trocken fest. »Ich hoffe, er verrät uns nicht.«

»Ich versteh das nicht.« Auf der Suche nach einer Antwort wandte sich Bjoron zu dem Tiefländer um. »Haben sie alle so viel Angst vor einer Niederlage, dass sie es nicht mal versuchen?«

Darien seufzte. »Sie haben nicht euren Stolz. Ihnen ist es egal, wer sie beherrscht, solange sie nur irgendwie weiterleben können.«

»Aber das können sie nicht, wenn er so weitermacht! Du hast den Mann gehört, Arandes zerstört wahllos ganze Dörfer!«

Noch einmal seufzte Darien, fuhr sich mit einer Hand durch das Haar, an der er ausnahmsweise keinen Handschuh trug. »Ja, aber das sind die Dörfer. Die Leute hier in der Stadt denken, sie haben das Schlimmste hinter sich. Sie denken, wenn sie die Köpfe unten halten, wird ihnen nichts mehr geschehen.«

Bjoron schnaubte. Tiefländer! »Und ihr haltet uns für dumm …«

Darien

Darien wusste nicht, ob es ihn freuen sollte, dass der Palast noch stand. Da war das Tor, das zu durchschreiten immer Heimat bedeutet hatte. Doch nun standen fremde Soldaten davor, und er würde sich hinter diesen Mauern genauso vorsichtig bewegen müssen wie auf der Burg irgendeines fremden Fürsten.

Da war das vertraute Stück Mauer am Ende einer Gasse. Die mit dem bloßen Auge kaum sichtbaren Stellen, an denen Hände und Füße Halt finden konnten, wenn man wusste, was man tat. Es erinnerte Darien an die Zeit, als die Königinmutter ihm verboten hatte, eines der Tore zu verwenden, wenn er den Palast betreten wollte. Damals war es ein Spiel gewesen, eine Prüfung seiner Geschicklichkeit. Nun war es bitterer Ernst.

Darien erreichte die Mauerkrone mühelos und spähte auf der anderen Seite hinunter. Die Rückseite der Schweineställe, dahinter der äußere Hof und die Tür zur Küche. Alles ruhig. Ungeduldig winkte er Bjoron, ihm zu folgen, gab leise Anweisungen, während der Barbar kletterte.

Früher war er immer durch die Küche hineingeschlüpft und hatte so getan, als gehöre er zu der großen Dienerschar. Doch wer würde das zwei unrasierten, dreckigen Männern abnehmen? Vor allem da der Holzstoß nun auf der anderen Seite der Mauer lag. Die Schwerter hatten sie sich über den Rücken gehängt. Keine gute Position, um sie schnell zu ziehen, aber die beste, wenn man klettern wollte.

Endlich hockte auch Bjoron auf der Mauer. »Wir sehen uns erst mal um«, flüsterte Darien. »Finden heraus, wo Berinda gefangen gehalten wird und wo Arandes schläft. Dann können wir uns trennen. Du kümmerst dich um Arandes, ich hole Berinda.«

Das Problem bei diesem Plan war nur, dass er höchstwahrscheinlich Bjorons Todesurteil bedeutete. Darien biss sich auf die Unterlippe. Vor seinem inneren Auge sah er, wie der Barbar in die Gemächer des Tyrannen stürmen würde. Wie er verkünden würde, wieso er gekommen war, immerhin musste Arandes ja wissen, wieso er starb. Und vielleicht würde es ihm gelingen, den Mann zu töten. Aber wie sollte er dann wieder entkommen? Der Barbar kannte sich nicht aus, wusste nicht, wie man über die Dächer floh. Er würde sterben und Nauri würde womöglich doch noch weinen, auf ihre eigene, stumme Art. Aber mit Bjoron zu Arandes zu gehen, würde bedeuten, die Chance auf Berindas Rettung zu vertun.

Darien schüttelte den Kopf, um den Gedanken zu verscheuchen. Erst mussten sie sich ein Bild von der Lage verschaffen. Dann konnten sie weitersehen.

Er ließ sich auf der anderen Seite der Mauer hinab, ging dort in die Hocke. Irgendwo hier musste ein loser Stein ... dort! Eilig zog Darien den Stein heraus, schob die Hand in den Hohlraum dahinter.

»Was machst du da?«, fragte Bjoron leise.

»Ich habe hier überall auf dem Gelände Waffen versteckt. Nur für den Fall.«

Ein schnaubendes Lachen erklang hinter ihm. »Das ist dein Heim, solltest du dich hier nicht sicher fühlen? Wozu versteckst du hier Waffen?«

Dariens Finger ertasteten ein Bündel aus Öltuch, und er zog es heraus. »Um welche zu haben, falls Feinde den Weg in den Palast finden.« Die Königinmutter hatte recht gehabt, wie immer. Es konnte nie schaden, vorbereitet zu sein. Er wickelte das Bündel aus, schob ein Wurfmesser in jeden Ärmel, ein paar weitere hinter seinen Gürtel. Das war schon besser.

»Du hast damit gerechnet, dass Letharn erobert würde?«

»Nein, ich habe damit gerechnet, dass es einen Aufstand geben könnte oder ein Trupp Attentäter hereinkommt.« Darien erhob sich. Niemals hatte er geahnt, dass Letharn fallen könnte. Sie alle hatten die Stadt für uneinnehmbar gehalten, hatten sich sicher gefühlt. Bis Arandes über die Berge gekommen war, hatten die Fürstentümer am Rand des Tals die größte Gefahr dargestellt. Diejenigen, die bis vor nicht allzu langer Zeit noch unabhängig gewesen waren und das gerne wieder sein würden. Diejenigen, deren Herrscher in der Regierungszeit der Königinmutter oft unerfreulichen Unfällen zum Opfer gefallen waren, wenn sie zu viel Unzufriedenheit erkennen ließen. Keiner davon hatte es je auch nur vor die Tore Letharns geschafft.

Darien ließ den Blick über den Schweinestall und zu den hoch aufragenden Gebäuden dahinter schweifen. Heimat und doch keine Heimat mehr. Er schüttelte den Gedanken ab und setzte sich in Bewegung. »Komm weiter, wir sollten keine Zeit verlieren.«

Über die Regentonne auf das Dach des Schweinestalls und von dort auf eines der angrenzenden Gebäude. Selbst Bjoron hatte keine Schwierigkeiten damit. Unter ihnen klapperte die Tür zur Küche. Stimmen und das Zischen von einem Braten in der Pfanne drangen heraus. Alles wie immer, als wäre überhaupt nichts geschehen, als wäre Letharn nicht erobert worden. Irgendjemand lachte, und Darien hörte seine eigenen Zähne knirschen. In der Stadt hatten die Leute zumindest den Anstand gehabt, vor lauter Angst die Köpfe einzuziehen. Hier schien die Dienerschaft Berinda bereits vergessen zu haben, hatte sich offensichtlich mit ihrem neuen Herrn abgefunden. Verräterisches Pack. Sollten die Geister der Berge sie holen.

Vielleicht hatten die Barbaren ja recht mit dem, was sie über Tiefländer sagten. Zumindest teilweise.

Die Schindeln waren trocken und boten den Füßen guten Halt. Darien huschte zwischen Türmen und Statuen hindurch, Bjoron hinter ihm angenehm leise. Der Barbar machte sich wirklich nicht allzu schlecht.

Im Schatten des Hauptturms wurde Darien langsamer. Als Bjoron zu ihm aufholte, ging sein Atem ein wenig schneller. »Du kletterst wie eine Baumratte.«

Darien zog die Brauen zusammen. »Ist es nicht eine Beleidigung, jemanden mit einer Baumratte zu vergleichen?«

»Meistens schon. Sie sind die hässlichsten Tiere des ganzen Hochlands, und sie sind ziemlich feige.« Der Barbar grinste. »Aber sie können wirklich gut klettern.«

Darien schnaubte. Er setzte zu einer Erwiderung an, umrundete gleichzeitig eine Ecke des Turms – und die Worte entflohen wie Nebel in der Sonne.

Es war, als blicke er in einen Albtraum hinab, während er an die Kante des Daches trat. Die Zerstörung der Schlacht hatte den Innenhof eingeholt, an dem das Kloster stand. Nur die Stille war geblieben, lag wie ein Leichentuch über den verdorrten Resten der Bäume. Fäulnis wehte zu ihnen herauf und überdeckte fast den allgegenwärtigen Geruch nach kalter Asche. Bloß im Teich in der Mitte spiegelte sich der blaue Himmel. Ein Bild der Ruhe, als wollte das Wasser Darien verhöhnen.

Am anderen Ende des Weges erhob sich noch immer der Eingang des Klosters. Dort, in dem breiten Doppeltor, standen in dunkle Kutten gehüllte Gestalten, und in ihren Masken spiegelten sich die Skelette der Bäume.

Darien wich in den Schatten des Turms zurück und bedeutete Bjoron, dasselbe zu tun. Der Barbar fluchte leise. »Das waren die Spiegelleute, nicht wahr? Sie können Dinge verdorren lassen, die sie berühren. Wie dein Handgelenk.«

Unwillkürlich wanderten Dariens Finger zu der entsprechenden Stelle. Es tat nicht mehr weh, doch noch immer markierten die blassen Umrisse von drei Fingern die Verletzung. Er stellte sich vor, wie die Gestalten in den Kutten die Bäume berührten, wie sie in Windeseile verfaulten und starben. Plötzlich steckte ein Kloß in seiner Kehle. Was wäre geschehen, wenn der Spiegelmaskenträger ihn länger festgehalten hätte? Hätte er dann das Schicksal der Bäume geteilt?

Darien räusperte sich. »Ich hatte gehofft, wir könnten hier in den Palast eindringen. Aber offensichtlich haben die Spiegelleute das Ordenskloster übernommen. Komm weiter.«

Nicht über das nachdenken, was hätte sein können. Er musste sich ganz auf das Hier und Jetzt konzentrieren. Er wandte sich ab, eilte weiter am Rand des Daches entlang, immer im Schatten der Aufbauten und Statuen und im Vertrauen darauf, dass die Gestalten im Hof nicht hinaufschauen würden.

Schon hatten sie den Hof halb umrundet, befanden sich auf der Höhe des Klosters, dessen Dach ein Stück tiefer lag als die der umgebenden Gebäude.

»Darien …«

Er hielt mitten in der Bewegung inne, sah fragend zu Bjoron zurück. Doch der Barbar sagte nichts mehr, tippte sich nur an die

Stelle, an der unter zotteligen Strähnen sein Ohr verborgen lag. Darien hielt den Atem an und lauschte.

Tatsächlich, da war eine Stimme. Er verstand die Worte nicht, hörte nur den Tonfall. Mal etwas lauter und schrill, dann wieder flehend. Sie schien aus einem der Oberlichter des Klosters zu kommen. Was taten die Kuttenträger dort drin? Hielten sie dort womöglich Gefangene? Saß Berinda gar nicht im Kerker?

Nein, keine unsinnigen Hoffnungen schüren. Aber sie mussten dieser Sache auf den Grund gehen.

Darien änderte die Richtung, hielt auf die Kante des Daches zu. An den äußersten Verzierungen fand er Halt, schwang sich ohne zu zögern hinunter. Kurz baumelten seine Beine, dann ließ er los. Er fiel nicht tief, federte seinen Aufprall auf dem flachen Dach des Klosters ab, indem er in die Knie ging.

Bjoron folgte ihm langsamer. Sobald er sicher stand, blickte er sich um. »Was denkst du ...« Er hielt inne, und nun hörte auch Darien die Stimme wieder. Deutlicher diesmal.

»Bitte! Bitte! Habe ich nicht lang genug gebüßt? Ich bereue, ich bereue wirklich. Bitte, gebt sie mir zurück!«

Die Worte drangen aus einem Oberlicht ganz in der Nähe. Vorsichtig schlich Darien darauf zu. Neben der in Blei gefassten Scheibe ging er in die Hocke, spähte hinein.

Im ersten Moment sah er nur die dunkle Kutte. Doch dann hob die Gestalt den Kopf, die Kapuze rutschte ein Stück nach hinten ... Sie enthüllte ein erschreckend junges Gesicht. Die Gestalt, die dort unten am Boden kniete, trug keine Maske!

»Bitte! Ihr wisst doch, wie schrecklich es ist. Bitte, gebt sie mir wieder!« Was wollte dieser Mann wiederhaben? Seine Maske? Die Kutte wies ihn auf jeden Fall eindeutig als Mitglied des Spiegelordens aus.

»Er ist ein ganz normaler Mensch ...« Bjorons Flüstern ließ Darien aufsehen. Der Barbar kniete ihm gegenüber auf der anderen Seite des Oberlichts.

»Was hast du erwartet?«

Ein wenig ratlos zuckte Bjoron mit den Schultern. »Keine Ahnung. Irgendetwas anderes. Einen Dämon, einen Geist …«

Darien hätte es nie ausgesprochen, aber er nickte. Es war seltsam, eine dieser Gestalten ohne Maske zu sehen und darunter ein Gesicht zu finden, bei dem man auf der Straße nicht zweimal hingeschaut hätte.

»Bitte! Ich bereue! Ihr wisst, dass ich bereue!« Mit einem Mal wurde die Stimme des Gefangenen wieder schriller. »Es ist zu viel! Ich halte es nicht aus! Zu viel Sehnsucht! Gebt mir das Glas, in das ich sie gießen kann. Bitte!«

»Was denkst du, hat er angestellt?«

Nun war es an Darien, mit den Schultern zu zucken. »Gute Frage. Aber das bringt uns nicht weiter. Lass uns …«

Zwei kräftige, dumpfe Schläge schnitten ihm da Wort ab. Eine der Wände des Raums unter ihnen erzitterte.

»Ruhe! Sei endlich ruhig!« Diese Stimme erklang aus dem Nebenraum, ein Oberlicht weiter. Irgendwie kam sie Darien bekannt vor.

Und dann wusste er auch wieder, woher.

»Die Ordensfrau!« Er eilte zum nächsten Oberlicht und ging dort erneut in die Hocke. Ausgerechnet dieser eingebildete, auf Rituale und Floskeln versteifte Drache hatte überlebt. Das Schicksal war ungerecht.

Wieder spähte Darien durch in Blei gefasstes Glas. Dort war sie, der Schleier fehlte, das einstmals streng zurückgesteckte Haar hing ihr zerzaust um den Kopf. Während sie in dem Raum unruhig auf und ab ging, blähten sich die Reste des weißen Gewandes, nun schmutzig und voller rostroter Flecken. Nicht ihr Blut, ihren flüssigen Bewegungen nach zu urteilen. Für Leute wie die Ordensfrau starben andere, um ihr Leben zu schützen. Wie es auch bei Berinda der Fall hätte sein sollen.

Doch letztendlich hatte das offensichtlich keinen Unterschied gemacht. Beide Frauen waren in die Hände der Feinde geraten.

»Wer ist sie?« Bjoron hockte sich neben ihn.

»Das Oberhaupt des Ordens des ewigen Kreises. Sie hat mir Nauri übergeben.«

»Willst du sie befreien?«

Darien schüttelte den Kopf. »Das würde es später schwerer machen, Berinda zu retten. Aber sie weiß vielleicht, wo man die Königin gefangen hält.« Das würde Bjoron wahrscheinlich wieder gar nicht gefallen. Der Ordensfrau erst die Möglichkeit auf Rettung vor Augen halten, und sie dann einem ungewissen Schicksal zu überlassen. »Wir können sie schlecht über die Dächer mitnehmen«, hörte Darien sich selbst sagen, als müsste er sich vor Bjoron rechtfertigen. Wann hatte der Barbar die Rolle seines Gewissens übernommen? »Außerdem würde diese Frau wahrscheinlich eher sterben, als in einer Höhle zu leben.«

»Tiefländer ...«, murmelte Bjoron.

Darien tastete nach dem Messer in seinem Stiefel, zog es heraus. Diesmal durfte er die Scheibe nicht zerschlagen, das würde zu viel Lärm machen. Aber das musste er auch nicht. Aufmerksam studierte er die Bleifassung.

»Was ist, wenn sie ihr Spiegelbild in einer Maske gesehen hat?«

Darien presste die Lippen aufeinander, schob das Messer vorsichtig unter das weiche Blei. »Dann muss ich schnell genug sein, um sie daran zu hindern, Alarm zu schlagen. Aber falls sie weiß, wo Berinda ist, erspart uns das eine risikoreiche Suche.«

Bjoron nickte nur. Gut.

Das Geschrei aus dem Nachbarraum übertönte das Kratzen und Schaben, mit dem Darien die Scheibe löste. Unter ihm ging die Ordensfrau weiter auf und ab, verschwand dabei immer wieder kurz aus seinem Blickfeld.

Endlich gelang es ihm, das Glas nach oben zu hebeln. Er schob die Finger in die entstandene Ritze und hob die Scheibe vorsichtig heraus. Jeden Moment erwartete er, dass die Ordensfrau zu ihm heraufsah, aber sie bemerkte ihn nicht. Leise legte Darien das Stück

Glas auf dem Dach ab, schob dann das Messer zurück in die Stiefelscheide. Nun noch den richtigen Moment abwarten …

Jetzt! Sie drehte ihm den Rücken zu, stand ganz in der Nähe des Oberlichts. Darien sprang hinab, packte sie von hinten. Schlang einen Arm um ihren Oberkörper, legte ihr die andere Hand über den Mund.

Ein Klirren ließ ihn zusammenfahren. Eilig blickte er sich um.

Wie ein Gestalt gewordener Schatten erhob sich der Kuttenträger in der Ecke, zu seinen Füßen die Splitter einer gläsernen Maske. Durchsichtige Splitter, die noch nicht spiegelten. Unfertig. Auf einem kleinen Tisch vor ihm stand eine Schüssel mit silberner Flüssigkeit.

Darien fluchte lautlos. Die Ordensfrau hatte sich nicht verhalten, als wäre noch jemand mit ihr im Raum. Doch zumindest wirkte der Spiegelmann genauso überrascht wie er, stand wie erstarrt.

Schnell! Dariens Hand blieb auf dem Mund der Ordensfrau, die Finger der anderen fuhren in den Ärmel, zogen ein Wurfmesser heraus.

»Er ist hier!« Die gläserne Stimme hallte laut durch den Raum. Verfluchte Geister der Berge! »Der Wächter ist …«

Ein schneller Wurf aus dem Handgelenk, die Gestalt mit der Spiegelmaske verstummte in einem feuchten Gurgeln. Leider zu spät.

Im selben Moment stemmte sich die Ordensfrau gegen seinen Griff. Mit einer Hand konnte er sie nicht halten. Sie riss sich los, wirbelte zu ihm herum. Und zum ersten Mal erkannte er ihr Gesicht deutlich.

Diesen Blick hatte Darien zuletzt bei Orin gesehen, kurz bevor der elende Verräter den Tod über Firenda und ihre Leute gebracht hatte. Dieses Irrlichtern in den Augen, gleich dem eines gehetzten Tieres.

Die Ordensfrau war den Spiegelleuten verfallen.

»Er ist hier!«, kreischte sie. »Naurandas Wächter ist hier!«

Naurandas Wächter? Hatte sie den Kuttenträgern bereits von ihm erzählt? Was hatte sie noch verraten?

Darien fiel auf ein Knie herab, zog das Messer aus der Stiefelscheide. Was für eine Wahl hatte er schon? »Ich weiß nicht, ob ich noch irgendwelche Geheimnisse bewahren kann, indem ich Euch töte. Aber zumindest kann ich Euch von diesem Schicksal erlösen.«

Irrte er sich, oder erlosch das gehetzte Flackern in den Augen der Ordensfrau zumindest für einen Augenblick? »Ah«, murmelte sie, als wäre ihr soeben etwas eingefallen. »Vielleicht hat die Königin doch den richtigen Mann für diese Aufgabe ausgewählt.«

Sie schrie nicht noch einmal, sah ihn einfach an, als er die Klinge in ihre Brust trieb. Fast glaubte er so etwas wie Erleichterung in ihren Zügen zu sehen. Fast wagte er zu hoffen, ihr Gesicht nicht in seinen Albträumen wiederzusehen.

Berinda

Die Spiegelmaske mit dem Sprung an der Seite schwebte dicht vor Berindas Gesicht. Sie sah hinein, doch anstelle ihres eigenen Blickes begegnete sie dem von Merinos. Ein gehetzter Ausdruck stand in den Augen des Spiegelmannes, das unstete Flackern eines Tieres, das man in die Enge getrieben hatte. Hinter ihm trat Arandes aus den Schatten, ein selbstzufriedenes Lächeln auf den Lippen. Berinda rannte auf den Weltherrscher zu. Sie hielt ein viel zu schweres Schwert in der Hand. Wenn sie ihm nur dieses Lächeln aus dem Gesicht wischen konnte, würde sie damit Nauri und Gerien retten.

Ein plötzlicher Ruck brachte sie zu Fall, Schmerz schoss durch ihren Knöchel. Sie blickte an sich hinunter. Die Kette! Wie eine Schlange wand sie sich um ihr Bein. Sie war eine Schlange. Das Tier aus Metall hob den rostigen Kopf, und eine Zunge schoss kurz hervor, prüfte die Luft.

Im Schloss ihrer Zelle klickte der Schlüssel, und Berinda wusste, dass Arandes gekommen war, um seinen Plan zu vollenden ...

Im Schloss der Zelle klickte der Schlüssel, und Berinda blinzelte. Sie tastete über das Stroh ihres Lagers. Hatte sie nicht gerade noch ein Schwert in der Hand gehalten? Wo war es jetzt? Sie brauchte es, um der Schlange den Kopf abzuschlagen, um Arandes' Pläne zu vereiteln.

Sie schlug die Decken zurück, setzte sich auf. Hektisch huschte ihr Blick durch das Zwielicht, blieb schließlich an der Kette hängen. An der vollkommen leblosen Kette, die in einem Ring aus Eisen endete, nicht im Kopf einer Schlange.

Berinda stieß den Atem aus. Ein Traum. Natürlich war es nur ein Traum gewesen. Sie hätte es wissen müssen in dem Moment, als sie erwacht war. Aber in der Dunkelheit und der Kälte wurde es immer schwerer zu bestimmen, wann sie schlief und wann sie wachte.

Eines allerdings hatte sie nicht geträumt. Das Geräusch des Schlüssels. Die Tür schwang auf, gab den Blick auf eine vertraute Silhouette frei. Arandes war tatsächlich gekommen.

Berinda schluckte. Sitzend fühlte sie sich viel zu verwundbar, also erhob sie sich. Was er wohl wollte? Welche schlechten Nachrichten mochte er bringen?

»Euer Leibwächter hält sich in der Stadt auf.«

Die Worte schienen von den Wänden der Zelle widerzuhallen, obwohl der Raum dafür viel zu klein war. Berinda hielt den Atem an, wagte es nicht, sich zu rühren, aus Angst, die kleinste Bewegung könnte ihre Gefühle verraten. Darien war nach Letharn zurückgekehrt?

Doch irgendetwas musste sie sagen. Sie räusperte sich. »Ich habe eine große Leibgarde. Von welchem Leibwächter redet Ihr?«

Der selbsternannte Weltherrscher ging einen Schritt in die Zelle hinein. Hinter ihm im Gang erkannte sie mehrere Soldaten. »Ihr wisst genau, welchen ich meine. Derjenige, den Eure Mutter ausgebildet hat. Der wie ein Dieb nach Letharn hineinschleichen kann. Zwei Wachen sind heute betrunken auf ihrem Posten eingeschlafen. Oder so schien es zumindest. Doch sie tragen beide Verletzungen am Kopf, als wären sie niedergeschlagen worden. Spuren, die man nur erkennt, wenn man darauf achtet.«

Berinda presste die Lippen aufeinander und schwieg. Das klang nach Darien. Aber wieso war er zurückgekommen?

Arandes trat einen weiteren Schritt näher, musterte sie forschend. »Einem solchen Mann habt Ihr Nauranda anvertraut, nicht wahr?«

»Jemand, dem ich meine Schwester anvertraut habe, hätte Wichtigeres zu tun, als hierher zurückzukehren.«

»Da wäre ich mir nicht so sicher.« Da war es wieder, dieses selbstgefällige Lächeln, das Berinda dem Weltherrscher nur allzu gern aus dem Gesicht gewischt hätte. »Nicht seit ich überall bekanntgeben lasse, dass Ihr sterben werdet, wenn man mir Nauranda nicht ausliefert.«

So sah also die Falle aus, die Arandes vorbereitet hatte. Berinda schnaubte, versuchte die eisige Kälte zu ignorieren, die beim Gedanken an ihren Tod in ihre ohnehin schon steifen Glieder kroch. »Dann werde ich sterben. Auf diesen Tausch geht er niemals ein.«

»Liebe sorgt manchmal dafür, dass man unüberlegte Dinge tut. Wir werden sehen, was geschieht.«

»Liebe?« Wovon sprach dieser Mann?

»Sagt nur, Ihr wusstet es nicht?« Arandes musterte sie einen Moment lang forschend, dann warf er den Kopf in den Nacken und lachte. »Ihr wusstet es tatsächlich nicht! Dabei hatte es der Ehrwürdigen zufolge sogar Eure Mutter bemerkt. Sie hat diesen Attentäter vor allem deswegen als Euren Leibwächter ausgewählt, weil er Euch abgöttisch verehrt. Er liebt Euch, Majestät.«

Berinda öffnete den Mund, um zu protestieren. Doch dann klappte sie ihn wieder zu. Ihre Gedanken wanderten zurück zu dem Moment, als sie Darien fortgeschickt hatte. Sein Blick, kurz bevor er den Kopf gesenkt und sich verbeugt hatte, um ihren Befehl anzunehmen …

Aber nein, das war nicht möglich. Arandes versuchte sie aus irgendeinem Grund zu verwirren. Darien war ihr immer treu ergeben gewesen. Er war bereit, sein Leben für sie zu opfern, und natürlich hatte es ihm nicht gefallen, sie allein zurückzulassen. Aber das bedeutete nicht, dass er sie liebte. Womöglich war er in der Stadt, aber dann würde er nicht unüberlegt handeln, sondern wusste, was er tat. Allerdings musste sie ihn in diesem Fall warnen, dass Arandes ihn entdeckt hatte. Nur wie?

Zwei Soldaten näherten sich ihr und rissen sie damit aus ihren Gedanken. Berinda hielt sich aufrecht, während die Männer ihr die Hände mit Lederriemen auf den Rücken banden. Ein dritter öffnete die Fußfessel, und sie verbiss sich gerade so ein erleichtertes Seufzen, als endlich kein Eisen mehr an der wunden Haut über ihrem Knöchel scheuerte. Stattdessen richtete sie den Blick auf Arandes. »Wo bringt Ihr mich diesmal hin?«

Die Kehle wurde ihr eng, als sie an die letzte Gelegenheit dachte, zu der man sie aus ihrer Zelle geholt hatte. Doch diesmal wollte der Weltherrscher keine Informationen von ihr. Diesmal war sie nur der Köder für einen großen Fang.

Ohne zu antworten, trat Arandes aus der Zelle. Zwei Soldaten packten Berinda an den Armen und führten sie hinter ihrem Herrn her. Im Gang vor der Zelle erhaschte sie einen Blick auf den Anführer der Spiegelleute mit den unzähligen glitzernden Splittern am Saum der Robe. Lautlos schloss er zu Arandes auf und ging neben ihm her. Was auch immer sie mit ihr vorhatten, es musste etwas Großes sein.

Wieder ging es die Treppen hinauf, hinauf in die Wärme, die sich weigerte, die Steifheit aus Berindas Gliedern zu vertreiben. Doch anstatt den Weg zum Thronsaal einzuschlagen, bogen sie vorher ab und hielten auf das Eingangstor des Palastes zu.

Berinda blinzelte in das ungewohnte Licht, als sie nach draußen traten. Sie spürte die Sonnenstrahlen auf dem Gesicht, aber sie schienen nicht tiefer dringen zu wollen, konnten der Kerkerkälte nichts anhaben, die sich tief in ihr festgesetzt hatte.

Mehr Soldaten schlossen sich der kleinen Prozession an, während diese auf das Tor in der Palastmauer zuhielt. Sie gingen in die Stadt! Berindas Herz klopfte schneller, mit einem Mal spürte sie die Sonnenwärme doch in den Gliedern.

Dort gab es sicher noch einige Menschen, die ihr treu ergeben waren. Arandes hatte sich bei den Bewohnern Letharns bestimmt nicht beliebt gemacht. Sie brauchte nicht viel, nur eine Ablenkung, die ihr die Flucht ermöglichte. Oder jemanden, der bereit war, sie zu töten, damit sie nicht länger als Köder für Darien und Nauri dienen konnte. Nur für den Fall, dass Arandes doch recht hatte.

»Er ist im Palast«, meldete der Oberste der Spiegelleute in diesem Augenblick. Berinda wusste sofort, von wem er sprach. Sie hielt den Atem an, ließ den Blick schweifen, als könnte Darien jeden Moment um eine Ecke kommen.

»Dann war er schneller, als wir erwartet haben.« Seinen Worten zum Trotz klang Arandes keineswegs besorgt. Schwang nicht sogar ein wenig Bewunderung in seiner Stimme mit? »Er ist gut.«

»Das wird ihm nichts nützen.« Die klirrenden Worte ließen Berinda schaudern. Sie musste bereit sein, Darien eine Warnung zuzurufen, sobald er in Hörweite kam. Besser noch, sie musste bereit sein, ihm zu helfen. Versuchsweise zog sie an ihren Fesseln, erreichte aber nur, dass die Lederriemen tiefer in ihre Handgelenke schnitten.

»Ist der Barbar bei ihm? Und wo hat er das Mädchen versteckt?« Arandes' Hand lag auf seinem Schwertgriff, allerdings locker, entspannt.

»Der Barbar ist bei ihm. Und Nauranda kann nicht weit sein.«

Oh, hoffentlich hatte Darien Nauri nicht mit in die Stadt gebracht. Sicher wusste er es besser, als so etwas Unüberlegtes zu tun. Aber wo konnte sie sonst sein? Die Klöster lagen alle in Schutt und Asche. Die Bewohner Geriens konnten jederzeit zu Verrätern werden, wenn sie in eine der spiegelnden Masken blickten. Angespannt ließ Berinda weiter den Blick über den Platz zwischen dem Palast und seiner Mauer schweifen. Sie konnte nur hoffen, dass alle ihre Pläne nicht gerade endgültig in sich zusammen fielen.

Bjoron

Eines musste man dem Tiefländer lassen, er war schnell. Allerdings nicht schnell genug. Als der gläserne Ruf durch das Kloster hallte, löste Bjoron den Gurt, der das Schwert seines Vaters auf seinem Rücken hielt. Die Waffe über die Schulter zu ziehen, wäre umständlich und dumm.

»Bleib oben und hilf mir rauf.« Dariens Stimme drang aus dem plötzlich totenstillen Raum. Der Tiefländer wischte sein Messer am Gewand der Ordensfrau ab, schob es zurück in die Stiefelscheide. Da übte man tagelang mit ihm Schwertkampf, nur damit er am Ende doch zum Messer griff. Aber immerhin konnte Bjoron verstehen, warum Darien die Ordensfrau getötet hatte. Es war eine Gnade gewesen, und sie selbst schien das am Ende auch erkannt zu haben.

Bjoron streckte eine Hand nach unten, als der Tiefländer sich dem Oberlicht näherte. Irgendwo im Kloster wurden Rufe laut, Schritte hallten im Gang. Nicht mehr lang, bis mehr Spiegelleute in den Raum stürmen würden. Zu gerne hätte Bjoron sich ihnen gestellt, aber damit vertat er jede Chance, Arandes zu finden.

Darien sprang, packte seine Hand. Mit Schwung zog Bjoron ihn hinauf aufs Dach. Dann gürtete er sich das Schwert um die Hüfte, wo er es schnell ziehen konnte. »Wohin?«

»Weg hier. Pass auf, dass du mit der Waffe nirgendwo hängen bleibst.«

Während der Tiefländer über das Dach rannte, blieb Bjoron ihm dicht auf den Fersen. Wegrennen, immer nur wegrennen.

Oder sollte er es so sehen, dass sie einem Ziel entgegen rannten? Irgendwo in diesem riesigen Gebäude wartete Arandes, und sie hatten keine Zeit, sich mit seinen Handlangern abzugeben. Wahrscheinlich konnte man sich mit etwas Mühe alles schönreden ...

Darien hatte das etwas höhere Dach des angrenzenden Gebäudes fast erreicht, wurde noch schneller, obwohl die Dachkante ein ganzes Stück über seinem Kopf lag. Dieses Hindernis würde sie Zeit kosten. Und hinter ihnen erklang lautes Scharren. Irgendwer kletterte durch das Oberlicht zu ihnen hinauf.

Im nächsten Moment schnappte Bjoron nach Luft.

Es war, als würde die Wand für Darien überhaupt nicht existieren. Zwei Schritte rannte er daran hinauf, als wäre sie ebener Boden. Dann bekam er die Dachkante zu fassen, stieß sich an der Wand ab, schwang die Beine hinauf. Schließlich stand der Tiefländer auf dem höheren Dach, ohne dass Bjoron genau wusste, wie er es angestellt hatte. Wie die Mutter aller Baumratten.

Schritte wurden hinter Bjoron laut. Er sah sich nicht um, heftete den Blick fest auf sein Ziel. Bei Darien hatte es so einfach ausgesehen.

Dann erreichte er die Wand.

Einen Schritt in die Höhe schaffte er, streckte die Arme nach der Dachkante aus, bekam sie zu fassen. Eilig zog er sich hinauf, doch es war ein einfacher Klimmzug, nicht das schwerelose Wunder, das der Tiefländer vollbracht hatte. Es dauerte länger. Zu lang. Die Schritte hinter ihm wurden lauter, vor ihm war Darien nur noch eine huschende Gestalt zwischen Statuen und Türmen. Er hatte gesagt, dass er keine Rücksicht nehmen würde. Nur recht und billig, wenn er sich nun daran hielt. Trotzdem fluchte Bjoron zwischen zusammengebissenen Zähnen.

Schwer atmend kam er auf die Füße, wagte nun doch einen Blick zurück. Drei Gestalten mit spiegelnden Gesichtern eilten auf ihn zu. Bjoron wollte sich gerade wieder abwenden, als eine Bewegung weiter hinten seine Aufmerksamkeit erregte. Die Ahnen hatten ihn verlassen! Ein großer Vogel mit langem Hals und staubig schwarzem Gefieder stieg aus dem zerstörten Innenhof in die Höhe. Diesem Geistervogel würden sie nicht davonlaufen können. Die einzige Hoffnung, die ihnen blieb, war, sich irgendwo zu verstecken. Wie richtige Feiglinge.

Oder sie mussten Arandes finden, bevor das Biest sie einholte.

Bjoron wandte sich ab, rannte weiter. Er würde den Stammesmörder auf die Schnelle nicht aufspüren können. Dennoch huschte sein Blick über Dächer und noch mehr Türme. Rechts von ihm erstreckte sich ein freier Platz bis zu der Mauer, die den Palast umgab. Eine Gruppe von Bewaffneten und Spiegelleuten näherte sich gerade dem großen Tor, das darin eingelassen war.

Bjoron stolperte, fing sich wieder, kümmerte sich nicht darum, dass er langsamer wurde, während er weiter zu der Gruppe hinüberstarrte. Der Mann an der Spitze war kein einfacher Soldat. Er schritt aus, als gehörte ihm die gesamte Stadt, Gold blitzte auf seinem Kopf. Und in der Mitte der Gruppe ging eine Frau, die Hände auf den Rücken gefesselt.

Konnten sie so viel Glück haben?

Bjoron richtete den Blick wieder nach vorn, beschleunigte seine Schritte. Dort, eine huschende Bewegung hinter einer Statue, die einem Berglöwen ähnelte.

»Darien!«

Der Tiefländer blickte kurz über die Schulter zurück, nun deutlich zu sehen. Bjoron streckte den Arm aus, zeigte in die Richtung, in der er die Gruppe Bewaffneter gesehen hatte.

Bjoron wusste, dass er richtig vermutet hatte, als Darien erstarrte. Der Mann mit dem Gold auf dem Kopf, musste tatsächlich Arandes sein, die Frau Berinda. Die Ahnen meinten es doch gut mit ihnen! Oder nicht …?

Wie um ihn zu verspotten, dröhnte das Rauschen mächtiger Schwingen in seinen Ohren. Der Geistervogel! Bjorons Nacken kribbelte. Gleich würde das Biest auf ihn herabstoßen. Er würde es nicht schaffen. So kurz vor dem Ziel, und er kam schon wieder zu spät. War das wirklich sein Schicksal?

Allerdings kam er diesmal nicht zu spät für den Kampf. Und da war immer noch Darien, den die Spiegelleute noch längst nicht erreicht hatten. Dem er einen Vorsprung verschaffen konnte, wenn er die Verfolger beschäftigte. Der immerhin ein klein wenig Ehre besaß und sich vielleicht der Bedürfnisse der Toten entsinnen würde.

Sollte Bjoron seine Rache wirklich in die Hände des Tiefländers legen? Aber was für eine Wahl hatte er schon? Vor ihm rannte Darien inzwischen in Richtung Tor. »Denk dran«, rief Bjoron ihm nach, »Arandes muss wissen, wieso er stirbt!«

Dann blieb er endlich stehen. Es war eine Erleichterung, fühlte sich viel besser an, als davonzulaufen. Seine Hand schloss sich um den Griff des Schwertes, während das Rauschen der Schwingen hinter ihm immer lauter wurde. Ein Windstoß fuhr ihm ins Haar. Er drehte sich um.

Scharfe Krallen fuhren auf ihn herab. Bjoron warf sich zur Seite, rollte ab. Sofort kam er wieder auf die Füße. Ein langer Schnabel stieß nach ihm.

Instinktiv schlug er den Schnabel beiseite, wie er es mit dem Schwert eines Angreifers getan hätte. Haarscharf zischte die Spitze an seinem Gesicht vorbei. Irgendetwas sprühte gegen seine Wange. Kleine Körnchen. Sand! Er hatte das Biest verletzt, wahrscheinlich ein Riss im Schnabel, wo das Schwert getroffen hatte.

Bjoron schwang das Schwert erneut. Er mochte den Geistervogel nicht töten können, aber zur Not würde er ihn in Stücke hauen.

Ein trockenes Zischen, mehr Sand rieselte auf das Dach. Bjoron sprang zurück, als ein gewaltiger Flügel nach ihm schlug. Allein der Luftzug riss ihn beinahe von den Beinen.

Er suchte auf den Schindeln sicheren Stand, hob das Schwert, bereit, den nächsten Angriff abzuwehren. Aber er kam nicht. Stattdessen sackte der Kopf des Geistervogels ein Stück zur Seite, ein Riss klaffte in dem dünnen Hals, aus dem mehr und mehr Sand rieselte. Konnte man diese Biester etwa doch verletzen? Konnte man sie töten, indem man ihnen den Kopf abschlug?

Eine Bewegung im Augenwinkel. Bjoron wirbelte herum, schlug blind zu. Mit einem hellen Klingen traf das Schwert auf Glas. Eine Maske zersprang, der Kopf darunter barst unter dem Hieb. Blut spritzte, rotes Blut. Diese gewöhnliche Farbe erschien Bjoron immer noch falsch, obwohl er das menschliche Gesicht des anderen Spiegelmannes gesehen hatte.

Ein Schlag traf Bjoron mit voller Wucht. Er taumelte rückwärts, stieß gegen eine Statue, gewann gleichzeitig einen verschwommenen Eindruck von schwarzen Federn. Der Geistervogel! Er bewegte sich immer noch, obwohl sein Kopf schrumpelte, inzwischen wie ein nasser Lappen von seinem Hals herabhing.

Schritte in der Ferne, die schnell näher kamen. Bjoron warf einen kurzen Blick in die entsprechende Richtung. Soldaten rannten über das Dach auf ihn zu. Er biss die Zähne zusammen, stieß sich von der Statue ab und hob erneut das Schwert. Er würde sterben, würde den Schwur brechen, den er Nauri geleistet hatte. Hoffentlich konnte sie ihm verzeihen. Immerhin würde er sein Leben so teuer wie möglich verkaufen.

»Euer Blut wird fließen. Für Jernsa, Mutter von Tjark, Kerlft und Bjoron. Für Delja, Mutter von Neljar. Für Korlt, Vater und Großvater unzähliger Kinder …«

Dann waren die Feinde heran, und es gab nur noch den nächsten Schwertstreich, den nächsten Angriff, dem Bjoron ausweichen musste. Mit jedem Hieb kam ein neuer Name über seine Lippen, und das Dach wurde glitschig von all dem Blut, das er für die Toten vergoss. Wie sehr er sich wünschte, Arandes' Blut könnte darunter sein. Aber das würde Darien hoffentlich für ihn erledigen. Selbst wenn der Tiefländer womöglich wieder nur zum Messer griff.

Darien

Das Klingen von Stahl und die Schreie der Verwundeten drangen zu Darien herüber, doch er drehte sich nicht um. Sein Blick klebte an Berinda, die inmitten einer Gruppe Bewaffneter durch das Palasttor schritt. Ihnen unbemerkt zu folgen, sollte kein Problem darstellen. Dann noch den richtigen Moment abwarten, schnell zuschlagen, schnell verschwinden. Der Mann an der Spitze der Prozession musste Arandes sein. Sobald Darien ihm die Kehle durchgeschnitten hatte, blieb sicher noch Zeit für ein paar Worte, um Bjorons Wunsch zu entsprechen.

Bjoron ...

Wohin auch immer Berinda gebracht wurde, ihr Leben war noch nicht in Gefahr, die Frist war noch nicht abgelaufen. Wahrscheinlich würde es nicht einmal schwer werden, sie wiederzufinden, wenn er sie nun verlor. Sie war mit ziemlicher Sicherheit Teil einer Falle. Arandes wollte, dass sie versuchten, sie zu befreien.

Ein guter Grund, jetzt zuzuschlagen, während die Falle noch nicht aufgestellt war. Aber konnte er da sicher sein? Sicher war nur, dass Bjoron hinter ihm gerade gegen eine Übermacht kämpfte, dass dieser dumme Barbar versuchte, den Helden zu spielen, um darüber hinwegzutäuschen, dass er einfach nicht schnell genug rennen konnte.

Nauri würde weinen. Darien glaubte jetzt schon, den Vorwurf in ihren blauen Augen zu sehen. Warum hatte er nichts getan, um ihren großen Bruder zu retten?

Weil er ihre große Schwester retten musste. Eine große Schwester, der es wahrscheinlich nicht schaden würde, wenn sie noch ein wenig länger auf Rettung wartete. Ganz im Gegensatz zu Bjoron. Und es war Dariens Schuld. Seinetwegen waren die Spiegelleute auf sie aufmerksam geworden. Er hatte den Kuttenträger im Zimmer der Ordensfrau nicht rechtzeitig zum Schweigen gebracht.

Das Tor in der Palastmauer fiel hinter dem letzten Soldaten ins Schloss. Nun wurde es Zeit, sich in Bewegung zu setzen, der Gruppe über die Dächer zu folgen. Aber Dariens Füße weigerten sich, auch nur einen Schritt zu tun. Wenn die Königinmutter ihn so sehen könnte. Der Auftrag kommt vor allem anderen, glaubte er sie sagen zu hören. Doch wenn er sich an diesen Grundsatz gehalten hätte, säße er nun bei Nauri im Wald und würde versuchen, die gläserne Stimme zu ignorieren, die von Berindas Tod kündete. Nauri war sein Auftrag. Nauri, die ihm und Bjoron das Versprechen abgenommen hatte, zu ihr zurückzukehren.

Mit einem Fluch auf den Lippen wirbelte Darien herum und rannte zurück. Dieses Mädchen hatte eindeutig zu viel Macht über ihn.

Der Barbar stand mit dem Rücken zu einem Erker. Er blutete aus mehreren Schnitten an den Armen. Vier von Arandes' Männern hatten ihn umzingelt, dazu kam ein Kuttenträger auf einem schwarzen Vogel, mit dessen Kopf irgendetwas nicht zu stimmen schien. Leichen lagen auf dem Dach verstreut.

Darien zog zwei Wurfmesser von seinem Gürtel, warf sie im Rennen. Einer von Bjorons Gegnern sackte in sich zusammen, ein anderer ließ mit einem Schmerzensschrei seine Waffe fallen.

Der Barbar nahm sich nicht einmal die Zeit, sich nach der unerwarteten Unterstützung umzusehen. Er trieb einfach sein Schwert in den Hals eines dritten Soldaten. Dann warf er sich zur Seite, um dem Krallenhieb des kopflosen schwarzen Vogels zu entgehen.

Blieb nur noch ein Soldat. Darien löste das Schwert von seinem Rücken, schwang es an dem Gurt nach vorn. Er zog es, ließ die Scheide achtlos fallen.

Der Mann musste ihn kommen gehört haben, denn er fuhr herum und hob seine Waffe. Darien fluchte erneut. Ein fairer Kampf, das hatte ihm gerade noch gefehlt.

Sein erster Hieb prallte von der Klinge des Gegners ab, der zweite kratzte über die Rüstung. Plötzlich stieß das Schwert des Soldaten vor. Darien sprang beiseite, fing die Waffe des Gegners mit seiner eigenen, drückte sie nach unten. Die Übungsstunden mit Bjoron hatten sich also doch gelohnt! Ein schneller Tritt, den der Barbar sicher nicht gutgeheißen hätte, und der Soldat sackte in die Knie. Darien schwang das Schwert in einem Bogen, und die Klinge fraß sich in die Lücke zwischen Helm und Brustpanzer. Sein Gegner sackte zusammen.

Er wirbelte gerade rechtzeitig herum, um Bjoron im Kampf mit dem schwarzen Vogel zu sehen. Der Barbar hackte wie wild um sich, tiefe Kratzer in der Brust. Aus mehreren Rissen im staubigen Federkleid der Bestie rieselte Sand, mischte sich mit dem Blut auf dem Dach zu roten Klumpen. Einer der Flügel war nur noch ein flatternder Fetzen, kaum mehr mit dem Körper verbunden. Man konnte diese Vögel also verletzen! Dumm nur, dass sie keinerlei Schmerz zu spüren schienen und einfach mit den verbleibenden Gliedmaßen weiterkämpften.

Oder richtete Bjoron doch mehr Schaden an, als es den Anschein hatte? Irgendetwas stimmte nicht mit dem Spiegelmann auf dem Rücken der Bestie. Er hatte beide Hände in das Federkleid vergraben, seine ganze Haltung drückte Konzentration aus. Warum beteiligte er sich nicht mit seiner Magie am Kampf? Was tat er? Fast sah es so aus, als würde er sein Reittier mit reiner Willenskraft zusammenhalten.

Darien zog ein weiteres Wurfmesser, zielte auf den Nacken der Kapuzengestalt, warf.

Der Spiegelmann starb mit einem erstickten Keuchen, rutschte vom Rücken seines Reittiers. Im selben Moment sank auch der Vogel in sich zusammen, schmolz dahin wie Eis in der Sonne. Nur eine zerfetzte Federdecke blieb zurück.

Über die gefallenen Feinde hinweg begegnete Darien Bjorons Blick. Der Barbar atmete schwer, die Lippen noch immer zurückgezogen, als wollte er die Zähne blecken. Blut klebte in seinem Haar, das Hemd hing in Fetzen. Ein Anblick, der die Damen bei Hofe reihenweise vor Schreck in Ohnmacht geschickt hätte. Nur die Klinge in seiner Hand war sauber, alles Blut fortgewischt von Federn und Sand.

»Yakschädel!«, knurrte Bjoron. »Warum bist du zurückgekommen?«

Ein Dank war wohl zu viel erwartet. Dariens Blick huschte zum Tor in der Palastmauer, zu der Straße dahinter. Keine Spur mehr von Berinda, und das alles für diesen undankbaren Barbaren. »Wärst du lieber gestorben?«

Er wandte sich ab, wischte die Klinge an der Kutte eines Maskenträgers sauber und machte sich auf die Suche nach seiner Schwertscheide.

»Ich hätte dir Zeit erkauft. Der Sieg könnte inzwischen unser sein, die Geister der Toten könnten längst Arandes' Blut trinken! Und deine Königin könnte frei sein.«

Die Erwähnung von Berinda ließ Darien zusammenzucken. Was, wenn er sich geirrt hatte und sie doch in unmittelbarer Gefahr schwebte? Er zwang sich zu möglichst ruhigen Bewegungen, während er sich nach der Schwertscheide bückte. Langsam schob er die Waffe hinein, hängte sich den Gurt wieder um. »Es sind genug Leute gestorben, um mir Zeit zu erkaufen.« Nun erst blickte er auf, sah Bjoron wieder an. »Wenn du möglichst ruhmreich Selbstmord begehen willst, meinetwegen. Aber nicht, wenn ich danach Nauri erklären muss, warum du dein Versprechen gebrochen hast und nicht zu ihr zurückgekehrt bist.«

Die Anspannung schwand aus der Haltung des Barbaren, auch er schob sein Schwert in die Scheide zurück. »Sie hätte es verstanden.«

»Sie ist sechs Jahre alt«, schnappte Darien. »Sie hätte nur gewusst, dass du weg bist. Und ich hätte ein heulendes Kind am Hals gehabt.« Mit schnellen Schritten ging er zu dem Soldaten, in dessen Schulter eines seiner Wurfmesser steckte. Der Mann stöhnte, als Darien die Waffe herauszog, ohnmächtig, aber nicht tot. Er konnte ruhig am Leben bleiben. Wer die Eindringlinge gewesen waren, würde Arandes sich ohnehin denken können.

Für eine Weile herrschte hinter ihm Schweigen. Als Darien sich wieder umdrehte, stand zu seiner Überraschung ein Grinsen in Bjorons Gesicht. »Du hast mir das Leben gerettet, damit Nauri nicht weinen muss?«

Als Darien nur die Lippen aufeinanderpresste, lachte der Barbar. »Und ich dachte, du hättest ein Herz aus Eis. Danke, dass du mir geholfen hast, mein Versprechen zu halten.«

»Noch sind wir nicht in Sicherheit.« Während Darien sich nach dem nächsten Wurfmesser umsah, blieb sein Blick an einem Gesicht hängen. Ein Gesicht voller Blut und Glassplitter, umgeben von einer dunklen Kapuze. Er kannte es. Schnell ging er hinüber, wischte mit einem dunklen Zipfel Dreck und Splitter beiseite.

»Ich glaube, du hast Orin getötet.« So hatten die Spiegelleute dem Mann also den fehlenden Teil seiner Seele zurückgegeben. Sie hatten ihn zu einem der ihren gemacht und ihm eine Maske aufgesetzt. Genau wie sie es mit der Ordensfrau vorgehabt hatten. Darien sah das unfertige Glasoval wieder vor sich, das zu Füßen des Kuttenträgers zersplittert war. Er war vorhin mitten in ein Ritual geplatzt.

Sand knirschte, als Bjoron neben ihn trat. »Dann konnte ich zumindest Firenda und all die Leute aus ihrem Lager rächen. Ich wünschte nur, Arandes wäre deswegen nicht entkommen.«

»Er ist nicht entkommen. Wir finden ihn wieder. Ihn und die Königin.« Weit konnte der bewaffnete Trupp noch nicht sein. Die Frage war nur, ob sie ihn einholen konnten, während sicher alle Soldaten in der Stadt nach ihnen suchten. Ob es unter diesen Umständen überhaupt noch möglich war, zusammen mit Berinda zu entkommen. Wenn es allerdings nicht gelang, erhielten sie sicher keine zweite Chance.

»Dann beeilen wir uns besser.« Bjoron deutete nach oben, wo sich mehrere schwarze Umrisse vor dem Blau des Himmels abhoben.

Darien fluchte. »Kannst du mit deinen Verletzungen noch klettern?«

Der Barbar blickte an sich hinunter, und zum ersten Mal schien er seine Wunden überhaupt wahrzunehmen. Die vielen flachen Schnitte, die tiefen Kratzer in seiner Brust. »Wird schon gehen.«

»Gut, dann komm. Zuerst brauchen wir frische Kleidung. So wie du aussiehst, können wir nicht einfach die Straße entlangspazieren.«

»Immerhin sehe ich so aus, wie man nach einem Kampf aussehen sollte. Im Gegensatz zu dir.«

Berinda

Überall, wo sie hinkamen, erstarrten die Menschen. Sie hielten mitten in ihrer Arbeit inne, Gespräche verstummten, Köpfe drehten sich. Das einzige Geräusch war ein Raunen, das durch die Menge ging: »Die Königin.«

Doch Berinda hatte kaum Augen für die erschrockenen Gesichter. Ihr Blick huschte suchend über die Menge. Würde sie Darien entdecken, bevor er zuschlug?

Mit jedem Schritt schien ihr Herz lauter zu klopfen. Mit jedem Schritt rechnete sie damit, dass etwas geschah, und mit jedem Schritt geschah nichts. Da war nur der endlose Weg durch eine Stadt, deren Bewohner sie zwar anstarrten, aber ihren Blicken auswichen. Die Art, wie die Menschen die Köpfe senkten und mit den Füßen scharrten, wenn sie in ihre Richtung blickte, sagte ihr, dass sie hier keine Hilfe zu erwarten hatte. Niemand würde ihre Wächter lange genug ablenken, damit sie fliehen konnte. Niemand würde irgendetwas tun, das Arandes verärgern könnte. Die ganze Stadt war ein Bild der Angst.

Aber was war mit Darien? Wieso kam er nicht? Vielleicht hatte er die Falle als das erkannt, was sie war. Hoffentlich war er Arandes' Männern nicht in die Hände gefallen. Oder verletzt. Oder gar tot.

»Ich habe sie verloren«, meldete der Oberste der Spiegelleute in diesem Augenblick. Berindas horchte auf. »Sie sind zwischen den Häusern verschwunden. Keiner der Maskenträger sieht sie mehr.«

»Wir könnten die Stadt nach ihnen durchsuchen lassen.« Erstaunlicherweise war das kein Befehl aus Arandes' Mund, sondern ein Vorschlag.

Die Kapuze bewegte sich, als die dunkle Gestalt den Kopf schüttelte. »Mit Patrouillentrupps können sie es aufnehmen, wie wir gesehen haben. Besser ist es, sie dorthin zu locken, wo wir sie haben wollen. Die Bogenschützen stehen auf den Dächern bereit. Alle anderen auch.«

Arandes warf einen kurzen Blick über die Schulter, grinste, als er Berindas Blick begegnete. Es schien ihn nicht zu stören, dass sie das Gespräch belauschte. War er sich seines Plans so sicher? Nach einem Moment wandte er sich wieder dem Kuttenträger zu. »Dann lass deine Leute in meinem Namen diesen Befehl weitergeben: Falls ein Patrouillentrupp auf die beiden stößt, soll er Meldung machen und sie in Richtung des Platzes treiben, wenn möglich.«

»Ein guter Plan«, bestätigte die gläserne Stimme. »Ich schicke einen Maskenträger mit jedem Trupp. Und ich betone noch einmal, dass wir sie lebend brauchen.«

»Natürlich.«

Die Schritte der dunkeln Gestalt wurden langsamer, sie senkte den Kopf und Berinda hörte sie irgendetwas murmeln. Durch irgendeine Art von Magie konnten die Spiegelleute über weite Entfernungen miteinander kommunizieren. Berinda hatte es selbst gesehen, als man ihr die Zerstörung der Klöster gezeigt hatte.

Und in diesem Gemurmel verbarg sich der Befehl, die beiden Eindringlinge lebend zu fangen. Darüber hatten Arandes und der Spiegelmann doch schon einmal geredet. Für irgendetwas brauchten sie Darien und dessen Begleiter aus den Hochlanden. Und sie, Berinda, spielte dabei offensichtlich auch eine Rolle. Noch eine andere Rolle als nur die des Köders? Wahrscheinlich. Der Oberste der Spiegelleute war in ihre Zelle gekommen, um etwas zu prüfen, hatte Arandes ihre Eignung für irgendeinen geheimnisvollen Zweck bestätigt. Dass sie als Lockmittel in einer Falle taugte, wusste der Weltherrscher sicher auch ohne magische Hilfe. Aber worum war es dann gegangen?

Es schien Ewigkeiten zu dauern, bis sie schließlich den großen Platz erreichten. Er erstreckte sich auf einem Vorsprung in der Wand des Kraters, stellte eine der wenigen geraden Flächen in Letharn dar. Berinda biss sich auf die Unterlippe. Ein guter Ort für eine Falle, nach allem zu urteilen, was sie von ihrer Mutter über Taktik gelernt hatte. Die einzige Straße, die auf diesen Platz führte, war die vom Palast. Leicht zu bewachen mit einigen Bogenschützen auf den Dächern der Häuser rechts und links. Bogenschützen, deren Silhouetten Berinda bereits vor dem blauen Himmel ausmachen konnte. In alle anderen Richtungen ragte der Platz über die Stadt hinaus, endete in einer Mauer und einem tiefen Fall auf der anderen Seite. Niemand hatte Häuser an die Felswand dieses Vorsprungs gelehnt. Nur zwei Treppen wanden sich daran hinab, an deren Enden Arandes jeweils zwei Wächter postiert hatte.

Am äußersten Ende des Platzes erhob sich eine Plattform aus Holz. Normalerweise stand darauf ein Richtblock, kaum genutzt seit Berindas Krönung, da sie nur in seltenen Fällen Hinrichtungsbefehle unterschrieb. Doch nun erhob sich dort ein Baumstamm, nur dürftig von seiner Rinde befreit steckte er in einem Loch, das man in die Plattform geschlagen hatte. Wie eine Säule.

Der Gedanke ließ Berinda schlucken. Vor ihrem inneren Auge entstand ein Bild des Thronsaals, ein Mensch an jeder Säule. Arandes hatte gedroht sie zu töten. Offensichtlich wollte er nun demonstrieren, dass es ihm mit dieser Drohung ernst war. Er wollte Darien aus der Reserve locken.

Aber falls er sie tatsächlich noch für etwas anderes brauchte, konnte dies nur ein Bluff sein. Eigentlich sollte sie das wohl freuen, doch Berinda spürte nur Kälte.

Während ihre Bewacher sie die Stufen zu der Plattform hinaufstießen, ließ Berinda den Blick wieder über die Menge schweifen. Sie mochten ihr nicht helfen wollen, aber sie waren neugierig. Immer mehr Menschen strömten auf den Platz, begleitet von dumpfem Gemurmel. Arandes' Soldaten bildeten einen Halbkreis um die Plattform, damit die Menge nicht zu dicht herankam. Von Darien noch immer nirgendwo eine Spur. Hoffentlich blieb es so.

Einer der Männer schnitt Berindas Fesseln durch. Kurz durchzuckte sie der Gedanke an Flucht, ihr ganzer Körper spannte sich. Doch es würde ihr niemals gelingen, durch den Ring aus Soldaten zu brechen. Nicht ohne Hilfe. Und was, wenn Arandes seinen Männern befahl, eine blutige Schneise durch die Menge zu schlagen, sobald sie versuchte darin unterzutauchen? Sie seufzte, zwang ihre Muskeln, sich wieder zu entspannen.

Widerstandslos ließ sie sich gegen den Baumstamm drücken. Sie bogen ihre Arme zurück um das raue Holz und banden die Handgelenke wieder zusammen. Nun stand sie da wie all die Opfer im Thronsaal. Ihr Mund wurde trocken und wieder schluckte sie.

Arandes trat auf die Plattform. Mit dem Rücken zu ihr baute er sich auf und blickte über die versammelten Menschen. Nach und nach verstummte das Gemurmel. Wie Wellen auf der Oberfläche eines Sees breitete sich Stille auf dem Platz aus.

»Bürger von Letharn.« Arandes' Stimme trug weit, war sicher noch in den Straßen ringsum zu hören. »Gestern Morgen habe ich verkünden lassen, dass eure ehemalige Königin sterben wird, falls man mir Nauranda nicht ausliefert. Nun ist es der Mittag des nächsten Tages, die Frist ist zur Hälfte abgelaufen, und noch immer versteckt sich Nauranda vor mir.«

Anderthalb Tage also noch, bis sie vielleicht sterben würde. Berinda lauschte in sich hinein, doch die Kerkerkälte füllte sie ganz aus, ließ keine andere Regung zu.

»Ich bin ein Mann, der zu seinem Wort steht«, fuhr Arandes fort. »Hier ist sie, Berinda die Zweite.« Mit einer ausladenden

Geste deutete er hinter sich. »Und wenn Nauranda sich mir nicht bis morgen Abend ergibt, wird eure Königin bei Sonnenuntergang an diesem Pfahl sterben.«

Es wurde Zeit, auch etwas dazu zu sagen. Berinda holte tief Luft. »Ich sterbe glücklich, wenn ich weiß, dass meine Schwester weiterhin in Sicherheit ist!« Wieder erhob sich Gemurmel, doch diesmal klang es anders. Zu gerne hätte Berinda sich eingeredet, Respekt darin zu hören.

Sie rechnete halb damit, dass einer der Soldaten sie zum Schweigen bringen würde, doch Arandes drehte sich nur kurz zu ihr um, sein übliches Lächeln auf den Lippen. Dann wandte er sich wieder der Menge zu. »Dazu sollte ich womöglich noch erwähnen, dass dies alles mit ihrem Tod nicht beendet ist. Ich werde Nauranda bekommen, gleichgültig wie viel Blut ich dafür vergießen muss. Wer kann schon sagen, wen es als Nächsten trifft?«

Er beugte sich ein wenig vor, fixierte wahrscheinlich jemanden in der Menge. In der vordersten Reihe wurde eine dicke Frau blass. Alle anderen wichen vor ihr zurück, bis sie in einem kleinen, freien Bereich stand. Als würde der Tod wie eine ansteckende Krankheit über ihr schweben.

»Hört nicht auf ihn!« Solange er sie reden ließ, war Berinda entschlossen, diese Möglichkeit zu nutzen. »Wer sagt, dass das Töten endet, wenn er hat, was er will? Wer sagt, dass es jemals endet, solange er an der Macht ist? Wollt ihr wirklich von einem Mann regiert werden, der bereit ist, unzählige Leben auszulöschen, nur um ein unschuldiges, sechsjähriges Mädchen in die Finger zu bekommen? Was wird er ihr wohl antun, könnt ihr euch das vorstellen?«

Wie kam es, dass der Weltherrscher immer noch lächelte, dass er ihr zuhörte, als wäre es in seinem Sinne, was sie sagte? Doch nun hatte sie schon einmal angefangen, also konnte sie auch zu Ende reden.

»Meine Schwester Nauranda ist eure beste Hoffnung. Wenn ihr nicht den Rest eures Lebens in Angst verbringen wollt, dann haltet durch, gebt ihr Zeit, älter zu werden und sich an ihre früheren Leben zu erinnern. Und dann kämpft an ihrer Seite, vertreibt den Tyrannen aus diesem Tal.«

Das Gemurmel wurde lauter. Gaukelte ihr die Hoffnung etwas vor oder hörte sie Zustimmung und Wut darin?

Doch ehe die Stimme der Menge weiter anschwellen konnte, trat der Oberste der Spiegelleute vor, begleitet vom Klimpern der Scherben am Saum seiner Robe. Diesmal wich die vorderste Reihe geschlossen zurück.

»Ja, kämpft!«, rief die dunkle Gestalt, das Schwingen von Glas in der Stimme. »Ich freue mich schon darauf, die Reihen meines Ordens mit Aufrührern zu füllen.«

Mit der unter dem langen Ärmel verborgenen Hand winkte er einen anderen Kuttenträger heran. Dieser stieg auf die Plattform – und schob seine Maske nach oben.

Die Menge schnappte kollektiv nach Luft. Berinda reckte den Hals, um zu sehen, was sie sahen. Doch erst als der Spiegelmann den Kopf ein Stück zur Seite drehte, erhaschte sie einen Blick auf sein Profil.

Sie erkannte es sofort, hatte es in den vergangenen Jahren viel zu oft gesehen. Es gehörte einem der bekanntesten Männer der Stadt, Interessenvertreter der Kaufleute, der kompromissloseste Verhandlungspartner, mit dem Berinda je zu tun gehabt hatte, dafür berüchtigt, dass seine Zunge niemals stillstand. Offensichtlich hatte Arandes einen Weg gefunden, ihn zum Schweigen zu bringen.

Nun zog er seine Maske wieder herab, wurde zu einem unter vielen, nicht zu unterscheiden von all den anderen Spiegelleuten.

Berinda fröstelte. Deshalb hatte Arandes also weiter gelächelt. Er hatte gewollt, dass sie die Leute zur Revolution aufforderte. Nur um zu zeigen, wie wenig er diese Möglichkeit fürchtete.

»Wer tut, was ich verlange, hat nichts vor mir zu befürchten«, hob Arandes wieder an. »Aber wer sich mir entgegenstellt, wird entweder bald in der Erde verrotten oder an eine spiegelnde Maske gebunden sein.« Mit diesen Worten wandte er sich ab und stieg von der Plattform. Inmitten einer Gruppe Soldaten schritt er zurück Richtung Palast.

Berinda dagegen sackte in ihren Fesseln zusammen. Bis zum Abend des nächsten Tages würde sie hier also stehen. Anderthalb Tage, in denen sie bangen und hoffen musste, dass Darien sie gehört hatte und ihre Wünsche respektierte. Anderthalb Tage, nach denen sich zeigen würde, ob Arandes seine Drohung wahrmachte oder ob er noch andere Pläne mit ihr hatte.

Nein, das konnte sie nicht zulassen. Sie musste dem jetzt ein Ende setzen, musste seine Falle unbrauchbar machen und allem, was er sonst noch vorhaben mochte, einen Riegel vorschieben.

Berinda richtete sich wieder auf, ließ den Blick über die Menge schweifen. »Ich habe nicht vor, hier bis morgen Abend zu versauern.« Vielleicht hätte es ihre Mutter stolz gemacht, dass ihre Stimme nicht einmal zitterte. »Meine ewige Dankbarkeit gilt dem, der mich vor Ablauf der Frist tötet.«

Redal

Raunen ging durch die Menge rings um Redal. Die Menschen steckten die Köpfe zusammen, tuschelten. Nur er stand wie erstarrt, den Blick unverwandt auf die Gestalt an dem Pfahl gerichtet. Beobachten und Bericht erstatten, das war seine Aufgabe, das war, was Gilad gesagt hatte. Denn solange Nauranda sich nicht zeigte, konnten sie nichts tun. Dennoch hatte er sein Schwert aus dem Fass geholt, hatte einen Umhang übergeworfen, um es zu verbergen. Er wollte vorbereitet sein. Worauf auch immer.

Vielleicht auf genau die Worte, die die Königin soeben gesprochen hatte. Große, selbstlose Worte, die zeigten, dass sie dasselbe sah wie er, dieselbe einzige Hoffnung, die ihnen noch blieb.

Redal ließ den Blick über den Platz schweifen. Die Wachen rings um die Plattform, die Bogenschützen auf den Dächern. Und in der Mitte die Königin als Köder, der Öffentlichkeit präsentiert einen Tag, bevor sie sterben sollte. Stolz erhobenen Hauptes stand sie dort, blickte über die Menge, als wollte sie jeden persönlich auffordern, ihrer Bitte zu entsprechen. Nein, dem Befehl zu folgen, den Köder aus dieser Falle zu entfernen. Sie zu entschärfen, selbst wenn das wahrscheinlich bedeutete, dass sie um denjenigen zuschnappte, der das wagen sollte.

Aber besser irgendjemand anderes als Nauranda. Nauranda, die sicher nicht zusehen würde, wie man ihre Schwester umbrachte. Die sich womöglich zu übereiltem Handeln hinreißen ließ. Wieder dachte er an die kleine zerbrechliche Gestalt, die er beim Erntefest gesehen hatte. Besser ein alter, pensionierter Gardist als sie.

Redal schluckte trocken. Er konnte sich nicht wieder verkriechen und darauf warten, dass andere dieses Problem für ihn lösten. Er hatte einen Befehl von der Königin erhalten, und er würde ihn ausführen.

Wie von selbst schloss sich Redals Hand um den Griff seines Schwertes. Er schob sich ein Stück durch die Menge. Erst als ihm ein weiterer Gedanke kam, erstarrte er wieder. Würde er überhaupt weit genug kommen, um ihren Wunsch zu erfüllen? Konnte er sie lebend erreichen? Seine Finger schlossen sich so fest um den Schwertgriff, bis es schmerzte. Würde er nicht eher sinnlos sterben, niedergemetzelt von den Soldaten, bevor er überhaupt einen Fuß auf die Plattform setzen konnte? Er würde Longret allein lassen, ohne etwas zu erreichen.

Er war wieder einmal machtlos.

Oder nicht?

Bjoron

Bjoron ballte die Hände zu Fäusten, während er Arandes nachblickte. Die Ahnen meinten es nicht gut mit ihnen. Er und Darien standen auf der falschen Seite des Platzes, in der Nähe einer der Treppen, eingequetscht zwischen viel zu vielen Leuten. Doch wenn er sich beeilte, sich rücksichtslos einen Weg durch die Menge bahnte …

Er musste einen unwillkürlichen Schritt nach vorn gemacht haben, denn plötzlich spürte er eine Hand auf dem Arm. »Hast du die Bogenschützen auf den Dächern vergessen?«

Bjoron schnaubte. Gut, vielleicht hatte er sie vergessen. Für einen Augenblick. Als er sich zu Darien umwandte, blickte dieser schon wieder aus dem Schatten eines breiten Schlapphuts zu seiner Königin hinüber. Sein neues Hemd war von einem dunklen Grün, unter seinem Arm klemmte die Strohmatte, in die sie ihre Schwerter gewickelt hatte.

Sie hatten sich vom Palast einen Weg durch schmale Gassen und Hinterhöfe gesucht. In einem Becken, in das ein metallenes Gesicht Wasser spuckte, hatten sie sich das Blut abgewaschen. Und eine voll behangene Wäscheleine zu finden, war nicht schwer gewesen. Bjorons neues Hemd spannte nicht so sehr wie das alte. Dafür tat das der behelfsmäßige Verband über seiner Brust. Die tiefen Kratzer, die der Geistervogel ihm zugefügt hatte, brannten bei jeder Bewegung. Er versuchte nicht darauf zu achten.

Sie waren gerade rechtzeitig zum Ende von Arandes' Ansprache gekommen – nur um nun nichts zu tun. Es war zum Verrücktwerden!

»Du hast Angst, dass jemand deiner Königin eine Klinge an die Kehle halten könnte, wenn wir etwas unternehmen. Oder irgendwer könnte sie töten, sobald Arandes fällt.« Bjoron beobachtete den Tiefländer genau. Der biss sich auf die Unterlippe, dann nickte er.

»Du willst sie zuerst befreien, bevor wir irgendetwas anderes tun.«

Wieder ein Nicken. Und da war dieser Ausdruck in Dariens Gesicht. Ein Ausdruck, der in Bjoron die Frage aufwarf, warum der Tiefländer ihn nicht zum Sterben zurückgelassen hatte. Warum er nicht einfach alles andere vergessen hatte über seine Königin, in diesem Moment auf den Dächern des Palastes. In Dariens dunkeln Augen schien ein Feuer zu glimmen. »Kerlfts Plan funktioniert nicht. Arandes' Armee wird nicht einfach in Chaos versinken, wenn wir ihn töten. Die Spiegelleute haben die Soldaten gut im Griff. Ich denke, sie würden die Kontrolle übernehmen, und wir wären Berindas Befreiung keinen Schritt näher. Aber sobald ich sie in Sicherheit weiß, bringe ich dich wieder in den Palast, das verspreche ich.«

Mit einem erneuten Schnauben schüttelte Bjoron den Kopf. »Jetzt vergisst du die Bogenschützen auf den Dächern. Dieser Platz ist eine Falle, das sieht jedes Kind.« Aber so ungern er es zugab, er schuldete dem Tiefländer sein Leben. Egal, wozu er sich entschloss, Bjoron würde an seiner Seite stehen.

Darien legte den Kopf ein Stück in den Nacken, um zu den Dächern hinaufzusehen. Seine Miene wurde nachdenklich.

»Du wirst nicht jeden einzelnen davon töten können, ohne dass die anderen etwas bemerken«, sagte Bjoron schnell.

»Nicht allein, da hast du recht … Aber du hast dich in dem Wasserspeicher nicht ungeschickt angestellt. Und ob du ihnen nun die Kehle durchschneidest oder sie nur niederschlägst, ist mir egal …«

Bjoron lachte. »Und du wolltest mich nicht dabeihaben …«

»Meine ewige Dankbarkeit gilt dem, der mich vor Ablauf der Frist tötet!«, der Ruf hallte klar über den Platz. Ihm folgte Stille, so laut wie ein Donnerschlag. Die Menge war bereits dabei gewesen, sich zu zerstreuen. Nun hielt jeder einzelne inne, alle Köpfe wandten sich wieder der Königin zu. Für einen Augenblick regte sich niemand.

Dann brach ein Sturm an Stimmen los, die Leute diskutierten und tuschelten aufgeregt. Die Soldaten rings um die Plattform spannten sich sichtlich an, griffen nach ihren Waffen, auch wenn sie nicht verstanden haben konnten, was Berinda gesagt hatte.

Bjoron musterte die Gestalt an dem Pfahl mit neuem Respekt. Sollte es keine andere Möglichkeit mehr geben, würde er ihren Wunsch erfüllen. Aber noch nicht gleich.

Er wandte sich wieder seinem Begleiter zu. »Deine Königin beeindruckt m…« Bjoron brach ab. Der Tiefländer reckte den Hals, sein Blick glitt über die Menge wie der eines Raubvogels, der nach Beute sucht. Plötzlich wurde seine Miene hart. Er drückte Bjoron die Strohmatte mit den Schwertern in die Hände. »Halt das. Warte hier.«

Verblüffte blickte Bjoron seinem Begleiter nach. Dann packte er die Matte fester. Wenn der Tiefländer glaubte, er könnte ihn einfach stehenlassen wie einen braven Wachhund, dann hatte er sich getäuscht. Entschlossen setzte Bjoron sich ebenfalls in Bewegung.

Was konnte Darien entdeckt haben? Der Tiefländer bewegte sich geschickt zwischen den verbliebenen Menschen hindurch, hielt dabei den Kopf gesenkt, die Schultern hochgezogen. Wer es nicht besser wusste, hätte glauben können, dass er versuchte den Platz so schnell wie möglich zu verlassen, bevor es Ärger gab. Einige Leute taten inzwischen genau das, eilten die Treppen hinab oder die Straße in Richtung Palast hinauf.

Bjoron entdeckte den Mann, kurz bevor Darien ihn erreichte. Er war alt, Haar und Bart strahlgrau. Die rotgeränderten Augen und die eingefallenen Wangen ließen ihn noch einmal älter wirken, zeugten von einem unruhigen Schlaf in den letzten Tagen. Obwohl es viel zu warm dafür war, trug er einen zerschlissenen Umhang – und eine Hand umklammerte etwas darunter, während er unverwandt zur Königin hinaufblickte.

Als Darien neben ihn trat, zuckte er zusammen und wich zurück. Doch der Tiefländer packte ihn am Arm. Kurz klaffte der

Umhang auf, und Bjoron sah Metall blitzen. Der Griff eines Schwertes! Wie hatte er die Waffe in die Stadt bekommen? Doch es war eindeutig, was der Mann vorgehabt hatte. Womöglich gab Darien doch keinen so schlechten Leibwächter ab, wenn er das auf die Entfernung erkannt hatte.

»Versuch es nicht. Es gibt noch andere Möglichkeiten.« Bjorons Begleiter hatte die Stimme so weit gesenkt, dass sie im Gemurmel der Massen fast unterging.

Der Mann erstarrte. Nur sein Blick huschte kurz zu Bjoron, als dieser halb hinter ihn trat, fixierte dann wieder Darien. Er schien sich nicht ganz sicher zu sein, ob er es mit Freund oder Feind zu tun hatte.

»Kennst du diesen Mann?«, wandte sich Bjoron an seinen Begleiter.

Der schüttelte den Kopf. »Aber den Stiefeln nach zu urteilen gehört er zur Palastgarde. Außer natürlich, er hat sie gestohlen.«

Die Haltung des Mannes wurde gerader, stolzer. »Ich war zwanzig Jahre lang Palastwächter, wurde vor fünf Jahren ehrenvoll in den Ruhestand entlassen. Diese Stiefel habe ich mir verdient, verdient habe ich sie mir!«

»Du wolltest der Königin wohl einen letzten Gefallen tun.« Darien nickte in Richtung des inzwischen wieder verborgenen Schwertes.

Der ehemalige Palastwächter versteifte sich erneut. Er schluckte. Fürchtete er, sie könnten Spione von Arandes sein? Diese Tiefländer sahen offensichtlich überall Verräter. Kein Wunder, dass sie ständig Angst hatten.

»Was, wenn es so wäre?«

Bjoron legte dem Mann eine Hand auf die Schulter. »Dann hast du zumindest mehr Mut als der ganze Rest dieser armseligen Stadt.«

Der Palastwächter verengte die Augen zu Schlitzen. »Wer bist du, dass du Letharn armselig nennst?«

»Mein Name ist Bjoron, Sohn von Jernsa. Ich bin den ganzen Weg von den Hochlanden in diese Stadt gekommen, und alles, was ich hier sehe, ist, wie ihr die Köpfe vor einem ehrlosen Mörder beugt.« Bjoron bemühte sich, seine Stimme leise zu halten, dennoch zischte Darien warnend seinen Namen. Wahrscheinlich hatte er für den Geschmack des Tiefländers wieder zu viel verraten. Aber was brachte dieses Versteckspiel denn? Dieser Mann hatte dem Wunsch der Königin entsprechen wollen, er stand also nicht auf Arandes' Seite. Wozu dann erst lang umeinander herumschleichen, bevor man verriet, wer man war und was man wollte?

»Ein Barbar also.« Der ehemalige Palastwächter kniff die Augen zusammen. Dann blickte er sich eilig um und winkte ihnen, ihm zu folgen. Bjoron schenkte Darien ein triumphierendes Grinsen. Endlich mal ein Tiefländer, der wusste, dass man einem Hochlandkrieger vertrauen konnte. Der ehemalige Attentäter verdrehte nur die Augen und folgte ihrem neuen Bekannten.

Sie gingen nicht weit, nur an den Rand des Platzes, wo die Menge nicht so dicht war. Einem der Gebäude, die die Straße zum Palast säumten, war ein Säulengang vorgelagert. In dessen Schatten trat der Mann, sah sich um, ob jemand in Hörweite war. Auch Dariens Blick schweifte weiter umher, wanderte immer wieder zu der Königin und über die Menge, als fürchte er, noch jemand könnte versuchen ihren Wunsch zu erfüllen.

Schließlich blickte der ehemaligen Palastwächter Bjoron an. In seinen rotgeränderten Augen schien etwas mehr Leben zu stehen als noch zuvor. »Wir haben euch vermisst, als Letharn gefallen ist«, platzte der Mann heraus. »Der heiligen Nauranda sei Dank, dass ihr doch noch gekommen seid. Lagert eure Armee ganz in der Nähe? Werdet ihr den Feind aus der Stadt vertreiben können?«

Armee ... Bjoron öffnete den Mund, doch es kam kein Laut heraus. Wieder sah er die Hochlandkrieger fallen, kleine Gestalten, deren Gesichter er nicht einmal ausmachen konnte ... Schließlich würgte er ein trockenes Lachen hervor. »Ihr wartet darauf, dass wir euch retten?«

»Wir sind nur wenige … Wir können nicht allein …« Die Schultern des Mannes sanken herab. »Ich dachte … als er gesagt hat, es gibt andere Möglichkeiten, und du dich als Barbar vorgestellt hast … Ich hatte gehofft, ich hatte so gehofft …«

Stammelnder, verängstigter Yakschädel. Dass er überhaupt den Mut aufgebracht hatte, draußen auf dem Platz nach seiner Waffe zu greifen, grenzte an ein Wunder. Bjoron trat einen Schritt vor, und der ehemalige Palastwächter wich unwillkürlich zurück. »Hast du das auch gemacht, während Letharn gefallen ist? Hoffen und denken? Hast du gehofft und gedacht, als meine Familie und meine Freunde gefallen sind, um eure Nauranda zu verteidigen?«

Der Mann wich seinem Blick aus, und Bjoron wusste, dass er recht hatte. Er senkte die Stimme noch weiter. »Es wird keine Armee aus den Hochlanden zu eurer Rettung kommen. Sie sind alle tot. Die wenigen von uns, die noch übrig sind, werden kämpfen. Aber wenn ihr frei sein wollt, müsst ihr auch selbst eure Ärsche hochbekommen.«

Zufrieden sah er zu, wie der Palastwächter wieder Haltung annahm und nickte. »Das haben meine Kameraden und ich vor. Auch wenn wir für den Kampf nicht mehr viel taugen, werden wir tun, was wir können. Wir werden uns alle hinter Naurandas Banner vereinen, wenn sie kommt, um das Land zu befreien.«

Es geschah innerhalb eines Augenblicks. Ein Moment, in dem alle Zufriedenheit verschwand. Feuer schien durch Bjorons Körper zu rasen, er sah Nauris Gesicht vor sich, voller Enttäuschung über sich selbst, weil ihr das Wunder nicht gelang, das alle von ihr erwarteten. Als er das nächste Mal blinzelte, hielt er den Palastwächter am Kragen gepackt, drückte ihn gegen eine Säule. »Seid ihr Tiefländer ein solcher von allen Ahnen verfluchter Haufen Feiglinge, dass ihr nicht kämpfen könnt, ohne dass ein kleines Mädchen eure Hand hält? Dieser Kampf entscheidet sich jetzt, nicht in zehn Jahren, wenn sie vielleicht alt genug ist, euch anzuführen.«

»Bjoron …« Dariens ruhige Stimme brachte ihn wieder zur Besinnung. »Lass den Mann runter. Und lass ihn atmen.«

Erst bei diesen Worten stellte Bjoron fest, dass die Füße des Palastwächters den Boden nicht mehr berührten. Widerwillig ließ er los, und der Mann sackte herab. Eine Weile schnappte er einfach nur nach Luft.

»Ich entschuldige mich für das … barbarische Verhalten meines Begleiters«, sagte Darien schließlich. Nun klang das Wort eindeutig wie eine Beleidigung, wie Kerlft es gesagt hatte. »Aber er hat recht. Wenn wir die Königin retten wollen, müssen wir jetzt handeln.«

»Ich würde nichts lieber tun, als die Königin zu retten.« Der Mann keuchte immer noch ein wenig. »Aber wie stellt ihr euch das vor? Ihr habt mir gerade das Leben gerettet, als ihr mich von einer Dummheit abgehalten habt. Man braucht einen starken Trupp, um zur Königin durchzudringen. Ich habe Freunde, aber nicht genug. Und die meisten Menschen hier haben zu viel Angst …« Mit einem schnellen Blick zu Bjoron verstummte er, als fürchtete er, schon wieder etwas Falsches gesagt zu haben. Ängstlicher Tiefländer. Auch wenn Bjoron zugeben musste, dass es kein schlechtes Gefühl war, gefürchtet zu werden. Er grinste. Dafür ließ er sich auch einen Barbaren nennen.

»Wir brauchen keinen Trupp, der die Linien der Soldaten durchbrechen kann«, erklärte Darien. »Nur ein paar Leute, die so tun, als würden sie genau das versuchen. Eine Ablenkung. Den Rest erledigen wir.«

Ein guter Plan. Nicht allzu ruhmreich, aber sinnvoll. Wenn nur der Rest der Hochlandstämme hier wäre. Dann würde es auf jeden Fall gelingen.

Der Palastwächter blickte auf den Platz hinaus, betrachtete die Soldaten, die einen Halbkreis um die Plattform bildeten, als sähe er sie zum ersten Mal. Von seinem kurzen Anfall von Mut, als er dort draußen nach seinem Schwert gegriffen hatte, schien nichts mehr geblieben zu sein. »Mit den Bogenschützen auf den Dächern ist alles, was wir versuchen, ein Selbstmordkommando.«

Bjoron schnaubte. »Das hat dich vorhin auch nicht gestört.«

»Außerdem«, fügte Darien hinzu, »werden die Bogenschützen eines von den Dingen sein, um die wir uns kümmern. Ich habe nicht vor, blind in diese Falle zu marschieren. Wir werden sie entschärfen.«

Der alte Mann rieb sich über das stoppelige Kinn. »Meine alten Kameraden und ich, wir haben ein paar Waffen versteckt.«

»Dann braucht ihr jetzt nur noch den Mut, sie zu benutzen.« Bjoron war sich nicht sicher, ob er hoffen sollte, dass es in dieser Stadt mehr als einen Menschen gab, der bereit war, zu den Waffen zu greifen.

Der ehemalige Palastwächter zog die Brauen zusammen. Für einen Moment starrten sie einander an. Dann verschwand mit einem Mal das Funkeln aus dem Blick des Tiefländers, und er schüttelte den Kopf. »Nein. Es ist ein guter Plan, aber wir sind nur eine Handvoll alter Männer und ein paar halb ausgebildete Metzger, Schreiner und Schuster.« In einer müden Geste fuhr er sich über das Gesicht. »Gilad würde dem niemals zustimmen. Er wartet auf Nauranda. In ihrem Heer könnten wir die Reihen stärken, doch allein können wir nichts ausrichten, ganz und gar nichts. Wir könnten diese Soldaten nicht lange genug ablenken, damit es euch etwas nützt. Ganz zu schweigen von den Spiegelleuten, die der Feind sicher in den Kampf schicken wird.«

Es juckte Bjoron in den Fingern, den Mann wieder am Kragen zu packen. Stattdessen packte er nur die Matte mit den Schwertern fester. »Yakdung! Wollt ihr wirklich die Hände in den Schoß legen und euch einreden, dass ihr sowieso verloren hättet? Oder wollt ihr es zumindest versuchen? Vielleicht ändert es nichts und ihr fallt und Arandes siegt. Aber vielleicht rettet ihr damit auch eure Königin. Wenn ihr es wagt, besteht zumindest die Möglichkeit! Wenn ihr nichts tut und auf eure Nauranda wartet, sterbt ihr als armselige, alte Feiglinge, sobald es Arandes gefällt.«

Bjoron atmete lang aus. Die Worte waren direkt aus seinem Herzen über seine Zunge geflossen. Er hatte gar nicht gewusst, dass sie dort waren, hatte nicht gewusst, dass sie in der Lage waren, wieder einen Funken in den Augen des Mannes zu entzünden. Doch da war er. Er glühte, als der ehemalige Palastwächter lächelte, wenn auch ein wenig traurig. »Armselig, hm?«

»Ja.«

Der alte Mann atmete tief durch. »Komm mit zu meinem alten Hauptmann. Sag ihm, was du mir gesagt hast. Überzeuge ihn, dass wir jetzt kämpfen müssen, und wir werden unser Bestes tun.«

Wieder musste Bjoron grinsen. Wer hätte gedacht, dass er einmal Tiefländern Mut zusprechen würde? »Gern.« Dann wandte er sich an Darien, der schon wieder den Blick über die Menge schweifen ließ. »Tjark muss hiervon erfahren. Wenn du rennst, während ich mit diesem Hauptmann rede …«

»Ich glaube, ich weiß eine bessere Möglichkeit.« Der ehemalige Attentäter deutete auf den Platz hinaus. »Siehst du den großen, blonden Mann dort hinten?«

Bjoron folgte dem Fingerzeig mit dem Blick, und sein Herz machte einen Satz. Neljar! Was tat er in Letharn?

Darien

Barbaren wurde man offensichtlich nur schwer wieder los, wenn man sich einmal mit ihnen eingelassen hatte. Darien sah Bjoron dabei zu, wie dieser sich einen Weg durch die Menge bahnte. Ob Bjorons Brüder hier auch irgendwo waren? Der ganze Rest des Stammes? Aber der wäre doch sicherlich aufgefallen. Kerlft mochte seine Leute dazu bringen können, sich wie Tiefländer zu kleiden und sich bis zu einem gewissen Grad auch so zu verhalten. Doch würde er auch daran denken, all das für die Tieflande untypische helle Haar zu verstecken?

Neljar hatte sich von irgendwoher ein einfaches Hemd beschafft, eher ein brauner Kittel als irgendetwas anderes, und eine dazu passende Hose. Als er an Bjorons Seite näher kam, blitzte gebräunte Haut an seiner Hüfte auf. Das Hemd war eindeutig zu kurz.

Irgendetwas hatte Neljar an sich, dass Darien fast verstand, was Bjoron an ihm fand. Doch er verscheuchte den Gedanken eilig. Schon allein auf Bjorons mörderische Blicke konnte er verzichten.

Der ehemalige Palastwächter dagegen starrte offen. »Ich dachte, alle Barbaren seien breit und kräftig?«, flüsterte er Darien zu. »Oder ist das eine ihrer Frauen?«

Darien musste an Jernsas beeindruckende Gestalt denken. »Definitiv nicht. Und viele ihrer Frauen sind breiter und kräftiger als Neljar.«

Dann waren die beiden Barbaren heran. Neljar begrüßte Darien mit einem Nicken. »Deine Stadt ist interessant, aber sehr ungastlich. Ständig rempelt mich jemand an.«

Bei Neljars Kleidung gingen die Leute wahrscheinlich davon aus, dass er ihnen Platz machen musste anstatt umgekehrt. Hoffentlich erinnerte sich niemand an einen ungewöhnlich hochgewachsenen, blonden Bettler, der mit barbarentypischem Stolz durch die Straßen schlich.

Darien seufzte. Warum hatten er nicht deutlicher darauf bestanden, allein zu gehen? Er hätte Bjoron einfach niederschlagen können.

»Neljar ist die Vorhut«, erklärte Bjoron. »Der Rest kommt langsamer nach.«

»Warum seid ihr uns überhaupt gefolgt?« Darien biss sich auf die Zunge, um nicht nach Nauri zu fragen, nicht vor dem ehemaligen Palastwächter. Je weniger der Mann wusste, desto sicherer.

Aber die Frage brannte in seinen Gedanken. Brachten die Barbaren das Mädchen etwa mit in die Stadt? Hatte er Nauri dadurch, dass er zu Berindas Rettung geeilt war, direkt in Arandes' Arme geführt?

»Das Kind ist unruhig geworden«, antwortete Neljar. »Hat versucht allein in Richtung Stadt zu laufen. Als wir es nicht gehen lassen wollten, hat es sogar gesprochen. Drei Worte. Eure beiden Namen und ›Gefahr‹. Da ist Tjark von seinem Lager aufgestanden.«

Nauri hatte gesprochen? So eisern wie sie seit Letharns Fall an ihrem Schweigen festgehalten hatte, musste ihr diese Warnung sehr wichtig gewesen sein, wenn sie dafür den Mund aufmachte. Ahnte sie irgendetwas? War eine weitere von Naurandas Fähigkeiten erwacht, und sie konnte voraussehen, was geschehen würde? Was sah sie dann in der Zukunft? Und was glaubte sie, konnte sie tun, um es zu verhindern?

Bjoron beschäftigten offensichtlich andere Fragen. »Es geht Tjark wieder gut?«

Mit ernster Miene schüttelte Neljar den Kopf. »Er kann bloß wieder laufen und ein Schwert halten. Aber das ist schon erstaunlich genug.«

Unwillkürlich tastete Dariens Hand nach dem blassen Fingerabdruck an seinem Handgelenk. Er konnte sich vorstellen, wie dieses Wunder geschehen war. Und Nauris Fähigkeiten wurden stärker, wie es schien. Konnte es doch passieren? Erinnerte sie sich an ihre früheren Leben?

»Kerlft sagt, ich soll dich nach einer Möglichkeit fragen, unsere Waffen in die Stadt zu bringen.« Neljars Worte rissen ihn aus seinen Gedanken. Darien sah auf. Gut, dass zumindest einer von Bjorons Brüdern die Notwendigkeit von Heimlichkeit verstanden hatte. Doch ehe er etwas sagen konnte, meldete sich der ehemalige Palastwächter zu Wort. »Ich wüsste da eine Möglichkeit.«

»Wenn du an die Aquädukte denkst, die werden inzwischen womöglich etwas besser bewacht.« Vielleicht hatte doch irgendwer bemerkt, dass die beiden Wachen niedergeschlagen worden waren.

Der alte Mann schüttelte den Kopf. »Von den Aquädukten wusste ich bisher noch gar nichts.« Er grinste schief. »Ist aber wahrscheinlich sauberer als das, woran ich gedacht habe.«

Darien runzelte die Stirn. »Das Gitter am Abwasserablauf ist stabil. Da kommt man nicht durch.«

Nun grinste der ehemalige Palastwächter wirklich. »Man nicht, aber schmale Dinge wie Schwerter kann man zwischen den Stäben hindurchreichen. Alter Schmugglertrick, Junge.« Als er Dariens hochgezogene Augenbraue sah, zuckte er mit den Schultern. »Hatte früher ein paar Freunde, die auf der Stadtmauer Dienst geschoben haben. Der eine oder andere hat versucht, seinen Sold ein bisschen aufzubessern, indem er möglichst nicht in Richtung des Abwasserablaufs geschaut hat.«

Darien winkte ab. »Kannst du Neljar diesen Schmugglerpfad zeigen? Neljar, wann werden die anderen B… Hochlandkrieger hier sein?«

»Heute Abend wahrscheinlich.«

Er warf einen Blick zu der einsamen Gestalt an dem Pfahl. Sie war in sich zusammengesunken, das lose Haar fiel ihr ins Gesicht, als wollte sie die dünner werdende Menge der Leute nicht sehen, die immer noch zu ihr hoch gafften. Unwillkürlich glitten Dariens Finger zu einem der Wurfmesser an seinem Gürtel, wie von selbst suchten seine Augen nach Schwachstellen in der Reihe der Soldaten. Der Abend schien Ewigkeiten entfernt.

Aber er musste warten. Dies hier konnte er nicht allein schaffen, so ungern er sich auch auf andere verließ. Irgendwer musste ihm helfen, die Bogenschützen zu beseitigen, und irgendwer musste Arandes' Soldaten ablenken.

Mit einem Ruck wandte er sich von der Gestalt auf der Plattform ab, zwang seine Konzentration auf die Dinge, die noch besprochen werden mussten. Details, nicht sonderlich spannend, aber wichtig.

Schließlich trennten sie sich. Neljar trat zum Abschied dicht an Bjoron heran, raunte ihm irgendetwas ins Ohr, das ihn lächeln ließ. Unbehaglich blickte Darien sich um, doch niemand schien die ungewöhnliche Vertrautheit zwischen den beiden Männern bemerkt zu haben.

Der Barbar schaute Neljar noch lange nach, während dieser zusammen mit dem Palastwächter die Straße hinab verschwand. Die beiden würden dafür sorgen, dass die Reste der Hochlandstämme und ihre Waffen sicher nach Letharn hineingelangten.

Nach einer Weile wandte sich Bjoron ab, begegnete Dariens Blick und grinste schief. Seinen eigenen düsteren Gedanken zum Trotz konnte Darien nicht anders, als das Grinsen zu erwidern. »Ich dachte, du magst Neljar nicht?«

Die Miene des Barbaren nahm einen verträumten Ausdruck an. »Wer sagt, dass ich ihn mag?«

Der Barbar war so ein schlechter Lügner, dass Darien lachen musste. »Die Art, wie du ihm nachschaust.«

Bjoron schnaubte, widersprach aber nicht. »Selbst du schaust bei Neljar zweimal hin. Dabei habt ihr Tiefländer doch Angst, euch mit anderen Männern einzulassen.«

»Angst?« Angst hatte Darien in dieser Hinsicht noch niemand unterstellt. »Ich habe keine Angst!«

»Oh gut.« In Bjorons Augen blitzte es. »Dann macht es dir ja sicher nichts aus, zu erfahren, dass Kerlft gestern gesagt hat, er würde dich nicht aus seinem Lager schubsen.«

Der Gedanke war so neu und ungewohnt, dass Darien für einen Moment innehielt. Er wusste, dass einige Frauen ihn attraktiv fanden. Bei dem einen oder anderen Auftrag hatte ihm das schon geholfen. Aber Männer?

Dann sah er Bjorons Grinsen, und er schnaubte. »Sind solche Scherze mit deiner Barbarenehre vereinbar?«

Bjoron lachte. »Immer.«

Darien schnaubte, aber noch während er es tat, fiel ihm auf, dass der Großteil seiner Verärgerung nur oberflächlich war, mehr Gewohnheit als irgendetwas anderes. Es tat gut, jemanden zu haben, mit dem er scherzen konnte. Einmal nicht ganz auf sich allein gestellt zu sein, mit dem Wissen, dass von ihm erwartet wurde, seinem Leben ein Ende zu setzen, sollte er versagen. Und wer hätte gedacht, dass man mit dem Barbaren scherzen konnte? Fast wie mit einem Freund.

Für eine Weile schwiegen sie. Darien ließ den Blick wieder über den Platz schweifen, auf der Suche nach weiteren Leuten, die versuchen wollten, den Wunsch der Königin zu erfüllen. Inzwischen hatte sich die Menge zerstreut, die Menschen eilten mit gesenkten Köpfen an ihnen vorbei, eifrig darauf bedacht, nicht in Berindas Richtung zu blicken.

»Sie werden Nauri mit in die Stadt bringen«, sagte Bjoron nach einer Weile.

Darien presste die Lippen aufeinander und nickte. »Das hatte ich befürchtet.«

»Bei uns ist sie am sichersten.«

»Und wenn nicht alles läuft, wie geplant? Wenn wir verlieren? Irgendjemand sollte mit ihr zurückbleiben und mit ihr fliehen, falls alles schiefgeht.«

»Und wer?«

Das war eine gute Frage. Wieder starrte Darien zu seiner Königin hinüber. Ich würde es dir nie verzeihen, wenn du Nauri sterben lässt, um mich zu retten. Das hatte sie gesagt, im Thronsaal, kurz bevor sie ihn weggeschickt hatte.

»Wenn es sein muss, mache ich das.« Die Worte schienen sich an seinen Zähnen festzuklammern, sich mit aller Kraft zu wehren, über seine Lippen zu kommen. Er wollte die Rettung seiner Königin nicht einer Horde Barbaren und ein paar Palastwächtern im Ruhestand überlassen. Doch welche Wahl hatte er?

Bjoron schnaubte abfällig. »Und dann? Versteckst du dich ein paar Jahre lang mit ihr in den Wäldern, bis sie zu der großen Nauranda wird, von der hier alle so viel reden? Falls sie das je wird. Oh ja, ich sehe schon vor mir, wie gut das funktioniert. Darien, der

Stadtjunge, versucht außerhalb seiner geliebten Mauern zu überleben. Ich gebe dir bis zum nächsten Winter.«

Aus zusammengekniffenen Augen starrte Darien den Barbaren an. Er hatte nicht gerade die schwerste Entscheidung seines Lebens getroffen, um sich nun verspotten zu lassen. »Hast du einen besseren Vorschlag?«

Bjoron grinste. »Klar. Ich bleibe mit ihr zurück.«

Darien öffnete den Mund, doch kein Ton kam heraus. Hatte er gerade richtig gehört? »Das würdest du tun? Was ist mit deiner Rache?«

Nun wurde die Miene des Barbaren ernst. »Ich schulde dir mein Leben. Wenn es dir so wichtig ist, muss ich es eben meinen Brüdern überlassen, unseren Vater zu rächen. Aber …« Er hob eine Hand, als Darien etwas sagen wollte. »Nicht gegen Nauris Willen. Sie ist einen Tag hierher gelaufen und sie sieht etwas voraus, von dem wir nichts wissen. Wenn sie es für wichtig hält, bei der Befreiung ihrer Schwester dabei zu sein, dann halte ich sie nicht davon ab.«

Barbaren gaben eindeutig zu viel auf das Recht eines jeden, dumme Entscheidungen zu treffen. Aber ein Blick in Bjorons Gesicht verriet Darien, dass er mehr nicht herausschlagen konnte. »Gut. Ich …« Er räusperte sich. »Ich danke dir.«

Der Barbar zuckte mit den Schultern. »Dann brauchst du jemand anderen, der dir mit den Bogenschützen hilft. Nimm Neljar, er ist ein guter Jäger.«

Neljar wäre nicht Dariens erste Wahl gewesen, doch er nickte. »Du solltest jetzt zu dieser Schankstube aufbrechen, von der unser neuer Verbündeter geredet hat. Falls noch jemand versucht, den Wunsch der Königin zu erfüllen, schicke ich ihn dorthin.«

Bjoron klopfte ihm auf die Schulter. »Viel Glück.«

Darien lächelte. »Dir auch.«

Redal

Die Tür des Fröhlichen Igels war verschlossen, damit nicht zufällig jemand hineinstolpern konnte, der nicht hören sollte, was hier geplant wurde. Der ganze Raum schien von knisternder Energie erfüllt. Redal hatte den Eindruck, dass seine Knie nicht mehr so sehr schmerzen wie zuvor. Er fühlte sich jünger, voller Tatendrang. Endlich hatten sie eine richtige Aufgabe. Eine, die im Bereich ihrer Möglichkeiten lag. Er hatte bereits mit dem hochgewachsenen Barbaren den alten Schmugglerpfad erkundet und festgestellt, dass er unbewacht war. Nun galt es nur noch, seine Kameraden zu überzeugen.

Die Stimme des anderen Barbaren trug weit durch den Raum. »Eure Nauranda ist ein kleines Mädchen. Die Schrecken der Belagerung haben ihr die Sprache geraubt. Sie fühlt die Erwartungen, die auf ihr lasten, und sie leidet, weil sie sie nicht erfüllen kann. Wer versucht, ihr noch mehr Erwartungen aufzubürden, bekommt es mit mir und meiner Klinge zu tun, ist das klar? Ihr seid erwachsene Krieger. Dennoch habt ihr es nötig, euch hinter einem kleinen Mädchen zu verstecken? Zögert nicht länger. Helft euch selbst!«

Die Worte trafen wie Peitschenhiebe. Redal ertappte sich dabei, wie er mit den anderen beschämt den Kopf hängen ließ. Wieder sah er das zerbrechliche kleine Mädchen vor sich, das er beim Festtagsumzug erspäht hatte. Er hatte es die ganze Zeit geahnt, oder nicht? Doch es hatte jemanden gebraucht, der den Schleier der Selbsttäuschung herunterriss. Redal richtete sich wieder auf, legte die Hand um den Griff seines Schwertes. Diesmal würde er sich nicht verkriechen.

Auch Gilad hielt sich aufrecht. Er blickte dem Barbaren an. »Es fällt mir schwer zu glauben, was du sagst.«

Ein Funkeln trat in die Augen des Barbaren. »Behauptest du, ich lüge?«

Gilad hob beschwichtigend eine Hand. »Sanden hier hat als junger Bursche gegen euch gekämpft, und er sagt, dass Barbaren nicht lügen. Ich glaube ihm.«

Der einhändige Veteran nickte eifrig.

»Aber vielleicht unterschätzt du die Kraft, die in ihr steckt. Natürlich ist sie ein kleines Mädchen. Aber wenn Gerien sie braucht ...«

»Euer Volk braucht seit Tagen Leute, die für es kämpfen!« Die Stimme des Barbaren schien von den Wänden widerzuhallen. Redal sah mehrere seiner Freunde zusammenzucken. Mehrmals atmete der junge Barbar tief durch, dann fuhr er ruhiger fort. »In den Bergen hat Nauri zusehen müssen, während Dutzende eurer Leute abgeschlachtet wurden. Es ist kein Wunder passiert. Es wird so bald kein Wunder passieren. Ihr könnt jetzt kämpfen oder für den Rest eures Lebens darauf warten, dass sie euch rettet.«

Sanden räusperte sich. »Wenn die Barbaren mit uns kämpfen, ziehe ich gerne los, um die Königin zu retten. Ich will auf jeden Fall nicht noch mal auf der falschen Seite eines Barbarenschwertes stehen.« Er wedelte mit seinem Armstumpf. »Mit ihnen wird dieser Plan schon gelingen.«

Ein stolzes Grinsen breitete sich auf dem Gesicht des Barbaren aus, ließ ihn mit einem Mal erschreckend jung wirken. Doch er musste ungefähr im selben Alter sein wie die Söhne seiner Kameraden, die Redal in den vergangenen Tagen ausgebildet hatte. Und wahrscheinlich konnte er deutlich besser kämpfen.

Dann holte Gilad tief Luft, und alle Blicke richteten sich wieder auf ihn. »Wenn ihr entschlossen seid, Königin Berinda zu retten, werden wir nicht zurückstehen. Wir kämpfen an eurer Seite.«

Jubel erhob sich in der Schankstube. Auch Redal hob die Faust in die Luft.

Er ließ sie wieder sinken, als sich eine raue Hand in seine schob. Als er den Kopf wandte, sah er in Longret sorgenvolle Miene. »Gib auf dich acht, Redal.«

»Keine Sorge, Gret, keine Sorge. Du hast gehört, was Sanden gesagt hat. Mit den Barbaren an unserer Seite kann uns nichts geschehen.«

Dennoch sog sich sein Blick an ihrem Gesicht fest, nahm ihren Anblick noch einmal in sich auf, jede Falte, jede Linie, die ihr langes gemeinsames Leben hinterlassen hatte. Nur für den Fall, dass er sie am nächsten Tag nicht wiedersah.

Bjoron

Bjoron blickte zur Sonne hinauf, ein orange glühendes Halbrund auf der Krone der Stadtmauer. Je tiefer sie sank, desto größer schien der Klumpen in seinem Magen zu werden. Es lag nicht am ungewohnten tiefländischen Essen, das der Palastwächter, der sich inzwischen als Redal vorgestellt hatte, für ihn gekauft hatte. Es lag auch nicht daran, dass der Abend Blut und Tod bringen würde.

Bjoron hatte den ganzen Tag damit verbracht, Tiefländer Feiglinge zu nennen, weil sie nicht kämpfen wollten. Er hatte die Scham in ihren Gesichtern gesehen, und dann den Funken Entschlossenheit, den seine Worte entzündeten. Bei vielen war es Trotz. Das Bedürfnis, zu beweisen, dass sie mindestens genauso gut waren wie der junge Barbar, der es wagte, sich in ihre Angelegenheiten zu mischen. Was würden sie denken, wenn eben dieser junge Barbar nicht zum Kampf erschien?

Es war das Versprechen, das er Darien gegeben hatte, das Bjoron schwer im Magen lag. Es war nicht die Art der Hochlandstämme, irgendwen zurückzulassen. Sie würden besser kämpfen, wenn Nauri bei den anderen Kindern blieb. Andererseits hatte Darien recht. Was, wenn sie wieder verloren?

Er trat nach einem halben, zerbrochenen Dachziegel, der auf der Straße lag. Warum konnten die Entscheidungen, die er zu treffen hatte, nicht einmal einfach sein? Was würde seine Mutter von alldem halten? Würde sie etwas daran auszusetzen finden, dass Bjoron seine Lebensschuld Darien gegenüber abgalt, anstatt Rache zu üben? Irgendetwas fand sie doch immer auszusetzen. Vielleicht hätte sie die Existenz dieser Schuld verurteilt. Die Tatsache, dass er nicht schnell genug gewesen war, dass er nicht gut genug gekämpft hatte, um allein mit seinen Gegnern fertig zu werden.

Und Bjoron hatte das Schwert seiner Mutter genommen, um damit Blut zu vergießen.

Das Stadttor kam vor und über ihm in Sicht. Mit Redal an seiner Seite stieg Bjoron eine schmale Treppe hinauf. »Sieh zu Boden, wenn du an den Wachen vorbeigehst«, flüsterte der ehemalige Palastwächter ihm zu.

»Ich weiß«, brummte Bjoron. »Das sagt Darien auch ständig. Ich kenne den Boden dieser Stadt inzwischen fast so gut wie meine Heimat.«

Redal lachte leise, dann schritten sie durch das Tor. Um hinauszugelangen mussten sie nicht anstehen. Die meisten wollten hinein, eine lange Schlange abgerissener Menschen, denen das Land wahrscheinlich zu unsicher geworden war. Manche trugen ihre Habseligkeiten in großen Bündeln auf dem Rücken, andere hatten Karren oder Esel.

Eine gewundene Straße führte vom Tor aus hinab, umgeben von steilen Felswänden und von der Stadt stets gut einsehbar. Wenn eine Armee über diesen Weg angreifen wollte, konnten Bogenschützen auf den Mauern wahrscheinlich jeden Einzelnen erschießen, bevor auch nur ein Gegner das Tor erreichte. Arandes hatte Letharn sicher im Schutz der Dunkelheit überrannt, wie es sich für den feigen, von allen Ahnen verfluchten, mörderischen Sohn eines Straßenräubers gehörte, der er war.

Dann kamen sie am Fuß des Hanges in Sicht. Die Krieger der Hochlandstämme. Selbst wenn sie ihre Felle gegen Tieflandkleidung getauscht hatten, selbst wenn die meisten der Männer ihr

Haar mit dunkler Erde gefärbt hatten und die Frauen Kopftücher trugen. Bjoron erkannte sie an der Art, wie die Erwachsenen einen Ring um die Kinder bildeten. An der Art, wie sie sich aufrecht hielten, anstatt den Kopf zwischen die Schultern zu ziehen wie die Bewohner Letharns. Nur noch eine Handvoll Krieger war von dem ehemals unendlich erscheinenden Heereszug geblieben. Und die meisten von ihnen humpelten, einige stützten sich auf grobe Krücken. Dennoch waren sie noch immer ein stolzer Anblick. Ungebrochen, wiederauferstanden aus dem sicheren Tod. Unbeugsam wie das Land, aus dem sie stammten.

Blieb nur zu hoffen, dass die Röcke keine Behinderung für die Frauen darstellten. Bjoron verstand immer noch nicht, was die Tiefländer sich bei diesem Kleidungsstück gedacht hatten.

Dann löste sich eine große Gestalt aus der Reihe. Tjark humpelte Bjoron entgegen, ein breites Grinsen auf dem Gesicht. Die beiden Brüder umarmten sich.

»Was hast du dir dabei gedacht, mitten in der Nacht zu verschwinden?«

Bjoron löste sich wieder von seinem Bruder und zuckte mit den Schultern. Musste Tjark ihn gleich mit einem Vorwurf begrüßen? Es war, als würde er seine Mutter aus dem Grab sprechen hören. »Ich habe Darien erwischt, wie er verschwinden wollte. Er dachte, er hätte ohne euch bessere Chancen.«

Tjark runzelte die Stirn und fuhr sich durch den struppigen Bart. »Und da bist du einfach mitgegangen?«

»Ich hätte ihn schon töten müssen, um ihn aufzuhalten. Mitgehen erschien mir besser.« Zeit, das Thema zu wechseln. Bjoron deutete auf Redal. »Einer von euch muss mit ihm gehen. Eure Schwerter können nicht denselben Weg in die Stadt nehmen wie ihr.«

»Darum kümmere ich mich«, meldete sich Kerlft zu Wort.

Neljar würde die Schwerter in Empfand nehmen. Soweit Bjoron das verstanden hatte, musste er dafür durch Tunnel unter der

Stadt kriechen, durch die all das Schmutzwasser der Tiefländer hinausgespült wurde. Tiefländer produzierten offensichtlich eine Menge Schmutzwasser, und es floss durch vergitterte Öffnungen in der Stadtmauer ab.

Was würde Neljar wohl denken, wenn er nicht zum Kampf erschien? »Dann werde ich dich endlich richtig kämpfen sehen«, hatte er ihm auf dem Platz zum Abschied ins Ohr geflüstert, die Stimme rau von Vorfreude.

Ein Schemen flog auf ihn zu und riss Bjoron beinahe von den Füßen. Nauri schlang die Arme um seinen Bauch, und er strich ihr über den Kopf. Mit einem Mal schien die untergehende Sonne etwas kräftiger zu strahlen. »Ich habe gehört, du hast geredet, kleine Schwester.«

Sie legte den Kopf in den Nacken und schenkte ihm ihr typisches schüchternes Lächeln, als wäre sie nicht ganz sicher, ob sie alles richtig gemacht hatte. Wie die meisten der Frauen trug sie ein sehr einfaches, braunes Kleid.

»Willst du auch mit mir reden?«

Sie wiegte den Kopf, als wäre sie noch nicht ganz sicher.

Bjoron warf einen kurzen Blick zu seinen Brüdern und Redal. Der ehemalige Palastwächter beobachtete ihn neugierig, doch als sich ihre Blicke begegneten, wandte er sich ab und bedeutete Kerlft, ihm zu folgen. Bjorons zweitältester Bruder hatte bereits ein Bündel auf seine Schultern gehievt, in dem es metallisch klirrte. Doch dann drehte er sich noch einmal um, ging zur Bjoron zurück. »Ich weiß nicht, wie lange das hier dauert und ob ich vor dem Kampf die Gelegenheit erhalte, noch einmal mit Darien zu sprechen. Deshalb sag ihm, dass die zweite Schriftrolle wieder in dem Beutel ist, der um Nauris Hals hängt.«

Bjoron nickte. »Stand irgendetwas Nützliches darin?« Vielleicht hatte Arandes irgendeine Schwachstelle, vielleicht musste man irgendetwas Bestimmtes wissen, um ihn zu töten. Wie in den alten Heldengeschichten.

Kerlft hob die Schultern. »Nichts, was du als nützlich bezeichnen würdest. Nur Beschreibungen, wie Jorimas wieder und wieder versucht hat, in die Nähe der verschiedenen Wiedergeburten von Nauranda zu gelangen. Einmal hat er es sogar geschafft. Er hat versucht, sie zu dem Ritual zu zwingen, das sie unsterblich machen sollte, aber sie hat sich selbst getötet …« Bjorons Bruder biss sich auf die Unterlippe, sah aus, als wollte er noch etwas sagen.

»Was?«, fragte Bjoron schließlich ungeduldig.

Kerlft zögerte noch einen Moment, dann winkte er ab. »Nichts Wichtiges. Nur eine Sache ist etwas seltsam. Teilweise wurde dort festgehalten, was die verschiedenen Naurandas über ihr erstes Leben zu erzählen hatten. Sie widersprechen sich in Details.«

Natürlich, ein solches Rätsel würde seinem Bruder wahrscheinlich schlaflose Nächte bereiten, obwohl es kaum von Belang war. Was auch immer es mit Nauris Erinnerungen an ihre früheren Leben auf sich hatte, sie hatten doch bereits beschlossen, nicht zu warten, bis diese vollständig zurückgekehrt waren. Wozu sich also Gedanken darüber machen?

»Ich sollte gehen. Viel Glück.« Kerlft hob die Hand, dann ging er zu dem wartenden Redal zurück.

Während die beiden von der Straße abwichen und hinter der Biegung des Hangs verschwanden, ging Bjoron vor Nauri in die Hocke. Er blickte ihr in die blauen Augen, und ihre Miene wurde ernst.

»Darien will, dass du die Stadt nicht betrittst. Dort sind ganz viele von Arandes' Leuten, die alle nach dir suchen.«

Sie runzelte die Stirn, ihr Blick ging in die Ferne. Dann schüttelte sie entschlossen den Kopf. Der Knoten in Bjorons Magen löste sich ein wenig.

Allerdings schuldete er es Darien, ihr die Situation genau zu erklären. »Wenn etwas schiefgeht, werden wir alle sterben.«

Naurís Mund wurde zu einem dünnen Strich, sie verschränkte die Arme vor der Brust. Unwillkürlich musste Bjoron lachen. Dass ein so kleiner Körper so viel Entschlossenheit fassen konnte. Doch er wurde sofort wieder ernst. »Du hast Gefahr gesehen für Darien und mich. Was für eine Gefahr?«

In einer ratlosen Geste hob das Kind die Arme, wohl immer noch nicht bereit, mit ihm zu sprechen. Doch das störte Bjoron nicht. Er verstand sie auch so.

»Siehst du diese Gefahr immer noch?«

Ein ernstes Nicken. Dann legte sie die Hände auf ihr Herz.

»Du fühlst sie.«

Wieder ein Nicken.

»Und du willst mitkommen, um sie aufzuhalten? Du weißt, dass wir hier sind, um dich zu beschützen, nicht umgekehrt.«

Das brachte ihm erneut ein schüchternes Lächeln ein. Dann holte Nauri tief Luft.

»Wir gehören zusammen.« Ihre Stimme war leise, kaum mehr als ein Flüstern. Dennoch hallten die Worte in Bjoron wider, brachten etwas zum Schwingen. Wieder hörte er Neljar darüber sprechen, wie sehr ihre Gruppe der von damals glich.

Nauranda, ein Dieb, ein Hochlandkrieger, Jorimas.

Nauri, ein Attentäter, ein Hochlandkrieger. Und wenn Arandes wirklich Jorimas war, dann würden sie sich sehr bald alle vier begegnen. Es wirkte wie etwas aus einer alten Geschichte. Ein Zeichen, dass etwas Großes bevorstand. Es brauchte keine alten Geschichten und keine Magie für einen Sieg. Aber es schien, als hätten sie zumindest Ersteres auf ihrer Seite.

Bjoron erhob sich, als das letzte Licht des Tages erlosch. Der Himmel wurde dunkelblau, nur ein heller Streifen verweilte noch am Horizont. »Dann komm. Aber versprich mir, dass du bei den anderen Kindern bleibst. Es ist nicht dein Kampf.«

Redal

Er hatte soeben Nauranda gesehen, da war er sich sicher. Redal lächelte. Gerne wäre er zu ihr hinübergegangen, hätte ein paar Worte gesagt, hätte sie berührt. Doch da war der Blick des Barbaren gewesen, dieser Blick, der sagte, dass jedem der Tod drohte, der seinem Schützling zu nahe trat. Er hatte Redal daran erinnert, was sie momentan war: keine große Magierin, sondern klein und zerbrechlich und schützenswert. Und er würde kämpfen, damit sie in Sicherheit war. Er würde sogar glücklich sterben, nun da er sie gesehen hatte.

Neben dem hageren Barbaren ging er den schmalen Pfad am Hang des Kraters entlang, der Aufgabe entgegen, die ihm in diesem Kampf zufiel.

Berinda

Berindas Füße schmerzten vom Stehen. Sie hatte Durst. Die Stricke schnitten in ihr Fleisch, wenn sie sich nicht vollständig aufrecht hielt. Ihre Gedanken kreisten immer mehr um einige unwürdige Dinge, die geschehen würden, wenn sie bis zum morgigen Abend an den Pfahl gefesselt blieb. Und niemand war ihrer Bitte nachgekommen. Niemand. Sie hatten alle nur gestarrt und sich dann bemüht nicht mehr auch nur in ihre Richtung zu sehen. Waren alle königstreuen Menschen in dieser Stadt zusammen mit ihr gefallen?

Mit dem Sonnenuntergang kam zu allem Überfluss ein kalter Wind auf. Wolken schoben sich von Westen über den dunkelblauen Himmel. Mit einem Mal roch die Luft nach Regen.

Es würde keine angenehme Nacht werden.

Außer natürlich, irgendetwas würde im Schutz der Dunkelheit geschehen. Vielleicht wartete irgendwer nur auf das Schwinden des Lichts. Vielleicht würde Darien auftauchen, nach dem sie im Verlauf des Nachmittags immer wieder die Menge abgesucht hatte. Aber wenn es hieß, dass Darien sich mit Nauri fernhielt, dann ertrug Berinda auch gerne eine Nacht in Regen und Kälte.

Die Soldaten entzündeten Fackeln, die in Halterungen rund um die Plattform steckten. Langsam sickerte auch das letzte Licht aus dem Horizont. Der Mond musste sich irgendwo hinter den dicken Regenwolken verstecken, nur vereinzelt blinkten Sterne über Berinda.

Es würde eine dunkle Nacht werden.

Sie bemühte sich, nicht in die tanzenden Flammen zu sehen. Sobald sie das tat, würde sie auf einer Insel aus Licht inmitten eines Meeres aus Dunkelheit gefangen sitzen. Es war so schon schwer genug, etwas jenseits des Rings aus Fackeln zu erkennen. Über ihr schimmerten die Lichter des Palastes. In den größeren Straßen wurden Lampions entzündet. So wie immer, so wie vor dem Fall Letharns. Wären da nicht ein paar dunkle Flecken gewesen, wo eigentlich Licht hätte sein sollen, hätte Berinda glauben können, nur sie säße in einem bösen Traum gefangen, während der Rest der Stadt seinen üblichen Geschäften nachging. Auch über den Platz eilten noch immer einige Menschen. Andere standen in Gruppen in der Nähe der Mauer.

Ihr Blick schweifte weiter. Die Bogenschützen auf den Dächern waren undeutliche Schatten vor einem Himmel, von dem sie sich kaum abhoben.

Doch Moment ...

Sie kniff die Augen zusammen. Sackte dort gerade eine Gestalt in sich zusammen? Berinda blinzelte. Stand dort jetzt nicht ein Schütze weniger als zuvor? Ihr Blick huschte zu dem anderen Dach. Auch dort waren es gerade noch mehr Silhouetten gewesen. Oder? Sie hätte sie zählen sollen, als es noch hell gewesen war.

Da! Noch eine Gestalt, die plötzlich hinter dem Giebel des Daches verschwand. Bei ihr eine andere undeutliche Form. Berinda hielt den Atem an, beobachtete die verbliebenen Schützen. Mussten sie nicht etwas bemerken? Doch sie schienen viel zu sehr auf den Platz unter ihnen konzentriert, rechneten nicht mit einer Gefahr aus irgendeiner anderen Richtung. Außerdem standen sie nicht sonderlich dicht beieinander, jeder hockte an seiner eigenen strategisch günstigen Position.

Mit einem Mal war der Schmerz in ihren Füßen und Handgelenken vergessen, genau wie der Durst und die langsam aufkommende Müdigkeit. Ein Bogenschütze nach dem anderen sackte in sich zusammen. Berinda war sehr froh über die Lederhelme von Arandes' Soldaten, deren tiefer Stirn- und Nasenschutz es wahrscheinlich schwer machte, nach oben zu sehen. Ihr Blick huschte zu den Spiegelleuten bei ihr auf der Plattform. Wohin sie blickten, war schwer zu sagen, aber offensichtlich konzentrierten auch sie sich mehr auf den Platz. Dennoch konnte eine Ablenkung vielleicht nicht schaden. Sie leckte sich über die trockenen Lippen.

»He du!«, rief sie. »Spiegelmann! Ich habe Durst. Will Arandes mich auch noch darben lassen, bevor er mich tötet?« Wahrscheinlich hatte der Weltherrscher genau das vor, aber darum ging es momentan ja nicht. Solange die Kuttenträger ihr mehr Aufmerksamkeit schenkten als den Dächern am Platz, hatte sie erreicht, was sie wollte. Allerdings taten sie das nicht. Sie standen einfach nur da, die spiegelnden Gesichter der Stadt ringsum zugewandt.

»Maskenträger! Wer steckt unter euren Masken? Sind es Leute, die ich kenne? Seht ihr mich deshalb nicht an? Verbirgt sich unter all der Leere in euren Seelen ein schlechtes Gewissen? Wisst ihr, dass ihr für die falsche Seite kämpft?«

Stoff raschelte, als sich eine der Gestalten regte. Sie drehte sich um, langsam. Fackelschein spielte über das spiegelnde Rund, ließ es glühen. Nur ein gezackter Riss an der Seite blieb dunkel. Berinda schnappte nach Luft. »Merinos!« Sie hatten ihm seine Maske wiedergegeben. Offensichtlich hatte er genug bereut. Wann war er zu ihnen gestoßen? Irgendwann am Nachmittag hatte es einen Wachwechsel gegeben. Dann musste es geschehen sein.

Beim Klang seines Namens wandte er sich hastig wieder ab, bestätigte damit, dass tatsächlich er es war.

»Merinos!«

Er reagierte nicht noch einmal. Und als Berinda den Blick hob, konnte sie keine Silhouetten mehr auf den Dächern erkennen.

Über ihr grollte der Donner. Die Luft schien vor Spannung zu knistern, nicht nur wegen des nahenden Gewitters. Gleich würde etwas geschehen.

Darien

Der letzte Bogenschütze sackte in sich zusammen. Darien zog das Messer aus dem Hals des Mannes, wischte es an dessen Kleidung sauber, darum bemüht, seinem Opfer dabei nicht ins Gesicht zu sehen. Ein Blick zum Dach auf der anderen Seite der Straße zeigte ihm, dass auch dort keiner von Arandes' Leuten mehr stand. Bjorons Silhouette beugte sich gerade über den letzten, fesselte ihn wahrscheinlich. Bjoron, der mit Nauri in die Stadt zurückgekehrt war, um ihren Wunsch zu respektieren. Darien war immer noch nicht glücklich darüber, aber er konnte schlecht darauf bestehen, dass das Mädchen zurückblieb, ohne dass jemand da war, der auf es aufpasste.

Hoffentlich würde zumindest das Beharren des Barbaren darauf, seine ahnungslosen Opfer am Leben zu lassen, ihnen nicht noch Schwierigkeiten machen. Wenn einer von ihnen frühzeitig wieder erwachte und Alarm schlug ...

Aber eine viel wichtigere Frage war, ob sie nun tatsächlich Arandes' Falle entschärft hatten. Die Bogenschützen waren etwas zu offensichtlich platziert. Doch Darien hatte sonst nichts entdecken können. Keinen zweiten Trupp, der besser verborgen war. Keine Soldaten in den Häusern rechts und links der Straße. Nirgendwo Leute mit verborgenen Waffen. Und wenn einige der Menschen auf dem Platz einen gehetzten Blick zu Schau stellten, dann konnte das alle möglichen Gründe haben. Die meisten Leute in Letharn sahen momentan nicht so aus, als würden sie voller Zufriedenheit in sich ruhen.

Wenn sie Berinda retten wollten, würden sie es wagen müssen.

Darien huschte zu der dem Platz abgewandten Seite des Daches und kletterte in eine Seitengasse hinunter. Als er auf die Straße hinaustrat, die zum Palast führte, kam Bjoron ihm entgegen. Der Barbar hatte sich die Strohmatte mit den Schwertern wieder unter den Arm geklemmt und reichte ihm die Kordel zurück, die Darien ihm geliehen hatte. »Das ist ein scheußliches Ding.«

»Sie tragen Helme. Du hättest sie nicht einfach niederschlagen können. Es war entweder das oder du hättest sie töten müssen.«

»Das macht es nicht besser …« Bjoron schüttelte sich voller Abscheu.

Darien nickte und schob die Kordel schnell wieder in seine Tasche. Diese Waffe barg auch für ihn Erinnerungen, die er lieber tief in seinem Bewusstsein vergrub. Er schnitt einem Mann tausendmal lieber die Kehle durch, als ihn hinterrücks zu erwürgen, miterleben zu müssen, wie er in stummer Verzweiflung um sein Leben kämpfte. Dabei spielte es nicht einmal eine große Rolle, ob man losließ, sobald sie ohnmächtig wurden. Sobald sie sich nicht mehr wehrten, kam der leichte Teil …

Bjoron musterte ihn von der Seite. »Kein Widerspruch?«

Darien schob die Erinnerungen beiseite. »Was erwartest du? Soll ich meine Attentäter-Berufsehre verteidigen? Ich bin nicht umsonst um einiges lieber Leibwächter.«

Sie gingen die Straße hinab, langsam, um keine Aufmerksamkeit zu erregen. Auf dem Platz hatten sich bereits Redals Leute und einige Barbaren verteilt. Bei einem Handkarren voller Stroh lungerten Neljar, Kerlft und Tjark mit den Kindern herum. Tjark, der neben Neljar stand, rümpfte die Nase, und der schmalere Barbar knuffte Bjorons Bruder gegen die Schulter. Neljar roch wahrscheinlich immer noch nach Kanalisation, und manche Gerüche waren offensichtlich selbst für Barbaren zu viel.

Unter den Kindern entdeckte Darien Nauris schwarzen Haarschopf. Er biss sich auf die Unterlippe. Kerlft hatte versprochen, sie und die anderen Kinder in Sicherheit zu bringen, falls etwas schiefging, aber wirklich sicher wäre sie nur außerhalb der Stadtmauern gewesen. Dummes stures Mädchen. Andererseits wusste sie ganz offensichtlich etwas, das keiner sonst wusste. Würden ihre Fähigkeiten vielleicht diesen Zeitpunkt wählen, um endlich zu erwachen?

»Warum hast du dich nie geweigert? Diese ganzen Dinge zu tun, meine ich.«

Bjorons Frage ließ Darien innehalten. Den Befehlen der Königinmutter nicht gehorchen? Sie hatte ihn bei sich aufgenommen, aufgezogen und ausgebildet. Sein Leben gehörte ihr. »Was ich getan habe, war wichtig, um das Königreich zu schützen. Am Anfang war ich sogar stolz darauf.«

Ein kurzer Blick zur Seite zeigte ihm eine tiefe Falte zwischen Bjorons Brauen. Darien schüttelte den Kopf. Warum versuchte er überhaupt, das einem Barbaren zu erklären? Doch das Schweigen zwischen ihnen zog sich in die Länge, und der Abend lag voller Ungewissheit vor ihnen. Er holte tief Luft.

»Wenn man es richtig macht, sterben die Leute schnell und leise. Es kommt einem nicht schlimm vor, vor allem wenn man davon überzeugt ist, dass sie es verdient haben. Erst das dritte Opfer …« Er stockte, räusperte sich. Vielleicht hätte er doch nicht damit anfangen sollen. Nun würde er die Bilder wieder für eine Weile nicht loswerden. »Ich habe einen Fehler gemacht, er hatte Zeit, um sein Leben zu flehen … und um das seiner Kinder, weil er wohl dachte, ich wollte sie auch töten.«

Sie gingen an der Gruppe um den Handwagen vorbei, nickten ihnen unmerklich zu. Nicht mehr weit bis zur Plattform. Wenn sie in deren Nähe in Position waren, konnte es beginnen.

Erstaunlicherweise schwieg Bjoron noch immer, wartete wohl darauf, dass Darien von sich aus weitersprach. »Da wurde mir zum ersten Mal klar, dass sie auch Menschen sind. Die Leute, die ich umbringen muss.«

»Und du hast ihn am Leben gelassen?«

Manchmal konnte dieser Barbar wirklich verflucht naiv sein. »Natürlich nicht. Er ist einen hässlichen, unehrenhaften Tod gestorben, und ich habe weiter getan, was die Königinmutter mir befohlen hat. Zum Schutz des Königreiches.« Eine Königin braucht nun einmal nicht nur Soldaten, das hatte sie gesagt, als er sie angefleht hatte, ihm irgendeine andere Aufgabe zu geben. Sie hatte ihn gebraucht, genau wie Berinda ihn jetzt brauchte. Dariens Blick heftete sich auf die schmale Gestalt an dem Pfahl, und all die Erinnerungen an früher fielen von ihm ab. Es gab nur noch das Hier und Jetzt, die dumpfen Geräusche der Stadt, das Scharren der Lederrüstungen, wenn einer der Soldaten sich bewegte, das leise Zischen erster Regentropfen in den Flammen der Fackeln. Und seine Königin, die in diesem Moment den Kopf hob und genau in seine Richtung blickte. Erkannte sie ihn? Nein, unmöglich. Es war dunkel und er trug immer noch den Hut mit der breiten Krempe, den er aus dem Hinterhof eines Hutmachers gestohlen hatte.

Sie erreichten die Mauer, die den Platz begrenzte, dicht bei der Plattform. Einige der Soldaten warfen ihnen misstrauische Blicke zu, aber sie griffen nicht einmal zu ihren Waffen. Sie sahen nur zwei junge Männer, die sich unterhielten.

Bjoron schlug ihm auf die Schulter. »Dann ist es ja gut, dass du nun zum Schutz des Königsreiches etwas Ehrenhaftes tun kannst.« Und mit diesen Worten hob er die Hand. Das vereinbarte Zeichen. Im selben Moment setzte der Regen richtig ein.

Bjoron

Endlich war er einmal zur richtigen Zeit dort, wo er sein sollte. Der Regen schlug Bjoron kalt ins Gesicht, vertrieb alle Müdigkeit der vergangenen Nacht, die er größtenteils wandernd und nicht schlafend verbracht hatte. Während sie sein Hemd durchnässten, dämpften die Tropfen auch das dumpfe Pochen der Kratzer in seiner Brust. Die Schwerter in der Strohmatte unter seinem Arm kamen ihm mit einem Mal leichter vor. Endlich konnte er etwas tun, etwas Richtiges.

In der Mitte des Platzes griff Tjark in das Stroh auf dem Handkarren und zog sein Schwert hervor. Neljar und Kerlft und einige andere Hochlandkrieger, die sich unauffällig genähert hatten, taten es ihm gleich. Andere holten ihre Waffen aus Holzbündeln oder Körben, die sie auf dem Rücken getragen hatten.

Der Kriegsschrei der Hochlande hallte von den tiefländischen Häusern wider, jagte prickelnde Energie durch Bjorons Körper. Dann griffen sie an.

Auch Bjoron schob die Hand unter die dicht gerollte Strohmatte, ertastete den Griff seines Schwertes. Doch er spürte Dariens Finger auf seinem Arm. »Warte noch.«

Er schnaubte unwillig, blieb aber, wo er war. So hatten sie es abgesprochen. Nicht mehr lang.

Mit einem Krachen prallten die Hochlandkrieger auf Arandes' Männer. Tjark schwang sein Schwert in einem blutigen Bogen. Wahrscheinlich fiel seinen Gegnern nicht einmal auf, wie er dabei die rechte Schulter schonte, bevor sie starben. Neljars Klinge durchbohrte einen Soldaten, Kerlft trieb einen weiteren vor sich her. Yld, eine Kriegerin, die bis vor einem Tag noch das Krankenlager gehütet hatte, humpelte auf eine Krücke gestützt heran und ließ ihre Waffe auf einen ledernen Helm herabsausen. Bei alldem hielten sich die Hochlandkrieger zwischen den Soldaten und den

Kindern, Gewohnheit und Notwendigkeit zugleich. Und hinter ihnen kam Redal mit seinen Freunden. Sie stürmten in die Bresche, die der Ansturm geschlagen hatte, und stürzten sich auf die Soldaten, die übrig geblieben waren.

Die Reihen von Arandes' Männern wankten und brachen. Schreie füllten den Platz. Doch diese Soldaten waren gut ausgebildet. Sie stürzten sich nicht blindlings in den Kampf. Sie sollten die Königin bewachen, und wo sie nicht direkt angegriffen wurden, blieben sie auf ihren Posten. An der Seite der Plattform, die Bjoron und Darien am nächsten war, standen immer noch zwei von ihnen, beobachteten sie misstrauisch unter ledernen Helmen hervor.

Aber nun waren sie allein.

»In Ordnung. Jetzt.«

Das musste sich Bjoron nicht zweimal sagen lassen. Gleichzeitig zogen er und Darien ihre Schwerter zu beiden Seiten unter der Strohmatte hervor. Noch während die Matte zu Boden segelte, stürmte Bjoron los, überbrückte den Abstand zu der Plattform mit wenigen Schritten. Er schwang sein Schwert. Metall klirrte auf Metall, glitt von der Klinge seines Gegners. Ein weiterer, kräftigerer Schlag prellte Arandes' Handlanger die Klinge aus der Hand. Im nächsten Moment fuhr Bjorons Klinge in die Lücke zwischen Helm und Brustpanzer. Sein Gegner starb mit einem erstickten Gurgeln.

Neben ihm trat Darien seinem Gegner die Beine unter dem Körper weg, stieß zu, noch ehe der Soldat sich wieder aufrichten konnte. Da hatten sie so lange den Schwertkampf geübt, und dann verließ sich der Tiefländer doch wieder auf hinterhältige Manöver.

Als Bjoron aufsah, blinkte Fackelschein auf einer glatten Maske. Einer der fünf Spiegelmänner auf der Plattform wandte sich um, der Königin zu ...

»Darien!« Bjoron stieß die Warnung gerade laut genug aus, dass sie über die Geräusche des Kampfes zu hören war.

Der Tiefländer hielt bereits ein Wurfmesser in der Hand. Ein leises Zischen, dann ging der Spiegelmann in die Knie, die Hände um seine Kehle verkrallt.

Ein weiterer Spiegelmann fiel unter Dariens Wurfmessern, ehe Bjoron die Gruppe erreichte. Einer der anderen griff an seinen Gürtel, dorthin, wo ein staubiger Federbalg hing. Bjoron knurrte. Er hatte heute bereits gegen genug Geistervögel gekämpft. Ein schneller Streich und die Hand samt schwarzem Gefieder landete dumpf auf den Holzbohlen der Plattform. Ein gläserner Schrei hallte durch die Nacht.

Er wurde weiter hinten auf dem Platz von einem anderen Laut voller Qual beantwortet, einem ohne das Schwingen von Glas darin.

Ein schneller Blick zeigte Bjoron einen von Redals Männern mitten auf dem Platz. Wie war sein Name noch gleich? Gilad, oder so ähnlich. Einer der Bewohner Letharns hatte ihn gepackt, die Hand an seiner Kehle. Was für ein elender, feiger Verräter!

Doch kein normaler Verräter. Gilads Haut kräuselte sich unter den Fingern des Mannes, wurde brüchig, faltig, dann eitrig und schließlich schwarz. Der alte Hauptmann öffnete den Mund zu einem weiteren Schrei, aber es kam nur noch ein trockenes Ächzen heraus. Redal eilte zu ihm. Doch Stücke von Gilads Haut blätterten bereits ab wie Ascheflocken von einem verbrannten Holzscheit. Sie schmiegte sich immer dichter an seine Knochen, ließ seine Augen riesig wirken, während ihr Blick den Bjorons fand und hielt. Lag ein Vorwurf darin? Bjorons Kehle wurde ihm eng. Er hatte diesen Mann zum Kämpfen überredet. Er hatte ihn in den Tod geführt. In einen Tod, den er nicht einmal seinen Feinden wünschte.

Als Gilad zusammenbrach, verwandelte der Regen seine Überreste in dunklen Matsch. Einen Augenblick später rollte der Kopf seines Mörders über das Pflaster, abgeschlagen von Redal, der schwer atmend über dem stand, was bis gerade ein langjähriger Kamerad gewesen war.

Überall auf dem Platz zogen nun Menschen spiegelnde Masken unter Kleiderbündeln und Umhängen hervor und setzten sie auf.

»Ich habe es geahnt. Arandes hat eine Falle in der Falle verborgen.« Dariens Stimme erklang so unerwartet neben ihm, dass Bjoron zusammenzuckte. Schnell blickte er sich um. Auf der Plattform stand nur noch ein Spiegelmann. Er schien bereits etwas abbekommen zu haben, die Maske hatte einen Sprung. In dem Moment, da Bjorons Blick auf ihn fiel, drehte er sich um und rannte davon. Sollte er doch rennen. Bjoron bezog auf der Plattform Stellung, während Darien hinter ihm die Königin vom Pfahl schnitt.

»Ihr hättet nicht kommen sollen.« Ihre Stimme klang heiser. »Wo ist Nauri?«

»In Sicherheit.« Darien log ohne das geringste Zögern. Wie von selbst huschte Bjorons Blick zu den Kindern. Kerlft stand bei ihnen, fällte gerade einen der Spiegelmänner, der ihnen zu nahe gekommen war. Die älteren Kinder hatten sich um die jüngeren geschart, Nauri irgendwo in der Mitte. Sie hielt einen der kleinsten an der Hand, doch ihr Blick klebte unverwandt an der Plattform.

Und da war Vjen, der Junge, der hatte kämpfen wollen, ganz am Rand der Gruppe. Er hob einen Stein auf, schleuderte ihn mit aller Kraft in eine spiegelnde Maske. Glas klirrte und Stolz wallte in Bjoron auf, als auch die anderen Kinder sich nach Steinen bückten. Diese Spiegelleute mochten Teil einer Falle sein, aber die Reste der Hochlandstämme würden mit ihnen fertig werden.

Wie um ihn zu verspotten, drang in diesem Moment das Rauschen mächtiger Schwingen an seine Ohren. Ein Geistervogel stieß auf den Platz herab, grub die Klauen in Yld, die mit Krücke und Schwert um sich schlug. Auf seinem Rücken duckte sich eine Gestalt in einer Kutte. Bjoron brüllte vor Zorn, trat an den Rand der Plattform. Wo kam dieser Vogel her? Wie hatten die Spiegelleute so schnell reagieren können?

Eine Bewegung aus dem Augenwinkel ließ Bjoron herumfahren. Einer der verbliebenen Soldaten zog sich auf die Plattform.

Bjoron trat nach ihm, schickte ihn in die Kämpfe zu seinen Füßen zurück. Tjarks Schwert durchbohrte den Brustpanzer des Mannes, und kurz sah Bjoron ein breites Grinsen auf dem Gesicht seines Bruders. Immerhin hatte einer von ihnen Spaß. Aber Tjark hatte auch noch nie gegen die Geistervögel gekämpft.

Das schwarzgefiederte Biest stürzte sich auf einen von Redals Männern. Ylds reglose Gestalt blieb in einer Pfütze zurück, die sich langsam rot färbte.

»Schlagt dem Geistervogel den Kopf ab!«, brüllte Bjoron. »Und dann tötet den Spiegelmann, der ihn kontrolliert!«

Ein weiterer Soldat versuchte die Plattform zu erklimmen, und Bjorons Klinge grub sich in eine Lücke seiner Lederrüstung. Ein kurzer Blick nach hinten zeigte ihm Darien, der seiner Königin von der Plattform half. Gleichzeitig versuchte er eine Frau mit spiegelndem Gesicht auf Abstand zu halten. Ein seltsamer Anblick, die Maskenträger ohne Kutte, in normaler Kleidung, in der sie sich unter die Menschen auf dem Platz gemischt hatten.

Mit wenigen Schritten war Bjoron bei Darien. Die Frau wich seinem ersten Schwertstreich aus, warf sich nach vorn. Ihre Finger streiften sein Hemd, der Stoff bröckelte, ein Brennen zog über Bjorons Oberarm. Am Rande seines Gesichtsfelds blitzte der Spiegel, und Bjoron wandte eilig den Blick ab. Mit einem Brüllen stieß er die Frau von sich. Sie fiel genau in Dariens Schwert.

Blut spritzte auf das einstmals edle Kleid der Königin, doch sie zuckte nicht einmal mit der Wimper. Ihre Miene war hart, der Mund ein dünner Strich.

»Zur Treppe«, stieß sie heiser hervor.

Sie rannten über den Platz. Immer mehr Hochlandkrieger und die Reste von Redals Männern schlossen sich ihnen an. Kerlft scheuchte die Kinder zu der Gruppe, und die Erwachsenen nahmen sie automatisch in ihre Mitte. Der kleinste klammerte sich an Kerlfts Rücken, Vjen trug ein anderes der jüngsten Kinder. Sie alle wussten, was sie zu tun hatten, hatten es seit frühester Kindheit geübt.

Trotz der Toten, die sie zurückließen, bahnte sich ein wildes Lachen einen Weg aus Bjorons Kehle. Es funktionierte! Es funktionierte tatsächlich. Wenn es ihnen gelang, in den Gassen Letharns den Geistervogel abzuhängen, dann hatten sie Dariens Königin gerettet.

Schwere Schritte brachten die Flucht zu einem schlitternden Halt. Bjoron blieb das Lachen in der Kehle stecken. Soldaten! Ein ganzer Trupp von ihnen kam die Treppe herauf. Bjoron fuhr herum. Auch auf der anderen Treppe drängten sich Männer in Rüstungen. Und über die Straße, die zum Palast führte, marschierten sie in ordentlichen Reihen heran, Bögen in der Hand und Köcher auf dem Rücken. Die Spiegelmänner auf dem Platz schoben sie nun nur noch langsam näher. Immerhin gab es kein Entkommen mehr für ihre Beute.

Neben Bjoron fluchte Darien, stieß ihn an und deutete in den Himmel. Dunkle Formen zeichneten sich dort undeutlich im fallenden Regen ab.

Die Ahnen hatten sie verlassen.

»Ist das nun eine Falle in der Falle, die in der Falle verborgen war?« Es war das Einzige, war ihm einfiel, das Einzige, was die Gewissheit des nahenden Todes und, schlimmer noch, der nahenden Niederlage auf Abstand hielt.

Darien stieß ein kurzes Lachen aus. »Wortklauberei ist nichts, womit man kurz vor seinem Tod noch anfangen sollte.«

Eine Hand legte sich auf Bjorons Schultern, und als er aufsah, blickte er genau in Neljars Augen. Ein trauriges Lächeln stand darin. »Nun werden wir doch tapfer gegen eine Übermacht kämpfen. Auf einem Hügel. Bis zum Tod. Zu schade, dass diese Geschichte niemand erzählen wird.«

Bjoron schluckte. Mit einem Mal erschien ihm nicht mehr die Niederlage am schlimmsten, sondern die Tatsache, dass Neljar mit ihm sterben würde. Und da gab es noch etwas, das er ihm unbedingt sagen musste. Etwas Wichtiges. Warum hatte er es nicht früher gesagt, warum war er Neljar all die Zeit seit der Niederlage gegen ihn nur aus dem Weg gegangen? Sie hätten so viele schöne Stunden haben können, doch nun hatten sie nur noch den Tod. »Ich liebe dich«, stieß er heiser hervor, und Neljar lachte sein übliches Lachen. Doch Bjoron hörte keinen Spott mehr darin.

»Ich weiß.« Neljar schlang die Arme um Bjorons Hals, und ihre Lippen berührten einander. Als Neljar sich an ihn schmiegte, spürte Bjoron etwas Hartes auf seiner Brust. Die Metallscheibe, sein Glücksbringer, den er Neljar geschenkt hatte. Ob er ein Wunder wirken und sie lebend hier herausbringen konnte?

Sie lösten sich erst wieder voneinander, als Tjarks Schlachtruf erklang, der verkündete, dass die Krieger der Hochlandstämme niemals aufgeben würden.

Dann packten sie ihre Schwerter wieder fester und stellten sich Seite an Seite dem Feind entgegen.

Darien

Dariens Blick huschte über den Platz. Gab es denn wirklich keinen Ausweg? Kein Schlupfloch, durch das zumindest Berinda, Nauri und die Kinder entkommen konnten? Tjark starrte Richtung Treppe, als könnte er die Menge der Soldaten allein durch Willenskraft dazu bewegen, ihnen den Weg freizumachen. Aber dort gab es kein Durchkommen, es waren zu viele. Arandes musste diese Männer ganz in der Nähe stationiert haben, gut versteckt, und sie hatten nur darauf gewartet, dass etwas geschah.

Die Häuser! Dariens Blick blieb daran hängen. Sie hatten ganz sicher eine Hintertür. Fenster, über die man auf der anderen Seite aussteigen konnte. Ohne Zweifel wurden sie bewacht, aber sie waren ihre beste Chance. Die einzige Chance.

Der erste Soldat setzte den Fuß auf die oberste Stufe der Treppe. Schnell jetzt! Darien schob sich zu Tjark vor, packte ihn am Arm.

»Dorthin.« Er deutete in Richtung der Häuser. In den Straßen dazwischen bildeten die Bogenschützen eine Wand aus Körpern, spannten mit geübten Bewegungen die Sehnen auf ihre Waffen. »Wenn ihr nicht fliehen wollt, dann gebt zumindest den Kindern die Möglichkeit. Und Nauri. Und der Königin.«

Bjorons Bruder runzelte die Stirn. Verstand er nicht, welche Möglichkeiten die Häuser boten oder war ihm der Gedanke an Flucht so sehr zuwider? Darien schloss die Hand fester um seinen Schwertgriff, um dem Drang zu widerstehen, Tjark zu packen und zu schütteln. Sie hatten keine Zeit für Erklärungen und Diskussionen. Sie …

Tjark nickte. Einfach so. Ohne eine einzige Frage zu stellen …

Ein Ruf, ein Wink, und die Gruppe rannte los. Hinter Darien klirrte Metall auf Metall. Ein schneller Blick über die Schulter. Einige der Barbaren wirbelten zu den heranstürmenden Soldaten herum, deckten den Rückzug.

»Neljar!« Der Ruf hallte über den Platz. Bjorons Stimme. Darien sah sich kurz um, entdeckte den hochgewachsenen Barbaren im Kampf mit vier Soldaten. Er wurde zurückgedrängt, immer weiter zur Mauer. Bjoron machte kehrt, rannte zu Neljar. Von allen Geistern der Berge verfluchter lebensmüder Barbar! Darien presste die Lippen aufeinander. Diesmal konnte er nicht umkehren und ihn retten.

Bogensehnen sirrten über dem Prasseln des Regens. Dann hagelte es Pfeile.

Neben Darien ging einer der Barbaren zu Boden, einen Pfeil in der Brust. An Dariens Arm zischte etwas vorbei, hinterließ eine glühende Spur. Er achtete nicht darauf, zog den Kopf ein, rannte weiter. Nicht umsehen. Entweder er schaffte es oder er schaffte es nicht. Zum Glück hatten Redals Männer die Königin in die Mitte genommen, schirmten sie mit ihren eigenen Körpern ab. Einer von ihnen fiel, die anderen rückten dichter zusammen, rannten weiter.

Darien setzte über die Körper der Gefallenen und Verwundeten hinweg. Ein Spiegelmann näherte sich ihm. Ein schneller Wurf, und die Gestalt sank mit einem Wurfmesser im Hals zu Boden. Wo war Nauri? Dort, gut geschützt in der Gruppe der Barbaren. Sie hatte den Blick gen Boden gerichtet, rannte, so schnell sie konnte, eines der kleineren Kinder noch immer an der Hand. Ihre Fähigkeiten würden nicht erwachen, nicht in dieser Nacht. Sie war immer noch nur ein kleines Mädchen, und sie hätten sie nicht mitnehmen dürfen.

Mit einem Mal stolperte ein Barbar in ihrer Nähe, fiel mit einem Pfeil im Bein. Nauri wurde langsamer, blickte auf, Tränen in den Augen. Dummes Mädchen, nicht stehen bleiben! »Weiter!«, rief Darien ihr zu. »Renn zu den Häusern, egal was passiert!«

Nur noch zwei von Redals Männern standen, Redal selbst war schon länger nicht mehr darunter, musste irgendwo gefallen sein. Berinda hielt selbst ein Schwert in der Hand – woher hatte sie das Schwert? –, schwang es ungeschickt nach einem Spiegelmann, der sich ihr näherte. Sie traf ihn am Kopf, die Maske splitterte und er taumelte davon. Bjoron hätte so eine Königin gefallen. Darien dagegen eilte schnell an ihre Seite, darauf bedacht, sie vor weiteren Gefahren abzuschirmen.

Auch die Reihen der Barbaren wurden immer dünner. Männer und Frauen stolperten und fielen gespickt mit Pfeilen. Tjark grunzte, als ihn ein Pfeil in der Schulter traf. Aber es war nicht mehr weit. Gleich ...

Das Rauschen von Schwingen hinter ihm schickte ein eisiges Kribbeln Dariens Rückgrat hinab. Seine Nackenhaare stellten sich auf in der Erwartung eines Schnabels, der sich gleich in seinen Rücken bohren würde.

Stattdessen hörte er Tjark brüllen. Bjorons Bruder warf sich dem schwarzen Vogel entgegen, schwang das Schwert in einem weiten Bogen. Sand rieselte aus einem Riss im Gefieder. Scharfe Krallen zischten durch die Luft. Diese Schlacht musste ganz nach dem Geschmack der Barbaren sein. Sie konnten rücksichtslos den Helden spielen.

Kerlft tauchte mit den Kindern in den Säulengang, der dem Haus vorgelagert war. Er stieß die Tür auf, scheuchte die Kinder hinein. Einer der älteren Jungen stand mit einem Schwert in der Hand Wache. Alle anderen Barbaren kämpften entweder auf dem Platz oder waren tot. Alle anderen Hochlandkrieger – wenn sie schon für seine Königin starben, schuldete Darien ihnen zumindest so viel Respekt.

Der letzte von Redals Männern hielt sich die Seite, in der ein Pfeil steckte, das Gesicht aschfahl. Er schleppte sich gerade noch in den Schutz der Säulen, bevor er zusammenbrach. Berinda blickte auf ihn hinunter, die Miene versteinert. »Wer war er?«

»Ein Schneider, glaube ich. Sohn eines pensionierten Palastwächters.« Darien ergriff sanft ihren Arm, zog sie in Richtung der Tür, die Sicherheit verhieß. Die Kinder waren inzwischen im Inneren des Hauses. Kerlft hielt die Tür offen. »Los!«

»Halt!«

Der Ruf ließ Darien herumfahren. Er blickte genau auf die Spitzen von drei Pfeilen. Drei Bogenschützen standen am Ende des Säulengangs. Und hinter ihnen – Arandes!

Bjoron

Er musste Neljar erreichen! Bjoron hackte mit seinem Schwert rücksichtslos nach rechts und links. Alles andere war unwichtig geworden. Darien würde sich um Nauri kümmern, Kerlft und Tjark ebenso. Sie brauchten ihn nicht. Neljar brauchte ihn. Dessen vom Regen nasses Haar flog, während er kämpfte, umringt von Gegnern. Neljar sprang auf die Mauer, die den Platz begrenzte, den Abgrund im Rücken. Soldat um Soldat fielen unter seinem

Schwert, aber er hatte nur dieses eine, und es konnte nicht überall sein.

Nicht mehr weit. Bjoron stieß seine Klinge zwischen die Rüstungsplatten eines weiteren Soldaten, zog sie mit einem Ruck wieder heraus. Er hatte aufgehört, sie zu zählen.

Ein Schrei voller Wut, aber auch Schmerz. Bjoron sah auf. Neljar hielt sich die Seite, parierte nur mit Mühe einen weiteren Angriff. Und noch immer drängten sich viel zu viele Körper zwischen ihm und Bjoron.

»Halte durch!«

Kurz blickte Neljar auf, ihre Blicke trafen sich, ein Lächeln spielte über Neljars Lippen.

Dann weiteten sich seine Augen.

Neljars Mund öffnete sich, ohne dass ein Laut hervorkam.

Verwirrt blickte er auf den Pfeil hinab, der in seiner Brust steckte. Er stolperte einen Schritt nach hinten, trat in leere Luft. Und fiel.

»Nein!« Das durfte nicht sein, das durfte nicht passieren. Die Zeit schien sich zu dehnen. Unendlich langsam kippte Neljar nach hinten. Wenn Bjoron ihn nur erreichen könnte, ihn auffangen. Aber nein. Er würde fallen. Wie tief ging es dort hinunter?

Neljar verschwand außer Sicht. Bjoron brüllte auf – und mit einem Mal eilte die Zeit wieder normal dahin. Von überall drangen Arandes' Soldaten auf ihn ein. Er parierte, schlug, stach, bis es nur noch ihn, sein Schwert und all die Männer gab, die ihm im Weg standen. Irgendetwas traf ihn an der Schläfe. Er taumelte, schlug blind um sich. Stieß eine Verwünschung aus, als eine Klinge eine glühende Linie über seine Brust zog, über die frischen Kratzer des Geistervogels. Sterne tanzten vor seinen Augen. War er in die Knie gegangen? Das durfte er nicht. Er musste zu Neljar, musste ihn erreichen, musste ihn retten, auch wenn er nicht wusste wie. Mühsam rappelte er sich wieder auf. Doch ein Schlag in die Nieren ließ ihn ächzen, wieder zusammensacken. Warum stießen sie ihm nicht einfach ein Schwert ins Herz? Warum taten sie ihm nicht zumindest den Gefallen, es zu beenden?

Stattdessen packten Hände seine Arme, entrangen ihm das Schwert. »Nein!« Er würde sich nicht wieder gefangen nehmen lassen! Er bäumte sich auf, schüttelte seine Gegner ab. Sein Ellenbogen traf etwas, das knackte, seine Faust schmerzte beim Aufprall auf gehärtetes Leder. Dann stieß etwas Hartes in seinen Magen, nahm ihm den Atem und alle Kraft.

Als Nächstes fand er sich auf den Pflastersteinen wieder, inmitten einer Pfütze aus Blut und Regen. Sein Blut oder das seiner Feinde? Er konnte es nicht mehr sagen. Wieder packten Hände seine Arme, bogen sie ihm auf den Rücken.

Stiefel erschienen in seinem Blickfeld, als jemand auf ihn zutrat. Verschwommen erst, bis Bjoron blinzelte. Normale Tiefländerstiefel, darüber eine einfache Hose.

»Gut.« Das Klirren von Glas schwang in der Stimme mit. Kein normaler Tiefländer. »Ihr habt den richtigen Barbaren lebend gefangen. Der Meister ist zufrieden.«

Darien

»Ergebt euch oder sterbt!« Arandes' Stimme trug weit über den verebbenden Kampflärm. Darien warf einen Blick zu der Tür, in der Kerlft noch immer stand. Ihn würden die Bogenschützen kaum treffen können. Sahen sie ihn überhaupt, dort im Schatten des Hausflurs?

»Verschwinde.« Darien formte das Wort lautlos mit den Lippen. Zumindest Nauri konnten sie retten. Und Kerlft würde sie schon durch den nächsten Winter bringen, dafür war er sicher Barbar ... Hochlandkrieger genug.

Bjorons Bruder zögerte. Er warf einen Blick zu dem Jungen, der mit erhobenem Schwert bei der Tür stand, doch der presste die Lippen aufeinander, schüttelte den Kopf. Das kam davon, wenn man Kindern zu viel von Ruhm und Ehre erzählte.

Aber wer war er schon, das zu verurteilen? Darien tastete nach dem letzten Wurfmesser an seinem Gürtel, während er überlegte, ob er drei Bogenschützen lange genug ablenken konnte, um seiner Königin die Flucht zu ermöglichen. Jedem sein Grund, in den Tod zu gehen ...

Wahrscheinlich war es einen Versuch wert. Sterben würden sie so oder so.

»Wenn ich rufe, lauft«, raunte er Berinda zu, stellte erleichtert fest, dass Kerlft inzwischen im dunklen Hausflur verschwunden war.

»Ich wiederhole mich nicht gern.« Arandes klang ungeduldig. »Ergebt euch, ihr habt keine Chance mehr. Alle eure Verbündeten sind tot.« Er deutete auf den Platz, und Darien folgte dem Fingerzeig mit dem Blick.

Reglose Gestalten überall, teilweise nur Schatten im schwachen Licht der Fackeln. Zwischen ihnen bewegten sich Soldaten, immer mehr davon strömten auf den Platz. Wo war Bjoron? War er gefallen? Neljar ebenso? Und Darien hatte sie alle in den Tod geführt.

Doch dort regte sich etwas. Eine Gestalt erhob sich, stützte sich dabei auf ihr Schwert. Sie war nur eine Silhouette vor den Fackeln. Bjoron? Nein, zu groß, die Schultern waren zu breit. Tjark! Zu seinen Füßen bedeckten matschiger Sand und schwarze Federn den Boden.

Rufe wurden laut, Soldaten eilten auf ihn zu.

Er ließ sich nicht beirren, machte durch den Regen einen humpelnden Schritt in Arandes' Richtung, dann einen zweiten. Er schwankt sichtlich, aber er stand.

»Barbaren ...« Arandes schüttelte den Kopf, erinnerte Darien damit auf unheimliche Weise an sich selbst. Dann sagte der Weltherrscher ein Wort in der Sprache seiner Soldaten. Einer der Bogenschützen drehte sich zur Seite, zielte auf Tjark und zog die Sehne zurück.

Der Barbarenjunge schrie auf. Gleichzeitig zischte Dariens letztes Wurfmesser durch die Luft.

Doch der Pfeil flog schon, als der Schütze zu Boden ging.

»Lauft, Majestät!«

Dicht hinter dem Jungen stürmte Darien vor. Tjarks Opfer würde nicht umsonst sein. Berinda musste nur die Tür erreichen, ohne von einem Pfeil durchbohrt zu werden. Dann hatte sie zumindest eine Chance.

Einen Bogenschützen fällte der Junge, der andere fiel unter Dariens Schwert. Doch im nächsten Moment hielt Arandes selbst eine Klinge in der Hand, eine schmale, elegante Tiefländerklinge, nicht die klobigen Dinger seiner Soldaten. Er parierte den Angriff des jungen Hochlandkriegers. Ein schneller Schlag, und der Junge taumelte blutend zurück.

Und mit einem Mal stand Darien seinem größten Feind Auge in Auge gegenüber.

Schwache Linien um die Augen und den Mund ließen Arandes aus der Nähe müde wirken. Doch sein Blick war wach und aufmerksam. Und war das Neugierde, mit der er Darien musterte? Nein, das musste er sich einbilden.

»Ein Freund von mir hält es für wichtig, dass du weißt, warum ich dich töten werde. Aber ich denke, das tust du.« Darien packte das Schwert fester, suchte nach einer Lücke in der Deckung des Weltherrschers. Wenn er doch nur noch ein Wurfmesser hätte.

Arandes lächelte dünn. »Barbaren und ihre dummen Bräuche.«

Dann gellte Berindas Schrei über den Platz.

»Ich habe sie!«, rief eine gläserne Stimme. »Ich habe sie, Herr!«

Darien wusste, dass er es nicht tun sollte, dass er Arandes auf keinen Fall aus den Augen lassen durfte. Dennoch warf er einen Blick über die Schulter. Ein Spiegelmann hatte Berinda gepackt, die Hände unter den Ärmeln der Kutte verborgen. Es war ein Spiegelmann, den Darien schon einmal gesehen hatte, auf der Plattform mit dem Pfahl. Er musste sich hinter einer der Säulen versteckt haben. Seine Maske hatte an einer Seite einen Sprung.

Berinda

Berinda wand sich in Merinos' Griff. Nur einen Schritt entfernt verhieß die Tür des Hauses Sicherheit. Und dort vorn zwischen den Säulen stand Darien, Schwert in der Hand, dicht bei Arandes. Für eine Weile hatte sie gehofft, dass sie vielleicht mit dem Leben davonkommen konnte, dass sie diesem Albtraum aus Blut und Dunkelheit und Tod entrinnen und den nächsten Sonnenaufgang sehen würde. Aber nun wurde das wieder unwichtig. Andere Dinge zählten. Sie konnte hier noch immer etwas erreichen, konnte dafür sorgen, dass Nauri sicher war und keiner ihrer Untertanen mehr leiden musste.

»Töte ihn, Darien! Nimm keine Rücksicht auf mich, töte Arandes!«

Noch während sie sprach, spürte sie plötzlich kühle Finger an ihrem Hals. Merinos' Finger, Spiegelmannfinger, deren Berührung ausreichte, um Bäume verdorren und sterben zu lassen. Die Kehle wurde ihr eng, ihr Herz klopfte schneller.

Darien verstand die Geste offensichtlich auch als die Drohung, die sie war, denn er erstarrte, das Schwert halb erhoben. Der treueste Leibwächter, den du finden kannst, so hatte ihre Mutter ihn genannt. Aber manchmal schien er etwas zu sehr um ihre Sicherheit besorgt.

»Ich habe dir einen Befehl gegeben, Darien!«

Diesen versteinerten Gesichtsausdruck hatte sie schon einmal bei ihm gesehen. In der Nacht von Letharns Fall, als sie ihn weggeschickt hatte, um Nauri zu retten. Dennoch wandte er sich langsam wieder Arandes zu.

»Tut das nicht, Majestät.« Das war Merinos' Flüstern, gedämpft von der Maske. »Folgt Nauranda nicht in Verderben und Leid. Empfangt lieber einen schnellen Tod von der Hand des Herrn und des Meisters.«

Berinda runzelte die Stirn. War er tatsächlich auf ihr Wohl bedacht? Hielt er sie fest, weil er glaubte, ihr damit einen Gefallen zu tun?

»Bitte lass mich gehen, Merinos.« Die Spiegelleute mochten glauben, ihn wieder in Reih und Glied gezwungen zu haben, aber so ganz schien es nicht gelungen zu sein. Vielleicht konnte der Blick in die Maske nur so viel Schlechtes hervorbringen, wie zuvor schon da gewesen war, tief verborgen in der Seele jedes Menschen.

»Es tut mir leid. Das kann ich nicht tun. Ruft Euren Krieger zurück. Ich will Euch nicht wehtun.«

Sie schüttelte den Kopf, schwieg.

Darien und Arandes belauerten einander. Hinter dem Weltherrscher eilten ein paar Soldaten herbei, doch er winkte sie fort. War er so sicher, dass er siegen würde? Berinda holte tief Luft. Was auch immer geschah, sie durfte Darien nicht ablenken.

Dann spürte sie es. Es begann als Ziehen in der Halsbeuge, genau dort, wo Merinos' Finger lagen. Es steigerte sich zu einem Brennen. Sie biss die Zähne zusammen, presste die Lippen aufeinander.

»Ich will dich nicht belügen.« Arandes klang vollkommen ruhig. »Ihr werdet beide sterben, wenn du dich jetzt ergibst. Aber wenn du das Schwert niederlegst, wird es ein schneller Tod sein.«

Merinos' Berührung brannte wie Säure auf ihrer Haut. Berinda wand sich, trat nach ihm. Doch weitere Hände packte sie, halfen ihm, sie festzuhalten. »Bitte, Majestät«, hörte sie ihn flüstern. »Ruft ihn zurück.«

Sie würde verdorren wie die Bäume vor den Klöstern. Wie einige der Menschen, die heute auf dem Platz den Tod gefunden hatten. Sie hatte das Entsetzen und den Schmerz in einigen der Gesichter gesehen, während die Haut rissig wurde, dann schwarz. Wie sah ihre wohl inzwischen aus?

Der Schmerz wirbelte ihre Gedanken durcheinander. Sie merkte erst, dass sie schrie, als sie es schon eine Weile tat.

Etwas klirrte.

Der Druck von Merinos Fingern wich abrupt. Der Schmerz verebbte zu einem dumpfen Pochen in der linken Halsseite, der Schulter. Berinda atmete tief durch, blinzelte, bis sich ihr Blickfeld klärte.

Darien hatte das Schwert fortgeworfen, hatte ihre letzte Hoffnung fortgeworfen, dieser Sache hier und jetzt ein Ende zu bereiten. Arandes lächelte. »Gut. Jetzt noch das Messer in deinem Stiefel.«

Es steckte ein Messer in Dariens Stiefel? Woher konnte der Weltherrscher das wissen? Aber tatsächlich ging Berindas Leibwächter auf ein Knie nieder und packte eine der Verzierungen des Stiefelschafts.

Unvermittelt zuckte Arandes' Schwert vor, hielt kurz vor Dariens Kehle inne. »Nicht so. Denkst du, ich sehe nicht, wie du dich zum Sprung spannst? Du hast das Schwert nur fortgeworfen, weil du dachtest, es nicht zu brauchen, nicht wahr?«

Wie …? Doch nun sah es Berinda auch. Dariens rechte Stiefelspitze klemmte wie zufällig zwischen zwei Pflastersteinen, gab ihm wahrscheinlich genug Halt, um sich schnell abzustoßen. Ihre Mutter hatte ihn wirklich gut ausgebildet. Dumm nur, dass Arandes' jeden seiner Tricks zu kennen schien. Aber vielleicht hatte er ja noch ein Ass im Ärmel? Vielleicht war doch nicht alle Hoffnung verloren?

Mit angehaltenem Atem beobachtete Berinda, wie Darien langsam ein Messer aus seinem Stiefelschaft zog. Er hielt es dem Weltherrscher Griff voran hin.

Der lachte. »Ich ahne noch eine List.«

»Ihr solltet mit dieser Art zu denken vorsichtig sein, Weltherrscher.« Darien hielt die Hand mit dem Messer weiter ausgestreckt. »Irgendwann seht Ihr in jedem Schatten jemanden, der Euch töten will. Aber vielleicht tut Ihr das schon. Es kann nicht leicht sein, mit so vielen Toten auf dem Gewissen zu leben. Sie verfolgen einen, nicht wahr?«

Arandes' Miene verdüsterte sich. Für einen Moment sah er so aus, als wollte er Darien das Messer aus der Hand reißen. Doch dann sagte der Weltherrscher ein paar Worte in der Sprache seiner Soldaten. Zwei Männer traten vor, entrangen Darien das Messer und zogen ihn auf die Füße.

Berinda sackte in Merinos' Griff zusammen. Das war es dann wohl. Sie hatten schon wieder verloren. Ihr einziger Trost bestand darin, dass Nauri immer noch frei war.

Begleitet vom leisen Klirren von Scherben näherte sich das Oberhaupt der Spiegelleute. Es beugte sich zu Arandes vor, raunte ihm etwas zu. Dieser nickte.

Inzwischen hatten die Soldaten einen Halbkreis um ihren Herrn und seine Gefangenen gebildet. Einige von ihnen schleiften einen Barbaren heran, der aus mehreren Wunden blutete und halb bewusstlos zwischen ihnen hing. Warum hatten sie diesen einen Barbaren am Leben gelassen? Doch die Frage wurde unwichtig, als Arandes unter dem Säulengang hervortrat. Er blickte sich um, als suche er etwas.

»Komm heraus, Nauranda! Ich weiß, dass du es nicht über dich gebracht hast, deine Freunde zu verlassen. Wenn dir etwas an ihnen liegt, komm jetzt heraus!«

Berindas Blick suchte den Dariens. Nauri war in Sicherheit, das hatte er ihr gesagt. Sie konnte doch nicht in der Nähe sein? Sie durfte nicht in der Nähe sein! Doch ihr Leibwächter starrte mit einem Mal den Boden an, als gäbe es dort etwas Interessantes zu entdecken. Berinda wurde übel. Was hatte er sich dabei nur gedacht? Hatte sie ihm nicht einen klaren Auftrag gegeben? Aber nun fiel ihr ein, dass unter den Barbarenkindern eines mit schwarzem Haar gewesen war, auch wenn sie es in dem Getümmel nicht klar hatte erkennen können.

»Es ist vorbei, Nauranda. Komm heraus!«

Dann trat Nauri aus der noch immer offenen Tür.

Darien

Berindas Schweigen war eisiger als die feuchte Kerkerluft. Darien hockte in einer Ecke und starrte die Wand der Zelle an, in die man sie alle zusammen gesteckt hatte. Seine Königin hatte ihn keines Blickes mehr gewürdigt, seit Arandes' Männer sie abgeführt hatten. Sie hatte nichts gesagt, kein Wort des Tadels, aber in ihrem Schweigen schwangen sie alle mit und mehr. Sie hatte ihm einen Auftrag gegeben, und er hatte ihre Befehle ignoriert … oder zumindest etwas zu frei ausgelegt … und es vermasselt.

Sein Blick schweifte zu Nauri. Das Mädchen kniete bei Bjoron, der mit geschlossenen Augen an der Wand lehnte. Bei all dem Blut, das sein zerfetztes Hemd tränkte, hätte man ihn für tot halten können, wären da nicht die regelmäßigen Atemzüge gewesen, in denen sich seine Brust hob und senkte. Das meiste von dem Blut gehörte nicht ihm, wie es schien. Darien hatte darunter nur flache Schnitte und Prellungen gefunden.

Und nun hielt Nauri Bjorons Hand, also würde es ihm bald wieder besser gehen. Genauso wie der rote, schwärende Fleck an der Seite von Berindas Hals wieder heilen würde.

Dennoch hätte Darien alles dafür gegeben, das Mädchen bei Kerlft zu wissen. Kerlft, der entkommen war, denn Arandes hatte das Haus durchsuchen lassen, aber nur einige tote Männer auf dessen Rückseite gefunden. Wahrscheinlich hatte Bjorons Bruder in dem Durcheinander der Flucht gar nicht gemerkt, wie Nauri ihm entschlüpft war. Das hatte man davon, wenn man sich auf andere verließ.

Nauri sah auf, und für einen Augenblick begegneten sich ihre Blicke im Halbdunkel. Das übliche, schüchterne Lächeln huschte über ihr Gesicht, doch Darien konnte sich nicht dazu durchringen, es zu erwidern. Hätte sie nicht unbedingt ihren Kopf durchsetzen müssen, dann könnte seine Königin nun zumindest noch hoffen. Dann gäbe es vielleicht tatsächlich noch Hoffnung für Gerien. Aber nein, sie hatte ja geglaubt, durch ihre Anwesenheit irgendetwas bewirken zu können. So viel zu ihren Fähigkeiten ...

Das Lächeln des Mädchens erlosch wie die Flamme einer Kerze. Es rückte dichter zu Bjoron, kuschelte sich an ihn.

Der Hochlandkrieger öffnete die Augen, verengte sie dann zu Schlitzen. »Es ist nicht ihre Schuld, dass wir verloren haben.«

»Habe ich irgendetwas gesagt?«

»Es reicht, wie du sie anschaust.«

Darien schnaubte. Genügte es nicht, dass sie hier unten festsaßen? Musste er sich nun auch noch dumme Kommentare zu seinem Gesichtsausdruck anhören? »Wie soll ich denn schauen? Soll ich mich freuen, dass wir in diesem von allen Geistern verfluchten Kerker sitzen? Dass alles verloren ist, wofür wir gekämpft haben?« Er stieß sich von der Wand ab, an der er lehnte, ging in der Zelle auf und ab.

»Ich hätte dich niemals mitnehmen sollen. Dann hätte ich nicht umkehren müssen, um dir das Leben zu retten, und die Königin wäre frei gewesen, bevor deine Sippe mit Nauri auch nur in die Nähe von Letharn gekommen wäre. Ich hätte niemals zulassen dürfen, dass mir dieses ganz Barbarengerede zu Kopfe steigt.« Die Worte waren heraus, bevor er sie zurückhalten konnte.

Im nächsten Moment war Bjoron auf den Füßen. Darien fühlte sich am Kragen gepackt, dann die Kerkerwand in seinem Rücken. Bjorons verzerrtes Gesicht schwebte dicht vor seinem. »Ich habe nie von dir erwartet, dass du umkehrst und mein Leben rettest. Ich wünschte, du hättest es nicht getan, dann würde Neljar jetzt noch leben. Alle würden noch leben!«

»Abgesehen von dir, du dummer Barbar.«

»Diesen Preis wäre ich bereit gewesen zu zahlen! Aber du versuchst ja gerade dann mehr zu sein als eine feige Baumratte, wenn man es am wenigsten gebrauchen kann. Doch sobald du die Gelegenheit erhältst, Arandes zu töten, wirfst du dein Schwert weg!«

Darien starrte in vor Wut zusammengekniffene Augen, verengte die eigenen zu Schlitzen. »Ich brauche kein Schwert, um jemanden zu töten. Ich konnte nur nicht ahnen, dass Arandes …«

»Es reicht!« Berindas Stimme hallte in der Zelle. Sie stand mitten im Raum, die Arme um Nauri gelegt, die das Gesicht in ihrem Rock vergraben hatte. Oh, verfluchte Geister der Berge, weinte das Mädchen etwa? Bjorons Griff lockerte sich, und Darien holte tief Luft.

In diesem Moment flog die Tür auf.

»Du da … Darien, nicht wahr?« Arandes deutete in seine Richtung. »Komm mit.«

An dem Weltherrscher vorbei strömten mehrere Soldaten in die Zelle. Sie stießen Bjoron beiseite und in eine Ecke. Hinter ihnen kamen Spiegelmänner, und Darien spannte sich unwillkürlich, als er den Sprung in der Maske des einen bemerkte. Das war der Bastard, der Berindas Flucht verhindert hatte.

Zwei Soldaten packten ihn an den Armen und zogen ihn auf den Gang. Wo würden sie ihn hinbringen?

Nicht weit weg, wie es schien. Sie stießen ihn in die benachbarte Zelle, und Arandes folgte ihm, die Hand auf dem Schwertgriff und die beiden Soldaten an seiner Seite. Was sollte das werden?

»Ich wünsche nur mit dir zu reden«, beantwortete der Weltherrscher die unausgesprochene Frage. »Danach hängt es von deiner Entscheidung ab, ob du zu deinen Freunden zurückkehrst oder nicht.«

»Ich denke nicht, dass wir irgendetwas zu besprechen haben.«

Mit einem Lächeln trat Arandes einen Schritt vor. »Ich denke doch. Und meine Meinung ist es, die hier zählt. Das ist das Beste daran, einen Krieg zu gewinnen.«

Darien verschränkte die Arme vor der Brust. Sein Hemd war noch immer feucht vom Regen, klebte unangenehm auf der Haut.

»Also gut. Was verschafft mir die Ehre einer Privataudienz mit dem Weltherrscher?« Privataudienz traf es wirklich gut. Die beiden Soldaten verstanden wahrscheinlich kein Wort von dem, was gesprochen wurde, und in diese Zelle hatte Arandes keinen der Spiegelleute mitgenommen.

»Ich habe einiges über dich gehört, Darien.«

»Von wem?«

»Ihr Name war Marlena, falls ich mich nicht irre. Die Ehrwürdige von Naurandas Orden – zumindest bis sie der Wirkung der Spiegelmasken erlag. Du hast sie erstochen.« Milde Verärgerung schwang in Arandes' Stimme mit, als hätte er soeben festgestellt, dass der Koch die Suppe versalzen hatte.

Darien kniff die Augen zusammen. »Was hat sie erzählt?« Was konnte die Ordensfrau schon über ihn wissen?

»Sie war eine enge Vertraute der Königinmutter, wie es scheint. Sie kannte einige interessante Details über deine Herkunft.«

»Es gibt keine interessanten Details, was meine Herkunft angeht. Ich wurde als Säugling von der Straße aufgelesen. Die Königinmutter hat mir ein Heim gegeben.«

Arandes lachte. »Das hat sie behauptet? Nach allem, was ich über sie gehört habe, war sie nicht die Art Mensch, die aus reiner Herzensgüte Säuglinge von der Straße aufliest.«

»Hast du mich nur hierher gebracht, um eine Verstorbene zu beleidigen, oder willst du auf irgendetwas hinaus?« Die höfliche Anrede schien plötzlich zu viel der Ehre für diesen Mann.

Schlagartig wurde der Weltherrscher wieder ernst, sein Blick bohrte sich in den Dariens. »Sie hat dich belogen. Willst du die Wahrheit erfahren?«

»Ich glaube nicht, dass ich von dir irgendeine Wahrheit erfahren werde.«

»Die Königin wird sie dir später bestätigen, wenn du das wünschst. Sie kennt sie ebenfalls und hat all die Jahre darüber geschwiegen.«

Darien schnaubte spöttisch. »Und wie lautet sie? Bin ich ein verschollener Königssohn wie in den alten Geschichten?«

Ein Schmunzeln huschte über Arandes Lippen. »Nein. Lediglich der Sohn eines niederen Landadeligen. Er hat den Fehler begangen, sich zu weigern, das Knie von der alten Königin zu beugen, und hat eine kleine Rebellion angezettelt. Sie hat euer Gut in Brand gesteckt und deinen Vater getötet. Ihn, deine Mutter und deine älteren Geschwister. Nur dich hat sie am Leben gelassen, weil sie in dir eine Gelegenheit gesehen hat. Sie hat an vielen Orten Säuglinge gesammelt, junge Kriegswaisen, da sie wusste, sie würde jemanden brauchen, den sie in ihrem Sinne erziehen und formen konnte. Den sie abrichten konnte wie einen Hund, damit er die blutige Arbeit für sie erledigt, die immer nötig ist, um ein Königreich vor dem Chaos zu bewahren. Sie hat dich nur am Leben gelassen, weil sie dich benutzen konnte.«

Darien schüttelte den Kopf. Er wusste nicht, warum Arandes ihm diese Geschichte auftischte, aber wahr war sie auf keinen Fall. »Warum erzählst du mir das?«

»Weil ich dich ungern sterben sähe. Du schuldest weder der jungen Königin dort in der Nachbarzelle noch ihrer toten Mutter Loyalität. Sie haben deine Dienste über die Leichen deiner Familie erworben. Und seitdem behandeln sie dich wie den abgerichteten Hund, der du in ihren Augen bist. Du hast dein Leben riskiert, um Berindas zu retten, aber ich habe sie nicht ein einziges Wort des Dankes sagen hören. Du etwa?«

Darien presste die Lippen aufeinander. Nein, das hatte er nicht. Aber er hatte ja auch bei dem Versuch, ihr Leben zu retten, Geriens letzte Hoffnung aufs Spiel gesetzt. Er hätte wissen müssen, dass er Nauri nicht bei einer Horde Barbaren lassen konnte.

»Ich hätte Verwendung für Männer wie dich.«

Nun waren sie also endlich bei dem, was Arandes wollte. »Ich soll also Nauri, Berinda und Bjoron ihrem Schicksal überlassen, um was in deinem Auftrag zu tun? Dasselbe wie für die Königinmutter?«

»Oh nein, dafür bist du viel zu klug. Du könntest meine rechte Hand werden, sobald ich mir deiner Loyalität sicher bin. Geriens Zukunft mit formen. Möglicherweise mache ich dich zum Verwalter von Gerien, wenn ich dieses Land hinter mir lasse. Ich habe ein Weltreich zu regieren, ich kann nicht auf Dauer hierbleiben.«

Nachdenklich wippte Darien auf den Fußballen vor und zurück. Dieses Angebot war viel zu großzügig, um keine Falle zu sein oder nicht zumindest einen Haken zu haben. Aber es konnte nie schaden, seine Möglichkeiten auszuloten. Vielleicht brachte es etwas, zumindest zum Schein darauf einzugehen. »Was wird dann aus den anderen?«

Arandes lächelte wieder, siegessicher diesmal, als wäre er überzeugt, Darien bereits in der Hand zu haben. »Dem Mädchen wird nichts geschehen. Und Berinda ... ich weiß, dass du sie liebst.«

Darien zuckte zusammen. Wusste das eigentlich irgendwer nicht?

»Sie kann niemals dein sein, solange sie Königin ist. Aber ich könnte sie dir geben.«

Er schnaubte. »Sie würde mich hassen.«

»Sie würde sich irgendwann damit abfinden.«

»So wie Nauranda sich damit abgefunden hat, als du sie zwingen wolltest, unsterblich zu werden?«

Arandes' Miene versteinerte. Mit angehaltenem Atem beobachtete Darien den Weltherrscher. Er brauchte endlich Gewissheit. Der Mann selbst sollte ihm bestätigen, dass er tatsächlich Jorimas war, wie sie vermuteten. Dass es in diesem Krieg nur um Nauri ging und gegangen war.

Schließlich stieß Arandes ein kurzes Lachen aus, schüttelte den Kopf. »Du kennst die alten Geschichten besser als die meisten Leute in diesem Land heutzutage. Aber ich bin nicht Jorimas.«

Darien kniff die Augen zusammen. »Woher weißt du dann so viel über die Geschichte dieses Landes? Was willst du dann von Nauri?«

»Ich habe kein persönliches Interesse an dem Mädchen. Ich habe es für einen ... alten Freund gefangen.« Mit einer schnellen Handbewegung wischte der Weltherrscher die gerade gesprochenen Worte beiseite, als hätte er bereits zu viel gesagt. »Aber wir schweifen vom Thema ab. Ich bin bereit, dir Berinda zu geben, wenn du mir Treue schwörst.«

»Und wenn ich es nicht tue?«

»Dann werdet ihr beide bald sterben.«

»Und Bjoron?«

»Dein Barbarenfreund? Der stirbt in jedem Fall. Es wird bald ein Ritual geben, bei dem mindestens einer von euch sein Blut vergießen muss. Solltest du mir Treue schwören, wirst du derjenige sein, der den Barbaren tötet, um mir zu beweisen, dass es dir ernst ist.«

Nicht gut. Darien biss sich auf die Unterlippe. Wenn er zum Schein auf dieses Angebot einging, gab ihm das nur ein sehr schmales Zeitfenster, in dem er etwas unternehmen konnte. Wahrscheinlich würden sie ihn bis zu diesem Ritual in eine Zelle sperren. Aber wenn Arandes wollte, dass er Bjoron tötete, musste der Weltherrscher ihm eine Waffe in die Hand geben. Das wäre immerhin ein Vorteil. Wenn er dann Bjoron befreite, anstatt ihm die Kehle aufzuschlitzen ... Und wenn ihm wirklich keine andere Wahl blieb ... Dieser ehrversessene Barbar war doch sowieso ganz verrückt danach, sein Leben für andere zu opfern, oder nicht? So könnte er Berinda retten, bis ihm etwas Besseres einfiel. Darien schluckte. Wieso wurde ihm dann trotzdem übel bei dem Gedanken?

Und was hatte es mit diesem Ritual auf sich? Die Worte der alten Schriftrolle gingen ihm im Kopf herum. Unsterblichkeit gewonnen durch das Blut von Leuten, die man liebt. Jorimas, der immer schon gewollt hatte, dass Nauranda zusammen mit ihm unsterblich wurde. Der womöglich Arandes' Ansicht teilte, dass sie sich schon irgendwann damit abfinden würde, sobald es geschehen war.

»Er ist doch nur ein dummer Barbar.« Arandes' Stimme war glatt und einschmeichelnd wie Seide. »Sie geben vor, dein Freund zu sein, aber sie können nicht über ihren beschränkten Horizont hinaussehen. All dieses Gerede über Ehre versperrt ihnen die Sicht.« Abrupt wechselte der Tonfall, als hätte jemand die Seide fortgezogen und Glasscherben darunter zum Vorschein gebracht. Der Weltherrscher spuckte jedes weitere Wort aus wie Gift. »Sobald du etwas tust, das sie für falsch halten, gehen sie dir an die Kehle. Du denkst, du könntest zum Schein auf mein Angebot eingehen und später dann auf die Unterstützung deines Barbarenfreundes zählen, um mich zu besiegen, nicht wahr?«

Es kostete Darien einige Mühe, seine Miene ausdruckslos zu halten. Aber es hatte keinen Sinn, es zu leugnen. Arandes schien genau zu wissen, wie er dachte, schien genauso zu denken.

»Ich sage dir, was geschehen wird: Er wird es nicht verstehen. Diese Barbaren wissen nicht, was eine List ist. Er wird in seiner Beschränktheit glauben, dass du ihn verraten hast. Er wird versuchen dich zu töten, sobald sich eine Gelegenheit bietet. Er vertraut dir nicht, gleichgültig was er sagt. Für ihn wirst du stets ein Feigling bleiben. Eine feige Baumratte nennen sie das noch immer, nicht wahr? Die Freundschaft eines Barbaren ist nichts wert. Nicht für solche wie uns.«

Darien schüttelte den Kopf, versuchte ihn wieder klarzubekommen. Das klang alles so vertraut. Wie konnte dieser Mann, der von jenseits des westlichen Gebirges kam, so viel über die Barbaren wissen? Wenn er Jorimas gewesen wäre, dann hätte das Sinn ergeben, aber so ...

Dann erst drang der letzte Satz richtig zu ihm durch. Für solche wie uns ... Solche, die nicht fair kämpften, die kein Verständnis für Ehre hatten, wie die Barbaren sie sahen. Mörder und Diebe ... Und da war die Geschichte von Djorn, der an einer Stichwunde in der Brust gestorben war, obwohl Jorimas als Magier doch mit Magie kämpfen sollte.

»Jetzt weiß ich, wer du bist.« Das Gewicht der Erkenntnis ließ Darien flüstern. »Veren, nicht wahr? Ihr habt Jorimas damals nicht in die Flucht schlagen können. Er hat dir nur ein Angebot gemacht. Unsterblichkeit und ein Weltreich gegen treue Dienste.« Diesmal wurde Arandes' Gesicht nicht nur zu Stein, es schien jegliches Leben daraus zu weichen. Mit einem Mal wirkten seine Augen stumpf und tot. Darien trat einen Schritt vor, hielt aber inne, als die Wachen ihre Waffen zogen.

»Du hast Djorn getötet und dann ein schlechtes Gewissen bekommen und seine Leiche zu seiner Familie gebracht, um es wiedergutzumachen. Aber es funktioniert nicht, habe ich recht? Du siehst sein Gesicht immer noch in deinen Träumen. Ich weiß, wie das ist. Und jetzt willst du dir beweisen, dass du keine andere Wahl hattest. Dass jeder in deiner Situation genauso gehandelt hätte. Deshalb stellst du mich vor eine ähnliche Entscheidung.«

Schweigen senkte sich über die Zelle.

»Ich möchte dir nur helfen«, sagte Arandes schließlich, der Tonfall so kalt und ohne Leben wie seine Augen. »Du erinnerst mich an mich selbst und ich möchte dir helfen. Es liegt an dir, ob du diese Hilfe annimmst. Also, wie lautet deine Entscheidung?«

Redal

Kalte Regentropfen trafen sein Gesicht, zerrten Redal zurück ins Land der Lebenden. Er stöhnte, blinzelte, versuchte seine Erinnerungen an das zu ordnen, was geschehen war.

Er hatte den Rückzug der anderen gedeckt, hatte versucht, die Soldaten daran zu hindern, die Treppe hinaufzukommen. War es gelungen? War die Königin entkommen? Er wusste es nicht, wusste nur, dass sie davongerannt waren zu einem Ausweg, den dieser Darien entdeckt hatte. Und dann?

Irgendetwas hatte ihn getroffen. Flammender Schmerz in seinem Rücken, der Sturz, die Dunkelheit.

Und nun lag er im Regen.

Er versuchte sich hochzustemmen, stöhnte, als der Schmerz ihm beinahe erneut die Sinne raubte, sank zurück. Das war nicht gut. Aber er lebte noch, ganz im Gegenteil zu Gilad, dem armen Gilad, der sich vor seinen Augen in ein Häufchen Asche verwandelt hatte. Oder Sanden, der schreiend zu Boden gegangen war, eine klaffende Wunde im Bauch.

Aber nein, daran durfte er nicht denken. Er musste sich auf seine eigene Situation konzentrieren. Probeweise nahm Redal mehrere tiefe Atemzüge, so tief wie der Schmerz ihn ließ ... Flüssigkeit rasselte in seiner Lunge. Er hustete, spuckte, sah kurz etwas Rotes auf den Pflastersteinen vor ihm, bevor der Regen es fortwusch. Das war überhaupt nicht gut. Einer der Pfeile musste ihn erwischt haben. Der Feind hatte mit Pfeilen geschossen, oder nicht?

Inzwischen war alles ruhig. Kein Pfeilregen mehr, keine Schreie, kein Klirren von Waffen. Nur hier und dort Schritte. War das gut oder schlecht?

Vorsichtig rollte Redal sich auf die Seite. Das Kopfsteinpflaster dicht vor seinem Gesicht wich einer verschwommenen Ansicht des Platzes. Er blinzelte, sah klarer und wünschte sich im nächsten Augenblick, er täte es nicht.

Es war der Morgen nach dem Fall Letharns, nur schlimmer. Leichen überall, verdrehte Körper in Pfützen aus Regenwasser und Blut. Diesmal waren mehr Lederrüstungen des Feindes dazwischen, was Redal mit grimmiger Zufriedenheit erfüllte. Doch dort vorn lag Zender, den Mund zu einem stummen Schrei geöffnet. Daneben einer der Barbaren.

Und dann sah Redal die Männer, die sich zwischen den Gefallenen bewegten. Männer in Rüstungen aus überlappenden Lederplatten. Hier und dort blieben sie stehen, stießen einen der Körper mit dem Fuß an. Falls sich etwas regte, fuhren ihre Schwerter herab, beendeten weiteres Leid.

Redal schluckte. Dem sah er auch entgegen, wenn er sich nicht aufrichten konnte, wenn er sich nicht davonschleppen konnte, zurück zum Fröhlichen Igel, zurück zu Longret.

Wieder hustete er, Schmerz schoss in Wellen durch seinen Körper, raubte ihm die Sicht. Erschöpft lag er schließlich da, die Wange auf den nassen Pflastersteinen, während die Welt sich um ihn drehte. Er durfte sich nichts vormachen, er würde sterben. Wenn nicht durch das Schwert eines Feindes, dann langsam und schmerzhaft an den Folgen seiner Verwundung. Er kannte es aus Sandens Geschichten vom Krieg, hatte es selbst schon einmal gesehen. Wer Blut hustete, der wusste nur noch nicht, dass er tot war.

Ein Schrei hallte durch die Nacht.

Redal blickte sich um, entdeckte Bewegung am Fuß der Treppe, an deren oberen Ende er lag. Wieder blinzelte er, doch nun klärte sich seine Sicht nicht, er sah nur eine verschwommene Gestalt. Aber sie schien nicht die Rüstung des Feindes zu tragen. Einer seiner Kameraden? Die Gestalt trat nach einem der Soldaten, duckte sich unter dem Schwerthieb eines zweiten hindurch, hechtete nach irgendetwas am Boden. Sie wirkte größer als der durchschnittliche Bürger Letharns. Ein Barbar?

Wer auch immer dort überlebt hatte, Redal musste ihm helfen.

Schritte hinter ihm. Er wandte den Kopf.

Weitere Soldaten eilten herbei, angelockt von dem Kampfeslärm. Sie durften den Fuß der Treppe nicht erreichen! Redal streckte sich, als der Erste an ihm vorbeihastete, bekam einen Knöchel zu fassen, klammerte sich eisern fest.

Ein Ruck ging durch seine Schultern, sengender Schmerz nahm ihm für einen Moment die Sicht. Dann ein weiterer Schrei. War er das? Nein. Er blinzelte einen Teil der Schlieren vor seinen Augen fort, sah den Soldaten sich überschlagen, die Treppe hinunterrollen. Der Kopf des Mannes knallte auf eine Stufe, der Hals bekam einen seltsamen Knick. Dann lag er still.

Am Fuß der Treppe hatte die noch immer verschwommene Gestalt eine Waffe aufgehoben, stieß sie zwischen die Rüstungsplatten eines Gegners. Am Kopfende der Treppe wandte sich ein weiterer Soldat Redal zu. Solange er ihre Aufmerksamkeit von dem Überlebenden ablenkte, war ihm das recht. Redal versuchte sich noch einmal hochzustemmen, aber seine Arme knickten einfach unter ihm weg. Ihm wurde schwindelig. Wie viel Blut hatte er bereits verloren?

Der Soldat hob sein Schwert. Trotzig starrte Redal zu ihm hoch, starrte in eine erbarmungslose Miene, die mal schärfer, dann wieder unscharf wurde. Doch das war nichts das Letzte, was er sehen wollte.

Kurz bevor die Klinge herabfuhr, blickte er sich noch einmal nach dem Überlebenden um. Ein meisterhafter Schwertstreich köpfte dessen letzten Gegner, dann rannte die Gestalt, hielt auf die nächste Gasse zu. Halb im Schatten eines Hauses hielt sie noch einmal an, das helle Oval eines Gesichts in der Dunkelheit. Sah sie zu ihm zurück?

Da fuhr Schmerz in seine Brust wie ein eisiger Speer. Redal wollte keuchen, doch er bekam keine Luft mehr, der Schmerz ließ jeden einzelnen Muskel erstarren. So fühlte es sich also an, zu sterben.

Es tut mir leid, Gret, schoss es ihm durch den Kopf. Es tut mir leid.

Er konnte nur hoffen, dass sein Tod mehr als nur diesem einen Menschen genützt hatte. Doch er wusste es nicht. Er wusste nicht, ob sie gewonnen oder verloren hatten, ob die Königin in Sicherheit war, ob er etwas bewirkt hatte. Er wusste nur, dass er es versucht hatte. Er hatte sein Bestes getan, das war alles, was zählte. Mit diesem beruhigenden Gedanken sank Redal zurück in die Dunkelheit.

Bjoron

Aus brennenden Augen starrte Bjoron die Soldaten an, die ihn umstellten, während zwei ihrer Kameraden Darien aus der Zelle zerrten. Sie sahen alle so gleich aus unter ihren ledernen Helmen. Genauso hellhäutig wie die Hochlandstämme, aber mit genauso wenig Bart wie die deutlich dunkleren Tiefländer. Bjorons Blick huschte von Gesicht zu Gesicht. Wenn er Neljars Mörder sah, würde er es merken? Würde er die Gelegenheit erhalten, diesem Sohn eines Steppenwurms, der den Pfeil auf seinen Geliebten abgeschossen hatte, den Hals umzudrehen, bevor er selbst starb? Bjorons Fäuste öffneten und schlossen sich. Unwillkürlich trat er einen Schritt vor.

Ein Schaben. Drei Schwerter glitten aus ihren Scheiden, richteten sich auf ihn.

Abschätzend betrachtete Bjoron die Männer und die Waffen. Sollte ihm das Angst machen? Sie hatten ihm bereits alles genommen, was konnten sie ihm denn noch antun?

Die Klinge des rechten zitterte. Bjoron bleckte die Zähne zu einem Grinsen. »Hast du gesehen, was wir auf dem Platz angerichtet haben? Wie viele haben wir erschlagen? Dreimal so viele wie unsere eigene Zahl? Viermal so viele?«

Das Zittern der Klinge wurde stärker, auch wenn der Mann die Worte wahrscheinlich nicht verstand, sondern nur auf den Tonfall reagierte. Diesem Feigling die Waffe abzunehmen, wäre nicht weiter schwer, Darien hatte ihm gezeigt, wie es ging. Aus dem Palast würde er es zwar nicht schaffen, aber vielleicht konnte er Arandes einholen ...

Plötzlich schob sich eine kleine Hand in seine. Bjoron blickte hinab in Nauris blaue Augen – und der Kerker verblasste um ihn herum. Es war, als stünde er wieder auf dem schmalen Bergpfad, von dem aus er die große Niederlage der Hochlandstämme beobachtet hatte. Ein Hauch von frischem Laub und Yak schien in der Luft zu liegen. Und wieder spürte er das Gewicht der Verantwortung, die sein Vater ihm aufgebürdet hatte. Er konnte sein Leben nicht einfach fortwerfen in dem verzweifelten Versuch, Rache zu üben.

Hätte er doch nur auf Darien gehört und Nauri nicht mit in die Stadt genommen! Aber was dann? Wären Darien und seine Königin nun tot? Hätte Arandes einfach mehr Gefangene gemacht, um sie wiederum als Köder zu verwenden? Und dann? Hätte Bjoron ihnen allen den Rücken kehren können, um das Kind in Sicherheit zu bringen? Nein. Nicht schon wieder. Wie er es auch drehte und wendete, früher oder später wären sie dort gelandet, wo sie nun waren, und Neljar wäre immer gestorben.

Hatte Nauri das geahnt? Hatte sie gewusst, dass ihre beste Chance darin bestand, es mit allen gemeinsam zu versuchen? Doch auch diese beste Chance hatte nicht gereicht …

Die einzige Möglichkeit, ihr Schicksal zu wenden, hatte Bjoron vertan, als er auf dem Dach des Palastes nicht schnell genug gelaufen war. Hatte Darien vertan, als er umgekehrt war, um ihm das Leben zu retten. Aber das hatten sie beide nicht ahnen können, und er hätte den Tiefländer keine feige Baumratte nennen dürfen …

Die Soldaten zogen sich zurück, schoben die Schwerter wieder in die Scheiden. Schließlich stand nur noch ein Spiegelmann in der Tür. Der mit dem Sprung in der Maske. Er verharrte dort reglos, das spiegelnde Oval seines Gesichtes Nauri zugewandt.

Das Mädchen ließ Bjorons Hand los und machte einen Schritt vor.

»Nauri, nicht!« Berindas Ruf hallte von den Wänden. »Sieh auf keinen Fall in die Maske!«

Ungerührt trat Nauri einen weiteren Schritt nach vorn, blickte genau in den Spiegel unter der Kapuze. Auf ihrem Gesicht lag der konzentrierte Ausdruck, den sie immer aufsetzte, wenn ihre Fähigkeiten etwas taten, das sie nicht ganz verstand.

Dariens Königin stürzte vor, doch Bjoron packte sie am Arm, hielt sie fest.

»Was fällt dir ein? Siehst du nicht, in was für eine Gefahr sie sich begibt?« Mit der freien Hand trommelte sie ihm auf den Brustkorb, schickte sengenden Schmerz durch all die Kratzer und Schnitte. Er biss die Zähne zusammen, fing auch das zweite Handgelenk, blickte in ihr vor Wut verzerrtes Gesicht. Sie versuchte sich loszureißen, aber vergeblich. Wie schwach sie war, ganz anderes als seine Mutter.

»Sie weiß, was sie tut.« Gut, eigentlich wusste Nauri es wahrscheinlich nicht. Aber bisher hatten ihre Fähigkeiten immer gegen die der Spiegelleute gewirkt. Die Geistervögel waren unter ihren Fingern zerfallen. Sie konnte heilen, während alles verdorrte, was die Spiegelleute berührten. Wenn sie so unerschrocken in die Maske blickte, allen Warnungen zum Trotz, dann würde ihr schon nichts geschehen. Hoffentlich.

Ein gläsernes Ächzen wehte durch die Zelle, schien Bjorons Worte zu unterstreichen. Mit einem Mal wirbelte die dunkle Gestalt des Spiegelmannes herum, stürmte hinaus, floh vor Nauris Blick. Die Zellentür fiel hinter ihm ins Schloss. Auf dem Gang hallten seine Schritte, entfernten sich schnell.

Bjoron ließ die Königin los. Doch sie rührte sich nicht, ließ nicht einmal die Hände sinken. Sie starrte einfach nur Nauri an, den Mund halb offen. Tiefländer ... man musste sie nicht verstehen.

Mit einem Schritt war Bjoron bei Nauri, legte ihr die Hand auf die Schulter. »Dem hast du's gezeigt.«

Sie schaute zu ihm auf, im Gesicht das schüchterne Halblächeln. Als wäre sie nicht sicher, ob sie alles richtig gemacht hatte. Als wäre sie froh, es von ihm bestätigt zu bekommen.

Seine Mundwinkel zuckten, wollten das Lächeln erwidern. Doch da waren die Bilder, als hätten sie nur auf einen Moment der Schwäche gewartet. Auf einen Moment, in dem seine Wut nachließ. Neljar, wie er von der Mauer fiel. Tjark, der mit einem Pfeil in der Kehle in sich zusammensank. Gilad, verdorrt und schwarz und mit einem Vorwurf im Blick. All die reglosen Gestalten auf dem Platz, der feucht war von Regen und Blut. Plötzlich zitterte Bjoron in seiner klammen Tiefländerkleidung, zitterte, wie die Königin es schon die ganze Zeit vor Kälte tat, obwohl es im Kerker nach Hochlandmaßstäben nur ein wenig kühl war. Er schlang die Arme um den Körper, so fest, dass all die kleinen und großen Kratzer wütend pochten, konzentrierte sich auf den äußeren Schmerz, um den inneren zu verdrängen.

Schließlich atmete er tief durch und zwang das Lächeln doch noch auf seine Lippen. Dasselbe grimmige Lächeln wie an der Flanke des Berges, als er seine Familie und alle seine Freunde zum ersten Mal totgeglaubt hatte.

»Du wirst besser«, brachte er heiser hervor. »Du musstest den Spiegelmann nicht mal berühren, um ... was hast du eigentlich gemacht?«

Ein Schulterzucken, keine andere Antwort hatte er erwartet. Nun war Nauris Miene ernst, ihr Blick ging in die Ferne. Bjoron kniff die Augen zusammen, betrachtete sie genauer. Hatte er sich geirrt? Hatte die Spiegelmaske doch eine Wirkung auf sie? »Hast du dein Spiegelbild in der Maske gesehen?«

Er atmete auf, als Nauri den Kopf schüttelte.

»Aber sie hat genau hineingeblickt!« Das war Berinda. Offensichtlich hatte sie sich wieder gefangen. »Was hast du gesehen, Nauri?«

Wieder ein Schulterzucken.

Die Königin ging vor ihrer jüngeren Schwester in die Hocke. »Aber irgendetwas musst du doch gesehen haben. Sprich mit mir! Was hast du getan? Wie hast du es getan? Kehren deine Erinnerungen zurück? Deine Fähigkeiten?«

War das wirklich alles, was jeden einzelnen Tiefländer interessierte? Nauris Erinnerungen und Fähigkeiten? Bjoron knirschte mit den Zähnen, als das Kind die Schultern hängen ließ, zu Boden blickte in dem Wissen, wieder einmal Erwartungen enttäuscht zu haben. Grob packte er Berinda an der Schulter, zog sie in die Höhe. Gut, dass Darien nicht in der Nähe war. »Hör auf, sie zu bedrängen.«

Die Königin schnappte nach Luft. »Was ...?«

»Was mir einfällt?«, fuhr er ihr dazwischen. »Ich bin nicht Darien. Wir sind Verbündete, aber du bist nicht meine Königin. Ich beuge mein Knie vor niemandem, und ich tue, was ich für richtig halte. Und ich sage, du sollst aufhören, Nauri zu bedrängen. Ihre Erinnerungen kehren nicht zurück. Und sie redet nicht, seit Letharn gefallen ist.«

Berindas Lippen formten ein O. Dann hob sie die Hände wie zu einer Geste der Kapitulation. »Es tut mir leid.« Sie blickte zu ihrer Schwester hinunter. »Es tut mir leid, Nauri.«

Das Mädchen trat vor, umarmte sie. Bjoron trat zurück, entspannte sich. Immerhin schien Dariens Königin nicht ganz ohne Verstand zu sein.

»Ich hab seine Augen gesehen.« Die leise Stimme drang zwischen den Falten von Berindas Rock hervor. Beide blickten sie auf Nauri hinab.

Dann ruckte der Kopf der Königin hoch. »Also kehren ihre Fähigkeiten und ihre Erinnerungen doch zurück! Sie hat durch die Maske geschaut! Durch den Spiegel auf das, was dahinter liegt.«

Bjoron schüttelte den Kopf. »Sie tut nur manchmal Dinge, die sie selbst nicht versteht. Sie erinnert sich an nichts.«

Berinda blickte zu Nauri hinunter, und das Kind nickte, um seine Worte zu bestätigen, sah wieder mit hängenden Schultern auf seine Zehen hinab.

Die Königin runzelte die Stirn. »Wie kann das sein? Mit den Fähigkeiten sollten eigentlich auch die Erinnerungen kommen. So hat die Ehrwürdige es mir erklärt.«

Konnten diese Tiefländer nicht einmal aufhören zu diskutieren?

Bjoron holte tief Luft. Mit einem Mal kam ihm wieder in den Sinn, was Kerlft vor den Stadttoren gesagt hatte. Was war das noch mal genau gewesen? Irgendetwas über die Erinnerungen der früheren Naurandas an ihr erstes Leben. Und über die zweite Schriftrolle. Vielleicht konnte er Berinda damit beschäftigen. Dann würde sie immerhin Nauri in Ruhe lassen, und er konnte darüber nachdenken, wie sie aus dieser Zelle hinauskamen.

»Ich glaube, mein Bruder hat irgendwas dazu rausgefunden.« Bjoron deutete auf Nauri. »Sie trägt einen Beutel mit Schriftrollen um den Hals, unter ihrem Kleid verborgen. In der zweiten davon steht etwas über die Erinnerungen der anderen Naurandas. Vielleicht findest du da ja irgendwelche Antworten.«

Es funktionierte. Dariens Königin wirkte mit einem Mal aufgeregt, schob Nauri ein Stück von sich weg, um an den Beutel mit den Schriftrollen zu kommen.

Schritte hallten im Gang. Sie erstarrte. Bjoron wirbelte zur Tür herum, gerade als sie aufflog.

Darien stand dort, umrahmt von flackerndem Fackelschein. Hinter ihm Arandes, die Hand locker auf dem Schwertgriff. Und dahinter Soldaten und Spiegelmänner, wahrscheinlich bis weit in den Gang hinein.

»Majestät.« Spott schwang in dem Titel mit, als sich der Weltherrscher an Berinda wandte. »Euer treuer Diener verlangt eine Antwort von Euch. Sagt ihm, dass es stimmt, dass Eure Mutter seine Familie ermordet hat.«

Was ging hier vor? Bjoron sah von Darien zu Berinda, von einem Gesicht voller Anspannung in eines, das plötzlich bleich wurde. Die Königin biss sich auf die Unterlippe, senkte den Blick. Im selben Moment erstarrte die Miene ihres Leibwächters. »Darien …«

»Das genügt.« Arandes wandte sich an Darien. »Nun?«

»Darien …«, begann Berinda wieder, die Stimme nun voller Sorge.

Arandes hob eine Hand. »Ich sagte, das genügt. Lasst ihn ein einziges Mal seine eigene Entscheidung treffen! Also … was sagst du?«

Schweigen senkte sich über die Zelle. Eine Stille, in der Dariens Blick den Bjorons suchte und fand. Automatisch spannte Bjoron sich an. Was hatte Arandes vor, was für eine Entscheidung verlangte er von dem Tiefländer?

»Gut.« Dariens Stimme klang rau und hart. Doch sein Blick wich nicht einen Moment von Bjoron. »Ich werde es tun. Ich werde den Barbaren in dem Ritual töten, wenn ich dafür Berinda bekomme.«

Wie aus weiter Ferne hörte Bjoron die Königin aufschreien, fühlte er Nauris Hand nach seiner greifen. Doch seine ganze Aufmerksamkeit galt Dariens ausdrucksloser Miene. Vergeblich versuchte er darin zu lesen. Verrat, das war sein erster Gedanke, und sein Herz pochte schmerzhaft und schnell. Aber dies war Darien, der niemals einen geraden Weg zum Ziel ging. Darien, der sich lieber auf die Klinge in seinem Stiefel und die Wurfmesser in seinen Ärmeln verließ als auf das Schwert in seiner Hand. Der den einzigen Sinn eines Kampfes darin sah, zu siegen, egal wie.

Ein Krieger der Hochlandstämme hätte Arandes ins Gesicht gespuckt, egal, was für einen Handel der Weltherrscher angeboten hätte. Aber es fiel Bjoron schwer, sich vorzustellen, wie Darien dasselbe tat.

Nein, diese Wendung der Ereignisse konnte beides bedeuten, Verrat oder eine neue Hoffnung. Aber wie fand er heraus, was davon der Fall war? Bjoron kniff die Augen zusammen, sucht nach irgendeiner Regung, irgendeinem Zeichen. Konnte er Darien noch vertrauen? Einem Mann, der gerade erfahren hatte, dass die Frau, für die er gemordet hatte, eine Lügnerin gewesen war? Dariens Ehre lag darin, dass er genau wusste, für wen er kämpfte, wem er Treue schuldete. Aber wusste er das noch?

Berinda

Das Geräusch der zufallenden Tür hallte noch lange in Berindas Ohren. Klug von Arandes, Darien nun in eine andere Zelle zu bringen, ihr keine Gelegenheit zu geben, irgendetwas zu erklären.

Sie schlang die Arme um den Oberkörper, durchschritt langsam den kleinen Raum. Ja, es stimmte. Und sie hatte es gewusst und nie etwas gesagt. Aber was hätte sie schon sagen sollen? »Übrigens, meine Mutter hat deine Familie wegen Hochverrats hinrichten lassen, auch deine älteren Geschwister. Verzeih, ich schätze, damit habe ich dir nun den Tag verdorben.«

Sie selbst schüttelte es doch schon, wenn sie daran dachte, was ihre Mutter während der Zeit der Einigung Geriens getan und befohlen hatte. Ja, es war zum Wohle des Landes geschehen. Aber machte es das besser?

Berinda seufzte, machte an der Wand kehrt, durchquerte den Raum noch einmal. Sie hatte sich schwer auf Darien gestützt in den letzten Tagen. Er war die eine Säule in ihrem Plan gewesen, von der sie sicher gewesen war, dass sie nicht bröckeln würde. Doch nun geschah genau das. Oder? Wie konnte sie sicher sein, in die eine oder die andere Richtung? Einerseits hatte er ihr und ihrer Mutter jahrelang treu gedient. Andererseits war sein Vertrauen in die Königsfamilie gerade grundlegend erschüttert worden.

Der Sohn eines Rebellen bleibt ein Rebell, das hatte Marlena gesagt.

Wieder machte Berinda kehrt, durchschritt den Raum. Irrte sie sich, oder brauchte sie nun weniger Schritte dafür als zuvor? Die Wände schienen näher zu rücken, all der Stein um sie herum drohte sie zu ersticken. Sie musste hier raus, musste Nauri hier herausbringen!

Aber dafür brauchte sie Darien. Konnte eine einzige Enthüllung Jahre der Treue davonspülen? Und was hatte Darien gemeint, er bekäme sie, wenn er den Hochlandkrieger tötete? Was war an Arandes Behauptung dran, Darien würde sie lieben? Er hatte sein Leben riskiert, um ihres zu retten, seinem eigentlichen Auftrag zum Trotz ...

Wütend schüttelte Berinda den Kopf, schlang die Arme um den Körper gegen die Kälte, die wieder mit mehr Kraft heranzukriechen schien. Das alles brachte sie nicht weiter. Sie brauchte Gewissheit. Noch einmal ging sie in Gedanken Dariens Auftritt durch. Hatte sie etwas übersehen? Ein Zeichen, das er ihr gegeben hatte, irgendetwas, um ihr seine Treue zu versichern? Doch da war nichts, nur der harte Zug um seinen Mund und die Kälte in seinen Augen.

Sie seufzte, fuhr sich mit der Hand durch das Gesicht. Auf die Hoffnung hin, dass er trotz allem nicht zum Feind übergelaufen war, hätte sie vielleicht ihr eigenes Leben riskieren können. Aber nicht Nauris Sicherheit. Solange sie nichts Gegenteiliges wusste und so sehr sie auch Gegenteiliges hoffte, würde sie vom Schlimmsten ausgehen müssen. Sie brauchte einen Ausweg, der nicht von Darien abhing. Konnte nicht auf ihn zählen, solange sie nicht vollkommen sicher war, auf welcher Seite er stand.

Berinda blieb stehen. Ihr Blick glitt zu Nauri die es sich auf dem Strohlager gemütlich gemacht hatte, nur ein Paar Augen und ein schwarzer Haarschopf unter den Decken. Um sie herum hatte sich Bjoron zusammengerollt, wie ein Hund, der seinen Welpen selbst im Schlaf zu schützen versucht. Trotz allem musste Berinda lächeln. Immerhin, selbst wenn Nauri einen Beschützer verloren hatte, einer hielt ihr noch die Treue. Obwohl er momentan leise schnarchte. Wie konnte er so ruhig bleiben, wo Darien doch vorhin seinen Tod angekündigt hatte?

Nauris Augen dagegen standen offen, folgten ihrer großen Schwester durch den Raum. Wie gern Berinda ihr das alles erspart hätte. Die Flucht, die Kämpfe, den Kerker. Aber sie war nun mal diejenige, um die es hier ging. Und sie war ihre einzige Hoffnung, egal wie wenig der Hochlandkrieger das wahrhaben wollte.

Natürlich durften sie sie nicht bedrängen, mussten ihr Zeit lassen, die Fähigkeiten zu entwickeln, zu denen sie bereits Ansätze zeigten. Aber dies war auch Nauris Kampf. Niemand konnte ihn ganz für sie kämpfen, so sehr Bjoron das auch zu wollen schien.

Die Frage war nur, was im Moment mit ihr geschah. Berinda biss sich auf die Unterlippe. Warum entwickelte Nauri Fähigkeiten, ohne sich an irgendetwas zu erinnern. Ließ sich das herausfinden? Vielleicht ...

Bei ihrer Schwester ging Berinda in die Hocke. »Gibst du mir die zweite Schriftrolle?«

Nauri regte sich leicht, zog einen sperrigen Lederbeutel aus dem Ausschnitt ihres sackartigen Kleides. Der Beutel hatte schon bessere Zeiten gesehen, war mit getrocknetem Schlamm und einigen Spritzern bedeckt, die wie Blut aussahen. Doch das Zeichen des Ordens des ewigen Kreises war noch deutlich zu erkennen.

Marlena hätte sicher mindestens missbilligend mit der Zunge geschnalzt, aber Berinda interessierte nur der Inhalt. Mit beiden Schriftrollen zog sie sich zur Tür zurück, dorthin, wo es das meiste Licht gab.

Die richtige zu finden, war einfach. Im Fackelschein, der vom Gang hereindrang, überflog Berinda den Inhalt. Jorimas, der in Verkleidung in den Palast schlich und von den Ordensangehörigen entlarvt wurde. Jorimas, der jemanden schickte, Nauranda zu entführen, woraufhin sie sich das Leben nahm. Der dasselbe noch mal versuchte, doch nun rechnete der Orden mit Dieben in der Nacht, und der Verbündete des Magiers floh. Jorimas, der über die Jahrhunderte alles versuchte, um eine Wiedergeburt seiner geliebten Nauranda zu sich zu holen, und der jedes Mal wieder über die Berge zurückgetrieben wurde, auch wenn es nie gelang, ihn zu töten.

Und dazwischen Berichte über das Leben aller Naurandas. Berichte darüber, woran sie sich aus ihrem ersten Leben erinnerten. Sie waren in unterschiedlichen Handschriften geschrieben, die ersten voller altertümlicher Worte. Den einzelnen Schreibern waren die Widersprüche wahrscheinlich nicht aufgefallen, von denen Bjoron gesprochen hatte. Vielleicht hatte man sie auch einfach nicht sehen wollen. Aber wenn man die Erzählungen direkt nebeneinander stellte, sprangen sie einem ins Auge. Die Magierin von der silbernen Quelle, Naurandas Lehrerin, wurde von einer großen, weisen Frau zu einer, deren Geist nicht ausreichte, Naurandas Visionen zu verstehen. Jorimas erhielt mal mehr und mal weniger gute Eigenschaften. Und einige Naurandas weigerten sich, über ihre früheren Leben zu sprechen.

Als Berinda aufsah, ruhte Nauris Blick noch immer auf ihr. Ein Blick, der voller alten Wissens zu sein schien und es doch nicht war. Ihre kleine Schwester wirkte so anders als alle anderen Kinder. Aber man hatte sie ja auch nicht wie ein gewöhnliches Kind erzogen.

Die Schriftrolle wog mit einem Mal schwer in Berindas Händen. Sie hatte so sehr gehofft, das Schicksal Geriens bald in die Hände einer Frau legen zu können, deren Erfahrungsschatz über Jahrhunderte zurückreichte. Die nicht nur über große Fähigkeiten verfügte, sondern auch wusste, was es damit zu tun galt. Doch nun schnürte ihr ein schrecklicher Verdacht die Kehle zu.

Sie erhob sich, ging zu Nauri hinüber und vor ihr wieder in die Hocke. »Hat man dir diese Geschichten erzählt?« Sie hob die alten Rollen. »Hat man dir Geschichten über dein früheres Leben erzählt?«

Ein Nicken, vorsichtig, um den Hochlandkrieger nicht zu wecken.

Kopfweh machte sich zwischen Berindas Schläfen breit. Sie schloss die Augen, stützte den Kopf in die freie Hand. Wie war es wohl, von frühester Kindheit an immer wieder erzählt zu bekommen, welch großes Erbe man in sich trug? All diese Erwartungen. Die Leute, die die sich langsam entwickelnden Fähigkeiten sahen und glaubten, plötzlich einer großen Frau aus früherer Zeit gegenüberzustehen und keinem jungen Mädchen mehr.

»Es ist schwer, die Erwartungen immer wieder zu enttäuschen, nicht wahr? Immer wieder zu sagen, dass du dich an nichts erinnerst.«

Die Frage war nur ein Flüstern, doch wieder nickte Nauri. Langsam, vorsichtig setzte sie sich auf, und Berinda streckte die Arme aus, drückte ihre kleine Schwester an sich. »Vielleicht haben deine Vorgängerinnen das irgendwann nicht mehr tun wollen. Vielleicht haben sie sich Geschichten ausgedacht, damit man sie nicht länger bedrängt.«

Nauri löste sich von ihr, aus großen Augen blickte sie zu ihr auf. Es waren Kinderaugen, etwas zu ernst für ihr Alter, aber nicht mehr. Alles andere war eine Einbildung gewesen, ein Trugbild verzweifelter Hoffnung.

Berinda holte tief Luft. »Vielleicht ist es normal, dass du dich an nichts erinnerst. Vielleicht überdauern nur die Fähigkeiten durch die Zeit. Fähigkeiten, die du natürlich noch nicht beherrschst, weil du erst lernen musst, wie.«

Mit plötzlicher Heftigkeit klammerte sich Nauri wieder an sie. Stumme Schluchzer schüttelten ihre kleine Gestalt. Verwirrt blickte Berinda auf ihre Schwester hinunter, strich ihr über den Rücken, um sie zu beruhigen. Hatte sie etwas Falsches gesagt?

»Siehst du jetzt, was ich meine?« Bjorons Stimme schreckte sie auf. Die Augen des Hochlandkriegers standen offen. Hatte er gelauscht? Nun richtete er sich auf. »Es ist nicht ihr Kampf.«

Berinda nickte. Ja, es mochte um Nauri gehen, aber sie war noch ein Kind, sie konnte nicht sich und das Land verteidigen. Vielleicht konnte sie hin und wieder etwas beitragen, aber den eigentlichen Kampf mussten ihre Beschützer austragen. »Aber warum weint sie jetzt?«

Der Hochlandkrieger hob die Schultern. »Erleichterung wahrscheinlich. Du hast ihr gerade eine große Verantwortung von den Schultern genommen.«

Er schien noch etwas sagen zu wollen, doch das Kratzen des Schlüssels im Schloss unterbrach ihn. Blitzschnell kam er auf die Beine, nahm eine kampfbereite Haltung ein.

Auch Berinda stand auf, hob Nauri dabei mit hoch. Sie rechnete mit Arandes' Silhouette vor dem Fackelschein im Gang, doch stattdessen brach sich das Licht der Flammen auf Spiegelscherben am Saum einer dunklen Robe.

»Es ist Zeit«, sagte eine gläserne Stimme.

Sie schauderte. Irgendwie hätte sie sich besser gefühlt, wäre der Weltherrscher selbst gekommen, anstelle dieser Gestalt ohne Namen und ohne Gesicht.

Doch mit einem Mal wurde ihr klar, wozu es Zeit war. Darien hatte von einem Ritual gesprochen, und es gab nur ein Ritual, das im Zusammenhang mit Nauranda und Jorimas Bedeutung hatte.

Berinda verlagerte Nauris Gewicht auf ihre Hüfte, hob die Schriftrolle. Ihr fiel nur eine Möglichkeit ein, wie sie dies alles noch aufhalten konnte, und auch wenn sie sich keine großen Hoffnungen machte, musste sie es zumindest versuchen. »Ihr müsst ihm sagen, dass dies alles keinen Zweck hat, dass sie sich nie an ihn erinnern wird. Sie ist vor Jahrhunderten gestorben, hier ist der Beweis. Nauri ist nur ein kleines Mädchen, lasst sie doch einfach in Ruhe …«

Ein Wink des Spiegelmanns, und ein Wächter trat vor, nahm ihr die Schriftrolle ab. Berinda hielt den Atem an, als sich eine stoffverhüllte Hand nach dem Schriftstück ausstreckte. Kurz schien er sie zu studieren. Dann schüttelte er den Ärmel über der anderen Hand zurück, berührte das Papier mit bloßen Fingern.

Berindas letzter verzweifelter Versuch, ein Unglück abzuwenden, wurde brüchig, bröckelte und rieselte als staubiger Regen zu Boden. Zuletzt fiel der Stab, auf dem das Papier aufgewickelt gewesen war. Das Klappern, mit dem er auf dem kalten Stein aufkam, hatte in Berindas Ohren etwas Höhnisches.

Darien

»Es ist Zeit.«

Darien sah auf. Arandes stand in der Tür seiner Zelle, diesmal nicht in seiner Rüstung, sondern in einfacher, dunkler Kleidung. Kleidung, wie man sie tragen würde, wenn man sich unauffällig durch die Nacht bewegen wollte. Er winkte Darien hinaus. Hocherhobenen Hauptes trat dieser auf den Gang. Die Wachen gaben sich Mühe, ihn nicht wie einen gewöhnlichen Gefangenen zu behandeln, niemand packte ihn, niemand schleifte ihn den Gang entlang. Doch die Art, wie sie sich rechts und links von ihm postierten, machte deutlich, dass der Weltherrscher ihm noch nicht traute.

Schweigend führte Arandes ihre kleine Gruppe durch die Gewölbe unter dem Palast. Ein Schweigen, das in Dariens Ohren dröhnte wie die Stille in seiner Zelle zuvor. Seine Gedanken kreisten, konnten einfach nicht aufhören zu kreisen. Berindas Gesicht, das plötzlich bleich wurde. Die Art, wie sie seinen Namen ausgesprochen hatte.

Sie hatte es gewusst, hatte es all die Jahre gewusst und geschwiegen. Sie hatte zugelassen, dass er für eine Lüge mordete. Für eine strenge, aber gerechte Königin, die es nicht gab. Darien blickte auf seine vernarbten Hände hinab, jede Narbe nun ein Zeichen dafür, wie wenig sich die Königinmutter je um sein Wohlergehen gekümmert hatte. Sie hatte ihn mit scharfen Waffen üben lassen, damit er schneller lernte, und dann hatte sie ihn ausgeschickt, den Tod zu bringen. Hatte ihn immer wieder ausgeschickt, auch nachdem er geweint und gebettelt hatte, sie möge ihm eine andere Aufgabe geben, irgendeine. Gab es überhaupt einen Unterschied zwischen der Königinmutter und Arandes – oder Veren, wie er in Wirklichkeit hieß? Darien fand keinen mehr. War es nicht gleichgültig, wem er diente, für wen er mordete?

Berinda mochte anders sein ... noch. Aber vielleicht war es die Macht, die die Menschen verdarb. Die Fähigkeit, mit einer Handbewegung Leben auszulöschen oder in eine völlig andere Richtung zu lenken. So wie die Königinmutter es mit seinem und dem seiner Opfer getan hatte.

Und da war Berindas entsetzter Schrei, als er gesagt hatte, er würde Bjoron töten. Sie traute es ihm zu, traute ihm zu, dass er einfach so die Seiten wechselte. Jahre der Treue fortgewischt, als hätte sie schon immer damit gerechnet.

Weil sein Vater ein Rebell gewesen war?

Darien schüttelte den Kopf, versuchte seine Gedanken zur Ruhe zu bringen. Doch sie dröhnten so laut wie die Stille. Gelang es ihm, einen zu unterdrücken, stieg ein anderer auf. Berindas bleiches Gesicht wurde abgelöst von denen seiner Opfer. Er hatte nie gefragt, was aus deren Familien geworden war, hatte es nicht wissen wollen. Ob wohl einige Kinder der Männer, denen er die Kehlen aufgeschlitzt hatte, im Palast aufgewachsen waren, ganz in seiner Nähe, ohne dass er es wusste? Wie viele kleine Attentäter hatte die Königinmutter erschaffen?

Genug! Mit aller Kraft biss sich Darien auf die Zunge, schmeckte Blut. Der Schmerz half, konzentrierte seine Gedanken auf das Hier und Jetzt. Er musste eine Entscheidung treffen. Das war alles, was im Moment zählte.

Rötlicher Schein glühte am Ende des Gangs, dann traten sie in eine Halle mit gewölbter Decke. Im Licht von vier Feuerbecken kniete Bjoron am Boden, die Hände auf den Rücken gefesselt, je einen Spiegelmann an jeder Seite. Um ihn herum hatte jemand geschmolzenes Metall auf den Boden gegossen, hatte Linien damit gezogen. Sie bildeten schwach glänzende, verschlungene Muster, die sich vor Dariens Augen wanden, stetig im Fluss schienen, obwohl sie stillstanden.

Doch je länger er sie anstarrte, desto mehr Sinn schienen sie zu ergeben. Sie strebten in eine bestimmte Richtung, von Bjoron fort, hin zu einem Punkt, an dem sich die Gestalt eines weiteren Spiegelmannes erhob, Scherben am Saum der Robe.

Jorimas. Der Gedanke durchzuckte Darien, kaum dass er Kuttenträger sah. Wenn Arandes Veren war, wer sonst sollte Jorimas sein, außer das Oberhaupt der Spiegelleute?

Seine von Stoff verhüllten Hände lagen auf Nauris Schultern, besitzergreifend. Sie stand vor ihm, die Hände ebenfalls gefesselt, nun wieder ganz in Weiß, wieder in Feuerschein getaucht wie beim ersten Mal, als er sie gesehen hat. Nur das Haar war diesmal kurz und zerzaust. Und ihr Gesicht ...

In ihrem Gesicht stand weniger Angst als damals im Kloster, als er sie abgeholt hatte. Stattdessen blickten ihre Augen ihn voller Vertrauen an. Darien schluckte. Dies alles wäre einfacher, wäre sie nicht hier.

Aber natürlich musste sie hier sein. Dieses Ritual sollte sie unsterblich machen, falls er alle Puzzleteile richtig zusammengesetzt hatte. Jorimas und Veren hatten die Opfer für ihre Rituale selbst getötet, die Menschen, die ihnen besonders am Herzen lagen. Sie hatten die Unsterblichkeit freiwillig gewählt. Aber nicht Nauri, sie würde nicht töten, niemals. Womöglich ging Jorimas ein Risiko ein, wenn er sie zu dem Ritual zwang. Wer wusste schon, ob es dann überhaupt noch funktionierte? Doch fest stand, dass jemand für sie den Henker spielen musste. Und er, Darien, hatte schon Erfahrung in solchen Dingen.

Dann entdeckte er Berinda.

Sie stand halb im Schatten, dort wo die Decke sich nach unten wölbte und in Form einer Säule auf den Boden traf. Seile hielten sie an dieser Säule, und auch an ihrer Seite stand ein Spiegelmann – der mit dem Sprung in der Maske. Dariens Hände ballten sich unwillkürlich zu Fäusten.

»Hier.« Arandes hielt ihm ein Messer hin, Griff voran.

Darien lächelte dünn. »Keine Furcht, dass ich dir das ins Herz rammen könnte?«

Der Weltherrscher nickte in Berindas Richtung. »Deshalb steht sie dort an der Säule. Aber ich denke, du hast verstanden, was ich zu sagen hatte, nicht wahr?« Als Darien das Messer nahm, trat er einen Schritt zurück. »Ich möchte dir helfen.«

»Bist du dir sicher, dass du ihn behalten willst, Veren?« Der Name hallte mit einem gläsernen Beiklang durch den Raum, ließ Berinda nach Luft schnappen und Bjorons Kopf zu dem Weltherrscher herumfahren. Und er bestätigte, was Darien selbst bereits herausgefunden hatte.

Arandes, nein, Veren blickte zu der Gestalt mit den Spiegelscherben am Robensaum. »Ich bin sicher.«

»Wenn es nicht funktioniert …«

»Ich weiß. Ich bitte dich nur, es zu versuchen. Und ich bin der Beweis dafür, dass es auch mit nur einer Person möglich ist.«

Fasziniert blickte Darien zwischen den beiden ungleichen Unsterblichen hin und her. Veren hatte bei Jorimas um sein Leben gebeten, um das Leben eines Feindes, den er kaum kannte? Nur um sich selbst etwas zu beweisen? Wie schwer lastete Djorns Tod auf ihm?

»Wir wollen es versuchen.« Eine unter dunklem Stoff verborgene Hand deutete in Bjorons Richtung. »Beginnt.«

Dariens Blick huschte zu Berinda, zu dem Mal an ihrem Hals und dem Spiegelmann an ihrer Seite. Er wusste genau, was geschehen würde, wenn er irgendetwas anderes versuchte als das, was Veren von ihm verlangte. Allein bei dem Gedanken daran krampfte sich sein Herz zusammen. Trotz der Art, wie Berinda ihn schon wieder ansah.

»Darien …«

Diesmal hob er selbst die Hand, um ihr das Wort abzuschneiden. »Seid einfach ruhig.«

Dann wandte er sich Bjoron zu, schloss die Hand fester um den Griff des Messers – und trat vor.

Berinda

Berinda ballte die Hände zu Fäusten, stieß einen leisen, frustrierten Laut aus. Warum ließ sie nur niemand ausreden? »Bei allen Geistern der Berge, hör mir zu, Darien! Ich weiß, dass du dich von mir und von meiner Mutter verraten fühlst, aber hier geht es weder um mich noch um meine Mutter. Sie wollen Nauri unsterblich machen mit einem Ritual, von dem wir nicht wissen, was es noch mit ihr anstellt, und dann will er sie gefangen halten, bis sie erwachsen wird, sich an ihre früheren Leben erinnert und ihm verzeiht ... oder was auch immer sein kranker Geist sich da ausgedacht haben mag.«

Darien reagierte nicht. Er trat einfach einen weiteren Schritt auf den Hochlandkrieger zu, der noch immer erstaunlich ruhig am Boden kniete, die verhüllten Hände der Spiegelleute auf seinen Schultern.

Etwas abseits lächelte Arandes zufrieden. Berinda ballte die Fäuste fester, bis die Fingernägel schmerzhaft in ihre Handflächen drückten. Wenn doch nur irgendetwas geschehen würde, das ihm das Lächeln aus dem Gesicht wischte.

»Wenn ich Eure Fesseln löse, dann lauft so schnell Ihr könnt.«

Berinda erstarrte. Hatte sie sich das gerade eingebildet? Nein, ganz leicht hatte das Klirren von Glas in dem Flüstern mitgeschwungen, und es war von neben ihr gekommen, dort wo ... »Merinos?« Sie wagte es nicht, den Kopf zu drehen, wollte ihn nicht verraten und wollte nicht aus Versehen in seine Maske blicken.

»Ja, Majestät. Ich will Euch helfen.« Seine Stimme wirkte ruhiger als sonst, nicht mehr so gehetzt.

»Aber wieso?«

»Ich habe in Naurandas Augen geblickt, und sie hat das Loch in meiner Seele gefüllt, hat mir bewusst gemacht, was ich getrieben von der Sehnsucht getan habe. Ich denke klarer als seit Langem, und ich will Wiedergutmachung leisten.«

Konnte das wahr sein? Konnte sie dem Spiegelmann vertrauen? Aber was hatte sie schon zu verlieren? »Ich danke dir, Merinos. Aber ich gehe hier nicht ohne Nauri fort. Kannst du auch den Hochlandkrieger befreien?«

»Ich will es versuchen.«

Bei diesen Worten erreichte Darien Bjoron. Das Messer blitzte im Licht der Kohlebecken. Berinda hielt den Atem an, flehte stumm zu allen Geistern der Erde, dass der Anschein trog und sich das Blatt gleich wenden würde.

Bjoron

Bjorons Blick klebte an dem Messer in Dariens Hand. Wenn er tatsächlich so sterben sollte und falls die Ahnen ihn in ihre Reihen aufnahmen, würde er bis in alle Ewigkeiten den Spott seines ältesten Bruders über sich ergehen lassen müssen. Was für ein Tod, gefesselt und kniend und durch die Hand eines Freundes, der entweder ein Verräter war oder einfach keine andere Wahl hatte, wenn er retten wollte, was noch zu retten war. Was würde seine Mutter sagen, die Tjark sicher bereits voller Stolz in Empfang genommen hatte? Tjark, der auf dem Schlachtfeld gefallen war, umgeben von den Leichen seiner Feinde.

Bjorons Blick fand den Nauris. Warum lächelte sie? Lächelte, als wollte sie ihm Mut machen. Sah sie nicht, dass er darin versagt hatte, sie zu beschützen?

Oder konnte er doch noch etwas tun? Wieder musterte er Dariens Miene, versuchte darin zu lesen. Hatte der Tiefländer doch einen Plan? Aber Dariens Gesicht verriet keinerlei Emotion.

»Hast du nichts zu sagen, Barbar?« Arandes' Stimme hallte unter der gewölbten Decke.

Bjorons Blick huschte kurz zu dem Stammesmörder. Zu dem Dieb. Zu Veren. Allein der Gedanke, dass dieser Mann Djorn verraten hatte, den größten Helden der Hochlandstämme ... Unwillkürlich spannte er sich an. Sofort verstärkte sich der Druck der Spiegelmänner auf seine Schultern.

»Nicht zu dir, Verräter.«

Alle Farbe wich aus Arandes' Gesicht. »Sieh mich nicht so an!« Er bebte. »Du bist nicht Djorn! Warum nennst du mich einen Verräter? Dein Tod steht dort.« Mit zitterndem Finger deutete er auf Darien.

Wollte er, dass Bjoron den Tiefländer beschimpfte? So wie Djorn es vor seinem Tod offensichtlich getan hatte? Bjoron schüttelte den Kopf. Er war nicht Djorn. Djorn wäre sicher nicht in der Dunkelheit über ein Dach geschlichen, um Bogenschützen von hinten zu würgen, bis sie zusammenbrachen. Djorn hätte Neljar gerettet und Nauri beschützt. Djorn hätte jetzt gekämpft, und sei es nur, um im Kampf zu fallen. Ebenso wie wahrscheinlich auch Tjark und seine Mutter.

Aber er war nur Bjoron, und mit einem Mal wusste er, warum Nauri gelächelt hatte. Die Weisheiten der Ahnen konnten nicht alles voraussehen, konnten nicht für alles eine Lösung vorzeichnen. Er würde in dieser Sache seinen eigenen Weg gehen, und wenn es sein musste, dem Tod stolz ins Auge blicken. »Darien wird schon wissen, was er tut.«

Endlich regte sich etwas in Dariens Miene. Eine Augenbraue des Tiefländers schoss in die Höhe. »Bist du dir da sicher?« Er beugte sich zu Bjoron herunter, hob das Messer. Doch die Klinge hatte ihre Bedrohlichkeit verloren. Selbst wenn sein Ende gekommen war, würde es kein armseliger Tod sein. Man musste kein Schwert in der Hand halten, um kämpfend zu sterben.

»Solange du weißt, wem du Treue schuldest, hast du auch Ehre.«

Diesmal lachte Arandes. »Doch wem schuldet er noch Treue? Der Königin, die ihn belogen hat?«

»Nein. Nauri.«

Zupfte da ein Grinsen an Dariens Mundwinkeln? Bjoron spannte sich an, bereit zu reagieren, egal, was geschehen würde. Dann sah er es. Sein Herz klopfte schneller. Das Zeichen, auf das er die ganze Zeit gewartet hatte.

Beinahe lautlos formten die Lippen des Tiefländers Worte. »Du links, ich rechts.«

Im nächsten Moment stieß Darien dem rechten von Bjorons Bewachern das Messer in den Oberschenkel.

»Ich wusste es!« Bjoron katapultierte sich in die Höhe, rammte dem linken Spiegelmann die Schulter in den Magen. Der Kuttenträger ächzte unter seiner Maske, krümmte sich zusammen. Bjorons Knie kam hoch, traf auf Glas, das splitterte. Die dunkle Gestalt schrie auf, schlug die Hände über das blutende Gesicht unter der zerbrochenen Maske.

»Halt still.« Dariens Stimme erklang ganz in seiner Nähe. Dann schnitt eine Klinge durch Bjorons Fesseln. Kaum lockerten sich die Stricke, zog er daran, zerriss die letzten Fasern. Frei! Nun musste er es nur noch bleiben.

»Nechan!« Der gläserne Ruf hallte durch das Gebäude. Bjoron musste das Wort nicht verstehen, um zu wissen, was es bedeutete. Jorimas stand am anderen Ende des Musters am Boden, eine Hand noch immer auf Nauris Schulter, die andere glitt zu seinem Gürtel, dem Federbündel, das dort hing. »Nechan!«, schrie er noch einmal, obwohl es nicht nötig gewesen wäre. Im Gang erklang bereits das Stampfen schwerer Schritte.

Eilig sah Bjoron sich nach einer Waffe um. Sein Blick blieb an der Königin hängen. Ihre Fesseln lagen zu ihren Füßen. Neben ihr zog sich der Spiegelmann die Maske mit dem Sprung darin vom Gesicht. Achtlos ließ er sie fallen, klirrend zerbrach sie auf dem Boden. Ein richtiger Mensch kam darunter zum Vorschein, ein Mensch ohne den typischen gehetzten Blick. Nauri musste das getan haben, musste diesen jungen Mann irgendwie geheilt haben, als sie ihm durch das spiegelnde Glas in die Augen gesehen hatte.

Der ehemalige Spiegelmann schlug seine Kutte zurück, darunter kamen Hemd und Hose zum Vorschein – und zwei Schwerter an seiner Hüfte. Einen Schwertgurt löste er, und Bjoron grinste breit, als er die Waffe seines Vaters erkannte. Er fing die Klinge, als der Spiegelmann sie warf, zog sie, während der erste Wächter durch die Tür stürmte.

Kurz warf er einen Blick zu Darien hinüber. »Hast du einen Plan?«

Der Tiefländer hob die Schultern. »Pläne haben uns bisher nicht weit gebracht. Ich würde sagen, wir kämpfen einfach und schauen, wer gewinnt.«

Bjoron grinste noch breiter. »Klingt gut für mich.«

Darien

Berinda, wo war sie? Darien hatte erwartet, sie schreien zu hören. Eine Wiederholung dessen, was auf dem Platz geschehen war. Und er hatte es in Kauf genommen. Für Nauri. Für diesen unglaublich naiven, ehrversessenen Barbarenhäuptlingssohn Bjoron. Aber auch für sich selbst. Er hatte lange genug für Königinnen gemordet, die zugelassen hatten, dass er in einer Lüge lebte. Diese Karriere wollte er nicht mit dem Tod eines Freundes besiegeln.

Aber Berinda hatte nicht geschrien. Stattdessen war sie frei, zog gerade ein Schwert, Dariens Schwert, aus einer Scheide an der Hüfte des Spiegelmanns. Darien versuchte gar nicht erst, dieses Wunder zu verstehen, er würde es sich später erklären lassen. Für den Moment war eine andere Frage sehr viel wichtiger: Was bei allen Geistern der Berge hatte seine Königin mit der Waffe vor?

Vom Eingang hinter ihm dröhnten die Schritte der Wachen. Dann Bjorons Kampfschrei, in dem viel mehr Blutdurst mitschwang, als gesund sein konnte, gefolgt vom Klirren von Metall auf Metall. Vor Darien entfaltete ein von Jorimas beschworener Vogel seine schwarzen Schwingen, verdeckte damit fast Nauris kleine Gestalt.

Und in diese Richtung rannte Berinda.

Darien fluchte. Bevor er wusste, was er tat, eilte er ihr hinterher, der Reflex eines Leibwächters gemischt mit echter Sorge. Was dachte sie sich nur dabei, ausgerechnet dieses Monster anzugreifen? Sie konnte das Schwert doch kaum richtig halten.

Schwarzer flatternder Stoff in Dariens Augenwinkel. Doch es war nur der Spiegelmann, der Berinda ebenfalls folgte. Hoffentlich konnte er etwas gegen das Biest ausrichten. Denn so gerne Darien auch mit Messern kämpfte, gegen ein Wesen, das Sand blutete, war eine so kurze Klinge ziemlich nutzlos.

Dann eine weitere Bewegung aus dem Augenwinkel. Arandes, nein, Veren trat vor, das Gesicht eine bleiche Maske, der Mund ein blutleerer Strich. Das Schwert in seiner Hand beschrieb einen Bogen. Schlitternd kam die Königin zum Stehen, hob ihre eigene Waffe gerade noch rechtzeitig. Eine ungeschickte Parade, aber besser, als Darien es von jemandem ohne Kampferfahrung erwartet hatte.

Er erreichte sie noch vor Verens nächstem Schlag. Sein Messer stieß vor, trieb den Dieb zurück, fort von Berinda.

Zwei schnelle Hiebe, dem Gegner nur keine Zeit lassen, in die Offensive zu gehen. Dariens Klinge traf auf Widerstand. Veren schrie auf, ließ das Schwert fallen. Blut quoll aus seinem Handballen, während er weiter zurückwich.

Eilig bückte sich Darien nach dem Schwert, doch Verens Fuß stieß vor, trat die Waffe aus seiner Reichweite. Plötzlich hielt der Dieb selbst ein Messer in der Hand. Darien sprang zurück, entging der zischenden Klinge nur knapp.

Geduckt umkreisten sie einander, jeder zum Zustoßen bereit, sobald er eine Lücke in der Deckung des anderen entdeckte.

»Warum?« Verens Blick grub sich in den seinen, schien dort etwas zu suchen, das er zuvor übersehen hatten. »Was hast du getan, um das Vertrauen eines Barbaren zu erringen?«

Das war eine gute Frage. Darien hob die Schultern. »Ich will in die Berge gehen, wenn ich darauf eine Antwort wüsste. Aber du weißt doch, wie Barbaren sind. In einem Moment nennen sie einen eine feige Baumratte und im nächsten ist man ihr bester Freund.« Ein Grinsen zupfte an seinen Mundwinkeln. »Und manchmal beides gleichzeitig.«

Verens Klinge blitzte im Licht der Kohlebecken. Dariens eigener Arm schoss vor, lenkte den Stoß ab. Ein Brennen auf seinem Handrücken, eine dünne rote Linie. Es würde eine weitere Narbe unter vielen werden. Und mit einem Mal war er froh über all die anderen dort, über die unzähligen unerbittlichen Übungsstunden. Es war nicht nur Schlechtes aus den Taten der Königinmutter erwachsen.

Er drehte sich, zog seinerseits einen Schnitt über Verens Seite. Nicht tief genug, aber der Dieb zischte vor Schmerz.

»Es muss irgendeinen Grund geben!«

Darien schnaubte. »Vielleicht sind wir uns doch nicht so ähnlich, wie du denkst. Und Bjoron ist nicht Djorn.«

Wieder stieß seine Klinge vor. Doch Veren fing sein Handgelenk, hielt es eisern fest. Eilig drehte sich Darien zur Seite, entkam einem Messerhieb nur knapp, hörte Stoff reißen. Er trat nach dem Dieb, löste so seinen Griff, wich zurück. War er verletzt? Noch spürte er nichts, aber das hatte wenig zu bedeuten. Egal. Keine Zeit nachzusehen.

»Oh, doch. Wir sind uns ähnlich. In einer Hinsicht hatte Djorn recht. Man erkennt die Persönlichkeit eines Menschen daran, wie er kämpft. Und sieh uns an.«

Ein hoher Stoß nach seiner Kehle. Darien duckte sich, zog sein eigenes Messer durch die Luft. Doch Veren trat zu, mitten in den Hieb. Sein Fuß traf den zur Abwehr gehobenen linken Arm, schleuderte Darien nach hinten. Er rutschte ein Stück über den Boden, rollte sich eilig herum. Schnell wieder auf die Füße kommen und die Orientierung zurückgewinnen, sonst war er tot.

Ein leiser Schritt hinter ihm. Eine Hand packte seinen Messerarm, drehte ihn auf seinen Rücken, bevor er reagieren konnte. Darien erstarrte, als er die Spitze einer Klinge an seiner Kehle spürte. Nun wusste er, wie Bjoron sich bei ihrer ersten Begegnung gefühlt hatte. Kein Wunder, dass der Barbar so schlechte Laune gehabt hatte.

»Der einzige Unterschied zwischen uns«, erklang Verens Stimme an seinem Ohr, »liegt in den hunderten von Jahren an Kampferfahrung, die ich dir voraushabe. Und nun sag mir, was du getan hast, um das Vertrauen des Barbaren zu erringen. Woher wusste er, dass du ihn nicht tatsächlich verraten willst?«

Bjoron

Wieder stürmten in Leder gerüstete Soldaten auf Bjoron zu. Wieder schwang er das Schwert unermüdlich, stieß es in Lücken zwischen Rüstungsteilen, trennte Köpfe von Körpern. Als wäre die Zeit in der Kerkerzelle nur ein Traum gewesen. Als stünde er immer noch auf dem großen Platz von Letharn im Regen.

Verbissen warf sich Bjoron nach vorn, ignorierte den Schmerz all der Kratzer und Prellungen der vergangenen Kämpfe. Sie hatten ihm alles genommen. Seinen Stamm, seine Freunde, seinen Vater, seine Brüder. Und Neljar. Aber eines würden sie ihm nicht nehmen: Nauri. Seine kleine Schwester.

Und deshalb würde er diesen Durchgang halten, würde ihn mit einem Berg von Leichen verschließen, wenn es sein musste.

Zwei Soldaten gleichzeitig konnten in den Raum vordringen, und inzwischen stolperten sie tatsächlich über die Leichen ihrer

Kameraden. Aber sie ließen einfach nicht nach. Was war Jorimas für sie, was sahen sie in Arandes, dass sie das eigene Leben fortwarfen in dem Bestreben, die Befehle der beiden zu befolgen? Bjoron trieb zwei weitere mit einem ausladenden Schlag zurück. Sie stolperten in die Reihen der Nachdrängenden, brachten den Vormarsch für einen Moment zu einem Halt.

Ein guter Zeitpunkt, sich umzusehen.

Ein kurzer Blick in den Raum hinter ihm, und Bjoron fluchte. Nauri immer noch in Jorimas' Griff, Darien mit der Klinge des Verräters an der Kehle. Sie brauchten seine Hilfe!

Doch der Moment der Ablenkung verlangte seinen Preis. Die nächsten Soldaten sprangen über die Leichen der Gefallenen. Bjoron hob das Schwert gerade noch rechtzeitig, um einen Schlag zu parieren, wich einen Schritt zurück.

Ein Fehler. Weitere von Arandes' Männern drängten nach. Plötzlich hatte er vier Gegner statt zwei.

Mehrere Klingen stachen nach ihm. Bjoron sprang einen weiteren Schritt zurück, verfluchte sich im selben Moment dafür.

Sofort warf er sich wieder nach vorn. Einer der Soldaten fiel mit zerschlitzter Kehle, ein anderer ging schreiend mit einer klaffenden Wunde im Bein in die Knie. Doch schon wieder waren zwei neue da. Und eine Klinge zog eine brennende Spur über Bjorons Rücken.

Er fuhr herum, trieb den Feigling, der ihn von hinten angegriffen hatte, mit einem heftigen Schlag zurück. Diesmal würde er nicht unterliegen, diesmal musste er siegen.

»Mutter. Tjark. Sprecht bei den Ahnen für mich. Ich kann noch nicht zu euch kommen.«

Streckte tatsächlich seine Mutter schützend die Hand über ihn aus? Oder war es nur Zufall? Bjorons Worte waren auf jeden Fall kaum verklungen, als einer der Soldaten herumwirbelte – und seine Klinge zwischen die Rüstungsplatten seines Kameraden trieb.

Bjoron stieß das Schwert in den Hals eines anderen Angreifers. Und mit einem Mal war kein Feind auf dieser Seite der Tür mehr am Leben.

Für einen Moment starrte Bjoron den unerwarteten Helfer einfach an. Nur langsam wurde ihm klar, wessen Gesicht ihm unter dem Helm entgegenblickte. Wie war das möglich? Sollte er es wirklich glauben, oder würde er dann den Schmerz des Verlustes nur noch einmal spüren, wenn es sich als Irrtum herausstellte? »Neljar?«

Neljar lachte, sein unverwechselbares, ansteckendes Lachen. »Dein Retter in der Not.« Mit diesen Worten zog er sich den Helm vom Kopf. Blondes zerzaustes Haar kam darunter zum Vorschein, in Bjorons Augen das Schönste, was er je gesehen hatte, auch wenn hier und dort getrocknetes Blut Strähnen verklebte. Neljar stieß einen erleichterten Seufzer aus. »Ich weiß wirklich nicht, wie diese Leute an dem Nasenschutz vorbei vernünftig sehen können. Aber daran, aus dem Verborgenen anzugreifen, könnte ich mich gewöhnen.«

Dann warf er den Helm, schleuderte ihn dem nächsten heranstürmenden Soldaten entgegen und folgte ihm mit erhobenem Schwert. Bjoron war Neljar dicht auf den Fersen, ein breites Grinsen auf den Lippen. Mit einem Mal spürte er all die kleineren und größeren Wunden nicht mehr. Mit einem Mal war das Schwert seines Vaters leicht wie eine Feder, als er es gegen den nächsten Gegner schwang. Mit Neljar an seiner Seite wurde alles möglich.

Aber wie, wie war es möglich?

»Wie hast du überlebt? Ich habe gesehen, wie ein Pfeil dich durchbohrt hat!«

»Erinnerst du dich an deinen Glücksbringer? Er hat die Bezeichnung wirklich verdient.« Mit einem kräftigen Schlag verschaffte sich Neljar ein wenig Raum. Dann zog er an einem Lederband um seinem Hals, zog die Scheibe aus Eisen unter dem Brustpanzer hervor. Doch nun war es keine flache Scheibe mehr.

Mitten in dem Metall prangte eine tiefe Delle. Als wäre dort ein Pfeil mit großer Wucht aufgeschlagen.

Bjoron lachte. »Endlich sind die Ahnen wieder mit uns.«

Neljar dagegen wurde ernst. »Nicht nur die Ahnen. Auch Redal hat mir geholfen. Sein Rücken war gespickt mit Pfeilen, aber er hat auf dem Platz die Soldaten aufgehalten, die mich verfolgen wollten.«

»Ich hätte ihn doch keinen Feigling nennen sollen. Aber wir werden ihn nicht vergessen.«

Dann blieb keine Zeit mehr zum Reden. Sie fielen in ein vertrautes Kampfmuster, Angriff und Deckung, immer abwechselnd. Bjoron parierte einen Schlag gegen Neljars Kopf, Neljar stieß sein Schwert in den Hals eines Feindes, der auf Bjoron zustürmte. Gemeinsam trieben sie die heranstürmenden Soldaten bis zum Durchgang zurück.

Schließlich ließ sich Bjoron zurückfallen. »Kannst du die Stellung allein halten?«

Neljar grinste. »Wahrscheinlich besser als du. Geh ruhig.«

Sofort warf sich Bjoron herum, wandte sich endlich den Ereignissen im Inneren des Raumes zu. Hoffentlich kam er nicht zu spät.

Darien

»Woher wusste er, dass du ihn nicht tatsächlich verraten willst?« Die Frage hallte in Dariens Ohren. Seine rechte Schulter schmerzte, so fest drehte Veren ihm den Arm auf den Rücken. Es war ein dumpfer Schmerz, ein Gegensatz zu dem frisch brennenden an seinem Hals, wo die Klinge des Diebes seine Haut ritzte. Wenn er aus dieser Situation lebend wieder herauskam, dann durch Reden.

»Man lernt immer von seinen Gegnern.« Er zwang eine Ruhe in seine Stimme, die er nicht empfand. »Ihr hattet damals nur die Devra. Wir hatten dich.«

»Wie meinst du das?«

Irrte er sich oder wurde Verens Griff lockerer? Darien atmete flach, versuchte sich zu entspannen, obwohl jeder seiner Muskeln danach schrie, aufzuspringen und zu kämpfen. Wenn er den Dieb in falscher Sicherheit wiegen konnte … Einfach weiterreden. Immer weiterreden.

»Denkst du wirklich, Bjoron weiß nicht, was eine List ist, nachdem du seine Familie durch eine ermordet hast? Du hast es ihm vorgemacht, und du hast ihn dazu gezwungen, es zu lernen.« Kaum zu glauben, dass das, was er sagte, tatsächlich Sinn ergab. Konnte das den Unterschied ausgemacht haben? Vielleicht. Noch wichtiger aber war, dass es den Weltherrscher verunsicherte, ablenkte. »Wusstest du, dass er mir geholfen hat, deine Bogenschützen auszuschalten?«

»Er hat meine Leute hinterrücks angegriffen?« Unglauben schwang in Verens Stimme mit. Gleichzeitig schwand der Schmerz aus Dariens Schulter, als sein Arm in eine natürlichere Position rutschte. Ja, der Griff des Diebes wurde eindeutig lockerer.

»Für jemanden, der die ganze Zeit von Ehre redet, ist er sogar erstaunlich gut darin.«

Gelächter ließ Verens Körper beben, noch bevor die Laute an Dariens Ohren drangen. Heisere Laute voller Bitterkeit und ohne den geringsten Humor. »Wenn Djorn das hätte ahnen können. Wenn er hätte ahnen können, wie schnell seine Nachfahren seine ach so heiligen Grundsätze verraten würden. Vielleicht hätte er es dann nicht so eilig gehabt, mich zu verurteilen.«

»Wenn er gewusst hätte, was du noch tun würdest, wärst du heute tot.«

Während Veren nach Luft schnappte, wanderte Dariens Blick zu Bjoron. War das dort Neljar neben ihm? Wie …? Nein, auch diese Frage würde er sich später beantworten lassen. Als hätte er seinen Blick gespürt, drehte sich der Barbar in diesem Moment um, sah in seine Richtung. Darien schüttelte den Kopf. Nauri und

Berinda brauchten dringender Hilfe als er. Er selbst hatte inzwischen wieder erfreulich viel Bewegungsfreiheit in seiner Messerhand.

Jetzt oder nie.

Dariens Linke fuhr hoch, griff in Verens Messer, um es vor seinem Hals fortzudrücken. Schmerz biss in seine Handfläche, doch er ignorierte ihn, drehte sich, riss die Rechte aus dem Griff des Diebes.

Dann stieß er zu.

Verens Mund öffnete sich, doch es kam kein Laut heraus. Mit weit aufgerissenen Augen starrte er seinen Mörder an, Augen, von denen Darien sicher war, dass er sie in seinen Träumen wiedersehen würde. Schließlich senkte der Dieb den Blick, sah auf das Messer hinab, das in seinem Bauch steckte, den Blutfleck, der sich schnell auf seinem dunklen Hemd ausbreitete. Mit einem Ruck riss Darien die Klinge wieder heraus. Langsam sackte sein Gegner in die Knie, und er folgte ihm, indem er sich vorbeugte.

»Du siehst dich wirklich als Opfer, nicht wahr? Djorn hat dich gezwungen, ihn zu töten, weil er dir nicht vertraut hat. Und dann? Hat er dich aus dem Grab heraus auch gezwungen, Tod und Vernichtung über Gerien zu bringen?«

»Nein …« Das Wort kam als schmerzerfülltes Keuchen über Verens Lippen. »Aber es hatte schlicht keine … Bedeutung mehr. Wenn man einmal gemordet hat, um … Unsterblichkeit zu erlangen, warum nicht … noch mal, um ein Weltreich zu errichten? Und um einem ehemaligen Freund … zu helfen. Auch Jorimas ist mein Freund. Und mit jedem Mal wird das … Morden leichter.«

Mit einem Mal sah Darien den Soldaten im Wald vor sich. Den Verletzten, dem er seine Klinge in die weiche Stelle hinter dem Ohr gerammt hatte, damit er sie nicht mehr verraten konnte. Ohne zu zögern, ohne auch nur über eine Alternative nachzudenken. »Ich weiß …«

»Dann verstehst du?« Veren blickte flehend zu ihm hoch, fast als erhoffte er sich kurz vor dem Tod noch Vergebung.

»Ich verstehe, dass wir beide im Verlauf unseres Lebens einige schlechte Entscheidungen getroffen haben. Ich hoffe, ich komme damit über die Jahre besser zurecht als du.«

Der Blick des Diebes trübte sich. Er schwankte, und Darien legte ihm eine Hand auf die Schulter, um ihn aufrecht zu halten. Er beugte sich noch ein Stück weiter vor. »Bevor du stirbst, soll ich dir von einem Freund etwas ausrichten: Mit deinem Tod wird der Mord an so ziemlich dem gesamten Heer der Hochlandstämme gerächt. Außerdem der an Firenda und all den anderen Bewohnern Arets. Und ... ich denke, du weißt besser als ich, wen du noch alles umgebracht hast.« Darien packte sein Messer fester. »Soweit ich es verstanden habe, werden ihre Geister kommen und dein Blut trinken.«

Veren stöhnte, presste die Hände fester auf die Wunde in seinem Bauch, ohne damit aber den Blutfluss stoppen zu können. »Verschone mich mit dem Barbarengerede und ... bring es zu Ende.«

Darien nickte. Er würde sowieso nie einen guten Barbaren abgeben. Hoffentlich wusste Bjoron es zu schätzen, dass er es versucht hatte. Noch einmal stieß er zu. Diesmal fand sein Messer das Herz des Diebes. Er spürte dessen letzten Atemzug auf seinem Gesicht. Dann richtete er sich auf, während Verens Leichnam zu Boden sank.

Berinda

Berindas Muskeln brannten. Wenn Leute wie Bjoron ein Schwert schwangen, sah das immer so einfach aus, als wöge dieses lange Stück Metall praktisch nichts. Doch in ihren Händen schien die Klinge immer schwerer zu werden, mit jedem Mal, da sie sie hob.

Mit Müh und Not entging sie einem Flügelschlag, schwarze Federn strichen durch ihr Gesicht. Blind schlug sie zu, traf etwas.

Aber sie hatte längst aufgehört, sich darüber zu freuen. Es rieselte ja doch nur Sand zu Boden, aus einem Riss der sich bald darauf wieder schloss. Letzteres war Jorimas' Werk, da war sie sich sicher. Er war einfach stärker als Merinos, fegte dessen Magie hinweg wie ein lästiges Insekt.

Und Berinda kam nicht an den Magier heran, jedes Mal stellte sich ihr der schwarze Vogel in den Weg.

»Vorsicht!« Das war Merinos' Stimme. Berinda sprang zur Seite, ohne zu wissen, ob es die richtige war, ob sie sich von der Gefahr fort oder ihr entgegen bewegte. Irgendetwas sauste auf sie herab. Der Schnabel! Dann explodierte Schmerz in ihrer Schulter.

Sie stöhnte, taumelte ein paar Schritte nach hinten. Das Schwert fiel aus ihren tauben Fingern, landete klirrend auf dem Steinboden. Mit der Linken tastete sie nach ihrer rechten Schulter. Hatte der Schnabel des Vogels sie durchbohrt? Doch da war kein Blut, und der Schmerz verebbte bereits zu einem dumpfen Pochen. Als sie aufblickte, sah sie Merinos am Hals des Vogels hängen, die Hände tief in das staubige Gefieder vergraben, das Gesicht vor Anstrengung verzerrt. Die Anstrengung, etwas tödlich Spitzes in etwas zu verwandeln, das nur noch blaue Flecken hinterließ.

Tatsächlich verlor der Kopf des Vogels weiter an Kontur, der Schnabel rollte sich ein wie ein verwelkendes Blatt.

»Du schaffst es, Merinos! Diesmal schaffst du es!«

»Nein!« Die Stimme hatte einen gläsernen Beiklang, und Macht schien darin mitzuschwingen. Macht, die über den Vogel spülte, seine Konturen glättete, ihm neue Kraft zu geben schien ...

Das Tier bäumte sich auf. Merinos schrie, als er den Halt verlor, davongeschleudert wurde. Dann sprang das Ungeheuer vor, direkt auf Berinda zu. Scharfe Klauen blitzten.

Sie warf sich zur Seite, doch der Vogel war direkt über ihr. Für einen Augenblick sah sie nur noch schwarze Federn.

Ein Brüllen drang an ihre Ohren. Irgendjemand setzte über sie hinweg, Stahl blitzte im Licht der Kohlebecken, und Sand rieselte auf Berinda herab. Sie erhaschte einen Blick auf eine Mähne verfilzten Haars und einen mit Schrammen und Schnitten bedeckten Oberkörper, an dem nur noch die Fetzen eines Hemdes hingen. Bjoron! Der Hochlandkrieger schwang sein Schwert in einem weiten Bogen – und hackte dem Vogel den Kopf ab.

So machte man das also richtig.

Doch das Biest schlug weiter mit den Schwingen. Eilig sah sich Berinda um, entdeckte ihr Schwert nicht weit entfernt. Sie sprang auf, schnappte sich die Waffe. Vielleicht konnten sie zu zweit etwas ausrichten. Und wenn sie den Vogel in kleine Stücke hacken mussten.

Ein Flügel kam in ihre Reichweite. Sie schlug zu, versuchte den Bogen zu imitieren, den Bjoron vorgemacht hatte. Sand stob auf, ein Stück des Flügels fiel zu Boden, schrumpfte dort zu einem Haufen Federn zusammen. Sie wurde besser!

Auf der anderen Seite des Biests kam Merinos wieder auf die Füße. Er schüttelte den Kopf, wie um Benommenheit loszuwerden. Dann warf er sich nach vorn, packte den anderen Flügel. Gleichzeitig fuhr Bjorons Klinge auf den Torso des Vogels herab, hinterließ dort einen klaffenden Riss, aus dem sich eine Flut Sand ergoss.

Und damit war es vorbei. Unter Merinos' Berührung verschrumpelte das Biest, sackte in sich zusammen, bis nur noch ein Haufen schwarzer Federn übrig war.

Bjoron

Schwer atmend stand Bjoron über den Resten des Geistervogels. Er hob den Blick, sah zu Jorimas auf, auch wenn er darauf achtete, nicht in dessen spiegelnde Maske zu blicken. Der Magier hielt Nauri noch immer am Oberarm gepackt. Das Kind stemmte sich gegen den Griff, aber vergeblich.

Bjoron hob sein Schwert wieder, trat einen Schritt vor. »Lass Nauri los. Gib auf.«

Die Gestalt in der dunklen Kutte schüttelte den Kopf. »Ich habe Jahrhunderte auf diesen Moment gewartet.«

»Aber du hast verloren«, erklang Berindas Stimme hinter Bjoron. »Du hast kein Opfer, um sie unsterblich zu machen. Und Veren ist tot.«

Der feige Mörder Arandes war tot? Bjoron warf einen Blick über die Schulter, entdeckte tatsächlich eine leblose Gestalt auf dem Steinboden nicht weit entfernt. Der Mörder seiner Familie, besiegt und geschlagen in einer Pfütze seines eigenen Blutes. Ein Anlass zur Freude.

Und doch glitt Bjorons Blick sofort wieder zurück zu Nauri, zu ihrem ängstlichen Gesicht. Später konnte er sich vielleicht freuen, doch wenn er sich nun ablenken ließ, gab es bald noch mehr vergossenes Blut zu rächen. Und es war genug, mehr als genug. Er musste erhalten, was ihm noch geblieben war.

»Keine Sorge, kleine Schwester. Dir wird nichts geschehen.«

Ein gläsernes Lachen hallte durch das Gewölbe. »Ganz recht. Wenn ihr eure Waffen niederlegt, wird ihr nichts geschehen. Aber wenn ihr mich töten wollt, werde ich sie mit in den Untergang reißen. Wenn wir nicht im Leben vereint sein können, dann eben im Tod.«

»Aber sie erinnert sich doch nicht mal an dich! Sie ist nur ein kleines Mädchen!« Berindas Stimme überschlug sich. Sie machte einen Schritt nach vorn, neben Bjoron, Dariens Schwert in der Hand. Eine mutige Königin. Langsam verstand Bjoron, warum der Tiefländer sie so sehr bewunderte.

Aber wo war besagter Tiefländer eigentlich? Ein wenig Unterstützung gegen den Magier wäre hilfreich. Bjoron ließ den Blick wieder durch den Raum schweifen, spähte in die Schatten der Säulen und die dunklen Bereiche zwischen den Kohlebecken. Nichts. Allerdings, bei Darien war es wahrscheinlich ein gutes Zeichen, wenn man ihn nirgends entdecken konnte. Bestimmt schlich er gerade in Jorimas' Rücken. Feige, ja, aber für den Moment hätte Bjoron das nicht weniger kümmern können. Es ging um Nauris Sicherheit.

»Sie wird sich an mich erinnern.« Jorimas packte Nauri fester, schüttelte den linken Ärmel zurück, um die bloßen Finger gegen ihre Wange zu drücken. »Und nun gebt den Weg frei. Sie und ich, wir verlassen diesen Ort.«

Bjoron hörte seine eigenen Zähne knirschen. Das ging zu weit. Niemand bedrohte seine kleine Schwester! Niemand! Er packte sein Schwert mit beiden Händen, nahm instinktiv eine geduckte Haltung ein.

Der Schein der Kohlebecken spielte über Jorimas' Maske. »Ich sagte, gebt den Weg frei.«

Der Feigling konnte sagen, was er wollte, Bjoron hörte ihn kaum über das Rauschen des Blutes in seinen Ohren. Dort, hinter dem Magier in den Schatten, war das nicht gerade eine Bewegung gewesen? Bjoron spannte sich zum Sprung. Sobald Darien angriff, würde er auch bereit sein.

Dann ein Huschen, das Blitzen von Metall – und Jorimas' wirbelte herum.

Es war eigentlich unmöglich. Der Magier fing Dariens zustoßende Hand, stoppte das blutige Messer knapp über seinem Herzen. Im nächsten Moment zischte der Tiefländer vor Schmerz, ging in die Knie, während sich seine Haut unter Jorimas' Griff erst rot färbte, dann eiterte, dann schrumpelte wie die einer Leiche, die lange in einer Gletscherspalte gelegen hatte.

Bjoron brüllte und warf sich nach vorn. Doch in seinem eigenen Schrei klang ein weiterer mit. Ein heller Kinderschrei. Auch in Nauri kam Bewegung. Sie streckte den freien Arm, soweit sie konnte, bekam Dariens andere Hand zu fassen.

Und die bereits verschrumpelte Haut streckte sich wieder, heilte in rasender Geschwindigkeit. Erwachten Nauris Kräfte endgültig?

Dann erreichte Bjoron Jorimas, und alle Fragen wurden unwichtig. Es gab nur noch den Moment und sein Schwert.

Die Klinge fuhr herab, traf auf das spiegelnde Rund der Maske. Glas klirrte. Der Magier taumelte nach hinten und schlug die Hände vor sein Gesicht. Aus dem Augenwinkel nahm Bjoron wahr, wie Darien Nauri fortzog. Gut.

Jorimas machte noch einen Schritt rückwärts, dann richtete er sich auf, nahm die Hände herunter. Spiegelsplitter rieselten zu Boden. Darunter kam das Gesicht des Mannes zum Vorschein, der all dieses Leid über die Hochlandstämme und über Gerien gebracht hatte. Der letztendlich mehr Verantwortung für alles trug, was geschehen war, als Arandes.

Blut quoll aus mehreren Schnitten, floss über Wangen, die zu lange kein Sonnenlicht mehr gesehen hatten. Die Augen waren dunkel wie die Dariens und Berindas, ebenso wie das Haar. Ein Tiefländer, eindeutig. Doch in den Augen dieses Mannes brannte ein kaltes Feuer, ein harter Zug lag um seinen Mund, der sich noch einmal vertiefte, während er Bjoron anstarrte.

»Denkst du wahrhaftig, du kannst mich aufhalten, Barbar?«

Bjoron trat einen Schritt auf den Magier zu. »Das haben wir bereits. Jetzt muss ich dich nur noch töten.«

»Das haben schon bessere Krieger vor dir versucht. Und ich komme immer wieder. Irgendwann werde ich mir holen, was dieses von den Devra verfluchte Land mir genommen hat.« Jorimas wich langsam weiter zurück, stand nun neben einem der Kohlebecken. Das Flackern der Glut warf Schatten auf sein Gesicht, verzerrte seine Züge.

»Nauranda ist seit Jahrhunderten tot. Nauri ist nicht die Frau, die du geliebt hast.«

»Woher will ein dummer Barbar so etwas schon wissen?«

Mit diesen Worten griff Jorimas in das Kohlebecken. Flammen loderten in die Höhe, umspielten seine Hand, ohne sie aber zu verletzten. Eine ausholende Bewegung, und es regnete glühende

Asche, flackernde Feuertropfen. Bjoron duckte sich darunter hindurch, warf sich nach vorn, spürte das Beißen der Flammen auf seinem Rücken.

Ein Schwerthieb trieb den Magier zurück, allerdings nur bis zum nächsten Feuerbecken. Die Flammen loderten höher rings um Jorimas' Hand, leckten nach Bjoron. Dieser hob schützend den Arm vor das Gesicht, wich vor der Hitze zurück.

Aber war er zuvor nicht bereit gewesen, für seine Rache zu sterben? Mit einem Brüllen warf er sich nach vorn, roch angesengtes Haar. Die Flammen verloschen, als Jorimas vor einem weiteren Schwertstreich zurückwich. Ein weiterer, und der Magier stand mit dem Rücken zu einer Säule. Bjoron hob die Spitze seiner Klinge an Jorimas' Kehle. »Zum letzten Mal. Gib auf.«

Die Lippen des Magiers verzogen sich zu einem Grinsen. Seine bloße Hand berührte die Säule – und ein Knirschen ging durch den Stein. Knackend öffneten sich Risse, liefen die Säule hinauf in die Decke. Staub rieselte herab. Dieser Sohn eines tollwütigen Steppenhundes!

Bjoron schwang das Schwert zu einem letzten Schlag.

»Nicht.«

Er hatte diese Stimme bisher genau einmal gehört, doch er erkannte sie sofort, hielt mitten in der Bewegung inne. Nauri trat neben ihn, Darien an ihrer anderen Seite. Sie blickte zu ihm auf, schenkte ihm ihr schüchternes Lächeln …

Sie hob eine Hand, und wie auf ihr Kommando brachen Wurzeln durch die Decke. Wurzeln aller Größen und Form schoben sich durch die Risse, die Jorimas geschaffen hatte, krochen über das Gestein, verflochten sich miteinander. Bjoron schnappte nach Luft, als er erkannte, was geschah. Die Wurzeln stützten die Decke, hinderten sie daran, einzubrechen und sie alle unter sich zu begraben.

Jorimas nahm langsam die Hand von der Säule. Sein Blick klebte förmlich an Nauri. »Du erinnerst dich, nicht wahr?«

Das Kind musterte ihn einen Moment lang, dann schüttelte es den Kopf.

»Lüg mich nicht an!« Der Magier trat einen Schritt vor, doch Bjoron hob sein Schwert, genau wie Darien seines, das er sich offensichtlich von Berinda zurückgeholt hatte. Jorimas' bösen Blick erwiderte Bjoron mit einem Knurren. Nauri mochte den Magier für den Moment noch lebend haben wollen, doch wenn er auch nur eine falsche Bewegung machte ...

»Ich bin nicht Nauranda.« Die leise Stimme des Mädchens trug weit durch das Gewölbe. Erst da fiel Bjoron auf, wie still es geworden war. Ein kurzer Blick zum Durchgang zeigt ihm Neljar, der wachsam in den Gang spähte, doch vorerst schienen keine weiteren Soldaten zu versuchen, in den Raum zu gelangen.

Diesmal schüttelte Jorimas den Kopf. »Du bist ihre Wiedergeburt.«

Nauri biss sich auf die Unterlippe, wippte auf den Fußballen vor und zurück, als suche sie nach der passenden Antwort auf diese Feststellung. »Ich bin nicht Nauranda!«

Jorimas' Augen verengten sich zu Schlitzen. »Ist das alles, was du mir zu sagen hast? Soll ich dir das glauben?«

Nauri nickte heftig. Tränen traten ihr in die Augen. »Ich bin nicht Nauranda.« Diesmal flüsterte sie nur. Bjorons Hand verkrampfte sich um den Schwertgriff. Nur eine kurze Bewegung des Handgelenks, und der Mann, der seine kleine Schwester zum Weinen brachte, wäre tot. Doch Nauri wollte, dass Jorimas ihr glaubte, bevor er starb. Dass er einsah, dass er diesen Krieg nur aufgrund eines Irrtums angezettelt hatte. Die Frage war nur, ob das jemals geschehen würde.

Schnelle Schritte hallten im Gang, Bjoron sah sich um. Ein einzelner Mann, und er rief etwas in der Sprache von Arandes' Soldaten. Kurz vor dem Durchgang kam der Soldat zu einem Halt, abgeschreckt entweder durch die vielen Gefallenen oder durch Neljars Klinge. Doch er wiederholte dieselben Worte noch einmal.

»Was sagt er?« Berinda wandte sich dem ehemaligen Spiegelmann zu.

»Die Garnisonen in der Stadt werden angegriffen. Ein Mob steht vor dem Palast und verlangt Naurandas Freilassung.«

Bjoron lachte. »Endlich haben sie es verstanden.«

Doch das Lachen blieb ihm im Halse stecken, als Jorimas' Hände plötzlich vorschossen. Der Magier griff genau in die beiden Klingen, die ihn bedrohten. Dort, wo seine Finger das Metall berührten, bildeten sich Rostflecken, begannen die Waffen zu bröckeln.

Bjoron riss sein Schwert zurück, das Schwert seines Vaters, sein letztes Andenken. Nun klaffte ein Loch in der Klinge, als hätte jemand ein Stück herausgebissen.

Gleichzeitig stieß Jorimas Darien nach hinten, stürmte vor. Nauri schrie, als er sie packte, untermalt von einem Fluch Dariens. Metall blitzte, als der Tiefländer irgendetwas warf. Es grub sich in die Schulter des Magiers, das Messer, das Bjoron den Tod hätte bringen sollen. Jorimas stolperte. Bjoron setzte ihm nach, während Neljar ihm entgegenrannte.

Ihre Klingen trafen sich in der Brust des Magiers, durchbohrten ihn beinahe gleichzeitig. Nauri duckte sich beiseite, Blutspritzer im Gesicht.

»Für meine Mutter«, presste Neljar zwischen zusammengebissenen Zähnen hervor.

»Für alle, die in diesem Krieg gefallen sind.«

Einen Moment lang glaubte Bjoron das Flüstern der Geister wieder zu hören wie auf dem Schlachtfeld. Er ließ das Schwert seines Vaters los, während der Magier tot zu Boden sank. Die Klinge hatte ihre Aufgabe erfüllt. Das Flüstern verstummte, ließ nichts zurück als die Leere des Verlustes. Die Toten mochten Frieden gefunden haben, doch bis er seinen eigenen zurückerlangte, würde es noch eine Weile dauern. Aber zumindest konnte er nun sicher sein, dass er seine Mutter nicht enttäuscht hatte.

Nauri rannte zu ihm, klammerte sich an ihn, und Bjoron schlang die Arme um das Mädchen. Außerdem hatte er etwas, womit er diese Leere füllen konnte. Jemanden, der ihn brauchte.

»Warum hat er mir nicht geglaubt?«

Bevor Bjoron antworten konnte, erklang Dariens Stimme hinter ihm. »Manchmal ist die Wahrheit so schmerzhaft, dass man sich lieber weiter selbst belügt.«

Bjoron strich Nauri durch das dunkle Haar. »Und er muss dir nicht glauben. Wir haben dir schon immer geglaubt.«

Darien

So endete es also.

Darien ließ das Schwert fallen, dessen Klinge ohnehin voller Rostflecke war, die Schneide stumpf. Er blickte auf seine Hand hinab, die Hand, unter deren papiertrockener Haut sich kurzzeitig deutlich die Knochen abgezeichnet hatten. Die brennende Berührung von Jorimas' Fingern war ihm noch frisch im Gedächtnis, doch nur noch weiß vernarbte Abdrücke auf ansonsten scheinbar unverletzter Haut erinnerten daran. Sie passten gut zu den Spuren an seinem Handgelenk.

Er drehte die Linke, mit der er in Verens Messer gegriffen hatte, öffnete und schloss sie, ohne Schmerz zu spüren. Auch hier zeugte nur ein dünner weißer Strich in seiner Handfläche von der Verletzung.

Als Darien aufsah, begegnete er Nauris Blick. Sie legte den Kopf schief, und er hob beide Hände. »Danke.«

Ihr Lächeln schien die Sonne in das dunkle Gewölbe zu holen.

Schritte näherten sich ihm. Ohne sich umzudrehen, wusste er, wer es war. Berinda. Sein Herz krampfte sich zusammen. Er ahnte, was sie sagen wollte, aber er wollte es nicht hören. Nicht jetzt, noch nicht. Eilig ging er zu Verens regloser Gestalt hinüber. Der Dieb hatte ein ordentliches Schwert besessen, eine der dünnen, eleganten Klingen Geriens. Ein guter Ersatz für sein eigenes.

»Bjoron«, rief er, während er sich nach der Waffe bückte. »Wir müssen nach oben und sehen, was es mit diesem Mob auf sich hat. Vielleicht gelingt es uns, die Besatzer aus der Stadt zu vertreiben.« Das wäre ein Sieg. Mehr, als er zu hoffen gewagt hätte, als sie nach Letharn gekommen waren. Sehr viel mehr.

Der Barbar grinste. »Wir zeigen ihnen einfach Arandes' Kopf. Wenn sie sehen, dass ihr Anführer tot ist, wird das ihren Kampfgeist schon brechen.« Er hob das Schwert eines gefallenen Soldaten auf, während Neljar seines aus der Brust des toten Magiers zog. Beide sahen sie einander an, dann zog Bjoron Neljar an sich, hielt ihn einen Moment lang, als hätte er Angst, ihn noch einmal zu verlieren. Als sich die Lippen der beiden trafen, verzog Darien das Gesicht und wandte den Blick ab. Eine scharfe Bemerkung lag ihm auf der Zunge, aber er schluckte sie herunter. Bjoron hatte sein Glück verdient.

Stattdessen blickte er auf Verens Leiche hinab. Die Augen des Diebes waren geöffnet, blickten ins Nirgendwo. Womöglich war es tatsächlich eine gute Idee, den Kopf mitzunehmen, so unappetitlich die Aussicht auch erschien. Es würde die Moral der Soldaten brechen, wenn sie sahen, dass ihr Weltherrscher tot war.

Darien gab sich einen Ruck, schwang sein neues Schwert mit aller Kraft. Knirschend traf die Klinge auf Knochen. Ein weiterer Schlag, dann war es geschafft. Bevor er es sich anders überlegen konnte, packte Darien Verens Haar und hob den Kopf auf.

»Gib ihn mir.«

Als er sich umdrehte, stand Berinda hinter ihm. Sie streckte die Hand aus, obwohl Ekel in ihren Zügen stand. »Es ist mein Königreich. Ich will etwas dazu beitragen, es zurückzuerobern, auch wenn das bedeutet, einen abgetrennten Kopf zu schwenken.«

Sie brachte ein unsicheres Lächeln zustande, und Darien ertappte sich dabei, es zu erwidern. Wütend auf sich selbst, zwang er das Lächeln aus seinem Gesicht, setzte eine ausdruckslose Miene auf. Schweigend hielt er ihr den Kopf hin. Ihre Finger berührten einander kurz, als sie in Verens Haar griff.

»Darien, ich …«

Er wandte sich ab, ohne sie anzusehen. »Wir müssen die Hauptstadt Eueres Königreichs zurückerobern, Majestät.«

Berinda

Treppe um Treppe schritt Berinda der Sonne und ihren wärmenden Strahlen entgegen. Dabei versuchte sie möglichst nicht daran zu denken, was sie in der Hand hielt, versuchte das Gefühl abzuschütteln, dass tote Augen zu ihr hochstarrten. Wozu hatte dieser Krieg sie nur gemacht?

Sie bemerkte die Spiegelleute, die ihnen entgegenkamen, erst, als sie schon fast heran waren. Unsicher hielt sie inne. Jorimas war tot. Was bedeutete das für diese Menschen, die von ihren spiegelnden Masken versklavt wurden? Waren sie frei oder nicht?

Noch ehe sie etwas sagen konnte, trat Nauri vor. Sie blickte den dunklen Gestalten direkt in die gläsernen Gesichter. Berinda hörte die Menschen unter ihren Masken nach Luft schnappen. Einige warfen sich herum und rannten. Andere schrien, sanken in sich zusammen. Hier und dort erklang leise klirrendes Schluchzen.

»Das ist der Schock«, flüsterte Merinos hinter ihr. »Sie verstehen nun, was sie getan haben. Sobald sie sich davon erholt haben, werden sie Euch dankbar sein.«

Berinda nickte. Dann schob sie sich vorsichtig an den am Boden kauernden Gestalten vorbei, setzte ihren Weg fort. Wenn sich tatsächlich Menschen vor dem Palast versammelt hatten, musste sie ihnen beistehen, so sie konnte.

Ihre Schritte wurden immer schneller, je näher sie den Palasttoren kamen. Dann schließlich stieß sie die Tore auf, trat nach draußen ...

Für einen Moment fühlte sie sich in die Nacht des Falls von Letharn zurückversetzt. Erneut stieg Rauch über der Stadt auf. Erneut hörte sie das Klingen von Waffen und die Schreie der Verwundeten. Doch diesmal schien die Sonne, tauchte alles in das goldene Licht des Abends, als wollte sie der Gewalt die Schärfe nehmen. Nur dass es ihr nicht gelang. Berindas Magen krampfte sich trotzdem zusammen beim Anblick der Bogenschützen auf den Mauern, die auf irgendetwas vor den äußeren Palasttoren zielen. Beim Anblick des Scharmützels auf der Innenseite des Tors, wo Diener in Livrees, Stallburschen, Mägde und andere Angehörige des Palastpersonals verbissen auf Arandes' Soldaten eindrangen, obwohl sie fielen wie die Fliegen. Sie versuchten das Tor zu öffnen, versuchten die Menschen auf der anderen Seite der Mauer hereinzulassen. Und das alles für Nauri, die eine Person, an der Arandes sich nicht ungestraft hatte vergreifen dürfen.

Das Klirren von Waffen ganz in ihrer Nähe riss Berinda aus ihrer Starre. Zwei Soldaten hatten den Eingang des Palastes bewacht. Nun streckte Bjoron einen nieder. Dem anderen trat Darien die Beine unter dem Körper weg, hob dann die Klinge zum Todesstoß.

»Töte ihn nicht!«

Mit der Schwertspitze dicht über der Kehle des Mannes hielt Darien inne. Kurz sah er sie an, die Miene undeutbar, wie sie es schon unten im Kerker gewesen war. Berinda schluckte. Wieso nur hörte er überhaupt noch auf ihre Befehle? Nur um Nauris Willen? Sie mussten dringend reden.

»Merinos.« Sie wandte sich zu dem ehemaligen Spiegelmann um, der sich die ganze Zeit dicht bei ihr hielt. »Sag ihm, er soll uns zu seinem befehlshabenden Offizier bringen. Ich will mit ihm reden.«

Bjoron

Eine Stadt zu erobern, war nicht so schwer, wie Bjoron gedacht hatte. Er sah zu, wie Dariens Königin dem Befehlshaber von Arandes' Armee den abgetrennten Kopf vor die Füße warf, sah, wie dessen Gesicht bleich wurde. Und dann war es eine Sache weniger Worte.

»Sie hätten so oder so verloren«, flüsterte Darien ihm und Neljar zu. »Das, was dort in der Nähe der Stadtmauern brennt, sind die Garnisonen. Die Aufständischen müssen sie kalt erwischt haben. Gerade in einem Moment, als sie dachten, sie hätten uns endgültig besiegt.«

Schließlich wurden die Tore geöffnet. Bjoron rechnete damit, einen wütenden Mob hereinstürmen zu sehen, und tatsächlich kamen dahinter Tiefländer mit grimmigen Gesichtern zum Vorschein. Sie hielten Schlachtermesser, Mistgabeln, Schaufeln und ähnliche Werkzeuge in der Hand, das meiste davon blutig.

Doch sie traten geordnet ein, und an ihrer Spitze ...

»Kerlft!« Bjoron rannte auf seinen Bruder zu, umarmte ihn stürmisch. »Ich hätte es ahnen müssen, dass du etwas damit zu tun hast!«

»Ich konnte einfach nicht untätig herumsitzen. Außerdem hat Nauris Gefangennahme diese Leute wirklich wütend gemacht.« Kerlft löste sich grinsend wieder von ihm. »Ich bin froh, dass du noch lebst.« Dann wurde seine Miene ernster. »Und ich hoffe, das ist das letzte Mal, dass ich das sagen muss.«

Bjoron nickte. »Das hoffe ich auch. Wie geht es den Kindern?«

»So gut es ihnen eben gehen kann ohne ihre Familien. Ich weiß, dass es nicht unserer Art entspricht, aber ich habe sie bei Redals Frau gelassen. Sie haben genug Schlachten gesehen.«

Mit so vielen Traditionen hatten sie in letzter Zeit gebrochen, dass das wohl auch keinen Unterschied mehr machte. Bjoron nickte. »Hauptsache es geht ihnen gut. Und mit Redals Frau will ich später sowieso noch sprechen. Ich glaube, Neljar hat ihr auch etwas zu sagen.«

Er hob den Blick, sah zu, wie einige der Bewohner Letharns unter Dariens und Berindas Aufsicht Arandes' Soldaten entwaffneten und in einer Ecke des Hofes zusammentrieben. Sie hatten tatsächlich gesiegt, hatten die Stadt am Ende doch noch gerettet. Wenn auch zu einem hohen Preis.

Eine Hand legte sich auf seine Schulter, und Bjoron musste nicht aufsehen, um zu wissen, wem sie gehörte. Er schlang den Arm um Neljars Hüfte, zog ihn an sich. Neljar schmiegte sich an ihn, so gut die Rüstung es erlaubte, die er noch immer trug.

Neljar seufzte. »Die Tiefländer haben ihre Heimat wieder. Aber was wird aus uns?«

Bjoron senkte den Blick, wollte den Schmerz in den Gesichtern der anderen beiden nicht sehen. Denselben Schmerz, den auch er fühlte, diese Leere, die seine Mutter und Tjark und all die anderen hinterlassen hatten. Seine Heimat ließ sich nicht zurückerobern.

Schließlich räusperte sich Kerlft. »Arandes' Leute haben die Yaks am Leben gelassen. Wir könnten sie uns zurückholen und neu anfangen. Es wäre ein kleiner Stamm, aber er könnte mit der Zeit größer werden.« Er wiegte den Kopf, schien über etwas nachzudenken. »Andererseits brauchen die Tiefländer vielleicht noch unsere Hilfe. Es ist nicht damit getan, diese eine Stadt zurückzuerobern.«

Bjoron zerzauste sich nachdenklich da Haar. »Du bist jetzt der Stammesführer. Du entscheidest.«

Kerlft öffnete den Mund, aber ausnahmsweise schienen ihm die Worte zu fehlen. »Ich …? Oh … ja …«

Der Anblick brachte Bjoron zum Grinsen. »Hast du daran noch gar nicht gedacht?«

Sein Bruder schüttelte den Kopf. »Ich war mit anderen Dingen beschäftigt. Aber ich kann nicht Stammesführer sein … Ich … ich glaube, ich mache mich besser als Berater.«

Bjoron grinste noch breiter. »Du willst doch nur weiter der Besserwisser sein können.« Fast glaubte er Tjarks Stimme zu hören, als er diese Worte sprach, fühlte für einen Moment die beruhigende Gegenwart seines ältesten Bruders.

Womöglich fühlte Kerlft dasselbe, auf jeden Fall lächelte er traurig. »Du hast mich ertappt.« Er ließ den Blick schweifen, bevor dieser wieder zu Bjoron zurückkehrte. »Ich denke, du würdest einen besseren Anführer abgeben als ich. Nach allem, was du getan hast, wäre Mutter sehr stolz auf dich.«

Die Worte setzten sich wie ein warmes Glühen in Bjorons Innerstem fest, fast als hätte seine Mutter sie selbst gesprochen. An seiner Seite lehnte Neljar den Kopf an seine Schulter. »Ich denke auch, du wärst ein guter Anführer. Und falls du mal verschlafen solltest, kann immer noch ich übernehmen.«

Er lachte, und diesmal ließ Bjoron sich davon anstecken. Er lebte, Neljar lebte, und er hatte zumindest einen seiner Brüder wieder. Und dann waren da noch die Kinder, eine Handvoll Kinder, die irgendwann ein neuer Stamm werden würden, neue Familien gründen würden. Zu welcher Entscheidung auch immer sie letztendlich kamen, nun konnte er eine Zukunft für die Hochlandstämme sehen. Arandes mochte sie schwer getroffen haben, aber es war ihm nicht gelungen, sie zu vernichten. Wie ein echter Hochlandkrieger würden sie sich erneut erheben, immer wieder, solange noch ein Funken Leben in ihnen steckte.

Darien

Ausnahmsweise stand der Himmel, der sich in dem Teich vor dem Ordenskloster spiegelte, nicht im Gegensatz zum Rest der Umgebung. Wolken zogen auf, so grau wie das verdorrte Gras in dem kleinen Innenhof.

Beides passte zu seiner eigenen ernsten Miene, die Darien im Wasser sah. Er wirkte erschöpft, Auswirkungen einer anstrengenden Nacht und eines anstrengenden neuen Tages. Endlich hatten sie alle von Arandes' Soldaten aufgespürt, hatten sie entweder vertrieben oder hingerichtet. Es herrschte wieder Ordnung in der Stadt, auch wenn sie einige neue Narben davongetragen hatte – genau wie er.

Wie sie alle.

Darien sah auf, blickte hinüber zum Eingang des Klosters, in dem eine kleine, in weiß gehüllte Gestalt stand. Nauri hatte ihn hierher gezerrt, nur um ihn dann am Teich zurückzulassen. Nur hin und wieder blickte sie zu ihm zurück, als wollte sie sich vergewissern, dass er immer noch da war, dass er ihr den Rücken freihielt, während sie sich ihren ganz eigenen Dämonen stellte.

Falls sie das irgendwann tatsächlich tat. Noch stand sie an der Schwelle und wagte es nicht, einzutreten. Als würde es die Dinge, die geschehen waren, endgültig wirklich machen, wenn sie an den Ort zurückkehrte, an dem sie begonnen hatten.

Schritte knirschten hinter ihm auf dem Kiesweg. Als Darien sich umwandte, erblickte er Berinda. Sie trug ein neues Kleid, eines ohne Risse und Schmutzflecken. Das lange Haar hatte sie ordentlich hochgesteckt. Fast konnte man meinen, die Ereignisse der letzten Tage seien spurlos an ihr vorübergegangen. Nur die Ringe der Erschöpfung unter ihren Augen sprachen eine andere Sprache.

Sie blieb vor ihm stehen, die Miene ernst. »Darien …«

Unwillkürlich verspannte er sich. Genau so hatte sie seinen Namen dort unten im Kerker ausgesprochen, als sie geglaubt hatte, er hätte sie verraten. Dennoch gelang ihm eine steife Verbeugung. »Majestät.«

Sie seufzte. »Es wird Zeit, dass wir uns unterhalten.«

Darien nickte. Diesmal konnte er ihr nicht ausweichen. Aber er konnte Distanz wahren, konnte all seine Gefühle hinter Floskeln und Förmlichkeit verstecken. »Wie Ihr wünscht, Majestät.«

Wenn ihr die Kälte in seiner Stimme auffiel, ließ sie es sich nicht anmerken. Stattdessen holte sie einmal tief Luft. »Ich hätte nicht an dir zweifeln dürfen.«

»Dennoch habt Ihr schon immer gefürchtet, dass es meine Loyalität erschüttern könnte, wenn ich die Wahrheit über meine Familie erfahre.«

Sie nicken zu sehen, schmerzte nicht so sehr, wie er erwartet hatte. Es verstärkte nur den bitteren Geschmack auf seiner Zunge.

»Es tut mir leid.« Berinda senkte den Blick nicht, hielt den seinen. »Mehr kann ich nicht sagen.«

Darien schwieg. Was für eine Antwort erwartete sie von ihm? Was für eine Antwort wollte er ihr geben? Er wusste es nicht, war sich nur der Leere bewusst, die dort gähnte, wo einst der unerschütterliche Glaube an seine Königin gewesen war.

Berinda räusperte sich. »Wenn du mir nicht länger dienen willst, werde ich dafür sorgen, dass du in Ehren entlassen wirst. Aber wenn es dir möglich ist, würde ich dich bitten, mich zumindest noch so lange zu unterstützen, bis in Gerien wieder Frieden herrscht. Letharn zurückzuerobern, war nur der Anfang, und ich brauche dringend Leute, auf die ich mich verlassen kann. Ich werde nicht noch einmal an dir zweifeln.«

Das war also alles, was sie in ihm sah. Jemanden, den sie gut gebrauchen konnte.

»Ah, ich bin also trotz allem noch nützlich, ja?« Darien trat einen Schritt auf sie zu, unterschritt den Mindestabstand, den man zu seiner Königin zu halten hatte. In die Berge mit all der Höflichkeit und Formalität.

Berinda verlagerte ihr Gewicht, als wollte sie zurückweichen, blieb dann aber stehen, wo sie war. »Ich wollte nicht ...«

Er wischte ihre Worte mit einer Handbewegung fort. »Weißt du ... Berinda ...« Es tat gut, sie endlich mit ihrem Namen anzusprechen, sie von dem Thron der unnahbaren, perfekten Königin zu stoßen, auf den er selbst sie gesetzt hatte. »... was deine Mutter gesagt hat, als ich zu ihr gekommen bin und sie angefleht habe, mich nicht länger morden zu schicken? Sie hat gesagt, sie braucht mich. Sie hat gesagt, sie braucht Leute, auf die sie sich verlassen kann. Und nun höre ich dieselben Worte aus dem Mund ihrer Tochter!«

Er wandte sich ab, doch Berinda packte ihn am Arm. Darien ballte die Fäuste, um dem Reflex zu widerstehen, ihre Hand beiseite zu schlagen.

Nun machte sie einen Schritt auf ihn zu. »Ich bin nicht meine Mutter! Ich habe dich nicht gebeten, irgendwen für mich umzubringen, und ich habe nicht vor, das noch zu tun.«

»Trotzdem habe ich nur einen Wert für dich, wenn du mir Befehle erteilen kannst.« Er machte sich aus Berindas Griff los, wandte sich nun ganz ab. Wieso war er nur so lang geblieben? Er hätte gleich gehen sollen, gleich nachdem Letharn wieder sicher gewesen war. Aber dann dachte er an Nauris große Augen, an die Bitte, die ihn noch einmal in diesen Innenhof geführt hatte. Dieses Kind. Wann hatte er eigentlich angefangen, es so sehr zu mögen?

Außerdem war da noch die Frage, wohin er gehen sollte. Letharn war seine Heimat, die meisten anderen Städte Geriens befanden sich noch unter der Kontrolle von Arandes' Offizieren. Sollte er etwa mit Bjoron in die Hochlande ziehen, wo er in einem Zelt aus Yakfell frieren und jeden Morgen vom nervtötenden Gezwitscher der Vögel geweckt werden würde?

»Darien, wage es nicht, mir so etwas an den Kopf zu werfen, und dann einfach wegzugehen!«

Mit einem bitteren Lächeln auf den Lippen drehte er sich um. »Siehst du, schon wieder ein Befehl.«

Berinda stieß einen frustrierten Laut aus. »Du scheinst ja auf nichts anderes zu hören.«

»Wer sagt, dass ich überhaupt auf dich hören muss?«

»Du …« Sie hielt inne, atmete einmal tief durch, wie um sich zu beruhigen. »Ich versuche mich zu entschuldigen!«

Wütend schüttelte er den Kopf. »Du versuchst mich dazu zu überreden, etwas für dich zu tun!«

Noch einmal atmete Berinda tief durch. In einer müden Geste fuhr sie sich mit der Hand über das Gesicht. »Ich weiß einfach nicht, wie ich sonst mit dir reden soll. Ich ... ich kenne dich kaum. Du warst immer da im letzten Jahr, immer an meiner Seite. Aber alles, was ich über dich weiß, ist, was meine Mutter dir angetan hat. Wie soll ich da ein Gespräch beginnen, wie soll ich dich da kennen lernen ... als Mensch?«

Wo war die unerreichbare, selbstsichere Königin hin, der er im vergangenen Jahr stets stumm gehorcht hatte? Vor Darien stand eine normale Frau, mit all ihren Fehlern, Schwächen und Unsicherheiten. Er schluckte, verschränkte dann die Arme vor der Brust, nicht bereit, so schnell weich zu werden. »Du hättest es mir sagen können.«

»Wie? Wie hätte ich es dir sagen sollen? Sag mir die Worte.«

Er schwieg, begegnete Berindas wütendem, verzweifeltem Blick. Schließlich hielt er es nicht mehr aus, sah zu Boden. »Ich weiß es nicht ...«

Sie seufzte. »Siehst du.«

Dariens Blick wanderte weiter zum Eingang des Tempels, der nun leer war. Nauri hatte endlich den Mut gefunden, einzutreten. Ebenso wie er den Mut für seine nächsten Worte finden musste.

»Ich kann dir trotzdem nicht länger dienen.«

»Wieso?«

Er holte tief Luft. »Ich liebe dich.« Darien fühlte sich leichter, als er die Worte aussprach, fühlte eine gewisse Befriedigung darüber, dass er damit gegen den Wunsch der Königinmutter verstieß. »Das war der Grund, warum deine Mutter mich zu deinem Leibwächter gemacht hat. Weil sie wusste, dass ich auf jeden Fall mein Leben für dich geben würde. Aber ich will dich nicht mehr jeden Tag sehen müssen und dabei die Worte deiner Mutter im Ohr haben, dass aus meinen Gefühlen nie etwas erwachsen kann.« Mal ganz davon abgesehen, dass er nicht mehr wusste, was genau er eigentlich fühlte. Die unfehlbare Königin, die er verehrt hatte, gab es nicht, hatte es nie gegeben.

Berindas Kleid raschelte. Als er aufsah, spielte sie am Saum ihres Ärmels wie ein schüchternes junges Mädchen. »Arandes hat so etwas gesagt, aber ich dachte, er wollte … Ich dachte er …«

»… lügt«, beendete Darien den Satz.

Nun starrte Berinda zu Boden. »Wie dumm von mir. Wahrscheinlich hat es jeder gemerkt, nur ich nicht.«

Darien hob die Schultern. Aller Zorn war verraucht. Die Frau, gegen die er sich eigentlich richtete, stand nicht hier vor ihm. Sie war tot. »Was für einen Unterschied hätte es gemacht, wenn du es gemerkt hättest?«

Sie hob den Blick, biss sich auf die Unterlippe, zögerte, bevor sie antwortete. »Vielleicht hätte ich dann den Mut gefunden, dir zu sagen, dass du … aus einer adligen Familie stammst …«

Darien öffnete den Mund, aber kein Ton kam heraus. Nicht in hundert Leben wäre ihm dieser Gedanke gekommen. Aber nun lag er vor ihm, verlockend und zum Greifen nah. Dennoch wandte er sich ab. »Ich brauche Zeit zum Nachdenken.«

»Er war noch da!« Der Ruf schluckte Berindas Antwort. Darien sah auf und entdeckte Nauri, die den Kiesweg entlangrannte. Triumphierend hielt sie etwas in die Höhe, das aussah wie eine aus Holz geschnitzte Figur. Ein Spielzeug. Sie schwenkte es und lachte. Was für ein Unterschied zu dem verängstigten Mädchen, das er in der Nacht von Letharns Fall an diesem Ort abgeholt hatte.

»Ich wusste, dass du mich beschützen würdest, also habe ich mich getraut hineinzugehen, und er war noch da!«

»Sie mag dich sehr«, erklang Berindas Stimme hinter ihm.

Darien schnaubte. »Sie mag Bjoron lieber.«

»Aber Bjoron wird irgendwann fortgehen, zurück in die Hochlande. Wie steht es mit dir? Wirst du Letharn verlassen?«

»Ich weiß es noch nicht.« Doch mit Bjoron in die Hochlande? Aber eigentlich hatte er für den Rest seines Lebens genug freie Natur gesehen.

Berinda räusperte sich, atmete einmal tief durch. »Der Palast ist groß, du müsstest mich nicht sehen, wenn du nicht willst. Du könntest deine Zeit stattdessen mit Nauri verbringen. Sie braucht immer noch jemanden, der auf sie aufpasst.«

Darien lächelte, als das Mädchen schlitternd vor ihm zu einem Halt kam. Fast ein wenig schüchtern streckte Nauri ihm ihr Spielzeug hin. Es war kunstvoll geschnitzt und bemalt, zeigte ein weiß gewandetes Mitglied des Ordens des ewigen Kreises. Einen Orden, den es nicht mehr gab.

Ja, sie brauchte jemanden, irgendjemanden. Und er brauchte weiterhin eine Heimat, und Letharn war die einzige, die er kannte.

Er blickte Nauri an, während er Berinda antwortete. »Vielleicht sehe ich mir an, wo meine Familie gelebt hat. Aber ich kehre zurück, bevor Bjoron geht. Für Nauri.«

Nauri lächelte. Hinter ihm raschelte Berindas Kleid. »Danke, Darien. Ich lasse dir nun deinen Frieden. Du weißt ja, wo du mich findest, falls du beschließt, meine Gegenwart doch zu ertragen. Ich wüsste es auf jeden Fall zu schätzen, dich endlich kennen zu lernen.«

Vielleicht wüsste er das auch zu schätzen. Vielleicht war es aber auch an der Zeit, alte Gefühle loszulassen, neu anzufangen.

Er würde es sehen. Es hing auch davon ab, was Nauri brauchte.

Antares Bottlinger

wurde 1985 in Karlsruhe geboren. Mensch schreibt unter den Pseudonymen Andi Bottlinger, Andrea Ulmer, Lena Hofmeister, und zusammen mit Claudia Hornung auch als Katharina Oswald.

Derzeit wohnt Antares über den Dächern von Frankfurt.